경복궁의 유령

下 머나먼 천국

경복궁의 유령(下)

초판 1쇄 발행 2023년 3월 11일

지 은 이 권오형
발 행 인 권선복
편   집 권보송
디 자 인 김소영
전 자 책 서보미
발 행 처 도서출판 행복에너지
출판등록 제315-2011-000035호
주   소 (07679) 서울특별시 강서구 화곡로 232
전   화 0505-666-5555
팩   스 0303-0799-1560
홈페이지 www.happybook.or.kr
이 메 일 ksbdata@daum.net

값 22,000원
ISBN 979-11-92486-54-3(03810)

도서출판 행복에너지는 독자 여러분의 아이디어와 원고 투고를 기다립니다. 책으로 만들기를
원하는 콘텐츠가 있으신 분은 이메일이나 홈페이지를 통해 간단한 기획서와 기획의도, 연락
처 등을 보내주십시오. 행복에너지의 문은 언제나 활짝 열려 있습니다.

野史實錄 천주당 무녀 진령군의 일대기

경복궁의 유령

下 머나먼 천국

권오형 지음

도서출판 행복에너지

목차

下
머나먼 천국

1. 역모의 뒤끝

나이 어린 임금(고종)께서 보위에 오른 지 14년째가 되는 이해 동짓달 스무여드렛날, 병조판서 민승호가 폭사를 당해 죽고, 그의 장례가 치러진 지 사흘째인 섣달 열흘날엔 중궁전의 부속 건물인 순화당이 원인 모를 폭발로 인하여 풍비박산이 나면서 중궁전은 아예 불길이 집어삼키고 말았다. 야밤삼경! 그나마도 중궁전인 자경전의 중마루는 상궁 나인들이 대기하여 지키고 있는 공간이었고 자경전만은 그래도 나인들 때문에 폭약을 설치할 수가 없었던지 박살이 나는 것은 면할 수가 있었다.

자경전과 순화당은 복도로 연결이 되어 있었는데 순화당과 복도가 모두 박살이 나면서 맹렬한 불길이 순식간에 자경전을 집어삼키고 있었던 것이다.

이날따라 날씨도 춥고 바람도 드세어서 자경전을 휘감아돈 불길은 손쓸 새도 없이 맹렬하게 타오르기 시작했다.

〈주상전하를 구하거라─! 중전마마를 구해야 한다─!〉

사방에서 아우성이 들려왔다. 그러나, 세찬 바람에, 맹렬하게 타오르는 불길 속으로 주상과 중전을 구하겠다고 뛰어드는 사람은 아무도 없었다. 그만큼 불길이 맹렬하게 타오르고 있었던 것이다.

주상과 중전을 구해야 한다는 소리에 주위는 더욱더 아수라장으로 변하고 있었다. 처절하게 울부짖는 비명만이 악마구리 떼의 울음소리처럼 들려오고 있을 뿐이었다.

이번 중궁전의 폭발은 주상과 중전의 목숨을 노린 대역 사건임을 짐작하여 모를 리 없거니와, 이것은 궁궐의 내부와 외부에서 서로 내통하여 오래전부터 치밀하고도 철저하게 준비하고 계획한 사건임을 짐작하고도 남을 일이었다.

게다가, 아무나 저지를 수 있는 일도 아니었다. 구중궁궐의 가장 깊숙한 곳에서 내금위의 병사들이 겹겹이 지키고 있음은 물론이요, 내시들이며 상궁 나인들의 눈을 피해서는 개미새끼 한 마리 얼씬할 수 없는 주상의 침전에서 폭약을 설치하여 터뜨린다는 것은 상상조차 할 수 있는 일이 아니었던 것이다.

문제는 그뿐만이 아니었다. 지난 2년 전에 있었던 중궁전 자객 사건 이후 궁궐 수비병력이 두 배로 배치가 되어 있었다. 그랬기에 외부인이 한밤중에 수비병력의 눈길을 따돌리고 궁궐 내부로 침투하여 중궁전에 폭약을 설치해서 터뜨린다는 것은 정녕 있을 수도 없는 일이었다. 이 세상에 단 한 사람 대원위란 인물만 빼고 말이다. 대원위만이 궁중의 내시들이나 상궁들은 물론이요, 내금위의 군사들마저도 손아귀에 움켜쥐고, 마음대로 주무를 수 있는 유일한 인물이기 때문이었다.

어쨌거나, 중궁전을 휘감아 맹렬하게 타오르는 불길은 손쓸 새도 없이 주변의 전각들을 모조리 집어삼키고 있었다.

그러나 사람들은 불길이 사방으로 번져나가고 있음에도, 발만 동동 구르며 울부짖고 있을 뿐, 물 한 바가지 끼얹어보지 못하고 있었다. 날씨가 워낙 추워 주변의 연못들이 모두 꽁꽁 얼어버렸기 때문이었다.

그랬는데, 이때 참으로 희한한 일이 벌어지고 있었다. 불길이 휘감아 맹렬하게 타오르고 있는 중궁전의 바깥문이 박살이 나면서 불귀신이 하나 튀어나오고 있었는데, 사람들이 정신을 차려 살펴보니, 얼굴이 시커멓게 불에 그을린 액막이 나인이 이불을 (둘둘~) 말아 끌어안고는 이리 뛰고 저리 뛰며, 미친 듯이 발광을 해대고 있었던 것이었다. 그러면서 무엇인가를 흐느끼듯 외쳐대고 있었다.

"중전마마를, 중전마마를 모셔야 한다. 중전마마를…!"

눈치 빠른 내관이 대번에 사태를 짐작하고 소리친다.

"어서 이쪽으로! 어서 이쪽으로 모시게. 어서 이쪽으로!"

내관은 맞은편 전각으로 무조건 액막이를 안내하여 밀고 들어간다. 그러면서도 액막이로부터 이불말이를 받아들 생각은 하지 못하고 있었다. 그것이 부피가 워낙에 커서 받아들 엄두를 내지 못했던 것이다. 그러면서도 비명처럼 소리쳐 액막이에게 묻는다.

"주상전하신가? 중전마마신가?"

"중전마마! 중전마마!"

"주상전하는? 주상전하는?"

"아니, 아니 계시오 주상전하는!"

"아니 계신단 말이지? 저 속에 주상전하가?"

"그래, 그래!"

액막이는 숨이 차서 더 이상 말을 잇지 못한다. 내관과 나인들이 달려들어 이불말이를 부축해서 방바닥에 내려놓고는 이불을 들쳐서 살펴보는데 그 속에서 중전이 (꽤액!) 소리를 질러재낀다.

"예끼 이년들아, 숨 막혀 죽겠다! 그런데, 잠시 전의 그 천둥소리는? 벼락이 떨어졌던 게냐 이 추운 겨울에?"

상궁 나인이 중전의 안색을 살피다 말고 간신히 입을 열어 대꾸해준다.

"예, 주, 중전마마, 그렇습니다요!"

그 나인도, 복중의 중전을 안심시켜야 한다는 사실을 직감적으로 알아차린 듯했다. 중전이 말한다.

"그래서 불이 난 게로구나, 그렇지?"

"그, 그렇습니다. 마마!"

중전이 방안을 둘러보다 말고 액막이를 발견하고는 소리친다.

"네년은 어찌하여 아궁이 속에서 기어나온 불귀신 같은 몰골을 하고서 문간은 지키고 않고 그기에 그러고 서 있는 것이더냐? 에구~ 꼴사납다. 어서 저리 비켜나거라…! 그런데 잠깐! 조금 전에 나를 들쳐 안고 숨통을 막았던 게 네년이었던 게로구나 그렇지?!"

액막이가 대번에 방바닥에 엎어지며 용서를 구한다.

"죽여 주옵소서 중전마마! 이 미천한 년은 지금 당장 방문 바깥으로 물러나 있겠나이다 마마—!"

그러고는 급히 일어서서 나가려는데 중전께서 다시 불러세우며 소리친다.

"잠깐, 잠깐! 조금 전에 네년이 침전으로 뛰어들지 않았더냐? (흉측스러운 저 몰골이 부처님의 화상처럼 보였는데… 그래서 마음이 안도가 되어 다시 잠이 들었었던가?) 예끼 미련한 것! 이 상궁 너는 기운도 참 세구나!"

중전께서도 금세 모든 사실을 깨닫는 듯했다. 번개가 쳐서 자경전이 불길에 휩싸이자 액막이가 방 안으로 뛰어들었고, 그 모습을 보자 안심이 된 중전 자신이 잠시잠깐 정신줄을 놓은 사이

(이불을 그대로 덮어 감싸 안고) 불길 속을 뛰쳐나왔다는 사실을 말이다. 그래서 액막이 년이란 호칭이 대번에 이 상궁으로 바뀌었고, '이 상궁 너는 기운도 참 세다'는 말로 그 고마운 마음을 나타내 보이고 있었던 것이었다.

중전의 안색은 참으로 평온해 보이기만 했다. 잠시잠간, 벼락 치는 소리에 혼절하기는 했으나 복중의 용정에는 아무런 영향도 없음이 분명했다.

중전의 시선은 자연스레 창문 쪽을 향하고 있었다.

"불길이 얼마나 세길래 방 안이 이렇듯 대낮처럼 환−하단 말이더냐? 어서 문짝 좀 활짝 열어보거라!"

상궁 나인이 중전의 명에 따라 바깥문을 활짝 열어젖힌다. 맹렬하게 타오르는 불길이 한눈에 모두 들어왔다. 불길이 금세라도 이쪽 전각으로 옮겨붙을 것만 같은 기세였다. 뜨거운 열기가 (후끈후끈) 밀려왔다.

게다가, 전각의 구조가 줄줄이 서로 연결되어 있어서 (이날의 화재로 경복궁의 전각 365칸이 물도 한 바가지 끼얹어보지 못하고) 그대로 소실이 되고 말았으니 그 불길의 위력을 짐작하고도 남음이 있을 일이었다.

중전께서 맹렬하게 타오르는 불길을 바라보며 상념에 잠겨 있는데 이때 대전내관이 달려와 문밖에서 소리친다.

"중전마마? 주상 전하께서 중전마마를 크게 걱정하시어 급히 모셔오라 하셨기에 소인이 모시겠나이다. 어서 차비해 주시오소서!"

중전께서 말씀하신다.

"행여나 전하께서는 놀라지 않으셨는가? 전하께서 찾으신다니 어서 가세나! 이보거라, 이 상궁? 자네가 날 좀 부축하거라!"

중전께서는 지금 만삭의 몸이시라 옆에서 누군가 자신을 부축해 주기를 바랐는데, 그것이 바로 액막이 나인 덕실이었다. 게다가, 호칭마저도 이 상궁으로 바뀌었을 뿐만 아니라 그녀에게 대전상궁이라도 대하듯 말을 높여 불러주고 있었던 것이었다. 그것은 바로 주변의 여러 나인들에 대한 경계의 뜻이기도 했다. 액막이 덕실을 또다시 예전처럼 왕실의 안위를 보살피는 최고 상궁으로 예우해 주고자 하니 너희들도 그에 합당한 예우를 해주라고 하는 의도였다. 액막이의 (불에 그을린) 처참한 몰골을 보면서 중전의 마음이 봄눈 녹듯 녹아들고 있었던 것이다. 그러면서 주위를 열심히 둘러 살피고 있었다. 그 모습을 보고 중궁전 나인이 급히 묻는다.

"중전마마? 누구를 찾으시는 것이옵니까?"

그 물음에 중전께서 이 상궁의 부축을 받아 방문을 나서며 되묻는다.

"그래! 행여라도 애기보살을 보지 못했더냐?"

"예, 마마! 잠시 전에 문밖에서 중전마마의 동정을 살피다가 어디론가 사라졌는데, 다시 한번 찾아보오리까?"

"그냥 두거라. 애기보살 저도 할 일이 있으니까 안보이겠지. 저 불길 속에서 무사한 것만 알았으면 되었다!"

그러면서 혼잣말처럼 중얼거린다.

"… 애기보살 고것이 나를 대신하여 순화당을 지키고 앉아서 주변의 시선을 그곳으로 향하게 만들었거늘! 순화당은 어디를 가고…? 에그머니, 그럼, 그게 벼락이 아니라…?"

중전께서도 비로소 그것이 폭약에 의한 폭발임을 깨달아 짐작하는 듯했다. 그래서 순화당이 아예 풍비박산이 나고 말았다는 사실을 말이다.

"… 그러한 와중에서도 무사했다니 참으로 고마운 일이 아니더냐? 내가 고것에게 또 한 번 목숨을 빚졌구나. 그것도 모르고 오해하여 하마터면 큰 실수를 저지를 뻔하였구나. 이 상궁 너도 지난 일은 마음에 담아두지 말거라!"

중전께서 이 상궁에게까지 다시한번 고마운 마음을 전하는데, 거기에는 그럴만한 사연이 있었다.

중전께서는, 우선 자다 말고 이불말이를 당하여 불길 속에서 구출되어 나왔거니와, 그렇다면 당연히 속옷 차림이어야 할 것이나 그렇지를 않았다. 평상복 차림에 그대로 잠자리에 들었다는 뜻이었다. 그것은 참으로 상상조차 해볼 수 있는 일이 아니었다.

그러나, 그보다도 더 놀라운 일은 따로 있었다. 중궁전의 나인들마저도 주상께서 지난밤에 중전과 함께 자경전으로 침수 들어 계신 것으로 알고 있었다는 사실이었다.

그런데, 주상께서는 중궁전으로 침수 드는 척 발걸음을 했다가 감쪽같이 침전을 빠져나간 것이었다.

그렇다면, 그것은 도대체 어찌된 영문이었을까? 그 내막은 바로 이러했다.

지난 열흘 전, 그러니까 병조판서 민승호가 폭사를 당한 그 이튿날 초혜가 중궁전을 찾아가 목숨을 구걸하면서 신어미 여옥이와 초혜 자신의 무고를 담보로 중전에게 닷새의 말미를 달라며 서로 간에 약조를 했던 일이 있었었다.

"닷새 후에 제 어미와 소녀의 무고가 밝혀진다면 중전마마께서도 소녀의 뜻을 따라주시겠다고 약조를 해주시옵소서!"

그러자 중전께서 흔쾌히 약조를 해 주시었다.

"그래, 너희 모녀에게 죄가 없다는 사실이 밝혀진다면 내가 너의 뜻에 따라 무슨 일이든 하겠다고 약조를 해주마!"

초혜가 중전에게 다시 한번 못을 막는다.

"중전마마의 약조는 태산보다도 더 크고 엄중하다는 사실을 잊지 마시옵소서! 이것은 종사의 안위가 걸린 문제인지라, 소녀의 언사가 다소 불경스럽다 하더라도 용서하소서 마마!"

그랬는데, 역시나 초혜와 여옥의 무고가 밝혀지게 되었고, 중전께서는 꼼짝없이 초혜와의 약조를 지키지 않을 수 없게 되고 말았던 것이었다.

초혜가 중전에게 약조를 받아낸 것은, 주상전하와 중전의 행적을 당분간 숨겨달라는 것이었다. 그것은 참으로 황당하기 짝이 없는 일이었다. 일반 사대부의 가문에서도 행하기 어려운 일로서 하물며 나라의 주인이신 임금과 국모로서야 더더욱이나 행할 수 있는 일이 아니었던 것이다.

그러나 애기보살 초혜의 점괘에 따른 황당한 일은 이번이 처음도 아니었다. 지난번 자객 사건 때만 해도, 일개 무녀의 말만 믿고 궁궐 담장에 궁수들을 배치한다는 것은, 결코 국모로서 따를 수 있는 일이 아니었던 것이다.

게다가, 여옥 모녀의 무고마저 밝혀졌다. 원래, 주상께서는 세상의 민심을 살피신다는 미명하에 미행도 나가시는데 대궐 안에서 잠행을 좀 하신다 하여 그것이 문제가 되는 일도 아니긴 했다. 누군가 주변에서 그 사실을 알아채는 사람만 없다면 말이다.

그리하여 초혜가 시키는 대로 중전께서는 주야장천 순화당에서 점괘나 뽑아보며 애기보살이랑 함께 지내는 것으로 눈속임을 했고, 주상께서는 중전의 마음을 위무하느라 거의 매일 중궁전에서 머무는 척하고는 감쪽같이 비빈들의 처소에서 침수에 들곤 했던 것이다.

그러한 소문이 그대로 대원위의 귀에 흘러 들어가지 않을 수 없었으며, 액막이가 중전만을 구하여 불길 속을 뚫고 나옴으로써 뱃속의 용정마저 무사히 지켜내는 데 성공을 했던 것이다.

중전께서는 정녕 가슴을 쓸어내리지 않을 수 없었다.

"내가 자칫, 애기보살 저것들의 모녀를 오해하여 사가의 오라버니처럼 매몰차게 내치기라도 했더라면 전하의 안위마저 지킬 수 없었을 것이거늘!"

복중의 용정은 그다음 문제였다. 물론, 복중의 태아가 공주가 아니라 왕자라고 하여 그렇듯 믿게 만든 것도, 애기보살 모녀였다.

"그동안 내가 애기보살 저것만 궁중으로 들게 하고, 제 어미와는 너무 오랫동안 적조하게 지냈음이 아닌가!"

그러한 사실까지도 중전으로서는 미안한 마음이 들지 않을 수 없었다. 허긴, 공주의 죽음으로 하여, 감정의 골이 생긴 것만은 사실이었다. 오라비 민승호의 죽음 또한 그것이 원인인지도 알 수는 없을 일이었다.

게다가, 중전께서는 이제 겨우 스물두 살의 젊은 나이로서 대궐에는 대비마마와 대왕대비라는 두 분의 윗전이 버티고 있었고, 또한 시아버지 대원위는 이제 노골적으로 자신과 주상을 제거하겠다며 설쳐대는 지경이었다.

그랬기에 시중에서는 중전에 대한 온갖 비방 소문이 난무했다. 심지어는 후궁인 이씨 소생의 완화군을 독살하려 한다는 소문까지도 나돌고 있었는데 이때, 중전께서는 복중용정의 태교 때문이라도 그런 일을 벌일 계제가 아니었다. 그럼에도 대원위는 틈만 나면 중전을 내치겠다며 조정의 공론을 모으곤 했다. 그 이유는 너무도 엉뚱했다. 주상이 중전의 힘을 믿고 친정을 하겠다며 설쳐대고 있다는 것이 그 이유였다.

"아직도 코흘리개 같은 어린 주상이 중전의 꼬드김이 없고서야 무얼 안다고 스스로 정치를 하겠다며 나서겠는가!"

당신의 자식은 아직도 코흘리개로 보이는데 중전은 어찌도 그렇듯 두려운 존재로 보인다는 것인지 참으로 모를 일이긴 했다.

물론, 중전에게도 약점이 없는 것은 아니었다. 나이가 스물두 살이 넘도록 아직도 대군을 생산하지 못하고 있었으니 중전으로서의 본분을 다하지 못하고 있는 것만은 분명했던 것이다.

"나, 이하응이가 이렇듯 조정을 떠나지 못하는 이유가 그것 때문이거늘, 내가 아니고서야 어느 누가 그 일을 바로잡을 수 있단 말인가!"

그리하여 기어이 중전을 내쳐서 폐서인시키고, 후궁인 이씨를 중전으로 들여앉혀 그녀의 소생인 완화군을 왕세자로 삼겠다는 것이 그 주장이었다. 그래서 온갖 비방소문을 퍼뜨려 중전을 음해하고 있었던 것이다.

흥선 대원군은 비록 그런 인물이었다. 자신의 권력유지를 위해서는 중전께서 후사를 잇지 못하고 있는 것조차도 좋은 빌미거리가 될 수 있었던 것이다.

"천애의 고아를 중전으로 앉히기도 하였거늘, 후궁으로 중전을 삼지 못하란 법은 또 어디 있단 말이더냐!"

게다가, 완화군은 이미 다섯 살을 넘겼고, 영보당의 성격마저 중전과는 전혀 딴판이었으며 민씨 일문과 같은 외척들의 발호도 신경 쓸 필요가 없는 인물이었다.

그러나 중전은 결코 대원위가 퍼뜨린 소문처럼 그렇게 성품이 간악하거나, 중궁전에서 내침을 당할 만큼 행실이 나쁘거나, 대원위와 맞서서 중궁전을 지켜낼 만큼 노련하고도 성숙한 여인이 못 되었다. 아직은 이십 대 중반도 안 된 앳되고도 가녀린 한 여인에 불과했다. 이제 더 이상은 민승호와 같은 친정 오라비도 없었다. 중전의 울타리가 되어줄 인물은 오로지 주상밖에 없었고, 믿고 의지할 사람은 무녀 애기보살의 모녀뿐이었다.

중전께서는 또한 시아버지 대원위에 대하여 잔뜩 주눅이 들어 있었다. 이번, 중궁전의 폭발로 인하여 더더욱이나 더 그랬다. 대원위가 마음만 먹는다면 세상에 못 할 짓이 없다는 사실을 피부로 깨달아 느끼고 있었던 것이다.

이때 여옥은 중궁전이 폭발하였다는 사실을 알고도 중전을 위무하기 위하여 궁중으로 달려갈 수가 없었다. 의금부의 옥사에서 어찌나 혹독하게 물고를 당했던지 아예 자리보전하고 드러누워 똥오줌도 받아내야 하는 지경에 처해 있었던 것이다. 그 내막을 중전께서도 모를 리 없었다. 그 바람에 초혜는 아직도 궁중에서 풀려나지 못하고 있었다. 주상께서 해산일이 얼마 남지 않은 중전의 마음을 위무해 드리라며 여옥의 몫까지 초혜에게 책임을 떠안겨 궁중을 떠나지 못하도록 붙잡아 두고 있었기 때문이었다.

초혜 또한 궁중에서 할 일이 아직은 더 남아 있었다. 그 첫 번째의 할 일이 바로 중궁전 폭발 사건의 수습에 관한 일이었다.

"중전마마? 이번 중궁전 폭발 사건에 대해서는 더 이상 진위를 밝히지 못하도록 주상 전하를 설득하여 주시옵소서! 범인이 중궁전도 폭파를 시키는 지경이면, 막다른 골목에 몰려서 군사를 동원하지 말란 법도 없을 일이기에 드리는 말씀이옵니다!"

"그 말은 곧 범인이 막다른 지경에 몰리면 군사를 동원하여 황궁을 범할 수도 있다는 뜻이렸다?!"

중전은 대번에 주눅이 들어 오금이 저릴 수밖에 없었다.

"주상 전하! 이번 폭발 사건으로 인하여 궁궐의 전각이 수백여 채 불에 탔다고는 하나, 전하와 제가 전혀 해를 입지 않았고, 또 머지않아 태어날 원자를 생각해서라도 이번 사건을 조용히 무마시켜 주실 것을 간청드리옵니다."

주상으로서도 중전의 간청을 무시할 수가 없었다. 그것이 애기보살의 간청임을 모를 리 없거니와 주모자가 흥선 대원군이란 사실은 삼척동자도 알 수 있을 뿐만 아니라, 당장에 내관과 상궁들에 대한 피비린내 나는 문초가 시작되어 끔찍한 사태가 벌어지게 됨으로써 복중 태아의 태교에 결코 좋은 일이 아닐 것임을 모르지 않았기 때문이었다.

더불어 주상으로서도 한 발짝 뒤로 물러설 수밖에 없는 진정한 이유가 있었으니, 그것이 바로 궁궐 수비병력에 대한 책임 문제였다.

그랬다. 내금위의 병력은 물론이요, 내관과 상궁들까지도 결코 이번 사건의 책임에서 비껴갈 수는 없었으니 (죄가 있고 없고를 떠나서) 궐내의 모든 궁인이 불안에 떨고 있다는 사실을 결코 간과할 수는 없었다. 그러한 분위기를 이용하여 궁지에 몰린 대원위가 병력을 움직여 대궐을 수중에 집어넣는 것은 식은 죽 먹기보다 쉬운 일일 것이었다. 오히려 대원위에게 명분을 만들어 주는 것이나 다름이 없을 뿐이었던 것이다.

그리하여 주상께서 황급히 조서를 발표하시었으니 그 내용은 이러했다.

=짐과 중전이 전혀 해를 입지 않았고, 또한 앞으로 태어날 원자를 생각하여 사건을 조용히 무마시키고자 하는 것이 왕실의 뜻이다!=

도성의 백성들은 참으로 이해가 되질 않았다. 그것은 분명히 주상과 중전의 목숨을 노린 대역 사건임에도 주상이 나서서 황급히 사건을 무마시키고자 하다니 그 이유를 의심하지 않을 사람이 어디 있겠는가.

〈역시 대원위의 작품이었어! 그랬으니 천하의 효자인 주상께서 국태공의 죄를 물을 수가 없어 그리 조처하는 것이겠지!〉

사건은 그렇게 마무리가 될 수밖에 없었다. 흥선 대원군의 위상이 한껏 높아질 수밖에 없었다.

그리고 이튿날 밤, 흥인군의 집이 화마로 소실이 되고 말았다. 이날이 섣달 열이튿날이었다. 그것이 왕실의 이사를 결정짓게 만든 결정적 계기가 되었다.

(그래도 폭약을 사용하지 않고 기름을 사용해서 목숨을 살려준 것은 그 인물됨이 변변치를 못해서이거늘, 그 연유나 알아챌는지 원!)

홍인군의 집이 불에 탄 이틀 후에는 판돈녕 부사 민치구가 세상을 떠났다. 민치구의 나이 여든한 살로 노환에다 충격이 겹쳐 자리보전하고 누운 지 한 달도 못 되어 세상을 떠난 것이다.

그런데, 민치구의 죽음이야말로 민승호의 죽음 못지않게 이 나라 조선의 운명에 크나큰 불행을 남기게 되는데, 그것은 바로 부대부인 때문이었다. 주상의 생모요, 운현궁의 안주인으로서, 민승호의 폭사 사건과 친정어머니의 죽음으로 인한 애통함, 경복궁의 폭파 사건으로 인한 충격, 거기에다 이최응의 집이 소실되었다는 소식에 이어 친정아버지의 죽음으로 인한 정신적 고통과 피로감을 견뎌내지 못하고 결국 마음의 병을 얻고 말았던 것이었다. 자신의 아드님이신 주상과 며느님이신 중전에게 천주학의 교리도 끝까지 전해주지 못한 채 말이다.

천하의 미치광이 대원위로서도 이 세상에서 유일하게 마음대로 할 수 없었던 단 한 사람의 인물, 그가 바로 부대부인 민씨였다. 그랬는데, 그녀가 이제 무거운 마음의 짐을 내려놓으려 하고 있었던 것이다.

부대부인께서 마음의 병을 얻게 되자, 가장 크게 상심을 한 사람은 바로 주상과 중전이었다. 흥선대원군의 미치광이 행각을 견제해줄 유일한 버팀목이 바로 부대부인이기 때문이었다.

(그러나 그것은 경복궁의 불길이 모두 잡히고 난 후의 일로서) 초혜는 이때 경복궁의 불구덩이 속을 벗어날 길이 없었다. 주상

께서 초혜에게 중전의 안위를 부탁했기 때문이었다. 그것은 바로 해산일이 얼마 남지 않은 중전의 복중 태아 때문이라고 하였거니와, 그게 아니더라도 초혜는 이때 자신이 궁궐에 남아 처리하지 않으면 안 될 아주 중요한 일이 한 가지가 더 남아 있었던 때문이기도 했다.

2. 5척 단신의(미치광이) 거인

세월은 참으로 빠르게 흘러가고 있었다. 왕실 무당이 된 초혜가 한양으로 올라온 지도 햇수로 4년째를 넘어서고 있었던 것이다. 그럼에도 그동안 배우고 익힌 것은 오로지 무당 짓거리밖에 없었다.

초혜는 정녕 불탄 전각의 흉측스러운 모습을 바라보면서 참으로 마음이 무거웠다. 밤만 되면 귀신이라도 나올까 봐 몸이 (으스스)해졌던 것이다. 그것은 결코 잿더미 때문만이 아니었다. 이번 폭발과 화재로 인하여 여러 명의 나인이 목숨을 잃었다. 그들의 원혼들이 밤만 되면 나타나서 서럽게 울어대는 것만 같았던 것이다.

그런데 이번 자경전의 폭발 사건 이후 변화된 모습이 한가지 있었다. 왕실의 그 누구도 애기보살(초혜)에 대한 허물을 입에 담는 사람이 없어졌다는 사실이었다. 그러니까, 중전이 무당을 왕궁에 붙잡아 두고, 점괘나 뽑아보며 (사술에 현혹되어 지낸다는지 어쩐다느니 하는) 입방아가 (쏙) 들어가 버렸다는 사실 말이다.

그 모든 일이 중전과 주상의 눈속임이었고, 이 궁궐 안에도 대원위의 수족들이 두 분의 목숨을 노리는 일에 동참하고 있다는 사실이 현실로 드러났기 때문이기도 했다.

더불어, 이번 폭발 사건에 연루가 된 궁인들이나 군사들은 얼마나 두려움에 몸을 떨고 있을 일이겠는가. 그들은 아마도 대원위에 관한 말이거나 폭발 사건에 관한 말이 나오기만 해도 두려움에 몸을 떨며 자리를 피하여 도망을 치고 있었을 것이었다.

그럼에도 주상께서 이번 사건을 그냥 덮어두겠다고 하니 지옥에서 구제받은 기분일 것이었다. 아무리 그렇기는 해도 행여나 감찰상궁이나 내시들을 시켜 은밀하게 뒷조사를 하고 있는 것은, 아닌지 그게 두려워서라도 다른 것엔 신경을 쓸 마음의 여유들이 없었던 것이다.

그랬기에 궁중 내부의 분위기는 한껏 무거울 수밖에 없었다. 더불어 폭발 사건을 입에 담는 것조차 꺼리는 것은 너무도 당연했다. 멀쩡한 궁궐이 온통 잿더미가 된 것만으로도 궁인들은 모두 두려움에 떨 수밖에 없었으니 말이다. 애기보살이 궁중에 머물고 있다 하여 어느 누가 감히 그 사실을 불평하여 입방아를 찧을 수 있을 일이겠는가.

초혜가 궁중에 머무는 이유는 곧바로 밝혀졌다. 그것이 바로 왕실의 이사문제였다. 지금 이곳 경복궁에는 한시도 더 이상 머물 수 있는 입장이 못되었다. 궁궐의 전각 삼백예순 칸 이상이 몽땅 타버렸으니 궁인들은 얼마 남지 않은 좁은 공간에서 발을 뻗고 누울 자리조차 부족했던 것이다.

"중전마마? 주상전하께 간청하여 어서 빨리 이사부터 서두르셔야 할 것이옵니다. 이곳은 불탄 잿가루의 먼지로 인하여 하루도 더 지체할 수 있을 곳이 못될 것인바, 복중 용정에 이보다 더 시급한 일이 어디 또 있겠사옵니까? 어서 서두르시옵소서 마마!"

중전으로부터 그 말을 전해 들은 주상께서도 마음이 급하시긴 마찬가지였다.

"짐도 중전의 복중 태아가 참으로 걱정이 되던 참이었소. 여봐라? 대전 내관은 어서 가서 이사 갈 궁궐이 어디가 좋을지 서둘러 알아보고 오너라!"

대전 내관이 어명을 받고 황급히 달려 나간다. 그리하여 왕실이 이사를 갈 것이란 소문은 금세 퍼져 나갔다. 나인들이나 내관들에게도 그것은 희소식이었다. 잿가루가 바람을 타고 온통 궁궐을 뒤덮고 있었기에 이곳은 한시도 더 이상 버티고 있을 곳이 못되었던 것이다. 게다가, 먼지보다 더 시급한 것은 바로 잠잘 자리였다. 한 방에 십수 명씩 쪽잠을 자는 것도 모자라 수라간이나 창고 같은, 바람을 피할 공간이면 모두가 임시 숙소로 사용이 되고 있었던 것이었다. 그랬으니 그 불편함이 오죽하겠는가.

대전 내관이 이사 갈 궁궐을 알아본 곳은 바로 창덕궁이었다. 창덕궁이라면 더 이상 손볼 곳도 없이 지금 당장 이사를 해도 무리가 없을 만큼 보존이 잘 돼 있었다. 그것은 바로 이와 같은 경우를 대비하여 관리를 해오고 있었기 때문이었다.

그리하여 왕실이 창덕궁으로 이사를 하기로 결정이 되어졌다.

그랬는데 그 소식을 전해 들은 흥선군이 사생결단을 하여 반발을 하고 나섰다.

〈아직도 전각들이 남아있고 대전이 그대로 있으니…〉

다소, 궁색하여 불편하더라도 좀 참으라는 것이었다. 궁색하고 불편하면 아랫것들이나 불편하지 주상에게 불편할 것이 무에 있느냐는 것이었다. 대전이 그대로 멀쩡하게 있으니 말이다.

〈군왕이 왕궁을 옮기는 일은 신중에 신중을 기해야 하는 것으로서 기분에 따라 함부로 행할 수 있는 일이 아닌 바…〉

황궁은 그 집터가 참으로 중요한 것인데, 창덕궁은 결코 군왕의 위엄이 서지 않는 나쁜 집터이므로 절대 이사를 해서는 안 된다는 것이었다. 경복궁은 자신이 새로 세운 전각이니 자신이 나서서 말끔하게 수리를 할 것이므로 이사를 하지 말고 그냥 있으라는 당부였다.

"그토록 간곡히도 당부를 할 량이면 애초에 태우지를 말 것이지 잿가루가 날려 숨을 쉬기도 어렵거늘, 공사를 한다면서 얼마나 더 괴롭혀야 속이 시원하단 말씀인가! 그렇게도 집터가 중요한 것인데 그동안 이 나라에는 집터 하나 볼 줄 아는 지관이 한 명도 없었더란 말인지 원!"

주상도 이제는 여덟 살짜리의 어린아이가 아니었다. 그럼에도 (코흘리개로 머물러 있지 않고) 성년의 나이가 되어 친정을 하겠다는 것에 반발해서 (자객을 들여보내고 폭약을 터뜨리는 등) 온갖 해악질을 다 부리면서, 앞으로는 또 무슨 짓을 더 저지르겠다고 그런 괴변으로 이사를 막고 나서는 것인지 그것이 참으로 이해가 되질 않았던 것이다.

물론, 뜨거운 열기가 남아 있는 황궁의 사정을 이해하지 못해서 비롯된 오해 때문일 수도 있을 일이긴 했다. 그렇다고는 할지라도 공사를 다시 시작하려면 불탄 전각과 남아 있는 전각 사이에 임시로 담장을 둘러친 뒤 수많은 건축자재를 들여오고 인부들을 출입시켜야 하는바, 폭약을 들여오거나 칼잡이들을 잠입시키는 일은 식은 죽 먹기보다도 쉬운 일일 것이었다. 지금까지의 그의 행위로 봐서는 그런 일은 꾸미고도 남을 일이었다.

그러니까, 대원위의 주장대로라면 (똥강아지처럼 내 발밑으로 기어들던가 내 손에 죽어주던가) 선택을 하라는 뜻이나 마찬가지였다. 참으로 속보이는 일이 아닐 수 없었다.

허긴, 폭약이 터지고 전각이 불에 타는 바람에 죽지는 않았어도 크게 놀란 것만은 사실이었다. 그랬기에 대원위의 말이라면 무조건 주눅이 들어 믿고 따를 만도 하기는 했다. 그러지 않았다간 주상이라 해도 언제 비명횡사를 당하게 될지 그것을 각오하지 않으면 안 될 지경에 이르렀으니 말이다.

대원위가 그렇듯 뻔뻔스레 나올 수 있었던 것은 그 원인이 주상에게 있었다. 이번 사건을 조용히 무마시키고자 한다면서 대원위의 간덩이를 부풀게 만들어 준 것이 주상이었으니 말이다.

그것이 바로 대원위의 위상을 드높이고 상대적으로 주상의 권위를 스스로 깎아내리는 일이 아니고 무엇이겠는가. 그럼에도 천만다행스러운 것은 주상이 대원군의 협박과 회유에도 불구하고 왕실을 창덕궁으로 옮기겠다고 용단을 내렸다는 사실이었다. 그것이 주상의 강단으로 비쳐져서 그나마도 주상에 대한 비하의 소문을 잠재울 수 있는 계기가 되고 있기는 했다.

그러나 사실, 주상께서 창덕궁으로 이사를 결정하신 것은 주상의 강단이 아니라, 바로 애기보살 초혜의 간언 때문이었다. 이때 주상께서는 사실 흥선대원군의 반대로 이사문제에 결정을 못 내리고 망설였던 것이 사실이었다. 나이 어린 주상께서는 그동안 혼자서 모든 일을 결정해 본 일이 단 한 번도 없었던 것이다.

게다가 흥선군을 대신하여 주상에게 힘이 되어주던 흥인군마저 입궐을 하지 못하고 있었다. 화마로 집안이 소실되어, 입궐할 때 입고 다니던 관복마저 남아 있는 것이 없었다. 관복은 고사하고 가재도구 하나도 건진 것 없이 몽땅 화마에 소실이 되고 말았던 것이다. 그래서 당장 추위를 피할 곳도 없게 된 처지에서 입궐할 경황이 있을 리 없었다.

주상께서는 그동안 사사로이 만나서 밀담을 나누며 흉금 없이 속마음을 털어놓을 수 있는 인물이 두 사람이 있었다. 한 사람은 자신의 처남이자 외숙이신 민승호였고, 또 한 사람은 바로 중백부인 좌의정 이최응이었다.

그랬는데, 민승호는 폭사를 당해 주상의 곁에서 사라졌고, 좌의정 이최응은 자경전의 폭발 사건을 끝까지 수사해서 범인을 찾아내어 엄벌에 처해야 한다는 주청을 했다가 집안이 화마로 소실되는 불운을 맞게 됨으로써 입궐도 못하는 처지가 되어 있었던 것이다.

이제 남은 것은 중전뿐이었다. 중전에게는 애기보살 초혜가 있었기에 주상으로서는 중전이 가장 믿고 의지할 수 있는 유일한 지원군인 셈이었다.

물론, 주상에게는 중전을 맞이하기 전부터 가까이 지내던 후궁 이씨가 있기는 했으나, 그녀가 대원위의 손발이란 것은 주상으로서도 이미 모르는 바가 아니었다. 흥선 대원군이 민승호를 경계하여 중전을 내쫓고 그녀를 중전으로 앉혀 완화군을 왕세자로 세우겠다는 것을 끝끝내 반대한 이유도 그녀의 그 믿음성 없는 성격 때문이었다. 그래서 그녀가 중전감이 못 된다는 것을 잘 알고 있었기에 주상께서는 어린 나이임에도 불구하고 그녀에게 속마음을 드러내 보인 적이 한 번도 없었던 것이다.

어쨌거나, 왕실이 이사를 하는 일은 결코 간단한 문제가 아니었다. 내관과 나인들을 비롯한 궁궐의 수비병력까지 수천 명의 대이동이 이루어져야 하는 일이기 때문이었다. 이삿짐을 싸는 일만 해도 하루 이틀에 할 수 있는 일이 아니었다. 그러니까 며칠 만에 후다닥 끝낼 수 있는 일이 아니라는 사실이었다.

그럼에도 창덕궁으로의 이어는 불이 난 지 사흘 만에 전격적으로 이루어졌다. 그랬기에 그것이 순탄하게 이루어질 수 없었을 것이라는 것쯤은 짐작하여 모를 리 없거니와, 대원위께서 워낙에 강력히 반대하고 나오자 주상께서도 마음이 흔들릴 수밖에 없었던 것은 당연한 일이었다. 그것은 주상이 아니라 다른 그 누구라 할지라도 마찬가지일 것이었다.

"이런 일은 내 생전에 전례가 없는 일이 돼놔서 궁중의 법도가 어떠한지를 내가 아는 게 있어야 말이지!"

궁중의 법도를 탓하기 전에 주상이 이사를 결정짓지 못하는 또 다른 이유가 있기는 했다. 불이 난 지 사흘도 못 되어 마치 불이 나길 기다리기라도 했다는 듯이 이사를 결정하는 것이 마음에 걸리기는 했던 것이다.

사실, 대원위의 주장이 모두가 다 옳은 것은 아니라 할지라도,

왕실의 이사문제 같은 것은 한 번쯤 재고해 볼 필요도 있음이기는 했다.

〈일반 사가에서도 이사를 할 때는 일진을 살펴 날짜를 잡아서 하는 것이라 들었거늘…!〉

하물며, 왕실의 이사이고서랴, 당연히 날짜를 잡아야 하는 것이 법도가 아닌지 주상께서는 그것을 제대로 알고 있지 못했던 것이다. 그리하여 대전 내관에 의해 창덕궁으로의 이어에 아무런 문제가 없다는 사실을 알고 나서도 언제 이사를 해야 할 것인지에 대해서는 결정을 못 하여, 흥인군에게라도 자문을 구하고자 했던 것이다. 그랬기에 초혜가 흥인군을 대신하여 이사 문제를 결정짓고 나서지 않을 수 없었다.

게다가 무녀들의 말이란 무조건 귀신의 뜻이라 믿고 있는 것은 주상이나 중전도 마찬가지였다. 그랬기에 초혜의 간청을 그만큼 진지하게 들어주는 이유가 되기도 했던 것이다.

"이곳 경복궁이나 창덕궁이나 모두가 다 전하께서 하시라도 머무실 수 있는 도성 안의 전각들일 뿐이옵니다. 전하께서 중궁전으로 납시고 대전으로 납시는 일에도 일진을 살펴, 시와 때를 정해서 행차하여야만 하시는 것이옵니까? 전하께서는 결코 도성 바깥으로 날짜를 잡아 궁궐을 옮기시는 것이 아니옵니다."

"허긴, 그렇게 말을 하니 그것도 말이 되는 것 같기는 하구나. 창덕궁도 짐이 살던 짐의 궁궐이거늘—!"

"그렇사옵니다. 전하! 중궁전에 불이 나서 침소를 옮겨야 하는 일에 어찌 일진이 필요하다 하겠나이까!"

"그래그래! 그러니까. 전각을 옮겨 다니는 일은 일진이 필요

없단 말이렸다?"

"그뿐만이 아니오라. 장농이며 이부자리 하나도 남은 것이 없으니 이삿짐을 챙겨 옮길 것도 없사옵고, 두 분 마마께옵서는 그곳으로 편안하게 침수만 드시러 가시면 되는 것이옵니다. 전하!"

"허어, 거참! 듣고 보니 그도 그렇구나. 중궁전이 불에 타고 없어 침전을 옮기는데, 굳이 날짜를 잡아 침전을 옮긴다며 눈치 볼 게 없다는 뜻이렸다?!"

"그렇사옵니다. 하옵고 왕실이 한꺼번에 거처를 옮기기 어렵다면 주상전하와 중전마마께서만 먼저 거처를 옮기셔도 될 것이옵는바, 두 분께서는 기필코 내일까지는 거처를 옮기셔야 할 것이옵니다."

"내일까지…? 꼭 그렇게 서둘러야 할 이유라도 있슴이더냐?"

"그렇사옵니다! 내일 당장 중전마마께서 침전을 옮기지 않으신다면, 아직도 연기가 피어오르고 있는 이 잿더미 속에서 용정을 생산하시게 될 것이옵고, 그것이 갓 태어나신 용정에 얼마나 해로울지는 굳이 말씀드리지 않더라도 이해가 되실 것이옵니다!"

"그렇다고 이사 날짜를 며칠쯤 늦춘다고 하여 중전께서 이곳에서 용정을 생산하신다고 단정을 할 것까지야 없질 않느냐?"

바로 이때였다. 대전 내관이 좌의정 이최응의 집이 소실되었다는 사실을 전해왔던 것이었다.

주상은 참으로 기가 막히지 않을 수 없었다.

"참으로 놀랄 일이로다! 짐이 대전에서 방귀만 뀌어도 아버님이 사가에서 냄새를 맡고 계심이니 원—!"

주상께서도 이미 좌의정의 집이 불탄 것은 대원위의 소행이란 사실을 깨달아 눈치채고 있었던 것이다. 좌의정 이최응이 주상의 교서에 반발하여 죄인들을 가려내서 엄벌에 처해야 한다며 강력히 주청하고 돌아간 지 단 하룻만에 그와 같은 보복행위를 당하게 되자 그것을 빗대어서 하는 소리였다.

게다가 그것은 또한 대전 내관이나 나인들에 대한 경고의 뜻이기도 했다.

그리하여 주상께서는 보란 듯이 그 자리에서 창덕궁으로의 이어를 결정하는 계기가 되었던 것이었다. 그리고 그것은 대원위에 대한 경계심을 드러내 보인 결과이기도 했거니와 초혜의 부추김이 그 원인이기도 했던 것이다.

주상이 대원군을 경계하는 것은 어제오늘의 일이 아니었다. 중궁전이 폭발하기 며칠 전부터 주상께서는 중전의 부탁을 받고, 밤만 되면 중궁전으로 발걸음을 한 뒤, 대전 내관 유재현이만 앞세운 채 자신의 행적을 숨기는 기이한 행동을 스스럼없이 실행에 옮겨왔던 것이었다. 지난번 자객 사건 이후의 변화된 모습이었다. 젊으신 주상께서는 이 세상에서 믿고 의지할 수 있는 사람이 중전과 애기보살(초혜)밖에는 더 이상 아무도 없었던 것이다.

그것은 흥선대원군의 미치광이 행각에 대한 두려움이기도 했고 또 겉으로 드러내놓고 할 수 없는 젊음의 발로이기도 했으니 그것을 잠행이란 말로 포장을 하기는 했으나 어린 시절의 향수 같은 것 때문이기도 했을 것이었다.

원래, 임금이 잠행을 나가는 것은 오래된 관행이요, 특권이기도 했다. 잠행이라 하여 꼭히 궁궐 바깥의 백성들 민심만 살피라는 법은 없음인 것이니, 궁궐 내에서도 은밀히 미행을 하면 얼마나 흥미롭고 재미가 있을 일이겠는가. 그것도 중전이 시켜서 중전의 승인하에 하는 술래놀이 같은 것이니 말이다.

그런데, 정작 문제가 되는 것은 초혜의 점괘였다. 주상이 왕실의 이어를 결정하게 된 것은 초혜의 점괘 때문이라 할 수 있음일 것이거니와 이사를 가서 이삿짐도 풀기 전에 판돈녕 부사 민치구의 부음 소식이 전해져 왔던 것이었다. 주상에게는 외조부가 되는 인물이요 중전에게는 계부가 되는 인물로서 민치구의 부음 소식을 전해 듣고는 그의 죽음에 대한 애통함에 앞서 주상과 중전께서는 또 한 번 가슴을 쓸어내릴 수밖에 없었던 것이다. 아무리 주상이라 할지라도 외조부의 부음 소식을 전해 듣고는 차마 이사를 강행할 수가 없었을 것이었으니, 그랬더라면 결국 중전께서는 경복궁의 잿더미 속에서 산실청을 차릴 수밖에 없었을 것이라는 사실이었다. 초혜의 점괘가 족집게처럼 딱 들어맞고 말았던 것이었다.

바로 그것이었다. 그것이 바로 삼신당 신녀가 초혜를 닦달했던 이유였던 것이다. 그날 황궁이 이사를 가지 못하고 경복궁에 그대로 눌러 있었더라면 초혜는 정녕 중전께서 용정을 생산하실 때까지 황궁에 그냥 붙잡혀 있을 수밖에 달리 방도가 없었을 것이라는 사실이 말이다.

그런데 정작 그것보다도 놀라운 사실은 따로 있었다. 삼신당 신녀가 두려움을 느껴 줄행랑을 칠 준비까지 하게 되었던 이유 말이다.

그것이 사실은 흥선대원군이 황실의 이사를 가로막은 진정한 의도였거니와 뜻밖에도 그것이 황실의 이사와 직접적으로 연관이 되어 있었던 것이었다. 바로 금위영의 군사들이었다.

물론 금위영의 군사라고 하면 주상의 명에 의해서만 움직이는 군사들이기는 했다. 그러나 그들 군사들에게 손을 써서 움직이지 못하도록 손발을 묶어두는 것은 대원위로서도 얼마든지 가능한 일이었다. 주상의 명령을 가로막을 수 있는 방도를 대원군은 이미 계획해 두고 있었던 것이다.

그랬기에 금위영의 군대만 발목을 잡아두면 만사는 대원군의 뜻대로 끝장이 날 수 있었던 것이다. 관악골에 있는 이재선이의 사병조직이 언제라도 출동을 할 수 있게끔 준비가 되어 있었으며, 이때가 바로 관악골에서 광주산성 인근으로 피난을 가기 직전의 일이었으니 말이다.

그랬는데 이재선이의 사병들보다 두 배가 넘는 금군들이 왕실의 이사를 위한 안위에 동원이 되어 있었으니 이재선이의 사병들이 관악골을 떠나면서도 왕궁을 들이치겠다는 계획을 수정할 수밖에 방도가 없었던 것이다.

주상에게는 그야말로 천운이 아닐 수 없을 일이거니와 왕실의 이사가 결국은 주상을 살려낸 셈이었다.

이즈음,

이웃 나라 일본에서는 (지난 1871년에) 청나라와 수호조규(외교관계)를 수립했고, 이듬해인 72년에는 부산의 왜관을 외무성 관할하에 공관으로 개청을 했다. 그러면서도 기가 막힌 것은, 그들이 조선 조정과는 한마디 상의조차 하지를 않고 무시를 했다는 사실이었다.

　그들은 우리 조선에 침투시킨 정보원들을 통해서 조선 조정의 현실을 손금 들여다보듯 (훤-히) 꿰뚫고 있었던 것이다.

　〈이제부터는 우리의 낭인(밀정)들을 부산의 공관에서 직접 챙기고 관리하도록 하라!〉

　그것은 바로 조선의 실정을 모두 알았으므로, 조선을 침공하기 위한 준비가 끝났다는 것을 의미하는 일이기도 했다. 더불어 부산에 공관을 설치하여 조선을 침공하기 위한 교두보로 활용하고, 사전 계획에 따라 공관에서 직접 전쟁을 지휘하여 조선 땅을 유린하겠다는 계획을 세운 것이었다.

　그럼에도 조선 조정에서는 (대원위의 횡포가 어디까지 가려나-?)해서, 그 눈치만 살피며 숨을 죽이고 있었다. 나라의 근본이 흔들리고 있는 마당에 그깟 하찮은 왜인들의 행위가 관심에 있을 리 없었다.

　〈왜놈들이야 임진란의 교훈을 뼈저리게 깨닫고 있을 터, 그럼에도 침공을 해온다면 민초들이 들불처럼 들고 일어나서 그놈들을 내쫓아 줄 것인즉!〉

　백성이라 하는 민초는 그래서 존재하는 것이 아니겠는가.

　〈전쟁이라도 한번 일어나봐야 저 철부지 주상이 아비에게 매달려 그놈들을 내쫓아 달라고 간청을 해올 것이거늘!〉

　그래서, 왜인들이야 무슨 짓을 하든, 주상의 관심만 다른 곳으로 돌리는 일에 안간힘을 쏟고 있었다.

　이때 일본은 전쟁 준비를 모두 마치고 청나라에다 외교관을 파견하여 조선에서 무슨 일이 일어나든 일절 관여하지 않겠다는 다짐까지 받아놓은 상태였다. 한마디로 말해서 일본이 조선을 침공해도 관여치 않겠다는 승낙서였다.

그리하여 일본은 1873년 8월에 조선을 침공하기로 최종 결정을 하게 되었다.

그랬는데 뜻하지 않은 일이 발생했다. 유럽의 문명 된 세상을 둘러보고 온 사절단들이 조선 침공의 방식을 바꾸자고 나선 것이었다.

(전쟁을 하게 되면 많은 물자와 인명의 손실이 발생하게 되는 바…)

자신들이 유럽에서 보고 배워온 방식을 적용하여 (제국주의를 모방해서 조선의 민심을 부추기고 경제적인 압박을 시도하여) 서서히 정권을 고사시키는 방식으로 추진해 나가자고 제안을 했던 것이었다.

그래서 조선을 침공하는 대신에 조선 영토의 십분의 일도 안 되는 조그만 섬나라 타이완을 침공하는 것으로 결정을 보게 되었다.

(이번 참에 청나라의 속내까지도 확인을 해볼 수 있는 좋은 기회가 될 것이야!)

그리하여 타이완을 침공해서 점령하였다. 청나라 역시 일본의 행위에 속수무책으로 당하고만 있었다. 일본과 맞서서 타이완을 지켜낼 힘이 부족했던 것이다.

그러자 일본은 아예 여러 가지 이유를 갖다 붙여 청나라에다 막대한 보상금까지 요구했다. 청나라는 그만 일본국이 침략해오지 않을까 겁을 먹고 보상금을 치러주게 되었다.

청나라로부터 생각지도 않은 보상금까지 챙긴 일본은 드디어 자신감을 갖고 조선을 압박하기 위한 군사 외교의 양면작전에 속도를 내기 시작했다. 조선에 대한 외교관계의 영향력을 강화해 나가면서 함포 외교를 통한 강화도 조약으로 아라사에 대한 견제까지 시도하고 나서는 자신감을 보이기 시작했던 것이다.

그럼에도 대원위는 조선 조정의 무능함을 비난하며 민심을 부추기기에만 혈안이 돼 있었다. 대원위에게는 오로지 자신의 정권 창출만이 목적일 뿐이었다. 그랬기에 자신의 자식조차 눈에 보이지 않는 노망난 늙은이에게 백성들의 고초 같은 것이 염두에 있을 리 만무했다.

3. 꿈꾸는 왕조

일본국은 드디어 조선에 대한 노골적인 침략 의도를 드러내기 시작했다. 자신들이 황제의 나라인바, 조선은 자신들의 뜻에 따르라는 엄포까지 서슴치 않았던 것이다.

그러한 현실에 젊으신 주상은 탄식만 쏟아낼 뿐이었다.

"짐이 오늘과 같은 사태를 염려하여 개항을 해서 서구의 앞선 문물을 받아들이고자 하였거늘, 이제 와서 저 왜인들의 횡포를 무슨 수로 막아낼 수 있단 말이든고—!"

그랬다. 주상은 어린 나이임에도 국제정서의 흐름을 깨달아 (쇄국정책으로 일관하고 있는 대원위의 조정출사를 막은 뒤에) 개항을 시도하려 하자 드디어 대원위가 때를 만났다는 듯 반대를 하기 시작했다. 그러니까, 조정의 중신들을 움직여 주상의 개항정책에 반대를 하게 했고, 전국의 유생들을 부추겨 벌떼처럼 들고 일어나게 했던 것이다.

《개항이라 하는 것은 서구사회의 민주사상을 받아들이고자 하는 것으로서, 그것은 곧 반상의 구분을 없애고 개나 돼지에게도 갓을 씌워 정치에 참여하라 함이나 다를 바 없음인 것이니⋯》

최익현과 같은 전국의 유생들이 들고일어나기 시작했다. 대원위의 쇄국정책만이 개나 돼지에게 갓을 씌우지 않는 방도라 하여 그 잘난 유생들의 기득권 방어정책이 대원위의 쇄국론과 죽이 맞아 들고일어나자 주상께서도 더 이상은 정책을 추진해 나갈 수가 없었다. 아직도 나이가 어리신 주상께서는 조정의 중신들마저 기득권 유지라는 명분에 사로잡혀 등을 돌린 상황에서 정책을 밀고 나가기엔 힘이 부족했던 것이다. 드디어 대원군이 기회를 잡은 셈이었다.

"내가 뭐라더냐! 우리 조선이 살아갈 길은 나라의 빗장을 꼭꼭 걸어 잠그는 일뿐이라고 하였거늘, 저 어리석은 유생 놈들조차 나라가 위급한 지경에 처하게 되자 내 뜻을 알아채고 있슴인데, 하물며 주상이라 하는 놈이 저렇게도 어리석고 철부지 하고서야 원!"

그리하여 조선은 개항조차 못 해보고 주상의 어의가 꺾이고 말았다. 대원군의 독선에 맞서서 젊은 주상에게 힘을 실어줘야 할 유생들조차 사대부의 기득권을 잃을까봐 개항정책에 발목을 잡고 늘어지는 바람에 조선은 결국 일본국으로부터 최후의 협박을 당하면서도 그에 따른 대책조차 세울 길이 없었던 것이다.

(대책을 세울 길이 왜 없어! 대원위가 권력을 잡기만 하면 대번

에 대책을 세워서 그깟 왜놈들이야 이 땅에 발도 못 붙일 것을!)

참으로 옳은 말이었다. 전쟁이야 까짓거 임란 때도 겪었던 일이 아닌가! 백성들이야 죽어도 죽어도 들풀처럼 다시 생겨나게 될 것이거늘, 그래서 민초라 이름함이 아니냔 말이다.

(제 놈들이 설마 땅덩이야 짊어지고 갈까!)

대원위에게는 이렇듯 또다시 권좌에 복귀할 기회가 찾아오고 있었다. 왜놈들의 압박이 심해지면 어린 주상으로서는 결코 왜놈들을 상대하여 나라를 지켜낼 수 없을 테니 말이다. 이것이 바로 5척 거인의 저력이기도 했다. 사대부라 하는 호랑이의 등짝에 올라탄 다섯 척 거인의 저력이었다.

그런데, 이때 운보 소옹의 신세가 참으로 말씀이 아니었다. 뱃삯이 없어서 도둑강을 한번 건넌 것이 이렇듯 역도의 누명까지 뒤집어쓸 만큼 중대한 죄목인지는 알 수가 없었으나, 금부의 옥사에 갇혀 지낸다는 것은 참으로 견디기 힘든 고역이 아닐 수 없었던 것이다.

개화당의 인물들이 모두 방면되자 옥사가 (텅텅) 비어버렸다. 그러자 그 지긋지긋한 고신조차 이루어지지를 않고 있었다. 그랬으니 더더욱이나 더 한심스러울 수밖에 없었다.

이때가 섣달 초입이라 날씨마저 엄청 매서웠다. 천하의 운보라 할지라도 추위만은 견디기가 쉽지를 않았다. 그나마도 운기행공으로 겨우겨우 추위를 견뎌내고 있기는 하였지만 말이다.

"초혜와 큰스님께서 내 소식을 전해 들었다면 환재 대감이나 부부인에게 매달려서라도 기별 한 번쯤은 전해왔을 터인데, 이토록 연락이 없다는 것은 무언가 낌새가 좋지 않단 말씀이야!"

특히나 보우 큰스님께는 운보 자신이 (한성부 옥사에 갇혀 있다고) 기별까지 넣었던 처지가 아니었든가.

"아무래도 사달이 나신 게야. 그렇지 않고서야 이렇듯 무심할 리가 있나"

운보는 정녕 마음을 잡을 수가 없었다. 그렇다고 움츠리고 뛸 수 있는 입장도 아니었다. 이미, 보우 스님과의 관계나 동인 선사 및 초혜와의 관계 등등, 모든 것이 명명백백 드러난 이상, 자신이 옥사를 탈출하면 그 여파가 어디까지 미칠지 그것이 정녕 걱정이 아닐 수 없었던 것이다.

그래서, 꼼짝없이 옥사에 갇혀 있을 수밖에 없었는데 그렇게도 세월은 흘러가고 있었다.

그리고 섣달 열흘, 황궁이 둘러꺼진 것이었다. 그리하여 도성이 발칵 뒤집히자 금부의 옥사라 하여 그 난리를 깨닫지 못할 리 없었다. 나라의 주인이 바뀌느냐 마느냐 하는 위급한 상황에서 가장 긴박하게 움직이는 것이 바로 이곳 의금부의 관리들이었다. 황궁이 둘러꺼지고 있는데도 금부에서 그 낌새를 모르고 있었다면 그것을 어찌 국왕의 직속 수사 기관이라 할 수 있을 일이겠는가.

운보도 의금부 옥사에서 추위와 맞서 잠을 설치고 있던 참이었다. 그리고 세상이 둘러꺼지는 소리에 이어 어디선가 어둠을 밝혀주는 불빛이 이곳 옥사에까지 비쳐들고 있었던 것이었다.

"병조판서 대감이 폭사를 당해 죽었다더니 저것은 또 누구를 폭사시킨 벼락 소리란 말인가!"

운보는 정녕 의금부 관리들의 움직임에 신경을 곤두세울 수밖에 없었다. 바깥세상에서 지금 무슨 변고가 일어나고 있는지 그것이 참으로 궁금하기만 했던 것이다.

그리고 얼마가 더 지났을까. 갑자기 옥사의 문이 열리고 있었다.

"어라?! 이 밤중에 어인 일일까…?"

이곳에는 지금 운보 자신만이 갇혀 있다고 들었기에 출입자에 대해서 관심이 가는 것은 너무도 당연했다. 지금 이 시각에 옥사를 방문하는 것이라면 당연히 운보 자신을 찾아오는 인물일 것이기 때문이었다.

역시나 운보의 예측대로였다. 옥사를 방문한 인물은 옥사의 옥졸을 앞세워 횃불까지 밝혀 들고 있었는데, 그것으로 미루어 최소한 도사급은 되는 신분임을 깨달아 모를 리 없거니와, 그는 옥졸에게 지시하여 옥사의 자물쇠를 열게 하고 있었다.

"이제는 나를 전옥서로 보내주려나?"

운보도 한 가닥 희망이 생겨나고 있었다. 바깥세상에서 무슨 난리가 일어났기에 의금부 관리가 이 밤중에 자신을 찾아오는 것인지 그게 자뭇 흥밋거리이기도 했던 것이다.

드디어 옥사의 문이 열리고 옥졸을 앞세운 관리가 뜻밖에도 운보를 향해 말했다.

"젊으신 스님께서는 그동안 고생이 많으셨소이다! 어서 나오시구려. 지금 궁궐이 둘러꺼졌는데 죄도 없는 스님이 이렇듯 갇혀 있을 이유가 없습이지요. 좌찬성께서 개인적인 사유로 왕명도 없이 스님을 옥사에 가둬두라 하였으나, 더 이상 금부에서 좌찬성의 주구 노릇이나 할 수 없습이라 이렇듯 방면을 하는 것이니 어서 나를 따라나서시오!"

관리가 이렇듯 사유를 설명해가며 방면을 하겠다고 하자 운보로서도 더 이상은 망설일 이유가 없었다. 그동안은 왜 자신이 금부의 옥사에 갇혀 있는지를 몰랐으나 좌찬성이라 하는 인물에 의해서 사사로이 감금이 되어 있었다는 사실까지도 알게 되었으니 말이다.

운보가 옥사를 벗어나 조용히 관리의 뒤를 따르며 묻는다.

"나으리가 누구신지는 모르오나 좌찬성이라 하시는 분께서 소승을 옥사에 가둬두라 하실 때에는 분명 무엇인가 연유가 있을 터인데 그것이 무엇인지는 여쭤봐도 되겠습니까?"

관리가 앞장서서 걷다 말고 뒤를 돌아보며 말한다.

"좌찬성의 개인적인 사유라 하지 않았소이까? 보우대사님의 간곡하신 당부가 있어 그동안 기회를 보아오던 참이었소이다. 허나, 방면할 명분을 찾지 못해 눈치만 살피고 있었으나 오늘 마침 대궐에서 급변 사태가 발생하였다는 소식을 듣고 급히 달려와 방면하는 것이니 아무 염려 말고 나를 뒤따라 저 군중 속으로 들어가서 이곳을 떠나시오! 허나, 포도청에서 스님의 신병을 확보하고자 하고 있으니 포도청 나졸들의 눈에 띄지 않도록 조심을 하는 것이 좋을 것이요."

"하. 하오면 큰스님께서는 지금 어디에 계시온지요?"

"개암사의 스님들이 모두 사라지고 없다는 소식을 전해 듣고는 이 사람이 당분간 대사님께 개암사를 떠나 있으라 권했소이다. 그동안은 우리 집에 계셨는데 이 사람이 며칠 전에 도성 바깥으로 안내를 했지요. 지금쯤 아마도 금강산을 향해 가시지 않았나 짐작하오이다마는 당분간은 돌아오지 않을 것이니 아마도 내 말이 맞을 것이요! 자— 그럼 어서 저 군중들 속으로 휩쓸려 들어가구려."

"예. 그리하겠습니다. 하온데 나으리의 함자만이라도 좀 알려 주실 수는 없으시겠습니까?"

"그것은 나중에 보우대사님을 만나거든 여쭤보시요. 그럼 어서 뒤도 돌아보지 말고 가시구려. 얼른!"

운보도 더는 관리의 발목을 붙잡아둘 수 없었다. 사람들이 아우성을 쳐대며 경복궁을 향해 몰려가고 있었는데, 운보는 정녕 그들과 함께할 수가 없었던 것이다. 어서 가서 한 뼘씩이나 자란 머리카락을 자르고, 고신을 당하면서 피로 얼룩진 승복을 갈아입어야만 멀쩡한 대낮에 사람들 앞으로 나설 수 있을 것 같았기 때문이었다. 그러기 위해서는 초혜의 진장방 신당으로 찾아가는 수밖에 달리 방도가 없었다. 그곳에는 만약을 대비하여 승복이며 미복까지도 한 벌씩 맡겨둔 것이 있었다. 동인 선사가 만약의 경우를 대비하여 배려를 해준 덕분이었다.

어쨌거나 큰스님께서 곤욕을 치르지 않고 무사히 피신하여 도성을 빠져나갔다니 그나마도 한걱정을 들게 된 셈이었다. 그러한 와중에서도 운보 자신의 방면을 위해 애를 쓰고 계셨다니 그만 마음이 숙연해지지 않을 수 없었다.

"나 같은 것이 무어라고…!"

숙연해진 마음으로 사람들과 엇갈려서 부딪혀 가며 걸음을 걷다 말고 멈칫 발길을 멈춘다.

"에고머니, 여기가 시방 어디인가?!"

정신을 차려 살펴보니 진장방 근처였다.

운보도 사실 불타는 궁궐이 엄청 궁금했다. 그러나 자신의 외모는 사람들의 눈길을 자극하기에 충분했다. 날이 새면 결코 사람들 앞에 모습을 드러낼 수가 없다는 사실을 잘 알고 있었던 것이다.

"초혜네 신당이라 해서 내가 드나드는 흔적을 남길 수야 있나!"

다행스럽게도 골목마다 불구경 나선 사람들로 넘쳐나서 운보가 몸을 숨기기엔 참 좋았다. 그래서 은근슬쩍 눈치를 보아가며 골목길을 꺾어 돌자, 번개처럼 어둠 속으로 몸을 날려 남의 집 담장을 뛰어넘는다. 그리고는 집안의 뒤뜰을 가로질러 초혜의 집 담장 안으로 숨어들고 있었다. 초혜의 신당이 있는 안채 뒷마당이었다.

그랬는데, 신당에서 누군가 등잔불을 밝혀놓고 치성을 올리고 있었다. 바로 신어미였다.

신어미는 사실 요즘 들어 잠을 제대로 이루지 못했다. 초혜가 병판대감댁에 치성굿을 올리러 간다고 나갔는데 폭발 사건이 일어났다는 소문이 전해졌던 것이다.

"치성굿을 올리기는 다 틀렸고 행여라도 폭발로 인해 몸을 상한 것은 아닐까?"

그래서 수진방에 연락하여 알아보았더니 깨암산인지 어딘지 소웅이를 만나러 갔다고 했다는 것이었다.

"수진방 그년이 아마도 병판대감을 죽인 범인인가 보더라. 그래서 포도청에 끌려가 산송장이 되어서 돌아왔는데 아마도 오래 살지는 못할 것 같다고 그러더라!"

그래서 초혜도 수진방의 범행과 연루가 되어 포도청으로 끌려간 것은 아닌지 걱정이 된다고 했다. 그래서 삼십육계 줄행랑을 칠까도 생각을 해보았으나 (지난번 수진방에서의 일이 교훈이 되어) 피를 말리는 심정으로 참고 기다려 보는 중이라 했다.

"그럼, 초혜가 시방 집에 없단 말이예요?!"

"그래 비루먹을 놈아! 지금까지 하는 애긴 콧구멍으로 들은 거냐? 귓구멍으로 안 듣고!"

"그래서 초혜가 나를 만나러 갔다고요? 깨암산으로?"

"그래 이놈아! 네놈이 깨암산에는 뭘 하러 갔었더냐. 으이?!"

"혹시 그게 개암사라고 하지 않던가요, 개암사 절간!"

"에라이 비루먹을 놈! 깨암사가 중요하냐 시방?! 네놈을 만나러 갔다는 게 중요하지! 언제나 말썽은 중놈한테서 생긴다니까 말썽은!"

"알았어요. 내가 당장 개암사를 가 봐야겠네요. 그런데 수진방 보살님은 상태가 많이 안 좋으시다 하던가요?"

"일찍도 물어본다. 비루먹을 놈! 그년이야 죽든가 말든가 초혜나 얼렁 찾아봐 이놈아! 이러다가 이 어미 끈 떨어진 신세 만들지 말고!"

"결국 그거였군요. 초혜를 걱정하는 게! 아무튼 제 옷 좀 갈아입게 찾아주세요. 이래 가지고는 못 나가니까. 아참, 그리고, 엽전 가진 거 있거든 좀 빌려주시고요. 뱃삯 치루게요."

"내가 어쩐지 꿈자리가 뒤숭숭하더라니. 그러다가 초혜 못 만나면 엽전은 언제 갚으려고?"

"나 원 참 기가 막혀서! 초혜가 어디 죽기라도 했답니까? 그런 소릴 하시게요! 소승이 이렇듯 승복을 온통 피로 물들인 것은 눈에도 안 보이지요 시방?"

"그래그래. 그건 보인다. 중놈 너도 그럼 포도청에서 나온 것이더냐?"

"그래요. 엄니 역시 일찍도 물어보시네요 참!"

"네놈도 그럼 병판대감을 함께 죽였더냐?"

"으이그~ 나무관세음보살~!"

"안 그랬으면 됐고! 얼른 따라오거라. 옷 갈아입고 초혜 찾으러 가야지. 얼렁!"

그리고는 신어미가 앞장서서 안채 뒤뜰을 돌아 바깥 마루 기둥에 걸어둔 초롱불을 벗겨서 건넌방으로 들어간다. 운보의 옷은 안방 장농이 아니라 건넌방 궤짝 속에 보관해 두고 있었던 것이다.

신어미가 궤짝 속에서 옷을 꺼내다 말고 운보에게 묻는다.

"여기에 미복도 두 벌이 있던데 이것은 도둑질할 때 입을 것이더냐? 중놈이 승복이면 됐지 미복은 어따 쓰려고 준비를 해둔 거냐?"

한 벌은 바로 수원성 밖 이 생원께서 준비해준 것이었다.

"내가 이 생원 나으리의 배려로 양주 땅으로 올라올 때 입었던 거 엄니는 몰랐어요? 거기에 패랭이랑 괴나리봇짐까지 있을 텐데!"

"그래그래. 여기 있다. 얼렁 가지고 가거라."

"예? 그걸 가져다가 어따 쓰라고… 아차, 그렇지 참, 내가 시방 중놈 행색으로 나돌아다닐 때가 아니지! 그러니 승복은 봇짐 속에 챙겨넣고, 지금은 예전 그때처럼 종놈 행색으로 다니는게 좋겠네요. 그치요?"

운보는 아예 미복으로 챙겨 입는다. 종놈 행색이 처음도 아니고보니 감회가 새롭기도 했다. 그때나 지금이나 중놈 행색을 숨겨야 하는 것은 마찬가지이기도 했던 것이다.

어쨌거나 머리에 패랭이를 눌러쓰고 등에 괴나리봇짐을 짊어진 미복 차림의 운보는 상전의 심부름으로 시골에서 올라온 종놈 행색에 전혀 손색이 없었다. 신어미에게서 노잣돈도 넉넉히 빌려서 챙겼다. 두 번 다시 도둑강을 건너는 실수를 하지 않기 위해서였다.

우선 먼저 가봐야 할 곳은 개암사였다. 물론 수진방 이보살의 병문안부터 가봐야 하는 것이 도리이겠으나 지금은 초혜의 안위가 더 문제였다. 신어미 앞에서는 전혀 내색하지 않았지만, 초혜의 신변에 문제가 생겼다는 사실을 직감적으로 깨달을 수가 있었던 것이다.

초혜의 성격상 운보가 돌아오기를 기다리며 개암사에 눌러앉아 있을 그녀가 아니란 사실을 모를 리 없었기 때문이었다.

게다가 금부의 관리가 그랬었다. 개암사의 스님들이 모두 사라져서 없어졌다고 말이다. 그래서 보우 큰스님이 개암사로 돌아가지 않고 어디론가 몸을 피하여 떠나셨다고 하질 않았든가.

그렇다면 더더욱이나 초혜가 개암사에 머물고 있을리는 없었다.

운보가 한성부 옥사에서 민승호 대감댁의 폭발 사건을 전해 들은 것은 벌써 열이틀 전의 일이었다. 초혜가 스님들도 없는 빈 절간에서 열흘이 넘도록 운보를 기다리고 있을 그런 성격이 결코 아니었던 것이다.

이튿날 오정이 되어 양주 관아의 나졸들이 주인 없는 개암사를 지키고 있는데 느닷없는 방문객이 아침 일찍 절간을 찾아들었다. 노복 차림의 운보 소옹이었다. 운보는 이때 도성문이 열리자마자 남대문을 거쳐 고깃배를 얻어타고 개암사로 달려왔던 것이다. 동인 선사와 자주 다니던 동대문은 행여 얼굴을 아는 사람이라도 있을까 하여 일부러 남대문을 거쳐 도성을 빠져나온 것인데 송파나루 역시 기피하기는 마찬가지였다.

열흘 전만 해도 개암사에는 스님들이 여럿 있었으나, 오늘 운보가 변복하고 찾은 개암사에는 낯선 관아의 나졸들이 덩그러니 빈 절간을 지키고 있었다. 그간에 무슨 일이 있었던 것임을 깨달아 모를 리 없었다.

그동안 절간을 찾는 사람이 없어 무료한 시간을 보내고 있던 나졸들은 노복 차림의 운보가 찾아들자 신바람이 나서 창검을 꺼내 들고 한꺼번에 뛰쳐나오며 겁박을 해댔다. 그들은 모두가 세 명이었는데, 하나같이 날선 창검을 손에 쥐고 있었다.

"네 놈은 시방 무슨 일로 찾아온 어느 어른댁의 종놈이더냐? 당장 그 자리에서 무릎을 꿇고 신원부터 밝히거라!"

영문도 모르고 절간을 찾아들던 운보는 순간 당황을 하지 않을 수 없었다.

(도대체가 어찌된 영문이란 말인가! 의금부 관리가 보우 대사님은 개암사로 돌아갈 수 없게 되어 금강산 쪽으로 떠났다기에 그것이 무슨 소린가 하였더니 이런 것이었어…? 그렇다면 좌찬성이라 하시는 분이 스님들을 모두 내쫓기라도 했단 말인가…?)

그러나 일단은 거짓말을 해서라도 사태를 좀 더 확인해볼 필요가 있었다.

"소인은 수진방에서 내당 마님의 심부름을 나온 종놈입니다요. 연말이 되어 저희 내당마님께서 치성을 올리고자 하는데 보우대사님께서는 언제쯤이나 시간을 내어 도성으로 출입을 할 수 있는지 그것을 알아오라 하여 왔습니다요. 하온데, 스님들은 다들 어디를 가고 군사 나으리들께서 절간을 지키고 계시는지요?"

그러나 그들의 반응이 결코 달가워 보이지를 않았다.

"고연놈아! 군사 나으리들께서 왜 절간을 지키고 계시는지는 우리도 잘 모르겠고, 수진방 마님이면 그게 어느 댁 마님인지 우리가 아냐? 너희 상전의 신분을 밝혀야 우리가 알지 이놈아!"

"아, 예. 그렇군요. 저희 주인께서는 좌찬성 민규호 대감이신데, 혹여라도 좌찬성 대감을 아시는지요?"

"비루먹을 놈아, 좌참봉인지 개참봉인지를 우리가 어찌 알아?! 우리는 네놈을 잡아다가 관아로 끌고 가서 사또께 넘기는 것이 소임이니 이제 그만 오라나 받거라 얼른!"

운보는 그만 저도 모르게 탄식이 쏟아져 나오고 있었다.

"흐이그~ 그놈의 오랏줄은 참으로 질기기도 하구나! 그런데 시방 상전 심부름을 온 종놈보고 뭐라고들 하셨소이까?"

"오라를 받으라고 그랬다 왜?! 이 창끝에 꼬치구이가 되고 나서 오라를 받고 싶은 것이더냐. 그 말투는?!"

"말씀이 참으로 지나친 것 같소이다. 소인에게 무슨 죄가 있다고 겁박부터 하시는지 모르겠으나 다시 한번 묻겠소이다. 절간의 스님들이 다들 어찌 되셨다구요?"

"어쭈? 이런 쳐죽일 종놈을 보았나! 네놈이 시방 상전의 힘을 믿고 겁이 없는 모양인데, 우리가 절간의 중놈들이 어디를 갔는지 그걸 어찌 알아 이놈아?! 네놈이 꼬치구이가 되고 나서도 그렇게 건방진 것인지 어디 두고 보자 이놈!"

순간 세 놈의 나졸 중의 한 놈이 불문곡직하고 운보의 몸통을 향해 창검을 찔러왔다. 정녕 꼬치구이를 만들겠다는 것이 헛소리가 아니었다. 운보는 그만 피가 솟구치지 않을 수 없었다. 순간적으로 몸을 뒤틀면서 상대의 급소를 후려쳤는데 아무리 그가 장골의 뼈대를 갖추었다고 하나 운보에게 급소를 얻어맞고도 무사할 수는 없을 일이었다. 대번에 그 자리에서 꼬꾸라지며 비명 한번 내지르지를 못했다.

나머지의 두 나졸은 아예 얼음이 되고 말았다. 자신들의 동료가 양반집 종놈을 단창에 찔러 죽이는 모습을 보고 미처 말릴 사이가 없었다고 할지라도 이것은 또 어찌된 일이란 말인가. 눈으로 보고도 믿기지 않는 희한한 광경에 그만 어안이 벙벙해질 수밖에 없었다. 이것은 결코 일개 종놈의 몸으로서 행할 수 있는 행동이 아니었던 것이다. 무예를 익혀도 제대로 익힌 무관들의 몸놀림이 아닐 수 없었으니 말이다.

그래서 너무도 놀란 나머지 그대로 몸이 굳어버린 것인데, 문제는 그다음이었다. 자신들이 손에 쥐고 있던 창검마저 잽싸게 낚아채 가는데 그것을 빼앗기지 않으려는 반항조차 해볼 겨를이 없었다는 사실이었다.

〈이건, 아니야, 아니야, 종놈이 아니야─!!〉

그들도 알고 있었다. 자신들도 군노 신분의 천출인 것은 마찬가지이지만, 천출들에게 무예를 가르쳐줄 세상이 아닐 뿐만 아니라, 이 세상에 태어날 때부터 노비의 사슬이 올가미가 되어 목숨을 연명하기도 힘든 상황에서 무예를 익힌다는 것이 어디 가당키나 한 일인가 말이다.

그렇다면 상대는 결코 남의 집 종복이 아니라 어느 기관의 군관으로서 변복 차림을 한 것이 분명하거니와, 자신들의 동료가 천지분간 없이 사람의 목숨을 해치려 하였으니, 이제 자신들에게 되돌아올 보복이 정녕 두렵지가 않을 수 없었던 것이다.

게다가, 군관이란 예측을 뒷받침할 수 있는 근거로서 상대가 자신들의 창검을 낚아채 가고 있었음에도 (말로만 해도 곱게 갖다 바칠 수밖에 없는 상황에서) 반항이 무엇이며 또한 살인까지 저지르려 했으니 두려움에 몸이 굳는 것이야 당연한 일이 아니겠는가 말이다.

운보는 사실 초혜의 생사를 확인하기 위해, 그리고 그녀의 행방을 확인하기 위해 이곳 개암사로 달려온 것이었다. 개암사의 스님들이 모두 사라졌다는 사실은 의금부 관리의 말을 듣고도 이미 알고 있었기에 스님들의 행방만 알면 그곳으로 찾아가 초혜의 행방을 알아볼 참이었다.

그랬는데, 절간을 지키고 있는 이들 지방관아의 나졸들은 스님들의 행방을 알고 있지 못함이 분명해 보였다. 그렇다면 이곳에 더 이상 머물러 있을 이유가 없었다. 그런데 문제가 있었다. 이들 관아의 나졸들이 사또에게 달려가서 운보가 왔다 간 일을 일러바치기라도 하는 날이면 또 다른 말썽거리가 생길 수도 있다는 사실 때문이었다.

(나졸들이 비어 있는 절간을 지키고 있는 것을 보면 분명 포도

청에서 양주 관아에 지시하여 사또가 내보냈을 것임이 분명하거늘…!)

그렇다면, 스님들 역시 병판대감의 폭사 사건으로 인해 일단 몸을 피한 것임을 짐작하여 모를 리가 없을 일이었다. 그랬기에 큰스님 역시 몸을 피한 것이 아니겠는가.

(그렇다면 말썽을 피하기 위해서는 의금부의 도사 행세라도 해서 병사들을 안심시켜 놓는 수밖에!)

운보가 아는 것이라고는 의금부밖에 없었다. 한성부 옥사에서는 달랑 이틀밖에 지내지 못하여 귀동냥해서 들을 수 있는 지식이 아무것도 없었던 것이다. 게다가 의금부 관리의 흉내라도 내서 이들에게 입을 다물고 있으라면, 자신의 신분을 확인할 수 없는 이들로서는 결코 믿을 수밖에 달리 방도가 없을 것이라 여겨지기도 했던 것이다.

4. 찬란한 여명

젊으신 주상께서 개화정책에 눈을 뜨신 것은 바로 두 사람의 스승이 있었기 때문이었다. 한 사람은 생모이신 부대부인 민씨였고, 또 한 사람은 생부이신 흥선 대원군 이하응이었다.

부대부인께서는 그동안 수진방의 이보살 여옥이와 진장방의 신딸 애기보살의 모녀를 앞세워 중전과 주상에게 천주학의 교리와 서구의 개화된 세상에 대해서 깨달음을 주고자 온갖 정성을 아끼지 않았던 것이다. 주상께서는 부모님의 품 안에서 응석이나 부리며 자라야 할 어린 나이에 부모와 헤어져 살아야 했으니 어머니에 대한 그리움이 오죽할 일이겠는가. 군왕이라 하여 그 것이 일반 백성들과 다를 리는 없을 일이었다.

주상과 중전께서는 결코 부대부인의 애틋한 모정을 뿌리친 일 이 없었고 부친이신 대원위의 입장을 난처하게 한 일도 없었다. 그것이 바로 여옥의 모녀와 만남을 가질 때는 그 누구의 배석도 철저하게 막았던 이유였거니와 그것이 또한 조정의 중신들과 대 원위의 견제를 두려워했기 때문이기도 했다.

대원군 이하응은 쇄국의 빗장만이 사대부와 왕실을 지켜내는 유일한 방편이라 했다. 그것이 젊으신 주상에게는 세상을 내다 보는 깨달음이 되었다. 청나라와 왜나라의 틈바구니에서 우리 조선만이 쇄국이라는 울타리 속에 갇혀 문화가 뒤떨어진다면 결 국에는 비극밖에 없다는 사실을 말이다. 그랬기에 대원위 또한 주상에게는 깨달음의 스승이 아닐 수 없었던 것이다.

문제는 바로 대원위가 언제까지 주상의 발목을 잡고 늘어질까 하는 점이었다. 지금이라도 조정과 사대부가 정신을 차려서 개 항의 길로 나간다면 얼마든지 서구의 문물을 받아들여서 왜세에 맞설 힘을 길러 나갈 수 있을 텐데 말이다.

주상은 능히 그런 자질을 가진 군주였다. 그리고 자신을 지켜 주는 든든한 울타리도 있었다. 바로 중전 민씨였다. 그러나 그 사실을 모를 리 없는 이하응이었다.

(내가 빗장 정책을 굳건히 밀고 나가야만이 나라를 지켜낼 수 있음이거늘, 어리석은 것들이 감히 정치를 무얼 안다고!)

그래서 기어이 주상의 날개를 꺾어야 했고, 백성들의 기름을 쥐어짜서라도 경복궁의 중건을 서둘러야 했다. 주상의 날개란 바로 중전이었고 경복궁의 중건을 위해서는 자신이 다시 정권을 잡고 태상왕 노릇을 해야만이 가능했던 것이었다.

이때 이하응은 창덕궁으로의 이어를 막지는 못했으나 자신에 대한 중궁전 폭발 사건의 수사가 종결되었다는 사실에는 한숨을 돌리고 있었다.

그런데 참으로 불쾌한 소식이 전해져 왔다. 자신의 빈자리를 노려 좌의정이 된 흥인군 이최응이 사건의 조사를 주청하고 나섰다는 사실이었다.

"내가, 자식이 주상이라 해도 내 뜻을 거역하면 살려두지 않으려 하였슴이거늘. 감히 인물도 못 되는 주제에 형님이라 하여 내게 기어오르려 하다니…!"

흥인군이 중궁전 폭발 사건의 수사를 주청하고 나섰다는 것은 국태공인 자신에게 도전장을 내민 것이나 다름이 없었던 것이다.

"겁을 한 번 주고 나면, 두 번 다시 입도 벙긋 못 할 인물이 감히…!"

흥인군은 잠을 자다 말고 불길 속을 뛰쳐나와 목숨을 구해야만 했다.

"어느 놈이든 주상의 편에서 내게 반기를 들면 그와 같은 꼴을 면치 못할 것이니라!"

조정의 중신들에게는 참으로 엄청난 위협이 아닐 수 없었다. 중궁전을 폭파시키고도, 중신들에게 경고할 만큼 자신의 건재함을 과시하고 있었으니 말이다.

어찌 됐든, 흥인군의 집에 불을 지른 것이 조정의 중신들에게는 경고가 되기에 충분했으나 주상이 이사를 가기로 결정을 하는데는 일조를 한 것이 분명했다. 비록, 통용문을 폐쇄하여 궁궐 출입을 막기는 했다고 하나, 경복궁이라면 손금 들여다보듯 구석구석을 잘 알고 있는 대원군이 또다시 무슨 일을 저지를지 주상은 그것이 참으로 두렵기만 했던 것이다.

왕실이 무사하게 이사를 끝마친 후, 판돈녕 부사의 부고를 접하고 난 다음 날에야 초혜도 중전의 손에서 풀려나 집으로 돌아올 수가 있었다.

집으로 돌아온 초혜는 신어미로부터 그간의 사정을 대충 들어 알게 되었다. 물론, 여옥이가 병판대감의 폭사 사건에 연루가 되어 의금부에 감금이 되었다가 풀려난 사실은 알고 있었다. 그러나, 심한 고신으로 앉은뱅이 신세가 되었으리라고는 생각지를 못했던 것이다.

"오라버니마저 범인으로 몰려서 의금부로 끌려갔었단 말이지? 그랬는데 진범이 붙잡혀서 모두가 풀려났는데도 오라버니만 동학도로 몰려서 풀려나지 못하고 있다가 대궐에 불이 나서 풀려나게 되었단 말이지…?"

생각할수록 분통이 터져서 피가 끓어올랐다. 게다가, 더 이상 집 안에 머물러 있을 수조차 없었다.

"밤낮으로 낯선 사내놈들이 집 안을 염탐하여 지키고 있는데, 오라비 중놈은 뒷집 담장을 넘어 무사히 빠져나갔다…!"

무사히 빠져나갔는지 붙잡혔는지는 보지 않았으니 알 길이 없으나 소웅의 능력으로 짐작하건대 무사히 빠져나갔을 것이라는 사실에는 초혜도 의심하지 않았다.

신어미는 그것이 포도청의 포졸들인지 사헌부의 군사(장령)들인지는 알 길이 없다고 하였으나 초혜는 짐작했다. 쇠돌이의 부하들일 것이란 사실을 말이다.

"그놈이 사병 조직을 거느리고 있으니까 그것이 들통날까 봐서라도 최대한 은밀하게 움직이겠지!"

이럴 때일수록 집 안에 머물러 있는 것은 절대로 안 될 일이었다. 쇠돌이더러 살수들을 들여보내라는 신호나 다름이 없을 일이기 때문이었다.

〈설마 백주 대낮에 소란을 일으키는 짓거리야 하겠으랴마는…〉

급히 수진방 신어미의 병문안을 핑계 삼아 집을 나설 수밖에 없었다.

"대궐이 모두 이사를 가서 경황이 없으니까 언제 돌아올지 모르겠어요. 그러니 내가 돌아오지 않더라도 기다리지 마세요."

원래 말이 씨가 된다고 하였든가, 초혜의 말을 듣고 늙은 신어미가 그랬다.

"베라먹을 년아, 입방정 떨지 말고 얼렁 다녀오거라. 지금껏 속을 썩인 것도 모자라서 영영 돌아오지 않을 것처럼 말을 하고 있구나. 고연 년!"

초혜라고 어찌 신어미의 심정을 모를 리 있겠는가. 그것이 돈 때문이든 무엇 때문이든 자신을 걱정해주는 사람이 있다는 게 눈물겹도록 고맙기는 했던 것이다.

골목길을 나서자마자 초혜는 발걸음을 빨리했다. 쇠돌의 졸개들이 지키고 있다는 사실을 알게 된 이상 좁은 골목길을 빨리 벗어나는 것이 상책이기 때문이다. 양팔에 기운이 (쏙-) 빠져버린 초혜는 스스로도 알고 있었다. 이제는 탁공을 칠 수 없게 되었다는 사실을 말이다.

그게 아니더라도 지금은 목탁을 몸에 지니지도 않았고 또 인가가 밀집되어있는 좁은 골목길에서 목탁을 지니고 있다 할지라도 탁공을 친다는 것은 절대 안 될 일이었다.

그렇다면 이제 믿을 것은 두 다리뿐이었다. 화살이라도 한 대 얻어맞고 후회하기 전에 널따란 대로변으로 도망쳐 나오는 것이 그나마 자신을 지켜내는 방편이라는 사실을 깨닫지 못할 리 없었던 것이다.

한편 이때, 운보는 또 어찌 되었을까?

운보가 개암사를 찾아간 것은 벌써 닷새 전의 일이었다. 이때 그는 자신이 마치 금부도사라도 되는 듯이 양주 관아의 나졸들에게 허풍을 친 뒤에 그것을 믿게 하기 위해 멀쩡한 대문간을 버려두고 담장을 (훌쩍) 뛰어넘어 내친 김에 언덕길을 돌아 과천골 방향으로 길을 잡았던 것이다.

골짝을 따라 내려가면 그것이 송파나루나 봉원사로 가기 편한 길임을 알고 있었으나 언덕길을 돌아 자신의 행적을 숨기고자 함이었다.

게다가, 이쪽 길로 가면 노들강 나루나 삼계 나루쪽으로도 쉽게 갈 수가 있으므로 관아의 나졸들이 자신의 행방을 알아차리지 못하게 하는 데도 도움이 될 것 같은 생각이 들었던 것이다.

운보가 이곳의 길 사정을 이렇듯 소상히 알고 있는 것은 동인 선사 덕분이었다. 선사께서 소옹이에게 심부름을 시킬 경우를 대비하여 이곳 일대의 길 사정을 소상하게 일러 주었었던 것이다.

"킬킬킬~! 선사님께서는 범어사에 무사히 당도하시어 왜어를 잘 배우고 있나 몰라…?"

운보도 그 사실을 잘 알고 있었다. 동래현 범어사에 무불 선사라고 하는 길동무가 하나 있는데 그가 왜어에 능통하므로 그에게서 왜어를 배워 일본국으로 건너가 그들의 동태를 살피고 오겠다고 했던 것이었다. 그것이 바로 환재대감의 뜻이라는 사실까지도 말이다.

그러나 초혜의 생사가 오리무중인 마당에 한가로이 동인 선사나 회상을 하며 감상에 빠져있을 때가 아니었다.

과천골 어귀에는 주막집이 한 채 있었다. 과천 고을을 거쳐 도성을 오가는 사람들의 마지막 쉼터인 셈이었다. 운보가 주막집에 눈길을 돌린 것은 바로 공양 때문이었다. 초혜의 신어미로부터 엽전을 빌린 것이 주머니에 들어 있었기에 종놈의 행색이라하여 국밥을 못 사 먹을 이유가 없었다.

"주모? 여기 국밥 한 그릇만 말아주시오!"

동인 선사를 따라다니며 배운 지식이었다. 물론 그때는 승려의 행색이었다. 승려들도 주막에서는 동냥을 하지 않았다. 주막거리를 지나다니는 걸뱅이와 스님들이 한둘이 아니기에 주막집의 인심을 탓할 수는 없었다. 걸뱅이와 스님들도 그 사실은 잘알고 있었다. 그래서 종놈이 아니라 걸뱅이라 할지라도 주막에서 국밥을 시킬 때는 주머니에 국밥값은 들어있다는 뜻이었다.

주모가 평상으로 다가오며 운보에게 묻는다.

"바깥이 날씨가 쌀쌀한데 방 안으로 들어가지 않고 이곳에서

잡수셔도 괜찮으시겠는가?"

주모가 어찌하여 손님을 보고 반말을 하는지 운보는 미처 알지를 못했다. 그래서 변명 삼아 한마디 뱉어놓는다.

"남의 집 종놈이 어찌 감히 양반님네들과 어울려 뜨뜻한 방 안에서 양반다리 하고 앉아 밥상을 받을 수가 있겠소이까? 그랬다간 엽전이 어디서 났느냐며 치도곤을 당할지도 모르는데 조금 춥더라도 여기서 먹고 말지요, 뭐. 일루 주시오!"

"거참, 종놈 주제에 말도 많네 그랴. 그치만 여기 앉아서 먹다간 날이 추워서 국밥이 코로 들어가는지 입으로 들어가는지 모를 걸 아마?"

그리고는 약이라도 올려주듯 입을 (샐쭉-) 하며 돌아서서 가버린다. 더 이상 운보에게 말 상대를 해주지 않겠다는 뜻이었다.

(누군 뭐 추운 줄 몰라서 그러나? 종놈이 중놈이니까 머리칼이 없어서 그렇지!)

아무리 종놈이라 할지라도 방 안에 들어가면 패랭이는 벗어야 할 것이고 그랬다간 대번에 변복한 것이 들통나고 말 일이었다. 그래서 기어이 바깥에서 먹겠다며 사양을 한 것인데, 천하의 별별 사람을 다 상대하는 주막집 주모가 운보의 머리칼을 못 알아볼 리 없을 일이었다.

(저놈은 남의 집 종복으로 변복을 한 중놈이 틀림없어! 그렇다면 개암사의 중놈이거나…)

개암사의 사정을 둘러 살피러 온 어느 절간의 중놈이 변복하고 나타난 것임을 짐작하여 모를 리 없었던 것이다. 남의 집 종복 주제에 엽전은 어디서 나서 국밥을 사 먹겠다며 주막을 찾아든 것이며 천하의 개상놈이라 할지라도 머리칼만은 자르지 않는 것이 조선의 풍습이거늘 운보의 천립 밑으로 드러난 머리칼은 아무리 위장을 하여 숨겨도 그 사실을 알아볼 수밖에 없었던 것이다.

주모는 결코 운보처럼 어리석지 않았다. 운보의 변복한 모습을 한눈에 알아챘음에도, 자신의 속내를 운보에게 들킬 만큼 서투른 행동을 하지 않았던 것이다.

주모가 이렇듯 자신의 속내를 드러내 보이지 않는 데는 그럴만한 이유가 있었다. 그녀는 결코 예사로운 술집 작부가 아니었다.

그러니까 이 주막은 도성을 오고 가는 길손들의 숙식이나 제공하고 술이나 팔고 있는 그런 주막이 아니라, 이곳을 지나치는 나그네들의 용모파악을 전문으로 하는 그런 술집이었던 것이다.

원래 이 주막에는 늙은 주모가 따로 있었고 아까의 그 여인은 이 주막의 작부였다. 이 작부에게는 건장하게 생긴 기둥서방이 따로 있었으며, 기둥서방의 중요 임무는 이곳을 드나드는 수상한 인물들의 일상을 파악하여 전속구를 띄워보내는 일이었다.

이곳에서 멀지 않은 관악골에는 지금 이재선이의 사병 조직이 훈련을 하고 있었는데 훈련을 총괄하고 있는 군사 "즉" 훈련대장이 바로 쇠돌바우 이철암이었다.

운보는 예전에도 이곳을 들른 적이 한 번 있었다. 동인 선사랑 함께였는데 그때는 스님의 복색이라 작부는 결코 운보의 모습을 제대로 알아보지 못했다. 그러나 변복을 한 그 행위만은 작부의 관심을 끌기에 충분했다.

이즈음, 쇠돌바우 이철암은 신경이 잔뜩 예민해져 있었다. 지난번 개암사에서 민승호의 폭사 사건을 전해 듣고 도성으로 달

려간 사이 훈련 교관이라고 하는 군교란 놈들이 무려 다섯 명씩
이나 절간에 버티고 있으면서도 나이 어린 무당 하나를 지키지
못하여 그대로 놓쳐버리고 말았던 것이었다. 그리고는 열흘이
넘도록 그 행방조차 파악하지 못하고 있었다.

　게다가 쇠돌은 공사가 다 망했다. 초혜에게는 신경을 쓸 여유
조차 없었고, 도성을 벗어나 관악골로 돌아올 여유는 더더욱이
없었다.

　그러나, 쇠돌이가 개인적으로는 도성의 일만큼이나 이곳에서
의 일들도 신경이 쓰일 수밖에 없었다. 그것은 바로 운보 소웅이
때문이었다.

　쇠돌은 초혜가 도망쳤다는 사실을 전해 듣고 큰 충격에 빠질
수밖에 없었다. 초혜가 4년 전에 도성으로 올라왔다니 그때의
나이가 열댓 살이었다는 것도 짐작하여 알고 있었다.

　(그런데 그 나이에 탁공이라고 하는 신묘한 기술을 터득하였
다면 업보란 놈의 공력은 도대체 얼마나 대단하단 말인가!)

　그것이 문제였다. 쇠돌에게는 발등에 떨어진 불이 아닐 수 없
었던 것이다. 그래서 개암사에 관련된 문제이거나 이 근처에서
일어나는 일들은 아무리 사소한 것이라도 산채에 연락해서 도성
에 있는 자신에게 보고가 될 수 있도록 엄중하게 지시를 해 놓고
있었던 것이었다.

　(업보란 놈을 꼭 찾아내서 내 손으로 없애야만 해!)

　그러지 않았다간 자신이 업보의 손에 죽게 될 것이라 두려워
하고 있었던 것이다. 그래서 진장방의 초혜네 집을 밤낮으로 지
키게 했고, 초혜와 소웅의 행방을 쫓는 일에 심혈을 기울이고 있

었던 것이었다. 그럼에도 두 사람 모두 그 행적을 낌새조차 찾을
길이 없었으니 쇠돌은 정녕 피가 마를 지경이었다.

쇠돌이의 정체를 알 리가 없는 운보 소웅은 과천골 입구 주막
에서 국밥 한 그릇으로 요기를 한 뒤, 도성으로 향하는 길목에서
재빨리 동쪽으로 길을 잡는다. 일단은 초혜의 옛 점집 근처에 가
서 눈치를 살핀 뒤 행보를 다시 생각해볼 참이었다.

그러나 봉원사 인근 그 어디에서도 초혜나 개암사 스님들에
대한 흔적을 찾을 수는 없었다.

〈큰스님께서 금강산 쪽으로 발길을 하셨다니 혹시 큰스님과
서로 연락이 되어 그쪽으로 간 것은 아닐까?〉

운보로서는 더 이상 다른 방도가 없었다. 그래서 무조건 큰스
님의 행적부터 뒤쫓아가 보기로 했다.

〈큰스님의 행적이라도 찾게 된다면 그보다 더 큰 은혜가 어디
있겠는가!〉

이것이 바로 물에 빠진 사람의 지푸라기 잡는다는 심정일 것
이었다. 도성을(비잉-) 둘러 동북쪽을 향해서 길을 잡아 나가며
스님들의 행적을 수소문한다는 것은 한마디로 말해서 바람이 스
쳐 지나간 길을 찾는 것이나 다를 바가 없었다. 참으로 무모하기
짝이 없는 일이었다.

그렇다고 포기를 할 수도 없었다. 남아도는 것이 시간이요, 딱
히 갈 곳도 없는 운보로서는 보우 큰스님의 행적을 뒤쫓아 보다
가 그것도 여의치 않을 시에는 최후의 수단으로서 수원성 밖 이
생원 댁이나 천둥골이라도 한번 찾아가 볼 수밖에 더 이상 다른
방도가 없었던 것이다.

게다가 당분간은 도성 출입도 삼가해야만 했다.

〈누군가 초혜네 집을 염탐하여 지키고 있다면 초혜가 결코 무슨 일인가에 연루가 되긴 했다는 것인데…〉

그래서 그 눈치를 알아채고 어딘가로 도주를 하여 숨은 것이라면 초혜가 갈 곳이라고는 천둥골밖에 더 있겠는가.

〈제발 죽지 않고 살아만 있다면야 내가 평생 동안 발품을 팔아서라도 너 하나 찾아내지 못하겠냐 설마!〉

그래서 마음의 여유를 가지고, 탁발공양으로 세월을 죽여가며 차근차근 뒤를 밟아 가다 보면 초혜의 행적 하나 찾아내지 못할 일인가 말이다.

그리하여 일단은 큰스님의 행적부터 뒤쫓아 보기로 한 것이었다. 그랬는데 그것이 생각처럼 그렇게 쉬운 일이 아니었다. 워낙에 시절이 운보의 편이 아니었다. 세상 곳곳에 늘라고 늘린 게 걸뱅이들이요. 탁발 구걸 다니는 스님 투성이였다. 물론 스님들의 십중팔구는 가짜 스님들이었지만 말이다. 그랬기에 호패라도 목에 걸고 다닌다면 모를까. 늙은 스님 한두 번씩 못 본 사람은 아무도 없었고, 그 방향마저도 길이 뚫린 곳이면 안 지나다닌 곳이 없었다.

게다가, 큰스님이라 하여 행적을 남기고 다닐 리 만무했다. 지방관아의 나졸들이든 포졸들이든, 누군가는 스님을 뒤쫓고 있기에 도망을 가는 것일 것이요. 그럼에도 나 잡아가라 하여 행적을 남겨가며 다니지는 않을 것이 아니겠는가 말이다.

"허엇 참, 이래서 포도청의 포졸들은 사냥개의 코를 가졌다고들 그러는가 보구나."

운보도 비로소 자신의 능력을 인정할 수밖에 없었다. 동인 선사의 안위를 책임지면서, 그리고 초혜의 행적을 찾아 나서면서 자신이 하고자 하면 무슨 일이든 다 할 수 있을 것 같았던 그 자만과 객기가 한꺼번에 무너져 내리고 있었던 것이었다.

"내가 세상을 너무 몰랐어…! 큰스님이나 개암사의 스님들 행적 하나도 찾아내지 못하는 내가 의금부 옥사에서조차 그렇듯 객기에만 넘쳐 있었다니…!"

운보의 발걸음은 어느새 북악의 눈길 속을 헤쳐가고 있었다.

"그래, 그래! 성불은 못 이루더라도 만사 시름만은 내려놓고 가야 하지 않겠는가!"

3년여 만에 가져보는 마음의 변화였다. 현무암을 떠나온 지 한번도 해보지 못했던 정신 수련을 이번 기회에 한번 해보고자 하는 생각이 갑자기 생겨났던 것이었다.

원래 산사의 스님들에게는 마음을 다스리는 일이 무엇보다 중요하다고 했다. 그래서 운보도 예전에 현무암에 있을 때는 할배 큰스님을 따라 수시로 해보던 정신 수련이었다. 물론 노스님들이 행하던 참선과는 약간의 차이가 있다 하겠으나, 마음을 비우고 정신을 가다듬고자 하는 것은 같은 의미임에 분명하다 할 일이었다. 그러니까 스님들이 마음을 비우기 위하여 행하던 참선과 운보가 불가의 공력을 수련하기 위해서 했던 정신 수련과는 그 방법에 있어 차이점이 있다고 하는 사실이다.

운보는 현무암을 떠나온 이래 3년여 동안 단 한 번도 행하지 못했던 정신 수련을 지금 이렇듯 수련해 보고자 하는 참이었다. 그만큼 마음이 한가해졌다는 의미이기도 했다.

"남아도는 것이 세월인데, 안달복달을 한다고 해서, 어디에 숨어 있는지도 모르는 초혜를 찾아낼 수 있는 것도 아니요, 무작정 금강산으로 큰스님을 뒤쫓아갈 일도 아니질 않는가…!"

그랬다. 게다가 금강산으로 보우 스님을 뒤쫓아가게 되면 초혜를 찾아보겠다던 신어미와의 약조는 내팽개치는 꼴이 되고 마는 것이다.

"안 돼지, 그럴 수야 있나! 아무리 건성으로 한 약조라지만 약조는 지키고 보는 게 사람의 도리이거늘…! 모처럼의 기회에 정신 수련이나 한번 해본 뒤, 그러고 나서 다시 생각해보지 뭐!"

정신을 수련하자면 금식은 필수인 것이다. 지금 운보에게 딱 맞는 해법이었다. 공양을 하겠다며 민가를 찾아 탁발을 하지 않아도 될 일이기 때문이었다.

"그래! 할 일 없이 떠도는 중놈이 밥술 한 끼라도 민폐를 덜 끼치자면 배 속을 비우는 것도 한가지 방도일 터!"

운보는 사실 탁발을 핑계로 비럭질을 하러 다니는 것도 여간 마음이 불편한 게 아니었던 것이다. 허긴, 시절이 그러한 것을 운보라 하여 어찌하겠는가마는….

그런데, 사람의 발길이 끊긴 눈 쌓인 산골짜기에서 혼자 수련하자면, 산짐승들의 방해를 받지 않는 장소를 찾아야만 하는 것이다. 게다가 이렇듯 추운 겨울에는 눈보라를 피할 수 있는 것도 중요했다.

그러나 바위산을 오르다 보면 그런 곳을 찾기는 어렵지 않은 일이었다. 웬만한 바위산이면 절벽 중간에 둔덕이 진 곳은 얼마든지 찾을 수가 있는 일이기 때문이었다.

그리하여 계곡을 얼마 오르지도 않아서 최적의 장소를 찾아낼 수가 있었다. 사람 키 높이로 서너 길쯤 되는 절벽 중간이었다.

"됐어! 저만한 높이면 표범이라 해도 덤비지 못하겠지!"

운보는 더 이상 망설이지 않았다. 가파른 바위 절벽을 다람쥐처럼 가볍게 뛰어올랐다. 그러고는 머리를 갸웃했다.

"하이구야~! 내가 이 높은 곳을 힘도 하나 안 들이고 뛰어오르다니…"

그러나 더 이상은 그딴 것에나 마음을 빼앗길 여유가 없었다. 괴나리봇짐을 벗어서 옆에다 내려놓고 양반님네들의 자세를 하여 자리를 잡고 앉는다.

날씨가 참으로 매서웠다. 이럴 때는 기어이 운기조식을 실시할 수밖에 없었다. 의금부의 옥사에서도 했던 일이었다. 그러나, 그때와 지금은 마음가짐이 전혀 달랐다. 옥사에서는 그저 추위만 견디고자 함이었다면, 지금은 주천의 길을 따라 의념을 일깨우고자 함에 그 목적이 있었던 것이다.

그러니까, 운보는 지금 (참선을 하고자 하는 것이 아니라) 어린 시절부터 양무의 두 분 스님들에게서 배운 불가공의 정신 수련을 실시하고자 함인 것이다. 참선과는 정반대의 방법으로서 정신을 통일시키고자 하는 목적은 같다 하겠으나 추운 겨울에 정신을 통일시키기 위해서는 얼어 죽지 않기 위해 이런 방법밖에 달리 방법이 없었던 것이다.

그런데 오늘은 시작부터 조짐이 남달랐다. 처음부터 마음속에 여유를 가지고 예전의 습관대로 수련에 임해서였는지는 몰라도 하단전에서부터 엄청난 기운이 기혈의 대동맥인 주천을 따라 움직이기 시작을 했던 것이었다. 참으로 뜻밖의 일이었다.

이것은 생전에 단 한 번도 느껴보지 못했던 이외의 현상이었다. 지난번 의금부 옥사에서도 경험하지 못했던 뜻밖의 결과였다. 그때만 하더라도 예전과 다름없이 의념을 따라 기혈을 운행시키고 있었으나 오늘은 그 반대로 기운이 의념을 유도해가고 있었던 것이었다. 한마디로 말해서 의념의 도움 없이도 기혈이 운행하는 기이한 현상을 나타내고 있다는 뜻이었다.

이것이 도대체 무슨 현상인지는 운보 자신도 깨닫지 못하고 있었다.

(내가 그동안 몸속에 너무 많은 기운을 축적해 두고 있었나 보구나!)

그랬다. 지난번 옥사에서는 제대로 된 수련의 정신자세가 아니라 추위를 견디고자 하는 인위적 육체운동에 불과했던 것이다. 제대로 기혈의 운행을 유도하지 못했다는 뜻이었다.

그러나 운보는 곧바로 평정을 되찾을 수 있었다. 양 무의 할배 선사들께서 운보의 목숨을 살려내기 위하여 기운을 충만시켜준 것이 드디어 그 효과를 나타내고 있다는 사실을 알아챘던 것이었다.

"그래그래. 그랬을 테지! 그러지 않고서야 내가 어찌 그렇듯 빨리 원기를 회복할 수 있었을까. 온몸이 걸레처럼 헤져서 그 많은 피를 쏟고서도…!"

그래서, 운보는 의구심을 모두 떨쳐버리고 수련에 몰입할 수 있었다. 그것이 사실은 이무기의 뼛국물 때문이었음에도 두 분 선사에 대한 믿음이 그만큼 컸던 때문이었다.

그리고 드디어 운보의 마음속 저− 깊은 심연의 바닷속에서 새벽 같은 여명이 밝아오기 시작했다. 떠오르는 태양도 없이 밝아오기 시작하는 그 여명은 불빛보다도 더 잔인한 빛이 되어 마음속의 세상을 (환−)하게 비추기 시작을 했다.

운보의 육신은 그 찬연한 광채를 받아들이면서 투명하게 변해갔고, 드디어 그 속으로 녹아 들어갔다. 눈도 부시지 않은 찬연한 광채가 운보의 육신을 녹여버린 것이었다. 그것은 결코 육신뿐만이 아니었다. 운보의 정신마저 육신과 함께 녹아서 사라지게 만들었던 것이다.

운보에게 남은 것은 이제 아무것도 없었다. 오로지 남은 것이라곤 마음의 평화뿐이었다.

초혜가 대궐에서 돌아온 것이, 운보가 수련에 들어간 지 닷새 후의 일이었다.

5. 인생의 방랑자

경복궁에서 창덕궁으로 이사를 끝낸 후 집으로 돌아온 초혜는 낯모를 사내들이 집 안을 감시하고 있다는 소리를 듣고는 그대로 집 안을 빠져나와 줄행랑을 치게 되었던 것이었다. 집 안을 감시하고 있는 것이 쇠돌의 졸개들임을 직감적으로 깨달았기 때문이었다.

"무당년이 또다시 집을 나서고 있다!"

쇠돌의 졸개들은 앞집을 통째로 세를 내어 왕실 무당(초혜)을 지키고 있다가 이십여 일 만에야 그 모습을 발견하고는 쇠돌이에게 연락을 취하는 한편 집 안에 모여 앉아 초혜를 사로잡을 대책들을 모의하고 있던 참이었다.

"궁수들은 무얼 하고 있는가?! 어서 저년을 쏘아 앉은뱅이를 만들어서 도망을 치지 못하게 만들어라, 어서!!"

그러나 초혜는 이미 골목길을 돌아가고 있는 참이었다. 재빠른 궁수들이 화살을 몇 대 날려 보냈으나 그것은 오히려 초혜의 발걸음만 재촉하는 꼴이 되었을 뿐이었다. 초혜의 재빠른 발걸음에 궁수들이 당황하여 화살이 제대로 목표물을 겨냥하지 못했던 탓이었다.

"이십여 일 만에 돌아와서 설마하니 금세 눈치를 채고 도망이야 치려고!"

엄동의 추운 날씨에 담장만 넘겨다보고 있을 수도 없을 일이요, 자신들은 거저 만약의 경우에만 대비하는 것뿐이니(무당을 사살하지 말고 생포해야 한다)는 명이 떨어져 있는 이상 함부로 화살을 쏘아댈 수도 없었던 것이었다. 자칫 실수하여 치명상이라도 입히게 되는 날엔 그 책임을 고스란히 자신들이 떠안아야 할 일이기 때문이었다.

초혜 역시, 처음부터 이러한 사태를 염려하여 재빠르게 골목길을 빠져나오던 참이었다. 그랬는데, 골목길도 돌아서기 전에 화살들이 날아와 담장을 맞고 퉁겨지는 모습에 그만 기절초풍을 하지 않을 수 없었던 것이다.

"에구머니나! 내가 이럴 줄 알았지, 비루먹을 놈들!"

초혜는 그만 삼십육계 줄행랑을 채기 시작했다. 행인들이 눈에 들어올 리 없었다. 사람들이야 요절복통을 하거나 말거나 초혜에게는 생사가 걸린 문제였다. 비록 치마저고리를 입고 있다고는 할지라도 수백 보나 뒤떨어진 쇠돌의 졸개들이 뒤따라 잡을 수는 없었다. 신고 있던 꽃신마저 벗어서 집어 들고 버선발로 들고뛰기 시작하는데 뛰면서도 속력을 내기 위하여 치마를 걷어 올리자 고쟁이가 드러나면서 지나가는 사람들의 눈요기가 되기에 충분했다. 그리하여 수진방까지 잠시도 쉬지 않고 내달려서야 가까스로 한숨을 돌리게 되었다.

그리고는 달음질을 멈추고 다시 신발을 신으려는데 버선 짝이 몽땅 밑창이 달아나고 없었다. 그러나 그까짓 것이 문제가 될 수는 없었다. 저승사자가 눈앞을 어른거리는 지경에 그까짓 버선발 구멍 난 것이 대수이겠는가.

"지깟놈들이 설마 내가 여기로 도망쳐 올 줄이야 짐작 못 하겠지!"

참으로 어리석기가 짝이 없는 일이었다. 초혜의 진장방 집까지 알아낸 그들이 여옥이와의 관계를 어찌 모를 일이겠는가 말이다.

옛말에 중이 제 머리 못 깎고 무당이 제 팔자는 모른다고 했다. 아무리 그렇기는 해도 세상에 이보다 더 어리석을 수는 없을 일이었다. 왕실 무당이라고 하는 그 한 가지 소문만을 가지고도 초혜나 여옥은 이미 도성에서 모르는 사람이 없을 만큼 관심의 대상이란 사실을 어리석게도 초혜만 모르고 있었던 것이었다.

여옥의 집에 도착한 초혜는 몸서리를 칠 수밖에 없었다. 자신보다도 더 주상과 중전으로부터 신임을 받던 신어미였다. 폭사 사건의 확실치도 않은 연루 사실만 가지고도 이렇듯 어육을 만들어 놓았으니 말이다.

(나도 그곳으로 끌려갔더라면 저 지경이 되었을 게 아닌가!)

말로만 중전의 총애를 받는다고 했지. 정작 개화당의 연루설 한마디만 가지고도 개죽음을 당할 수 있다는 사실을 뼈저리게 깨달을 수 있었던 것이었다.

(어차피 개만도 못한 하찮은 목숨이었던 것을-!)

그나마 여옥은 이제 신원이 회복된 어엿한 사대부 여인의 몸이었다. 게다가 아직도 겉으로는 박규수의 첩실이었다. 유홍기나 오경석 같은 인물들조차도 함부로 하대할 수 없는 어엿한 반가의 여인인바, 그것은 첩실이나 무당이라 해도 마찬가지였다.

그럼에도 여옥은 의금부로 끌려간 지 겨우 사흘 만에 육신이 만신창이가 되어 자리보전하고 누운 채 똥오줌을 받아내는 지경이었다.

(양반댁 여인인 어미마저 저러한데 나같이 근본 없는 무당년은 오죽할까!)

초혜는 결코 중전마마로부터 끈이 떨어진 매의 신세가 되지 않겠다고 몸을 떨며 다짐해본다. 아직도 나이가 어린 초혜로서는 중전으로부터 버림을 받아 여옥이처럼 되는 것이 엄청 두려웠던 것이다. 탁공을 칠 수 없게 된 지금의 처지로서는 쇠돌의 무뢰배조차도 두려울 수밖에 없는 처지인데, 하물며 무소불위의 막강한 권력 앞에서는 자신이 얼마나 보잘것없고 하찮은 존재인지를 비로소 깨닫는 계기가 되고 있었던 것이었다.

여옥은 초혜의 모습을 보자 그나마도 안심이란 듯 겨우겨우

입을 열어 말한다.

"초혜 너라도 이렇듯 무사한 것을 보니 참으로 천주님의 은혜인 것 같구나. 그동안 너는 어디에 숨어 있었던 것이더냐? 소웅 선사, 아, 아니 운보 선사까지 붙잡혀 있는 것을 보고 너까지 붙잡힌 게 아닌가 하여 걱정을 했었는데, 운보 선사는 풀려났다고 하더냐?"

"예. 그런가 봐요. 의금부 옥사에 갇혀 있다가 대궐에 불이 나는 날 풀려났다면서 진장방에 들렀다가… (나를 찾으러)… 나갔대요."

"그래그래. 그랬구나. 헌데, 역매 어르신이랑 대치 어르신은 어떠한지 모르겠구나. 소문에는 그분들도 나랑 다를 바가 없다고 들었는데… 그 어른들의 문도들이랑 여러 교우들도 함께 붙잡혀서 고신을 당하고 있는 모습을 보았거늘. 그분들은 다들 어떠한지…!"

초혜는 여옥의 말에 가슴이 (철렁!)했다. 여옥의 입에서 천주님이니 교우라는 말이 대수롭지도 않게 흘러나오고 있었기 때문이었다. 천주님이나 교우라는 말은, 무조건 입에 올리는 것만으로도 죄가 되는 일이었다. 천주교도나 예수교도들이 서로를 일러 교우라고 말을 함인 것인데, 그 말만 듣고도 발고하면 붙잡혀가서 역도의 취급을 받게 되어 있음인 것이다.

(옥사에서도 부지불식간에 저런 소릴 했었더라면…?)

자칫, 초혜라 하여 함께 엮여 들어가지 말란 법도 없을 일이었다. 자라 보고 놀란 가슴 솥뚜껑 보고도 놀란다고 하였거니와, 탁공의 공력을 제압당하고 난 뒤 초혜의 가슴이 새가슴이 된 것 또한 사실이기도 했다. 그것이 여옥의 모습을 보면서 목전의 두려움으로 다가오고 있었던 것이다.

민승호의 폭사 사건으로 의금부에 끌려갔던 이백여 명의 개화당 인물 중에 단 한 명이라도 천주교도란 것이 밝혀졌더라면 그들 모두는 폭사 사건의 진범이 밝혀졌다 할지라도 옥사의 문을 나설 수는 없었을 것이었다. 민규호가 개화당에 미련을 두었던 것도 사실은 그것 때문이었다. 조카인 민영익으로부터 여러 가지 정보는 모두 알아내어 손아귀에 쥐고 있었으나 그것이 천주학과 연관이 있다는 증좌가 없었고 운보 또한 승려의 신분이었기에 천주교도로 얽어 넣기가 쉽지를 않았던 것이다.

그러나 민규호에게는 나름대로의 믿음이 있었다.

원래 동학의 뿌리는 (서구의 문화와 사상을 전파 시켜준) 천주교와 예수교에 있었다. 그런데 승적도 없이 스님행세를 하고 다니는 운보야말로 동인 선사와 더불어 그 신분을 의심받기에 충분했다. 동학의 도사승으로 매도하기에 충분했고 초혜와 여옥으로 이어지는 연결고리뿐 아니라 운현궁을 들락거리는 무당 신분의 천주교도라는 사실까지도 민규호는 알고 있었다. 그럼에도 선뜻 나서서 밀어붙이지 못하는 이유는 부대부인 때문이었다. 자칫 부대부인에게 눈곱만큼의 불똥만 튀긴다 해도 그 불똥은 민규호 자신을 태워 없애는 엄청난 화염이 되어 되돌아올 것이란 사실을 그는 염두에 두지 않을 수 없었던 것이다.

(내가 대원위랑 맞서는 것은 폭약을 짊어지고 불구덩이 속으로 뛰어드는 것이나 다름이 없을 터…! 그렇다면 운현궁을 건드리지 않고 저것들을 역당으로 얽어 넣는 방법은 없을까…?)

운보와 함께 어울려 다니던 동인 선사는 이미 대원위도 공개적으로 찾고 있는 인물이었다. 더불어 이동인은 봉원사를 재껴두고 개암사를 들락거리며 부부인과 연을 맺고 있는 보우 선사랑 밀접한 관계를 형성하고 있었다.

민규호가 노리는 것이 바로 보우와 이동인이었다. 운보는 이미 미끼가 되어 의금부 옥사에 하옥이 되어있었으니 말이다. 그랬다가 황궁이 둘러꺼지면서 그놈의 미끼마저 놓쳐버린 셈이었다.

초혜는 결코 여옥의 말투가 마음에 들지 않았다. 신녀가 말했다.

(저년은 초주검이 되도록 얻어맞고서도 교우라는 말이 입에서 나오나 몰라!)

초혜가 마음속으로(탁) 쏘아붙인다.

(귀신 같은 소리 하고 있네! 엄니한테서 신주를 떠나보낸 게 누군데?!)

(그래서 어쨌다고?)

(어쩌긴 뭘 어째! 신주가 떠나고 없으니까 천주당에 빠질 수밖에!)

(고년 참 똑똑하네! 언제부터 네년이 그렇듯 똑똑해졌냐?)

"(내 나이가 몇 살인데 그딴 것도 하나 모를까?)"

(알았어 이년아, 배곯으라 방주거라!)

"(끄으응~!)"

초혜는 아예 관심을 끊어 버린다. 귀신이 밥 타령할 때는 이유가 있었다. 말문이 막혔을 때의 반응이기도 했지만, 집안(진장방)에 수입이 끊겼다는 것을 깨닫게 해주는 일이기도 했다. 초혜는 아예 여옥이에게 관심을 돌려 버렸다.

"엄니? 앞으로는 제발 천주님이란 말 좀 하지 마세요. 의금부 옥사에서 무심코 그런 소릴 했더라면 어쩔 뻔했어요! 이렇게 나와 풀려나지도 못했을걸?"

"그래그래, 내가 네 앞에서니까 하지 누구 앞에서 그런 소릴 하겠니?"

"그래도 입버릇이란 게 있잖아요! 개 같은 놈들이 멀쩡한 사람을 잡아다가 이 지경을 만들어 놓았는데, 그놈들이 겁도 나지 않으세요?"

"이것도 다아 팔자 소관인걸 어찌 하겠느냐? 그건 그렇고 초혜 네가 어쩐 일로, 그놈들에게 겁을 다 내는 거니? 이제는 네가 마치 나를 보호하는 것처럼 입조심까지 다 시키고!"

"낄낄낄~ 그게 싫거든 어서 빨리 몸을 추스려서 일어나기나 하세요. 이렇게 누워있으니까 엄니답지 않아서 그러지요."

"오냐 알았다. 대치 의원님께서 함께 고신을 당하여 몸도 성치 않으실 터인데. 내게 보약까지 지어서 보내셨더구나. 그 어른의 성의를 봐서라도 내가 빨리 몸을 추스려서 일어나야지. 헌데, 역매 어르신은 나처럼 자리보전하고 누워 계신다고 들었다. 초혜 네가 나 대신에 병문안이라도 한번 가봐주면 안 되겠니?"

"그런 걱정 마시고 약이나 잘 챙겨 드세요. 나도 그 어른들 병문안을 다녀와서 엄니 병구완을 해 드릴 생각이었으니까요."

"으이구, 기특해라. 하지만 그럴 것 없다. 너도 좀 쉬어야지. 어르신들의 병문안을 하고는 곧장 집으로 돌아가서 쉬도록 하거라. 언제 대궐에서 기별이 올지 어찌 알겠느냐?"

여옥은 이제 금방 죽을 목숨은 아닌 듯싶어 보였다. 정신이 말

짱한 것을 보면 말이다. 그러나 육신만은 그렇지를 못해서 금방에 자리를 털고 일어날 몸 상태가 아니었다. 연약한 여인의 몸에 어쩌면 저토록 가혹한 고신을 가하였는지 다리뼈가 부러져서 굴신을 못 할 지경이면 그 결과를 짐작하고도 남을 일이었다. 여옥의 깔끔한 성격에 이 상황을 견뎌내는 것만도 다행스러울 뿐이었다.

좌찬성이란 인물의 성품을 짐작하고도 남을 일이었다. 이백여 명의 양민들을 잡아다가 (번갯불에 콩이라도 구워 먹듯이) 얼마나 닦달을 해 재꼈으면 사흘도 안 되는 기간에 육신이 저토록 망가져 버렸느냔 말이다. 그럼에도 본인은 정작 양심의 가책조차 느끼는 바 없이 실추된 명예를 회복하겠다는 일념만으로 또 다른 음모를 계획하고 있다니 천하의 대원위를 능가하고도 남을 인물임에 다름이 없었다.

초혜도 이제는 열아홉 살의 어엿한 여인이었다. 열다섯 살의 풋내기가 아니었다. 세상 물정을 깨달아 살필 줄도 아는 어엿한 여인으로서 신어미의 몸 상태를 바라보며 참을 수 없는 분노와 울분을 마음속으로 삭이고 있었던 것이었다.

〈너 이놈! 네놈이 중전마마 곁에 붙어서 얼마나 잘 먹고 잘 사나 두고 보자! 천하의 민승호도 두렵지 않은 이 몸이거늘. 더 이상 중전마마 곁에 얼씬도 할 생각 하지 말거라 이 놈!〉

여자가 한을 품으면 오뉴월에도 서리가 내린다고 했다. 하물며, 무당이고서랴. 그 후환을 말로 해서 무엇하겠는가.

〈나도 하마터면 저 지경이 될 뻔하지 않았던가. 흐이그~ 끔찍해!〉

두 번 세 번을 생각해도 생각할 때마다 몸서리가 쳐지는 것은 어쩔 수가 없었다. 좌찬성이란 인물에게 자꾸만 신경이 쓰이는 이유였다.

〈그러고 보면 결국은 쐬돌배기 그 사람이 내 은인이었네 뭐.〉

초혜뿐만 아니라, 주상과 중전 그리고 복중의 생명까지도 따지고 보면 쇠돌바우가 지켜내 준 셈이었다. 그가 아니었더라면 초혜가 어찌 궁중으로 달려가 중전마마에게 목숨 구걸을 하였을 일이었겠는가. 어린 공주의 죽음으로 인해 이를 갈며 분노하고 있다는 사실을 뻔히 알면서도 말이다. 초혜는 정녕 신녀가 원망스러울 수밖에 없었다.

〈대치 어르신이나 역매 어르신은 내게 스승이나 다름이 없는 분들이신데, 신장이라 하는 귀신이 그딴 것도 하나 가르쳐주지 않고 시불~!〉

(네년이 언제 물어보기나 했냐? 비루먹을 년아!)

(안 물어본다고 안 가르쳐 주냐? 더러워서 무당 못 해먹겠네 시불~!)

(오냐 이년아, 네년 혼자 잘 먹고, 잘살아 보거라!)

초혜의 삼신당 신녀가 입을 삐죽이며(횡-) 하니 사라져버린다. 그러나 초혜는 알고 있었다. 점괘만 뽑아볼라치면 언제 내가 떠났었더냐는 듯. 되돌아와 있다는 사실을 말이다. 그렇지만 오늘은 사정이 좀 달랐다.

(그래, 시불 할망구야. 다른 사람은 몰라도 양어미만은 저 지경이 되게 하지 말았어야지! 나도 시불, 니깟 귀신 할망구한테 밥상 차려주나 어디 보자. 내가 시불, 저 모습만 보면 눈물 나서

더 못 견디겠다니까!)

초혜는 더 이상 신어미 여옥의 모습을 쳐다보고 있을 수가 없어. 어르신들의 병문안을 다녀오겠다며 집을 나선다. 사실, 여옥이라 하여 어찌 초혜에게 원망하는 마음이 없을 수 있겠는가. 무언가 귀띔이라도 해주었더라면 이와 같은 험한 꼴은 당하지 않았을 수도 있었을 것이기 때문이었다.

그러나, 삼신당녀도 이미 말했듯이 점괘도 뽑아보지 않고 세상만사를 다 알아서 처리할 수는 없음이 아니겠는가. 일개 무당의 신녀가 하늘님도 못 하는 일을 할 수는 없음인 것이다.

(시불~ 시불~ 시불~)

초혜는 사실 귀신이 엄청 얄미웠다. 지금까지 점괘를 뽑아서 알아맞힌 것보다도 못 맞힌 게 더 많았다. 게다가, 알아맞힌 것이라 해도 수박 겉 핥기 식으로 대충만 가르쳐준 것뿐이지, 콕 집어서 가르쳐준 것은 제대로 없었다. 그것이 그만 오늘, 불만이 되어 폭발한 것이었다.

"귀신이라 하는 것이 시불~ 무당 팔자 좋칠 일 있냐~ 끄악-!"

대문을 나서면서도 계속해서 귀신에게 불만을 토해내다 말고 그만 숨통이 (콱!) 틀어막히고 말았다. 대문을 나서자마자 그대로 보쌈을 당하고 말았던 것이었다.

(에고머니, 내가 너무 방심을 했구나!)

그러나 그것은 이미 때늦은 후회였다. 입에 재갈을 물린 뒤 보쌈을 당하고 나서야 후회를 해본들 무슨 소용이 있겠는가. 이것이 쇠돌의 소행인지 아니면 포도청이나 의금부 또는 사헌부나 한성부 같은 관원들의 소행인지 그것조차 알아차릴 길이 없었으니 말이다. 그리하여 보쌈을 당한 채 가마에 태워져서 어디론가 쥐도 새도 모르게 끌려가고 말았던 것이었다.

초혜가 납치되었다는 사실을 아는 사람은 아무도 없었다. 그랬기에 초혜를 걱정해줄 사람 또한 있을 리가 없었다. 수진방의 신어미 여옥은 어르신들의 병문안을 마치고 진장방으로 돌아가려니 해서 신경을 쓰지 않을 것이고, 진장방의 늙은 어미는 여옥의 집에서 병 수발이나 좀 들어주고 오려나 보다 해서 태무심하고 있을 것이기 때문이었다.

한편 이때, 운보는 북악의 어느 깊은 골짜기 바위 중턱에서 벌써 십여 일이 넘도록 그 자리에 돌부처라도 된 듯 앉아 있었다. 엄동의 추운 날씨에 사람이 십여 일씩이나 그 자리에 앉아 있었다면 그것은 이미 동태가 되었다는 것을 의미하는 일이기도 했다. 비록, 바위 절벽의 중간에 둔덕이 져 있어서 눈과 비는 피할 수가 있다 할지라도 지금이 섣달이라 추위만은 피할 수가 없음인 것이다.

열흘 전에 운보는 개암사의 스님들 행적을 뒤쫓다 말고 그것이 결코 쉬운 일이 아님을 깨닫고 이 바위산 골짜기로 들어와 바위 중턱에 자리를 잡고 앉아서 정신 수련을 시작하게 되었던 것이었다.

그리하여 정신의 밝은 세상 속으로 빨려 들어간 뒤 아직까지도 그 상태에서 깨어나지 못하고 있는 참이었다. 그러면서도 결코 정신을 잃고 기절했다거나, 수면에 빠져들어 잠을 자고 있는 것이 결코 아니었다.

참으로 놀라운 일이 아닐 수 없었다. 천하의 그 어떤 도사님들이라 할지라도 이토록 추운 한겨울에 동굴 속도 아닌 바위 절벽의 중턱에서 찬바람을 그대로 맞아가며 열흘 동안이나 이렇듯 밤낮없이 앉아 있을 수는 없음인 것이다. 하루 이틀이라면 또 모를까 말이다.

그럼에도 운보는 열흘이 넘도록 그 자리에 꼼짝없이 앉아 있었고 혈색마저 변한 기색이 전혀 없었다. 그러니까 혈행마저 순조로이 이뤄지고 있다는 뜻이었다.

운보의 입술에는 옅은 미소가 떠나지 않고 있었다. 그것은 정녕 사실이었다. 운보는 아직도 형언하기조차 어려운 그 밝은 빛의 세상 속에서 투명인간이 되어 안식을 얻고 있었던 것이다. 몸도 마음도 모두가 그 평화롭고 황홀한 빛 속에 녹아들어서 말이다.

운보의 마음속에 남은 것은 아무것도 없었다. 밝은 빛의 평화 속으로 몸도 마음도 모두가 사라져 버렸기 때문이었다.

"아아― 참으로 아침 공기가 상쾌하구나!"

운보가 기지개를 켜며 살포시 눈을 치켜뜨고 있었다. 아침 햇살이 눈동자 속으로 빨려 들어왔다. 온몸이 깃털처럼 가볍게 느껴졌다. 아마도 밝은 빛의 세상 속에서 육신의 무게가 모두 사라진 것이라 생각되었다. 그래서 온몸이 구름처럼 가벼워진 것이라고 말이다.

운보는 조심조심 자리에서 일어났다.

"참으로 개운하구나. 아침 해가 떠오르는 것을 보니 어젯밤에 내가 아주 편히 잠을 잤던 게야."

그리고는 조용히 봇짐을 챙겨 사뿐히 절벽 아래로 뛰어내린다.

그런데 정녕 이해가 되질 않았다. 두어 길도 넘는 바위 절벽을 마치 얕은 뜨락이라도 내려서듯 사뿐히 내려서고 있었으니 말이다.

"정녕 내가 육신의 무게를 모두 내려놓은 것인가?"

그러나, 그것이 중요한 것은 아니었다. 육신의 무게야 있으면 어떻고 없으면 어떻단 말이던가. 그것이 모두가 사람의 마음속에 있을 뿐일 진데, 그까짓 거 가볍다고 생각하면 가벼운 것이요, 무겁다고 생각하면 무거운 것이 아니겠는가.

운보는 일단 계곡으로 내려갔다. 계곡 좌우에는 수풀이 우거져 있었고 그 사이로 눈이 쌓여서 얼어 있었다.

계곡의 물웅덩이에는 얼음이 얼어 덮여 있었는데, 웅덩이 가에 박혀있는 바윗돌을 뽑아 내려치자 얼음이 깨지면서 웅덩이에는 제법 많은 물이 고여 있었다.

날씨가 참으로 포근하기만 했다. 계곡에는 온통 눈이 쌓여서 아침 바람에 눈가루가 흩날렸으나 운보는 정녕 추위 따위를 느낄 수가 없었다. 운보는 조용히 옷을 벗고 물속으로 들어가 물속에 몸을 담근다.

그렇다고 추운 겨울 날씨에 산 계곡의 고인 물에서 목물을 한다고 하여 몸에 끼인 때가 씻겨질 리도 없었다. 그나마도 몸에 묻은 물기가 얼어붙지 않는 것이 다행이라면 다행이었다. 육신의 온기로 인하여 몸이 얼어붙는 불상사는 면할 수가 있었던 것이다. 이 추운 엄동의 겨울 날씨에 그것이 어찌 육신의 온기 "즉" 체온 때문이라고만 할 수 있겠으랴마는, 운보는 지금 그딴 것에는 전혀 관심도 없었다. 얼음을 깨트려 그 속에 고인 물로 목물을 하고 있으면서도 때가 씻기지 않거나 추위 같은 것 따위는 전혀 관심 밖의 일이기만 했던 것이다.

6. 주인 없는 개암사

한편, 초혜는 정녕 분통이 터져서 참을 길이 없었다. 신어미 여옥의 집에서 나와 골목길도 돌아서기 전에 보쌈을 당하는 신세가 되고 말았으니 어찌 분통이 터지지 않을 수 있을 일이겠는가.

(시부놈 할망구, 너 두고 보자! 이런 못땐 놈들이 내 뒤를 따라오거던 귀띔이라도 해 줘야 할 거 아냐? 시부 놈 할망구야!)

그러나 귀신이 그 말을 알아들을 리 없었다. 초혜가 보쌈을 당하자 귀신이 먼저 놀라 도망을 쳐 버렸기 때문이었다. 그것을 일 컬어 혼쭐이 달아난다고 하는 것이거니와, 도대체 귀신이 겁날일이 뭐가 있다고 혼쭐이 달아나는 것인지는 알 수가 없을 일이겠으나, 초혜를 보쌈하여 태운 가마는 바쁘게 움직이고 있었다. 그 바람에 더 이상은 분통을 터뜨릴 정신도 없었다. 가마가 미친 듯이 덜까불어 재끼자 그만 멀미가 나서 정신을 차릴 수가 없었던 것이다.

초혜는 속으로 가마꾼들에게 간절히 애원했다.

(보쌈이고 지랄이고 그딴 거 안 따질 테니까 제발 사람 좀 살리거라!)

그러자 그 말만은 용케도 알아들었다는 듯, 가마가 그 자리에 (우뚝!) 멈추어 섰다. 그리고 뒤이어 한 사내가 역정이라도 내듯 소리를 질러댔다.

"그년을 잘 모시거라! 역적 놈을 잡을 미끼로 쓸 계집이라는데 그년이 왕실과 운현궁을 번갈아 드나들며 요사를 부리는 구미호라는구나. 꼬리가 아홉 개 달린 구미호! 그러니 행여라도 둔갑해서 도망치면 안 되니까 보자기 벗겨내지 말고, 그대로 광 속에다 처넣고 단단히 지켜야 한단 말이야, 알았으냐?!"

그러자 다른 사내가 대꾸하여 말한다.

"저어~ 요것이 구미호라면 옷을 벗겨서 쬐끔만 구경을 하고 다시 덮어씌우면 안 될까요? 예? 생전에 구미호 꼬랑지는 본 일이 없어 놔서…!"

"에라이, 비루먹을 놈! 네놈은 소문도 못들어 봤냐? 개암사에서 그 괴물이 요사를 부려 군사들이 수십 명씩이나 지키고 있다가 모조리 기절해서 놓쳤다는 소문 말이야!!"

"끄으응~! 고 고것이 정말로 사실일까요, 나으리?"

"사실이 아니면 그 괴물이 개암사에서 어찌 도망을 쳤게?!"

"아무리 그래도 미덥지가 않아서… 똥구녕만 살짝 보고 도루 덮어 놓으면…."

"덮어놓긴 뭐를 덮어놔, 비루먹을 씨키야?! 니놈이 시방, 이 괴물을 놓치고 모가지가 달아나고 싶어서 그러는 거지 시방?! 정녕 군사 어른 성정을 몰라서 그러는 것이야. 으이?!"

"에고— 쩝쩝! 구미호 똥구녕엔 정말로 꼬리가 아홉 개일까…?"

사내들이 보쌈자루를 둘러메고 어디론가 가더니 그대로 땅바닥에다 내동댕이쳐 버린다.

〈"끄아악, 사람 잡네 이놈들이—!"〉

귀신이 말을 받아 말한다.

〈끄아악, 구미호 잡네~ 그래야지. 네가 사람이냐? 구미호지!〉

〈"에고 시불-! 할망구 너 어디 갔다온거냐 시방?!"〉

〈비루먹을 년아, 할망구라 그러지 말고 아줌씨라 그러라고 했지 내가?!〉

〈"지랄하네 엉엉엉~!"〉

그나마도 다시 돌아와준 것이 고맙기는 했다.

사내들이 초혜를 광속에다 내동댕이치고는 (삐그드득-!) 문짝을 처닫고 그대로 사라져 버린다.

한편, 운보는 북악의 깊은 골짜기에서 계곡을 흘러내리는 웅덩이 물에 목물을 하고는 그길로 도성을 향하여 길을 잡는다. 초혜의 생사가 걱정되어서였는데 이제는 오로지 수진방 이 보살에게 가보는 것뿐이었다.

"그곳에도 없다면 능구레라도 한번 찾아가 보는 수밖에!"

그래서 이 보살에게 들러 병문안도 할 겸 소식도 알아보고 그참에 아예 대치와 역매 어르신들께도 인사차 들러볼 참이었다.

"동인 선사님과의 정리를 생각해서라도 인사 정도는 하고 떠나야 사람의 도리라 할 수 있겠지!"

운보는 사실 동인 선사로 인하여 배운 것이 참 많았다. 사람 사는 정리며 인간의 도리까지도 현무암에서는 깨우치지 못했던 인간사를 동인 선사를 통하여 배워 깨우친 셈이었다. 현무 스님이나 양무 스님들에게서도 배우지 못했던 사바세상의 인생살이를 말이다.

운보가 수진방으로 찾아가자 여옥은 마치 동인 선사를 만난 것만큼이나 반가워했다. 역시나 신여성답게 그녀는 이동인에 대한 감정을 숨기지 않았고, 그 성격마저 여늬 남정네들 못지않게 시원시원하고 거리낌이 없었다.

여옥도 이제는 신원이 회복된 어엿한 반가의 여인이었다. 그동안이야 어떠한 인생을 살아왔든, 이제라도 떳떳이 신분을 내세울 수 있으련만, 그놈의 무당이란 족쇄 때문인지는 몰라도 그녀에게서는 전혀 달라진 점이 없었다.

그러한 여옥의 모습을 보면서 저런 것이 바로 서구의 개화된 풍속인가 보다고 생각을 했다. 초혜와의 감정마저 솔직하게 드러내 보이지 못하는 자신의 옹졸함이 운보는 정녕 부끄럽다 못해 비열하다는 생각이 들기까지 했다.

"신분상의 차별이나 남녀 간의 구분조차 훨훨 벗어던진 채 자신만의 인생을 즐기며 스스럼없이 살아가는 저 모습이 바로 서구의 개화된 생활방식이라 하였거늘–!"

천민의 핏줄을 비관하여 승려가 되기만을 소원했고, 부모의 죄업을 씻어내고자 경문이나 외우면서 속죄하며 사는 것을 운명이라 생각했던 어리석음에 운보는 참으로 깨닫는 바가 없질 않았던 것이다. 운보에게도 그녀는 참으로 큰 스승임이 분명했다.

역시나 여옥은(운보가 스승으로 섬기는) 동인 선사마저 개화의 스승이라 떠받드는 이유를 비로소 이해하고도 남음이 있었던 것이다.

게다가, 신주 "즉" 귀신을 섬기는 무당이면서도 독실한 천주교인이 되어 부대부인의 신념에 따라 (신딸 초혜와 더불어) 주상과 중전에게 하늘 천주님의 복음을 전하는 일에도 소홀함이 없었다. 그것이 여옥의 개인적 선교활동이기도 한 셈이기는 했다.

물론 떳떳이 혼인해서 자식을 낳아 여인의 도리를 다하지 못하는 것은 분명히 흠이라 할 수 있을 일이었다. 그러나 어찌하겠는가. 그녀가 관비로 끌려갈 때 이미 결정지어진 운명이나 다름이 없었으니 말이다. 그럼에도 그녀는 자신의 처지를 비관한다거나, 의금부로 끌려가서 어육이 되어 돌아온 사실에 분노하는 기색은 전혀 없이 거저 명랑하고 밝은 표정으로 상대를 대하는 그 모습에서 운보는 정녕 깨달아 느끼는 바가 없질 않았던 것이다.

(나는 무엇이란 말인가! 부처님의 등 뒤에 숨어 앉아 초혜의 안위나 걱정하며 인간의 도리조차 깨치지 못하고 있음이거늘-!)

대치, 역매 스승님들에 대한 뒤늦은 병문안의 죄책감 때문이었다. 그렇다고 지금 와서 초혜를 찾는 일을 포기할 수도 없을 일이긴 했다. 초혜를 찾는 일도 따지고 보면 인간의 도리라 할 것임에는 분명할 일이기 때문이었다. 사바세상에서의 인간의 도리 말이다.

그런데 어떻게 된 일인지 초혜의 행방이 참으로 묘연하기만 했다. 여옥의 집에서는 분명히 두 분의 병문안을 다녀오겠다며 나갔다고 했는데 초혜의 행방은 오리무중이기만 했던 것이다.

(지깟 것이 도성 안에서 두 분의 병문안보다 더 중요한 일이 뭐가 있다고!)

운보는 왠지 불길한 생각이 들지 않을 수 없었다. 그러다 보니 인간의 도리고 뭐고 두 분에 대한 병문안조차도 건성일 수밖에 없었다.

(고것이 일부러 나를 피해 다닐 리도 없고, 그렇다고 신어미가 두려워 거짓말을 둘러댈 일도 아니거늘…!)

그것이 더욱더 불안한 원인이었다. 개암사에서 한성부와 의금부로 이어지는 그간의 과정이 운보의 불길한 예감에 더욱더 부채질을 하고 있었던 것이다.

(이것은 분명 내가 예상치 못하는 필연곡절이 있음일 것이야…! 그렇다면 그게 과연 무엇이란 말인가…!)

운보가 깊은 상념에 사로잡혀 맥없이 발걸음을 떼어놓고 있는 이때, 그는 정녕 소스라치게 놀라 기절하여 까무라칠 뻔했다. 어디선가 갑자기 그의 상념을 일깨우는 날카로운 목소리가 귓전을 울려왔기 때문이었다.

〈저기 저 중놈이요-! 저- 중놈이 우리가 찾던 그 중놈이니 당장 때려 잡으시요. 어서-!〉

누군가 운보의 용모를 잘 알고 있는 어떤 자가 살수들을 대동하여 자신을 뒤쫓고 있었다는 사실에 운보는 정녕 소름이 돋을 만큼 몸서리가 쳐지지 않을 수 없었던 것이다. 그것이 운보는 결코 이해가 되질 않았다. 자신이 무슨 대단한 인물이라도 된다고 이렇듯 도성 한복판에서 살수까지 동원하여 자신을 뒤쫓는단 말인가.

(나 같은 중놈에게 무슨 원한진 일이 있다고…!)

혹여 동인 선사 때문일지도 모르리란 짐작은 하면서도 지금은 그딴 것이나 생각하고 있을 경향이 없었다. 우선은 살고 봐야 하기 때문이었다. 그나마 한양에는 집집마다 담장이 둘러쳐져 있어서 운보가 담장을 뛰어넘어 도망을 치기에는 그만이었다.

그리하여 간발의 차이로 고슴도치의 신세가 되는 것은 간신히 면할 수 있었으나 그들의 정체가 참으로 궁금했다.

(두고 보면 알겠지! 그동안 나를 추적하여 뒤따랐다면 쉽사리 포기하지는 않을 터! 언젠가는 또다시 만나게 되겠지!)

그러나 오늘만은 참기로 했다. 그들이 의금부나 한성부 또는 포도청의 포졸들인지는 알 길이 없으나, 그들의 정체나 밝히는 것이 초혜의 생사를 확인하는 것보다 더 우선일 수는 없었던 것이다.

(저들의 정체를 밝혀냈다 하여 내가 저들에게 보복이나 하겠다며 도성에서 말썽을 일으킬 처지도 아니고 보면….)

지금은 거저 저들을 따돌리고 도망부터 치고 보는 것이 최선일 수밖에 없었다. 초혜의 생사를 확인하고 난 뒤에 그들의 정체를 밝힌다 해도 시간은 넉넉할 일이기 때문이었다.

그리하여 누군지도 알 수 없는 살수들의 표적에서 가까스로 벗어나 개암사를 향해 급히 발길을 옮긴다. 그러기 위해서는 동대문을 거쳐 송파나루를 지나쳐 가는 길이 가장 가까운 지름길이겠으나, 이번에는 아예 시구문인 서소문을 지나서 삼계나루로 길을 잡는다. 동대문이나 광화문 등 자신이 자주 이용하던 성문은 아예 돌아서 가기로 한 것인데, 운보가 이렇듯 조심을 하는 것은 너무도 당연했다. 살수들을 따돌리기 위한 방편이었다.

운보는 사실 세상 물정에 너무 어두웠다. 물론 지금까지는 동인 선사를 따라다니며 신분을 보증해 줄 든든한 뒷배가 버티고 있었었다. 그러나 지금은 사정이 달랐다. 동학의 비적으로 몰리기에 딱 좋았다. 이번 금부의 옥사에서 (운보의 정체에 대한) 취조를 받던 중 알게 된 사실이었지만, 지금 조선 각처에는 동학을 앞세운 비적 떼가 크게 민심을 들쑤셔 놓고 있다고 했다. 그것을 새로운 동학의 농민운동이라고도 한다고 했던 것이다.

물론, 좌찬성이 어찌 그 사실을 모르고 있었으랴마는 운보와 보우대사를 동학의 비적으로 몰아가게 되면 그것이 결국은 부부인에게 이르게 되는 것이요. 판돈녕 부사 및 민승호를 비롯하여 자신의 조카 민영익까지도 올가미에 걸어 넣는 꼴이 되고 마는 것이다.

게다가, 대원위와 중전에게도 비수를 들이대는 꼴이 아닐 수 없기에 좌찬성으로서도 차마 거기까지는 사건을 확대시키지 못했던 것이었다.

운보가 사람들 틈에 뒤섞여 삼계나루에 당도를 했으나 그대로 발길을 돌려야 했다. 이곳에서는 개암사 쪽으로 가는 배편이 없었기 때문이었다.

"할 수 없지 뭐, 노들강이나 버들섬을 이용하는 수밖에!"

그러나, 그것이 결국 불법이란 사실을 운보도 모르지는 않았다. 버들섬을 드나드는 고깃배가 불법으로 돈을 받고 강을 건네주는 나룻배 역할을 하고 있다는 것은 운보도 이미 알고 있었던 것이다. 그랬기에 그것이 발각되는 날엔 불법 도강자가 되는 것은 지난번이나 마찬가지였다. 그래서 될 수 있으면 불법도강은 하지 않으려 했으나, 이곳에서 송파나루까지는 너무도 먼 거리였다.

게다가 도성을 가로질러 가는 것이 그나마 지름길인 셈인데 지금은 그리고 싶은 생각도 없었다. 스님들의 도성 출입이 제한된 상황에서 (드러내놓고 밝힐 수 있는 목적지도 없으면서) 도성을 가로질러 간다는 것이 왠지 꺼림직했기 때문이었다. 그렇다고 도성 출입을 전혀 안 한 것도 아니긴 했지만, 결론적으로 살수들 때문이라고 봐야 할 일이었다.

그리하여 운보가 개암사에 당도한 것은 이튿날 새벽녘이 되어서였다. 그랬는데 어찌된 일인지 절간이 쥐죽은 듯이 조용했다.

"관아의 군사들이 모두 철수를 한 것인가?"

승방 쪽으로 귀를 기울이자 역시나 코 고는 소리가 어지러이 들려왔다.

"그러면 그렇지! 승방에다 굼불을 뜨끈하게 때고는 팔자 좋게 주무시고들 계시는구먼. 하긴 뭐, 잠자는 일 외에 할 일이 뭐가 있을라고!"

그래서 모처럼 새벽 예불이라도 올리고자 법당문을 여는데 역겨운 냄새가 코를 찔렀다. 탁배기와 고깃국 냄새가 뒤섞여서 그야말로 구역질이 날만큼 고약스런 냄새가 진동을 했던 것이다.

게다가, 법당문을 활짝 열고 들여다본 방 안의 광경은 더더욱이나 더 말씀이 아니었다. 섣달그믐께의 이른 새벽이라 법당 안은 어두컴컴했으나 술판을 벌였던 흔적만은 쉽사리 알아차릴 수가 있었다.

"부처님을 모셔놓은 법당에서 고깃국을 끓여다가 술판을 벌이다니!"

하다말고 운보는 법당 안을 눈여겨 살펴본다. 그리고는 소스라치게 놀라지 않을 수 없었다. 활짝 열어놓은 법당문을 통하여 새벽 여명이 비쳐들면서 법당 안의 광경을 세세히 둘러 살필 수가 있었는데, 운보는 저도 모르게 탄식을 쏟아내지 않을 수 없었던 것이다.

"나무관세음보살~! 부처님은 어디를 가시고? 향로며 촛대까지 사라진 것을 보니 그것도 놋쇠라고 모두 가져다가 술밥을 바꿔 먹었나보네…!"

너무도 기가 막혀서 말문이 막혀버릴 뿐이었다. 허기사, 관노비 출신의 일수 사령들에게 녹봉이 있을리도 없고, 외딴 절간에서 할 일 없이 시간만 보내고 있는 그들에게 고깃국이며 막걸리까지 보내서 무료를 달래게 해 줄 인심이 있을 리도 만무할 일이었다.

그랬으니 부처님인들 제대로 남아있을 리가 만무했다. 주인(스님들)도 없는 절간에서 말이다.

부처님이 사라진 법당 안은 흉물스럽기가 짝이 없었다. 저승야차가 어둠 속에서 금방이라도 뛰쳐나올 것만 같은 분위기였다.

"이 노릇을 어이한단 말이더냐. 아미타~불~!"

운보는 이 모든 것이 제 탓인 양 큰스님에 대한 죄스러운 마음을 정녕 금할 길이 없었다. 큰스님께서 언제 절간으로 다시 돌아올지는 알 길이 없으나 하루빨리 서둘러서 부처님을 새로 모셔올 길을 알아보는 것이 우선 먼저 해야 할 일이라 여겨졌다. 그래서 죄스러운 마음을 달래기라도 하듯 부처님이 앉아계시던 곳을 마주하여 자리를 잡고는 낭랑한 목소리로 예불을 올리기 시작한다.

이때, 승방에서 술에 취해 곯아떨어져 있던 나졸들은 이 뜻밖의 예기치 못한 사태에 그만 기절들을 했다. 아무리 술기운에 잠이 들어있었다고 할지언정 그들의 귀에 들린 염불 소리란 저승 사자의 분노 소리나 무엇이 다르겠는가.

"저저저, 저것이 시방, 중놈의 염불 소리가 아닌가 시방?!"

"맞네. 염불 소리가!"

"중놈이 찾아오면 무조건 관아로 압송하라 했지? 사또께서!"

그들은 어제 낮에, 향로며 촛대는 물론, 부처님까지 깨부셔서는 과천골 아래 주막에다 갖다주고 술국이며 탁배기까지 시켜서, 자정이 넘도록 술을 퍼마시고는 이제 마악 자리를 옮겨 꿈속으로 빠져들려던 참이었다.

그들도 이미 알고 있었다. 이 절간에는 주인이 없다는 사실을 말이다. 그러나, 그것은 그들만이 알고 있는 비밀이었다.

사또께서 처음 그들에게 지시하여 내린 지엄하신 분부가 있었다.

"의금부에서 긴히 포도청에도 알리지 않고 지시한 일이거니와 그 절간의 중놈들은 보는 족족 추포하여 관아의 옥사에다 은밀히 가둬두라 하였거늘, 중놈들은 보는 족족 이유 여하를 불문하고 때려잡아 관아로 끌고 올지어다"

그랬기에 설사 절간에서 도망친 중놈들이 있다 할지라도 나타나기만 하면 대번에 때려잡아 관아로 끌고 가게 될 놈들이니 어찌 부처님을 가지고 시비를 걸어올 일이겠는가. 그래서 마음 놓고 닥치는 대로(돈이 될만한 것들만 골라서) 쇳덩이를 만들어 술과 바꿔 먹었던 것이었다.

〈어차피 주인도 없는 절간에서 부처님이면 무얼 하고 향로가

있으면 어따 쓴단 말이더냐!〉

그랬다. 주인도 없는 물건들이니 부처님이면 무얼 하고 향로가 있으면 무얼 하겠는가.

그랬는데, 아직도 세상 물정 모르고 절간을 떠났던 중놈이 제 무덤을 찾아들어 예불을 올리고 있었으니 이제 사또에게도 낯을 세울 일이 생긴 셈이었다.

"네 이놈! 어인 중놈인지 죽기 전에 오리를 받거라!"

그들은 몸도 제대로 가누지 못하면서 창대가 길고 끝이 뾰족한 장창을 소지한 채 경계심도 하나 없이 법당으로 뛰어들어 다짜고짜 운보를 추포하려 했다. 그 모습이 참으로 가관인지라 운보는 아예 그들을 무시한 채 염불에만 정성을 기울인다.

"아암, 그래야지! 중놈은 염불이나 하고, 우리는 중놈에게 오라나 짓고! 아암, 그래야 공평한 거지!"

그들이 달려들어 포승줄을 얽어매는 데도 운보는 미동도 하지 않고 버려둔다. 그러나 두 팔을 결박하면 목탁을 칠 수 없으니 그것이 문제였다.

"허어— 결박을 지을 땐 짓더라도 목탁은 칠 수 있게 해줘야 하지 않소이까? 이렇게 양팔을 꽁꽁 묶어 버리면 새벽 예불은 어쩌라고!"

"뭐시라?! 부처님도 없는데 예불은 무신! 네놈도 이 절간의 중놈이더냐? 물론 그렇겠지. 아암! 아암!"

"그렇소이다. 헌데 어찌하여 내 승낙도 없이 내 몸에다 결박부터 짓는 것이오이까? 행여 부처님의 승낙이라도 받으셨다는 것인지 원—!"

"어쭈, 이놈 보게? 니놈이 시방 술이 취해설랑 헛소리를 하나 본데, 우리도 시방, 중놈을 때려잡고 봐야 하걸랑 시방?!"

"허어— 이거야 원! 중놈에게 시방 무슨 죄가 있다고…"

하다말고 운보는 기절초풍을 했다. 술에 취해서 운보의 몸에 결박을 짓던 그들 중 한 명이 갑자기 방바닥에 내려놓았던 창검을 줏어 드는가 싶더니 그대로 운보의 등짝을 향하여 힘차게 찔러왔던 것이었다.

조금 전에 운보가 (이렇게 양팔을 꽁꽁 묶어 버리면 새벽 예불은 어쩌냐)면서 팔을 내저어 결박 짓는 걸 방해하자. (우리도 중놈을 때려잡아야 한다)고 할 때부터 그들의 행패가 예상되기는 했었으나, 관아의 나졸들까지 이렇듯 사람의 목숨을 가벼이 하는 것인지 그것이 참으로 기가 막힐 일이었다. 일개, 지방관아의 군노 사령이란 자들이 이렇듯 하나같이 악귀로 변한 것이 어찌 그들만의 탓이겠으랴마는 세상이 말세가 아니고서야 이럴 수는 없을 일이었다. 아무리 신분이 하찮은 일개 승려라 할지라도 승려도 사람임엔 분명하거니와 관아의 군졸들이 이럴 수는 없을 일이었다. 아무리 그들이 술에 취했다고는 할지라도 말이다.

다행히도 운보가 미리부터 그들의 행동에 신경을 곤두세우고 있었기에 그들은 찍소리도 한 번 못 해보고 제압을 당하여 그나마 다행이긴 했다. 술에 취하여 제 몸도 하나 가누지 못하는 그들이 그까짓 창검을 소지했다 하여 운보의 재빠른 행동에 맞상대를 해온다는 것은 불가능했던 것이다.

"네 이놈들 오늘 죽을 자리 한번 잘도 골랐구나!"

그들도 깨달아 모를 리 없었다. 자신들이 한 짓거리가 있기에 운보의 말이 결코 겁만 주겠다고 하는 말이 아니라고 하는 사실을 말이다.

게다가, 그들은 혈도가 찍혀 몸을 제대로 움직일 수도 없었기에 죽음의 공포는 더 클 수밖에 없었다. 그랬기에, 그 죽음의 공포를 어찌 말로써 다 표현할 수가 있을 일이겠는가.

(참으로 질기고도 질긴 악연이로구나!)

운보는 그들을 질책하면서도 속으로 탄식을 쏟아내지 않을 수 없었다. 4년 전, 천둥골을 떠나올 때부터 이들 군노 사령들과의 질긴 악연이 계속되고 있었으니 말이다. 그것이 바로 세상인심을 대변하는 일일 것이었다. 그러나, 아무리 이것이 세상의 인심이라 할지라도 운보는 결코 이들을 그냥 용서해줄 생각이 전혀 없었다. 초혜를 못 찾아 속 썩인 분풀이를 이들에게 쏟아내고자 하는 것인지도 모를 일이었다. 그러자 그들은 운보의 눈치를 알아채기라도 한 듯 눈물을(줄줄~) 쏟으며 애걸복걸을 해댔다.

"사… 살려 줍쇼 대사님! 저희가 대사님도 못 알아뵙고, 중놈인 줄만 알고설랑 그만 실수를 했지 무엇입니까요. 큭큭큭~! 에고 아파!"

"중놈을 죽이려고 한 것은 저놈 한 놈뿐인데, 어찌하여 우리까지 덩달아서 벌을 받아야 합니까요? 이건 억울합니다요. 큭큭~!"

운보는 더더욱이나 더 기가 막혔다.

"그래서, 혼자 조용히 앉아서 염불이나 하고 있는 중놈을 향해, 창검을 꼬나쥐고 법당 안으로 뛰어들었더냐? 게다가, 저 혼자만 살겠다고 같은 동료에게 죄를 떠넘긴단 말이지? 이 어리석은 중생 같으니라고-!"

"예예. 맞습니다요. 어리석은 중생!"

"참으로 가관이구나! 그래서 저기 앉아계시든 부처님까지 깨부셔서 탁배기랑 바꿔 마셨더냐? 이 몹쓸 중생들아!"

"그. 그거야, 중놈들도 이미 죽고 없는 절간에. 앗차, 그 그러니까 그것이 부처님도 없는 절간에서 중놈들이 있으면 무얼 하나~ 한다는 게 그만…!"

옆에서 듣고 있던 나졸이 동료의 어깨를 (쿡쿡−) 밀며 주정이라도 하듯 내뱉는다.

"뒤바꼈잖아 그거? 중놈이랑 부처님이랑!"

운보가 때를 놓치지 않고 말을 가로채어 급히 따져 묻는다.

"자. 잠간. 잠간! 방금 전에 뭐라 하였는가? 중놈들도 죽고 없는 절간이라 하였겠다 분명?!"

"하이구야~ 이놈의 입이 방정이라니까 이놈의 입이…!"

"그래. 그렇겠지! 그러니 어서 실토하거라. 절간의 중놈들도 네놈들이 죽였다는 말이 아니더냐? 그런 게지?!"

"엑! 말도 안 돼! 우리가 그깟 중놈들은 뭐 땜에 죽입니까요? 그깟 중놈들을!"

"그럼. 누가 죽였다는 것이냐? 네놈들이 안 죽였다면!"

"그, 그거야… 그거야…"

그들은 더 이상 말을 제대로 이어가지 못했다. 분명 무엇인가 말 못 할 사연이 있다는 것임을 깨달아 모를 리 없거니와 이럴 때는 특단의 조처가 필요한 법이었다. 대번에 말문을 트이게 만드는 특단의 조처 말이다.

7. 과천골 봉로 주막

역시나 특단의 조처가 취해졌다.

〈크아악! 크엑! 캑!〉

세 명의 나졸들이 동시에 비명을 내지르며 나가떨어졌다. 그러고는 사지를 버둥거리며 눈알을 까뒤집고 있었다. 그야말로 이승과 저승이 왔다 갔다 하는 순간이었다.

그리고 한참이 지난 후에야 그들은 극단의 공포 속에서 가까스로 몸을 추스러서 일어나 앉는다. 그리고는 손이 발이 되도록 빌면서 살려달라고 애걸복걸을 해댔다. 술에 취한 와중에서도 살고 싶은 마음만은 간절했던 것이다.

"중놈의 목숨은 파리목숨처럼 가벼이 여기면서 그러고도 네놈들은 살고 싶단 말이렷다?!"

"예예. 대사님~ 제발 살려만 줍시오 예. 저희들은 중놈이 아니걸랑요?"

"그래? 중놈은 죽여도 되는데 네놈들은 중놈이 아니니까 살고 싶다? 그렇거든 나를 죽이려 했던 네놈부터 먼저 대답을 하거라. 스님들은 어찌 되었다고ㅡ?"

"저어~ 그. 그것이 그러니까. 그것이 그러니까…"

"왜? 대답을 하기가 싫어? 정녕 죽어도 대답을 하기가 싫단 말이지?"

"그. 그게 아니구요. (중놈이 성깔머리는 있어 갖고) 우리가 그 사실을 토설하면 죽고 살아남지 못한다고 해서… 그래서 말을 못 한다니까요. 크엑-!"

나졸이 대번에 비명을 내지르며 앞으로 (폭!) 꼬꾸라지고 있었다. 그 모습을 바라보며 나머지 두 명의 나졸들(일수들)은 아예 입도(벙긋) 하지 못했다. 동료의 죽음을 눈앞에서 지켜보며 그들은 그만 온몸이 꽁꽁 얼어붙고 말았던 것이었다.

"다음은 그 옆에 계시는 나으리께 묻겠소이다. 옆에 있던 동료가 죽는 모습을 보니까 기분이 좋으시오이까?"

"대대대. 대사님! 갑자기 웬 존대 말씀을…"

"이제 곧 부처님 곁으로 가실 사주님이신데. 당연히 존대를 해야지요. 그래서 말씀입니다마는, 스님들을 죽인 것이 누구란 말씀이오이까?"

스님들을 죽인 것이 누구냐고 물어본 것은 순전히 그들의 의중을 떠보기 위한 술책이었다. 나졸이 대꾸를 해왔다.

"그. 글쎄올습니다. 그것까지는 소인들도 알 수가 없사옵고, 중놈들의 죽음을 발설하면 죽고 살아남지 못한다고 협박을 받은 것은 사실이옵니다요. 하. 하오니 소인의 말씀을 믿어주십시오. 대. 대사님!"

"알겠소이다. 처음부터 그렇듯 진지하게 대꾸를 했으면 내가 믿어 줬지요. 저렇듯 개죽음도 안 당하고 말씀이오이다. 그러니 처음부터 차근하게 설명을 해보시오. 어찌된 영문인지!"

"그러지요 뭐. 소인의 말씀을 믿어 주신다니 처음부터 자세하게 말씀을 해 올리겠습니다요…"

나졸의 실토는 참으로 충격적이었다.

그들이 사또의 명을 받고 처음 이곳에 파견이 된 것은 절간의

97

스님들을 감시하라는 것이었다고 했다. 그랬는데, 이곳에 당도하고 보니 이미 여러 명의 낯선 사내들이 절간을 접수한 채, 스님들의 시신을 바깥으로 옮기고 있었다는 것이었다.

낯선 사내들은 나졸들을 협박하여(스님들이 죽은 사실을 발설하면 결코 처자식까지도 무사치 못할 것이라며) 사또에게도 (절간에 스님들이 모두 떠나고 없어서 절간이 비어있었다고) 보고를 하도록 했다는 것이었다.

(허어-! 이 노릇을 어이해야 한단 말이더냐. 아비타~불!)

운보는 참으로 기가 막혔다. 범법자들을 잡아들여 세상의 법질서를 바로 세워야 할 관병들이 오히려 범죄자들에게 협박을 당하여 범죄 사실을 제대로 보고조차도 하지 못한 채 숨기고 있었다니 말이다.

(스님들이 아마도 무슨 비밀을 알게 된 것이 분명함이거늘…)

관아의 나졸들까지 협박하여 꼼짝 못 하게 할 지경이면 예사로운 인물들이 아님에는 짐작하고도 남을 일이었다.

(그들의 정체가 무엇이든, 사람의 목숨을 그렇듯 가벼이 여길 지경이면 결코 용서받지 못할 인물들임에는 분명할 터!)

운보는, 자신이 중놈 되기를 포기하는 한이 있더라도 그들을 기어코 찾아내어 응징을 하리라 다짐을 한다. 그들이 설사 관아의 군사들이라 할지라도 말이다. 그러나. 그러기에 앞서 운보에게는 당장에 해야 할 일이 한 가지 있었다.

"스님들의 시신이라도 찾아내어 봉분을 만들어주고, 천도제라도 올려주는 것이 살아남은 자의 도리일 것임에….."

두 명의 나졸들에게 가래삽과 괭이를 들려서 절간을 나선다.

공양간이 있는 뒤쪽으로 헛간이 하나 있었고 그곳에 스님들이 텃밭을 일구어 농사를 짓던 농기구들이 보관되어 있다는 사실을 운보도 이미 알고 있었던 것이다.

어느덧 날은 밝아 아침이 되어 있었다. 운보의 예상대로 산비탈 양지쪽에 땅을 파 뒤적인 흔적이 눈에 들어왔다. 나졸이 말했다.

"저곳입니다요. 저곳에 다섯 명의 스님과 공양주 할망의 시신이 함께 매장이 되어 있습니다요. 예예!"

"끄으음–!"

운보는 일단 평장으로 봉분도 없이 평평한 합장 묘 앞에서 간단하게 예를 올려 파묘를 고하고 가래삽으로 흙을 파헤치기 시작한다.

땅은 이미 꽁꽁 얼어 있었으나 크게 문제될 일은 없었다. 땅속만은 얼지를 않아서 땅을 파헤치기엔 별로 어려움이 없었기 때문이었다.

시신들은 이미 부패가 시작되고 있었으나 얼굴을 확인하는 데는 별로 어려움이 없었다. 그리하여 여섯 구의 시신들을 일일이 확인을 한 후 구덩이를 넓게 하여 시신들을 가지런히 눕혀서 다시금 흙을 덮기 시작한다. 다행히도 초혜의 시신은 발견이 되지를 않았던 것이다. 그러니까 결국은 초혜의 죽음을 확인코자 했던 것이 그 목적이었던 것이다.

시신들에서는 악취가 진동했다. 두 명의 나졸들은 토악질을 해대며 유난을 떨었지만, 운보에게는 악취 따위가 문제가 되질 않았다. 눈물이 앞을 가려 스님들의 얼굴조차 제대로 확인을 할 수 없을 지경이었다. 초혜의 시신이 발견되지 않은 것은 그나마

다행이었지만 말이다.

해는 이미 중천에 높이 떠오르고 있었다.

시신들이 모두 흙으로 덮이고 난 뒤에야 운보가 비로소 나졸들에게 말한다.

"구덩이를 모두 메꾼 뒤에 봉분까지 만들어 드려야 할 것이니 열심히들 하고 계시구려. 내가 절간으로 들어가서 주무시는 분까지 깨워서 내보낼 터이니 행여 도망칠 생각들일랑 꿈도 꾸지 마시오. 그랬다간 사또에게 달려가서 그간의 일들을 모두 고해 올리고 말 것이니!"

운보의 협박은 그대로 먹혀들었다. 그들은 결코 사또를 속인 경위를 입증할 수 없을 것임에 사또에게서 불벼락이 떨어질 것은 불을 보듯 (뻔한) 일이 아닐 수 없었던 것이다.

게다가, 그들에게 더욱더 충격적인 사실은 지금 법당에 죽어 자빠져 있는 동료가 죽지 않았다고 하는 사실이었다. 그들이 가래질을 하다 말고 운보에게 되물어 질문을 해온다.

"도. 도사님? 시방 뭐 시라 하시었습니까? 서. 설마하니 제가 잘못 들은 것인가 하여 다시 한번 여쭙겠습니다마는 설마하니 만득이가 아. 아니, 절간에 자빠져 있는 그놈이 죽지 않았다는 말씀은 아니실 테고 설마 하니…!"

"왜요? 죽었으면 속이 시원하시겠소이까? 설마 그런 것은 아닐 테고, 맞소이다. 소승이 설마하니 목숨까지 빼앗기야 했겠소이까? 잠시 기절하여 자고 있으니 내가 깨워서 내보낸다는 것이지요. 그러니 세 분이서 봉분까지 만드시고 절간으로 뒤따라와 쉬시도록 하시구려. 아시겠소이까?"

"하이고~ 아시다 마다요. 봉분까지 만들어놓고 들어갈 터이니 대사님께서는 아무 걱정 마시옵고 먼저 들어가 쉬십시요. 예. 예!"

그들은 결코 운보의 말을 거역할 수가 없을 일이었다. 말만 한마디 잘못해도 사또에게서 무슨 불벼락이 떨어질지 알 수 없을 일이기 때문이었다.

운보는 절간으로 들어와 법당에 쓰러져 있는 나졸의 혈도를 풀어 그를 동료들에게 내보내며 일러 말한다.

"지금까지 푹– 쉬셨으니 어서 나가서 봉분 만드는 일을 거들어 주시오. 그리고 다시 돌아와서 사또의 명을 받들어 모셔야 하지 않겠소이까?"

나졸은 영문도 모른 채 주위를 두리번거리고 있다가 도망이라도 치듯 절간을 빠져나간다. 사실 그는 이것이 어떤 상황인지를 전혀 깨닫지 못하고 있었다. 자신도 모르게 급소를 얻어맞고는 기절을 해버렸기 때문이었다.

봉분을 만들고 있던 나졸들이 긴가민가하여 절간 쪽을 살피고 있는데 만득이가 정말로 살아서 절간을 뛰쳐나오고 있었던 것이었다.

"저놈이 정말로 안 죽고 살아있었나 보네. 중놈씨키 저거 도사놈이 맞지 그치?!"

"도사가 중놈인지는 모르겠으나 저놈이 안 죽고 살아 있는 것을 보니 눈물나도록 반갑긴 하네 그려. 저놈이 왜 안 죽고 살았을꼬?"

"그걸 알면 내가 이러고 있겠냐? 도사를 하고 말지!"

"시부 놈아, 내가 네놈보고 하는 소리냐? 저씨키가 안 죽고 살아 있으니까 어쩌면 귀신일지도 모르겠다 싶어 하는 소리지!"

나졸들은 정말이지 술주정 같은 헛소리들을 내뱉어 가며 운보에 대한 두려움으로 봉분 만드는 일에 게으름을 피우지 못하고 있었다. 운보도 모르지 않았다. 그들이 봉분 만드는 일을 게을리하지 못할 것이란 사실을 말이다.

그러나 아무리 양지 쪽이라 할지라도 주위에서 흙을 긁어모아 봉분을 만드는 일이란 결코 쉬운 일이 아니었다. 얼지 않은 땅속에서 흙을 파낼 때와는 달리 주변의 모든 흙이 (꽁꽁) 얼어있었기 때문이었다. 그나마 곡괭이가 있어서 다행이긴 하였으나, 아무리 그렇기는 해도 한나절 안에는 끝낼 수 있는 일이 아니었다. 허나, 어쩌는 도리가 없었다. 중놈(운보)에게 잔뜩 주눅이 들어 있는 상황에서 그것이 아무리 힘들더라도 그들이 선택할 수 있는 일이란 더 이상 아무것도 없었으니 말이다.

운보의 노림수가 바로 그것이었다. 말썽을 일으켜봤자 서로에게 좋을 일이 아무것도 없으니 시키는 일이나 얌전히 하고 있으라는 것 말이다.

그런데 그것이 바로 불행의 씨앗이 될 것이란 사실을 어찌 상상이나 할 수 있었을 일이었겠는가.

그랬는데, 이들 양주 관아의 군노 사령들이 스님들의 합동 분묘에서 봉분을 만드느라 땀을 흘리고 있는 이 시각, 과천골 입구의 외딴 주막집에서는 젊은 스님 하나가 국밥을 시켜먹고 있었다. 바로 운보였다.

늙은 주모가 아양이라도 떨듯 운보에게 다가오며 말을 걸어

왔다.

"하이고오~ 젊으신 스님? 그 국밥은 돼지 뼈로 우려낸 국물에다 시래기를 넣어서 끓여낸 고깃국인데, 스님 입맛에 맞으려나 모르겠네 글쎄…!"

운보가 국밥을 맛있게 먹으며 능청을 떨어 말한다.

"오늘이 처음도 아닌데 야단스레 그럴 것은 또 무엇이오? 새우젓도 있걸랑 좀 갖고 와보시요. 먹나. 못 먹나 좀 보게."

"에고머니, 스님께서 중놈처럼 못할 말이 없네 그랴! 그. 그런데 시방 오늘이 처음도 아니라고 하시었는가? 중놈께서?"

"거참, 어째서 같은 말을 두 번씩이나 되풀이하게 하시나 모르겠네. 지난번에는 소승더러 남의 집 종놈으로 변복하여 힘들 거라 그러더니, 오늘은 어째서 종놈이 중놈으로 변복하여 힘들지 않느냐고 물어보지 않으시오? 헛헛헛!"

운보가 비록 늙은 주모에게 헛웃음을 웃어 보이고 있긴 하였으나 그것이 결코 헛웃음만은 아니란 사실을 그 말투로 보아 못 알아들을 리 없을 일이었다. 그러자 늙은 주모도 비로소 알아차렸다는 듯 손뼉을 치며 너스레를 떨어 말한다.

"까갈. 깔깔~ 그래그래~ 알았다. 이제 알았어! 사흘 전에 들렀던 그 종놈이 맞지? 그치?! 얼굴이 낯익다 했다니까는! 사흘 전 그때도 종놈이 무슨 돈으로 국밥을 사 먹나? 그랬었다니까. 그때도…!"

"그래서 오늘은 방 안으로 들란 소린 안 하시는가요? 봉로방도 오늘은 비어있는 듯한데 거참, 탁배기도 오늘은 공짜로 준다면야 곡주 삼아 한번 맛을 볼까 했더니만… 쩝쩝~!"

"끄으~ 으응~!"

늙은 주모도 운보의 말투가 거슬리기는 했던지 신음소리를 길게 토해내며 눈치만 살필 뿐이다. 그러면서 연신 정짓간을 힐끔거리는데, 거기에는 분명 의도가 있음임을 못 알아차릴 리 없을 일이었다.

운보도 이미 알고 있었다. 이 주막집이 바로 스님들을 살해한 그 정체불명의 살인마들과 내통을 하고 있다는 사실을 말이다. 지금. 스님들의 봉분을 만들어주고 있는 그 나졸들에게서 들어 알고 있는 사실이었다. 그래서. 그들에게 봉분을 만들어놓으라 시킨 뒤에 살그머니 절간을 빠져나와 주막으로 달려온 것이었다.

(저들의 정체가 무엇인지 정체부터 밝혀낸 뒤에 저들을 모두 붙잡아 관아로 넘겨서 응분의 대가를 치르게 하고 말 것이야!)

그러기 위해서는 주모에게 운보의 정체를 알아차리도록 해줄 필요가 있음이었던 것이다. 그리하여 정색을 해서 다시 말한다.

"소승이 개암사의 중놈이란 것은 이미 알아차렸을 것이기에 드리는 말씀이오이다마는, 소승이 볼일이 있어서 여러 날 있다가 돌아와 보니, 스님들은 보이질 않고 양주 관아의 군사들이 절간을 지키고 있지 무엇이겠습니까? 그래서, 사방 팔방으로 찾아다니고 있으나 아직까지 찾질 못하였습니다…"

운보가 정색을 한 채 주모의 반응을 살펴보기 위하여 거짓말을 늘어놓자 역시 주모가 운보의 속내를 깨닫지 못한 채 시치미를 떼고 말한다.

"하이고 머니나. 그런 일이 있었습니까? 그. 그렇걸랑, 절간을 지키고 있는 군사들에게 한번 물어보지 그러셨소?"

"당연히 물어봤지요. 그랬는데 그분들도 전혀 모른다지 무엇입니까? 자기들은 거저 관아에서 시키는 대로 절간을 지키고 있는것 뿐이라면서 말이지요."

"정말로 그랬어요? 그게 그러니까. 그놈들이 중놈을 보고도 못 본 척을 했다는 거 아니요, 시방?!"

"허이~ 거참. 그놈들이 그러니까 중놈을 보고도 왜 모른 척을 했을까 글쎄! 그건 그렇고, 오늘은 여기서 시주님들을 기다려야 하니 탁배기나 한 됫박, 아, 아니 곡차나 한 됫박 내 오시구려. 나도 오늘은 시간도 때울 겸. 곡차 마시는 법이나 한번 배워 볼랍니다. 까짓거!"

"고 곡차를 배우면서 누구 기다릴 손님이라도 있다는거요 시방?!"

"기다릴 손님이야 당연히 있지요. 이제 두고 보시구려. 천하에 불한당 같은 놈들이 우루루~ 몰려올테니까!"

"그. 그건 또 무슨 말씀인지. 알아듣게 좀 말씀 하시구랴!"

"나중에 죄다 알게 될 것이니 조급히 생각지 말고 어서 곡차나 내오시래도 그러시네요. 소승이 개암사의 중놈인 것만 알았으면 됐지 무엇이 더 궁금해서 그렇듯 꼬치꼬치 따지는 것인지 모르겠네요 정말!"

"아 알았어요. 알았어! 술국까지 끓여서 내올 터이니 얌전히 앉아서 죽을 듯이 기다리구려. 죽을 듯이!"

주모는 정녕 운보의 말투가 귀에 거슬리지 않을 수 없었다. 온갖 천태만상의 군상들을 상대하면서 얼굴의 표정만 보고도 그 사람의 속내를 알아차릴 수 있는 주막집의 주모였으나, 운보의 말투만은 정녕 알아차릴 수가 없었던 것이다. 주모가 그렇듯 운보의 말투에 신경을 쓰는 것은 나름대로 분명한 이유가 있어서였다.

원래 주막집 뒤켠에는 작부의 기둥서방이 관리하는 비둘기장이 하나 있었다. 그것이 바로 과천골로 띄워 보낼 수 있는 전서구임을 운보는 이미 알고 있었다.

그래서 운보의 말투 속에는 (작부의 기둥서방을 시켜 전서구를 날려 보내시오) 하는 의도가 담겨 있었으나 주모가 그 사실을 깨닫지 못하고 자꾸만 딴전을 피우자 어서 곡차나 내오라며 정짓간으로 들여보내고 있는 참이었다. 그럼에도 아직까지 운보의 속내를 제대로 간파하지 못한 주모는 운보더러 죽을 듯이 기다리고 있으라며 화풀이를 해대고 돌아서는 참이었다. 그러니까 죽을 듯이 기다리란 말은(네놈도 이제 곧 죽게 만들어 줄 터이니 죽은 듯이 기다리고 있으라)는 말을 그렇게 표현하고 있는 것이었다. 운보는 지금, 주모의 말투와 행동에서 그 사실을 어렵지 않게 깨달아 눈치채고 있었던 것이다.

(참으로 야속스러운 인심이구나! 저 늙은 주모의 남은 생이 얼마나 된다고 저렇듯 그 추악한 본성을 숨기지 못한단 말인가-! 그러니 중놈의 말귀도 하나 못 알아듣지!)

개암사의 스님들이라면 조석으로 얼굴을 마주칠 수 있는 이웃이거늘 이생에 무슨 미련이 그렇게나 많다고 인명을 저렇듯 경시하는 것인지 운보는 정녕 안타까운 마음을 금할 수가 없었다.

운보의 예상은 한 치의 착오도 없이 그대로(딱!) 들어맞았다. 정짓간으로 들어간 주모가 작부에게 일러 하는 말이 바로 곁에서 하는 말처럼 운보의 귀청을 울려왔던 것이었다.

(얼렁얼렁 서방 놈 깨워서 전서구를 날리거라 얼렁! 마당에 앉아서 국밥을 처먹는 저 중놈이 개암사의 중놈이란다. 얼렁!)

그 소리를 듣다 말고 운보는 몸서리를 치지 않을 수 없었다. 주모가 작부에게 (기둥서방을 깨워 전서구를 날려라)고 한 것 때문이 아니었다. 정짓간에서 하는 말이 바로 곁에서 하는 말처럼 두 귀에 또렷이 들려왔기 때문이었다.

"세상에 이럴 수가 있나! 어찌하여 저 말소리가 이렇듯 내 귀에 또렷이 들려올 수 있단 말이더냐!"

그들이 무슨 말을 하는지 그딴 것은 아예 염두에도 없었다. 게다가 이것이 처음도 아니었다. 자신이 듣고자 하여 관심을 기울이기만 하면 수백여 보가 떨어진 거리에서도 바로 곁에서 들리는 것처럼 말소리가 또렷이 들려왔는데, 그것이 바로 지난번 북악의 바위산 골짜기에서 정신수련을 하고 난 뒤부터였다.

그때도 사실은 단 하루만 수련을 한 것 같았으나 (지금도 그렇게 착각을 하고 있는 것은 마찬가지이나) 운보도 이미 알고 있었다. 그 황홀한 빛의 세상 속으로 빠져들었다가 나온 이후 자신의 신상에 여러 가지 이해 못 할 변화가 나타나고 있다는 사실을 말이다.

운보는 정녕 그것이 이해가 불가능했다. 운보가 이해하기엔 그것도 분명 도방공력의 한 가지 비법으로서 청음술의 일종이라고 알고 있기는 했기는 했던 것이다.

그럼에도 운보는 결코 그딴 것에 마음을 뺏기지는 않았다.

(중놈이 절간에서 염불이나 하면 됐지. 박수가 되면 무얼 하고

성불을 이루면 무얼 한단 말이더냐!)

그에게는 더 이상 욕심이나 욕망 같은 것이 아무것도 없었다. 이 세상에 태어난 업보를 벗어날 길이 없어서 목숨을 연명해가고 있는 것일 뿐, 사대부로 태어나지 못한 것을 후회하거나 화적의 자손으로 태어난 것을 원망하는 마음도 남아 있지 않았다. 세상에 대한 미련도 없었고 성불을 이루고자 하는 욕망 같은 것도 없었다. 오로지 팔자소관대로 이렇듯 살아가고 있는 것일 뿐이었다.

초혜의 안위를 확인하고자 하는 것도 타고난 팔자소관일 것이요. 개암사 스님들의 살인마를 찾아내어 살인의 연유를 알아내어 응분의 대가를 치르게 해주고자 하는 것도 팔자소관일 것이었다.

운보의 현재 심정을 설명하고자 해서 하는 말이거니와, 운보의 마음가짐과는 상관없이 그에게는 지금 여러 가지 기이한 징후들이 나타나고 있는 것만은 사실이었다. 바위 절벽을 사뿐히 뛰어내렸듯이 육신이 깃털처럼 가벼워진 느낌이며 추위를 이겨내는 능력 같은 것들이 말이다.

그뿐만이 아니었다. 어디에 있는지도 알 수 없는 낯선 사람의 목소리를 알아들음은 물론이요. 주막집의 마당에서 정짓간의 목소리까지 알아들을 수 있는 능력뿐 아니라. 마음속으로 유추해낼 수 있는 신통력까지도 갖추어가고 있었으니 이것을 어찌 예사로운 현상이라고만 치부할 수 있을 일이겠는가.

주모의 말을 귓전으로 흘려듣다 말고 잠시잠간 마음이 혼란하여 허공을 바라보는데, 이때 마침 정짓간 뒤쪽에서 비둘기 한 마리가 힘차게 날갯짓을 하여 창공을 향해 날아오르고 있었다.

(흠! 이제 전서구를 띄웠구나!)

그것이 전서구란 것은 대번에 알아차릴 수 있었다. 일반 들비둘기라면 한 마리만 혼자서 외떨어져 날아다니는 것도 드문 일이거니와, 이 나무에서 저 나무로 옮겨 다니거나 먹이를 찾아 나즈막히 날아다니는 것이 통상이요, 저렇듯 창공을 향해 매에게 쫓기기라도 하듯 힘차게 날갯짓을 하는 경우는 거의 볼 수 없는 현상이기 때문이었다.

게다가, 운보는 이미 이곳에서 전서구를 띄울 것이란 사실까지도 알고 있었다. 그랬기에 비둘기가 날아오르는 모습을 바라보면서 드디어 정신이 되돌아오고 있었던 것이다.

(흐음, 내가 잠시잠간 넋을 놓고 있었나 보네!)

정짓간의 목소리가 다시 들려왔다.

"전서구를 띄웠걸랑 네년이 얼렁 술상을 가져다 주거라."

"그라지요 뭐. 이년이 술 한 잔 따라주고 와도 될랑가 모르겠네?"

"그래그래. 술이나 쳐 주면서 헤죽헤죽~ 웃어주거라. 아즉은 새파랗게 젊은 중놈이라서 네년 눈웃음에 녹아날끼다 아마."

"기왕이면 방도 비었는데, 비루먹을 놈이 젊어서 추운 줄도 모르나 보네. 비루먹을 놈이…!"

젊은 작부가 술상을 들고 정짓간을 나선다. 주모와 나누는 언사로 보아 운보에게 추파라도 던지며 시간을 지체시켜 보겠다는 의도임을 못 알아차릴 리 없었다.

"허어~ 중놈 똥은 개도 안 먹는다는데, 술집 작부의 눈웃음에 녹아날 중놈이라면 성불하기는 다 글렀잖은가 이놈이!"

작부가 술상을 들고 오다 혼잣말처럼 내뱉는다.

"낼모레가 설날인데 벌써부터 비가 오면 어쩌라고 날궂이를 하시는 게요 스님? 혹여 날씨가 추워서 헛소리를 하시는 겐가?~ 이녁의 젖가슴이 궁금해서 가슴앓이를 하시는 겐가…!"

"거참, 술이나 쳐 주면서 헤죽헤죽 웃어나 줄 일이지. 젖가슴부터 풀어놓으면 새파랗게 젊은 중놈은 어찌해야 하오리까 나원참!"

"그, 그 말씀을 중놈이 어찌 알아듣고…?! 그, 그리고 보니 잘도 생겼네 중놈이! 하이고오– 아까워라."

"나무관세음보살~! 아까울 때 아깝더라도 먹고나 봅시다. 까짓거. 먹고 죽은 귀신은 때깔도 좋다고 하던데, 곡차라도 마시고 죽으면 때깔은 좋겠지요, 설마."

"엑?! 그 그게 무슨 말씀이시오. 잘생긴 스님?"

작부가 평상 위에다 술상을 내려놓으며 표정이 얄궂게 일그러지고 있었다. 운보도 작부의 농담 섞인 말투에 농담으로 받아넘긴다.

"헛헛헛! 그래도 못생겼다는 것보다는 잘생겼다는 말이 듣기는 좋구려. 중놈 팔자에!"

"그러니까 방금 전에 하신 말씀이 무슨 말씀이냐니까요 스님?"

"먹고 죽은 귀신은 때깔도 좋다는 거요? 전서구를 날렸으니 어차피 알게 될 터! 죽기 전에 술이라도 한잔 받아 마시려고 했더니 무엇을 그렇게 꼬치꼬치 따지는지 모르겠네요 글쎄! 중놈 팔자도 이만하면 상팔자거늘!"

"…?!"

작부는 아예 엉덩이를 평상 위에 걸치지도 못한 채 운보의 얼굴만 빤히 쳐다보며 온몸을 (부들부들) 떨기 시작한다. 그 모습을 보다 말고 운보가 급히 안심부터 시켜주고 본다.

"허이~ 중놈이 설마하니 살인이라도 저지를까 봐 그렇듯 겁을 먹고 몸을 떠시는 것이오이까? 겁먹을 것 없습니다. 소승이 탁배기를 시킨 것은 거저 시간이나 때어볼까 해서이지 정말로 술을 배워 보겠다는 것은 아니오니…"

하다말고 운보는 더 이상 말을 이어가지 못했다. 젊은 작부가 운보의 말을 듣다 말고 그대로 몸서리를 쳐대고 있었던 것이었다. 그러면서 치맛자락 밑으로 버선발이 (촉촉–)하게 젖어 김이 피어오르고 있는 모습을 운보의 시선이 놓칠 리가 없었다.

그러니까 작부는 이미 운보가 (이 중놈이) 지금의 상황을 모두 다 알고 있다는 사실을 눈치채고 있었던 것이다. 자신의 죽음을 (훤–히) 알아채고 있으면서도 이렇듯 태평스레 농지거리나 하고 있다는 사실은, 언제라도 작부 자신에게 화풀이할 수도 있다는 것을 의미하는 일이 아니겠는가. 그렇다면 그 화풀이가 무엇이겠는가.

작부는 그만 오금이 저릴 수밖에 없었고 두려움으로 몸서리를 칠 수밖에 없었다. 자신이 오줌을 싸고 있다는 사실조차도 깨닫지 못하고 있었던 것이다.

그것은 바로, 작부나 주모마저도 개암사의 비극에 대해 알고 있다는 뜻이기도 했다. (이 젊은 중놈은 개암사의 비극을 모두 알고 있으면서도, 그래서 자신의 죽음이 목전에 닥쳐오고 있다는 사실을 잘 알고 있으면서도 어찌하여 이렇듯 여유를 부리고 있단 말인가! 그렇다면 우리가 그 사건에 연루되어 있다는 사실까지도 훤-히 알고 있다는 뜻이 아니냔 말이다.)

작부가 오줌을 싸지 않을 수 없는 이유였다. 이제는 중놈의 죽음보다도 먼저 자신의 죽음이 눈앞에 어른거리고 있음을 깨닫고 있다는 뜻이었다.

(이 황소같이 생긴 중놈이 내게 달려들어 솥뚜껑 같은 저 손으로 목을 졸라 죽이려 할까? 주먹으로 두들겨 패서 죽이려 할까?)

기둥서방이 눈치를 알아채고 빨리 달려와 주었으면 좋으련만, 그 미련곰퉁이가 달려오기도 전에 목숨줄이 끝장날 수도 있을 일이었다. 게다가, 오금이 저려서 도망은커녕 발자국도 한 걸음 떼어놓을 수 없었다.

이때 주막집 주모는 젊은 중놈과 작부의 예사롭지 않은 꼬락서니에 정녕 제정신이 아니었다. 중놈이 중놈답지 않게 젊은 작부의 미모에 홀려서 수작이라도 부리는가 싶더니 작부가 뒷걸음질을 치다 말고 고쟁이 사이에서 김이 피어오르고 있는데 그것은 한눈에 보아도 오줌을 싸고 있다는 증거임을 깨닫지 못할 리 없었던 것이다.

(그렇다면 저놈이 개암사의 중놈이 분명하단 뜻인데 중놈이 무슨 말을 했길래 저년이 저렇듯 오줌까지 싸고 있단 말인가…! 그렇다면 혹시…?)

정짓간 앞에 나와 서서 중놈과 작부의 꼬락서니를 유심히 살피다 말고 늙은 주모 역시 무엇인가 살 떨리는 일을 깨닫기라도 했다는 듯 사지를 (부들부들) 떨다 말고 그대로 오줌보가 터지고 말았던 것이었다.

(저저. 중놈이 관아에다 발고를 하는 날이면 우리는 이제 죽은 목숨이지 뭐. 죽은 목숨이야-!)

그러니까 주막집 주모 역시 개암사 스님들의 죽음에 대해서 모든 사실을 죄다 알고 있다는 뜻이 분명했던 것이었다.

8. 십 년만의 해후

이즈음 도성에서 왕실 무당에 대한 소문을 모르는 사람은 아무도 없었다. 수진방의 이보살이라고 하는 무당이 중궁전과 운현궁을 드나들며 중전과 부대부인 사이에서 가교역할을 하고 있다는 사실까지도 말이다.

게다가, 이보살은 반가의 여인으로서 이제 더 이상 일반인들을 상대로 점집을 운영하고 있지 않으며, 고부간의 가교역할을 어찌나 잘하던지, 괴팍하기로 세상이 다 알고 있는 대원위마저도 이보살에 대해서만은 특별히 관용을 베풀어 주고 있다고 했다.

그랬다. 그것은 모두가 사실이었다. 대원위가 이보살에게 관용을 베풀고 있다는 사실 말이다. 그러나 대원위의 관용에는 다소 다른 점이 있었다.

이보살 여옥은 의금부에 하옥되기 전까지만 해도 운현궁 안방 성당의 독실한 천주교 신자였고, 대원위의 관용 또한 부대부인의 영향 때문임은 어느 정도 알려진 사실이었다. 더불어 부대부인과 중궁전과의 가교역할을 잘하고 있는 것 또한 분명한 사실이었다. 그것은 부대부인의 영향력이 중전에게도 그만큼 큰 힘이 되었기 때문이었다.

중전께서는 이제 겨우 스무 살을 갓 넘긴 젊은 새댁으로서 민문 중신들의 도움을 받아 대원위의 핍박에도 거뜬히 맞서서 중궁전을 지켜내고 있다고 하나 그것은 결코 사실이 아니었다. 이즈음 중전께서는 나이도 어렸거니와, 믿고 의지할 만한 민문의 중신들도 거의 없었다. 조카 민영익은 아직도 어린아이였고 민규호가 제법 분주하게 들락거리고 있긴 하였으나 그가 대원위의 사람임은 주상이나 중전도 모르고 있지 않았다.

그랬기에, 중궁전을 지탱시켜주고 있는 것은 바로 부대부인 민씨였다. 부대부인과 중전은 서로가 같은 민씨이기도 하였지만, 중전을 천거하여 지금의 자리에 있게 만든 것은 바로 부대부인이었다. 대원위에게는 며느리가 미운털일지 몰라도 부대부인에게는 기어코 지켜내야 할 아픈 손가락이기도 했던 것이다.

그래서 부대부인이나 중전에게는 없어서 안될 인물이 바로 여옥의 모녀였다. 이제는 그 모든 책임을 애기보살(자식보살) 초혜가 떠안게 됐지만 말이다.

그럼에도 사람들은 왕실 무당에게 새끼 무당 "즉" 자식 무당이 있다는 사실은 거의 모르고 있었다. 운현궁과 박규수의 개화당 인물들 그리고 중궁전의 주변 인물들 말고는 거의 아는 사람이 없었던 것이다.

그랬기에 초혜의 존재는 어미 무당의 이름에 가린 유령무당일 뿐이었다. (그것이 훗날에 가서 천지개벽할 사건에 의하여 운명이 뒤바뀌게 되지만 그것은 오로지 훗날의 일일 뿐이었다)

물론, 호패 제도로 인해서 누구나 이름을 가질 수는 있었다. 그러나 이름을 가지면 무얼 하겠는가. 어차피 조상도 알 수 없는 풀잎 같은 존재로서 초혜는 이미 태어날 때부터 신분이 그러했다. 장마통에 물길에 휩쓸려 떠내려가다가 삭정이 더미에 얹혀 생명을 구원받은 천애의 고아일 뿐이었으니 말이다.

그래서 사람은 신분에 맞게 (태어난 팔자 소관대로) 살아가게 된다고 했거니와 초혜 역시 팔자소관 때문인지는 몰라도 낯모를 불한당들에게 보쌈을 당하여 결박과 재갈까지 물린 채 어느 낯선 집안의 헛간 속에 갇히어 온몸이 꽁꽁 얼어가면서 그야말로 죽음의 기로에 직면해 있었던 것이었다.

(비루먹을 씨키들! 죽일 놈 씨키들! 이것은 아마도 쐐돌이 그놈 짓이 분명한데. 내가 그놈에게 어찌 분풀이를 해줘야 속이 시원할꼬ㅡ!)

초혜라 하여 이것이 쇠돌이의 짓이란 사실을 짐작하여 모를 리 없었다. 쇠돌이 말고 이런 짓을 할 사람은 아무도 없었기 때문이다. 대원군이 자신을 노리지 않는 이상 초혜가 이곳 도성에서 원한을 진 사람은 아무도 없었다. 그것은 곧 중전께서 원한을 진 사람이 없다는 뜻이기도 했다.

나이 어린 중전께서 그것도 공주를 잃은 슬픔에서 이제 곧 태어날 원자 때문에 가까스로 몸을 추스르고 있는 처지에 남에게 원한 질 일이 무엇이 있겠는가. 오로지 한 사람 노망난 늙은이만 빼고 말이다.

그 노망쟁이가 대원위란 사실은 모를 리 없거니와, 아무리 그렇더라도 중궁전을 폭파시킨 지가 며칠이나 됐다고, 그래서 창덕궁으로 이사를 한 지가 며칠이나 됐다고, 초혜에게까지 분풀이를 하겠다고 할리는 없을 일이었다.

게다가, 쇠돌이가 초혜를 노릴 것이란 짐작은 초혜도 이미 예상하고 있던 사실이었고, 불한당들의 대화만으로도 그들이 쇠돌의 졸개들임을 알아차릴 수가 있을 일이었다. 문제는 다만 초혜가 그 사실을 능히 짐작하고 있으면서도 그들의 능력을 너무 과소평가하는 어리석음에 있었다. 그들은 이미 진장방뿐만 아니라 수진방이며 부대부인과의 관계까지도 (훤-히) 꿰뚫고 있었다는 사실이었다. 쇠돌은 결코 초혜가 생각하는 능구레 산막의 촌뜨기가 아니었으며, 그의 졸개들은 더더욱이나 도성 안팎을 손금 들여다보듯 (훤-히) 꿰뚫고 있는 노련한 자들이었던 것이다.

초혜는 정녕 체념을 하지 않을 수 없었다. 삼신당 귀신에게 오라비 (운보, 소웅)에 대한 (말도 안 되는) 소리까지 해가며 부탁을 해 보았으나 귀신마저 어딘가로 사라져버리고 나타나지를 않고 있었다.

(시부 놈 할망구가 서남당으로 되돌아갔나?~ 어쨌나! 내가 밥상을 차려주나 두고 보자 시불~!)

귀신 "즉" 신주를 불러내기 위해서 마음속으로 쏟아내는 악따구니였다. 그럼에도 신주는 더 이상 초혜에 대한 응답이 없었다. 초혜의 몰골을 보고는 겁을 먹었다는 의미였다.

(시부 놈 할망구가 죽으면 내가 죽지 귀신이 죽나? 에고~ 시불~! 갑갑해서 참말로 죽고 못 살겠네, 정말~!)

그랬다. 살아도 산목숨이 결코 아니었다. 정말로 이렇게 죽고 말 것 같은 두려움이 정신마저 가물거리게 만들고 있었던 것이다. 그랬기에 신주가 떠나는 것은 너무도 당연했다. 원래 귀신이란 사람의 영혼에 접신이 되어 함께 지낼 수는 있어도 귀신끼리 서로 어울려질 수는 없다고 했다. 그 사실을 너무도 잘 알고 있을 서낭당의 귀신이 어찌 초혜를 버리지 않을 수 있을 일이겠는가. 초혜도 죽으면 귀신일 뿐일 테니 말이다.

그것이 참으로 이해가 되질 않았다. 귀신이 접신을 해서 살아야 할 육신의 주인 "즉" 무당이 곤경에 처했으면 당연히 무당을 도와서 위기를 벗어나게 해 줘야 할 것이 아니냐 이런 말이다. 그러지 않을 바엔 왜 기생을 해서 육신의 주인으로 무당을 만드느냐 하는 뜻이다.

그러나 어찌하겠는가. 그것이 생명을 가진 인간과 생명을 잃은 영혼과의 차이였으니… 그래서 무당도 제 목숨은 제 스스로 지켜야지 귀신을 믿어서는 안 된다는 것이다. 아무리 무당일지라도 귀신이 목숨을 지켜주지는 못한다는 뜻이었다. 그 말이 사실인지 아닌지 그것은 알 바가 없으나 초혜의 신세가 참으로 말씀이 아니었다. 이승과 저승이 한순간에 오락가락하고 있었던 것이었다. 무당이 죽게 생겼는데 귀신이 떠나는 것이야 당연한 일이 아니겠는가.

한편 이때, 운보는 과천골 주막집에서 누군가를 기다리며 시간을 보내고 있었다. 원래가 이곳은 (지난번에도 설명했다시피) 사람들의 왕래가 별로 많지 않은 곳이라서 주막을 열어 먹고 살기에는 별로 적절치 못한 곳이었다. 그래서 과천골 군막의 경비

초소쯤으로 생각을 해도 무방할 일이었다. 고개넘어 십 리 거리에는 조선에서 가장 번다하다는 송파나루가 자리 잡고 있었고, 그 하류 쪽 십 리 거리에는 요즘 들어 각광을 받기 시작한 노들강 나루가 위치하고 있었으나 이곳은 국가에서 운영하는 정식 나루터가 아니었다. 솔직히 말해서 이곳은 이재선이의 과천골 군막에서 은밀히 사용하기에 더없이 좋은 장소였다. 이재선이도 아마 그 점을 노렸는지 또는 모를 일이었다. 고깃배만 이용한다고 해도 하룻밤에 수천 명의 병력은 이동시킬 수 있을 것이기 때문이었다. 어쨌거나.

운보는, 이번 참에 아예 곡차라도 한번 배워 보겠다는 심산임이 분명했다.

"나도 이제는 성년의 나이가 지났는데 이깟 곡차 한잔 못 한대서야 운수행각은 무슨 재미로 다닐까!"

그러나, 곡차라고 하는 것이 그렇듯 쉽사리 배워지는 것이 아니었다. 동인 선사를 따라다니며, 여러 번 배워 볼 기회가 있었으나 운보는 별로 그럴 생각이 없었다. 그것이 어쩌면 핏줄의 내력인지도 또는 모를 일이었다.

그래서 몇 번이고 사발을 입에 댔다가 내려놓고, 내려놓고를 반복하며 마시는 흉내만 내고 있는데 이때였다. 저 멀리 어디선가 말발굽 소리가 어지러이 들려왔다.

"어라?! 저것도 신작로라고, 군마가 떼로 몰려다닌단 말인가…?"

그러다 말고 운보는 다시 한번 놀라고 있었다.

"뭐라? 군마?! 내가 시방 군마라고 했던가…?"

물론 운보의 말이 잘못된 것도 아니었다. 군마가 아니고서는 말을 탄 사람들이 저렇듯 떼거리로 몰려다닐 리는 없을 일이기 때문이었다.

"그래 맞아! 저렇듯 떼거리로 몰려오는 것을 보면 군마인 것이 분명해! 그렇다면 저들은 포도청의 포졸들이란 뜻이 아닌가!"

운보는 정신이 (번쩍) 들었다. 그들이 포졸들이든 무엇이든 간에 두 번 다시 관아로 붙잡혀가는 일은 없어야만 할 일이었다. 자신에게는 아무리 죄가 없다고 할지라도 관아로 끌려가기만 하면, 없는 죄도 만들어진다는 사실을 깨달아 알게 되었던 것이다.

(그것이 바로 힘 있는 권력자들과 힘없는 민초의 차이인 게지 뭐!)

의금부 옥사에서 옥사장들이 스님의 처지를 가엾이 여겨 해주던 말이었다. 겉으로는 (중놈의 신분이라) 윽박을 질러대면서도 남들이 듣지 않을 때는 (스님에게 무슨 잘못이 있겠느냐)며 동정 어린 마음을 드러내 보이곤 했던 것이다.

게다가, 운보에게는 옥사를 탈주하게 된 빌미거리가 목에 가시처럼 걸려 있었다.

(그래! 만사는 불요튼튼이라 하였거늘, 저들이 나를 잡으러 오는 것이라면 일단은 위기를 넘기고 봐야 할 일이 아니겠는가!)

그랬다. 일단은 몸을 피하고 봐야 할 일이었다. 비록, 목적은 그들을 만나는 일이었으나, 저들이 설마하니 관군일 것이라고는 예상치도 못했던 것이었다.

멀리서 말발굽 소리가 잦아들고 있었다. 그리고 누군가 소리 쳤다.

"주막을 에워싸거라! 쥐새끼 한 마리 빠져나가게 해서는 안 될 것이다. 주막을 벗어나 도망치는 놈이 있거든 무조건 쏘거라! 총격수들은 뒤쪽에서 대기하고 궁수들은 주막을 포위한다. 어서 서둘거라!"

제법 멀리 떨어진 곳에서 들려오는 소리였으나 운보는 그 소리를 하나도 놓치지 않았다. 그런데, 그 목소리가 암만해도 이상했다. 남쪽 지방의 억센 사투리가 운보의 귀에 제법 낯익게 들려왔던 것이다.

"그래그래! 벌써 십여 년의 세월이 흘렀지만 내가 어찌 저 목소리를 잊을 것이더냐-!"

그러나, 지금은 감상에만 빠져들 때가 아니었다. 궁수들만으로도 모자라서 소총수까지 배치가 되고 있었으니 말이다.

"목소리를 들어보아 저것은 쇠돌 형님이 분명한데 어째서 쇠돌 형님이 관병들을 지휘하고 있단 말인가?"

그것이 참으로 알다가도 모를 일이었다. 물론, 십여 년 전의 목소리를 착각할 수도 있을 일이긴 했지만, 여차했다가는 고슴도치가 될 것이라는 사실이 더 문제였다.

"이런 곳에서 형님을 만나게 된다니, 반가워해야 하는 것인가? 몸을 숨기고 봐야 하는 것인가…!"

운보는 잠시 망설일 수밖에 없었다. 뜻밖의 목소리에 반갑기는 하였으나 십여 년 전의 그 포악스러운 성품이 마음에 걸렸던 것이다.

"그렇다면야 방법은 하나뿐이지 뭐!"

조금은 미안스럽기도 했으나 일단은 쇠돌을 방패막이로 할 수밖에 없었다. 그것이 바로 인질이었다. 쇠돌을 인질로 삼아 방패막이로 내세우게 된다면 졸개들이 어느 소속이든 간에 함부로 화살을 날릴 수는 없을 것이란 사실이었다.

십여 년 전의 지나간 날들이 주마등처럼 운보의 뇌리를 스치고 지나갔다.

어린 시절 쇠돌은 업보 소웅을 몹시도 미워하고 괴롭혔다. 그럼에도 업보는 쇠돌이가 좋았다. 믿고 의지할 수 있는 유일한 형님이기 때문이었다. 그래서 쇠돌의 마음에 들기 위하여 온갖 노력을 다하였다. 그러나 소용이 없었다. 온갖 억지와 핑계를 갖다붙여 업보를 따돌리고는 업순이하고만 지내려 했다.

업보는 결코 쇠돌의 괴롭힘을 벗어날 길이 없었다. 그나마도 업순이가 업보를 아끼고 감싸주지 않았더라면 쇠돌의 곁에 얼씬도 하지 못했을 것이었다. 운보는 지금도 그때의 일들이 기억에 생생했다. 쇠돌이가 그때 왜 그렇게 했는지를 운보는 잘 알고 있었다. 그것이 바로 업순이 때문이란 사실을 말이다.

게다가, 쇠돌의 타고난 성품이 원래 그러했다. 그것이 업보에게는 약이 된 셈이었다.

양무 선사로부터 쇠돌이 몰래 특별 수련을 받을 수 있었기 때문이었다. 그것이 운보는 쇠돌이에게 미안했다. 열댓 살도 되기 전에 쇠돌이의 주먹질을 막아낼 수 있었으니 말이다. 그 때문에 쇠돌이가 조금 더 앞당겨 현무암을 떠나게 된 원인이기도 했다. 업보를 괴롭히는 일을 낙으로 삼았다가 그것이 여의치를 못하자 업순이에게 더욱더 적극적으로 행동하게 되었으니 말이다.

그러나 이제는 모든 것이 흘러간 추억이었다. 쇠돌이가 현무암을 떠난 이후로 업보는 단 한 번도 쇠돌을 잊어본 적이 없었다. 쇠돌이와 함께 지냈던 그 시절이 그리웠기 때문이다.

그랬기에, 비록 세월은 흘렀지만, 운보가 쇠돌의 목소리를 어찌 알아차리지 못할 일이겠는가.

"허어—참! 반가운 목소리를 듣고도 반길 수가 없다니. 이것이 도대체 어찌된 노릇이란 말인고…!"

그러다 말고 운보는 다시 한번 소스라치게 놀라고 말았다.

"어째서 등골이 서늘한가 하였더니 하마터면 무주고혼의 신세를 면하지 못할 뻔하였구나. 아미타~불!"

짚신짝을 주워 신을 사이도 없이 버선발로 몸을 날려 봉로 아래 뒤꼍으로 몸을 날린다. 참으로 바람처럼 몸을 날려 피해야 했다. 운보가 잠시 전에 쇠돌의 목소리를 또렷이 알아들었던 것이다.

"저기 있다! 마당에 있는 저 중놈을 때려잡거라!"

그 소리에 놀라 궁수들이 담장 위로 얼굴을 드러내기도 전에 운보가 잽싸게 몸을 숨겨버렸던 것이었다. 이 주막집은 다른 곳의 개당된 주막들과는 달리 집안 주위로 담장이 둘러쳐져 있었던 것이다. 그랬으니 살수들이 가까이 다가오고 있는데도 운보는 그들의 모습을 살펴볼 수가 없었던 것이었다.

그것이 또한 운보에게도 도움이 되었다. 운보가 몸을 숨기는 데도 살수들이 그 모습을 알아차리지 못했으니 말이다.

쇠돌이 역시 마찬가지였다. 활짝 열린 삽작문을 통하여 운보의 모습을 확인할 수 있었으나 담장 밑으로 접근하기 위해서 몸을 숨기는 사이 운보가 몸을 날려 사라져 버렸던 것이다.

"어라—? 이게 어찌된 것이야?! 잠시 전에 저기 앉아있던 중놈이 그새 어디로 사라졌단 말이더냐?!"

정짓간에서도 작부의 기둥서방이 활시위를 당길 자세로 뜨락을 내려서고 있었다. 그놈 역시 작부의 기둥서방으로 위장을 한 쇠돌의 졸개란 사실을 모를 리 없었다.

운보는 정녕 간담이 서늘해지지 않을 수 없었다. 하마터면 고슴도치가 될 뻔한 위기를 간신히 넘기긴 하였으나 죽음의 공포 앞에서는 그도 역시 어쩔 도리가 없었던 것이다. 오죽이나 다급했으면 미투리도 신지 못한 채 버선발로 도망을 쳤을 일이었겠는가.

이때, 넓직한 삽작문을 통하여 사냥꾼 차림의 한 사내가 마당으로 뛰어들며 급히 소리를 질러대고 있었다.

"어찌된 것이냐니까 시방! 중놈은 어디 간 것이야 으이?!"

쇠돌이였다. 쇠돌이가 마치 매사냥이라도 나온 사람 마냥 이상한 복색을 한 채 마당으로 뛰어들며 황급히 소리치고 있었던 것이었다.

운보가 도망을 치는 것을 보지 못한 것은 작부의 기둥서방 역시 마찬가지였다. 쇠돌이가 기마대를 이끌고 가까이 당도하는 것을 보고서야 뒤뜰 광속에서 활과 화살을 끄집어내어 정짓간을 통해 달려 나왔으니 그나마도 행동이 민첩했기에 가능한 일이었다.

쇠돌이가 활짝 열린 삽작문을 통해 마당으로 뛰어들며 중놈이 어디 갔느냐고 소리치자 기둥서방도 어안이 벙벙한 것은 마찬가지였다.

"조금 전까지 저기 있던 중놈이 어디로 갔나 글쎄…? 방금까지 여기서 곡주를 마시고 있었습니다요, 군사 어른!"

"그랬던 놈이 땅속으로 꺼졌단 말이더냐 비루먹을 놈아—?!"

"이, 이것 보십시오, 군사 어른? 짚신짝도 그냥 벗어놓고… 이놈이 평상 밑으로 숨었나~? 어쩼나…!"

기둥서방이 허리를 굽혀 평상 밑을 살피는데 아래채 뒤쪽으로 몸을 숨긴 중놈이 그곳에서 눈에 띌 리가 만무할 일이었다.

"핫뿔싸! 그놈이 눈치를 채고 벌써 도망을 쳤구나!"

쇠돌이도 이미 짐작을 했다. 그러나, 걱정할 것은 아무것도 없었다. 이미 총격수들을 배치하여 주막에서 도망치는 놈이 있거든 무조건 때려잡으라고 지시해놓고 있었기 때문이었다.

"허어~참, 눈치 하나는 제법이로다! 그럼에도 얼마나 다급했으면 짚신도 못 주워 신고 도망을 쳤을꼬…?"

쇠돌은 여유만만하게 평상으로 다가가 엉덩이를 걸치고 앉으며 운보가 따라놓은 술잔을 집어 들고 (쭈욱-) 들이킨다. 이제 토끼몰이는 끝났으니 사냥개가 토끼를 잡았다는 신호만 기다리면 되는 일이었다. 굳이 사냥감을 놓쳤다고 안달을 할 이유가 없었던 것이다.

"어허- 술맛 좋다! 술국까지 제법 먹음직스럽게 시켜 놨구나. 쩝쩝! 그런데 총격수들은 무얼 하느라 이렇게 뜸을 들이나 글쎄…!"

혹여나 총격수들이 나서기도 전에 궁수들의 손에 끝장이 난 것인지도 모를 일이기는 했다.

"꿩 잡는 게 매라고 하였거늘, 아무 놈이나 잡으면 어떻단 말이더냐. 궁수나 총격수나 어느 놈이 잡든 잡으면 됐지. 쩝쩝…!"

이때였다. 정짓간 지붕 위에서 갑자기 이상한 물체가 마당으로 뛰어내리고 있었다. 운보였다.

"이거야 원! 남이 먹다 둔 곡차는 어이하여 승낙도 없이…"

하다말고 운보가 승복의 소맷자락을 급히 펄럭이는데, 그것과 때를 맞추어 날카로운 비명이 연이어 터져 나오고 있었다. 뒤 안쪽을 살피겠다며 마당가를 돌아가던 기둥서방과 삽작 주변을 얼쩡거리던 두 명의 궁수들에게서 터져 나오는 비명이었다. 그놈들이 운보를 발견하고 활시위를 당기려는 순간 평상으로 다가서던 운보가 준비하고 있던 자갈돌을 날려 그들을 먼저 제압해버리고 말았던 것이었다.

쇠돌은 정녕 기절을 하지 않을 수 없었다. 운보가 나타난 것을 보고 궁수들을 쳐다보며 공격명령을 내리려는 순간, 그들이 비명을 지르며 나자빠지고 있었기 때문이었다.

(탈바공이로구나!)

쇠돌이도 그만한 것쯤은 알고 있었다. 업보 소웅이에게서 자갈돌이 날아가 그들을 제압해 버렸다는 사실을 말이다.

(이놈에게 섣불리 덤볐다간 큰일 나겠구나!)

쇠돌은 대번에 기가 꺾일 수밖에 없었다. 자칫. 목숨을 잃을지도 모른다는 생각에 맥이 풀리면서 눈앞이 캄캄해질 수밖에 없었던 것이다.

운보, "즉" 업보 소웅은 십여 년 전의 그 어린아이가 아니었다. 덩치로만 보아도 쇠돌바우 자신보다 못할 바가 없을 뿐 아니라 공력 또한 얼마나 대단할지는 상상조차 할 수 없을 일이었다. 초혜라고 하는 그 계집아이조차도 탁공인가 뭔가 하는 기공할 공력으로 자신의 수하 칼잡이들을 꼼짝 못 하게 만들고 도망을 쳤는데, 업보 이놈이야말로 초혜의 공력에 비할 일이겠는가.

쇠돌은 이미 알고 있었다. 현무암에서 함께 있을 때의 나이가 겨우 열 두엇에 불과했다. 그때 쇠돌은 이미 열일곱 살의 훤훤 장부였었다. 그럼에도 쇠돌은 업보를 함부로 다루지 못했었다. 양무 선사들이 편애하여 업보에게만 더 신경을 써서 공력을 전수해 주었기 때문이었다. 그래서 업보가 더 자라기 전에 업순이를 제 여자로 만들기 위해 잔뜩 공을 들이는데 현무 능감탱이가 그 눈치를 알아채고 능구레로 내쫓아 보낸 것이었다.

그로부터 십여 년의 세월이 흘렀다. 업보가 한양으로 올라온 지 4년여의 세월이 흘렀다고 할지라도 최소한 열여덟 살까지는 양무 선사의 가르침을 받은 셈이었다. 업보에게는 그때가 황금 시기가 아니겠는가.

(저놈의 공력이라면 모르긴 해도 호랑이도 때려잡을 것이야!)

그랬는데 업순이가 불에 타 죽은 것을 알고 있다면 이제 만사는 끝장이 난 것이나 다름이 없었다. 업보의 탈마공 실력만을 보고서도 그 사실을 능히 깨달을 수 있음이었던 것이다.

업보가 무엇인가 혼자 떠들어대며 평상으로 다가와 자리를 잡고 앉는데도 쇠돌은 그냥 (멍-) 하니 쳐다만 보고 있을 뿐이었다.

"왜 아무 말씀이 없으십니까, 형님? 형님은 이 아우가 반갑지 않으신 모양입니다. 겉으로 보는 외모만큼이나 형님의 마음까지 변한 것은 아니겠지요, 설마…"

"뭐. 뭐라 하였더냐 업보야? 내가 지금 꿈을 꾸고 있는 것은 아니겠지 시방! 그렇지, 그치?!"

"허어-참, 무슨 생각을 그렇듯 골똘히 하셨길래 예전의 형님답지 않게 동문서답이십니까 형님? 그래도 업보라는 이름만은 잊어버리지 않으셨나봅니다요. 허헛헛!"

운보는 일부러 너스레를 떨며 헛웃음까지 웃어보이고 있었다. 그러자 쇠돌이가 태연을 가장하여 말을 받는다.

"그럼. 그럼. 내가 어찌 이 세상에 하나뿐인 아우님을 잊어버릴 수가 있었겠냐. 업보야? 정말 반갑구나, 반가워!"

말은 그렇게 하면서도 몸은 아직도 경직되어 행동이 뒤따르지를 못하고 있었다. 그 모습을 바라보며 운보는 결코 쇠돌바우의 자연스럽지 못한 행동과 말투에서 어색함을 깨달아 모를 리 없었다.

(형님이 어찌하여 정신줄을 놓을 만큼 이렇듯 당황을 하는 것일까?)

거기에는 분명 이유가 있을 것이었다. 쇠돌의 성품에 여간해서는 이렇듯 당황을 하거나 딴생각을 할 인물이 아니었던 것이다. 아무리 세월이 흘렀다고 할지라도 여간해서는 바뀔 쇠돌의 성정이 아니었으니 말이다.

(능구레의 산막 암자가 불탄 것도 결코 양무 할버님들의 말씀이 사실이 아니라 쇠돌 형님에게 문제가 있었음이었던 게야!)

그렇다면 그 문제가 무엇이었을까? 그것이 무엇이기에 운보가 반갑다며 평상으로 다가가 (쇠돌 형님이 맞느냐? 모습이 변해서 못 알아보겠다. 한양에는 언제 왔느냐)고 물어가며 자리를 잡고 마주 앉았으나 제대로 된 대답 한마디 없이 (무슨 말을 했느냐)고 반문이나 해오고 있단 말든가.

게다가, 정신줄을 놓고 있었다는 것을 증명이라도 하듯 무슨 말을 했느냐며 반문을 한 뒤에 대뜸 업보의 이름을 부른다는 것은 그것이 바로 업보의 존재를 이미 알고 있었다는 의미임에 다름이 없을 일이었다. 도둑이 제 발 저린다는 말은 바로 이런 경우를 두고 하는 말일 것이었다. 천하의 운보가 어찌 쇠돌을 의심하지 않을 수 있을 일인가 말이다.

(그래그래! 형님의 마음을 안심시킨 뒤에 좀 더 자세한 내막을 알아볼 필요가 있겠어!)

운보가 쇠돌이에게서 알아보고자 하는 것은 세 가지였다. 능구레 산막이 어찌하여 불에 탔으며, 개암사의 스님들이 과연 쇠돌의 손에 죽은 것인지, 그리고 세 번째가 바로 초혜의 신상 문제였다.

운보는 이미 예감으로 깨달아 느끼고 있었다. 능구레 산막이 불탄 것은 쇠돌이와 연관이 있을 것이란 사실과 개암사의 스님들 또한 쇠돌이와 무관치 않다는 것과 초혜 역시 쇠돌이가 그 행적을 알고 있을 것이라는 사실을 말이다.

(내가 어찌하여 이렇듯 형님을 불신하고 있단 말이든가! 이러고도 내가 부처님의 제자라니 하늘도 무심치가 않았던 게야…!)

그래서 한강을 도강하여 은밀히 도성으로 잠입하려는 불순분자로 낙인이 찍혀 죽을 곤욕을 치른 것이 아니겠는가 말이다.

"형님께서 어찌하여 이 아우를 그토록 경계하는지 모르겠으나, 소승은 이미 정식으로 불가에 귀의하여 운보라는 이름으로 다시 태어났으니, 형님께서도 앞으로는 운보라는 중놈으로 기억해 주십시요. 정녕 이 아우는 사바세상과의 인연을 끊고 살아갈 생각입니다."

그것은 정녕 사실이었다. 그러나, 개암사의 승려라는 사실만은 결코 밝히지 않았다. 쇠돌의 반응을 살피고자 함이었다. 쇠돌이가 반응을 보였다.

"오냐, 그렇더냐? 너는 어린 시절부터 염불에 관심이 많았었지, 그, 그래서 말이거니와 소, 소아의 문제도 잊어버리겠다는 것이냐 시방?!"

쇠돌은 그만, 하지 말아야 할 말을 입에 올리고 말았다. 소아의 문제가 그만큼 부담이 되어 머리를 어지럽히고 있었다는 뜻이기도 했다. 게다가, 그것은 술기운이 오른 탓도 있었다. 주막집 주모가 운보를 취하게 만들기 위해 물을 타지 않은 원주를 그대로 퍼다 준 탓이었다. 그것도 모르고 쇠돌이가 두 사발을 그대로 들이키고 말았으니 어찌 취기가 오르지 않을 수 있을 일이겠는가.

쇠돌이도 말을 뱉어놓고는 (아차!) 했다. 그러나, 화살은 이미 시위를 떠난 뒤였다. 한번 뱉어낸 말을 다시 주워 담을 수는 없었던 것이다.

운보는 이때 머릿속이 (띵-!) 해왔다. (그래, 이것이었어! 소아 누부와의 사이에 무슨 일이 있었던 게야!) 그래서 시치미를 떼고 말을 받는다.

"제가 말씀드리지 않았습니까? 사바세상과의 인연을 모두 잊어버리고 살겠다고 말씀입니다."

쇠돌의 표정이 다시금 변하고 있었다. 자신의 말실수를 깨닫고 일그러져 가던 표정이 다시금 화색으로 뒤바뀌고 있었던 것이다.

"내가 그럴 줄 알았다. 그럴 줄 알았어! 업보 너는 어릴 적에도 항상 그랬었지! (나한테 실컷 얻어맞고도 능감탱이한테 일러

바친 일이 한 번도 없었다니까는 글쎄!) 그치만 그것은 실수였어. 아, 아니. 실수가 아니라. 나는 정말 몰랐어. 정말-!"

"……!! (어서 말씀을 계속하시요 나는 듣고만 있을 테니!)"

"그 그게 그러니까, 능감탱이들이 나를 사람대접만 해 주었어도 내가 암자에다 불을 지르고 이렇듯 도망을 왔겠냐 글쎄. 그래도 행여나 해서 불타는 법당문을 열고 방 안을 들여다보게 된 것이야! 그래 그래. 정말. 그렇게 된 것이야…!"

쇠돌의 말은 정말 충격적이었다. 그의 변명이야 지난번 초혜에게도 했지만 불타는 법당 안을 들여다보는데 그곳에서 뜻밖의 시신을 발견하게 되었고 불구덩이 속을 간신히 뛰어들어 시신을 꺼내놓고 보니, 그것이 바로 업순이 소아였으며, 소아는 이미 죽어 있었다는 설명이었다.

(흐음! 거짓말을 잘도 둘러대고 있구나! 허지만 나는 알지. 형님이 거짓말을 할 때의 그 눈동자와 말을 더듬거리는 그 모습이며, 몸짓까지도 말씀이요!)

그럼에도 쇠돌은 아직까지 그와 같은 버릇을 깨닫지 못하고 있는 듯했다. 게다가 쇠돌에게서는 두 가지의 자백이 아직도 더 남아 있었다. 운보가 자신의 감정을 드러낼 때가 아니었던 것이다.

"나무관세음보살~!"

운보는 정녕, 감정을 억누르느라 관세음보살에게 의지하지 않을 수 없었다. 그러고 보니 불현듯 4년 전의 일들이 머릿속에 되살아났다. 소아와 현무 스님에게까지 작별 인사를 못 하게 한 채, 초혜의 안위를 책임지워 봉원사로 떠나보낸 일들을 말이다.

(나도 그것이 왠지 수상쩍게는 생각이 들기도 했지만 설마하

니 양무 할버님들께서 나에게 거짓말을 하리라고는 꿈에도 생각지 못하였거니와…)

할배 스님들의 생각과 의도가 무엇인지 운보는 그것을 선뜻 깨달을 수가 없었다. 소아의 죽음을 안다면 혹여 업보의 성격이 삐둘어지거나 쇠돌에게 복수를 하겠다며 조선천지를 헤매고 다닐 것을 우려하여서인지 또는 운보가 생각하지 못하는 다른 의도가 있는 것인지 그것을 정녕 깨달을 수가 없었던 것이다.

그렇다고, 지금 이 순간에 그딴 것이나 생각하고 있을 상황도 아니었다. 문제의 당사자인 쇠돌이가 눈앞에 앉아있었고, 그는 지금 운보 자신마저 죽이려 하고 있을 뿐만 아니라. 운보에게는 아직 풀어야 할 실마리가 더 남아 있었기 때문이었다. 그러자면 우선, 모든 생각을 뒤로 미루고 냉정부터 되찾아야 했다. 궁금한 점을 모두 해소하고 나야만이 그 뒷일을 생각해 보든말든 할 것이 아니겠는가 말이다.

운보는 참으로 마음이 착잡했다. 아주 짧은 순간이지만 그 모든 사실을 재빨리 판단하여 냉정을 되찾은 뒤 쇠돌에게 말한다.

"십여 년 만에 형님을 만난 자리에서 지나간 과거에나 연연하여 형님에게 무례를 끼치고 싶은 생각은 추호도 없습니다. 하오니, 형님께서도 이제 그만 이 아우에 대한 경계를 풀어 주십시요."

"그래그래! 참으로 고맙구나 업보야, 아. 아니 소웅이 선사야! 나는 네가 업순이의 일로 보복이라도 하겠다며 나를 뒤쫓는 줄로 착각을 하고 있었지 뭐냐. 그래서 오해가 생겨 그런 것뿐이니 용서해다오!"

"형님께서 이렇듯 진심을 보여주시니 말씀입니다마는 이 아우는 이미 진정으로 불가에 귀의한 몸이라 하지 않았습니까? 설사 제가 중놈의 몸이 아니라 할지라도, 소아 누부의 일로 쇠돌 형님께 잘잘못을 따질 권리는 없음이지요. 그러하니 그 문제만은 모두 잊어버리십시오. 하옵고 덧붙여 말씀드리지만, 소승이 정녕 천 리를 내다볼 줄 아는 혜안을 지녔다 한들, 형님께서 한양으로 올라온 줄을 어찌 알고 이곳으로 뒤쫓아 왔을 것이며, 사 년여 동안 형님을 찾지도 않고 그냥 지냈겠습니까? 그러하니 모든 오해는 지금, 이 순간부터 모두 끝내주십시오, 형님!"

"오호! 그래 그래. 너의 말을 듣고 보니 과연 그렇구나. 내 생각이 정말 옹졸했어. 천하의 영웅호걸이 되겠다며 대붕의 꿈을 품고 살아가는 내가 이렇듯 성격이 옹졸하다니…"

쇠돌의 말이 한창 이어지고 있는데 바로 이때였다. 갑자기 여인의 울음소리가 쇠돌의 말을 가로막으며 두 사람의 분위기를 바꿔놓고 있었던 것이었다.

(아이고오! ~ 아고, 아고, 아고~!)

운보는 순간 가슴이(덜컹!) 내려앉지 않을 수 없었다. 분위기가 분위기인 만큼, 느닷없는 여인의 울음소리라니, 이게 어찌 놀라지 않을 수 있을 일이었겠는가.

9. 동상이몽

여인의 울음소리란 바로 술집 작부가 기둥서방을 끌어안고 울어대는 울부짖음이었다. 순간, 운보는 다시 한번 가슴이 (철렁!)

내려앉았다.

"핫뿔싸! 내가 그만 깜박했었구나!"

운보가 급히 짚신을 주워 신고 있는데, 바우가 운보에게 말한다.

"그래 그래! 그것은 아우님이 좀 심했다. 아무리 미워도 그렇지 저렇게 죽일 것까지야… 하긴 뭐. 죽일 수밖에 없긴 했지만서도!"

바우는 결코 놀라는 기색도 없었다. 태연스레 앉아서 술잔을 기울이는데 두 사발씩이나 쏟아낸 술병에 술이 남아 있을 리가 없었다.

"이봐 주모? 여기 술 한 병 더 내오거라 어서!"

그는 제 부하의 죽음 같은 것은 아랑곳도 없이 주모에게 술을 내오라고 소리치고 있었다. 그러거나 말거나 운보는 삽작 앞으로 달려가 쓰러져 있는 두 명의 궁수들에게 혈도를 풀어준 뒤 몸뚱이를 옆으로 돌려 한 손에 한 명씩 땅바닥에 닿았던 몸을 주물러 대기 시작한다. 쇠돌이와의 대화에 정신이 팔려 이들을 그만 차가운 땅바닥에 그대로 내버려 두고 있었던 것이었다.

"내가 그만 깜박하여 살인을 저지를 뻔하고 말았구나. 아미타불~!"

사내들은 다행히도 죽지 않고 정신을 되돌려 자리에서 일어나 앉고 있었다. 그리고는 운보의 모습을 알아보고 기절을 하여 놀라는데 운보가 말한다.

"다행히 얼어 죽지는 않았소이다 그려! 하오나 추운 땅바닥에 너무 오래 누워 있어서 몸에 동상이라도 걸릴지 모르니 열심히 움직여 얼은 몸을 풀어주시오. 어서!"

그리고는 기둥서방에게로 향한다. 기둥서방은 지금 작부가 달려들어 몸을 흔들어대며 울부짖고 있었으니 급히 서두르지 않아도 될 것이란 사실을 운보는 잘 알고 있었다.

"허-헛헛헛! 이제 그만 좀 우시구려. 누가 보면 초상난 줄 알겠소이다 그려~"

운보가 가까이 다가가자 작부가 기절하여 울음을 그친 채 기둥서방을 내팽개치고는 (뭉기적~뭉기적) 뒤로 물러나고 있었다.

"허어~참, 이 중놈의 화상이 저승야차로 보이시나 보옵니다, 보사님? 너무 걱정하지 마시구려. 아직은 죽지 않았으니!"

기둥서방에게서 혈도를 풀어주자 그는 대번에 자리에서 일어나 앉으며 (뚤레~뚤레~) 주위를 둘러 살핀다. 그리고는 제 아낙과 운보의 모습을 알아차리고는 (버럭-!) 소리부터 질러 재낀다.

"에그~ 빌어먹을 년아! 아무리 연말이라 손님이 없어도 그렇지. 중놈이 어디 손님이라고… 끄아악! 이놈은 중놈이 아니라 개암사가 아닌가, 스님이…?!"

놀라긴 엄청 놀란 모양이었다. 운보를 빤히 쳐다보며 비명부터 질러 재끼고 있었으니 말이다.

"하하하~ 놀랄 것 없소이다. 스승이 손님으로 보이오이까? 중놈인데!"

그리고는 일어서서 발걸음을 떼어놓는데. 기둥서방이 잽싸게 활을 집어 들어 시위를 당기고 있었다.

(티웅~!) 화살 없는 시위가 거문고 소리를 토해내고 있었으나 운보는 이미 보지 않고도 그 사실을 알아차리고 있었다. 그랬기에 시위소리가 귓전에 울리는 데도, 뒤도 한번 돌아다보지 않는

다. 작부가 소리친다.

"씨부 놈 씨키야? 화살도 없이 중놈이 죽냐?! 개 같은 씨키! 저딴 것도 서방이라고…!"

주모가 술병을 들고 나오다 그 소리를 알아듣고 쏘아붙인다.

"그래서 기둥서방이지 옳은 서방이냐 이년아?"

그러니까 제대로 맺어진 서방도 아닌데 왜 울고불고 야단을 쳤느냐는 불만의 소리였다. 그것이 또한 주모의 시샘이기도 한 셈이었다. 게다가, 버림받은 인생들 주제에 무슨 애틋한 정이 남아 있다고 청승스레 울어댔느냐는 핀잔의 뜻이기도 했다. 그깟 서방이야 다시 하나 주워다 앉히면 될 것인데 얌전히 두고 보다가 술 심부름이나 하지 않고 놀라서 오줌을 싼 자신에게 술 심부름을 하게 만드느냐는 불만의 뜻이었다.

쇠돌이가 이번에는 주모에게 소리를 질러 재긴다.

"무얼 꾸물거리는 게야, 이년아? 어서 술병 가져오지 않고!"

주모가 기절하여 술병을 갖다 바친다.

"예. 예! 여기 있습니다요. 군사 어른!"

주모도 이미 쇠돌의 존재를 알고 있었다. 그래서 황급히 술병을 갖다 바치자 쇠돌은 아예 술병 채 그대로 들이켜 재긴다. 아마도 어지간히 속이 타는 모양이었다. 운보가 다가가 앉으며 말한다.

"무어가 그렇게도 급하시길래 술병 채 들이키고 계십니까? 아직은 정오도 안 됐는데 천천히 드십시오. 그러다가 취하십니다."

"술이란 취하려고 마시는 게 아니더냐? 아 참, 너도 한잔 마셔야지?"

"아, 아닙니다. 빈도는 아직… 이 아우는 아직 곡차 마시는 법을 배우지 못했습니다. 그러니 형님께서나 많이 드십시요."

"그런데 어째서 아까는 술상을 벌이고 있었더냐?"

"손님을 기다리느라 그랬지요. 그게 형님인 줄도 모르고요. 그런데 뭐가 속이 타는 일이라도 있습니까? 술을 병째로 들이키게요."

"글쎄다. 내가 속 타는 일이 뭐가 있겠느냐마는 굳이 문제가 있다면, 이놈의 조선 천하가 내 손아귀에 들어올 듯 말 듯 하면서 내 속을 썩인단 말씀이야! 그래서 말인데. 업보야? 너도 그깟 중놈 행색 걷어치우고 대붕의 꿈을 이뤄볼 생각 없느냐?"

"예?! 그, 그게 무슨 말씀이신지…?"

"그래그래! 너한테는 꿈 같은 얘기라서 다소 당황스럽겠지! 허나, 나에게는 시방 그럴 힘이 있다. 업보 네가 생각만 고쳐먹는다면 족보를 하나 사서 신원을 뒤바꾼 뒤에, 어영대장이나 병조판서인들 못 만들어 주겠느냐? 그러하니 업보야? 우리가 서로 힘을 합쳐서 천하를 도모해보자. 으야? 업보 너만 내게 힘을 보태준다면 우리는 앞으로 대붕의 꿈을 이룰 수가 있단 말씀이야. 어떠냐 업보야? 사나이 대장부로 태어나서 한번 도전을 해볼 만도 한 일이 아니겠냐? 으야?"

"허어ㅡ! 참으로 황망스런 말씀입니다, 형님! 저에게는 결코 형님과 같은 웅지와 욕망이 없습니다. 오로지 저에게는 산사의 승려로서 부처님의 제자가 되는 것이 소원이요 꿈이었습니다. 그것은 앞으로도 마찬가집니다. 그래서 가까스로 그 꿈을 이루게 된 지금, 꿈을 버릴 생각은 추호도 없습니다."

"그래도 다시 한번 생각해 보거라. 나에게는 이미 그럴만한 힘이 생겼다고 하질 않았느냐? 그러니 너는 나만 믿고 따르기만 하면 되는 것이야. 허긴 내 말이 황망스럽게도 들리긴 하겠지! 그래서 말인데, 나는 지금 운현궁의 국태공께서 신임하시는 이재선 대군 나으리의 군사 참모로 있단 말씀이야. 이제 두고 보거라. 머지않아, 세상이 뒤바뀔 테니까! 세상이 뒤바뀌면 그 선봉에 이철암이란 이름 석 자가 부각이 될 테니 나를 믿어도 좋아!"

그리고는 목소리를 낮추어 조용히 말한다.

"이것은 너한테만 알려주는 비밀인데 지난번 병조판서 민승호를 폭사시킨 것이나, 황궁에 자객들을 들여보낸 사건, 그리고, 임금을 갈아치우기 위해서 황궁을 폭파시켜 불을 지른 사건들이 모두 국태공의 재가를 받아 우리가 일으킨 일들이야!"

"끄으음~!"

운보는 그만 저도 모르게 신음소리를 뱉어내지 않을 수 없었다. 아무리 국태공이라 할지라도 어찌 임금을 헤치려 할 수가 있단 말이던가. 게다가, 그 엄청난 사건들에 쇠돌이가 연루되어 있다니 참으로 기가 막혀 온몸에 소름이 끼칠 뿐이었다. 그랬는데, 쇠돌은 한술을 더 떠서 천지가 개벽할 소리를 자랑삼아 늘어놓고 있었다.

"업보 너도 황궁이 불타는 모습을 보았는지 모르겠지만 그렇게 엄청난 일을 저질렀는데도 임금이 입도 벙긋 못 하고 있잖아? 자기 아버지가 한 일인데 아들놈이 임금이라 한들 어쩌겠어? 그러나, 그까짓 게 문제가 아니야. 이제는 내가 훈련시키고 있는 군사들을 동원해서 황궁을 둘러 엎을 것이거든? 임금을 갈아치우기로 이미 국태공 전하의 재가가 떨어졌단 말씀이야. 그러니 너도 얼른 내 말을 들어. 그리하면, 새로운 조선국의 일등 공신이 되어 정승판서도 할 수 있는 길이 열린단 말씀이야. 어때? 이만하면 업보 너도 구미가 당기지. 그치?!"

그러나 운보의 귀에 그딴 잡소리가 제대로 들릴 리 만무했다. 물론 쇠돌의 말이 모두 사실일 수는 있을 일이었다.

아무리 그렇다고 운보는 결코, 권력이라고 하는 아귀다툼 속으로 걸어 들어가고 싶은 생각이 눈곱만큼도 없었다. 그보다도 지금은 개암사의 스님들 문제와 초혜의 문제만이 머릿속을 짓누르고 있을 뿐이었다.

(정승판서는 형님이나 실컷 하시오. 이놈 운보는 중놈 노릇이나 하다가 죽을라니까!)

"어찌 생각하느냐 업보야? 너도 정승 판서 같은 거 한번 해보고 싶지. 그치? 그거 상상만 해도 얼마나 기분 좋으냐 글쎄. 그러나 그것이 꿈이 아니라 지금 내 눈앞에 있는 현실이라 이런 말이야. 알아듣겠지. 이제? 그치?!"

"글쎄요. 아무리 말씀하셔도 쇠귀에 경 읽기로 들릴 뿐이네요. 그래서 말씀드렸잖아요? 이 아우는 이미 운보라는 이름으로 불문에 발을 들여놓았다고 말씀입니다."

"그. 그래서 운보라는 중놈으로 평생을 썩겠다는 말이더냐 시방?!"

"허어참, 같은 말이라도 아 다르고 어 다르다 하였습니다. 중놈 인생이 어때서 인생을 썩힌다고 표현을 하십니까, 글쎄…!"

"끄으음! 소귀에 경 읽기가 맞네! 그치만 사람의 팔자란 뒤웅

박 팔자라 하였거늘, 마음이 어떻게 변할지는 업보 네 자신도 알 수가 없는 것인 게야. 아, 아니 참 운보라 하였지 방금?"

"그렇습니다. 소승의 법명이 운보이오니 형님께서도 이제부터는 운보라 기억해주십시오."

"운보라…? 그거 참. 낯익은 이름 같기도 하다마는…"

"그건 그렇고. 개암사의 스님들은 무슨 잘못이 있다고 그렇듯. 성불도 하기 전에. 부처님께 보내셨는지. 그것이 참으로 궁금합니다, 형님!"

운보는 저도 모르게 개암사의 승려들이 살해된 것을 쇠돌이에게 따져 묻고 있었다. 그것은 지금까지의 모든 정황상 쇠돌이가 연루된 사건이란 것을 깨달아 모를 리 없었던 것이다. 쇠돌이가 개암사의 승려를 무조건 때려잡겠다고 달려온 것을 보면 알 수가 있을 일이었다.

역시나 쇠돌의 반응이 대번에 되돌아왔다.

"네가 이미 그것을 짐작하고 있었다니 참으로 놀라운 혜안이구나. 그래서 더더욱 욕심이 나는구나, 업보야. 아 아니 운보 스님아? 그치만 방심하지 말거라. 내가 기필코 운보 스님을 파계승으로 만들어놓고 말 것이니까!"

"소승을 파계시켜 땡초를 만들기 전에 형님께서도 한 가지 깨달으셔야 할 일이 있습니다. 형님께서는 어찌하여 사사로운 감정으로 대업을 망치려고 하십니까?"

"뭐뭐, 뭣이라?! 내가 사사로운 감정으로 대업을 망치려 하다니? 좀 더 알아듣기 쉽게 말씀 좀 해주거라. 업보 스님아? 그게 무슨 말이냐?"

운보로서도 더 이상 자신의 의중을 숨기고 싶은 생각이 추호도 없었다. 개암사의 스님들에 대해서도 실토를 받아낸 이상 초혜의 문제마저 매듭을 짓고 넘어가지 않을 수 없었던 것이다.

그래서 기왕에 말을 꺼내놓은 김에 단도직입적으로 말했다.

"초혜라는 누이 말입니다. 그 아이는 형님께서도 만났던 것으로 애길 들었습니다. 탁공으로 개암사에서 도망을 쳤다는 얘기도요…!"

게다가, 형님의 성격상 초혜를 그냥 내버려 둘 사람이 아니란 것도 잘 알고 있으나 운보는 차마 그 말만은 입 밖에 꺼내놓지를 못했다. 자칫, 쇠돌의 부아를 돋구는 꼴이 될 것 같아서였다. 초혜에 대한 실토를 받아내기 전까지는 말이다. 그래서 잠시 뜸을 들이며 숨을 고른 뒤에 조용하고도 차분한 어조로 다시 얘기를 이어간다.

"초혜 그 누이는 형님이나 저보다도 더 기구한 운명을 타고난 불쌍한 아이입니다. 초혜가 저에게 누이라면 형님에게도 누이가 되는 셈이 아닙니까? 굳이 구차스러운 말씀 드리지 않겠습니다!"

"아, 아니, 저… 그. 그것이 저…"

"그 누이가 모습을 드러내지 않는다면 형님께서 뒷감당을 할수 있겠습니까? 포도청은 고사하고, 사헌부와 의금부는 물론이요. 금위영의 군대까지 동원이 되어 경기도 일대를 이 잡듯이 뒤질 터인데, 그 누이가, 운현궁의 부대부인 마님뿐만 아니라, 중전마마와 주상전하에게까지도 총애를 받고 있다는 사실을 정녕 모르셨습니까? 어서 서두르세요! 형님께서 정녕 운현궁의 눈 밖에 날 생각이 아니시라면 말씀입니다."

"허어-참, 이것은 내게 부탁을 하는 것이 아니라 협박을 하는 것이 아니더냐? 나에게도 변명할 기회는 주고 나서 협박을 하든 가 말든가 해야지!"

"잘 알고 있습니다. 저도 협박을 할 생각은 없었습니다. 허나, 다시 한 번 잘 생각해서 판단하십시오. 누이가 비록 수진방의 이름에 가려서 세상에 알려진 바는 없다고 할지라도 천하장안마저 대원위 대감의 분부를 받들어 함부로 어쩌지를 못하는 터에…"

"아 알았다. 알았어! 업보 네가 그 아이를 얼마나 아끼는지 나도 이제 알았으니 그만 좀 해두거라. 나도 이미 알고 있다. 수진방 이 보살인가 하는 년을 부대부인께서 아끼신다는 거 말이야."

"그렇다면 초혜 그 누이가 수진방의 신어미를 대신하여 왕실 무당이 되었다는 것도 이미 알고 계셨겠네요?"

"(그걸 내가 어찌 알아 이놈아!) 아, 알고 말고! 그러니 아무 걱정 말거라. 내가 설마하니 그 아이를 해치려고야 했겠느냐? 지금 당장 풀어주도록 하마!"

그리고는 급히 바깥을 향해 소리를 질러 재낀다.

"여봐라-? 여봐라? 거기 누구 없느냐-?"

삽작 밖에서 눈치를 살피며 얼쩡거리고 있던 사내가 급히 대꾸를 해온다.

"예, 군사 어른! 소관을 불렀습니까?"

"그래! 너는 지금 즉시 도성으로 달려가서 내 뜻을 전하거라. 지금 당장 불여우를 석방하란다고 말이야. 그렇게 전하면 알아들을 것이야!"

"예. 군사 어른! 그럼 지금 즉시 다녀오겠습니다!"

쇠돌의 졸개가 절도 있는 동작으로 명을 받고 즉시 달려 나간다. 이것으로 미루어 쇠돌이가 바로 초혜를 납치하게 한 증거임이 확실하게 드러난 셈이었다.

운보가 변명 삼아 한마디를 더 곁들인다.

"초혜는 결코 형님이 생각하듯 그렇게 약아빠진 불여우가 못 됩니다. 그러하니 형님께서도 앞으로는 그 누이에 대한 편견을 버리시고, 친누이처럼 잘 좀 보살펴 주십시오."

"아암, 아암, 그래야지! 이제까지야 내가 그 아이를 오해하여 편견을 가졌다지만 더 이상 오해할 일이 뭐가 있겠냐."

"고맙습니다. 형님!"

"하하하— 고맙기로 말하자면, 내가 더 고맙지! 오늘 비로소 나에게도 이렇듯 든든한 동생과 누이가 생겼는데 이보다 더 고마울 데가 어디 있더냐!"

그러면서도 쇠돌은 속으로 음흉한 생각을 숨기고 있었다.

(두고 보거라 이놈아? 이제 네놈은 내 손아귀를 벗어나지 못하게 될테니까!)

그렇다고 운보가 쇠돌의 음흉한 속내를 못 알아차릴 리 없었다.

(형님의 속내가 무엇이든 간에 나는 이미 형님의 곁을 떠난 지 오래되었습니다!)

이런 경우를 두고 동상이몽이라 하였든가, 그랬기에 운보는 결코 쇠돌의 군사조직에 대한 질문이 전혀 없었고 또 관심에도 없었다. 그것은 쇠돌이도 마찬가지였다.

(네놈이 날고 뛰는 재주가 있다 한들 내가 기르고 있는 군사조직을 알게 된다면 놀라서 자빠지게 될 것이야! 총격수를 한 명만 앞세워도 네깟놈 가슴에 대번에 바람구멍을 내고 말걸?)

그것이 바로 쇠돌이가 운보에게 주눅이 들지 않는 진정한 이유였다. 그리고 쇠돌의 머릿속에는 운보를 무릎 꿇릴 수 있는 여러 가지 흉계가 파노라마처럼 돌아가고 있었다.

(지놈이라 한들, 권력을 손에 쥐어 준대도 싫다 할까! 아직은 중놈 생활에 만족하고 있지만, 권력 맛을 한 번만 보게 되면 내 앞에서 개가 되어 기어 다니게 될 걸 아마?)

쇠바우가 그렇게 생각을 하고 있는데는 나름대로 이유가 있었다. 자신의 손에 업순이가 목숨을 잃었을 수도 있다는 언질을 주었음에도 업보(운보)는 더 이상 그 문제를 따지고 들지 않았다. 그러니까 업순이에 대해서는 더 이상 미련이 없다는 뜻이기도 했다. 게다가, 개암사의 스님들에 대해서도 더 이상은 관심을 가지지 않았다. 업보 자신과는 무관하다는 의도임을 짐작하여 모를리 없을 일이었다. 이러한 사실들로 미루어 운보에게도 마음이 바뀔 소지가 충분하다고 쇠돌은 짐작하고 있었던 것이다.

그러나, 운보의 생각은 정녕 그와 반대였다. 쇠돌이가 아무리 개암사의 스님들을 살해했다 할지라도 운보에게는 쇠돌이를 징벌할 권한이 아무것도 없었다. 차라리 낯모르는 사람이라고 하면 혼찌검이라도 내주겠지만, 쇠돌의 성격을 잘 알고 있는 운보로서는 쇠귀에 경 읽는 짓을 할 생각이 전혀 없었던 것이다.

더불어 소아에 대해서도 처음에 그 얘기를 들었을 때 순간적으로 충격을 받았던 것은 사실이었다. 그러나 개암사 스님들과 초혜의 문제를 먼저 확인하고 난 뒤에 다시금 따져서 확인해볼 생각이었다. 그랬는데 대화 도중에 그만 생각이 바뀐 것이었다. 그것이 도대체 어떻게 된 사연인지 전후 사정을 확인해보고 난 뒤에 그에 대한 상응한 대가를 치르게 해주리라 생각을 하게 된 것이었다.

(시간을 내어 현무암으로 달려가서 확인을 해 보면 알 수가 있겠지!)

쇠돌이 또한 업보의 그러한 반응이 의아스럽지 않을 수 없을 일이었다. 그러나 쇠돌이로서도 나름대로 업보의 행동에서 깨닫는 바가 따로 있었다.

(요것들이 함께 한양으로 올라왔다더니 서로 눈이 맞아 정분이 나서 절간을 도망쳐 왔던 게야! 그랬으니 소아 따위가 마음에 있을 리 있나!)

그렇지 않고서야 현무 스님이 소웅이를 순순히 떠나 보내줬을 리가 만무할 일이었다. 혼기가 꽉 찬 과년한 처자(초혜)랑 짝을 지워서 말이다. 그랬기에 쇠돌은 대번에 상황파악이 되어 업보에게 욕심을 냈던 것이었다.

(이런 놈을 내가 수하에 데리고 있는다면 천하에 두려울 것이 없으련만!)

잠시 전까지만 해도 죽여 없애야 할 놈으로 생각을 했었으나, 업보가 자신의 생명을 노리는 것이 아니란 사실을 알게 되자 이제는 그의 능력이 탐이 났던 것이다. 자신의 생명을 지켜주는 호위무사로서 말이다.

(이놈의 능구렁이 속내를 알 수가 있어야 말이지…! 내 방식대

로 일을 도모하여 이놈의 무릎을 꿇릴 수밖에!)

그것이 바로 누이 좋고 매부 좋은 일임에도 이 멍청한 중놈이 대붕의 큰 뜻을 헤아리지 못하니 쇠돌이로서는 거저 업보가 한심스럽기만 할 뿐이었다. 아무리 그렇기로서니 완력으로는 어찌해볼 방도가 없었으니 어찌하겠는가.

(지깟 놈이 운보라고? 그래! 중놈 행세 잘하나 두고 보자 이놈! 중놈 노릇하는 것도 얼마 남지 않았으니 실컷 중놈 행세 해보거라 어디!)

쇠돌이가 운보와 헤어지며 마지막으로 한마디 인심이라도 쓰듯 말한다.

"언제라도 내 도움이 필요할 땐 지체 말고 이곳으로 달려와서 내 얘기를 하거라. 내가 주모에게 당부해 놓을 테니 말이야. 자ー 그럼 다시 만나자 업보야. 아 아니 운보 스님아?"

운보는 정녕 쇠돌에 대한 미련이 전혀 없었다. 어린 시절. 현무암에서 헤어지고 난 뒤에는 쇠돌이가 무척 그립기도 하였으나, 지금의 그에게는 피냄새만 진동을 하는 악귀처럼 느껴졌기 때문이었다.

(중놈이 지체없이 달려와서 도움을 청할 게 무엇이 있겠습니까? 부디 마음을 고쳐먹고 개과천선하시어 내 손에 피를 묻히는 일이 없게 해주시구려 형님!)

운보는 쇠돌이와 헤어진 뒤 곧장 개암사로 향한다. 스님들과의 작별 인사도 인사였지만, 우선은 미복으로 갈아입을 행랑이 그곳에 그냥 있었기 때문이었다.

"어느 세월에나 중놈도 사람대접받아가며 도성을 마음껏 활보

하고 다닐 수가 있으려는지 원!"

스님들이 도성 출입을 마음대로 할 수 없는 것이야 어제오늘의 일이 아니라 할지라도 작금의 상황에는 운보도 한몫을 한 것임에 틀림이 없었다. 동인 선사가 운종가의 척화비를 쓰러트린 것과 더불어 의금부 관리의 배려가 결코 배려로만 끝난 것이 아님을 모를 리 없었기 때문이었다.

개암사에는 나졸들이 스님들의 분묘에 봉분을 대충 만들어놓고, 지난밤 먹다 남겨둔 술과 음식으로 배를 채운 뒤 그대로 잠이 들어있었다. 정녕 코를 베어 가도 모를 지경이었다. 그나마, 봉분이라도 만들어놓은 것을 다행이라 할 뿐이었다.

진장방의 초혜네 집에 당도한 것은 저녁때가 한참 지나서였다. 다행스럽게도 초혜가 무사히 방면이 되어 돌아와 있었다.

운보가 나타나자 초혜가 반색하여 호들갑을 떨어댄다.

"내가 오늘은 나타날 줄 알았지. 나타날 줄 알았어! 중놈 너는 도사라서 멀쩡하게 나타날 줄 알았단 말씀이야! 그래서 말인데 중놈이 종놈 노릇까지 하려면 무척이나 힘들 거야. 그치. 그치―?!"

그나마, 생기를 잃지 않고 까불어대는 것으로 보아 매질은 당하지 않은 것 같아 다행스럽기는 했다. 그 모습을 보다 말고 신어미가 야단을 쳐댄다.

"야 이년아? 제발 철 좀 들거라! 네년의 나이가 몇이냐 시방?! 저놈이 아무리 중놈이라지만 중놈은 사내가 아니라더냐? 하긴 무당년 팔자에 그딴 것 가릴 일 있겠냐마는, 아무리 그래도 그렇지 나잇값은 해야지 이년아!"

그렇다고 초혜가 그딴 소리에 기가 꺾일 여자가 아니었다.

"피이— 엄니도 시방 나한테 질투하는 거지, 그치? 제발 나이 생각 좀 하세요. 엄니? 꼬부랑 할망구가 돼갖고 질투를 할 걸 해야지 글쎄!"

"댓끼, 비러먹을 년! 네년은 어째서 시집도 안 간 년이 부끄러운 줄을 모르냐 글쎄! 수진방 년을 닮아갖고 중놈 고추만 고춘 줄 안다니까. 비루먹을 년이!"

"그래서 엄니도 늙은 중놈 하나 구해다 줄까? 늙으막에 팔자 한번 고쳐보게. 낄낄낄~!"

"뎃끼 고연 년! 젊은 년이 늙은 애미를 갖고 논다니까 비루먹을 년!"

신어미도 결국은 초혜의 독설을 견뎌내지 못하고 자리를 피하여 방 안으로 들어가 버린다. 그러면서 (궁시렁~ 궁시렁~) 불만을 쏟아내 재끼는데.

"말만 하지 말고, 영감이든 중놈이든 구해다 줘봐라, 싫다 하는가! 늙은 말은 콩도 먹을 줄 모른다더냐 빌어먹을 년!"

초혜의 독설이 이번에는 운보를 향하여 쏟아져 나온다.

"중놈 오라비 너도 들었지 시방? 늙은 할망구도 영감이 좋다는데. 오라비 너는 초혜 생각 한 번이라도 해봤냐. 으이?! 어서 따라 들어오거라. 어서!"

초혜가 신어미를 뒤따라 안방으로 들어가며 운보에게도 어서 들어오란다. 그러나 그것은 신어미에 대한 말대꾸의 차원일 뿐 굳이 안 해도 될 말이었다. 초혜의 안내가 없더라도 운보는 자연스럽게 이 집을 들락거리고 있었기 때문이었다.

운보가 방 안으로 들어서자 초혜가 마치 기다리기라도 했다는 듯 질문을 쏟아내 재낀다.

"내가 오라비 너 만나겠다고 깨암사로 찾아갔다가 얼마나 모진 고초를 겪었는지 알기나 하냐…?! 그래서 말인데, 오라비 너는 그동안 무슨 일이 있었던 거니? 으야? 죽으려거든 곱게 죽지. 의금부 같은 곳엘 뭣하러 갔다 왔냔 말야. 으야? 으야? 으야?!"

운보가 봇짐을 벗어놓으며 한쪽에 자리를 잡고 앉는다. 그러면서도 아직은 시간이 많다는 듯 초혜의 질문에는 대꾸도 않고 신어미에게 말한다.

"이깟 철부지한테 내 말은 뭣하러 전하셨어요? 성정이 그래가지고 초혜 너는 대궐에서 실수는 안 하는 거냐? 이제 며칠만 지나면 또 한 살을 더 먹는데. 엄니 말씀대로 제발 철 좀 들거라!"

"어쭈! 내 걱정 말고, 남의 집 종놈. 너나 잘하거라! 내가 아직도 오라비 네 눈에는 천둥골을 떠나올 때의 그 꼬맹이로 보이냐 시방?! 그래서 말인데 얼렁 말해보거라. 의금부에 왜 갔는지!"

"으응! 젊은 중놈이. 이유 없이 도성으로 잠입하겠다며 도강을 하다가 잡혔으니 의심을 받는 건 당연하잖냐? 그래서 좌찬성이라 하시는 분이 병판대감의 폭사범으로 의심을 하여 한성부 옥사에서 의금부로 이송이 되었던 것이야. 그러니 그 문제에 대해서는 이제 더 이상 거론치 말거라. 사실은 나도 시방. 쫓기는 몸이니까!"

"뭐뭐뭐. 뭣이라고?! 그. 그럼 의금부에서 도망을 쳐 나왔던 것이야 시방?!"

"아, 아니, 그런 건 아니지만 당분간은 조심해야 한다는 뜻이야. 그래서 개암사의 보우 큰스님마저 몸을 피하셨거든! 큰스님이 무슨 죄가 있어 몸을 피하셨겠냐? 소나기가 올 때는 몸을 피하고 보는 것도 하나의 방책이기에 그러하신 것이지! 그. 그래서…"

"그래서 또 뭐야? 얼렁 말해봐. 뜸들이지 말고!"

"그놈의 성깔머리 하구는…!"

"얼렁뚱땅 말꼬리 돌릴 생각하지 말고 얼렁 말하라니까 그러네! 그래서 당분간 오라비 너도 도성을 떠나겠다는 것이야 뭐야 시방?!"

"내가 언제는 도성에 살았었냐? 초혜 너도 알고 있다시피, 개암사에도 당분간 머무를 수 없는 형편이라. 이번 참에 현무암에 나 한번 다녀와 볼 생각이야. 내려간 김에 범어사에도 한번 찾아가서 동인 선사님도 만나보고!"

"끄으음! (오라비 중놈 이것이 한양을 떠날 생각을 하고 있구나!)"

초혜는 그만 정신이(번쩍!) 들지 않을 수 없었다. 운보가 현무암으로 내려간다면, 그곳에는 운보의 정인이 기다리고 있다는 것을 초혜도 모르고 있지 않았던 것이다. 그런데 (쇠돌 바우라고 하는 그 역적놈이 소아라고 하는 그 언니를 살해하고 한양으로 도망을 쳐 왔다고 했겠다…?!) 그것이 문제였다. 운보는 결코 그 사실을 알고도 바우라는 놈을 그냥 둘 리 없을 것이요. 그렇게 되면 운보와는 이것이 마지막이 될지도 모른다는 생각이 들지 않을 수 없었던 것이다.

(이 중놈을 내가 기어코 그냥 보내줄 수가 없어! 그동안은 나도 소아라는 그 언니가 마음에 걸려 오라비 대접만 해 주고 그냥 지냈지마는 이제는 그 언니도 죽고 없다께 내가 오라비를 놓칠 수야 있냐!)

초혜는 결코 오라비 운보를 위해서라도 그리고 자신을 위해서라도 그렇듯 생이별을 할 생각은 추호도 없었던 것이었다.

10. 선무당의 첫날밤

초혜의 운보에 대한 정성은 예전 같지가 않았다. 저녁상도 물리기 전에 중마루 건너 작은방에다 이부자리를 미리 봐주는 것은 물론이요, 굼불마저 제 손으로 직접 챙기고 나섰던 것이었다. 그것은 원래 찬모의 서방인 행랑 할범 몫이었다. 찬모나 행랑 할범 또한 민승호의 가노인데, 지금은 민승호의 부인이 주로 챙기고 있었다. 민승호의 양자 민영익은 아직 바깥일을 챙길 나이가 아니어서 집안의 대소사나 살림살이는 모두 민승호의 미망인이 챙기고 있었던 것이다.

그러나, 민승호의 살아생전에 중전마마의 지시에 의해서 초혜에게 넘겨진 별저요. 별저를 관리한다는 명목으로 남겨놓은 가노들을 함부로 거둬들일 수는 없는 일이었다. 명목상은 민승호의 명의로 남아있었지만, 그것은 사실 명목상일 뿐이지 초혜의 소유나 다름이 없음인 것이다. 중전마마께서 민영익이에게 돌려주라는 하명이 없는 한은 말이다. 바깥일을 대신하는 집사 역시 그것을 모를 리 없었다.

어쨌거나, 초혜가 이곳으로 이사와 살면서 단 한 번도 굼불 지피는 일에 신경을 써본 일은 없었다. 그것은 행랑 할범에 대한 불신이나 마찬가지여서 신경을 쓰고 싶어도 쓸 수가 없었다. 그깟 굼불 때는 일에 불조절도 하나 할 줄 모른다고 타박하는 것이나 마찬가지이기 때문이었다.

그런데, 초혜 자신이 잘 방도 아니요. 안방 손님들이나 오면 한 번씩 재워 보내는 방이었다. 그러니까 안방 손님이란 바로 여인네들을 지칭하는 말이기도 했다. 그래서 그동안은 (운보라 할지라도) 사랑채가 아닌 안채에서 외간 사내를 재워 보낸 일은 없었다.

게다가, 부인네들을 재워 보내기 위하여 건넌방까지 굼불을 지필 일이 생긴다고 할지라도 행랑 할범에게 말만 하면 될 일이며 또 지금까지는 당연히 그래왔던 일이었다.

그랬는데, 오늘은 어찌된 일인지 행랑 할범이 사랑채에다 별도로 운보가 자고 가도록 굼불을 지펴 놓았음에도 불구하고 초혜가 스스로 안채 건넌방에다 굼불을 지피고 있었던 것이었다.

그러자, 신어미를 비롯한 집안 식솔들이 모두 입도 벙긋 못 한 체 초혜의 눈치만 살피고 있을 뿐이었다.

그런데, 초혜의 이상한 행동은 그것뿐만이 아니었다.

"저년이 오늘은 왜 안 하던 짓거리를 하고 저러는지 모르겠네!"

초혜가 굼불을 지피는 틈을 이용해서 건넌방으로 건너가 본 신어미가 그만 눈알이 휘둥그레져서 얼굴빛이 사색이 되고 있었다.

"저년이 어쩌자고 저러는지 놀라 자빠지겠다니까 정말…!"

신어미는 대번에 초혜의 의중을 눈치채고 있었다. 그동안 비워두었던 방이라 냉기가 도는 방안에 걸레질까지 깨끗이 하고는, 이불보를 고이고이 싸매서 벽장 속에 보관해두고 있던 예단용 이부자리까지 몽땅 끄집어내어 신혼 자리를 살펴놓고 있었던 것이었다.

"저년이 시집갈 때나 쓰겠다고 준비해두었던 이부자리가 아닌가! 그렇다면, 핫뿔싸, 이 노릇을 어이할꼬…!"

이날이 섣달 스무여드렛 날이었으니 하루만 더 지나면 정월 초하루 설날이 되는 것이다.

"아무래도 설빔할 음식으로 신혼 잔치를 할 셈이야 저년이−!"

그렇다면 신랑은 누구란 말인가? 이미 저녁상도 물린 집안에 초혜랑 금침 이부자리에 초야를 치를 수 있는 남정네가 운보밖에 더 있을까. 신어미가 어찌 초혜의 꿍심을 헤아리지 못할 일이겠는가.

"이제 좋은 시절 다 갔구나. 좋은 시절 다 갔어! 이제 저년이 중놈이랑 붙어서 자식새끼만 줄줄이 만들어 재낄 터인데, 이 노릇을 어이할꼬~ 어이할꼬~"

신어미가 장탄식을 쏟아내며 안방으로 건너오자 미복 차림의 중놈은 천지분간도 못한 채 벽에 기대어 (꾸벅꾸벅!) 졸고 있었다.

"참으로 가관일세. 가관이야. 떡 줄 놈은 초저녁부터 천지분간 없이 졸고만 있는데 저년 혼자서 콧바람이 들어설랑… 저년이 초야만 치르고 나면 배부터 불러올 터인데. 그 몸으로 대궐에 드나들기는 다 글렀지 뭐. 이 노릇을 어이할꼬~ 어이할꼬~"

대궐에도 들어가지 않는 무당년에게 생활비를 보내줄 중전이 어디 있겠는가.

그러고 보면, 신어미가 탄식하는 이유는 바로 생활비 때문이었다. 민승호가 죽고 난 뒤 중전께서 생활비를 보내주고 있었으나 그것도 이제는 기대할 수 없게 되었으니 말이다. 배가 불러서 제 몸도 하나 추스를 수 없는 년을 중전께서 궁중으로 불러들일 리 만무할 일이요. 궁중에도 들어가지 않는 년에게 생활비를 보내줄 리는 더더욱 만무할 일이 아니겠는가 말이다.

"저년의 고집에 내가 뜯어말린다고 말을 들은 것도 아니요. 그렇다면 어차피 벌어진 일이니 인심이나 써서 신방지기 노릇이나 해줄밖에! 야, 이놈아? 어서 일어나서 건넌방에 건너가 자빠져 자거라. 어서 일어나서 건너가. 어서!"

운보가 졸다 말고 깜짝 놀라 정신을 차린다.

"내가 깜박 졸았네요. 어젯밤에 꼬박 잠을 설쳤더니… 그럼 사랑채로 내려가 자겠습니다. 아-합!"

"빌어먹을 놈아, 사랑채는 왜 가?! 건넌방에 이부자리 깔아놨다니까 못 알아듣네. 비루먹을 놈이-!"

"예?! 건넌방에 이부자리를 깔아놨더니 웬일이에요? 사랑채에 내가 자던 방이 있는데!"

"사랑채에서 신방 차릴 일 있냐?! 잔말 말고 건너가서 자라면 자! 이부자리 다 깔아놨으니까 잠꼬대 하지 말고 어서 건너가! 웬일인지 뭔 일인지는 자다 보면 알게 될 터니까 나한테 묻지 말고!"

"아-합! 졸려서 건너가 자기는 하겠습니다마는 중놈도 사람 대접 받는 거 같아. 기분은 좋네요 정말!"

"나는 뭐 중놈이 미워서 그랬겠냐? 남녀가 유별나서 그런 거지!"

"그렇지요? 내가 원래 좀 유별나서 낯가림이 심하거든요. 초혜는 신당에 나갔나 보죠? 그럼 평안히 주무세요. 중놈도 건너가서 자빠져 잘라니까요."

"자빠져서 자든, 엎어져서 자든 그것은 니놈이 알아서 하고, 어서 건너가 자거라. 니놈은 생전에 구경도 못 해본 비단 이불에 푹신한 요까지 깔아났으니까, 오줌싸지 말고!"

"…?!…"

운보는 신어미의 말이 무슨 뜻인지 알아들을 수가 없었다. 바깥 중마루에는 초롱불까지 걸려 있어서 건넌방으로 건너가는 데는 별로 무리가 없었다.

"삼수갑산을 갈 때 가더라도 오늘은 실컷 잠이나 자고 보자. 설마하니 내가 내외를 해야 할 여인이 이 집안에 사는 것도 아니고!"

그랬다. 운보가 굳이 안채에서 못 잘 이유도 없었다. 신어미랑 내외할 처지도 아니요. 초혜 역시 신어미랑 함께 있으니 문제가 될 일도 아니었다.

그런데 건넌방으로 들어선 운보는 잠시 머뭇거리지 않을 수 없었다. 아무래도 운보에게는 과분한 이부자리 같아 보였기 때문이었다.

"중놈 인생에 이런 호사도 다 누려 보는구나. 이것이 나를 위한 이부자린지는 모르겠으나, 설마하니 내쫓기밖에 더하겠냐 까짓거! 내쫓길 때 내쫓기더라도 호사 한번 누려 보자. 관세음타불~!"

운보는 정녕 탐이 났다. (중놈 인생에 언제 다시 이런 곳에서 잠을 자 보겠냐)하여, 내쫓길 각오로 옷을 입은 채 대님을 풀어 버선만 벗어놓고는 이부자리 속으로 들어가 눕는다.

"아하-! 신선이 구름 속을 노니는 기분이 바로 이런 것인가 보구나!"

운보는 정말로 구름 속을 (둥둥~) 떠다녔다.

이때 초혜는 건넌방 아궁이에 새 장작을 집어넣고 불씨를 살피고 있었다. 그것은 예전에 진절머리가 나도록 해본 일이었다.

"그땐 내 손으로 나무까지 해서 굼불을 지폈는데…!"

그랬었다. 그래서 굼불을 지피는 요령도 알고 있었다. 최대한 장작을 적게 넣어서 방구들을 (뜨끈뜨끈) 덥히는 일이 요령이었다. 그때는 사방천지에 지천으로 널린 게 나무였으나 그럼에도 나무를 한다는 것은 하기 싫은 일 중의 하나였었다.

그러나, 이곳 한양에서는 장작을 구하기가 여간 힘드는 일이 아니었다. 행랑 아범이 도성 바깥에서 며칠씩 걸려 달구지에 나무를 해서 실어오는데, 그것도 달구지에 품삯을 주어서 싣고 와야만 하는 것이다. 장작을 일일이 돈을 주고 사는 것은 너무 비싼 금값이기 때문이었다.

그래서 그 사정을 누구보다 잘 알고 있는 초혜는 굼불을 지피는 데도 요령껏 신경을 쓸 수밖에 없었다. 이곳에는 굼불을 지피지 않아도 될 것을 덤으로 지피는 것이기 때문이었다. 그것이 행랑채의 식솔들에게도 의문이기는 했다.

(저것이 어째서 안 하던 짓을 하는 것일꼬…?)

초혜가 굼불을 지피고 있는 안채에 잔뜩 신경을 곤두세울 수밖에 없는 이유였다. 그것이 바로 초혜의 노림수라는 것을 그들이 어찌 알겠는가. 그 방에서 오늘 밤 무슨 일이 일어나는지를 두고 보라는 꼼수라는 것을 말이다.

행랑채에는 말도 없이 장작을 가져다가 굼불을 살핀 뒤에 또다시 신당으로 발길을 옮긴다. 초혜 자신이 집 안에 있을 때는 하루도 거르는 일 없이 신당을 찾아 기도를 올리는 것이 관례처럼 되어 있었던 것이다.

물론, 그것은 초혜만의 정성이었다. 그러한 정성이 없고서야 어찌 초혜가 삼신당 신녀의 믿음을 살 수 있을 일이겠는가. 허구한 날, 시간만 나면 밥 타령을 하는 삼신당 신녀였으니 말이다. 초혜가 신당을 찾아 기도한다는 것은 아침저녁으로 꼬박꼬박 새 밥상이 올라온다는 것을 의미하는 일이기도 했다. 신어미로서도, 초혜가 집에 있는 날이면 결코 신당에 차려놓는 밥상만은 건너뛸 수 없었다. 그것이 바로 삼신당 신녀가 초혜를 좋아하는 진정한 이유인 것이며, 귀신에게는 오로지 정성이 중요하다는 것을 깨닫게 해주는 일이기도 했다.

그나저나 신어미로서는 참으로 마음이 불편할 수밖에 없었다.

"조것이 초야만 치렀다 하면 대번에 입덧부터 시작할 터인데…!"

그렇다고 모아둔 재물이라도 있다면 무슨 걱정이겠으랴마는 그게 여의치를 못하니 그것이 걱정이었다. 집안의 모든 재정관리는 자신이 맡아서 하는 상황에서 그동안은 여유만 생기면 시골에 있는 친정집 조카에게 모두 내려보냈으니 말이다. 시골에다 농토라도 장만하라고 내려보낸 것이긴 하였으나, 들리는 소문으로는 결코 그것마저 믿을 상황이 못되었다.

"워낙에 방탕한 녀석이 돼 놔서 수중에 들어오는 공돈을 알뜰하게 관리해줄 것인가 의심이 들긴 했었지만서도…"

사실은 이럴 때를 대비해서 내려 보내준 돈이었다. 그럼에도 뒷조사를 해보고 대책을 세우지 못한 것이 이제 와서야 후회가 된 것이다.

"조것이 나이가 젊어서 내 살아생전에는 마르지 않는 우물처럼 재물 걱정 안 하고 살 줄 알았더니, 정녕 그 생각을 어찌 못했더란 말이던가…!"

그것은 아마 친정 조카도 마찬가지였을 것이었다. 무당의 돈이야 죽을 때까지 수입이 생길 것이니, 지금은 좀 즐기며 쓴다고 해도 나중에 장례 비용 하나 충당치 못할 것인가 하는 생각 말이다. 그랬으니 친정 조카에게도 마르지 않는 우물임에는 마찬가지였을 것이었다.

"인생 말년에 쪽박을 치는 건 아닌지 모르겠구나, 정녕!"

나이나 젊었다면, 굿판을 얼쩡거려서라도 호구지책은 삼겠지만 이제는 기력이 달려서 굿판에도 나갈 형편이 못 되었다. 신끼가 떨어졌으니 굿판을 들고뛸 기운이 남아있을 리 없었던 것이다.

신어미가 마음이 심란하여 한숨만 쏟아내고 있는데, 어미의 심사는 아랑곳도 없이 초혜가 신당에서 기도를 하는 둥 마는 둥 하고는 건넌방으로 들어가 버린다.

"저년이 이제 어미 따위는 안중에도 없단 말이지? 베라먹을 년!"

신어미는 정녕 야속하고 괘씸하여 분노가 치솟았으나 그렇다

고 달리 어찌해볼 방도도 없었다. 자신이 친어미라고 했으면 딸
년을 저 나이가 되도록 시집도 안 보내고 그냥 놔뒀을까마는 이
제는 제 스스로 남정네를 골라 머리를 올리겠다는데, 그것마저
훼방을 놓을 수는 없었던 것이다. 상대가 비록 중놈이기는 했지
만 말이다.

"저것들이 서로 좋아 지내는 것을 내가 몰랐던 바도 아니니 새
삼스레 그것을 가지고 트집을 잡을 수도 없을 일이고…"

그것은 초혜도 마찬가지였다. 초혜가 소웅이(운보)를 은혜하
고 있는 것이야. 예전에 이미 신어미도 알고 있는 사실이었다.
그딴 것을 신어미에게 숨길 초혜의 성격이 아니었던 것이다.

그랬기에 새삼스레 부끄러워할 이유도 없었고 눈치를 볼 이유
도 없었다.

한가지, 초혜의 마음에 걸리는 일이 있다면 역시나 소아와의
관계였는데 그것마저 깨끗이 해결된 이상 운보는 이제 초혜 자
신의 서방이나 다름이 없었던 것이다.

(처자와 총각은 눈길만 마주쳐도 아기가 생긴다고 했는데…)

초혜는 어째서 아기가 생기지 않는 것인지 모르겠지만 자신은
이미 운보와 눈길만 마주친 것이 아니라 대놓고 은혜하는 마음
을 숨기지 않아왔던 것이다. 그랬으니 그것은 이미 부부간이나
다름이 없었다. 서로 간에 부모 친척도 하나 없는 고아이니 마음
만 맞으면 혼인을 할 수 있는 것이 아니겠는가.

물론, 신어미도 어미라 할 수는 있을 일이었다. 그러나 신어미
를 만나기 전부터 초혜는 이미 낯선 상여막에서, 운보(소웅이)와
서로의 마음을 죄다 확인했던 사이였다. 이들 두 사람에게 양가

의 승낙이나 혼례식과 같은 형식이 무어가 중요하겠는가 말이다.

(엄니야 우리를 부부사이로 인정해 주도록 만들면 되는 거지 뭐.)

물론, 서로 간에 (잠이라도 잘 자라)는 인사 같은 것을 나누지 못해 아쉽기는 하였으나, 그것만은 좀 뻔뻔스러운 것 같아서 초혜도 그냥 생략해 버린 것뿐이었다. 신어미에게서 덕담 같은 것을 바랄 상황은 아니었으니 말이다.

초혜가, 신어미의 눈치를 살피며 중마루를 통해서 건넌방으로 들어서자 운보는 역시 초혜를 기다리다 지쳐서 잠에 곯아떨어져 있었다.

"에그~ 미련스런…(중놈? 아니, 서방님?)…같으니!"

초혜는 정녕 운보에 대한 호칭을 생각해 보지 않을 수 없었다. 이제 오라비란 호칭은 더 이상 쓸 수가 없었던 것이다. 그렇다고, 중놈이나 스님이란 호칭은 더더욱이나 쓸 수 없는 것이 아니겠는가.

초혜가 갑자기 호칭 문제를 생각해 볼 수밖에 없는 것은, 이미 운보의 마음도 다시 한번 짐작해 볼 수가 있었기 때문이었다.

운보는 정녕, 지금의 이 비단 금침이 어떤 의미란 것을 모를 리 없을 일이었다. 그것은, 자신의 잠자리를 사랑채가 아닌 안채에다 준비해준 것부터 그 의미를 짐작해 봤을 것이요. 거기에다 새로 준비한 금침이라면 천하에 바보가 아닌 이상 그 의미를 못 알아차릴 리 없을 일이었다.

그럼에도 운보는 정녕 신어미에게조차 (그 이유를 물어봤는지는 알 길이 없으나) 별다른 내색이 없었기에 신어미가 입을 다물고 있는 것일 것이며, 이유 여하를 막론하고 태평스레 이불을 덮고 잠이 들어있다는 것은 이미 초혜의 의중을 받아들였다는 의미가 아니고 무엇이겠는가 말이다.

허긴, 운보로서도 초혜가 마음에 있었기에 아직도 초혜의 곁을 떠나지 못하고 이렇듯 초혜를 찾아다니고 있는 것일 것이었다.

그러나 운보는 사실 여자 문제에 대해서 바보 천치나 다름이 없었다. 자신은 이미 세상의 그 누구와도 혼인할 수 없는 화적의 자손이요, 그래서 기어이 운보라는 이름으로 부처님의 제자가 되었으며, 초혜의 안위만 확인하고는 한양 땅을 떠나려 한 것인데, 오늘은 그만 시각이 너무 늦어 하룻밤만 신세를 지고, 도성을 떠날 생각이었다.

그러나, 운보는 요즈음 제대로 잠을 자 본 일이 한 번도 없었다. 따뜻한 이밥으로 배부르게 공양을 마친 뒤에 뜨끈뜨끈한 방안에서 잠시 앉아 쉰다는 게 이렇듯 눈꺼풀의 무게에 짓눌리고 말았던 것이었다.

운보가 비록 남다른 공력을 몸에 지니게 되었다고 할지라도 잠을 설친 대가만은 치를 수밖에 없었다. 자신을 사랑채로 내쫓지 않고, 건넌방으로 잠자리를 준비해 준 것이 다소 의아스럽기는 했으나, 그것이 어떤 의미인지, 비단 금침의 내력까지 생각해 볼 마음의 여유는 정녕 없었던 것이다. 운보에게 그런 것까지 가르쳐줄 사람은 아무도 없었으니 말이다.

아무리 그렇다고는 할지라도 그 책임은 결국 운보에게 있었다. 초혜에게는 결코 운보의 실수를 실수로 인정해 줄 너그러움 같은 것이 없었으니 말이다. 그러니까 초혜는 결코 이런 기회를 놓칠 생각이 전혀 없었던 것이다. 그것은 바로, 개암사에서 쇠돌이에게 납치당했을 때 깨달은 사실이요. 마음속으로 다짐해 두었던 결과를 실행으로 옮겼을 뿐이었던 것이다.

(저따위 개만도 못한 놈에게 능욕을 당할 바엔 차라리 내가 혀를 깨물어 자진을 하고 말지!)

그랬기에 그따위 예상치 못한 불행을 당하기 전에 운보로부터 머리를 올려 떳떳이 아낙의 신분이 되겠다는 것이 초혜의 다짐이었다. 초혜의 다짐이 그러했으니 어찌 이러한 절호의 기회를 그냥 놓칠 일이겠는가.

초혜는 정녕 운보를 깨워 앉힐 일이 난감했다. 마치 술이라도 취한 사람 마냥 너무도 깊이, 곤하게 잠이 들어있었기 때문이었다.

"곤하게 잠들어 있는 사람을 깨워 앉히긴 미안하지만, 그래도 깨우긴 깨워야지 어쩌겠는가. 이런 기회가 날이면 날마다 찾아오는 것도 아니요. 4년 만에 처음 찾아온 기회이거늘–!"

그래서 기회라는 건 놓칠 수가 없는 것이다. 일생일대의 중요한 대사를 목전에 두고, 어찌 사소한 체면 따위에 얽매어 대사를 그르칠 일이겠는가. 그랬는데 초혜에게 절묘한 빌미거리가 포착이 되고 있었다.

"하이고– 오라비야?! 너 시방, 옷도 안 벗고, 이 깨끗한 이불 속으로 들어가 자빠져 잔단 말이냐. 으야?!"

어찌나 날카롭게 소리를 질러 재꼈던지 천하의 곰퉁이 운보도 그만 화들짝 놀라 자리에서 일어나고 있었다. (오냐. 시불! ～ 아직도 정신을 못 차리고 눈만 껌뻑인단 말이지?!) 초혜가 계속해서 악따구니를 써 재낀다.

"이불이 이게 얼마나 비싼 이불인지 중놈 니깟 게 알기나 하냐?! 얼른 이불속에서 기어나오란 말야, 얼렁!!"

"끄으응~! 일어난다. 일어나! 제발 목청 좀 낮추거라. 제발!"

"진즉에 그랬으면 됐지! 자- 여기에 찬물이 있으니까 쭈욱~ 들이키거라. 그래야 잠이 달아나지!"

"잠을 깨워서 무얼 하게? 초혜 너의 심뽀를 모르겠구나! 이럴 줄 알았으면 사랑채에 나가서 자는 것인데…!"

그러면서도 초혜가 건네는 사발물을 받아 (쭈욱-!) 들이킨다. 바지를 입고 자는 것이 잘못이기는 하였으나, 그래도 초혜 앞에서 바지를 벗을 수는 없었던 것이다. 초혜의 악따구니가 계속 이어진다.

"사랑채에 가서 잘 때가 따로 있고 안채에서 잘 때가 따로 있지. 그딴 것도 하나 모르는 바보가 어디 있냐?! 찬물을 마셨걸랑어서 이 강정이나 유과 좀 먹어 보거라. 얼렁!"

"참으로 못 말릴 심뽀로구나. 이딴 거 줄려고… 네 성의는 고맙지만 설날에 쓸려고 준비해둔 거 아니냐. 이거?"

"피이- 헛소리 그만하고 먹기나 해 얼렁! 내가 설마하니 차례상에 올릴 거 가져다줬을까 봐?"

"그게 아니면 웬 거냐 이게?"

"참말로 중놈 같은 소리하고 있네요! 무당집에 과일이랑 떡과 강정 같은 거 떨어지는 거 봤냐. 바보야? 여기에 올 때마다 얻어 먹고서는 인제 와서 딴청이야 시방-!"

"그. 그랬던가? 그렇담 한 개 맛이나 보지 뭐."

운보는 마지못하여 강정을 손에 집어 든다. 초혜의 성격상 먹기 싫더라도 먹지 않고는 못 배길 것이라는 사실을 짐작하여 모를 리 없었던 것이다.

운보가 강정을 먹는 것을 보고 나서야 초혜가 이불속으로 손을 집어넣는다.

"어디 보자~? 굼불을 지피긴 했는데 구들장이 따뜻해지긴 했는가 어쨌는가~ 에구야~ 엄청 따뜻해졌네. 글쎄…!"

초혜는 아예 이불 속으로 들어가 누워버린다. 그것이 운보로서는 뜻밖이라 핀잔이라도 주듯 말한다.

"이제는 어릴 적 철부지도 아닌 것이 제발 좀 부끄러운 줄을 알거라. 내가 아무리 중놈이기는 하지만 서도 남정네가 누워있던 자리에 그렇듯 들어가 누워있다가 엄니라도 보게 되면 어찌하려고…"

운보의 말이 끝나기도 전에 초혜가 잘라 말한다.

"그게 어째서?! 엄니는 뭐 우리 사이를 몰라서 가만있는 줄 알아? 이미 내가 오라비 너 은혜 하는 거 다 알고 있으니까 그딴 거 신경 쓸 거 없어!"

"뭐. 뭐. 뭐라고?! 그 그러니까 엄니가 우리 사이를 은혜하는 사이로 알고 있단 말이지 시방?!"

"그래, 왜? 엄니는 뭐 그딴 눈치도 하나 없는 줄 알았어? 그랬다면 예전에 벌써 내 혼사를 서둘렀겠지 아마도!"

"어구야~ 나무아미타불~ 관세음보살~! 내가 정녕 세상을 헛살았슴이 아니든가. 정녕! 아미타─불!"

"아미타불이 밥 먹여 주냐? 염생이 우는소리 그만하고, 이 옷고름은 풀어줄래? 말래? 어서 옷고름이나 풀어주거아 얼렁!"

초혜도 이미 첫날밤에 신랑이 신부의 옷고름을 풀어준다는 사실을 알고 있는 듯했다. 그것이 운보의 마음을 더욱더 당황스럽게 만들고 있었다.

(내가 정녕 초혜를 은혜하고 있었더란 말인가…? 그랬으니 초혜도 내게 이딴 생각을 가진 거겠지. 내가 이러고도 어찌 중놈이라 할 것이든고-!)

그렇다고 지금 딱 잘라 거절을 할 수도 없었다. 초혜와는 오늘이 마지막일지도 모르는데 구지 마음에 상처를 남겨주고 싶은 생각은 없었던 것이다.

(아무리 그렇기는 해도 지금 당장 이 위기를 모면할 수 있는 방도가 없질 않은가! 나무관세음보살~ 관세음보살~ 관세음보살~)

운보는 정녕 마음속으로 관세음보살에게 간곡히 애원했다. 어떡하든, 오늘 밤의 이 위기만 벗어난다면 두 번 다시 이와 같은 실수는 되풀이하지 않을 것이라 마음속으로 다짐을 하고 또 다짐하면서 말이다.

운보는 결단코 초혜에게 자신의 불행을 물려주고 싶은 생각이 없었다.

그런데 문제는 지금 당장 운보에게 그녀를 거절할 수 있는 명분이 없다는 사실이었다. 그랬기에 천만 번을 관세음에게 애원한다 해도 관세음이 나타나 초혜에게 야단을 쳐서 이러한 위기를 모면하게 해줄 리 만무했다. 이럴 때는 오로지 위기에서 벗어날 수 있는 지혜가 필요할 뿐인 것이다. 그래서 일부러 강정을 소리 내어 씹어먹으며 너스레를 떨어 말한다.

"(어작! 어작! 어작!) 이렇게 맛있는 강정이랑 유과는 너네 집에서밖에 얻어먹을 수가 없단 말이야. (버적! 버적! 버적~!) 참으로 맛난다. 초혜야? 엿으로 만든 것들은 무엇이든 달고 맛이 난단 말이야. 쩝쩝~!"

초혜는, 운보의 넉살에 긴가민가하면서도 굳이 먹는 것을 막을 수는 없었다. 솔직히 말해서 운보가 여기 말고 어디에서 강정이랑 유과를 얻어 먹어볼 수 있을 일이겠는가. 설사 운보의 행동이 자신의 애정행각 때문에 무안하여 둘러대는 임시방편이라 할지라도 그것을 탓할 생각은 없었다. 그녀가 챙겨다 준 강정을 맛있게 먹어 주는 것만으로도 기분이 흡족했기 때문이었다. 게다가, 아직은 잠자리를 서둘러야 할 늦은 시각도 아니었다. 이제 겨우 저녁 마실이나 나설만한 초저녁에 불과했기 때문이다.

게다가, 초혜는 정녕 나이에 상관없이 아직은 혼례도 치러보지 못한 숫처녀에 불과했다. 남정네의 손길조차 스쳐 간 일 없는 숫처녀가 초저녁부터 안달이 나서 옷고름을 풀어달라며 떼를 쓴다는 것도 꼴불견임에는 분명했던 것이다. 아무리 천둥벌거숭이 같은 초혜의 성격이라 할지라도 그것은 좀 낯간지러운 행동임을 어찌 모를 일이겠는가. 평생을 두고 운보에게 놀림감이 될 수도 있을 일임에 말이다. 그래서 운보의 기분이라도 맞춰주듯 무안을 당한 자신의 어색함도 풀 겸 해서 운보에게 한 가지 제안을 하고 나선다.

"오라비야? 동지 섣달 긴긴밤에 시간도 남아도는데 우리 사랑채 아재한테 부탁해서 탁배기나 한 됫박 사다 마실까? 신랑 신부가 첫날밤에 탁배기 한 사발은 마셔줘야 하는 거 아닌가 싶어서 말이야!"

"신랑 신부는 무신…! (핫뿔싸, 실수! 술상을 차리는 것도 시간을 버는 데도 도움이 될 터!) 차라리 못 먹는 탁배기라도 한 사발 마시면… 중놈은 그것을 곡차라고 한다더라 마는! (내가 너에게 술을 권해서 취하게 만들면 그것도 위기를 벗어나는 묘안이 될 수가 있겠구나!) 그럼, 그럼, 쩝, 쩝-!"

"그래서 좋다는거야? 싫다는거야…? 새색시가 첫날 밤에…"

하다말고 초혜가 갑자기 말을 멈춘다. 바깥 대문간에서 갑자기 대문 두들기는 소리가 요란하게 들려왔기 때문이었다.

〈쾅, 쾅, 쾅-! 문 열어라-! 어서 문 열어라-! 쾅쾅쾅…!〉

초혜가 말을 하다 말고 기절하여 소리친다.

"에고. 깜짝이야. 간 떨어질 뻔했네…! 언놈들이 이 밤중에 저렇듯 무례하냐 글쎄. 남의 집에서!"

그러나 운보는 직감적으로 깨닫는 바가 있었다.

〈쇠돌 형님이 분명 무슨 야료를 부린 모양이구나!〉

쇠돌이가 주막에서 운보에게 그랬었다. 운보가 탐이 나서 기어이 파계승을 만들고 말겠다고 말이다. 그것이 결코 허언이 아님을 운보는 직감적으로 깨달을 수가 있었다. 어린 시절 쇠돌의 눈치만 보며 살아온 운보는 벌써 십여 년이 지난 지금도 쇠돌의 표정에서 그 사실을 깨달아 느낄 수가 있었던 것이다.

게다가, 쇠돌의 성격상 그 일을 오래 두고 뜸을 들일 사람이 아니었다. 아마도 운보와 헤어지고 난 뒤에 대번에 무엇인가 일을 꾸민 것임을 짐작하여 알아차릴 수 있었던 것이다.

(참으로 성미 한번 급하기도 하지. 하룻밤만이라도 좀 마음 편

166

히 자고 갈 수 있게 그냥 놔두면 좀 좋아!)

허긴, 그랬다간 쇠돌의 운보에 대한 계획이 물거품이 되었을 수도 있었을 것이요. 운보에게는 이 하룻밤이 인생을 뒤바꾸게 되는 밤이 되었을지도 모를 일이긴 했다. 초혜의 성격상 결코 이 날 밤을 그냥 보냈을 리 만무했으니 말이다.

그러나, 정작 그 원인은 다른 곳에 있었다. 바로 신어미의 기 돗발이었다. 초혜가 건넌방으로 들어가고 난 뒤 신어미는 잔뜩 신경을 곤두세울 수밖에 없었다.

"저것들이 암만해도 오늘 밤에 일을 저지르고 말겠구나! 화덕 속의 무쇠처럼 벌겋게 달아오른 것들을 내가 뜯어말린다고 말을 들을 것들도 아니고, 신방지기를 자처하여 추운 마룻바닥에 앉 아서 훼방을 놓을 수도 없고…!"

참으로 입술이 (바싹바싹-) 타들어 가지 않을 수 없을 일이었다.

"나는 더 이상 점을 칠 수도 없고, 저것들은 일 년이 멀다 하 고 줄줄이 자식새끼만 낳아 재낄 것이고, 모아놓은 재물은 빌어 먹을 조카 놈이 죄다 탕진하여 없앴다 하고…!"

참으로 눈앞이 캄캄할 수밖에 없을 일이었다.

"천하에 못땐 놈은 바로 저 중놈이야! 저 못땐 중놈을 어찌 때 려죽여야 속이 시원할꼬-?"

그러나, 이미 활시위는 당겨졌다. 신어미로서도 젊은 시절을 상기해 보면 알 수 있을 일이었다. 사내란 놈에게 한번 정신이 팔리고 나면 부모 형제도 눈에 뵈는 것이 없다는 사실을 말이다.

"흐이그- 내 신세야! 저년의 배가 불러오기 전에 삼신당 신주 라도 팔아먹을 궁리를 해 봐야지 뭐!"

그러나, 시골 촌뜨기 신어미 주제에 딸년의 신주를 앞세워 사기를 쳐서 야반도주할 기회를 잡을 수 있을 것인지 그것이 참으로 의문이기는 했다.

그랬는데 여자가 한을 품으면 한여름에도 서리가 내린다고 했다. 하물며, 무당이 남의 신주를 팔아먹겠다며 독을 품고서야 귀신이 어찌 온전할 수가 있겠는가. 드디어 신어미의 기도에 삼신당의 응답이 나타나게 된 것인데, 문짝이 부서져라 귀청을 울려댄 것이 그 이유였다. 그러니까 문짝이 부서져라 대문간이 떠나간 것은 바로 신어미의 기돗발이 그 원인이라 할 수 있었던 것이었다.

11. 한밤의 도망자

초혜는 정녕 기절초풍을 했다. 자신이 왕실 무당이라는 사실을 모르는 사람은 아무도 없을 일이었다. 민승호가 죽고 난 뒤 민규호에 의해 자신의 유명세가 더해진 것이기는 했으나 사헌부 또는 포도청과 같은 도성의 수사 기관들에서는 최소한 왕실 무당의 존재를 모르는 곳이 없을 일이었다. 그럼에도 저렇듯 겁도 없이 대문짝을 두들기며 소리를 친다는 것은 결코 예사로이 넘길 일이 아니었던 것이다. 귀신이 놀라서 십 리 밖으로 도망을 치고도 남을 일이었다.

운보가 마치 짐작이라도 했다는 듯이 대님과 버선을 찾아 신으며 초혜가 들으라는 듯이 태연스레 말한다.

"팔자소관이라 하는 것이 인력으로는 어찌할 수 없다고 하더니만 그 말이 정녕 사실이었던 게야. 내가 불문에 귀의하여 부처님의 제자가 되겠다고 맹세를 하였더니 부처님께서 이렇듯 중놈의 허물을 깨우쳐 주심이 아닌가 말씀이야. 아미타불~!!"

운보는 정녕 숨통이 트이는 기분이었다. 초혜가 급히 따져 묻는다.

"오라비야? 네가 시방 의금부에서 무죄로 방면이 되어 나온 것이 아니었던 거냐? 저것들이 시방, 나를 잡으러 온 것들은 아닐 테고 시방. 말해보거라. 오라비야 으야?!"

"글쎄다ㅡ 그런 것도 같고… 아닌 것도 같고…! 두고 보면 알겠지 뭐."

이때 방문이 (벌컥!) 열리며 미투리가 날아든다. 신어미가 대번에 사태를 직감하고 댓돌 위에 있던 운보의 미투리와 승복이 들어있는 괴나리봇짐 및 머리를 가려야 할 패랭이까지 챙겨서 방 안에 던져 넣어주고 있었던 것이었다. 얼른 그것들을 챙겨서 이곳을 빠져 도망치라는 뜻이었다.

(언제나 저 중놈이 화근이라니까 글쎄! 저놈이 초혜에게 달라붙어 이 어미의 인생에 초를 치기 전에 얼른 내쫓아야지 얼른!)

신어미로서는, 지금 당장 운보를 내쫓고 보는 것이 급선무가 아닐 수 없었다. 대문을 두들기며 소리를 질러대는 것들이 초혜를 잡으러 온 것인지 중놈을 잡으러 온 것인지는 알 길이 없으나 우선 먼저 중놈을 초혜의 곁에서 떼어놓는 것이 자신이 살길임을 노파는 너무도 잘 알고 있었던 것이다.

(중놈이 아무런 볼 일도 없이 변복하고 도성에 들어와 있다는

169

것은 그 사실만으로도 빌미가 되거니와, 나졸들이 초혜를 잡으러 왔다 해도 중놈은 덩달아 잡혀갈 것이 뻔-하거니와…)

초혜에게 중놈을 숨겨주고 있었다는 것이 불리하면 불리했지 득이 될 일은 없음인 것이다. 게다가, 중놈(운보)에게 죄가 있어 붙잡혀 가게 된다면 초혜가 중전에게 부탁해서라도 운보의 구명에 발을 벗고 나설 것이요. 그렇게 된다면 초혜는 정녕 운보와 혼인을 하는 데 아무런 거리낌도 없게 되고 마는 것이다.

(그러한 사정을 너무도 빤-히 알고 있는 내가 네놈을 도와서 도망을 치게 하지 않고 그냥 둔단 말이더냐!)

어미가 방 안으로 뒤쫓아 들어오며 운보에게 야단을 쳐 댄다.

"어서 이것들 챙겨서 뒷문으로 도망쳐 이놈아?! 초혜 너는 얼렁 툇마루에 나가서 기다리고 있다가 나졸 놈들이 오거든 시간을 늦춰주란 말이야. 얼른!"

그리고는 잼싸게 방 안에 깔린 이불을 말아 접기 시작한다. 방 안에서 운보의 흔적을 없애겠다는 행동이었다. 초혜와 운보는 쫓기다시피 어미의 지시대로 따를 수밖에 없었다. 운보로서는 결코 신어미의 뜻에 따라 행동하지 않을 이유가 없었던 것이다. 초혜로서야 얼떨결에 당하는 일이었지만 말이다.

신어미는 정녕 신바람이 났다.

(킬킬킬~ 도랑 치고 가재 잡고, 가재 잡고 도랑 치고…)

신어미에게 나머지 뒷일은 중요하지가 않았다. 설마하니 국가 무당(국무)인 초혜가 그깟 포도청이나 한성부의 졸개들에게 붙잡혀 가기야 할 일이겠는가.

초혜가 기둥에 매달려 있는 초롱불을 벗겨 들고 마루 끝에 서서 기다리고 있는데, 행랑채에서 열어준 대문을 밀치고 들어온 포도청의 포졸들이 대번에 안채에까지 밀려들고 있었다. 그리고 그들 중 군관 복색을 한 자가 초혜를 발견하고는 큰 소리로 고함을 질러왔다.

"포도청에서 죄인 중놈을 잡으러 왔느니라! 수상쩍은 중놈이 도성으로 잠입해서 이곳에 숨어 있다기에 추포하러 왔으니 중놈은 당장 나와서 오라를 받거라!"

나졸들이 이미 횃불을 밝혀 들고는 집안 곳곳을 물샐 틈 없이 에워싸고 있었다. 초혜는 정녕 사색이 될 수밖에 없었다. 이런 일은 생전에 처음 겪어보는 일이기 때문이었다.

(에고야~! 중놈 오라비 저거 도망치기는 다 글렀네! 도대체 이번에는 또 무슨 잘못을 저질렀길래. 나한테도 얘길 안 해주고…)

지난번엔 도둑강 한 번 건너다가 의금부까지 끌려가 놓고서도 아직까지 정신을 못 차렸다니 분노가 치밀어 견딜 수가 없었다.

(어차피 잘못을 저질렀다면 귀띔이라도 해 줘야 내가 대책을 세웠을 것이 아닌가 빌어먹을 중놈 같으니-!)

아무리 그렇더라도 이대로 그냥 잡혀가게 놔둘 수는 없을 일이었다. 무슨 잘못을 저질렀는지 죄목이나 알아야 대처를 해도 할 일이 아니겠는가. 그래서 일단은 포도청의 군관에게 기선을 제압당하지 않기 위하여 목소리를 높여 따져 묻는다.

"나는 이 집의 주인이요! 그런데, 어인 중놈이 무슨 죄를 짓고 이곳에 숨어들었다는 것인지. 정녕 알 길이 없소이다. 하물며, 낯선 중놈을 어찌하여 안채에서 찾는단 말씀이요? 그대가 과연 포도청의 관리가 맞다면, 직급과 신분을 밝히고 죄인의 죄명부터 밝힌 연후에 중놈을 찾든지 말든지 하시오!"

그것은 순전히 억지였다. 그러나, 운보에게 시간을 벌어주기 위해서는 억지뿐만 아니라 중전마마까지도 팔고 볼 참이었다. 역시나 포도청 관리의 반응이 예사롭지가 않았다.

"무엇이라?! 허면 이곳에 죄인 중놈이 없다고 하는 뜻이렸다?!"

"그래! 그렇다고 하지 않는가! 그대가 신분을 밝히지도 않고 나에게 무조건 죄인 취급을 하니 나도 말을 놓겠다. 죄인의 죄목과 그대의 신분부터 밝히거라!"

"저런. 맹랑한 기집을 보았나! 내가 포도청에서 죄인을 추포하러 나왔다고 하였거늘. 나는 포도청에서 나온 책임부장이다! 죄인 중놈이 살인을 저지르고 도망친 흉악범이기에 추포하려 하는 것이니라–!"

이때 신어미가 작은 방에서 걸어 나오며 시치미를 떼고 묻는다.

"무슨 일이냐 얘야? 또 주상전하께서 이 밤중에 너를 찾아 계시더냐? 대궐에서는 도대체 무슨 급한 일이 생겼길래. 이 야심한 시각에 너를 또 부른 데니 글쎄…! (중놈은 도망쳤다!)"

초혜가 귓속말을 알아듣고 큰 소리로 말을 받는다.

"포도청에서 글쎄, 중놈을 잡으려 왔대나 뭐래나… 포졸 나부랭이들이 안채에까지 들이닥쳐 이 난리네요. 엄니!"

"뭐라?! 중놈을 찾으려거든 사랑채나 가서 찾을 것이지 여기가 어디라고… 허긴, 일개 포졸이란 것들이 여기가 어딘지 알기나 하겠느냐마는 기왕에 들어온 놈들이니 실컷 찾아보라고 하거라!"

포도부장도 그만 약이 올랐다. 나는 새도 떨어트린다는 포도부장의 체면이 참으로 말씀이 아니었던 것이다.

"여봐라–? 집안을 이 잡듯이 샅샅이 뒤져서 중놈을 찾아내거라–!"

더 이상 눈치나 보고 있을 포도부장이 아니었다. 이미, 포졸들로 하여금 집안을 에워싸고 있는 상황에서 그깟 중놈쯤이야 독안에 든 쥐나 다를 바 없을 일이었다.

(중놈을 추포하고 난 뒤에 두고 보자 이 년들!)

시국이 어수선한 때일수록 수사기관의 위상은 하늘 높은 줄 모르고 치솟기 마련이었다. 특히나 숨은 죄인을 찾아내는 일은 포도청만의 특권이나 다를 바 없었다.

게다가, 지금 이들이 찾고 있는 죄인은 예사 죄인이 아니었다. 그러니까 그 내막은 바로 이러했다.

오늘 오후였다. 양주 관아에 놀라운 고변이 들어왔다. 과천골 아래 있는 주막집 작부의 기둥서방이었다.

"오늘 오전에 개암사의 운보라는 중놈이 주막에 들러 탁배기를 사서 마시고 갔는데…"

술에 취한 중놈이, 개암사에 파견 나온 양주 관아의 군졸들을 때려죽였느니 어쨌느니 해가며 횡설수설하길래. 그것이 사실인가 하여 개암사로 달려가 봤더니 그곳에서 참으로 끔찍한 광경을 목격하게 되었다고 했던 것이었다. 세 명의 수직 병사들이 모두 두개골이 박살이 나서 살해가 되어 죽어 있었다고 했던 것이다.

"어제저녁나즐 군사 어른 한 분이 주막에 들러, 술과 안주를 주문하여 갖다 드렸는데, 혹여 소문이 날까 하여 일부러 멀리 돌아 과천골 주막에까지 와서 술과 안주를 주문하였다고 하였던 바…"

술값은 절간의 촛대 같은 집기들을 송파장터에 내다 팔아 준비했다고 했다는 것이었다.

그랬는데, 오늘 오전에 개암사의 운보라는 중놈이 찾아와서, 절간을 지키던 양주 관아의 군사들이 절간의 집기며 부처님까지 깨부셔서 술과 밥을 사다 먹은 것에 앙심을 품고 그처럼 술에 취해있는 군사들을 모조리 때려죽인 것이라고 하더라며 과연 주막에서 술밥을 배달해준 것이 사실이냐고 묻더라는 것이었다.

그리하여 중놈의 뒤를 추적하게 된 것인데, 중놈이 남의 집 가노처럼 변복을 하고는 도성으로 잠입하여 진장방의 무당집으로 숨어드는 것을 확인하고, 관아로 달려와 고변을 하게 되었다고 했다는 것인데, 양주 관아에서 즉시 개암사로 달려가 그 사실을 확인하고는 우포청으로 수사를 요청하게 된 것이며, 우포청에서는 도성의 좌포청으로 수사협조를 요청하여 좌포청에서 일직부장이 나졸들을 이끌고 초혜의 무당집을 습격하게 된 것이 그 내막이었던 것이다.

그랬다. 그것이 바로 쇠돌이가 운보에게 죄를 덮어씌우기 위해서 꾸민 사건이었다. (업보 그놈이 포졸들에게 붙잡혀 처벌을 받으면 그것으로 끝인 것이요. 무사히 도망을 쳐서 포졸들에게 쫓긴다면 마음 편히 살아갈 수 있는 곳이라곤 나에게 찾아오는 길밖에 더 있겠는가!) 하는 것이 바로 쇠돌의 의도였던 것이다.

"두고 보면 알겠지! 그놈이 과연 실력이 뛰어나서 도성을 빠져

나와 내게 찾아올 것인지 아니면 내가 그놈을 너무 과대평가했던 것인지…!"

쇠돌이로서는 결코 밑져봐야 본전이었다. 게다가, 운보가 도망을 쳐서 자신에게 찾아와 살려달라고 애원을 한다면, 천하의 조자룡이보다도 더 큰 인재를 얻을 수가 있음이 아니겠는가.

그리고 보면 쇠돌은 이미 운보도 깨닫지 못하는 사이 미행자를 붙여놓았다는 뜻이었다. 쇠돌이 역시나 만만치 않은 인물임을 깨달아 모를 리 없을 일이었다.

어쨌거나, 운보는 이때 간발의 차이로 위기를 벗어날 수 있었다. 신어미의 노련함 덕분이었다. 물론, 그것이 운보를 위해서가 아니라 신어미 자신을 위해서 운보를 초혜로부터 떼어놓기 위한 술책이긴 하였으나, 운보는 이때 포도청의 나졸들이 안채로 들이닥치기 일보 직전에 패랭이모를 갖춰 쓰고 승복, 염주 등의 일습을 챙겨둔 봇짐을 짊어지고는 방안을 정리하고 있는 신어미를 뒤로한 채 뒷곁 문을 통하여 바람처럼 어둠 속으로 사라지고 있었던 것이었다. 그 모습을 보고 신어미가 구시렁거려 말했다.

"저놈은 암만해도 밤손님이 제격인데 팔찌를 잘못 고른 게야 저놈은! 살쾡이도 찜쪄먹을 놈이 저놈인데, 중놈 노릇이 가당키나 할 일인가. 저놈은!"

그러니까 밤도둑이 되면 크게 성공을 할 실력인데 승려가 된 것은 직업을 잘못 선택하여 고생한다는 뜻이었다. 운보가 들으면 허파가 뒤집힐 일이겠으나, 신어미로서는 결단코 스님이라 하는 것이 인생의 패배자로밖에 보이지 않는다는 뜻이기도 했다.

그것이 어찌 신어미만의 생각이겠는가. 이 시절의 사람들에게 절간의 스님이란 오로지 공양미나 구걸하러 다니는 거렁뱅이에 불과했다. 워낙에 구걸을 하러 다니는 걸뱅이들이 스님행세를 하고 다니는 숫자가 많았기에 사람들의 인식이 그렇게 되어버린 것이었다. (미리부터 설명한 바 있거니와) 고향을 등지고 야반도주하여 떠돌아다니는 걸뱅이들이 워낙 많았기에 구걸하는 것도 쉽지 않았으며 그나마도 승복을 훔쳐 입고 목탁을 하나 훔쳐 들면 굶어 죽지는 않을 만큼, 잡곡 한 줌이라도 얻어걸릴 수가 있었던 것이었다.

그래서 그런지는 몰라도 사실 운보 역시 마땅히 갈 곳이 없었다. 그나마 봉원사의 주지 스님이신 무공대사께서 봉원사에 머물러도 좋다는 승낙을 하였으나 다른 스님들의 눈치가 보여서 더 이상은 머물 수가 없었다. 게다가, 동인 선사를 향한 눈길들이 운보마저 그냥 내버려 두질 않았다. 그래서 운보를 동인 선사가 개암사의 보우대사에게 갖다 맡겼다고 하였거니와, 개암사마저 그 지경이 되고 보니 운보는 정녕 갈 곳이 없어지게 되고 만 것이다.

물론, 몸을 의탁하여 살아갈 절간이 없다 하여 지금 당장 문제가 되는 것은 아니었다. 지금 당장은 초혜의 안위만 확인한 뒤 현무암으로 내려가 볼 참이기 때문이었다.

초혜는 결코 운보의 능력을 모르지 않았다. 포도청의 포졸들이 떼거리로 앞길을 막아선다 해도 그들을 한주먹에 제압하고 도성을 빠져나갈 것이란 사실을 말이다. 그랬기에 포부장이란 수사관 앞에서도 집 안에 중놈이란 죄인이 없다고 큰소리를 쳐

댈 수 있었던 것이다.

포졸들은 결코 거리낄 것이 없었다. 온 집 안을 이 잡듯이 훑고 다니며 범인을 잡겠다고 설쳐댔다. 신발을 신은 채로 마루 위나 방 안까지도 꼼꼼히 살피고 다녔는데 그들 역시도 범인이 숨어 있을 것이라 생각하는 모양이었다.

포졸들이 집 안을 수색하고 나오며 하나둘씩 부장에게 보고했다.

"안방과 건넌방들을 모두 살펴 보았으나 이곳에는 범인이 없는 것 같습니다."

"정짓간에도 없습니다."

"뒤꼍에도 없습니다."

집안에서 그들이 운보를 찾을 수 없는 것은 너무도 당연했다. 신어미가 했던 말처럼 살쾡이도 찜쪄먹을 날쌘 동작하고 보면 운보는 이미 뒷담을 넘어 종적도 없이 사라져 버렸을 것이기 때문이었다.

그랬다. 운보는 이미 유령처럼 뒷담 길을 돌아 골목 어귀를 벗어나고 있었다. 그랬기에 집안에서 운보의 모습을 찾을 수 없는 것은 너무도 당연한 일이었다. 하물며 운보가 집 안에 머물렀던 흔적조차 신어미가 모두 없애버렸으니 포도청에 접수된 제보 사실은 모두가 잘못된 제보임이 분명했다.

포도부장의 안색이 어둡게 변하고 있었다. 자신이 중문 안에 버티고 서서 집 안의 동정을 일일이 살피고 있었으나 의심스러운 점은 아무것도 없었다.

하물며, 노파와 그 딸년의 대화가 포도부장의 등골을 서늘케 하기에 충분했다. 노파가 딸년을 보고 그랬었다.

"… 궁중에서 너를 찾는 것이라면 얼렁 준비해서 가봐야지 얼렁!"

이곳이 왕실 무당의 집이란 사실을 포도부장이 모르고 왔을리 만무했다. 천하에 소문난 왕실 무당의 행적을 포도청에서 살피지 않고 누가 살피겠는가 그랬기에 포도부장 역시, 우포청에서 사건을 넘겨받을 때부터, 왕실 무당(국가 무당)의 존재에 대해서 신상파악부터 살펴볼 수밖에 없을 일이었다.

어쨌거나, 어미 무당의 말에 딸년 무당(새끼 무당)의 대꾸가 또한 가관이었다.

"그게 아니에요, 엄니! 포도청에서 부장이라 하는 자가 졸개들을 데리고 중놈을 잡으러 왔대요, 시방!"

포도부장에게는 그 말이 참으로 귀에 거슬릴 수밖에 없었다. 자신에게 전혀 존칭을 사용하는 기색이 보이지 않았기 때문이었다. 그랬는데, 그다음 말이 결정적이었다.

"아무리 죄인을 잡으러 왔다고 해도 그렇지. 이 집은 중전마마께서 하사하신 집이라 금부도사라도 함부로 수색할 수 없는 집이거늘, 일개 포도청의 부장 따위가 감히 나졸들을 시켜서 집안을 들쑤신단 말이더냐?!"

"그러게요, 엄니! 천하의 병조판서도 나를 어쩌지 못했는데, 포도부장이 참으로 간이 크기는 큰 모양이네요. 어디 한번 두고 보죠. 뭐. 어쩌는지!"

그리고 뒤이어 부하들의 보고가 이어졌던 것이었다. 포도부장은 정녕 오줌을 싸고도 남을 지경이었다. 병조판서 민승호가 나이 어린 무당에게 똥파리 날리듯 무안을 당했다는 소문은 이미 장안에서 모르는 사람이 없었다. 그래서 항간에서는 민승호의 폭사가 무당의 사주로 인한 일이라고 소문이 나기까지 했었다. 범인이 잡혔다 하여 대원군의 사주라고 알려지게 되었지만 말이다.

포도부장은 정녕 하늘이 노래질 수밖에 없었다.

(저 어린 기집년이 저승사자인 줄도 모르고 내가 큰 실수를 저질렀구나-!)

그러나 이미 엎질러진 물인 것을 어찌하겠는가. 이럴 때는 그저 손이 발이 되도록 비는 수밖에 달리 방도가 없음인 것이다.

"허어-참, 이거, 아마도 제보가 잘못된 것 같습니다. 소관이 제보만을 믿고 무례를 저지른 점 백배사죄를 드리겠습니다. 넓으신 아량으로 용서해주시구려!"

포도부장의 체면이 참으로 말씀이 아니었다. 코가 땅에 닿도록 허리를 굽혀 사죄하는 모습이 정녕 비굴하기까지 해 보였다. 그 모습을 바라보면서 초혜도 결코 생각하는 바가 없질 않았다.

(언놈이 제보를 한 것이라면 쐐돌배기 그놈들밖에 더 있겠는가!)

역시 그 제보가 잘못된 것도 아니었다. 운보가 잽싸게 도망을 쳐 주어서 망정이지 초혜는 정녕 콧등에 식은땀이 맺히고 있었다.

(이럴 때는 나도 아량을 베풀어 보여야지! 정이품 병조판서를 상대하던 내가 저깟 포도부장 따위에게 화풀이를 한데서야 체면이 서겠는가!)

그것은 사랑채의 식솔들에게도 주인으로서의 위상을 보여줄 기회이기도 한 셈이었다. 그래서 목소리를 가다듬어 조용히 타이르듯 말한다.

"포도부장께서 정녕 잘못을 깨닫고 사죄를 해오니 내가 아량을 베풀어 드리리다! 허나, 이후로는 두 번 다시 이런 실수를 저지르지 마시구려. 그대가 만약 포도대장만 되었더라도 내가 기필코 용서치 않았을 것이요! 그러니 어서 가보시오! 어서 가서 범인을 잡아야 할 것이 아니요?"

초혜가 비록 잘못을 용서해 준다고는 했으나 그 말투 속에는 분명 가시가 들어있었다. 포도대장만 되었더라도 용서치 않았을 것이라고 하는 것은 (내가 포도대장 정도나 상대하지 당신 같은 포도부장 따위를 상대하겠느냐) 하는 뜻임을 포도부장이 못 알아들을 리 없을 일이었다. 종2품의 포도대장과 종6품도 못 되는 포도청 부장과는 하늘과 땅만큼의 차이가 있음인 것이다. 그것은 포도부장을 완전히 무시하고 하는 말이었다. 아무리 그렇다 한들 어찌하겠는가.

(저것이 나를 무시하는 것은 분명하나, 그것이 또한 사실일 수도 있음이니…)

좌포청의 부장으로서는 오로지, 일각이라도 빨리 이곳을 벗어나고 싶은 생각뿐이었다. 잘못된 제보만을 믿고, 호랑이 굴인 줄도 모르고 뛰어들어 분탕질을 쳐 버리고 말았으니, 오금이 저려서라도 더 이상 버티고 있을 재간이 없었다. 노파의 말이 아직도 귓전을 맴돌고 있었다. (중전마마께서 하사하신 집이라, 금부도사라도 함부로 수색할 수 없는 집이거늘…!)

노파의 말이 설령 허풍이라 할지라도 포도부장은 이미 혼쭐이 달아나, 정신이 하나도 없었다. 그대로 꽁지가 빠지게 도망쳐서, 범인의 흔적조차 찾지 못했다는 사실을 보고할 수밖에 없었다.

그랬는데, 그것이 쇠돌이에게는 역풍이 되어 돌아올 줄을 그가 어찌 짐작이나 할 수 있었을 일이었겠는가. 쇠돌의 졸개들이 비밀리에 전해준 제보가 허위제보라고 확인되자 도성과 경기도 일원에는 대번에 범인 검거령이 하달되고 있었던 것이었다.

그것은 결코 예사로운 사건이 아니었다. 도성의 턱밑에서 그것도 관병들이 한꺼번에 세 명씩이나 타살을 당했다는 것은, 그것이 바로 공권력에 대한 도전이요, 역모에 버금가는 대사건이 아닐 수 없었다. 전국에 비상령이 떨어질 것은 너무도 당연했다. 금위영의 군대가 도성을 에워싼 가운데 한성부는 물론이요, 사헌부를 비롯한 조정의 모든 수사기관에 범인 검거령이 하달될 수밖에 없었던 것이다.

사태가 이 지경에 이르자 정작 발등에 불이 떨어진 것은 과천골에 있는 이재선의 사병 조직이었다. 우포청의 나졸들이 양주와 과천 땅 일대를 이 잡듯이 뒤지고 다니기 시작했던 것이다.

"아차, 큰일 났다! 과천골 군막이 포도청의 사냥개들에게 발각이 될 위험이 있으니 어서 군막의 흔적을 없애고 지금 당장 광주 군막으로 군사들을 이동시키거라!"

이러한 경우를 대비하여 한양에서 좀 더 멀리 떨어진 광주산성 인근에 제2의 군막을 설치해두고 있었던 것이었다.

그러나 광주 군막은 광주산성에서 너무 가까워 병사들을 훈련시킬 수가 없었다.

"이럴 줄 알았으면 거사를 서둘러야 했음이거늘…!"

이재선이가 군사를 양성한 것은 대원위의 의중에 따라 여차하면 왕궁을 들이쳐서 주상을 폐위시키고 자신이 왕위에 오르기 위함이었다. 과천 군막에서는 엎어지면 코 닿는 곳에 송파나루가 있었고, 또 언제든지 고깃배들을 동원시킬 수 있는 버들섬의 임시 나루가 있었던 것이다. 노들강 나루와 함께 말이다.

그러나 광주 군막에서는 군사를 이동시키는 일이 여간 조심스러운 게 아니었다. 병사들을 은밀히 이동시켜 도성으로 잠입시키자면 그것이 발각될 위험이 그만큼 더 커졌다는 뜻이었다.

그로 인해 이재선이의 군사 변정은 무기한 연기될 수밖에 없었다. 과천에서 광주로 병사들을 황급히 이동시키느라 두서가 없었고, 모든 계획을 다시 수립해야만 하는 일이기 때문이었다.

게다가, 광주산성을 손아귀에 집어넣기 전에는 훈련조차 제대로 할 수 없는 지경이라, 거사계획을 수립하는 자체가 시기상조일 뿐이었다.

그것이 주상(고종)에게는 천운이 아닐 수 없었다. 만약에 쇠돌이(이철암이)가 엉뚱한 짓거리만 저지르지 않았어도 이재선의 반정 계획은 대원군의 재가만 기다리고 있던 참이기 때문이었다. 과천골의 병사들을 도성으로 잠입시켜 창덕궁을 들이쳤더라면 만사는 어렵사리 끝장났을 것인바, 이때까지의 수도 방위 또한 대원군의 손아귀에 들어있던 탓이기도 했다.

그랬기에, 이재선이보다도 대원군이 더 땅을 칠 수밖에 없었다.

"내가 조금만 일찍 용단을 내렸어도, 재선이 놈의 거시는 성공을 거두었을 터인데, 그놈에게 아직은 천운이 따르지 않고 있음인게야!"

그것이 천운이라면 인력으로야 천운을 어찌하겠는가. 아무리 그렇기는 할지라도 대원군은 정녕 분노를 참을 길이 없었다.

"명복이 놈에게 아직은 천운이 따르고 있음이거늘, 그놈이 내게 섭정의 자리만 걷워가지 않았어도 내가 용상만은 지키도록 해줄 것이 아니더냐! 이것이 모두 외척들이 주상을 부추긴 탓이렸다?!"

대원군의 분노는 자연적으로 외척인 민문을 향하여 화살이 되어 날아가고 있었다. 그 표적이 바로 민규호임은 두말할 필요도 없었다. 민승호의 뒤를 이어 민문의 수장 노릇을 자처하는 것이 바로 민규호이기 때문이었다.

"그놈이 내 눈앞에서는 꼬리를 흔들어대면서 돌아서서는 내 뒤통수를 물어뜯으려 했겠다?! 태종 할버님께서는 친처남들까지도 모조리 척살하여 왕권을 반석 위에 올려놓았거늘!"

민규호를 불러 통용문을 되살려 놓으라 호통을 쳐댔다. 그러나 그것이 어찌 민규호의 뜻대로 되살릴 수 있을 일이든가.

"합하께서는 어찌하여 주상전하에게 하실 말씀을 이 사람에게 하시나이까?! 정녕 그것이 이 사람의 힘으로 되살릴 수 있는 일이라 여겨서 하시는 말씀은 아니시겠지요. 합하!"

민규호가 대원위에게 신칭을 하지 않는 것은 정녕 대원위를 이빨 빠진 호랑이쯤으로 생각한다는 의미임에 분명했다. 민규호로서도 더 이상은 대원위를 태상왕으로 떠받들어줄 이유가 없었던 것이다.

그것은 너무도 당연했다. 이미 섭정의 자리에서 쫓겨나 일개 대군의 신분에 불과한 그에게 신칭을 한다는 것은 그것이 또한 주상에 대한 도리가 아닐 뿐만 아니라 대원군에게도 지나친 아부일 것임에 분명했다.

(이놈이 나를 무시하고 있음이렸다?!)

대원군은 대번에 꼭지가 들고 말았다. 가뜩이나 독이 올라 분
풀이를 못 해서 안달이 나 있던 참이었다. 하물며, 주상조차도
(역모와 같은) 대원위의 행위에 대해서는 감히 잘잘못을 따지지
못했다.

(내가 그래도 제 놈을 척족이라 하여 그만큼 보살펴 주었거늘
이제 와서 그 은공도 모르고 민문의 수장이 되었다고 내 뒤꿈치
를 몰겠단 말이지?!)

민규호가 두 번 다시는 자신에게 말대꾸를 해오지 못하도록
혼찌검을 내줄 필요가 있었다. 어디에서 감히 말대꾸를 하고 덤
빈단 말인가 겁도 없이!

대원군은 자신이 낮잠을 잘 때 베고 자던 목침을 집어 들고 민
규호의 면상을 향하여 후려갈긴다. 그러나 민규호로서도 언제까
지고 대원위의 겁박에 주눅이 들어 지낼 수만은 없을 일이었다.

(어디 한번 그래 보라지. 내가 눈 하나 깜박하나!)

이번 참에 대원위의 기세를 꺾어놓고 볼 참이었다. 예전의 민
규호가 아니라 민문의 수장임을 보여줄 필요성이 있었던 것이다.

대원위의 목침은 그대로 민규호의 머리통을 가격했다. 민규호
는 그 자리에서 통나무처럼 쓰러져 의식을 잃고 말았다.

"미련한 놈 같으니! 목침에 맞으면 대갈통이 깨질 것을 뻔히
알면서도 피하지도 않는단 말이더냐?! 네놈이 내게 머리를 숙이
지 못하겠다면 차라리 죽느니만 못하느니라!"

이렇게 하여 민규호는 머리가 깨져서 의식을 잃은 채로 집으
로 실려 갔다. 그리고는 끝끝내 병석에서 일어나지 못하고 황천

길을 떠나고 말았다. 그것이 또한 나이 어린 민영익에게는 반면교사가 되었다.

(고모부님이신 대원위 대감의 눈 밖에 났다가는 결코 살아남지 못하겠구나!)

민영익에게 그것보다 더 큰 두려움은 없었다. 대원위의 뜻을 그슬러 가며 죽음을 자초할 생각은 추호도 없었던 것이다. 가뜩이나 양부(민승호)의 죽음으로 인해 주눅이 들대로 든 민영익이었다. 거기에다 (개화세력과 멀리해야 대원위로부터 살아남는다)는 민규호의 세뇌까지 당한 상태였다. 그랬는데, 그러한 민규호마저 대원위와 무슨 마찰이 있었는지, 머리통이 깨져서 맞아죽는 지경에 이르자 민영익은 정녕 개화파 인물들과 얼굴을 마주치는 것조차 꺼리는 지경에 이르고 말았던 것이었다.

그리하여, 민규호가 대원위에게 맞아 죽고 나자, 이제는 민겸호의 이름이 자연스럽게 떠오르고 있었다. 민규호의 뒤를 이어 민문의 수장이 될만한 인물로서 세상 사람들의 시선이 민태호를 제치고 민겸호에게 쏠리고 있다는 뜻이었다. 그것이 결국 어떠한 결과를 초래하게 될지는 두고 볼 수밖에 없을 일이다. 임금도 자기 마음대로 갈아치우겠다고 미쳐서 날뛰는 대원군 이하응이 과연 자신의 권력 기반에 걸림돌이 될 척족들의 제기를 두고만 볼 수 있을지는 민겸호의 위상에 따라 달라질 수가 있음이 아니겠는가.

하여간에 문제는 바로 척족 민문들 중에서 민겸호를 제치고 우뚝 솟아오를 뚜렷한 인물이 없다는 사실이었다. 그것이 바로 민겸호의 앞날을 우려스럽게 만드는 이유이기도 했다.

12. 그리운 그 모습

이재선이가 과천골의 병사들을 황급히 광주산성 인근으로 이동시키고 나자, 이번에는 대원군 이하응의 움직임이 바빠지기 시작했다. 고을의 수령에서부터 산성의 책임자에 이르기까지 이하응의 입김이 아니고서는 그 어느 것 하나도 이재선의 능력으로 해결할 수 있는 일이 아무것도 없었던 것이다.

"내가 이제는 그런 조무래기들까지 신경을 써야 한단 말이더냐!"

그러나, 어쩔 도리가 없었다. 자신이 직접 발 벗고 나서지 않았다가는 이재선의 사병들이 인근 주민들에게 발각되어 산성의 군사들이나 고을 사또의 귀에 들어가는 것은 불을 보듯 뻔한 일이기 때문이었다.

"그놈들을 빨리 회유해서 내 수족으로 만들어야지 어찌하겠는가!"

대원군이 급히 나서지 않을 수 없는 이유는 또 있었다. 포도청의 포졸들이 경기도 일대를 이 잡듯이 훑고 다닌다는 사실 때문이었다. 이제는 포도청에까지 손을 쓰지 않을 수 없게 된 것이었다.

그렇다고 이제 와서 누구의 잘잘못을 따질 수 있는 일도 아니었다. 잘못을 따지기로 한다면, 자신에게 가장 큰 잘못이 있을 것이요, 개암사의 사건에 대해서는 이재선이조차 제대로 알고 있지 못했다. 대원군이 그 사실을 제대로 알고 있을 리 만무했던 것이다.

설사, 대원군이 안다고 해도 그들을 처벌하자면 사병 조직에 분란만 생길 뿐, 덕될 일이 무엇이 있겠는가.

이재선이 또한, 그딴 일에 신경을 쓸 경황이 있을 리 없었다. 대원위를 도와 화근의 불씨를 잠재우는 일만도 정신이 없었기 때문이었다.

대원군과 이재선이가 예상치도 못한 엉뚱한 일에 메달려 시간을 낭비하고 있는 사이, 군사 반정의 기회는 더욱더 멀어지고만 있었다. 도성의 방위권이 대원군에게서 주상에게로 넘어가고 있었기 때문이었다. 주상께서는 이때, 조 대비의 친정 조카 조성하를 병조판서에 제수하여 병권을 휘어잡게 했던 것이다. 조 대비가 흥선군과 등을 돌린 것은 이미 알고 있는 사실이었다.

한편, 초혜네 집에서 무사히 탈출한 운보는 또다시 하룻밤을 뜬눈으로 새워야만 했다. 그나마도, 동인 선사의 급한 심부름으로 도성을 드나들 때 숨어서 넘나들던 성벽을 통하여 성 밖으로 나오는데는 어려움이 없었으나, 그렇다고 또다시 위험을 감수해 가며 도강을 시도할 생각은 추호도 없었다.

운보는 이미 짐작하고 있었다. 포졸들이 자신을 추포하기 위해서 진장방의 초혜네 집을 급습할 지경이면 도성을 끼고 흐르는 강가에는 머지않아 금군들이 배치가 되어 물샐 틈 없는 경계망이 펼쳐지게 될 것이란 사실을 말이다.

"오늘 밤 안으로 강물을 건너야 금군들의 경계망을 벗어날 수 있음인 것인데!"

그러기 위해서는 졸음이 밀려온다고 하여 머뭇거리고 있을 시간이 없었다. 게다가, 나룻배를 이용할 수도 없었고, 섣달의 그믐께라 한밤중에 고깃배가 있을 리도 없었다.

사실 도성의 방비는 한강과 임진강만 틀어막으면 거의 차단이 된 것이나 마찬가지였다. 동북 방향을 향해 산맥을 타고 가는 방법이 있긴 하였으나 이렇듯 추운 겨울에는 그것도 쉬운 일이 아니었다. 사람들의 왕래가 잦은 큰길에는 어김없이 검문소가 설치되어 도성을 들고나는 사람들의 이동상황을 점검하고 있었기에 사실 그곳을 통과하기가 도둑강을 건너는 것보다도 더 어려웠다.

　물론, 날이 어두워서 얼음장 위를 도강한다고 해도 붙잡힐 염려는 거의 없었다. 그러나, 운보는 결코 그러고 싶은 생각이 전혀 없었다.

　"남아도는 게 시간인데 까짓거 산맥을 타고 천천히 돌아서 가지 뭐!"

　산길을 돌아간다고 하여 문제가 될 일도 없었다. 추위마저도 운보에게는 문제가 되지 않았기 때문이다. 더불어, 겨울산은 운치가 있어서 참 좋았다. 게다가, 배가 고프면 산짐승이라도 잡아서 배를 채울 수 있으니 탁발하느라 눈치를 볼 필요도 없었다.

　그리하여 (세월아~ 네월아~) 콧노래를 부르며 현무암에 당도한 것은, 이듬해 정월이 되고도 그믐께가 다 되어서였다. 그랬는데, 산 고갯길을 돌아 암자의 동태를 살펴보던 운보는 기절초풍을 했다. 어찌된 노릇인지 암자가 보이지를 않았던 것이다.

　"나무관세음타불~! 도둑놈들이 절간을 통째로 훔쳐 갔나 어쨌나…? 내가 설마 길을 잘못 찾아온 것은 아닐 테고…"

　4년여의 세월이 흘렀다고는 할지라도 15년을 넘게 살아온 고향 집이었다. 눈감고도 찾아갈 수 있는 정든 집이었던 것이다.

운보는 숨도 쉬지 않고 단걸음에 내달아 절터에 당도해서 살펴보니 오래전에 불탄 잔해들이 사방으로 늘려 흩어져 있었다.

"할배 스님은 어찌 되셨을까? 소아 누부는…!"

운보는 그만 땅바닥에 주저앉아 대성통곡을 했다. 꿈속에서도 잊어본 적이 없는 그리운 추억이 아예 숯검덩이 속으로 사라져 버리고 없었던 것이었다. 어찌 통한의 눈물이 쏟아져 나오지 않을 수 있을 일이겠는가. 운보에게는 정녕 어린 시절의 추억이 송두리째 사라져버린 셈이었다.

"경복궁의 불길이 내 마음속의 추억마저 불태워 버린 게야…! 이럴 줄 알았으면 경복궁에 불구경이라도 한번 가 볼 것인데… 그랬더라면 혹여 부처님께서 절간을 지켜줬을지 어찌 알아!"

운보는 결코 울고만 있을 때가 아니었다. 능선을 돌아가면 오리 거리에 십여 호의 작은 마을이 있는데, 할배 스님과 소아 누부의 소식부터 알아봐야 할 일이었다. 천하의 운보라 해도 할배 스님과 소아 누부를 그리는 마음 앞에서는 어린 시절의 코흘리개 업보일 뿐이었다. 어찌 두 사람의 소식에 시각을 지체할 수 있을 일이겠는가.

그랬는데, 아랫마을에서 운보는 참으로 뜻밖의 소식을 전해듣게 되었다. 업보가 초혜와 더불어 봉원사를 떠나고 난 뒤 현무 스님께서는 업보의 빈자리를 메우기 위하여 도방에서 어린 동자승을 한 녀석 데려다 살게 되었는데, 녀석이 어찌나 장난기가 심했던지 혼자 방 안에서 놀다가 그만 관솔불을 넘어트려 암자에 불을 지르고 말았다는 것이었다.

그리하여 현무 스님과 동자 녀석은 고방본절로 돌아가게 되었으나, 소아의 처지가 참으로 난감했던 것이다. 공양간에서 허드 렛 일이나 하며 천덕구리로 살아갈 수도 있겠으나, 그것은 결코 삼무 스님들께서 바라는 바가 아니었다. 소아 자신으로서도 그 것은 원하는 바가 되지 못하였다. 큰스님의 슬하에서 글공부는 물론, 양갓집 규수의 예의범절과 함께, 양무 선사의 불가공력까 지 몸에 익힌 그녀는 결코 절간의 공양간에나 처박혀 지낼 성정 이 아니었던 것이다. 나이나 많았다면 또 모를까 말이다.

그리하여, 삼무 스님들이 머리를 맞대고 상의를 한 끝에, 소아 의 의향을 물어 능구레 산막으로 거처를 옮기게 되었다는 것이 었다.

그로부터 일 년도 채 안 된 지난가을, 현무 큰스님께서 갑자기 자다 말고 이생에서의 미련을 (훌훌~) 벗어버린 채 열반의 길로 드시고 말았다고 했다. 그렇게도 속세와의 인연을 떨치지 못하 여 대도방의 방주 자리도 마다하고는 현무암에 눌러살면서 양무 선승과의 끝없는 교류와, 어린 것들에 대한 애정과 사랑을 거리 낌 없이 실행에 옮기신 스님이셨다.

어쨌거나 4년여 만에 현무암을 찾은 운보 소웅은 현무암이 불 탄 것도 모자라서, 큰스님마저 돌아가셨다는 말에 그만 말문이 막히고 말았다.

"내가 일 년만 일찍 찾아왔었어도, 아, 아니 1년 반만 일찍 찾 아왔었어도 할배 스님의 살아생전 모습을 뵐 수가 있었을 텐 데…!"

그나마도 소아가 죽지 않고 살아 있다는 사실이 조금은 위안 이 되기도 했다. 그러나 아쉬운 것은 아쉬운 것이었다. 그렇다고 지나간 세월을 달리 어찌하겠는가.

현무암에서의 지난날들이 운보의 머릿속을 주마등처럼 스치고 지나갔다.

"절간은 비록 불에 타고 잿더미가 된 집터만 남아있다 할지라도 내게는 정녕 잊을 수 없는 추억이 아니든가!"

아랫말 사람들에게서 그간의 사정을 소상히 듣고 난 운보는 현무암이 불탄 집터나마 머릿속에 담아두지 않고서는 그냥 떠날 수가 없었다. 지금은 불탄 집터만 덩그러니 남아있어서 밤만 되면 늑대들의 놀이터로 변하여 마을 사람들이 느끼는 감정은 별로 좋아 보이지 않았으나, 운보가 느끼는 감정은 전혀 그렇지가 않았던 것이다.

"그것들은 보았겠지. 불이 나기 전, 할배 스님의 생전 모습을…!"

운보는 늑대들에게서라도 할배 스님의 생전 모습을 전해 들을 수 있을까 하여 추억이 서린 현무암 집터로 발길을 옮긴다. 비록 암자는 불타고 없다 할지라도 할배 스님만 살아 계신다면 당장에 달려가서 어리광이라도 부려보고 싶은 심정이었으나 이제는 그럴 수가 없게 되었다는 생각에 하염없이 눈물만 볼을 타고 흐를 뿐이었다.

게다가, 양무 스님들께서 자신에게 초혜의 안위를 떠맡겨 봉원사로 떠나보낸 것도 사실은 소아의 얼굴 때문이었음을 어렴풋이나마 짐작할 수 있었던 것이다.

"그래 맞아! 아마도 그랬을거야! 누부의 얼굴 화상에 내가 실망을 하게 될까 봐 그게 걱정스러웠던 거겠지! 누부의 성격상 망

가진 얼굴을 내게 들키지 않으려 했을 것도 당연할테고-!"

운보의 발걸음이 선뜻 능구레로 향하지 못하는 이유가 거기에 있었다. 초혜에게 당했던 일을 소아에게 연결 지어 생각하고 싶지는 않았던 것이다.

"할배 스님들이야 당연히 만나 뵙고 싶지만서도…"

그러나 할배 스님들의 생각은 잠시 접어두기로 했다. 지나간 5년의 세월 동안 안부 한마디 전할 생각조차 못 해놓고 인제 와서 마음이 조급하여 소아와의 관계도 생각해 보지 않고 황급히 달려갈 수가 없었던 것이다. 그러자 머리에 떠오르는 것이 바로 동인 선사였다.

"동래현 범어사라 그랬겠다? 선사님 계시는 곳이-!"

그곳에 왜어를 할 줄 아는 무불이란 벗이 있어 왜어를 배우러 간 동인 선사였다. 이번 참에 운보도 왜어나 배워서 동인 선사와 함께 밀항을 해볼까 하는 생각이 들었던 것이다. 설마하니 왜어를 배우는 일이 그렇게 쉬운 것은 아닐 것이기에 벌써 밀항을 했을 리는 없을 것이라 여겨진 것이었다.

"왜나라는 섬나라라고 했는데 섬나라가 지깟 게 크면 얼마나 크다고, 밀정들까지 보내서 조선을 염탐한단 말인가!"

이번 참에 운보도 자신의 인생을 꼬이게 만든 왜나라의 동태를 한번 살펴보고자 하는 생각이 들게 된 것이었다.

한편, 운보와의 합방을 시도했던 초혜는, 우포청의 포졸들이 훼방을 놓는 바람에 그만 계획이 무위로 돌아가고 말았던 것이다. 초혜가 신방을 차리겠다고 한 것은 혼인을 시도한 것이나 다름이 없었다. 신방만 차리고 나면 운보를 그냥 보내주지 않고 대번에 날짜를 잡아 혼례식을 올려버릴 심산이었으니 말이다.

그랬는데 합방이 무위로 끝나버리자 그것이 바로 삼신당 신녀의 훼방이라 생각하지 않을 수 없었다.

"비러먹을 할망구가 나 잘되는 꼴을 못 본다니까 글쎄!"

초혜는 정녕 삼신당 신녀에 대한 감정이 좋을 리가 없었다. 그래서 점괘고 뭐고 만사가 짜증스럽기만 할 뿐이었다. 초혜는 약이 올라 뜬눈으로 밤을 지새워야 했다. 그랬는데, 이튿날 아침나절에 봉원사에서 소식이 당도했다.

"근초 스님이 시골에서 상경하시어 초혜 보살님을 찾아 계시오―"

"할배 스님이 봉원사에?!"

초혜는 대번에 눈물이(왈칵!) 쏟아졌다. 근초 스님이란 말만 듣고도 마음속에 쌓여있던 울분과 그리움이 한꺼번에 눈물이 되어 폭발하고 말았던 것이다.

13. 나그네 인생

초혜가 근초 스님의 소식을 듣자마자 그만 주위의 시선도 아랑곳하지 않고 눈물 바람을 해대자 신어미가 고함을 질러 야단을 쳐댔다.

"야 이년아! 늙은 스님이 천 리 길을 찾아왔다는데 기별을 받았으면 냉큼 준비해서 달려나 가볼 것이지 어찌하여 청승을 빼고 있어?! 얼른 울음 그치고 길 떠날 준비나 해 이년아, 나도 한

번 같이 가서 인사나 하고 오게!"

그러나 초혜는 신어미를 함께 데리고 갈 마음의 여유가 전혀 없었다.

"엄니는 심부럼 온 스님이랑 천천히 뒤따라 오세요. 나는 할배가 보고 싶어서 먼저 가봐야겠어요."

"그래서, 말 만한 가시네가 또 장안을 들고 뛰겠다고?"

"그럼 들고 뛰어야지. 앉아서 뛸까!"

"오냐 이년아, 앉아서 뛰든 굴러서 뛰든 니년 맘대루 하거라. 창피를 당하면 네년이 당하지 내가 당하냐!"

신어미가 무슨 말을 하든 말든 그딴 것이 귀에 들어올 리 없었다. 고쟁이를 드러내고 뛰다가 자칫하여 양반님네들의 눈에 띄어서 치도곤을 당할 수도 있다는 사실을 결코 모르는 바도 아니었다. 그것이 바로 풍기문란죄에 해당이 된다는 사실을 말이다.

그러나 지금 초혜에게 그딴 것이 문제가 될 리 없었다. 워낙에 발걸음이 빠르다 보니 굳이 고쟁이를 드러내지 않더라도 도성을 벗어나는 것쯤, 식은 죽 먹기보다도 쉬운 일이기 때문이었다. 허기사, 도성을 벗어난다고 하여 달라질 것은 아무것도 없었지만 말이다.

하여간에 근초 스님께서 이때 때맞추어 봉원사를 찾아주셨기에 초혜에게는 그보다 더 다행스러운 일이 따로 없었다. 스님의 소식을 듣는 순간 대번에 소웅의 생각을 떨쳐버릴 수가 있었기 때문이었다.

스님께서는 원래 초혜의 얼굴만 한 번 보고 (그래서 초혜의 안위만 확인하고는) 곧바로 봉원사를 떠날 생각으로 찾아오신 것이었다. 봉원사라 하여 자신을 반길 사람도 없거니와 그래서 자신이 머물 곳도 아님을 잘 알고 있었기 때문이었다.

그랬는데, 초혜의 반기는 모습을 보고는 그만 마음이 바뀔 수밖에 없었다. 며칠만이라도 이곳에 머물면서 초혜의 마음을 다독여주고 나서 떠나고자 하는 마음이 생겨났던 것이다. 이번에 헤어지고 나면 더 이상은 두 번 다시 만날 수 없을지도 모른다는 생각이 들었던 때문이었다.

(업보로다! 업보로다—! 저것이 아직도 사바세상에 뿌리를 못 내린 채 옛정에 얽매여 살아가고 있슴이로고…!)

게다가, 신어미란 것이 있다고는 하나, 아직까지 혼인도 시키지 않고 그냥 데리고 있는 것을 보면, 초혜에게 어미 노릇을 하고자 하는 것이 아니라 다른 뜻이 있다는 것을 능히 짐작하고도 남음이 있었던 것이다.

(내가 비록 머리를 깎고 산다고는 하되 너의 청춘이 이대로 그냥 시들어가게 내버려 두지는 않을 것인즉, 무공에게 부탁을 해서라도 새봄이 오기 전에 너의 혼사부터 서두를 것이니라!)

초혜의 혼사야 물론 신어미에게 당부할 수도 있을 일이겠으나 (오다가다 만난 무당의 처지보다야) 근초 자신이 오히려 서둘러야 하는 일이 아닐까 하는 생각이 들었던 것이었다.

초혜에게는 원래 봉원사 입구에 이 생원이 마련해준 초가집이 그대로 있었다. 신어미가 사람을 구해서 관리를 하도록 맡겨두고 있었는데 진장방의 별저는 초혜의 소유가 아니기 때문이었다. 그래서, 별저를 쫓겨나게 되면 그곳으로 되돌아가서 살아야 하는 것이며, 또한 무당이 살던 집은 매매도 잘 되지 않았다. 그래서 만약의 경우를 대비하여 처분하지 않고 관리를 해 오고 있었는데 그것이 이렇게 쓰임새가 있을 줄 어찌 알았겠는가. 초혜가 그곳에 머물며 할배 스님을 가까이에서 모실 수 있게 되었으니 말이다. 단 며칠간이라도 말이다.

그것만으로도 초혜는 부처님과 천주님께 감사를 드리지 않을 수 없었다. 자신이 비록 무당이기는 하였으나 결코 삼신당 신녀에게 감사할 일은 아니었던 것이다. 삼신당 귀신은 초혜를 진장방 별저로 들어가 살게 했을 뿐, 이 생원의 초옥에는 전혀 관심이 없었던 것이다.

게다가, 귀신이 부처님이나 스님에게 관심이 있을 리도 없었다.

하여간에 근초 스님께서 당분간 봉원사에 머물겠다고 하자, 무공주지께서 더 반겨하시었다. 근초에게 긴히 부탁하여 맡겨줄 일이 한가지 있었기 때문이었다. 개암사의 관리 문제였다.

(보우가 돌아올 때까지 개암사를 옛 모습대로 되돌려 놓아야 할 일인데 임시로 암지를 맡아 깨끗이 정비하여 맡아줄 마땅한 인물이 있어야 말씀이지!)

이십여 년을 떠돌아다니다 돌아온 근초야말로 벌칙으로라도 무공주지의 부탁을 거절할 수는 없을 일이었다. 게다가, 보우 스님과의 개인적인 친분에서라도 근초께서는 무공주지의 부탁을 받아들일 수밖에 없었다. 그렇다고 그것이 어디 죽으러 가는 길이든가 말이다.

아무리 그렇기는 해도 개암사의 승려들과 관아의 군노비를 포함하여 열 명이 넘는 생목숨이 처참하게 살육을 당한 절간에 (병조판서 민승호의 폭사 사건에 연루가 되어 그렇게 되었다는 소문이 자자한 터에) 무공주지라 해도 가기 싫다는 스님들을 강제로 내보낼 수는 없었던 것이다. 세간의 소문대로라면 새로 내보낼 스님들의 목숨 또한 장담할 수 있는 일이 아니기 때문이었다.

이 당시 개암사의 소문은 참으로 흉흉하기 그지 없었다. 무슨 연유인지는 모르겠으나 양주 관아의 관노들이 참살되기에 앞서 개암사의 스님들이며 사찰노비들의 떼죽음까지도 이미 병조판서의 폭사와 연계되어 크게 소문이 번져나가고 있었던 것이었다. 그것이 결코 어떤 정치적인 의도가 없이는 도성의 민심을 뒤집어 놓을 만큼 빠져나갈 수가 없을 일이기에 소문은 더욱더 흉흉하기만 했던 것이다.

그랬는데, 근초 스님이 무공주지의 요청을 받아들여 개암사로 떠날 준비를 하고 있음에도 애기보살(초혜)은 결코 근초 스님을 만류하지 않았다.

만류는 고사하고 초혜 자신마저 당분간 함께 따라가 지내겠다며 따라나서고 있었다. 이번에는 양주 관아의 군사들까지 살육을 당했다는 그 죽음의 지옥에를 말이다.

그러자 그때서야 젊은 승려 두 명이 자원하여 따라나섰는데, 그들 또한 동인 선사를 따르던 개화승들이었다. 그들이라 하여 어찌 두려움이 없겠으랴마는 초혜와의 정리를 생각하여 자원한 것임이 분명했다.

그리하여 초혜는 5년여 만에 처음으로 할배 스님의 공양을 제 손으로 차려 올리게 되었다. 초혜로서는 참으로 감회가 새로웠다.

"고갯마루 약초꾼의 집에서 공양준비를 해 놓고 쫓기듯이 그곳을 떠나온 것이 마지막이었는데… 그때 나에게 백마 탄 도련

님과 맞선을 보라던 그 할머니 도깨비는 아직도 그곳에서 중매쟁이 잘하고 있나 몰라—"

초혜는 정녕 지나간 날들이 그리웠다. 아랫말 움막촌 사람들의 순박스러운 모습들이 새롭게 떠오르고 있었던 것이다. 게다가 할배 스님의 공양을 제 손으로 차려올리게 되었다는 사실이 마냥 즐겁고 기쁘기만 했던 것이다.

"이제 사시면 얼마나 더 사신다고, 제발 오래만 머물러 주시면 좋으련만…"

초혜는 결코 할배 스님에 대한 정성을 아끼지 않았다. 그깟 세간의 소문 같은 것에도 신경을 쓰지 않았다. 이곳에서 일어난 모든 일이 쇠돌의 소행일 것이란 사실도 짐작하여 모르지 않았다.

(지깟 놈도 할배 스님의 모습은 알고 있겠지. 그렇다면 설마 지놈들과는 아무런 연관도 없는 할배 스님에게까지 해코지를 하라고…)

게다가, 지금은 사정이 또 달랐다. 포도청을 비롯한 조선의 모든 수사기관들이 두 눈을 시퍼렇게 뜨고 그곳을 주시하고 있다는 사실을 봉원사의 스님들을 통하여 이미 들어 알고 있었던 것이다.

게다가, 젊은 승려들도 함께 있는 처지에서 더더욱이나 두려운 모습을 보일 수는 없었다.

"포도청의 포졸들이 사방에 쫙— 깔려 있다는 사실을 지깟놈도 모르지는 않겠지. 설마!"

초혜에게는 또 한 가지 더 믿는 구석이 있었다. 삼신당 신녀였다. 신녀가 미리 겁을 먹고 초혜의 곁을 멀리하지 않는 것을 보면 당분간은 최소한 살수들이 주변에 없다는 것을 의미하는 일이기도 했다. 그것이 사실은 초혜의 착각이었지만 말이다.

그랬기에 두 사람의 젊은 승려들에게도 그것은 두려움을 이겨내는 데 도움이 되었다.

(애기보살이 저렇듯 태평스러운 것을 보면 더 이상은 위험이 없다는 뜻이 아니겠는가!)

그들이 비록 승려이기는 하였으나 애기보살의 신통력만은 여느 사람들 못지않게 신뢰하고 있었다. 무당이 비록 제 팔자소관은 모른다고들 하지만 애기보살은 세상이 알아주는 왕실 무당이었다. 그와 더불어 확실한 믿음이 한 가지가 더 있었다. 주지 스님 때문이었다. 무공주지 스님께서는 애기보살의 양오라비 소웅이가 승방무술을 익혔다는 사실을 깨달으시고 동인 선사의 안위를 소웅이에게 맡겨왔던 것이다.

(그깟 승방 무술이란 것이 무에 그리 대단한 것이라고!)

그랬는데 그게 아니었다. 소웅 선사와 함께 무술을 익혔다고 하는 애기보살이 이곳 개암사에서 인질로 잡혀 있다가 수십 명의 비적패를 혼자서 제압하고 살아서 돌아갔다는 이야기가 지금 세간에서는 전설처럼 회자되고 있었던 것이다. 그래서 그 승방 무술을 일컬어 승방무공이라고 한다고 하거니와, 아마도 근초 스님 역시 무공을 익히신 도사승이라 여길 수밖에 없었다. 그랬기에 주지 스님께서 근초 스님에게 이곳의 관리를 맡기셨을 것이요. 근초 스님 역시 주저하는 기색도 없이 승낙했을 것이고 애기보살 역시 함께 따라와 있는 것이 아니겠는가 말이다.

젊은 승려들로서는 결코 근초 스님과 애기보살이 함께 있는 한, 두려움에 떨어야 할 이유가 전혀 없었다.

역시나 애기보살은 경내가 어둠 속에 잠겨 들어도 공양간이며 해소간이며 암자 안팎을 두려움 없이 마음대로 돌아다니고 있었다. 법당 안에는 핏자국들이 엉겨 붙어서 눈 뜨고는 볼 수 없는 처참한 광경이었고, 부처님도 모시지 못한 법당 안은 밤만 되면 귀신이라도 뛰쳐나올 것 같은 분위기였으나 근초 스님마저 두려움과는 담을 쌓고 사시는 분인 듯했다.

그러나 사실은 초혜라 하여 두려움이 없었던 게 아니었다. 그렇지만 젊은 승려들을 생각하여 내색을 하지 않은 것뿐이었다. 그랬기에 젊은 승려들은 체면상으로라도 두려운 기색을 보일 수 없었던 것이다.

초혜는 피로 얼룩진 법당바닥을 수리하는 일에도 앞장을 섰다. 힘을 들여서 해야 하는 노역에 연로하신 근초 스님께서 나서게 할 수는 없었던 것이다.

"그깟 것이 무슨 대단스런 일이라고!"

4년여의 공백이 있었다고는 할지라도 그깟 방바닥을 뜯어고 치는 일쯤이야 사실 일이라 할 것도 없었다. 오랜만에 몸이라도 한번 풀어보겠다는 듯이 스스로 일거리를 찾아 일을 해 나가자 젊은 승려들은 아예 게으름을 피울 엄두도 내지 못했다. 그것이 초혜의 의도된 행동임을 그들이 깨달을 수는 없었던 것이다.

(오늘 밤부터는 아예 무서움을 탈 정신도 없이 곯아떨어질 것 이거늘…!)

역시나 젊은 승려들은 저녁공양을 마치기가 무섭게 꿈나라로 빠져들었다. 그리하여 며칠이 지나자 이곳 생활에 적응이 되어

갔다. 또한, 그들의 바람대로 아무런 일도 일어나지 않았다. 그것은 너무도 당연했다. 이때 쇠돌은 더 이상 이곳에 눈길조차 줄 경향이 없었기 때문이었다.

그런데 문제는 초혜였다. 초혜는 결코 절간에만 틀어박혀 있을 처지가 못 되었던 것이다. 그것은 바로 중전마마 때문이었다. 중전마마의 해산일이 머지않았기 때문에 항상 대궐의 부름에 대비하여 진장방을 떠나지 말고 대기하고 있으라는 하명을 받아놓고 있었던 것이었다.

"중전마마께서 산통만 시작되었다 하면 득달같이 마마 곁으로 달려와야 할 것인즉…"

그랬기에 이렇듯 개암사에 틀어박혀 할배 스님의 공양이나 챙겨드리고 있을 처지가 아니었던 것이다.

더불어 초혜는 그 책임도 막중했다. 작년 봄에 조정에서는 크게 한 번 홍역을 치른 일이 있었는데, 대원위가 조정 중신들의 공론을 모아 중전을 폐서인시키고자 했던 것이다. 중전이 더 이상 회임을 할 수 없을 것이므로, 대군을 생산하여 왕통도 이어갈 수 없는 중전을 국모의 자리에 그냥 둘 수 없다는 이유에서였다.

그때, 중전의 회임을 장담하여 주상으로 하여금 중전을 보호하게 하였음은 물론, 그것을 빌미로 통용문을 폐쇄하여 대원위의 대궐 출입을 차단함으로써 더 이상은 왕실의 일에 관여치 못하도록 간계를 꾸민 것도 바로 애기보살 초혜였던 것이었다.

그랬기에, 중전이 초혜에게 더욱더 목을 매는 것인지도 모를 일이었다. 초혜가 곁에 있어야만 공주를 생산하지 않고 원자를 생산하게 될 것이란 믿음 때문에 말이다.

그것이 물론 초혜에게는 독이 되어 돌아올 수도 있을 일이었다. 중전께서 만약에 원자를 생산하지 못하고 공주라도 생산을 하는 날이면, 초혜의 목숨은 쥐도 새도 모르게 끝장이 날 수도 있을 일이기 때문이었다. 그것은 중전을 기망하는 것뿐만 아니라 주상을 기망하는 일이기도 했기 때문이었다.

 그렇다고 초혜라 하여 그것을 모를 리 없었다. 그리하여 이렇듯 개암사에 틀어박혀 여유를 부릴 때가 아니란 사실마저 깨달아 모르지 않았다. 그러나 초혜로서도 나름대로 생각이 따로 있었다. 그중에서 하나는 바로 나랏일과도 연관이 되는 일이기 때문이었다.

 그 두 가지의 문제 중에서 하나가 바로 쇠바우의 정체를 밝혀내는 일이었다.

 "그놈이 병판대감의 폭사 사건과 연루되어있다면, 그것은 기필코 나랏일과도 연관이 있음이란 뜻일 터, 내가 이곳에 있다는 것을 알면 그놈이 분명 다시 나타나게 될 것이거늘. 도대체 무슨 역적질을 하는 놈인지 기필코 정체를 알아내고야 말 것이야!"

 할배 스님과도 서로 알고 있는 사이라니 어쩌면 할배 스님을 통하여 그 정체를 밝혀낼 수도 있음일 것이었다.

 "그러자면 그놈이 스스로 모습을 드러낼 때까지 기다려 볼 밖에!"

 그리고 두 번째가 바로 운보 소옹이와의 개인적인 혼사 문제였다.

 "이번에 나타나기만 하면 하늘이 두 쪽 나는 한이 있더라도 혼사를 매듭짓고 말 것이니 어디 두고 보거라 씨키!"

그랬는데 여러 날이 지나도록 아직 코빼기도 내비치지 않는 중놈이 초혜는 참으로 괘씸하기 짝이 없었다.

"비루먹을 놈이 지깟 게 갈 곳이 어딨다고 코빼기도 안 비치는 거야 글쎄! 할배 스님이 오셨다는 소문은 벌써 전해 듣고도 남았을텐데… 그렇걸랑 단박에 달려오지 않고 무얼 하고 있나 몰라 씨키가!"

그러나 초혜는 결코 헛물만 켜고 있는 셈이었다. 이때 쇠돌이나 운보나 두 사람 모두 개암사 따위에는 관심조차 없을 때이기 때문이었다. 그래서 무당들도 제 팔자소관은 모른다고 했다는 것인지 모를 일이었다. 정녕 초혜는 두 사람의 행적뿐만 아니라 그 속마음조차도 전혀 헤아리지 못하고 있었던 것이었다.

이때 쇠돌은 사병들과 함께 과천골에서 광주산성 인근으로 이사하여 뒤처리도 못 한 상태였고, 운보 또한 현무암에 당도하여 불탄 절터를 둘러보며 늑대들의 환영 인사를 받고 있던 그즈음이기 때문이었다.

운보는 할배 스님도 안 계시는 불탄 절터에서 괜스레 시간이나 낭비해 가며 머뭇거릴 이유가 없었다. 그래서 동인 선사가 왜어를 배우며 밀항을 준비하고 있을 동래현 범어사를 향하여 길을 잡아가고 있었는데 그곳에서도 선사를 만날 수는 없었다.

이 당시 부산포에는 일본불교의 등본원사 별원이 있었는데, 그곳의 주지가 바로 「오쿠무라 이오쿠」라고 하는 일본인 승려였다.

오쿠무라는 이때, 별원에서 지척의 거리에 있는 동래현 범어사를 자주 들르게 되었고, 그러다 보니 일본국에 관심이 많았던 무불 탁정식과 자연스레 친분을 쌓게 되었으며, 그리하여 무불이 왜어를 배우게 된 계기가 된 것이었다.

이러한 때에 이동인이 나타나 밀항을 하겠다고 하자 무불이 오쿠무라에게 부탁하여 일본 무역선을 얻어타고 밀항을 하게 된 것인바, 무불은 왜어도 할 줄 모르는 동인이가 혼자 밀항을 하는 것을 두고 볼 수 없어 함께 따라나서게 되었던 것이었다. 친구 따라 장 보러 간 셈이었다.

이러한 때에 운보가 그들을 찾아갔으니 헛걸음을 하는 것은 당연했다.

"두 분이서 함께 밀항을 했다니 내가 여기서 무작정 기다리고 있을 수도 없고, 혼자서 그 낯선 곳을 뒤따라 갈 수도 없고…!"

그렇다고 어디 몸담아 있을 곳도 없는 처지에서 왜어를 배울 수는 더더욱이나 없을 일이었다.

"할 수 없지 뭐. 밀항을 포기하는 수밖에!"

그리하여 결국은 생각을 바꿀 수밖에 없었다.

"이번참에 바다 구경이나 실컷 해보자 까짓거!"

운보는 사실 바다 구경이 처음이었다. 마포나루에서 바라다본 바다는 결코 바다라 할 수 없다는 사실을 운보도 잘 알고 있었던 것이다.

"동해안으로 돌아서 갈까? 서해안으로 돌아서 갈까…?"

그랬는데 여기가 경상도 땅이라고 하니 전라도 땅을 안 가볼 수 없을 일이었다. 남해안을 (비~잉) 돌아서 서해 지방의 민심 까지 한번 둘러보고자 하는 욕심이 생겨났던 것이다.

"어디, 가야 할 곳도 없고, 기다리고 있을 사람도 없으니…"

드디어 운보는 자신의 처지를 되돌아보고 있었다. 눈 앞에 펼쳐진 망망대해 위에 혼자 남겨진 듯한 외로운 마음에 감정이 복받치기도 했다. 지나간 세월이며 모든 인연이 주마등처럼 스치고 지나갔다. 현무암이며 봉원사에 개암사까지, 게다가, 현무할배 스님이며 양무 스님뿐 아니라 무공주지 스님을 비롯해 개암사의 보우 스님이며, 마지막으로 동인 선사님까지 뇌리에 떠오르자 그만 감정의 기복을 참지 못했다. 개암사의 보우 스님뿐 아니라 동인 선사로부터도 버림을 받았다는 기분이 들지 않을 수 없었던 것이다.

"차라리 초혜의 마음이라도 받아줄 걸 그랬는가…?"

그러나 그랬더라면 아마도 이렇듯 유유자적하며 남도 지방의 아름다운 풍광에 젖어 들어 황홀한 경치를 감상하고 있을 여유가 없었을 것임이 분명했다.

"그래그래! 쇠돌 형님의 얘기처럼 족보를 구하여 신분을 감춘다고 손바닥으로 하늘의 해가 가려진다던가 어디…!"

운보는 정녕 자신의 마음을 종잡을 수가 없었다. 지금 이렇듯 남도의 아름다운 경치에 빠져들어 근심 걱정 하나 없이 유유자적하는 기분에 흠뻑 빠져들다가도 혼자서 이 세상에 외톨이가 되었다는 허전함을 떨쳐버리기엔 한계가 있었던 것이었다.

14. 동학의 기운

고종 11년(1874년), 이해 2월이 되어 중전께서 드디어 초혜의 예언대로 원자를 생산하시었다. 왕실 무당 애기보살의 진가가 드디어 빛을 발하고 있었던 것이다. 궁중의 여인들 그 누구도 더 이상은 초혜를 무시하거나 괄시하지 못했다.

이 세상에서 가장 괄시받고 천시받는 존재가 바로 망나니와 무당이거니와, 일개 무수리들 앞에서도 눈치를 살펴야 했던 초혜의 위상이 대번에 이렇듯 달라지고 있었던 것이다.

그것은 중전에 대한 관심이 그만큼 컸다는 의미이기도 했다.

(그 무당년의 장담대로 중전이 과연 회임할 수 있나. 어디 한 번 두고 보자!)

그랬는데, 중전께서 정말로 회임을 했다. 그러자 이번에는 원자의 회임일지 공주의 회임일지 그것이 관심거리였다. 게다가, 그것은 궁중 안에서의 관심뿐만이 아니었다. 대원위의 폐서인 시도로 인하여 조정 중신들의 가장 큰 관심거리이기도 했고, 이천만 조선 백성들의 관심거리이기도 했다.

(중전이 장애아를 생산하거나 공주를 생산하기라도 하면 무당년의 목숨은 파리목숨보다도 못하게 될 것이거늘!)

그래서, 궁중의 나인들뿐 아니라 고자들조차도 발바닥의 때만큼이나 초혜를 향한 눈길들이 곱지를 못했던 것이다. 그것은 대원위 때문에도 더 그랬다. 주상이 통용문을 폐쇄하자 그것이 초혜 때문임을 모르는 사람은 궁중 안에 아무도 없었던 것이다. 대원위의 쇄국정책만이 조선이 살길임에도 무당년이 철부지 주상을 꼬드겨 나라를 망치고 있다는 것이 가장 큰 이유였다. 통용문이 폐쇄되어 대원위의 왕궁 출입이 막혀있었음에도 대원위의 권위는 그렇듯 시퍼렇게 살아 있었던 것이다.

그랬는데 중전이 원자를 생산하자 초혜의 위상이 뒤바뀐 것은 당연했다. 원래 사람의 마음이란 모두가 다 똑같은 것이어서 애기보살(초혜)의 신통력을 이용하여 팔자를 고쳐보고자 하는 욕심이 어찌 없을 수가 있겠는가.

(중전께서도 그 무당년의 신통력을 이용해서 대군 아기씨를 생산하셨다지 아마!)

소문은 그것뿐만이 아니었다.

(애기보살은 신통력을 이용하여 복중의 태아마저 여자를 남자로 바꾸고 남자를 여자로 바꾼다더라!)

(애기보살이 마음만 먹으면 주상전하의 성은도 입을 수 있도록 한다더라!)

궁중 나인들에게는 이보다 더 달콤한 말이 있을 수가 없을 일이었다. 초혜의 위상이 하늘 높은 줄 모르고 치솟는 이유였다.

그러나, 궁중 나인들은 아무도 초혜에게 점괘를 뽑아볼 수가 없었다. 주상과 중전의 총애 속에 중궁전에서만 머물다 가버리는 무당을 무슨 수로 불러다가 점괘를 뽑아볼 수 있을 일이겠는가. 그러다 보니 초혜에 대한 소문은 더욱더 부풀려질 수밖에 없을 일이었다.

게다가, 이제는 액막이 나인 덕실이마저 새롭게 부각이 되고 있었다. 물론, 중궁전 화재 사건으로 인하여 중전의 총애가 그녀를 향하는 이유도 있기는 했지만, 그녀가 중전의 총애를 받을 수 있도록 만든 장본인이 바로 애기보살(초혜)였고, 그것을 증명이라도 하듯 그들은 서로가 친자매보다도 더 친밀하게 지내는 사이가 되어 있었던 것이었다.

(저렇듯 못생긴 괴녀까지도 중전의 총애를 한몸에 받을 수 있

도록 팔자를 고쳐놓고 있음이거늘…)

진즉에 친분을 쌓아두지 못한 것이 한스럽게 여겨질 정도였다. 궁중 여인들로서야 초혜와 덕실의 친분에 부러움을 느끼는 것이 당연한 일이기는 했다. (초혜의 점괘에 대한 욕심에 앞서) 궁중의 액막이라 하여 거들떠보지도 않던 그 괴물 같은 인물까지도 최고 상궁이나 다름없는 신분으로 탈바꿈을 시켜 놓았음은 물론이요, 중전의 승인하에 대궐 바깥에서 제 부모와의 상면까지 이룰 수 있도록 해 주었다는 사실을 궁중에서는 아무도 모르는 사람이 없었던 것이다.

그랬다. 초혜는 정녕 중전에게 간청하여 액막이 덕실을 제 부모와 상면시켜 주기까지 했다. 삼신당 신녀가 이 생원과의 약조를 지켜준 셈이었다.

그랬기에, 궁중의 여인들뿐만 아니라 내관들까지도 초혜에 대한 관심은 남다를 수밖에 없었다.

그러나, 솔직히 말해서 중전이 대군을 생산하기 전까지는 무당(초혜)에 대한 호감도가 정반대였던 것이 사실이었다. 게다가, 그것은 초혜의 점괘 때문만도 아니었다. 바로 중전의 위상변화 때문이었다.

중전께서는 지금껏 대원위로부터 폐서인을 당할 뻔하거나 목숨을 잃을 뻔한 것이 한두 번이 아니었다. 그럼에도 오로지 중전의 책무를 다하지 못했다는 이유만으로 입도 한번 (벙긋) 못해 보고 죽은 듯이 참고 살아야만 했다. 그것은 바로 나라의 대통을 이을 원자를 생산하지 못했다는 것 때문이었다. 그리하여 심지어는 부대부인이나, 민씨 일족들로부터도 그것만큼은 비호를 받을 수 가 없었던 것이다.

게다가 아직은 대원위파 조정 중신들과 맞설 만큼 노련하지도 못했고 그럴 나이도 되지 못했다.

그러나, 이제는 원자를 생산했다. 드디어 여인의 책무를 다한 셈이었고, 국모의 위상을 굳힌 셈이었다. 자칫 대원위로부터 폐서인을 당할 뻔했던 상황에서 그렇듯 중전의 자리를 지켜냈던 것이다. 세상의 인심이 대번에 돌아설 수밖에 없었다. 그것이 세상의 이치였다. 중전을 향한 대궐 안팎의 분위기가 달라지는 것은 너무도 당연했던 것이다.

그렇듯 중전에 대한 인식이 바뀌고 위상이 굳어지게 되자, 초혜나 액막이 덕실에 대한 인식도 그처럼 달라질 수밖에 없었다. 이제 더 이상은 초혜를 무당이라 하여 괄시하거나 무시하여 함부로 대할 사람이 있을 수가 없었던 것이다. 주인의 위상에 따라 하인의 위상이 달라지는 이유였다. 중전의 위상변화가 결국엔 초혜와 덕실의 위상까지 변화시켜놓고 있었던 것이다.

한편 이즈음, 운보는 동태현의 범어사에서 서남쪽으로 발길을 하여 전라도 쪽을 향하여 길을 잡아가고 있었다. 그러나, 세상의 인심은 운보의 생각처럼 그렇게 태평스럽지를 못했다. 원래가 해안지방에 살고 있는 뱃사람들의 성품이 좀 거칠다고는 하지만 운보는 정녕 남도 지방의 인심조차 아는 것이 아무것도 없었던 것이다.

물론, 운보가 세상인심에 관심을 기울일 처지가 아님에는 분명했다. 그래서, 줏어들은 풍월대로 운수행각이라 하는 것을 흉내내고 있기는 하였으나, 지금은 결코 운수행각이나 다닐 수 있는 그런 지역도 아니요 그런 시절도 아니었다. 동래현만 벗어나면 기가 막히게도 밤과 낮의 주인이 뒤바뀌고 있다는 사실을 운보는 정녕 꿈에서조차 생각해 보지 못하고 있었던 것이다.

원래가 경상도의 서남쪽 지역은 4년여 전에 이필재라 하는 인물이 민란을 일으켜 민심을 들쑤셔 놓았던 지역으로서 (토포군에 의하여 평정이 되었다고는 하나) 그 이후로도 세월이 지나면서 또다시 사방 곳곳에서 크고 작은 도적떼가 창궐을 하여 이제는 이렇듯, 밤과 낮의 주인이 뒤바뀌는 지경에 이르게 되었다고 했던 것이다. 그것은 또한 전라도 지역에서 새롭게 불붙기 시작한 동학농민운동의 영향 때문이라고 했다.

그랬다. 천주학을 뿌리로 한 동학의 기운이 농민봉기로 새롭게 불붙기 시작한 것도 벌써 3년이나 지난 일로서, 이제 전라도의 남쪽 지역은 대부분이 그들 농민군이 점령하여, 국가의 공권력이 모두 사라진 무법의 땅이 되어버렸던 것이다. 그랬기에 그 여파가 경상도의 서남쪽 지역으로까지 확장이 되어 번져가지 않을 수 없는 원인이기도 했던 것이다.

그럼에도 우리의 조선 조정은 그딴 농민봉기 따위에 신경을 쓸 겨를이 없었다. 대원위를 떠받드는 수구세력과 젊은 신진 개화세력 간에 힘겨루기가 시작되어 그깟 민란 따위가 관심에 있을 리 없었던 것이다.

운보는 정녕 이것이 어찌된 내막인지 그 상황을 파악할 길이 없었다. 운보가 걱정을 할 일도 아니었고 관심을 가질 일도 아니기는 했다. 도대체가 천주학이란 것이 무엇이길래 농민들이 어찌하여 농사나 짓지 않고 자꾸만 분란을 일으키고 있는 것인지 그것이 걱정스럽기만 할 뿐이었던 것이다.

"농민군이라 하는 사람들이 설마하니 나 같은 중놈에게야 무슨 짓을 할라고!"

그래서 전라도 지역으로 발걸음하기를 잘했다는 생각이 들었다. 농민군이란 것이 과연 어떤 것인지 그것이 흥밋거리이기도 했거니와, 그들이 어떻게 활동을 하고 있으며, 무엇을 목적으로 왜 봉기를 하여 나라를 어지럽히는 것인지 그 이유를 알고 싶은 마음이 간절해졌던 것이다.

그러나, 그것은 참으로 어리석기 짝이 없는 일이었다. 아무리 천하의 운보라 한들, 그들에게 붙잡히면 조정의 간자로 취급되어 맞아 죽거나, 그들의 무리에 합류하지 않고서는 결코 전라도 땅을 벗어날 길이 없다는 사실을 아예 생각조차 하지 못하고 있었던 것이었다.

게다가, 농민군 조직은 한두 개가 아니었다. 십여 개도 넘는 크고 작은 조직들이 군웅할거라도 하듯 그 좁은 남도 지역에서 벌떼처럼 들고 일어나 설쳐대고 있었는데, 그들 중 절반 이상은 비적떼보다도 더 난폭한 자들이라 했다. 지역의 향반들이나 전직 관료 출신이라면 이유 여하를 불문하고 무조건 때려죽이기 일수요, 부녀자들은 눈에 띄는 대로 욕보이고 납치를 했으며, 재산을 몰수하고 가축을 빼앗아 그 소문이 참으로 흉흉하기 짝이 없었던 것이다.

그리하여 대부분의 사람들은 이름 난 농민군의 패거리를 찾아 농민군에 합세를 했으며 더러는 고향을 등지고 피난을 떠난다고도 했다. 그러나 피난을 떠난다고 해서 그들이 갈 곳이 어디 있겠는가.

그랬기에, 평온하게 보이는 마을들이라고 할지라도 비적떼들이나 농민군들의 수중하에 들어 있는 마을들로서 운보가 여유롭게 운수행각이나 흉내 내고 다닐 수 있는 그런 평화로운 마을들은 결코 아니었던 것이다.

그러한 무법천지에 나라의 공권력이 존재할 리가 만무했다. 지방의 관아는 모두 농민군들이 점거한 채 지방관들은 아예 부임조차 해 오지를 못하고 있었던 것이었다.

그런데 문제는 바로 이곳이 조선 최고의 곡창지대라고 하는 사실이었다. 이곳에서 세수가 걷히지 않으면 백성들의 살림살이가 궁핍해질 것은 물론이요. 나라의 곳간마저 빌 수밖에 없는 것은 너무도 당연한 이치였다.

그랬다. 나라에 기근이 들어 산간 오지의 백성들이 보릿고개를 못 넘겨 굶어 죽고 있는데도 관아에서는 구휼미조차 풀지 못하는 지경에 처하고 있었던 것이다.

허긴, 나라의 살림살이를 책임지고 있는 선혜청의 곳간마저 채우지 못하고 있는 마당에 그깟 산간 오지의 백성들이 안중에 있을 리 있겠는가.

전라도 땅은 그래서 우리 조선의 식량창고나 다름이 없었다. 그러한 식량창고가 농민군과 비적들의 수중으로 넘어가 버렸음에도 조선의 조정은 그들에게 눈을 돌릴 경황이 없었다. 대외적으로는 왜나라와 청나라가 우리 조선을 서로 차지하겠다며 대놓고 힘겨루기를 시작하고 있었으며, 대내적으로는 수구세력과 신진 개화세력 간의 이전투구가 벌어지고 있었기 때문이었다.

그럼에도 백성들에게 한 가지 위안이 되는 것은 대원위의 쇄국정책이라 하는 것이었다.

(외세가 발호를 한다고 하나 나라의 빗장만 굳건히 걸어 잠그고 있으면 지깟 놈들이 설마 땅덩이를 짊어지고 가랴!)

강경 척화론이라 하는 것이 바로 그것이었다. 그리하여 외세만 물리치고 나면 그깟 민란쯤이야 조정에서 초토사만 내려보내면 하시라도 진압을 하여 나라의 곡간을 다시 채울 수 있을 것이니 말이다. 이 나라는 그렇게 수천 년 동안 나라의 명맥을 이어왔다는 사실을 모르는 사람이 어디 있겠는가.

그래서 사람들은 남도 지방의 민란 따위에 크게 신경을 쓰지 않았다. 그러다 보니 운보가 남도 지역으로 발걸음을 하면서도 그 사실을 전혀 모를 수밖에 없었던 것이다. 세상이 어지럽다는 소리는 5년 전부터 귀가 따갑게 들어왔던 일이었으나 그로 인하여 세상이 뒤집힌 일은 한 번도 없었으니 말이다.

그런데 운보가 두려움을 깨닫고 발길을 되돌리려 했을 때는 이미 때가 늦은 뒤였다. 운보의 너무도 자연스러운 행동에 (저놈은 아마도 동학승인가보다) 하여 주민들은 아무도 그에게 별다른 관심을 나타내지 않았던 것이다. 그것이 원인이었다. 그리하여 천지분간 못 하고 그만 동학농민군의 세상으로 너무 깊숙이 들어와 버린 것이었다.

"동학이 무엇인지 농민군이 무엇인지 그들은 또 어찌 생활하며 어찌 활동하고 있는지 그것을 한번 알아보고자 했더니 내가 알고자 하는 것은 구경도 한번 못 해보고 몸에 바람구멍이 나거나 고슴도치의 신세만 되고 말겠구나!"

그나마도 지난밤에 어느 외딴 초가에서 잠자리를 얻어들어 늙은 촌부로부터 사정을 전해 들은 덕분이었다.

"젊은 스님의 행색을 보아 먼 길을 오신 것 같아 하는 말씀이오마는 어서 빨리 왔던 길을 되돌아가 목숨을 보전하시구려. 행여 동학승이 되어 저들과 생사를 같이하겠다면 또 모르거니와…"

(엑! 말도 안 돼! 내가 동학승이라니…)

운보는 기필코 동학승이 되고 싶은 생각은 추호도 없었다. 역적이 되는 것도 핏줄의 내력이라 했던가. 화적의 자손인 것도 모자라서 동학도의 역적이라니 그것은 결코 꿈속에서조차 생각하고 싶은 일이 아니었던 것이다.

"안 돼! 안 되고말고! 내가 동학의 역도가 될 바에야 차라리 쇠돌 형님을 따라가고 말지!"

운보는 역도라는 말만 머리에 떠올려도 온몸에 소름이 돋을 지경이었다. 그만큼, 역도라는 말이 죽음보다도 더 싫었던 것이다.

게다가 민란이 일어난 곳이 어느 한 고을도 아니요, 운보로서는 상상도 할 수 없을 만큼 넓은 지역이라는 사실이 정녕 믿기지 않을 뿐이었다. 경상도의 남쪽 지역과 전라도의 대부분이 농민군의 수중으로 들어가 있다 하였고, 운보 자신이 직접 확인까지 한 사실이라 더더욱이나 더 이해하기가 쉽지 않았던 것이다.

"쇠돌 형님은 도성의 턱밑에서 군사를 양성하고 있다고 하니 도대체 나라에서는 무슨 생각으로 그것을 두고만 본단 말인가!"

그것이 물론 운보가 걱정을 할 일이 아니기는 했다. 걱정한다고 뭐가 달라질 것도 아니요. 할 수 있는 일이 있는 것도 아니었다. 그럼에도 걱정이 되는 것은 어쩔 수가 없었다. 아무리 승복을 걸친 승려의 몸이요. 부모의 피를 물려받은 화적의 자손이라 할지라도 아니라 조선의 백성인 것만은 분명했던 것이다.

"나라가 이렇듯 병이 들어 한 치 앞도 내다볼 수 없는 위란의 지경이거늘 선사님께서는 도대체 이러한 실정을 알고나 있는지 모르겠네! 이러한 실정을 알면서도 왜나라나 신경을 쓰고 있는 것은 아니겠지 설마-!"

그보다도 이제는 이곳을 빠져나가는 일이 발등의 불이 아닐 수 없었다. 그동안은 운이 좋아서 전라도 땅을 깊숙이 들어와 있지만 이미 자신은 부처님 손바닥의 벼룩과도 같은 처지라는 사실을 깨달아 모를 리 없었던 것이다.

"어떻게 하든 여기서 벗어나야 한다! 여기서 조금만 더 북쪽으로 발걸음하면 동학하는 농민군들이 길목을 지키고 있다고 하니 움츠리고 뛸 수도 없을 것이거늘!"

지금도 분명 어디에선가는 낯선 눈길들이 자신을 지켜보고 있을 것이라는 사실에 오금이 저리는 것은 당연했다. 운보는 분명 그 낌새를 눈치채고 있었던 것이다. 그럼에도 사람들이 낯선 승려의 행색을 관심 있게 지켜보는 것이야 당연하다 생각하여 대수롭지 않게 여겨왔던 것이었다.

"그래 맞아! 막대기만 휘두를 수 있어도 모두 농민군에 끌려가고 없다 하였거늘, 그들이 아니고서야 중놈 행색을 뒤따를 눈길이 어디 있겠는가!"

운보가 그들의 실상을 깨닫게 된 이상 이제는 더 이상 이곳에서 머뭇거릴 여유조차 없었다. 그나마 사절이 겨우 운보를 도와

주고 있었다. 어느덧 이곳 남도 지역에 봄기운이 완연해지고 있었던 것이다.

"이제 얼어 죽을 계절은 지났으니 산맥을 타고 도망을 쳐서 능구레나 한번 찾아가 봐야겠구나."

야밤을 이용하여 멀리 바라다보이는 산속으로 몸을 피하는 것이야 식은 죽 먹기보다 쉬운 일이었다. 아무리 사방에서 자신을 지켜보는 눈길들이 있다 하나 운보가 작정하고 몸을 숨기는 데는 아무도 그 사실을 알아차릴 사람이 있을 리 없었던 것이다.

원래 경상도와 전라도 사이에는 험준한 산맥들이 가로막혀 있었다. 그러나, 그까짓 산맥이 운보의 앞길을 가로막을 수는 없었다. 워낙에 날다람쥐처럼 산맥을 들고뛰며 단련이 된 몸이기 때문이었다.

"탁발하여 구한 곡식도 있는데 설마 굶어 죽기야 할라고!"

게다가 농민군이든 산적패든 그들이 진을 치고 있는 곳은 지방의 향반들이 살고 있던 대저택들이거나 관아로 쓰던 곳들이지 결코 산속에 숨어 사는 산적패가 들어앉아 있을 리는 없었던 것이다.

그리하여 운보는 마음 놓고 산골짜기를 향해 몸을 피할 수 있었다. 지리산 자락은 원래 골이 깊고 산세가 험준하여 아무도 운보가 그런 곳으로 몸을 피했으리라고는 생각조차 할 수 없을 일이었다. 워낙에 호랑이나 늑대 같은 맹수들이 우글거리는 죽음의 땅이기도 했으니 말이다. 그랬기에 운보는 자신을 뒤쫓는 눈길들을 따돌리고 여유롭게 깊은 골짜기의 오솔길을 따라 도망을 칠 수가 있었던 것이다.

"이 계곡을 따라 산맥을 타고 가다 보면 능구레로 가는 길을 찾아낼 수도 있겠지!"

오랜만에 인적 하나 없는 골짝을 따라 올라가는 발걸음이 가볍기만 했다. 위험에서 벗어났다는 안도감 때문이었다. 맹수들을 만나 살아남는 요령도 잘 알고 있었다. 겁을 집어먹고 도망을 치거나 섣부른 행동으로 맹수들을 자극하지만 않는다면 그것들도 감히 인간의 존재를 얕잡아보지는 못한다는 사실을 말이다. 호랑이나 멧돼지 또는 반달곰과 같은 힘센 맹수들도 사냥꾼이란 존재에 대해서는 모르는 짐승이 없었고, 성체가 못 된 어린 새끼들은 애초에 사람을 두려워하기 마련이었다.

또한, 운보의 승복주머니와 왼손에는 항상 위기에 대처할 준비가 되어 있었다. 사람의 발길이 뜸한 외진 곳에서는 하다못해 몽둥이 하나라도 들고 가는 것이 상식이라 할 것이거니와, 눈치 빠른 산짐승들이 그 사실을 모를 리 없었다. 그래서, 산짐승들의 공격을 예방하는 차원에서라도 사람들은 호신용 도구들을 들고 다니는 것이 상식이었다. 돌멩이 또한 산짐승들에게는 위협이 될 만한 도구가 될 수 있었던 것이다.

운보에게도 투석이라 하는 믿는 구석이 없었다면 어찌 이렇듯 맹수에 대한 두려움이 없을 수 있었겠는가.

원래, 산촌에서 태어나 자란 아이들이라면, 새나 토끼 같은 산짐승을 잡아먹는 재미에서라도 돌멩이 다루는 법은 스스로 터득하여 배워 익히기 마련이거니와 운보처럼 그 기술을 체계적으로 배워 익힌 사람들이라면 호랑이와 맞닥뜨려도 대번에 기선을 제압하여 도망을 치게 만들 수 있는 호신용 무기가 아닐 수 없었던 것이다.

운보가 일부 비적패들의 소문에 겁을 집어먹고 지리산 깊은 골짜기를 향해 도망을 치면서도 맹수들에 대한 두려움이 없는 것에 대하여 잠시 설명을 곁들이고 있거니와 운보에게는 이것이 고향 뒷동산을 찾아가는 기분일 수밖에 없었다. 워낙에 산중 생활밖에 모르고 살아온 생활 방식이 몸에 밴 때문이었다.

물론, 아쉬움이 없는 것도 아니긴 했다. 난생처음으로 전라도 땅을 두루 둘러보고자 했던 계획이 수포로 돌아갔고, 동학의 농민군들에 대한 정체를 알아보고자 했던 계획마저 수포로 돌아가고 말았으니 어찌 아쉬운 마음이 없을 수가 있겠는가.

그러나, 어차피 이번 행보는 계획에도 없던 일이었다. 동인 선사님을 만나지 못해서 되돌린 발걸음이었을 뿐이요, 동학의 농민 봉기라는 것이 들불처럼 피어올라 세상이 뒤집히고 있다는 사실을 알게 된 것만으로도 소득이라면 소득일 것이기 때문이었다.

운보는 정녕 생각이 많았다. 왜나라 밀정들이 아직도 조선의 산하를 염탐하고 다니는지는 알 길이 없으나 어찌하여 세상이 이렇듯 벌집을 쑤셔 놓은 듯 들끓고 있는 것인지 그 연유 또한 더더욱이 알 길이 없었던 것이다.

"능구레로 찾아가서 할배 스님들께 여쭤보면 알 수가 있을래나-?"

이때였다. 골짜기 위쪽에서 웬 선비 차림의 갓쟁이가 도포 자락을 펄럭이며 오솔길을 따라 골짝을 내려오고 있었다.

"어라?! 신작로도 없는데 갓쟁이라니…? 그럼 골짜기 안쪽으로 마을이라도 하나 있단 말인가…?"

신작로야 다른 방향으로 뚫려 있을 수도 있을 일이었다. 하긴, 마을도 없는데 갓쟁이가 그곳에서 내려올 리는 만무했다. 그것이 문제였다. 골짜기 안쪽으로 마을이 있다면 그곳에도 분명 농민군이 됐던 비적패가 됐던 그들의 손길이 미치지 않을리 없을 일이기 때문이었다.

선비가 예의 바르게도 중놈 행색을 향하여 합장으로 인사를 해주고는 말 한마디 건네지 않고(횡—)하니 스쳐 가는데 그 몸에서 찬바람이 쏟아져 나오고 있었다.

"어구야~ 말이라도 한마디 건네오면 어디쯤에 마을이 있는가 아 아니, 그곳에는 농민군이 없는가 물어나 볼 텐데 쌀쌀맞기는 원…!"

운보 자신에게 예의를 차리는 행동으로 보아 천주학도나 야수교도는 아닌가 본데, 어찌나 쌀쌀맞게 스치고 지나가는지 운보는 정녕 말도 한마디 건네보지 못하고 말았다. 중놈 행색과는 말도 한마디 섞고 싶지 않다는 콧대 높은 사대부의 기질이 온몸에서 그대로 풍겨 나오고 있었던 것이었다.

15. 장승골의 도깨비 부부

남도 지방의 삼월이면 봄임에는 분명했다. 운보가 추위에 얼어 죽을까 하여 몸을 사릴 날씨는 아니란 뜻이다. 게다가 아직은 해도 저물지 않았다. 그럼에도 왠지 모르게 전신이 나른해지면서 졸음부터 밀려오기 시작했다.

"이제 곧 마을이 나타날 텐데 공양미라도 퍼서 주고 저녁공양은 마친 뒤에 사랑방 귀퉁이라도 얻어들어서…"

잠부터 좀 자고 봐야겠다고 생각했다. 그동안 너무도 긴장하여 밤잠을 설친 데다 춘곤증까지 밀려온 탓이었다.

어느덧 날이 저물기 시작했다. 원래 산골에서는 해만 저물면 어둠이 찾아들기 마련이었다. 그럼에도 아직 마을은 나타나지 않고 있었다.

"허어- 이러다가 저녁공양은 생각지도 말아야겠구나-!"

이때 골짜기 안쪽에서 개똥불이 (반짝- 반짝-)했다.

"그러면 그렇지. 마을이 없을 리가 있나."

불빛을 찾아가는 발걸음이 가벼울 수밖에 없었다. 그러나 마을은 보이지 않고 오두막집만이 한 채 눈에 들어왔다. 오두막 둘레에는 울타리가 둘러 처져 있었다.

"방 안에서 재워줄 형편이 못 되면 뜨락 위에서라도 밤이슬은 피해갈 수 있겠지, 설마!"

삽작 밖에 서서 막 주인을 부르려는데, 이때 정짓문이 (왈칵!) 열리더니 젊은 아낙이 머리에 수건을 뒤집어쓴 채 쌀 씻던 방탱이를 끌어안고 부엌에서 급히 걸어 나온다. 그리고는 정짓문 앞에 서서 방탱이에 담긴 쌀뜨물을 마당에다 (좌라락-!) 쏟아부으며 불평을 쏟아내 놓는다.

"에그- 저노무 화상! 허구헌 날 방바닥에 자빠져서 잠만 자면 밥 짓는 나무는 언놈이 해 와서 밥을 짓누 글쎄!"

아낙의 앙칼진 투정에 방문이 (벌컥!) 열리며 사내가 소리친다.

"해 온다, 해 와! 해오면 될 거 아니냐 이 여편네야!"

사내가 방 안에서 기어 나오는데 이마에다 수건을 질끈 동여 매고는, 저고리 적삼에 옷고름도 매지 않고, 허ー연 뱃가죽을 손 으로 (벅벅ー) 긁어 재끼면서 입이 찢어져라, 하품을 해 재끼며 한마디를 더 뱉어 놓는다.

"아ー합! 이놈의 잠은 자고 나면 또 졸립고, 자고 나면 또 졸립 고~ 동구밖에 썩은 장승들은 아직도 남았을레나~ 말레나~"

사내의 몰골은 지금이 한창 한여름이었다. 그러나, 그 몰골에 는 관심도 없이 운보가 한마디 탄식을 쏟아내 놓는다.

"남정네가 얼마나 게으르면 밥 해먹을 나무도 안 해놓나 글 쎄!"

사내가 방에서 나와 울타리 밑에 있는 지게를 찾아 지고 나선 다. 이 밤중에 나무를 하러 가겠다는 의도인 듯싶어 보였다.

"허긴, 이 밤중에 나무를 해오려면 동구밖에 세워놓은 장승밖 에 더 있을라고…"

사내가 운보 따위는 아랑곳도 하지 않은 채 삽작문을 열고 어 둠 속으로 사라져 버린다.

아낙이 정짓간에서 (설겅~ 설겅~) 쌀을 씻더니 또다시 방탱 이를 끌어안고 나온다. 그리고는 또 쌀뜨물을 쏟아부으며 구시 렁거리기 시작한다.

"에그~ 지겨워! 저놈의 화상은 온종일 자빠져 자다가 밤만 되 면 나무하러~ 갔다 왔구려 벌써!"

그러는데 보니 정말로 사내가 썩어빠진 장승들을 한 짐이나 짊어지고 와서 정짓간 앞에 쏟아붓고 있었다.

"으구야~! 저게 사람인가 도깨빈가! 번갯불에 콩을 볶아 먹어도 유분수지. 동구밖이 어디라고…?"

하다말고 운보도 (편듯) 깨닫는 바가 있었다.

"핫뿔싸—! 내가 이거 도깨비한테 홀린 거로구나!"

그 순간, 갑자기 흥미가 동하기 시작했다.

"도깨비란 것들이 지금 나를 가지고 장난을 치고 있는 것이렸다?!"

사내가 (도깨빈지 뭔지는 모르겠으나) 장승을 마당에다 쏟아붓고는 지게를 내팽개치며 방 안으로 들어가더니 어느새 또다시 코를 곯아대기 시작한다.

(드르릉~ 드르릉! 드르릉~ 드르릉~!)

"옳다구나! 니놈들이 시방 장난을 한번 쳐보겠단 뜻이렸다?! 그렇다면 나도 한번 못 놀아줄 이유가 없지!"

운보는 정녕 도깨비 따위를 두려워하지 않았다. 어린 시절을 산골에서 자라며 두려움을 모르고 살아왔기 때문이었다.

사실 요즘 세상에 도깨비나 허깨비를 모를 사람이 어디 있을까마는, 도깨비들이 운보 자신을 골려 먹고 있다는 사실에 그는 그만 은근히 오기가 생겨나고 있었던 것이었다.

그래서, 도깨비들이 놀라 도망칠 것을 염려하여 (경은 치지 않고) 조심조심 손가락 끝으로 목탁 치는 흉내만 내면서 기운 빠진 목소리를 뱉어내 놓는다.

"하이고오~ 배고파라~ 배가 고파 못 살겠네~ 지나가는 중놈이 배가 고파 죽겠는데, 저녁공양 한술 얻어먹고 가도 될까? 안 될까?"

방문과 정짓간 문이 동시에 열리며, 사내가 먼저 소리친다.

"빌어먹을 중놈아? 이 깊은 산골에서 무얼 얻어먹을 게 있다고… 허긴, 쌀 씻는 소릴 들었으니 배가 고프긴 하겠네! 이노무 여편네야? 얼렁 식은밥 한 덩이 줘서 내쫓아버려 얼렁!"

그리고는 방문이 (덜컹!) 닫혀 버린다. 운보도 그냥 듣고 있을 수가 없었다.

"허어-참, 인심 한번 야박스럽구나. 이 밤중에 중놈이 어디 가서 자라고 쫓아버리라는 것인가. 시방…!"

아낙이 뜻밖에도 운보의 말에 맞장구를 쳐온다.

"그러게 말씀이요, 시님! 저노무 화상은 밤이나 낮이나 이녘이 이쁘다고 이렇듯 외진 산골짝에다 숨겨 놓고설랑, 중노비만 보면 쌍심지를 돋워서 덤빈다니까는 글쎄! 어서 들어오시구려 시님? 배고프걸랑!"

"하이고오~ 일단은 들어가고 보겠소이다 보살님!"

운보가 무조건 마당으로 뛰어드는데 사내가 방문을 열고 소리친다.

"방 안이 널찍하니 어서 들어오시구려 시님? 마음 변하기 전에!"

"안 그래도 마음 변하기 전에 얼렁 들어왔소이다 시주님!"

"핫따. 그놈 참 동작도 빠르네! 언제 들어왔소이까 시님?"

"욕이랑 인사랑 싸잡아서 하시면 중놈이 알아듣소이다-!"

"그렇걸랑 욕만 가져가고 인사는 돌려주시구려 시님!"

"그러지 뭐 까짓거! 중놈도 손님인데 앉으란 소리는 안 하오이까?"

"앉으시구려. 거기 윗목에!"

"고맙소이다. 시주님! 나는 쫓겨날까 걱정했는데…"

"고맙걸랑 식은밥 한 덩이 얻어먹고 후딱 떠나시구려 어서!"

아낙이 어느새 밥상을 들고 들어오며 소리친다.

"떠나긴 어딜 떠나 화상아? 여편네 이쁜 건 알아갖고설랑…"

(어구야~ 방금 전에 쌀을 씻더니 어느새 밥상을 들고 들어오니 글쎄?)

운보가 감탄하여 자리에 앉기도 전에 밥상을 들고 들어오던 아낙이 엉덩이로 운보의 엉덩이를 (슬쩍-) 밀치며 밥상을 내려놓는다.

(얼씨구- 요것 봐라-?)

운보는 일단 내색도 하지 않은 채 자리를 잡고 앉는다. 밥그릇을 뺏길까 봐 공양부터 하고 나서 보겠다는 생각이었다.

"(체면 차리다가 밥 굶을 일 있냐?) 잘 먹겠소이다 보살님!"

잽싸게 자리를 잡고 앉아 수저부터 집어 들고 본다. 사내란 놈이 인사도 없이 밥상 앞으로 다가들며 수저를 집어 들고 있었기 때문이었다. 그랬는데 아니나 다를까, 사내란 놈이 숟가락을 집어 들기가 무섭게 밥그릇을 (딸딸-) 긁어대고 있었다.

"어구야~ 시주님께서는 어느새 밥그릇을 다 비우셨소이까? 소승은 아직 냄새도 채 맡지 못했는데…"

사내가 숟가락을 핥아대며 대꾸하여 말한다.

"그러게, 밥부터 먹고 냄새를 맡으라니까 그러시네. 끄윽! 잘 먹었다. 중놈께서도 얼렁 드시구려 시님?"

(빌어먹을 놈이 중놈을 하든가 스님을 하든가 한 가지만 할 것이지…)

속으로 욕을 해 재끼며 숟가락으로 밥을 퍼서 입으로 가져간
다. 사내란 놈에게 밥을 빼앗기지 않기 위해서였다. 사내놈의 동
작으로 보아 언제 밥그릇을 뺏길지 모를 일이기 때문이었다.

그랬는데 밥숟갈을 입에 넣다 말고 그만 기겁을 하지 않을 수
없었다.

"크엑! 퉤퉤퉤! 이게 밥이냐 뭐냐?!"

그것은 밥이 아니라 쇠똥이었다. 그래서 쇠똥을 뱉어내며 숟가
락을 내려놓자, 사내가 기다렸다는 듯 날름 밥그릇을 가져간다.

"쩝쩝쩝. 맛만 좋네! 뭐가 어쨌다고 그랴? 끄으윽-!"

사내가 운보의 밥그릇까지 비우고는 트림까지 토해내며 수저
를 내려놓는다.

"에그- 더러워! 그게 그렇게 맛이 있수?"

"암만! 중놈께서는 아직도 배가 덜 고파놔설랑…"

사내의 대답이 끝나기도 전에 아낙이 어느새 밥상 위에다 물
그릇을 내려놓는다.

"공양을 하셨거들랑 숭늉도 마셔야지요, 시님?"

운보는 정녕 미치고 팔딱 뛸 지경이었다.

(내가 정녕 절반은 도깨비한테 정신을 홀린 게 분명하거늘-!)

이제부터라도 정신을 바짝 차려야겠다며 입이나 헹궈내고자
물그릇을 들고 (후루룩-!) 들이키는데, 그 순간 다시 한번 기절
을 하고 말았다.

"에푸! 에푸! 퉤퉤-! 이거는 또 뭐 시냐 시방?!"

오줌이었다. 운보는 기가 막혀 아낙을 쳐다보는데, 아낙이 혓
바닥을(날름!) 하며 문을 열고 나가 버린다.

(이것들이 시방 나를 홀려서 갖고 놀잖아 시방?!)

은근슬쩍 부아가 치밀어 아낙의 뒷모습만 바라보고 있노라니, 사내란 놈이 물그릇까지 빼앗아서 홀랑 마셔 버린다.

"뭐땀시 그랴? 숭늉 맛이 기가 막히구만. 쩝.쩝.쩝!"

"참말로 기가 막히기도 하겠네. 퉤퉤! — 쌀 씻는 소리가 끝나기도 전에 밥상을 들고 들어올 때부터 알아봤어야 하는 건데. 나 원참!"

"바깥에 비오슈? 시님께서 구시렁거리면 비를 맞는다니까 그래쌌네!"

"오긴 올 모양이네 비가! 나무관세음…앗차. 실수!"

운보가 경을 치면 도깨비가 놀라 도망을 칠까 해서 급히 실수를 인정하며 말문을 닫은 것인데, 도깨비들의 놀음에 끝까지 한번 가보겠다는 의도였다. 사내는 정녕 놀리는 기색도 없이 바깥을 향해 소리친다.

"여편네야? 얼렁 상 치워. 서방님 주무시게!"

도깨비들의 꼬락서니가, 행실 나쁜 어느 망나니 놈의 모습을 빼다 닮은 듯했다. 아마도 어디선가 무지랭이 술주정꾼 놈의 행실을 보고 배운 것임이 분명해 보였던 것이다.

(빌어먹을 것들이 좋은 행실 좀 보고 배울 것이지…!)

아낙이 어느새 밥상을 들고 나가며 운보가 들으란 듯이 내뱉는다.

"사내가 정짓간 출입을 하면 고추가 떨어진 데나?~어쩐 데나…"

"여편네야? 잔소리 말고 자리 깔아, 서방님 주무시게!"

운보도 다시금 장난끼가 발동하고 말았다.

"거참, 서방님 유세 한번 대단하시우! 밥상 들고 나가는 여편네가 성질나서 밥상을 마당에다 내던지고 들어오면 어쩌려고…"

아낙이 문지방을 넘어서다 말고 다시 돌아들어 오며 말을 받는다.

"벌써 내던졌걸랑요 시님? 밥심을! 중놈께서도 얼렁 주무시구려. 이불깔게!"

아낙이 어느새 선반 위에서 이불을 내려다 깔고 있었다. 사내가 이불을 당겨 덮으며 코부터 (드르릉~! 드르릉~!) 곯아제낀다.

운보도 잠이 쏟아졌다.

"아합! 시님께서도 잠이나 한번 주무셔 볼거나…?"

모처럼 잠이라도 한번 편하게 자보게 되나 하고는 입이 찢어져라, 하품을 해대며 자리에 눕는데, 어느새 아낙이 자리를 잡고 누워서 발가락으로 운보의 엉덩짝을 (살짝–살짝–) 간지럽혀 오고 있었다.

"중놈께서는 벌써 주무시는게요… 시님? 이녘이 이쁜 거는 알아갖고 서방이…!"

운보가 잠시 당황을 하여 머뭇거리다가, (옳지. 나도 한번 자는 척이나 해보자) 하고는 코를 (드르릉~! 드르릉~!) 곯아본다. 아낙의 반응을 두고 보겠다는 뜻이었다. 그러자 아낙이 아예 운보의 몸을 끌어안고 덤벼든다. 운보는 다시 한번 더 당황하지 않을 수 없었다.

(요것을 어찌해야 버릇을 고쳐준단 말일꼬?)

그러나 생각을 해보고 자시고 할 것도 없었다. 두 팔로 아낙의 몸을 치켜 올려 그대로 사내의 몸뚱이 위로 내동댕이쳐 버린다. 사내에게 책임을 떠넘기겠다는 의도였다.

(네놈들이 서로 짜고 저지르는 행패렸다?! 그러니, 마무리도 서방 놈 네가 해결을 해야 할 것이 아니더냐!)

사내가 (꽈엑!) 소리를 내지른다.

"까아악, 사람 죽네! – 이노무 여편네야. 잠자는 서방은 왜 깔아뭉개냐, 으이?! 밤이나 낮이나 서방이 편하게 자는 꼴을 못 본다니까 여편네가!"

아낙도 맞받아 앙탈하듯 소리친다.

"비러먹을 서방아, 내가 그랬냐? 중놈이 그랬지!"

"중놈이 어째서… 날구지를 하더냐? 비도 안 오는데!"

"개풀 뜯어먹는 소리하고 자빠졌제. 서방 놈이! 중놈이 글쎄, 이녘이 이쁘다고 대번에 번쩍 집어 들어설랑…"

"냅다 집어 던지더냐, 중놈이? 원래 그런 것이니라. 중놈은 고추가 없어서! – 아–합. 잘 잤다. 어서 일어나거라 여편네야? 얼렁 가서 삿갓 밑에 숨겨놓은 천봉답에 자갈을 주워 넣고 와야 자갈이 오줌을 싸서 나락이 되지. 농사가!"

운보가 (키긱–!)하고 웃으며 말을 받아 끼어들고 나선다.

"키긱, 킥킥! 가뭄이 들어 말라비틀어진 자갈 논에도 어째서 농사가 되는가 했더니, 그렇듯 신묘한 이치가 숨어있었던가 보네. 킥킥킥!"

사내가 자리를 털고 일어서며 한술을 더 뜨고 나선다.

"자갈이 오줌만 싸냐? 똥도 싸지! 여편네야 무얼 하냐? 쌀 안 씻고!"

"그래. 나간다. 나가! 서방 놈이 어째서 남 잘되는 꼴을 못 보냐? 여편네 이쁜 거는 알아갖고!"

사내랑 아낙이 문을 열고 사라진다.

(그래그래. 제발 좀 나가거라. 시님, 잠 좀 주무시게!)

그랬는데, 정짓간에서 또다시 (쓸거렁. 썰그렁~! 쓸거렁, 썰그렁~!) 쌀 씻는 소리가 귓전을 울려온다. 그것이 참으로 귀에 거슬리기만 했다.

"그놈의 쌀 씻는 소리에 잠이 다 달아나버렸네, 글쎄! 서방 놈은 남의 농사 망치려고 무슨 짓을 하러 간 것이더냐 원!"

한편 이때,

초혜는 정녕 신관이 참으로 편치를 못하였다. 중전께서 용정을 생산하신 이래로 중궁전의 사슬에서는 풀려날 수 있게 되었으나 늙은 신어미의 닦달이 이만저만이 아니었던 것이다.

"이런 한심스런 년아! 먹어야 할 입은 여럿인데, 엽전 한 푼 들어오는 곳은 없으니, 우리는 어디 손가락만 빨고 산다더냐? 중전마마께서는 말만 번지르르~ 하시고 생활비는 왜 보내주지 않는다니 으야?!"

허긴 중전께서 초혜의 생활 사정을 알고 있을 리 만무했다. 내탕금에서 생활비를 두어 번 보내준 이래로, 그딴 것은 아예 잊어버린 것임이 분명했다.

그렇다고 초혜가 생활비를 입에 담을 수도 없었다. 민영익은 아직 초혜보다도 나이가 어린 어린아이에 불과했고, 민태호나 민겸호에게는 중전이 초혜의 생활비까지 부탁할 수 있는 처지도 아니었던 것이다.

"천하의 왕실 무당도 먹기는 해야 살 것이 아니더냐!"

맞는 말이었다. 어미 무당의 능력으로는 여섯 명이 넘는 집안 식솔들을 먹여 살릴 수 있는 능력이 되질 못하였던것이다. 그랬기에 살림살이를 꾸려나가는 것은 오직 초혜의 몫이었다.

"할 수 없지 뭐. 무당년이 점 손님은 안 받고 딴짓거리나 하며 집을 비우고 다녔으니 귀신이 어찌 그냥 놔둘 리가 있나."

사람이란 누구나 자기 직분에 충실하지 않으면 배를 곯기 마련인 것이다. 요즘 들어 초혜가 점 손님을 받는 일에 소홀한 것은 사실이었다. 민승호가 죽고 난 이래, 제대로 집 안에 들어앉아 점 손님을 받아본 일이 거의 없었기 때문이었다. 그것이 신어미에게는 이만저만 손해가 아니었다. 시골 조카에게 보낼 수 있는 뒷돈을 전혀 챙길 수가 없었기 때문이었다.

게다가 신어미가 비록 신끼가 떨어져서 점을 칠 수는 없었으나 왕실 무당의 명성을 듣고 찾아오는 점 손님들을 꼬드겨서 굿을 하게 만드는 상술만은 놀라울 만큼 뛰어났다. 뭐니뭐니 해도 돈이 되는 것은 역시 굿이었고, 굿판을 벌이는 데는 역시 어미 무당의 실력이 녹이 슬지 않았던 것이다.

더불어 굿판이 자주 벌어져야 떡과 고기와 과일이 풍족해지며, 시장을 보러 다니는 찬모에게도 뒷돈이 떨어지게 마련이었는바, 술과 안주가 넉넉해지면 사랑채의 두 하인에게도 술독에 빠져 살 수 있는 날들이 늘어날 수 있음인 것이다. 그래서 굿이란 것이 참으로 여러 사람을 즐겁게 해 주는 요술 방망이 같은 것이 아닐 수 없었다.

그뿐만이 아니라, 굿이란 원래 수익도 짭짤해서 한 달에 한두 번씩만 굿판을 벌여도 집안에 생활비를 충당하는 데는 별로 어려움이 없었다. 그랬기에 초혜는 생활비 걱정은 별로 하지 않았다. 초혜가 집을 비우고 없더라도 점을 보러 찾아오는 손님들을 꼬드겨 굿을 하게 만드는 전문 거간꾼이 집 안에 상주하고 있었기에 생활비 걱정을 할 이유가 없었던 것이다.

이즈음, 대원군의 이재선이에 대한 불만이 이만저만이 아니었다.

"창덕궁이 안정을 찾기 전에 군사를 일으키고 봐야지 이놈아?!"

과천골에서 사병들을 광주산성 인근으로 옮긴 이래, 산성의 군사들에게 발각이 될까 하여 사병들의 훈련까지 중단하게 되었으니, 대원군이 이재선에게 안달하는 것은 당연했다.

"산성의 군사들을 우리 편으로 끌어들여야만 사병들의 훈련을 다시 시킬 수가 있을 것이니…"

그것이 어찌 하루 이틀에 될 일이겠는가. 그랬기에 거사 계획을 다시 세워서 이번 참에 아예 거사를 서두르라는 뜻이었다. 개암사의 사건으로 부득불 병영을 옮긴 것까지는 어쩔 수 없었다고 하더라도, 광주산성의 군사들을 매수하고 사병들에게 훈련을 다시 시켜서 거사를 일으키려면 그것이 어느 천년이 될지 하세월이 아닐 수 없었던 것이다. 그러다 보면, 경복궁에서 창덕궁으로 이사를 간 주상이 창덕궁의 방비를 튼튼히 하여 거사를 일으키려던 계획이 무위로 돌아갈 수도 있을 것이라는 조급증이 생겨났던 것이었다.

(제 놈은 젊어서 세월 가는 게 아쉬운 줄을 모르겠지만, 나는

이제 살면 얼마나 더 산다고, 제 놈 뒷바라지나 해주다가 인생을 끝내란 말인가?! 그럴 바엔 차라리 거사를 안 하고 말지!)

"빨리 서둘러라 이놈아. 시간 없다!"

대원군은 드디어 이재선이에게 대놓고 압박을 가하기 시작했다. 기왕에 거사를 목적으로 병사를 양성한 것이라면 하루라도 빨리 서둘러서 실행에 옮기라는 뜻이었다. 그래야만, 자신이 살아생전에 왕권을 굳건히 다져줄 것이 아니냐는 뜻인데, 이재선이에게는 그만큼 제왕이 되기에 약점이 많다는 의미이기도 했다.

물론 이재선이를 압박하기 위한 명분은 그러했지만, 자신이 죽기 전에 섭정의 자리에 다시 올라 태상왕의 권력을 다시 한번 휘둘러 보겠다는 것이 그 의도였다. 하루아침에 섭정의 자리에서 밀려나 뒷방 늙은이의 신세로 전락을 하게 되니 하루가 여삼추로 좀이 쑤셔서 견딜 수가 없었던 것이다.

이재선이로서도 대원군의 압박을 결코 무시할 수는 없었다.

"아버님이 저렇듯 뒤를 밀어주겠다고 하실 때 거사를 실행하기는 해야겠는데…"

그게 말처럼 그렇듯 쉬운 일이 아니었다. 군영의 지원 없이 일천여 명도 채 안 되는 자신의 사병만을 가지고 궁성을 장악하기 위해서는 철저한 준비와 계획이 필요했다. 자칫, 군영의 군사들과 충돌이 벌어지는 날엔 대궐로 진격도 한 번 못 해보고 끝장이 날 수가 있음인 것이다.

(군영의 군사들이 출동하지 못하도록 발을 묶어두지 않으면 안 될 것이니, 그러자면 미리부터 아버님께서 먼저 손을 쓰고 나서주셔야 할 것이거늘. 어찌하여 나에게만 재촉하는 것인지 원!)

그보다도 자신의 사병들을 번복시켜 도성으로 들여보내서 한 곳으로 집결을 시키자면 그것이 또한 여간 까다로운 일이 아니었다. 더불어 그들이 사용할 무기들까지 모두 도성으로 들여보내야 하는데 그것까지 이재선이가 책임지고 해결해야 할 일이었다. 대원군이 섭정하고 있을 때와는 사정이 너무 달랐던 것이다.

　게다가 민영익의 생부인 민태호가 어영 대장이 되어 궁궐의 수비를 맡고 있고, 조성하가 병권을 잡고 있기에 대원군이 직접 전면에 나서지 않고서는 이재선에게 힘에 부치는 일이 한 두 가지가 아니었다.

　그래서 준비 또한 철저하게 하지 않을 수 없었다. 여차하면, 대번에 출동할 수 있도록 만반의 준비를 해나가면서, 광주산성의 군사들을 포섭하는 일은 또 그 나름대로 함께 추진을 해나가고 있었던 것이다.

　그러면서도 이재선이가 주저하는 이유는 또 있었다. 창덕궁에 대한 내부 사정을 잘 알고 있는 사람이, 한 사람도 없다는 사실이었다. 그것이 경복궁이라면 이재선이가 눈을 감고도 찾아다닐 수 있을 만큼 잘 알고 있었다.

　그러나 창덕궁에 대해서는 전혀 아는 바가 없었다. 주상이 창덕궁으로 이어를 한 것 또한 이재선이의 거사 계획에 부정적으로 작용을 하게 된 원인 중의 하나였던 것이다. 사병들이 궁성 안으로 진입하여 우왕좌왕하는 사이 금군들이 소식을 듣고 달려온다면 그것 또한 낭패가 아닐 수 없을 일이기 때문이었다.

　대원군으로서도 이재선이를 무조건 닦달만 할 수는 없었다. 조성하와 민태호를 이재선이의 거사에 끌어들이는 일이 결코 쉬운 일이 아님을 대원군 스스로도 깨달아 알고 있었기 때문이었다.

(참으로 산 넘어 산이로다. 어느 한 가지도 쉽사리 해결할 수 있는 일이 없음이니, 사병들의 숫자를 서너 배는 더 늘려야 함이 아니겠는가!)

그러기 위해서는 광주산성의 군사들을 손아귀에 휘어잡아야 하는 것이 우선 먼저 해결해야 할 필수였다. 그들을 휘어잡지 않고서는 결코 이재선이가 사병들의 숫자를 늘려서 군사훈련을 시킬 수가 없을 일이기 때문이었다.

그러다 보니 야속한 것은 세월이었다. 어느 것 하나 속 시원히 해결해 보지도 못하고 어느덧 한 해가 속절없이 저물어 가고 있었던 것이었다.

16. 떠나야 하는 마음

새해에 접어들어 중궁전에 대한 초혜의 발걸음이 잦아지기 시작했다. 이때가 바로 고종 12년(1875년) 정초였다.

그랬는데 해가 바뀌자마자 정초부터 초혜가 참으로 황당하기 짝이 없는 주장을 하고 나서기 시작했다. 그것은, 태어난 지 만 1년도 안된 어린 원자를 세자로 책봉하자고 했던 것이다.

"중전마마? 원자 아기씨의 세자책봉을 어서 서두르시옵소서! 그래야만 원자 아기씨께서 무탈하게 상감마마의 뒤를 이어 대통을 이어가게 될 것이옵니다!"

그것이 얼마나 무서운 소리인지(알고나 하는 것인지) 참으로 귀를 의심하지 않을 수 없을 일이었다. 원자를 당장에 세자로 책봉하지 않으면 대통을 이어갈 수 없다는 뜻이나 마찬가지가 아닌가 말이다.

하여간에 그것은 참으로 황당한 소리가 아닐 수 없었다. 태어난 지 채 1년도 안된 핏덩이를 세자로 책봉한다면 세상의 비웃음거리와 조롱거리가 되고도 남을 일이기 때문이었다. 그럼에도 초혜는 천지분간도 없이 설치고 나선 것이었다.

"얘야? 아무리 급해도 그렇지. 제 발로 걸어서 단상에는 오를 수 있어야지. 어린 핏덩이를 강보에 싸안고 세자 책봉을 한데서야. 그게 어디 말이나 되는 일이더냐?!"

중전께서도 애기보살의 말에 딱 잘라 거절을 하지는 못했다. 그것이 말도 안 되는 소리인 줄은 알면서도, 그리고 듣기에 따라서는 불경죄로 다스리고도 남을 만큼 엄청나게 충격적인 소리이기는 하지만서도 (저것이 저렇게 나올 때는 분명 이유가 있음이라) 하여 화도 내지 못하고, 너그러이 받아주고 있는 것이었다. 아직은 얼마든지 혼찌검을 내줄 기회가 남아있었기 때문이었다. 애기보살이 그렇게 주장하고 나서는 이유를 분명하게 알아보고 난 뒤에 말이다.

그렇다고 애기보살 초혜라 하여 그딴 것 하나 모를 바보가 아니었다. 4년 전의 어린아이가 아니었던 것이다.

중전께서 조용히 그 연유를 따져 물으시었다.

"애기보살 네가 그렇게 주장을 할 때는 그럴만한 연유가 있음일 터, 어디 한번 말을 해 보거라. 그 연유가 무엇인지."

"예 마마! 대원위 대감께서 더 이상 권력에 욕심을 부리지 못하도록 방비하자면, 지금 당장 원자 아기씨의 세자 책봉을 서두르는 것만이 가장 확실한 방편이 될 것이옵니다. 그것만이 상감마마의 안위 또한 공고히 하는 일이 될 것이오니 기필코 그리하여야만 할 것이옵니다!"

주상의 안위까지 들먹이며 불충스런 말이 마구 쏟아져 나오자 중전이 비록 천하의 여장부라 하나 대번에 가슴이 (철렁!) 내려앉지 않을 수 없었다.

애기보살도 이제 어린아이가 아니었다. 그것이 어찌 저 죽을 줄도 모르고 그런 말을 함부로 입에 올릴 일이겠는가. 그랬기에 그 문제를 주상에게 상의하지 않을 수 없었다.

"애기보살 고것이 정녕 아무런 연유도 없이 그렇듯 불충스러운 말을 입에 올리지는 않을 것이라 여겨지옵니다. 핏덩이를 강보에 싸 안고 세자책봉을 한다는 게 신첩도 내키지는 않으나, 그것으로 나쁜 기운을 잠재우고 전하와 원자의 앞날을 보장받을 수만 있다면야. 세상의 모든 비난과 손가락질은 신첩이 기꺼이 지고 갈 것이옵니다. 통촉하여 주시옵소서!"

주상도, 애기보살의 간언에 대해서는 중전의 마음이나 다를 바가 없었다. 그것이 애기보살의 개인적인 생각에서 하는 말이 아니라 신녀(귀신)의 말임을 정녕 모를 리 없었기 때문이었다.

(아버님께서 역모를 도모하여 나에게 위해를 가하는 일이 생긴다고 할지라도, 어린 원자를 세자로 책봉하고 나면 중전께서 수렴청정할 수 있음이니 죽 쒀서 개 주는 꼴이 될 것이거늘-!)

그랬기에 (제발 경거망동하지 말고, 얌전히 들어앉아 있으라)는 경고의 의미로도 생각해볼 수 있을 일이긴 했던 것이다.

(애기보살의 주장이 그렇듯 강경하다면, 아버님께서 또다시 무엇인가 일을 도모하고 있다는 의미이기도 할 터!)

주상께서는 즉시 조성하에게 지시하여 금군들로 하여금 도성의 방비를 강화하도록 하고 민태호로 하여금 궁궐의 수비를 특별히 지시한다. 누가 보나 도성과 궁궐의 수비가 갑작스레 강화되고 있다는 사실을 깨닫게 하고자 하는 의도였다.

(아버님께서 이번에는 창덕궁마저 둘러 엎겠다는 요량인지는 모르겠으나 이제라도 그만두시는 것이 좋을 것입니다!)

주상의 기도가 하늘에 통하였는지 운현궁의 탄식이 대번에 담장을 넘어 흘러나올 수밖에 없었다.

〈재선이는 지금 즉시 거사 계획을 중단토록 하라!〉

그랬다. 이재선이에게 지시했던 거사 계획을 당장에 중지시킬 수밖에 없었다. 이재선이의 거사 계획이 주상의 귀에 흘러 들어간 것으로 생각할 수밖에 없었던 것이다. 그리하여 하마터면 도성에서 살육전이 벌어질 뻔한 위기를 가까스로 넘길 수가 있었던 것이었다.

"이것은 필시 중궁전의 농간이렸다?! 어린 핏덩이를 세자로 책봉하여 나를 견제코자 함일 것이니…!"

대원군은 어린 원자의 세자 책봉에 대하여 반박도 한번 해보지 못하고 말았다. 이재선이의 사병조직이 주상에게 들통난 것이 아닌가 하여 그 문제에 신경을 쓰느라 원자의 세자책봉까지 시비를 걸고 나설 마음의 여유가 전혀 없었던 것이다.

"저것들의 작태가 나를 경계하고 있는 행동임이 분명하거늘—!"

그러나 왕조의 대통을 굳건히 하고자 하는 명분에 있어, 뒤늦게 반대를 하고 나서기엔 이미 때를 놓쳐버린 셈이었다. 게다가 그것이 진장방의 무당에 의해서 일어나고 있는 일이라고는 꿈에도 생각지를 못하고 있었다. 설마하니 그런 국가의 중대사를 일개 무당 따위의 말을 믿고 그렇게 행하였을 것이라고 어찌 꿈에나 생각할 수 있었을 일이었겠는가.

한편, 능구레 산막의 암자 주변에는 도화꽃이 만발했다. 그야말로 무릉도원이 따로 없었다. 춘삼월의 봄날이 돌아온 것이다. 쇠돌바우가 초막에다 불을 지르고 도망을 친 지 벌써 5년째로 접어들고 있었다.

소아가 불에 타 죽을 뻔했다가 간신히 목숨을 건진 그해 여름, 양무 선사와 근초 스님께서는 (업보와 초혜를 봉원사로 올려보내고) 그 즉시 새로운 산막의 신축에 나섰던 것이었다.

(화마로 인하여 불에 탄 집터는 도깨비도 더 이상 찾지 않는다고 하였으니)

새로운 집터를 골라 부처님을 모실 암자의 신축에 나서고 있었는데 이듬해 가을이 되어서야 꽤나 그럴듯한 암자 한 채가 번듯이 자리를 잡게 되었던 것이었다. 법당을 중심으로 좌우에 승방과 공양간을 배치하고 공양간 뒤쪽으로 창고와 쪽방까지 곁들인 대단한 규모의 암자가 아닐 수 없었다.

원래 이렇게 지어진 암자는 법당을 승방으로 사용하기 마련인데, 이처럼 대단한 규모로 구색을 갖추어 짓는다는 것은 미리부터 계획을 세워서 신축한 건물임을 짐작하여 깨달을 수 있을 일이었다.

그랬다. 이 암자 역시 법당을 승방으로 사용할 수도 있을 일이기에 굳이 공양한 뒤쪽에까지 쪽방을 곁들일 필요까지는 없을 일이겠으나, 행여 소아를 데려다 살게 할까 싶어서였던바, 그 생각은 그대로 딱 들어맞고 말았던 것이었다. 현무암에 불이 나서 갈 곳이 없게 된 소아를 데려다 살게 했던 것이다.

소아가 암자로 들어와 살게 되자 양무 선사와 근초 스님께서는 그녀의 비위를 맞춰주기 위해 무던히도 노력을 기울였다. 소아가 그렇게 된 것이 자신들의 부주의 탓이라 자책하여 온갖 정성을 아끼지 않았던 것이다.

소아는 항상 보자기로 머리를 감싼 채 외부의 사람들이 나타나면 그대로 얼굴을 가릴 수 있도록 준비하고 다녔다. 그것은 자신의 모습을 감추려는 방편임과 동시에 외부인에 대한 배려이기도 했다. 외부인들이 그녀의 얼굴을 보고 (문둥이구나)하여 도망을 치는 일이 없도록 하기 위한 배려의 차원이기도 했던 것이다.

양무 스님께서는 소아를 위하여 멀리 읍내까지 내려가 복숭아와 살구씨를 사다가 밭두렁과 암자 주변에다 가득 심고 밤나무와 감나무, 호두나무, 앵두나무도 심고, 산 머루도 줄기를 잘라다 심었다.

그동안 일궈놓은 텃밭에서도 채소만은 넉넉하게 가꿔 먹을 수 있었다. 골짜기가 원체 넓어서 나락농사를 제외한 밭농사만은 충분히 자족할 수 있었던 것이다.

게다가 과일나무들도 원체 잘 가꾸어서 봄만 되면 주변이 온통 무릉도원이 따로 없었다. 복숭아 자두 또는 살구나무와 밤나무, 머루 같은 나무들은 속성 재배가 가능한 것이어서 저렇듯 꽃송이가 만개한 것으로 보아 올해는 아마도 여러 가지 과일들을 (먹을 수 있을 만큼) 실컷 수확할 수 있을 것으로 보였다.

오늘따라 날씨가 따스했다. 양무의 두 분 스님께서는 약초와 산나물을 뜯으러 아침 일찍 암자를 비웠고, 소아는 뒤뜰 공양간 앞에서 연등을 꺼내 손질하고 있었다. 사월의 부처님 오신 날에 처마 밑에다가 걸어놓을 연등이었다.

그런데 이 암자에는 소아 말고도 두 명의 생각시가 더 있었다. 소아가 적적해할까 봐 데려다 놓은 듯싶은데, 소아도 위할 겸 생각시들도 구할 겸, 그러저러한 연유로 데려다 놓은 것임을 모를 리 없을 일이었다.

이즈음엔 나이 어린 과부 며느리를 집에서 쫓아내는 일이 흔하게 일어났다. 칠·팔 세의 어린 나이에 시집을 온 며느리가 초야도 치르기 전에 서방이 죽고 나면 그게 이른바 골칫덩어리 생과부인 것이다.

생과부 며느리는 밥그릇만 축을 내는 골칫덩어리로서 나이가 어리니 집안에서의 살림살이는 물론이요, 농사일도 제대로 할 수 없는 애물단지일 뿐인 것이다.

게다가 한창 자라나기 시작한 나이이다 보니, 먹성만은 어른들을 뺨칠 지경이라, 가뜩이나 빠듯한 살림살이이고 보면 시어미의 구박이야 당연한 일이기도 했다. 그러다 보면 밥을 굶기기도 하고 끝내 시어미의 구박과 구타까지 자행되게 되니 어린 며느리는 결국 보따리를 싸서 가출할 수밖에 없게 되는 것이다.

그것이 바로 머리에 쪽을 짓고 비녀를 찌른 어린 생각시들인 것이다.

허나, 친정집이 멀리 떨어져 있어서 집을 못 찾아간다거나, 또는 돌림병이 돌아서 집안이 풍비박산이 났다거나, 여러 가지 연유로 인해 친정집이 없는 어린 각시들은 결국 구걸행각으로 길거리를 떠돌게 되는데, 그래도 가족끼리 야반도주한 유랑 걸뱅이들은 이들보다 행복한 편이었다. 서로 믿고 의지할 가족이 함께 있으니 말이다.

그렇다고 시집 식솔들을 야속하다 하여 탓을 할 수 있는 일도 못 되었다. 그들 역시 대부분은 야반도주하여 유랑걸식으로 걸뱅이가 되기 십상이기 때문이었다. 이러한 사태의 가장 큰 원이 바로 돈을 주고 벼슬을 사서 지방으로 내려보낸 탐관오리들 때문이거니와 벌써 여러 번째 계속되고 있는 경복궁의 중건이 결정적 원인이라 할 수 있을 일이었다.

하여간에, 지금 소아와 함께 연등을 손질하고 있는 이 두 명의 생각시들도 아직은 열댓 살 안팎의 어린 여인들로서 양무 선사들께서 탁발을 나갔다가 데려온 각시들이었다.

소아는 그들 두 각시만으로도 한가할 시간이 없었다. 그들에게 글공부도 가르쳐야 했고 집안일도 가르쳐야 했으며, 텃밭에서 채소 농사를 짓는 일이며, 심지어는 소아 자신처럼 산속에서 살아갈 수 있도록 약간의 호신술 정도는 가르쳐줘야 했던 것이다.

그뿐만이 아니었다. 산나물을 뜯으러 다니며 먹는 것과 못 먹는 것을 구분할 줄 알아야 함은 물론이요 심지어는 약초까지 뜯어서 달여 먹는 방법까지 가르쳐 줘야만 했던 것이다.

하물며 땔나무까지도 해다 날라야 방을 덥히고 밥을 해 먹을 수 있는 것이니 그것이 모두가 생존에 필요한 일들이었다. 초혜나 두 생각시들에게나 참으로 힘겨운 나날들이 아닐 수 없었고 또 게으름을 피울 수 있는 일들도 아니었다. 어떠한 환경에서도 그들이 살아남을 수 있는 생존의 비법들을 가르치고 배우는 일이기 때문이었다.

그런데 오늘은 날씨도 포근하고 하여 일삼아 짬을 내서 연등을 손질하고 있는 참이었다. 이것만은 만사를 제쳐두고서라도 하지 않으면 안될 일이었다. 두 분의 할배 스님들을 위해서 하는 일이요, 자신들이 하지 않으면 스님들께서 직접 하실 것이기에 소아가 서둘러 손질을 하고 있는 것이었다. 이제부터는 밭갈이도 준비해야 하고, 씨앗도 파종해야 하는 바쁜 계절이 찾아온 것이다. 그럼에도 그것들이 연등을 손질하는 일보다 우선일 수는 없을 일이 아니겠는가.

바로 이때였다. 법당에서 갑자기 목탁 소리와 더불어 낭랑한 목소리의 염불 소리가 세 여인의 심장을 (딱!) 멈추게 하고 말았다.

"에고머니나! 저거이 뭔 일이래유 성님?"

"하마터면 간 떨어질 뻔했다니께유 글씨!"

"…!?"

세 여인의 반응은 제각각이었다. 아직은 산중생활에 익숙치 못한 두 여인과는 달리 소아의 반응은 냉정하고 신중했다.

(누군가 암자와 연관이 없는 사람은 저런 행동을 하지 않을 터, 그렇다면 저게 누구란 말인가…? 핫뿔싸, 저 목소리는…!)

깊은 산속에 꼭꼭 숨겨져 있는 이름 없는 암자에 찾아들어 마치 제 집인 양 부처님께 인사를 올릴 수 있는 인물이라면 소아가 그 목소리를 알아채지 못할 인물이 어디 있겠는가.

(그렇다고 저게 쇠돌바우 그놈의 목소리는 아닐 테고…)

그랬다. 그것은 쇠돌이가 아니라 업보 소웅의 목소리였다. 비록 5년여의 세월이 흘렀다고는 할지라도 단 한시도 잊어본 적이 없는 그 목소리를 소아가 알아채지 못할 리는 없을 일이었다. 물론, 두 각시에게야 생전에 처음 들어보는 낯선 목소리겠지만 말이다.

운보가 지리산의 어느 골짜기에서 도깨비들의 장난에 놀아났던 게 사오일 전의 일이었다. 그때, 도깨비 사내는 자갈 논에 똥자갈을 넣으러 간다면서 방을 나갔고, 아낙은 쌀이나 씻는다며 함께 나갔었다.

운보는 그 쌀 씻는 소리가 귀에 거슬려서 잠이 달아나고 말았는데, 뒤이어 벼락 치는 소리에 놀라 정신을 차리고 보니, 오두막은 간데없고, 숲속 개울가의 널찍한 돌바닥 위에 누워있는 자신을 발견하게 되었던 것이었다. 계곡을 따라 흐르는 도랑물 소리가 마치 쌀 씻는 소리처럼 들려왔던 것이었다.

(우루루~ 따다당! 번쩍! 번쩍!)

청룡이 비구름을 몰고 골짜기로 들이닥쳤다.

"허어참! 농민군들의 기세가 세상을 뒤바꿀 거라 하더니만 하늘도 아마 벼락이 청룡을 불러… 때아닌 소나기가 웬 말일꼬 글쎄…!"

어쩐지 날씨가 포근하다 싶기는 하였었다. 그랬으니 귀신이 성하여 도깨비까지 설치고 나서는 것이 아니겠는가.

"할배 스님들께서는 세상 돌아가는 사정을 알고 계시는 것일까?"

어서 가서 소식이라도 전해 드리고자 길을 재촉하지 않을 수 없었던 것이다.

하여간에 세상은 이미 사분오열이라도 된 듯 결코 정상은 아니었다. 오죽했으면 쇠돌이란 무지렁이까지 미쳐서 날뛰고 있지를 않았던가 말이다.

게다가, 왜나라와 청나라까지 조선 땅을 어지럽히고 있는 이 와중에 세상은 그야말로 풍전등화의 누란 속에 휘말려 들고 있음을 운보는 피부로 깨달아 느끼게 되었던 것이다. 정녕 운보 자신의 일신만을 생각하여 세상을 여유롭게 떠돌아다닐 시기가 아니라는 사실을 비로소 깨닫게 된 셈이었다.

그리하여 운보는 소아와의 개인적인 문제에 연연하지 않고 양무 선사님들의 가르침이라도 받고자 능구레로 발걸음을 재촉하게 되었던 것이었다.

운보가 서둘러 능구레로 길을 잡은 것은 암자의 위치를 잘 알고 있지 못한 것 때문이기도 했다. 암자를 어디 다른 곳으로 옮겼는지도 알 수가 없었고 또 예전에 있던 암자의 위치조차도 제대로 알고 있지 못한 상태에서 굳이 여유를 부리며 발걸음을 늦출 여유가 없었던 것이다.

"내가 암자를 찾긴 제대로 잘 찾아온 듯한데, 어찌하여 골짜기가 이렇듯 꽃밭으로 변했단 말이더냐!"

스님들께서는 출타하고 절간에 계시지 않은 것임이 분명한 듯한데, 뒤켠에서 여인들의 수다 소리가 꽃물결 속에 귀를 어지럽히고 있었다.

"소아 누부 혼자만 있었던 게 아니었던 거로구나!"

그것만이라도 운보는 천만다행이란 생각이 들지 않을 수 없었다. 소아가 이 깊은 산중에 혼자서만 외로이 지냈던 게 아니라 함께 지낼 동무들이 있었다니 말이다.

게다가, 그들 여인 중 하나가 소아란 사실도 확인할 수 있었다. 자신이 어찌 소아의 목소리 하나 알아차리지 못할 일이겠는가.

운보는 정녕 주변의 경치에 마음이 취하고 말았다. 이것이 정녕 할배 스님들의 손길인지 그것이 의심스러울 지경이었다.

"그래그래! 할배 스님들께서 소아 누부를 위하여 이렇듯 정성을 기울이신 것일게야."

운보도 할배 스님들의 성품을 잘 알고 있었다. 두 분의 성품으로 이렇듯 세상을 꽃동산으로 가꾸어 놓을 분들이 아니란 사실을 말이다. 하긴, 소아와 두 여인의 정성일지도 모를 일이긴 했다.

어쨌거나 할배 스님들께서도 먼 곳으로 출타를 하지는 않은 듯싶어 보였다. 승방 안에 스님들의 흔적이 그대로 남아있었고 방 안이며, 바깥 뜨락에는 약초를 손질하여 늘어 말리느라 온통 집안이 약초 냄새로 가득했던 것이다.

운보는 법당에다 등짐을 벗어놓고 조용히 부처님을 마주하고 앉아 자신의 존재를 독경 소리로 알리는데 역시나 자신의 목소리를 소아가 못 알아들을 리 없을 일이었다. 여인들이 전혀 모습을 드러내지 않는 것으로 그 사실을 확인할 수 있었던 것이다.

(아무리 그래도 얼굴이나 한번 보여주지 않구서는-!)

그것이 조금 야속하기는 했으나, 소아 역시 얼마나 야속했으면 다른 여인들에게조차도 자신의 존재를 확인하러 보내지 않는 것인지 깨달아 알 수가 있을 일이었다.

(물이라도 한 사발 보내서 아는 체를 하면 내가 한걸음에 달려가서 사죄라도 할 것인데 정말-!)

큰스님의 일로 하여 가슴이 메기는 하였으나 정녕 소아에게 달려가 인사를 할 용기는 나지를 않았다. 얼굴 모습이 얼마나 흉측해졌으면 업보 자신에게까지 모습을 드러내지 않는 것인지 또는 다른 말 못 할 사유가 더 있는 것인지, 업보로서도 그 연유를 알 길이 없었기 때문이었다.

저녁때가 되자 약초와 산나물을 뜯으러 갔던 할배 스님들께서 돌아오시었다. 그런데 어찌된 일인지 근초 스님의 모습이 보이지를 않았다. 운보는 아직도 근초 스님께서 이곳에 함께 계시는 줄로만 알고 있었던 것이다.

물론 그랬었다. 근초 스님께서는 작년 봄까지만 해도 이곳에 함께 계셨었다 그랬는데, 작년 봄에 이곳을 떠나 봉원사에 들렀다가 다시 오겠다고 했다는데 어찌된 영문인지 아직 소식이 없다는 것이었다.

양무 선사께서는 소옹이가 나타난 것을 크게 반기시었다. 마치 쇠돌이가 돌아온 것만큼이나 반기시는 눈치였다.

그러나 쇠돌이가 다시 돌아올 확률은 거의 없었다. 그럼에도 업보 소옹이만큼은 기필코 한 번쯤은 찾아오리라 알고 있었다. 현무암으로 큰스님을 찾아갔다가 모든 사실을 알게 된다면 업보가 찾을 곳이 이곳밖에 더 있겠는가 말이다.

역시나 업보가 찾아왔다. 양무 선사로서는 이보다 더 반가운 일이 어디 있겠는가. 집 나간 자식이 집을 찾아온 것이나 다름이 없는 일이기 때문이었다.

(이놈이 제발 갈 곳이 없어서 찾아온 것이라면 좋으련만…!)

양무 선사도 이제는 나이가 들어가고 있었다. 암자가 비록 번듯한 절간은 못되지만 그래도 이곳이 제법 터전은 번듯해서 장소만은 나무랄 데가 없는 곳이었다. 게다가 그것은 소아 때문이기도 했다.

(업순이 저것이 결코 마음에 맞는 남정네를 만나 아들딸 낳고 백년해로하여 살아갈 팔자는 못 될 것이니…!)

그랬기에 업보와 혼인을 해서 부부가 되어 살아가지는 못한다고 할지라도 업보가 절간만 맡아서 관리해 준다면 업순이 또한 이곳에서 편안히 살아갈 수 있지 않을까 하는 바람이기도 했던 것이다.

"그런데 어찌하여 소아의 모습이 보이지를 않는 것이냐? 그녀석이 제 모습을 한사코 너에게 보여주지 않으려 하더니 서로 만나는 보았더냐?"

무소 선사께서 운보에게 묻는 말이었다.

"소손도 얼굴을 보지 못했습니다. 혹여라도 제가 찾아온 것이 언짢아서 모르는 체하는 것인가 하여 할배 스님들께서 돌아오시기를 기다리며 바깥으로 나가지도 않았습니다."

"허어— 그래? 그랬다면 혹여 광 속에 숨어 앉아 울고 있는 것은 아닌지 모르겠구나. 내가 나가서 잘 달래어 데려올 터이니 너는 나오지 말고 여기서 기다리고 있거라."

"예. 할배 스님! 누부가 기어이 소손과 대면치 않겠다고 한다면 소손이 할배 스님과 말씀만 좀 나누고 이곳을 떠나겠다 하시옵소서."

"오냐 오냐. 그런 것은 걱정 말거라. 너의 일은 이 할애비가 알아서 할 것인즉!"

무구 선사께서는 거저 말없이 눈만 감고 앉아 계셨다. 자신이 무엇을 어찌해야 할지 그것을 곰곰이 생각해보고 있는 것임이 분명했다. 양무 선사들의 마음이 어찌 서로 다를 수 있겠으랴마는 지금은 그저 지켜보는 수밖에 달리 할 수 있는 일이 아무것도 없었던 것이다.

소아를 달래러 갔던 무소 선사가 한참 만에 돌아오시었다. 무구 선사께서 마음이 급했는지 황급히 묻는다.

"어찌하여 혼자 오는 게여? 그 녀석이 정녕 아직도 업보 앞에 얼굴을 내밀지 않겠다고 어리광을 부리던가?"

무소 선사께서 힘없는 목소리로 대꾸하여 말한다.

"허어─ 쩝쩝! 소아가 글쎄 어디로 숨어 버렸는지 찾을 수가 있어야 말씀이지. 그래서 내가 막내 아이 보고, 큰 성을 찾는 대로 내게 알리라 하고 그냥 돌아오는 길이라오."

"쯧쯧쯧! 어리석은 것 같으니… 그런다고 생전에 안 보고 살 사이던가? 누가 저보고 등을 떠다밀어 부담을 주는 것도 아니거늘. 아미타─불!"

무구 선사께서도 마음이 착잡하기는 한 모양이었다. 정녕 소아의 마음을 다독여 줄 방도가 없었으니 말이다.

그랬는데 어찌 알았겠으랴. 막내라는 여인이 문밖에서 큰 소리로 울먹이며 소리를 질러댔다.

"할배 스님? 저 막내예요. 큰성님이 없어졌어요. 할배 스님!"

무소께서 대꾸하여 소리친다.

"그걸 누가 모르더냐?! 그래서 찾거들랑 내게 와서 알리래두!"

"그. 그게 아니구요… 큰성님이 아마도 보퉁이를 사서 집을 나갔나 봐요."

"뭣이라꼬―? 허면 옷가지도 없어졌단 말이더냐?"

"그렇당게요 할배! 작은 성이 찾아보고는 있지만, 큰성님의 물건이 하나도 없이 전부 없어졌구만요!"

"핫뿔싸! 내가 아랫마을까지 내려가 보아야 함이로세!"

무소 선사께서 황급히 자리를 박차고 일어선다. 운보가 급히 나선다.

"소손이 내려가 보겠습니다. 누부가 돌아오지 않겠다면 소손이 이곳을 떠날 것이니 아무 걱정 말고 기다려주소서."

운보는 양무 선사의 대답도 들을 사이 없이 문을 박차고 뛰쳐나간다. 이곳에서 아랫마을까지는 이십여 리의 산길이기에 운보가 어찌 할배 스님께서 그 먼 길을 다녀오는 걸 두고 볼 수 있겠는가. 어느덧 땅거미도 내리깔리고 있는 저녁나절이라 더더욱이나 더 운보가 나설 수밖에 없는 일이었다. 무구 선사께서 운보의 뒤통수에다 대고 소리를 질러재낀다.

"고것을 만나거든 머리꺼댕이를 잡고서라도 잡아 걸고 오너라. 고연 것 같으니…!"

운보는 결코 이 모든 사단이 자신 때문에 벌어진 일임을 깨달아 모르지 않았다. 어떻게든 누부를 찾아서 데려와야만 했다. 정녕 소아가 집을 나가리라고는 상상조차 못했던 것이다. 두 명의 여인들이랑 함께 있었으니 어찌 혼자서 그들의 눈길을 피하여 집을 빠져나가리라 생각을 할 수 있었겠는가 말이다.

17. 북성문 밖 치성당

운보는 소아의 행적 하나 따라잡을 수 없을까 하여 이십여 리
의 산길을 단숨에 달려 내려가 산 아래 첫 마을에 당도했다.
"내가 설마하니 누부의 발걸음 하나 따라잡을 수 없을까 설
마!"
그러나 운보의 생각은 보기 좋게 빗나가고 있었다. 여나뭇 가
구나 되는 마을을 일일이 확인하여 소아의 행적을 찾았으나 그
녀의 행적은 마을 어디에서도 찾을 길이 없었던 것이다.
그때에서야 운보가 (앗차!) 했다. 소아가 결코 양무 선사나 업
보에게 따라잡힐 것을 뻔히 알면서도 편한 길을 선택하여 이쪽
으로 내려왔을 리는 만무하다는 사실을 말이다. 암자 뒤쪽 능선
만 하나 넘으면 사방팔방으로 어디든 갈 수 있는 일이기 때문이
었다.
그 사실을 뒷받침이라도 하듯 마을 사람들 그 누구도 저녁나
절에 마을 앞길을 지나쳐간 행인을 본 사람이 없었고, 행여나 하
여 5리나 더 떨어져 있는 두 번째 마을까지 달려가 확인을 해보
았으나 소아의 행적을 확인하지 못한 것은 마찬가지였다.
게다가, 더 이상은 확인조차 할 수가 없었다. 이미 한밤중이라
마을을 들쑤시고 다니며 확인해볼 수도 없을 뿐만 아니라. 또 두
번째 마을부터는 사방팔방으로 길이 연결되어 있어서 소아가 이

마을을 지나쳐갔다 할지라도 그 행적을 뒤쫓아 갈 수는 없을 일이기 때문이었다.

그랬기에 소아가 떠난 쪽은 산 아래의 동북쪽 방향이 아니라, 등 너머의 험준할 서남쪽 방향임을 짐작하여 모르지 않았다.

그리하여 운보는 결코 암자를 떠나고 싶어도 떠날 수 없는 신세가 되고 말았다. 소아를 찾아서 제자리로 돌려놓기 전에는 암자를 떠나라고 해도 발걸음이 떨어질 리가 없을 일이었던 것이다.

"에고야~! 내가 정녕 못 할 짓을 하고 말았구나! 시절이 하도 수상하여 할배 스님들께 세상인심이나 전해주려 했던 것이 그만, 근심거리만 안겨 주고 말지를 않았던가!"

그랬다. 운보는 정녕 세상 돌아가는 꼴이 너무도 긴박해 보여서 할배 스님들께 그 소식을 전해 드리고 행여 자신의 행보에 도움이라도 주실까 하여 이렇듯 암자를 찾아온 게 사실이었다. 그 바람에 그만 소아의 생각을 전혀 하지 못하고 말았는데, 그것이 실수였다는 사실을 뒤늦게 깨달았던 것이었다.

이 시절, 조선의 국운은 그야말로 풍전등화의 기로였다. 왜나라와 청나라가 본격적으로 조선의 내정에 끼어들고 있었던 것이었다.

계중에서도 왜나라는 이미 오래전부터 스스로 낭인이라 일컫는 칼잡이 첩자들로부터 조선의 민심을 속속들이 살피면서 운요호 사건을 일으켜 무력으로 개항을 시키고, 사건의 처리를 명분으로 사절단을 보내서 '조일수호조규'를 체결하기에 이르고 있었던 것이었다.

조선의 조정도 '신사 유람단'이라 하는 수신사를 (1876년 4월)

왜나라에 파견해서 저들의 사정을 탐문하여 오게 하였으나, 그 눈치를 알아챈 왜나라 조정의 농간으로 오히려 이용만 당하고 돌아오게 되었다.

이때 남도 지방에서는 민란까지 일어나 민심을 들쑤시고 있었으니 나라의 장래가 참으로 걱정이었다.

나라의 장래가 걱정되는 것은 그뿐만이 아니었다. 유생들은 유생들대로 떼거리를 지어 몰려다니며 민심을 들쑤시고 있었고 그 틈바구니를 이용하여 군사 반정까지 획책하는 지경에 이르고 있음은 물론이요, 청나라는 청나라대로 조선에 영향력을 행사하고자 호시탐탐 기회를 노리고 있는 참이었다.

거기에다 조선의 조정조차 세력이 양분되어 혼란을 겪고 있었으니 그 혼란의 중심에는 바로 대원군이라 하는 인물이 버티고 있었다. 대원군이 그동안 주상을 갈아치우겠다며 획책해온 역모 사건만으로도 이해가 될 수 있을 일이거니와 그가 겉으로 내세운 명분은 바로 척족 민문들의 발호를 잠재우겠다는 것이었다.

그러면서 자신을 따르는 수구파 세력들을 앞세워 주상의 정책에 반기를 들게 함은 물론, 기회만 되면 주상을 갈아치우겠다며 (새로운 임금을 세워 앉히겠다고) 큰소리를 쳐서 으름장을 놓고 있었다. 그것이 자신을 따르는 수구파 세력들의 충성심을 유도하는 일임과 동시에 주상의 의중을 떠보려는 방편이기도 했다. 그로 인한 정국의 혼란을 일으켜 주상으로부터 자신에게 도움을 요청해 오도록 하기 위한 술책이었는 바, 그에게는 아직도 조정을 틀어쥐고 흔들어댈 만한 막강한 영향력이 남아있었던 것이다.

그러니까 결과적으로는 대원군이 정국의 혼란을 일으킨 주역으로서 외세를 끌어들이게 되는 일등 공신이기도 한 셈이었다.

그럼에도 사람들은 정국의 혼란이 주상의 정책 미숙에 있다고 여겼고, 주상이 대원군을 밀어내고 친정을 하는 대는 중전의 입김이 있었으며, 중전의 뒤에는 척족 민문들이 있다고 여기게 되었던 것이었다. 척왜척화를 부르짖고 있는 것이 대원군이었기에 대원군이 외세를 끌어들였을 리는 만무하다고 생각을 한 때문이었다.

그랬기에 세상의 민심은 결국 대원군 편이었다. 대원군은 자신이 권력을 잡기 위해서는 백성도 안중에 없었고 자식도 안중에 없었다. 그러한 미치광이 늙은이에게 며느리가 안중에 있을 리 만무했다.

그리하여 자신의 의도대로 나라가 쑥대밭이 되는 위란의 지경으로 빠져들게 되자, 그는 정녕 콧노래를 부르지 않을 수 없었다. 자신이 정권을 다시 잡을 기회가 찾아오고 있었으니 말이다.

드디어 전국의 건달 유생들이 운현궁 주변으로 몰려들기 시작을 했다. 그러자 대원군의 콧대가 한껏 높아지고 있었다. 이때부터 그는 스스로를 국태공이라 높여 부르기 시작했던 것이다.

드디어 하늘에 두 개의 태양이 떠오른 셈이었다. 민심이 혼란에 빠지지 않을 수 없는 이유였다.

그런데 이때, 나라의 장래를 걱정하여 왜나라의 동태에 신경써서 살피고 있는 개화의 선각자가 한사람 있었으니 그가 바로 환재 박규수였다. 박규수에 대해서는 이미 대동강의 "제너럴 셔먼호" 사건으로 인하여 조정에 잘 알려진 인물이거니와, 박규수는 청나라의 내부사정뿐만 아니라 왜나라에 대해서도 (자신이 직접 왜나라를 다녀오지 않고서도) 그들의 실상을 속속들이 꿰뚫어 알고 있었다. 바로 이동인에 의해서였다.

이동인이 대원군의 마수를 피하여 부산포로 내려가서 무불에게 왜어를 배워 밀항하겠다고 결심을 한 것도 사실은 박규수 때문이었다. 박규수가 아니고서야 이동인이 국법을 어기면서까지 왜나라로 밀항을 하여 그들의 실상을 살피고 올 이유가 무엇이 있었겠는가.

박규수가 왜인들의 발호를 심상치 않게 깨닫고, 이동인으로 하여금 (대원군의 마수를 피하여 부산포로 내려가 있는 동안) 왜어를 배워서 왜나라로의 밀항을 타진해 보게 했던 것이다.

이동인은 결코 박규수의 제안을 거절할 수 없었다. 거절은 고사하고, 자신이 환재대감을 위해서 할 수 있는 일이라면 기꺼이 목숨까지라도 내놓을 수 있는 용의가 있었다. 환재 박규수에 대해서는 이 세상 그 누구보다도 자신이 너무나 잘 알고 있는 인물이기 때문이었다.

게다가, 이동인 개인으로서도 왜나라에 대해서는 엄청 관심이 많았다. 청나라에 대해서는 그동안 이동인뿐만 아니라 조선 백성치고 거의 입소문을 통하여 모르는 사람이 없을 지경이었으나 왜나라의 실상에 대해서는 아는 사람이 거의 없었던 것이다.

그랬는데, 그들이 무엇 때문에 간자들을 은밀히 조선에 침투시켜 업보 소옹에게 그와 같은 만행을 저지르게 된 것인지 그 연유를 기필코 알아내고자 하는 마음이 간절했던 것이다.

이동인이라 하여 작금의 사태를 모르는 바가 아니었다. 왜인들이 조선조정을 압박하고 있는 사태에 대하여 환재대감으로부터 소상하게 전해 들어 알고 있었다. 환재대감이 아니고서야, 조정의 중신들 그 누가 젊은 승려의 신분인 자신에게 그와 같은 일들을 소상하게 들려줄 인물이 있겠으랴마는 그러므로 해서 더더욱이나 더 왜나라의 속내를 알아보고자 하는 마음이 생길 수밖에 없었던 것이다.

그러던 차에 대감으로부터 밀항의 제안을 받게 되자, 그 자리에서 대번에 그와 같은 제안을 받아들이게 되었던 것인데, 사실 그것은 목숨을 내놓을 각오 없이 할 수 있는 일이 아니었다. 밀항이 발각되면 조선이나 왜나라나 양쪽 모두 국법으로 엄히 다스리고 있는 일이기 때문이었다.

이 당시 왜나라는 "등본원사"라고 하는 자신들의 사찰을 내세워 부산진포에 별원을 설치해서 일본인 승려들을 상주시켜 왔는데, 그것이 어찌 정치적인 목적이 없을 수 있겠는가. 그랬기에 당연히 부산진포가 속해있는 동래현의 범어사에 손길을 내밀어 유대관계를 돈독히 해야만 했을 것이었다. 왜나라 승려들과 무불과의 관계가 돈독해질 수밖에 없는 이유였다.

그리하여 이동인은 무불의 도움으로 저들이 타고 다니는 상선을 이용하여 손쉽게 밀항을 실행할 수 있게 되었으나 무불 또한 왜어도 할 줄 모르는 이동인을 혼자 보낼 수 없어 결국은 둘이서 함께 밀항을 결행하게 되었던 것이었다.

그러나 무불과 이동인은 생각하는 바 목적이 서로 달랐다. 이동인은 오로지 왜나라의 동태를 살피는 것이 목적이었으나 무불은 거저 동인 선사의 통역만을 목적으로 하여 더 이상은 승려의 신분에서 벗어나는 일이 없었던 것이다.

왜나라의 조정에서 이동인만을 눈여겨보게 되는 이유였다.

(이동인이라는 저 중놈은 앞으로 이용 가치가 참 많을 것이야!)

그래서 저들의 발전상을 마음껏 둘러볼 수 있도록 자유를 보장해주고 있었던 것이었다. 조선을 침탈하고자 하는 일에 이용해 먹고자 이동인 스스로 발전상을 두루 살펴 감복을 받도록 하고자 함에서였다.

그랬기에, 조선을 침탈코자 하는 목적에 대해서는 철저하게 숨기고 있었다. 자신들이 대놓고 그 사실을 발설하지 않는 한 이동인이 그 사실을 알아차릴 수는 없을 일이기 때문이었다.

그렇다고 이동인이 그 사실을 못 알아챌 바보가 아니었다. 이즈음 왜나라에서는 오래전부터 자신들이 조선을 침공하기 위하여 준비를 해오고 있다는 사실이 비밀 아닌 비밀이 되어 있었던 것이었다. 그랬기에 조선과의 전쟁이 일어나면 얼마나 많은 젊은이가 전쟁터에 끌려가 죽게 될지, 마냥 공포스러운 분위기가 일본 열도에 만연해 있었던 것이다. 그들로서는 임진년의 전쟁을 어찌 잊을 수가 있을 일이겠는가.

이럴 때, '신사유람단'이라고 하는 조선의 수신사가 왜나라에 파견이 되었던 것인데, 이 당시 이동인은 진종본묘의 등본원사라고 하는 사찰에서 지종 승려로 개명까지 한 뒤, 아사쿠사 별원에 머물고 있었다. 이곳이 바로 조선의 통신사들이 머무는 곳임을 알고 이동인이 직접 저들의 허락을 받아 머물게 된 것이었다.

그리하여 자연스럽게 수신사 일행과 마주하게 된 이동인은 왜나라의 동태를 수신사 일행에게 세세히 알려주었으나, 이미 왜나라의 농간에 휘말린 수신사 일행은, 일개 중놈 따위의 말에 귀를 기울이려고도 하지 않았다.

"조선의 조정을 대표해서 온 우리가 일개 중놈 따위의 말을 믿는 데서야…"

수신사 일행은 (일본인들의 야욕에 대한) 이동인의 설명을 아예 무시했다.

〈왜인들은 조선을 개항시켜 청나라의 야욕을 견제시키고자 함일 뿐 조선을 침략하고자 하는 의도는 털끝만큼도 없음이라…〉

이동인은 수신사가 돌아가자 자신도 즉시 귀국해서 박규수에게 그 실상을 세세히 알려주게 되었던 것이었다.

"저─ 간악한 왜인들이 우리에게 기만술까지 쓰고 있음이 아닌가─!"

박규수는 그 사실을 주상에게 보고했다. 신사유람단은 말 그대로 유람이나 즐기며 오느라 이동인보다 보름이나 늦게 도성에 당도했던 것이다. 그리하여 귀국 복명을 하면서 왜나라에서 만난 승려 얘기를 하게 되었는데, 일개 승려 따위가 국법을 어기고 왜나라에 밀항을 해 있다가 수신사와 마주치게 되었다는 것이 그 복명의 요지였다.

이때의 수신 정사가 바로 김홍집이란 인물이었는바, 김홍집이 누구던가, 김옥균·박영효 등과 더불어 환재대감의 문도를 자처하며 이동인의 승방에서 서양문물에 빠져들던 바로 그 인물이었다. 그랬기에 그가 동인 선사를 모를 리 없었고 또 환재대감을 모를 리 없었다.

그럼에도 귀국 복명 때 동인 선사와 환재대감과의 관계를 밝히지 않은 것은 순전히 자신을 위한 방어 목적임을 부인할 수는 없음일 것이다.

그러나 이때를 계기로 김홍집은 결국 박규수의 개화세력과 거리를 두게 되었는데, 그것은 바로 이동인과 박규수에 대한 반감 때문이었다. 이동인이 자신을 통하지 않고 박규수에게 직접 귀국 보고를 한 사실과 박규수 또한 수신정사인 자신이 임무를 마치고 돌아오기도 전에 주상에게 그 사실을 보고하여 수신사들의 얼굴에 먹칠하게 만들었기 때문이었다.

그것이 사실 김홍집의 입장으로서는 분노를 살 만하기는 했다. 주상께서 책임을 묻기로 한다면 대번에 조정에서 쫓겨날 수도 있을 일이었으니 말이다.

그런데, 김홍집을 더욱더 분노하게 만든 사건은 또 있었다. 박규수가 또다시 이동인을 (체계적으로 준비하여 계획을 세운 뒤에) 밀항을 시켰다는 사실이었다. 그것으로 미루어 주상의 묵인하에 이루어진 밀항임을 깨달아 모를 리 없거니와 이번에도 자신에게는 일언반구 상의도 없이 무시해 버렸다는 사실이었다.

"환재대감에게는 내가 정녕 저따위 중놈만큼도 존재 값어치가 없단 말인가! 어디 두고 보거라. 언젠가는 내게 걸려들고 말 것이거늘…!"

김홍집의 분노와는 상관없이 이동인은 (주상의 묵인하에) 환재대감의 지시에 따라 또다시 밀항을 결행하고 있었던 것이었다.

환재 박규수는 주상과 중전에게도 개화의 스승인 셈이었다. 물론 조정의 중신들 중에서도 개항의 필요성을 언급하여 대원위의 쇄국정책에 반기를 들고 있는 사람들이 몇몇 있기는 하였으나, 주상과 중전이 믿고 의지할 수 있는 사람은 박규수 한 사람

뿐이었다.

주상께서 처음 개화의 필요성을 깨달은 것은 운현궁의 부대부인에 의해서였으나 그것이 여옥을 통하여 간접적으로 이루어지고 있는 일이었을 뿐 지금은 그마저도 잘 이루어지지 않고 있었다. 여옥이가 몸이 불편하여 궁중 출입을 자주 할 수가 없게 되었음은 물론이요, 부대부인마저도 요즘에는 건강에 발목이 잡혀 예전처럼 주상이나 중전에게 적극적인 행동을 취하지 못하고 있었기 때문이었다.

그것은 사실이었다. 친정어머니와 아버지를 연거푸 떠나보내고 난 이후 삶의 의욕마저 상실한 듯한 부대부인이셨다. 그러한 관계로 여옥이가 다시 중전에게 추천을 한 사람이 바로 박규수였다. 박규수를 사사로이 만나고 난 이후로 중전이나 주상께서도 비로소 개화의 중요성을 바로 깨달아 이해할 수 있게 되었던 것이다.

박규수의 인품이나 덕망은 당대에 그를 따를 사람이 없었다. 인품으로 본다면 당연히 박규수가 영의정이 되고도 남을 일이겠으나 지금은 인품을 떠나 대원군 이하응의 망동에 맞설 수 있는 인물이 필요한 시점이었다. 그러한 정치적 이해관계로 인하여 흥선군의 중형이요 주상의 중백부인 흥인군 이최응이를 따를 인물이 없었다.

그러므로 해서 박규수는 조용히 우의정의 자리에서 물러나 주상과 중전의 정책적 지문과 개화의 스승으로 남아있기를 원했으니 거기에는 애기보살 초혜를 통한 여옥의 입김이 작용했음을 깨달아 모를 리 없었다. 박규수의 지금 행보가 그것을 말해주고 있음이 아니고 무엇이겠는가. 김홍집이 그것을 시샘하여 몽니를 부리고 있기는 했지만 말이다.

박규수는 서구의 개화된 문화를 받아들이고자 중신 중에서는 유일하게 행동을 실행으로 옮겨가고 있는 인물이었다. 오경석, 유홍기와 더불어 사재를 털어서까지 서양의 진귀한 물건들을 사 들였고, 후학 양성에 애를 썼으며 주상과 중전을 통하여 대원위가 걸어 잠근 빗장의 정책을 걷어내고자 온갖 노력을 기울여왔던 것이었다.

박규수의 이러한 행보를 모르고 있는 사람은 조정에 아무도 없었다. 그의 행위는 마치 대원위의 권력에 맞서려는 듯한 모습으로 비쳤기 때문이었다.

그의 존재가 부각이 되기 시작한 것은 대동강에서 일어난 제너럴셔먼호 사건 때부터라고 해야겠지만 민승호가 양자 민영익을 그의 문도로 들여보낼 만큼 그는 이미 조정에서의 개인적 입지를 굳히고 있었고, 김옥균이나 김홍집 그리고 박영효나 김광집 등의 신진 동량들에 의해서도 그의 존재는 이제 거울을 들여다보듯 세상에 (훤-히) 드러나 있었다.

게다가, 민규호가 역모 사건을 조작할 때도 그 중심에는 항상 박규수의 이름 석 자가 따라 다녔다.

더불어, 주상이 개화정책을 추진해 나가기 위해서는 박규수의 조언이 절대적이었다. 박규수가 있었기에 주상이 서구의 개화사상을 바로 이해할 수 있었으며, 대원위의 수구세력에 맞서 개화정책을 일관되게 밀고 나갈 수가 있었던 것이다.

그랬는데 그만 주상에게 한쪽 날개가 꺾이는 청천벽력같은 사태가 벌어지고 말았다. 주상의 개화 스승이요 정신적 지주이며 정책적 버팀목이었던 박규수가 그만 세상을 떠나고 말았던 것이었다. 그의 나이 77세요, 고종즉위 14년 (1877년) 섣달 스무이렛날이었다.

그리하여 주상의 묵인하에 이동인을 왜나라로 밀항시켜놓고, 더 이상은 이동인의 얼굴도 보지 못한 채 그렇듯 세상을 등지고 만 것이다. 주상의 개화정책이 대번에 힘을 잃을 수밖에 없었다.

사태가 이와 같음에 드디어 애기보살 초혜의 역할이 또다시 역사의 전면으로 등장을 할 수밖에 없었다. 그것은 바로 동인 선사 때문이었다. 환재대감의 존재가 역사의 뒤편으로 사라져버리자, 이동인의 존재 또한 낙동강 오리알 신세가 되어버리고 말았던 것이었다.

그러나, 그 뒤에는 여옥이가 있었다. 개화 1세대로서 박규수와 이동인의 최근 동향을 거울 들여다보듯 (훤히) 꿰고 있는 사람이 바로 여옥이었던 것이다.

"대감께서 이루지 못한 꿈을 만분지 일이라도 내가 이룰 수 있다면 무슨 일인들 하지 못할 일이겠는가!"

환재대감에 대해서는 사실 초혜도 나 몰라라 할 수가 없었다. 신어미 여옥이만큼이나 초혜도 환재대감과는 각별한 인연이 있었던 것이다.

여옥이가 박규수의 첩실이 되므로써 평양 관기에서 풀려나 도성으로 돌아오게 된 것이거니와, 신원이 회복되면서 첩실의 자리에서도 자유로울 수가 있게 되기는 하였으나, 명목상은 아직도 박규수의 첩실인 셈이기도 했다.

그런데, 초혜가 여옥의 신딸이 되면서 여옥이가 신딸에게 필히 해결해줘야 할 난제가 한가지 있었다. 그것이 바로 초혜의 성씨 문제였다.

"천하의 개망나니에게도 제 뿌리를 나타내는 성씨는 있음이거늘!"

제 스스로 직접 말은 하지 않더라도 그것이 얼마나 한스러울지 여옥은 결코 초혜의 심정을 모를 리 없었던 것이다. 아무리 여자라고는 할지라도 성씨가 없는 것 만큼 불행스러운 일이 세상에 어디 또 있겠는가. 그래서 언젠가 그 문제를 박규수에게 상의했던 것이다. 그러자 박규수가 대뜸 말했다.

"그깟 게 어려울 것이 뭐가 있다고! 내가 그 아이를 양녀로 삼는다면 내게는 딸이 하나 거저 생겨 좋은 일이나…, 문제는 그 아이의 의향에 달렸음일테지!"

"아무리 그렇기로서니, 대감의 체면에 무당을 어찌… 그것이 정녕 가당키나 하다고 하시는 말씀입니까?"

"그게 어때서! 다른 사람도 아닌 여옥이 자네가 그런 소리를 하다니 참으로 의외로구나. 아뭇소리 말고 그 아이만 좋다고 하거든 그렇게 하시게!"

박규수는 정녕 반상의 법도에나 연연하는 그런 소인배가 아니었다. 진정한 사대부라 하면 무당에게 눈길도 한번 줘서는 안 되는 것이 시대적 현실이거늘, 무당의 첩실도 모자라서 무당의 양녀라니 박씨 문중의 신주가 돌아앉고도 남을 일이었다. 이것을 어찌 말로서 일일이 설명을 할 수 있을 일이겠는가.

그리하여 초혜는 박씨 성을 가지게 되었으며 박규수와의 부녀

관계를 맺게 된 것이나 다름이 없었다. 그렇다고 물론 족보에 올릴 수 있는 것도 아니었고 문서로 증명을 할 수 있는 것도 아니긴 했다. 오로지 마음속으로만 가질 수 있는 관계로서 집안이나 문중에는 더더욱이나 더 비밀일 수밖에 없었다.

초혜는 정녕 박규수를 하늘처럼 받들어 모셨다. 그것이 비록 겉으로 드러내놓을 일은 아니라 할지라도 초혜에게는 박규수의 그 마음만으로도 하늘 같은 은혜가 아닐 수 없었던 것이다.

박규수와 초혜는 마음만으로 그렇게 맺어진 인연이거니와 그러한 인연으로 해서 박규수의 죽음은 초혜에게도 크나큰 슬픔이 아닐 수 없었다.

그러나, 초혜는 결코 박규수의 죽음을 애도하여 슬픔에만 잠겨있을 수가 없었다. 그녀에게는 나름대로 할 일이 또 있었던 것이다. 그것이 바로 박규수의 혼령을 극락 세상으로 천도하기 위한 영생각의 신축이었다. 쉽게 얘길 해서 신주를 모셔놓고 제를 올릴 재각의 신축인 셈이었다. 참으로 무녀다운 발상이 아닐 수 없었다. 박씨 문중에서 그 사실을 알게 된다면 벼락이 떨어지고도 남을 일이겠으나 그럴 일은 없었다. 이것은 오로지 초혜만 알고 있는 일이기 때문이었다.

원래, 경복궁이나 창경궁 또는 창덕궁에서 뒷문으로 돌아나가면 북악산자락을 끼고 있는 가까운 성문이 하나 있는데 그것이 바로 숙정문인 것이다. 숙정문을 일명 북대문이라고도 하는바, 사대문 중에서는 사람들의 왕래가 가장 한가한 곳이기도 했다. 이곳에서 멀지 않은 곳에 혜화문도 있었다.

초혜는 그 숙정문 바깥의 혜화문 방향으로 한적한 산밑에다 별저 한 채를 장만하였다.

인근의 주민들은 그것이 어느 권력 있는 고관대작의 별저일 것이라고 생각을 했다. 아니나 다를까, 주변의 길목은 완전히 정비가 되고 주민들은 근처에 얼씬도 할 수 없었다. 초혜가 그렇듯 비밀리에 공사를 진행했던 것이다.

그것이 바로 북성문 바깥에 있는 치성당이라 하는 곳이었다. 그러나 인근의 주민들에게는 그것이 어느 힘 있는 자의 별저일 것이라는 사실뿐 더 이상 알려진 것은 아무것도 없었다.

치성당이라고 하는 것은 초혜가 혼자서만 조용히 치성을 올리기 위한 신당이란 뜻인데, 일반인들에게 전혀 개방이 되지 않았고 항상 대문이 굳게 닫혀 있어서 남의 별저에 함부로 다가가는 사람도 있을 리 없었다.

어쨌거나 마을의 외곽에 담장을 높이 쌓아서 외부인의 접근을 차단했고, 환경이 잘 정비가 되어 숨겨둔 별저로서는 나무랄 때가 없었다.

치성당의 신당이 완성되자, 진장방의 신어미로 하여금 이곳을 맡아서 관리토록 했다.

신어미는 결코 마음에 내킬 리가 없었다. 시구문의 외곽이라, 출입자도 없고 보니 뒷주머니를 채울 일이 아무것도 없었던 것이다.

"내가 언제 중년 되겠다고 하더냐?! 나는 싫다! 네년이 어찌하여 이 어미를 이런 곳에다 유폐시키려는지 그 속셈은 모르겠다마는-"

"그래서 시골로 내려가게?"

264

"뎃끼년아! 진장방에 집을 놔두고 가긴 내가 어딜 가?!"

"내가 당분간은 여기서 조용히 지낼 텐데 엄니는 돌아가고 싶거든 돌아가도 좋아! 그런데 말이야? (이러구~ 저러구~)"

초혜가 귓속말로 무엇인가를 속삭이자 신어미의 태도가 대번에 달라지고 있었다.

"진즉에 말하지! 그렇담 내가 여기 있을란다!"

"나도 그럴 줄 알았어! 내가 설마하니 엄니를 괄시해서 이런 곳으로 내쫓을까–!"

"그러게나 말이다. 니년이나 내년이나 서로가 떨어져서 살아갈 팔자는 아니잖냐 글쎄. 호호호~"

"그런데 한 가지 부탁할 게 있어."

"그게 뭔데? 부탁해봐."

"으응, 자칫하면 목이 달아날 수도 있으니 조심하라는 것이야. 목 없는 귀신이 되고 나서 나를 원망해 봐야 소용없으니까 말야. 알았어?"

"그. 그렇다면…"

"소용없어! 이미 때는 늦었거든? 그러니까 숨도 크게 쉬지 말고 쥐죽은 듯이 납작 엎드려 있으란 말야. 알아들어?"

"끄으응!"

신어미의 안색이 목불상처럼 딱딱하게 굳어지는 것을 보면서 초혜의 얼굴에 야릇한 미소가 스쳐 지나가고 있었다.

그랬다. 초혜는 결코 이 비밀스러운 신당을 유지할 여력이 못되었다. 그래서 애초부터 중궁전을 꼬드겨 내탕금으로 이것을 준비할 계획을 세워두고 있었던 것이다. 그랬기에, 원래부터 이곳은 내탕금으로 준비한 별궁인 셈이었다. 물론, 박규수의 위패를 모시고자 시작한 것은 사실이었으나, 아무리 시구문 바깥이라고 하더라도 초혜의 능력으로는 치성당을 완성할 수가 없었던 것이다. 택지를 구매할 자금조차 없었으니 말이다.

"꿩도 먹고 알도 먹고, 그러자면 방법이 없지 뭐. 진장방은 너무 사람들에게 알려져 조용히 숨어 지낼 수가 있어야 말이지!"

게다가, 손님을 가장한 자객이라도 들 수 있을지 모를 일이기도 했다. 박규수가 죽고 나자 초혜는 갑자기 그런 생각이 들기 시작했던 것이다.

물론, 이 치성당의 밀가를 급하게 준비한 원인은 바로 수진방 신어미 때문이었다. 동인 선사가 주상의 묵인하에 박규수의 지시를 받고 왜나라로 떠나게 된 사실은 여옥이가 말하지 않더라도 초혜도 이미 알고 있는 사실이었다.

그랬는데 이동인이 왜나라에서 돌아온다고 할지라도 일개 승려의 신분으로 대궐을 출입할 수가 없음이니 그것이 문제였다. 박규수가 죽고 없으니, 왜나라의 실상을 주상에게 복명해 올릴 방법이 없었던 것이다.

그렇다고 여옥이나 초혜가, 그 일을 대신할 수도 없었고 김옥균이나 김홍집 또는 박영효 같은 인물들에게 부탁할 수 있는 일도 아니었다. 그들이 결코 환재대감을 대신할 인물들은 되지 못하였기 때문이었다.

그리하여 궁궐에서 가까운 도성 근처에 선사가 숨어 지낼만한 거처라도 하나 준비를 하고 보자는 것이 여옥의 생각이었던바, 그것을 초혜가 떠맡아 추진하게 된 것인데, 떡 본 김에 제사 지낸다는 속담대로 박규수의 신주를 모실 수 있는 신당(재각)을 염두에 두고 추진을 하게 되었던 것이었다.

그런데 문제는 지금이었다. 그래서 중전마마의 도움을 받아야만 했던 것이다.

"어차피 중전마마나 주상전하를 모시고 선사님의 귀국 복명을 받게 해야 할 것임에 대갓집 별저만한 규모는 되어야 하지 않겠는가!"

그러나 중전께서도 내탕금에는 손을 댈 수가 없었다. 국가의 재정 형편이 그러했다. 그래서 중전마마께서는 고심 끝에 그 돈을 민승호의 친아우인 민겸호에게 부탁하게 되었다. 민겸호는 아직도 선혜청 당상에 머물러 있었는데, 그 자리가 워낙에 요직이다 보니, 스스로가 물러나기를 거부한 탓도 있었지만, 그의 인물됨이 또한 더 이상의 승차가 어려운 탓도 있었다.

민겸호는 결코 중전의 요구를 거절할 수 없었다. 게다가, 그깟 시구문 바깥에다 밀가 한 채를 준비하는 돈이 몇 푼이나 되겠는가, 국가의 재정을 통째로 손아귀에 틀어쥐고 있는 그에게 그깟 돈은 푼돈에 불과할 뿐이었던 것이다.

그리하여 (박규수의 신주를 모시겠다던 초혜의 의중과는 달리) 별저는 결국 왕실의 별궁으로 추진이 될 수밖에 없었다. 주상전하와 중전마마를 모시고 동인 선사의 귀국 복명을 받아야 하는 집에 박규수의 위폐를 눈에 띄게 할 수는 없었던 것이다.

물론, 초혜야 그러한 법도를 잘 몰라서 그런다고 할지라도 여옥이가 그러한 이치 하나 깨달아 모를 여인이 아니었다. 그랬기에 박규수의 신주는 사람들의 눈에 잘 띄지 않는 뒤쪽 구석진 곳에 초혜의 신당인 양 위장을 할 수밖에 없었고 공사 전반의 모든 일정은 비밀스레 추진될 수밖에 없었다.

그랬기에, 공사는 아주아주 더디게 진행이 되고 있었는데 초혜로서도 결코 서두를 이유가 전혀 없었다. 그러니까, 늙은 신어미에게 진장방의 신당을 맡겨둔 채 초혜는 이곳에서 초막살이를 해가며 시간을 때우기에 딱 좋았던 것이다. 그리하여, 고종 15년 (1878년) 여름에 시작하여 무려 1년이나 더 지난 고종 16년 가을이 되어서야 완성이 되었으나, 이곳이 누구의 별저인지 아는 사람은 아무도 없었다.

그렇다고, 이곳에 관심을 기울이는 사람도 별로 없었다. 원래가 조정의 힘 있는 자들이 가지고 있는 별저는 다들 이런 것이기 때문이었다. 그래야 첩살림을 차려놓고 간간이 찾아와서 여유롭게 즐기다 돌아가도 세상에 소문이 나지 않기 때문이었다. 그것이 도성 안은 물론이요, 도성 바깥에만 해도 풍광이 좋은 곳만을 골라서 수십 곳이 넘게 산재해 있었다. 그럼에도 그것이 누구의 별저인지 주변에 알려진 것은 거의 없었다. 그래야만 별저 주인의 안전을 지킬 수도 있는 일이기 때문이었다.

흥선군이나 흥인군 같은 인물들은 해마다 하나씩 별저를 준비한다는 소문이 나돌 정도였다. 도성 바깥에다 산지 사방으로 별저를 여러 개 준비해 놓아야만 이 문 저 문으로 도성문을 드나들며 별저를 이용해도 사람들이 그 행선지를 잘 알아차리지 못할 것이니 말이다.

이즈음, 운보는 능구레 산막의 암자에서 소아를 기다리며 농사일로 세월을 보내고 있었다. 무구와 무소의 양무 선사께서 인근 일대를 이 잡듯이 뒤지고 다니며 소아를 찾고 있었기에 운보까지 찾아 나설 필요는 없었던 것이다.

"설마하니 그 몰골로 먼 길을 떠나지는 못했을 것이거늘…"

그렇다면 가까운 곳 어딘가 안면이 있는 집을 찾아들어 숨어 있을 것이라 믿고 있었다. 멀리까지 길을 떠났다면 문둥병자로 오해받아 그 행색이 드러나게 되어 있음이니 말이다. 소아의 자존심에 돌팔매질까지 감수해 가며 멀리까지 떠났으리라고는 생각할 수가 없었던 것이다.

이때, 양무의 두 분 선사께서는 나름대로 생각이 참 많았다.

"고것이 정녕 업보랑 함께 지내기를 원치 않는다면…?"

업보를 그냥 떠나보낼 생각까지도 하고 있었다. 소아가 원치를 않는다면 업보 자신이 이곳을 떠나겠다고 그렇게 말을 했으니 말이다.

"아까운 녀석이야! 저 녀석을 이곳에 주저앉혀 우리의 뒤를 이어 암자를 지키고 있게 했으면 좋으련만-!"

그것도 업순이 소아랑 혼인을 시켜서 말이다. 그러나, 정승판서도 제가 싫다면 어쩔 수 없는 일이라 하였거늘, 소아가 싫다면 방법이 없을 일이 아니겠는가.

그런데, 소아의 행적은 좀체 드러나지를 않고 있었다.

"고것이 행여 나쁜 생각은 하지 않았으면 좋으련만!"

소아의 행적을 찾지 못하자 양무 선사의 마음은 두려움으로 변해가고 있었다. 소아가 행여 세상을 비관하여 나쁜 마음이라도 먹지 않을까 해서였다.

"안 돼, 안 되고말고! 방주 스님께서 그 녀석을 얼마나 애지중지 길렀다고… 안 되고말고!"

천하의 도사승이라 불리는 양무의 선사들로서도 인간 만사의 엉킨 실타래만은 풀어낼 수가 없음이 분명했다. 그래서 이들을 땡초라 하여 도방에서 퇴출을 시킨 것인지는 모르겠으나 양무 선사께서는 결코 그딴 것에 개의치를 않았던 것이다.

18. 구레골 새 마을

어느덧 한 해가 또 저물어 가고 있었다. 이곳 능구레 산막 암자에도 어김없이 계절은 이렇듯 흘러가고 있었던 것이다. 가을 걷이가 끝나고 밀보리의 파종도 끝이 나자, 김장 준비에 대해서는 어린 각시들에게 맡겨둔 채 운보는 지금 새로운 일에 정력을 낭비하고 있었다.

암자는 비어 있었다. 양무 선사들께서는 아직도 업순이 소아를 찾지 못한 것임이 분명했다. 그랬기에 암자에는 지금 운보와 두 각시뿐이었다.

양무 선사들이 소아를 찾아 세상을 헤매고 다니는 것이라면 운보도 당연히 소아를 찾아 나서야 함이 도리이거늘, 그는 천하태평으로 산막(암자) 건너편에 있는 오동나무 군락지 아래편 언덕바지에서 돌부리를 헤집고 뒤적이며 땅을 고르고 있었다. 그 모습을 바라보며 각시들의 수다가 한창이었다.

"희색곰 한 마리가 겨우살이 준비를 하나 보네 정말!"

"그러게나! 큰성님이 누구 땜에 떠난 줄을 안다면 미안해서라도 할배 스님들을 대신해서 성님을 찾아 나서던가, 아니면 배추 절임 소금이라도 좀 더 구해오면 누가 뭐래!"

"그러게나 말이다. 키킥, 킥킥! 내 손목이라도 한번 잡아주고 가던가!"

"어메— 얄궂어라. 작은 성은 부끄러운 줄도 모르나 봐 정말!"

"나는 부끄러워도 괜찮으니까 네가 가서 말 좀 한번 전해주고 올래?"

"어머머머! 참말로 얄궂네, 정말! 큰성님이 누구 땜에 떠났는 지 뻔하게 알면서 그딴 농이 나와 작은 성은?!"

"큰성님이 싫다고 떠났으니까 내가 가지려고 그런다 왜? 그러 니까 막내 너는 눈독 들였다가 혼날 줄 알거라. 알았지?"

"끄으응—!"

막내도 결코 그것만은 승낙을 해 줄 수 없다는 눈치임에 분명 했다. 그러면서 작년에 소아에게서 배운 배추절임 준비에 한창 인데 사실은 소금이 적어서 배추가 잘 절여지지 않는 것이 문제 였다. 그것은 작년에도 그랬었다. 그래서 한 번에 다 절이지를 못하고 몇 번을 나누어 절임을 하다 보니 김장하는 데도 여러 날 이 걸리기 마련이었다.

그러나 감정을 하는 것은 건성이요, 눈길은 오직 건너편 언덕 에 매여 있었다. 그곳에 희색곰처럼 덩치가 크고 잘생긴 스님이 날굿이라도 하는지 뭔지 여러 날째 땅만 뒤적이고 있었기 때문 이었다. 그래서 그녀들이 물었었다. (그곳에 또 밭을 일구세요?) 하고 말이다. 그러자 잘생긴 스님은 (노느니 염불한다)고 하면서 두고 보라고 했다.

그런데, 하는 꼴이 왠지 수상쩍었다. 땅을 고른 뒤에 골짜기에서 돌을 주워다가 기초를 다지는 것이 영락없는 집짓기 준비임을 모르지 않았던 것이다. 그것도 한두 채가 아니었다.

"큰성님이 도망을 가자, 아마도 미쳤는가 봐! 지깟 게 덩치만 크다고 집을 짓는 게 아무나 할 일인가? 그것도 한두 채라면 말도 안 해. 곰퉁이같이!"

참으로 그는 곰퉁이였다. 자기 혼자서 집을 어떻게 짓겠다고, 그것도 다섯 채씩이나 돌을 주워다가 흙을 으깨어 기초를 다지는데, 아마도 마을을 하나 만들어서 사람들을 이주시켜 살아갈 계획인 듯싶어 보였다.

"우리야 좋지 뭐. 먹을 것이 부족해서 그렇지!"

각시들은 결코 근처에 얼씬도 하지 않았다. 김장하는 일에만 매달려서 부산을 떨며 행여라도 자신들에게 도움을 청할까 하여 그것만이 걱정스러울 뿐이었다. 그것이 집 짓는 일만 아니라면 자신들이 일부러라도 함께 달려들어 일손을 거들겠지만, 저것은 아니었다. 농사짓는 일도 힘에 부쳐 시어미한테 늘상 두들겨 맞기가 일쑤였는데 집 짓는 일은 멀리서 보기만 해도 자신들이 손을 보태겠다고 나설 일이 못되었던 것이다.

각시들은 아직 나이가 어렸다. 이제 겨우 열댓 살씩 된 고사리손이라 운보 역시 그녀들에게 도움을 청할 생각은 애초부터 염두에 두지 않았다. 애초에는 김장하는 일이라도 좀 도와주려고 생각을 했으나 갑자기 움막이라도 몇 개 만들어 둬야겠다는 생각이 돌면서 김장은 그녀들에게 맡겨두기로 한 것이었다. (각시들이 할 일은 각시들이 하고 내가 할 일은 내가 하고!) 그래서 각자의 일을 구분키로 한 셈이었다.

게다가, 움막을 짓는 일이 크게 바쁜 일도 아니었다.

운보는 걱정이 참 많았다. 지금도 세상 곳곳에는 걸뱅이들이 넘쳐나는 지경인데, 변란이라도 일어나게 되면 얼마나 많은 피난민이 생겨날지 생각만 해도 끔찍스러운 일이 아닐 수 없었다. 그래서 행여나 하여 움막이라도 몇 개 준비해 놓고 봐야겠다고 생각을 한 것인데 중간에 생각이 바뀐 것이었다.

(피난민들을 한 사람이라도 더 많이 수용하자면 움막보다야 집이 낫겠지!)

물론, 집을 짓다가 힘이 들면 지붕만 얹어도 눈, 비는 피할 수 있을 것이기에 임시방편은 될 일이었다. 행여 추운 계절이라도 지내야 할 경우가 생기게 된다면 구들은 놓아야 굼불을 지필 수가 있을 것이 아니겠는가.

"마루야 까짓거, 두고두고 앉아서 대나무를 쪼개어 엮어 깔면 될 것이고!"

운보는 정녕 힘이 솟구쳤다. 힘은 남아도는데 이것 말고 딱히 할 일도 없었다. 할 일이 없다기보다는 양무 선사님께서 소아를 찾아서 데려오기만을 앉아서 기다리며 피를 말리기보다야 이런 거라도 준비해서 떠돌이 걸뱅이들이라도 데려다 살게 해준다면 이보다 더 복된 일이 어디 또 있겠는가. 예전에 근초대사님께서도 하신 일을 자신이라 못 할 일도 없음인 것이다.

"내가 어찌 이깟 집 짓는 일을 힘들어할까!"

자신은 결코, 이것이 힘들다고 투정을 할 자격도 없다고 생각을 했다. 육순이 다 된 노스님들께서 벌써 다섯 달째 밤이슬을 맞아가며 온갖 고초를 다 겪고 계시는데, 자신은 이렇게라도 육신을 혹사시키지 않고서는 견딜 수가 없었던 것이다. 이마저도 스님들께서 약초를 캐다 말려서 그것을 읍내에 내다 팔아 구해 온 양식으로 배를 채우고 있는 것이 아니겠는가.

동짓달에 접어들자, 벽돌을 찍는다든가 하는 물공사는 더 이상 계속할 수가 없었다. 그 대신에 기둥을 세울 나무라든가 석가래나 대들보 같은 나무들을 준비하여 껍질을 벗기고 말리기엔 날씨가 그만이었다.

양무 선사들도 운보의 그러한 모습에는 혀를 내둘렀다. 소아의 행적을 찾기 위해 수백 리 이내의 마을들을 이 잡듯이 훑고 다니다가 행여 소아가 돌아왔을까 하여 암자에 들릴 때면 업보의 억척스러운 행동에 거저 말없이 혀만 내두를 뿐이었던 것이다.

"저놈이 저렇듯 미련스러울 줄은 미처 생각지도 못하였거늘!"

"두고 보세나, 저놈이 저리 할 적에는 분명 무엇인가 생각하는 것이 있을 터!"

"그나저나, 저놈의 속내를 이제 조금은 깨달을 듯도 같으이! 업순이의 행적을 쉽사리 찾을 수 없으리란 것을 저놈은 이미 예측하고 있었던 게야."

양무 선사들도 업보에게서 범상치 않은 기운을 감지하게 된 것이었다. 그것이 바로 5년 전에 자신들이 업보를 동굴 속에 처넣었을 적에 생긴 능력의 결과가 아닐까 하는 생각을 하게 된 것이다. 그것을 일러 일종의 빙의 현상이라고도 하는 것인데, 사실은 양무 선사들이 잘못 이해를 한 것이었다. 운보는 결코 그 동굴 속에서 귀신에 접신이 되어 박수의 능력을 물려받은 일이 없었기 때문이었다.

"저놈이 하고 있는 짓거리를 보아, 우리의 도움이 필요할 것이거늘, 그래도 저놈이 입을 다물고 있다는 것은 우리의 속내도 들여다보고 있다는 것일 터, 고연 놈 같으니, 나무관세음보살!"

"저놈의 속내까지 깨달은 것을 보면, 무구의 신통력이 저놈보다는 한 수 위로 보이거늘, 아니 그러하시오? 무구대사님?"

"빈정거리지 말게나, 우리에게도 한 가지 염원은 이룬 셈이니, 이것도 모두 큰스님의 은혜가 아니든가, 나무 관세음보살!"

이듬해 봄이 되어 양 선사는 저-멀리 타지에서 대목수 다섯 명을 품삯을 주어 데려왔다. 그것이 바로 지난가을 양 선사가 주고받은 대화의 내용이었다.

바로 그것이었다. 운보가 아무리 기운이 넘친다고 하나, 기둥과 석가래를 대패로 밀어 그것을 세워서 짜 맞추고 문짝을 만들어 끼우는 일들은 대목수가 아니고서는 할 수 있는 일이 아니었다. 그래서 그것을 준비만 해 놓고 두 선사의 눈치만 살피고 있음에 양 선사께서 어찌 대목들을 구해오지 않을 수 있을 일이었겠는가.

"저놈의 속내가 얼마나 구랭이인지 알 수가 없으니, 두고 보면 그 그릇의 크기를 가늠할 수 있겠지!"

운보로서도 두 선사의 속내를 깨달아 짐작 못 할 리 없었다.

(킬킬킬! ~ 소손이 무엇 때문에 집을 짓는지 그것이 궁금하니까. 할배 스님? 두고 보시옵소서. 내가 모셔올 분들이 한둘이 아닐 것이오니…)

운보는 사실 양무 선사들에게 도움을 받고자 집 짓는 일을 시작한 것이 아니었다. 양무 선사들을 대신하여 가을걷이를 끝내고 밀·보리 파종을 마치고 나자 할 일이라고는 땔나무를 해 오는 일 밖에 없었다. 그러나, 사방에 지천으로 늘린 게 땔나무였다.

그렇다고 어린 각시들을 도와 김장 준비를 한다거나, 약초를 구하러 다니는 일은 체질에 맞지를 않았다. 자신이 할 수 있는 일은 오직 염불밖에 없었는데, 이미 설명을 했다시피 할배 스님들의 처지를 생각하면 그것도 할 짓이 아니었다. 게다가, 직접 소아를 찾아 나서는 일은 더더욱이나 더 내키지를 않았다. 어린 각시들의 불평하는 소리를 못 들어서가 아니었다.

(길이 아니면 가지를 말고 때가 아니면 서두르지를 말라 하였 거늘…!)

소아를 찾아 인생을 책임질 수 있는 것도 아니었으니 때가 되면 부처님께서 오죽이나 잘도 길을 인도하여 주실 일이겠는가. 부처님이 아니면 천주님께서라도 말이다.

그러다 보니 무료한 시간에 잡념이 끼어들었고, 그래서 (초막이라도 몇 개 지어보면 어떨까?)-하다가 불현듯 마음이 변하여 집 짓는 일을 시작하게 되었거니와 집을 짓는 일도 기술이 있어야 된다는 사실을 깨달았을 때는 너무도 많은 공력을 쏟아부은 뒤의 일이었다.

허긴, 대목수들이 없다 해서 굳이 집을 못 지을 바도 아니긴 했다. 벽돌을 쌓고 통나무를 걸쳐서 지붕만 덮으면 눈과 비는 피하고 살 수가 있을 것이기 때문이었다.

그랬는데, 양무 선사들께서 대목장들을 데려다가 제대로 된 집을 지을 수 있도록 도움을 주신 것이었다. 그 바람에 집을 짓는 일은 일사천리로 진행이 될 수 있었으나 각시들이 그만 초주 검이 될 수밖에 없었다. 할배 스님들까지 암자에 있을 때는 열 명의 식사를 해대야 했고, 비록 우거짓국이나마, 끼니마다 국을 끓여대는 일도 이만저만 힘겨운 일이 아니었던 것이다.

"큰성님만 있어도 이렇게 힘들지는 않을 텐데…!"

어린 각시들에게는 인생살이의 힘겨움을 다시금 깨닫는 일이 기도 했다. 그것은 목수들로서도 마찬가지였다.

"절간에서 고깃국을 바랄 수도 없고! 저 어린 것들에게 소금국 만 끓여 내온다고 밥투정을 할 수도 없으니…"

하루라도 빨리 일을 끝내고 산에서 내려가는 수밖에 방도가 없을 일이었다. 힘든 일을 할 때는 먹기라도 잘 먹어야 하는데, 그것도 예상하지 못하고 스님들을 따라온 자신들의 잘못이니 어찌 하겠는가. 일이 조금 거칠기는 할지라도 열심히 노력해서 빨리 끝내고 돌아가는 수밖엔 달리 품삯을 받을 방도가 없음이니 말이다.

이때가 바로 고종 16년의 봄이었으니 초혜 역시 북성문 바깥에서 환재대감의 영혼을 안식시켜 드리고자 지금 한창 공사를 진행하고 있을 때였다.

물론, 공사비 문제로 인하여 중전마마를 속여서 민겸호에게 돈을 뜯어내고 있기는 하였지만, 운보와 서로 마음이 통하지 않고서는 있을 수 없는 희한한 일이 아닐 수 없었다. 아마도 환재 대감의 영혼이 두 사람의 마음을 움직인 것인지도 또는 모를 일이었다.

참으로 신기한 일이기는 했다. 다른 사람도 아닌 초혜와 운보

사이에서 천 리만큼이나 먼 거리를 두고 서로 집 짓는 공사를 시작하고 있었으니 말이다. 그래서 이것을 환재대감의 영혼이 두 사람의 마음을 움직인 것인지도 모른다고 하였거니와, 그렇다면 이 두 곳 모두 환재대감과 필연코 연관이 있을 것임을 짐작해본다고 하여 결코 틀린 생각도 아닐 것이었다.

그랬다. 운보에게는 이미 그러한 현상들이 나타나고 있었다. 그것이 바로 지리산 골짜기에서 만난 도깨비 현상이었다. 도깨비가 결코 아무런 이유도 없이 사람의 영혼을 홀리는 일은 없다고 했다. 그것이 무슨 뚱딴지 같은 소리냐고 하겠지만, 뚱딴지 같은 짓을 하고 있는 것은 운보였다. 사람의 발길조차 닿지 않는 무인지경의 첩첩 산골에서 다섯 채씩이나 되는 집을 짓는 뚱딴지 같은 짓거리를 벌이고 있었으니 말이다.

(저놈도 근초 스님에게서 하신 뚱딴지 같은 짓거리를 보고 배운 것일 게야! 나무관세음타불~!)

천하의 양무 선사들조차도 가늠을 못 할 지경이면 그것은 정녕 귀신도 깨달을 수 없는 엉뚱한 짓거리임엔 분명했다.

운보의 엉뚱한 짓거리는 양무 선사들에게도 못할 짓이었다. 산골암자에서 약초나 캐다 팔아 공양미를 조달하고 있는 육순의 스님들에게 다섯 명의 대목수들을 달포씩이나 데려다 먹이는 일만 해도 힘에 겨운 일이거니와, 그 품삯조차도 적은 돈이 결코 아니었던 것이다.

(어느 부자 동네에 가서 죽어가는 생원 나으리 하나 살려내어 묵힌 돈을 갈취해올꼬 글쎄!)

그냥 둬도 살아날 목숨 하나, 자신들이 살려냈다고 생색을 내야만이 품삯을 해결할 수 있을 일이니 죽어서 극락 가기는 애초에 포기를 한 셈이었다. 허긴 뭐, 대덕사의 주지 스님께서 용궁으로 떠날 적에 이미 극락 가는 길을 잃어버리기는 했지만 말이다.

목수 일이 모두 끝나고 나자 시절은 이미 장마철에 접어들고 있는지라 목수들은 차마 그냥 발길을 돌리지 못하고, 빗물은 피할 수 있도록 지붕을 잇는 울력까지 보태주고 갔으니, 이제는 집을 다 지은 것이나 다름이 없었다.

운보에게는 남아도는 것이 힘이라고 하였거니와, 돌판지를 구해다가 구들을 놓고 벽체에 흙을 이겨 바른다든가, 밭둑에 쌓여 있는 돌을 가져다가 뜨락을 만드는 일쯤은 그까짓 거 일도 아니었다. 혼자서도 두세 사람의 몫을 거뜬히 해내며, 힘들어하는 기색조차 보이지 않고 있었던 것이다.

"저놈은 사람이 아니라 괴물일세, 괴물이야! 우리도 젊은 시절에는 힘 꽤나 쓴다고 하였거늘…"

선사들께서는 아예 거들어줄 생각조차 하질 않았다. 제 놈이 알아서 하는 일이요, 괜히 주변에서 얼쩡거려 봤자 신경만 쓰이게 할 것 같아 아예 대화조차 건네지 않고 있었던 것이다.

세월은 그렇게 흘러가고 있었다. 그것은 북성문 바깥에서도 마찬가지였다.

초혜의 치성당이 완성이 되자, 그것을 기뻐하는 사람은 정녕 중전이었다. 박규수 대감의 영혼을 모신 치성당인줄도 모른 채, 중전과 주상을 위한 은밀한 쉼터로 생각을 하여 비밀의 별궁쯤으로 이용을 하게 되었던 것이었다.

북악산을 바라보는 경치가 천하 절경일 뿐만 아니라, 주변에

279

신경 쓸 것 하나 없는 외떨어진 곳이다 보니, 밤중에 살그머니 와서 휴식을 취하다가 밤중에 살그머니 돌아가면 그 모습을 지켜보는 눈길이란 오직 쥐새끼 몇 마리뿐일 것이었다.

초혜도 그만 이곳의 경치에 빠져들고 말았다. 게다가, 중전께서 주상전하까지 은밀하게 모시고 나와 휴식을 취하고 돌아가니, 이곳을 비우고 떠날 수도 없었다. 행여라도 중전이나 전하의 행차가 탄로 나서 자객이라도 들게 되는 날이면 하늘이 뒤바뀌는 일이기 때문이었다.

그랬는데, 그것이 또한 여옥이에게도 기회가 되고 있었다. 수진방은 이미 점 손님의 발길을 끊은 지가 오래여서 개화당 인물들이 드나들기를 꺼려했다. 드나드는 인물들의 면면이 그대로 드러나고 있었기 때문이었다.

그러나, 이곳 진장방의 초혜네 집은 항상 사람들로 북적댔다. 늙은 신어미 때문에 점 손님을 받을 수밖에 없었기 때문이었다.

게다가, 요즘에는 점 손님들도 남정네들의 숫자가 더 많았다. 여인네들의 귀신 점보다도 책을 놓고 보아주는 사주풀이가 더 인기가 좋았는데, 남정네들이 원행을 떠난다던가, 돈을 주고 벼슬을 사는 일이며, 승차 같은 운세를 알아보는 일 등은 도성에서 이미 소문이 나 있었던 것이다. 그것이 늙은 신어미 때문이었거니와 초혜가 없을 때는 신어미도 한몫하는 일이어서 문전에는 항상 사람들로 북적댔고, 왕실 무당이란 소문 또한 무시 못 할 선전 방편이었다.

그랬기에 늙은 신어미가 치성당으로 옮겨가게 되자 여옥이가 이곳으로 자리를 옮겨 개화당의 본부를 만들어 버린 것이었다.

그것은 대치 선생마저도 크게 반기었는데 사실 광통방의 대치선생 댁에도 언제부터인가 드나드는 면면을 감시하는 눈길이 있음을 알고 있었기 때문이었다.

환재대감께서 세상을 떠나자 더욱더 노골적인 감시가 시작되었다. 아마도 개화파 내에서 파벌이 생긴 것이라 하는 것이 여옥의 판단이었다.

게다가, 환재대감께서 세상을 떠난 지 만 2년째가 되는 고종 16년(1879년) 8월 22일, 그러니까 한가위를 지난 지 이레째 되는 이날, 사역원 당상, 오경석이가 옥고의 후유증을 이겨내지 못하고 끝내 생을 마감하고 말았으니 그의 나이 49세였다.

오경석이란 인물에 대해서는 이미 알고 있는 그대로이거니와, 민승호의 폭사 사건에 연루되어 의금부로 끌려갔다가 무고로 밝혀져 풀려나올 때만 해도 여옥의 몸 상태가 더 심각했었다. 그래서, 사람들은 여옥이가 먼저 세상을 떠날 것이라 생각하고 있었는데, 여옥은 기사회생하여 다시 살아나고, 역관 오경석이만이 그렇듯 세상을 등지게 된 것이었다.

오경석은 20대의 젊은 나이로 50대의 박규수를 모시고 역관의 신분으로 연경 땅을 다녀오면서, 박규수를 서구의 문물에 눈을 뜨게 만든 인물이었다. 물론, 유흥기마저도 사실은 그가 개화시킨 인물이었고, 여옥이를 박규수의 소실로 삼아, 평양 관기의 신분에서 해방시켜 도성으로 데려온 인물도 바로 오경석이었다. 엄밀히 따져서 이 나라 조선에 개화의 바람을 불러일으킨 장본인인 셈이기도 했다.

그러나, 그도 이제 세상을 떠났다. 오직 개화 1세대로 유일하게 남은 인물은 유홍기 한 사람뿐이었다. 여옥이와 이동인은 엄밀히 따져서 오경석과 유홍기의 문도라 함이 옳은 말일 것이기 때문이었다.

어쨌거나, 박규수의 개화세력은 오경석의 죽음으로 마지막 희망마저 사라져버린 것이나 다름이 없었다. 민영익은 애초에 민규호에 의하여 박규수에게서 등을 돌린 인물이었고, 김홍집은 이동인으로 인해 박규수에게서 멀어져 버린 인물이었다. 그리고, 박규수가 죽고 나자, 김옥균을 비롯한 사대부의 자제들은 모두가 광통방으로의 발걸음을 자제하고 있었다.

(우리가 그깟 중인 출신의 약방 의생 따위를 스승으로 모시고 서야 어찌 조정에서 낯을 들고 다닐 수가 있겠는가!)

박규수의 젊은 문도들이 대치선생의 약방으로 발걸음을 하지 않는 이유에 대해 겉으로는 "지켜보는 눈길이 많다."라는 것이었지만 사실은 유홍기 앞에서 스승의 예를 올리는 것이 수치스럽다는 것 때문이었다. 더불어 박규수도 죽고 없는 현실에서 유홍기에게 도움을 받거나 배울 것이라고는 아무것도 없었다.

서구의 문물에 대해서는 차라리 자신들이 왜나라나 청나라 또는 유럽이나 미국으로 직접 가서 듣고 보고 배우는 것이 옳은 일일 것임에 굳이 자존심을 죽여가며, 역관 집안의 의생 따위에게 머리를 조아릴 일이 뭐가 있겠느냐 말이다. 그래서 지켜보는 눈길 때문이라는 핑계를 내세우게 된 것인데 그것이 또한 사실이기도 했다. 지켜보는 눈길들이 생겨난 것만은 분명했던 것이다.

그래서, 여옥이가 사람들의 왕래가 분주한 진장방의 초혜네 집을 개화당의 사랑방으로 만들어주게 된 것인바, 그것은 결코 나쁜 방법이 아니었다. 서로 만나서 격의 없이 토론해 가며 탁배기 한 사발이라도 여유롭게 즐길 수 있는 장소로서는 손색이 없었기 때문이었다.

그랬는데 어찌 알았겠으랴. 그것이 바로 훗날에 여옥의 목숨을 앗아가는 죽음의 덫이 되고 말았으니 말이다.

어쨌거나 개화당의 실질적인 창시 인물인 역관 오경석이가 세상을 떠나고 4개월여가 흐른 고종 17년(1880년) 정월의 한양 도성!

이때 동소문을 통과하는 꽃가마 한 채가 눈에 띄었다. 해가 저문 저녁나절이었는데, 성곽 주변의 오솔길을 돌아 가마꾼들이 힘겹게 가마를 메고 가고 있었다.

참으로 이해 못 할 일이었다. 이 늦은 시각에 화려한 꽃가마가 (따르는 시녀도 없이) 도성을 빠져나와 이렇듯 한적한 오솔길을 돌아가고 있다니 말이다.

그런데, 꽃가마가 도성을 빠져나올 때부터 멀찍이 뒤따르는 사내들이 있었다. 모두가 세 명이었다. 세 명의 사내들이 멀찍이 뒤처져서 꽃가마를 뒤따르고 있었던 것이었다.

가마가 성문에서 멀리 벗어나 인적이 끊긴 오솔길로 접어들자, 두루마기 속에 감추고 있던 기다란 막대기들을 끄집어내어 들쳐 들고 있었다.

어느덧, 날이 저물어 주위엔 어둠이 내리깔릴 즈음이었다.

꽃가마가 한적진 곳에 이르러 잠시 쉬어 가려는 듯 멈춰서자, 따르던 사내들이 바짝 다가서며 가마꾼들을 향해 소리쳤다.

"네 이놈들! 여기서 죽고 싶지 않거든 얼른 도망들 치거라!"

그러는데 보니 그들은 하나같이 기다란 장검을 뽑아 들고 있었다. 그러니까 그들이 두루마기 속에서 끄집어 든 막대들은 칼을 꽂는 칼집이었던 것이다.

칼잡이들이 칼을 뽑아 들고 겁박을 하자, 가마꾼들이 사태를 직감하고는 찍소리도 한 번 못 해보고 그대로 줄행랑들을 치고 있었다.

그러자, 가마 안에서 뒤늦게 관모를 눌러쓴 관리가 얼굴을 내밀고 있었다.

"무슨 일이신가? 무슨 일이 있으신 게야. 으응?!"

참으로 알다가도 모를 일이었다. 여인네가 타고 다녀야 할 꽃가마에 남정네가, 그것도 관복을 입은 관리가 타고 있다가 얼굴을 내밀다니 참으로 기가 막히고도 남을 일이었다.

그러나 가마꾼들은 이미 꽁지가 빠져라 도망치는 중이었고, 칼잡이들이 가까이 다가서며 대신 대꾸를 해왔다.

"빌어먹을 중놈아? 무슨 일은 뭐가 무슨 일! 어르신네들의 모습을 보고도 깨닫지 못하겠냐 시방?!"

함께 다가서던 또 다른 칼잡이가 말을 이어 소리친다.

"그래서 말씀인데, 거기서 그대로 죽을래? 가마에서 기어 나와 죽을래?"

꽃가마에 타고 있는 벼슬아치의 행동도 얄궂었지만, 칼잡이들의 말투 또한 얄궂기 짝이 없었다. 관복을 입은 벼슬아치를 향해 중놈이라니 그게 어디 말이나 되는 소리며, 아무리 그렇다손 치더라도 제 놈들이 뭐길래 관리를 향해 죽이겠다고 협박을 하고 있는가 말이다.

관리가 기겁하여 가마에서 기어 나오며 소리친다.

"다. 당연히 가마에서 기어나가 죽어야겠습니다마는, 대. 대관절 뉘시기에 그런 말씀들을…?"

관리가 황급히 가마에서 기어 나오느라 관모가 벗겨지고 있었는데 (핫뿔싸!) 그것은 바로 머리를 (박박―) 깎은 대머리였다. 스님이라는 뜻이다. 스님이 어찌하여 관원으로 변복을 한 채 꽃가마를 이용하여 도성에서 빠져나오고 있는 것인지 그것이 참으로 얄궂기만 했거니와, 지금은 그딴 것이 문제가 아니었다. 칼잡이가 다시 소리를 쳐댄다.

"우리가 뉘신지 그딴 것은 저승 가서 물어보면 알 것이 아니더냐? 기왕에 가마에서 기어 나와 죽을 거라면 서두를 것 없다. 관모나 어서 챙겨 쓰거라!"

칼잡이가 한껏 아량을 베풀어 주는데 곁에 있던 칼잡이가 말을 잇는다.

"그래그래. 낄낄낄~! 관복을 걸쳤는데 관모가 없대서야 말이 되겠느냐? 대가리가 굴러다녀도 몸뚱이가 어디에 있는지는 알아야겠지!"

이번에는 세 번째 사내가 급히 나선다.

"이보시게들? 이놈의 모가지는 내게 맡겨 주면 안 되겠나? 이 몸이 생전에 관복 입은 중놈의 모가지는 처음이걸랑?"

"그럼 그러시던가! 우리도 관복 입은 중놈은 오늘이 처음일세마는…"

"고마우이! 고마우이! 그럼 물러들 서시게. 낄낄낄~!"

세 번째 사내가 장검을 높이 치켜들며 다가서자 두 명의 사내들이 뒷걸음질을 치며 자리를 양보해주고 있었다. 그들은 참으로 의리가 돈독했다. 평생에 두 번 다시 없을, 이 기가 막힌 기회를 군말 한마디 없이 양보해주고 있었으니 말이다. 관복 입은 스님의 모가지를 날리는 이 전무후무한 기회를 말이다.

19. 지옥으로 가는 길

세 명의 칼잡이들은 정말이지 눈물이 나도록 의리가 돈독했다. 관복을 입은 스님의 목을 칠 수 있는 천재일우의 기회를 군소리 한마디 없이 양보하는 미덕을 보여주고 있었으니 말이다.

스님께서, 아 아니. 관복을 입은 관리께서 온몸을 (부들부들 ~) 떨며 애걸하여 말한다.

"도, 도대체, 이 중놈에게 무슨 원한이 있어 이러시오? 소, 소승은 여러 해 동안 타국에서 살다가 오신 몸인지라 그 누구에게 원한진 일을 하신 일이 어, 없소이다마는…"

칼잡이가 목을 치기 전에 야단부터 쳐댄다.

"데기 중놈아! 설마하니 우리가 왜구들 나라에서 살다가 오신 것도 하나 모를 줄 알더냐?! 어서 관모를 줏어 쓰고 모가지를 쭉— 뽑거라. 관모도 쓰지 않은 중놈의 민대가리가 참으로 보기 흉하구나!"

"에고고~! 살려 주시구려 제발! 부처님의 은덕으로 목숨만은 제발~"

"에라이~ 비러먹을 놈! 말을 해도 말이 될 소리를 해야지. 네놈을 살려주면 돈은 어디 가서 받으라고!"

"옛-?! 도도 돈이요? 돈을 받고 사람을 죽인단 말씀이요?"

"그럼. 공으로 죽일 줄 알았더냐 시방? 관모를 쓰고 죽기가 싫걸랑 목이나 쭉- 뽑거라. 그래야 모가지가 댕강, 하고 잘려나갈 것이거늘!"

"하이고오~ 제발, 한 번만, 한 번만…"

"허어~ 아무래도 안 되겠구나. 한 번에 댕강 안 하면…"

스님께서 한 번에 (댕강!) 하고 모가지가 잘리는 것을 원치 않는다면 두 번, 세 번이고 칼을 내리쳐서 모가지를 잘라 주겠다며 칼을 막 내려치려는데 바로 이때였다. (휘익-!) 하는 바람 소리와 함께 칼잡이의 입에서 외마디 비명이 터져 나오고 있었다. 그리고는 맥없이 칼을 떨어트리며, 그 자리에 (폭!) 꼬꾸라져 버리는데, 나머지 두 사내는 영문을 몰라 주위만 두리번거리고 있을 뿐이었다. 그리고는 비로소 어둠 속을 다가오고 있는 삿갓 쓴 사내를 발견하고 있었다.

"저저저. 저놈은 또 뭣이더냐 시방?!"

"그러게! 저놈이 언제 우리를 뒤따라온 것이던고?"

"어서 이 중놈부터 죽이고 튀세나!"

"그래. 죽이고 튀자!"

칼잡이들은 삿갓 쓴 그림자가 다가오자 제 동료를 구하겠다는 생각보다는 스님을 죽이고 도망쳐야겠다는 생각이 앞서는 듯싶어 보였다. 그것은 아마도 돈 때문일 것이었다. 일단은 관복을 입은 스님을 죽여야 저희 손에 돈이 들어올 것이기에, 스님을 죽이고 도망을 치겠다는 생각이 앞서는 것임이 분명했다. 황금만능주

의라 하는 것이 바로 이런 경우를 두고 하는 말이 아니겠는가.

그러나 칼잡이들의 생각은 오산이었다. 제 동료가 비명을 내지르며 나자빠지는 것을 보고도 그놈의 돈이 무엇인지 중놈부터 죽이고 도망을 치겠다니 참으로 한심한 일이 아닐 수 없었다.

그림자는 이미 이십여 보 앞으로 다가서고 있었다. 그렇다면 조금 전엔 더 먼 거리에서 저희 동료를 쓰러트렸을 것임에, 위험이 그만큼 더 커졌다는 사실을 의미하는 일이 아니겠는가. 그런데도 돈이란 놈의 욕심 앞에서 위험을 감지하는 능력이 그만큼 줄어들고 있음이었다.

그랬다. 두 칼잡이는 돈에 눈이 멀어 스스로가 화를 자초하는 꼴이 되고 말았다. 스님의 목숨을 빼앗기 위하여 장검을 높이 치켜들었다가 그대로 두 명 모두 비명을 내지르며 (벌러덩! 벌러덩!) 나가떨어지고 말았던 것이었다. 재빨리 사태파악을 하고는 무릎을 꿇거나 도망을 쳤으면 어찌 되었을지는 알 수가 없었겠지만 말이다.

관복의 스님은 정녕 제정신이 아니었다. 첫 번째 칼잡이가 아무런 이유도 없이 나자빠지더니 나머지 두 명마저 그대로 고꾸라져 버리는데, 그것이 정녕 웃기고자 하는 일임을 깨달아 모를 리 없었다.

"하이고머니나, 하마터면 간 떨어질 뻔했네! 사람들이 장난을 쳐도 분수가 있지. 어찌 이렇듯 철딱서니 없는 장난들을 친단 말인가?! 내가 기필코 버르장머리를 고쳐놓고 말 것인즉, 그만들 하고 얼렁 일어나서 이것이 누구의 장난인지 얼렁 말을 하시게! 누구의 장난인 게야 이게?!"

스님은 정녕 화가 엄청 났다. 뒤통수에 뿔이라도 난 듯 잔뜩 화가 나서 목청껏 소리를 질러대며, 관모를 챙겨 머리에 쓰고 있는데 상대가 대꾸를 해왔다.

"예! 소승이옵니다. 선사님! 소승 운보가 장난을 친 것이옵니다!"

검은 그림자가 삿갓을 벗고 다가오는데 보니 그는 역시 운보 소웅이었다.

"무엇이라…?! 너는 웅이 선사가 아니더냐?"

"그렇습니다. 소웅이 운보, 개암사의 큰스님께서 소승에게 운보라는 이름을 지어 주셨잖습니까? 그걸 잊어버리셨나요, 벌써?"

"그, 그, 그런데. 이런 장난을 웅보 선사 네가 했단 것이더냐 시방?!"

관복을 입은 스님께서 놀라 외치는데 그는 역시 동인 선사 이동인이었다. 동인 선사가 어찌하여 관복을 입고 도성에서 이곳으로 꽃가마를 타고 나오게 된 것이며, 구레골에 있어야 할 운보 소웅은 어찌하여 이런 곳에서 장난질을 치고 있었다는 것인지 그것이 참으로 알다가도 모를 일이었다.

소웅이가 동인 선사를 향하여 다시 한번 더 분명하게 대꾸를 해준다.

"그렇습니다, 선사님! 소승, 운보가 아니고 누가 이런 일을 할 사람이 있겠습니까? 하오나 놀라실 거 없습니다. 소승은 이미 며칠 전부터 은밀하게 선사님의 뒤를 따르고 있었으니까요. 소승이 미처 모습을 드러내서 인사드리지 못한 것을 용서하소서!"

"용서라? 야 이놈아! 하마터면 목 없는 귀신이 되는 줄 알았느니라! 오줌을 쌀 뻔했단 말씀이야! 네 녀석이 어쩌다가 이런 장난까지 치게 되었단 말이더냐? 옛적엔 그러지 않았거늘, 이 추운 날씨에 이 사람들은 동태가 되겠다는 것이냐? 왜 일어나지 않고 이러고들 있는 것이야 으이?!"

"예…? 이 사람들이 왜 이러고 있다니요? 소승이 혈도를 풀어줘야 일어들나지요. 혹시나, 장난이라고 하길래 무슨 소린가 했더니 원…!"

"무슨 소린가 했다니? 이자들을 나에게 보낸 것이 운보 선사, 너의 짓이었다면서?"

"나의 짓이라니요? 소승이 그 사람들을 왜 선사님께 보내요?"

"무엇이라? 그럼 이자들이 정녕 내 목숨을 노린 자객이었단 말이더냐?"

"소승도 설마설마했습니다. 그랬는데 정녕 선사님의 목숨을 노리는 것 같아 소승이 장난을 좀 쳤다는 말씀이지요."

"허어—참, 나무관세음 타불이로구나. 이자들이 정녕 내 목숨을 노린 자객이었단 말이지?! 돈을 받고 내 목숨을 노렸다던데 웅이 선사 너는 그럼 이자들을 사주한 그 사람도 알고 있단 것이 아니더냐 시방?!"

"그렇습니다. 이자들의 혈도를 풀어 문초해보면 알 것이 아니겠습니까? 하오나 당분간은 그러지 마시고 모른 척하심이 어떨는지요?"

"왜? 그래야만 할 연유라도 있는 것이더냐?"

"예! 그 사람과 척을 지시면 선사님께서 운신하실 폭이 좁아질

것입니다. 그것은 주상전하에게 불충이 될 것이라 여겨지옵니다
마는…"

"웅이 선사 네가 그렇다면야 그런 것이지 뭐. 아암, 주상전하
에게 불충이 되어서야 되겠느냐? 내가 웅이 선사 아, 아니, 웅보
선사 너의 뜻을 따르도록 하마! 관셈보살~!"

"고맙사옵니다. 하오나 꼭 소승의 뜻을 따를 필요는 없사옵니
다. 선사님께서 마음이 내키시면, 내키시는 대로 하십시오. 하
옵고, 소승의 법명이 웅보가 아니라 운보이옵니다. 울보가 아닌
운보요!"

"그래그래 알았다. 그깟 이름이야 웅보면 어떻고 울보면 어떻
더냐. 까짓거!"

이동인은 정녕 운보의 도움으로 죽음의 순간에서 목숨을 구하
여 살아날 수가 있었다. 이때가 바로 고종 17년 1월이었다.

사실 동인 선사가 주상의 묵인하에 환재대감의 밀명을 받고
왜나라로 다시 밀항했다가 귀국을 한 것은 작년(고종 16년) 동
짓달이었으니 오경석이가 죽은 지 석 달 후의 일이었다. 이동인
은 그렇듯 두 사람의 스승을 한꺼번에 떠나보내고 말았던 것이
었다.

그랬는데 문제는 자신이 살피고 온 왜나라의 실상을 주상전하
에게 고하여 올릴 수가 없게 되었다고 하는 사실이었다. 그러나,
그 문제는 이미 여옥이가 초혜를 시켜 해결해 놓았으니 그것이
바로 북성문 바깥에 있는 초혜의 치성당이었다.

중전께서 초혜를 통하여 동인 선사의 귀국 사실을 전해 듣고
주상에게 그 사실을 알려주게 된 것이며, 주상께서 은밀하게 야

간 미행을 빌미로 이곳에서 선사를 만나게 되었던 것이었다.

그러나 단 한 번의 만남으로 왜나라의 실상이나 개화된 과정을 모두 다 전해 들을 수는 없을 일이었다. 그렇다고 주상께서 매번 미행을 나온다는 것도 번거롭기는 마찬가지였다.

"짐이 왜나라의 발전상이나 개화의 과정을 좀 더 소상하게 알고자 함이거늘. 선사는 관복으로 변복을 하여 대궐로 들도록 하라!"

주상께서 선사를 대궐로 들도록 지시를 했던 것이다. 그렇다고 낯선 인물이 대궐을 출입하는데 언제까지고 사람들을 속일 수는 없을 일이었다. 초혜와 여옥이가 머리를 맞대고 궁리를 한 끝에 초혜가 시녀로 변복을 하고 선사가 초혜의 가마를 이용하여 대궐을 드나들기로 지혜를 짜낸 것이었다.

물론, 그렇다고는 할지라도 일반 백성들의 눈을 속이기 위한 것일뿐 도성의 성문이나 대궐문을 통과할 때는 주상이나 중전의 특별 배려 없이는 불가능한 일이기도 했다. 그랬기에 선사의 대궐 출입은 일반 백성들의 눈만 속일 수 있을 뿐 대궐의 나인이나 내시들 그리고 조정의 중신들 누구 하나 모르는 사람이 없었다.

게다가, 그것이 비밀이 될 수 없다는 것은 주상이나 중전, 그리고 초혜와 여옥이 또한 모르지 않았다. 주상의 개화에 대한 의지가 얼마나 단호하고 굳건한지를 깨닫게 해 주는 한 단면이기도 했다.

어쨌거나 조정의 신료들에게는 그것이 참으로 크나큰 충격이 아닐 수 없었다. 천하디천한 일개 승려에게 관복을 입혀 대궐을 출입하게 하다니 말이다. 게다가, 주상께서 직접 대전으로 불러

들여 독대까지 하고 있음은 물론이요, 중전과도 더불어 (주변을 물리시고) 밀담까지 나누고 있다 함에 천지가 개벽을 하고도 남을 일이 아닐 수 없었던 것이다.

이러한 사태에 직면하여 조정의 신료들 중에서도 가장 분개하여 치를 떠는 인물이 하나 있었으니, 지난번에 영선사로 왜나라에 다녀와 귀국 복명을 하면서 승려 하나가 왜나라에 밀항해 있었다는 사실을 주상에게 보고해 올렸던 바로 그 김홍집이란 인물이었다.

"저런 쳐죽일 중놈이 있나! 내가 영선사로 왜나라에 다녀와서 귀국 복명을 할 때 제 놈을 주상전하께 고하여 올렸거늘, 환재대감이 아니 계시면 당연히 내게 먼저 달려와서 고하고 상의를 해야 함이 순서가 아닌가…!"

김홍집 또한 이동인을 모르는 바가 아니었다. 엄밀히 말해서 이동인은 김홍집에게도 개화의 스승임이 분명했다. 그럼에도 그는 사대부의 기질이 뼛속 깊이 박혀있는 인물이었다. 일개 역관이나 승려 따위를 어찌 스승으로 섬길 수 있느냐 하여, 귀국 복명을 할 때에도 (환재대감을 따르는 승려라 해서) 자신과의 안면 관계는 일절 발설하지 않았던 것이다.

김홍집은 이동인이 자신을 환재대감처럼 떠받들어 주기를 바랬다. 환재께서 세상을 떠나고 없으니 개화당의 수장 자리는 당연히 자신이 되어야 하는 것이며, 그랬기에 유홍기나 오경석마저 발아래로 보고 있는 처지에 동인 선사 따위가 안중에 있을 리 만무했다.

김홍집은 처세술에도 아주 뛰어나고 능숙했으며, 위기에 대한 대처 능력이 뛰어난 인물이기도 했다. 그러한 인물됨을 잘 알고 있는 개화의 세력들도 김홍집은 민영익과 더불어 요주의 인물로 분류하고 있었다. 자신의 출세나 잇속을 위해서라면 언제라도 개화당을 배신할 수 있을 것으로 판단했기 때문이었다.

김홍집으로서도 그러한 사실을 은연중에 눈치채고 있었다. 그래서 잔뜩 신경이 곤두서 있던 차에 일개 승려(중놈) 따위가 자신을 무시하고 직접 주상을 면대하여 대궐을 드나들고 있다는 사실에 그만 치를 떨지 않을 수 없었던 것이다.

"하찮은 중놈 주제에 내가 사람대접해 주었더니 이제는 내 상투를 잡고 흔들겠다며 덤비고 있음이렸다…?! 내가 그놈을 그냥 두고서야 어찌 사대부의 체면을 입에 담을 수 있으리오!"

이동인이 대원군에게 쫓기고 있다는 사실은 김홍집도 모르는 바가 아니었다. 그래서 박규수 대감이 그의 안위를 위하여 왜나라로 밀항을 시키게 되었다는 사실까지도 그는 이미 이동인의 입을 통하여 들어 알고 있었던 것이다.

게다가, 일개 승려가 관복으로 변복을 하고 대궐을 드나든다는 것은 이만저만 중대한 일이 아니었다. 자신이 탄핵을 받아 조정에서 쫓겨나는 것도 시간문제일 뿐이었다.

"하찮은 중놈 때문에 내 인생을 망칠 수야 있나! 그래서 옛 말에 길이 아니면 가지를 말고 사람이 아니면 가까이하지를 말아야 한다고 했음이거늘. 내가 벼락을 맞기 전에 그놈을 먼저 치워 없애는 수밖에!"

이즈음, 도성에서 살수들을 구하는 일은 아주 손쉬운 일이었다. 먹고 살기가 너무 힘들다 보니 생긴 일이었다.

김홍집은 어렵지 않게 살수들을 구하여 그들에게 이동인의 행적을 소상하게 알려주었던 것이었다.

그리하여 세 명의 살수들이 황궁 바깥에서 기다리고 있다가 꽃가마의 뒤를 따르게 되었던 것이다. 그랬는데, 그만 운수가 사나워 훼방꾼을 만나게 되었던 것인바, 이동인에게는 부처님의 가호라 아니할 수 없을 일이었다.

그렇다면 이것이 도대체 어찌된 사연이란 말인가.

두 달 전에 운보는 집 짓던 일을 잠시 멈추고 그대로 산막을 떠나고 있었다. 이제는 집 짓는 일도 거의 마무리가 되어 읍내에 창호지라도 구하러 가는 것이 아닌가 싶어 보였으나 법랑 속에 옷가지를 챙겨 넣고 미투리까지 챙기는 것으로 보아 원행을 나서고 있음을 깨달아 모르지 않았다.

이즈음 양무 선사들께서도 소아를 찾는 일을 잠시 접어두고 암자에 머물러 있었다. 그러다 보니 매일같이 얼굴을 마주 보고 있어야 함인데 그것이 또한 민망스러워 양무 선사를 대신해서 자신이 직접 소아를 찾아 나서는 것인지도 모를 일이었다.

그랬는데 그것이 아니었다.

"소손이 잠시 한양에 좀 다녀오겠습니다. 아마도 두어 달은 걸릴 것이오니 기다리지 마시옵소서!"

그리고 운보는 암자를 떠나 한양길을 재촉했던 것이다.

그럼에도 두 선사는 운보의 한양 나들이에 대해서는 구린 입도 떼지 못했다. 운보 소웅을 초혜의 오라비로 하여 봉원사로 올려보냈던 게 자신들이었고, 그래서 한양에 인연을 만들어 다녀오겠다는데 무어라 입을 뗄 수가 있을 일이겠는가 말이다.

그러나, 운보에게는 결코 그럴만한 이유가 있었다. 양무의 선사들이 암자를 자신에게 맡겨주고자 하는 뜻을 알아차렸기 때문이었던 것이다.

"이곳은 원래 쇠돌 형님의 자리가 아니었든가!"

소아가 죽지 않고 살아 있는 것만으로도 쇠돌에게는 이미 죗값을 면한 것이나 다름이 없었다. 자신이 살인자라는 사실로 인해 양무 선사에게서 도망쳐 숨어 살며 얼마나 마음고생을 했을 것인지 눈으로 보듯(선)한 일이 아닐 수 없었던 것이다. 그래서 지금이라도 쇠돌이를 찾아가 사실을 알려주고 쇠돌의 의향을 들어볼 참이었다.

"오죽이나 두려웠으면 무슨 대군님의 수하를 자청하여, 벼슬아치가 되겠다고 허황된 꿈을 꾸고 있을 일이겠는가!"

그랬다. 그것은 허황된 꿈이었다. 쇠돌이가 족보를 만들어 벼슬길에 오른다 한들, 그것이 어찌 눈감고 아웅하는 일이 아닐 수 있겠는가 말이다. 그래서 지난번엔 쇠돌이가 운보 자신을 꼬드겼으나 이번 길엔 운보가 쇠돌이를 꼬드겨서 설득을 시켜볼 생각이었다. 세상이 바뀌지 않는 한 족보를 사서 신분을 속인다는 것은 허황된 꿈일 뿐이니 능구레로 돌아와서 산막 암자의 주지승 노릇이나 하면서 살아가라고 말이다.

물론 쇠돌이를 꼬드기는 일이 쉽지만은 않을 것이란 사실을 짐작 못하는 바는 아니었으나, 양무 선사님들을 위해서라도 그것은 아주 중요한 일이 아닐 수 없었다. 쇠돌이의 마음을 돌려놓지 못하는 날엔 운보 자신이 쇠돌이의 자리를 대신할 수밖에 없을 일이며 자칫 소아와 초혜 사이에서 엉킨 실타래를 더욱더 형클어지게 만들 수도 있다는 사실이 운보의 마음을 더욱더 무겁게 압박하고 있었던 것이었다.

운보가 봉은사에 당도한 것은 능구레를 떠난 지 열흘이 지난 뒤의 일이었다. 능구레에서 곧바로 달려온다면 이삼 일만에도 당도할 수는 있겠으나, 굳이 그럴 필요가 없었다. 그래서 예전에 초혜를 데리고 갈 때의 일을 되새기며 천천히 길을 잡아 세월을 죽이다 보니 열흘씩이나 걸린 것이었다.

봉은사에는 역시 드나드는 발길이 예나 지금이나 다름이 없었는데, 주변을 살피는 낯선 눈길들은 전혀 보이지를 않았다. 이미 동인 선사의 행적이 드러난 이상 봉은사를 살피는 눈길들이 사라진 것은 당연한 일이 아닐 수 없었던 것이다.

운보는 참으로 감회가 새로웠다. 이렇듯 봉은사를 두려움 없이 다시 드나들 수 있게 되다니 말이다. 동인 선사를 향한 감시의 눈초리가 사라졌으니 운보 또한 마음이 여유로울 수밖에 없었다.

이곳에서 운보는 근초 스님의 근황을 들어 알 수 있었다. 무공 주지 스님께서 근초 스님의 발길을 붙잡아두기 위해 보우 스님을 대신하여 개암사의 관리를 맡기시게 되었다는 사실을 말이다.

운보는 당장 개암사로 달려가려다 말고 마음을 고쳐먹는다. 지금은 자신이 초혜 앞에 모습을 드러내서는 안 될 일이기에 근초 스님에게 인사를 드리는 일을 뒤로 미루기로 한 것이었다. 그런데 이때 뜻밖의 말을 들을 수가 있었다.

"동인이가 왜나라에서 돌아와 애기보살의 북악산 치성당에 숨어 있다네!"

동인 선사와 가까이 지내던 무관 스님의 귀띔이었다. 아마도 동료 스님들과는 연통하고 지내는 것임을 알 수가 있었다. 동인 선사가 동무 스님들에게 연통하여 운보(소웅) 자신을 찾고 있더 라는 사실까지도 알 수가 있었던 것이다.

"북대문(숙정문) 바깥에 있는 초혜의 치성당이라 이 말이지?"

그것이 아무리 은밀하게 감추어진 비밀스러운 곳이라 할지라 도 운보가 그것을 찾아내는 것은 식은 죽 먹기였다. 한밤중에 도 성마저 넘나들며, 순라꾼들까지 피해 다니면 선사의 심부름을 하던 운보였다. 그런데, 도성 바깥에 새로 지어진 그깟 별저 하 나 찾아내는 일이 무에 그리 어려울 일이겠는가.

그러나, 운보는 결코 초혜 앞에 모습을 드러낼 수가 없었다. 초혜의 속내를 잘 알고 있었기 때문이었다. 그래서 초혜의 치성 당을 확인하고도 집 안으로 들어갈 수가 없었다. 동인 선사만 조 용히 만나보고 쇠돌이를 만나보러 갈 참이었다.

그랬는데, 참으로 희한한 광경을 목격하게 되었다. 동인 선사 가 관복을 입고 여인네들이 타고 다니는 초혜의 꽃가마를 이용 하여 초혜를 시녀로 분장시켜서 도성을 드나들고 있는 광경을 목격하게 되었던 것이다.

"오호라. 초혜가 선사님을 중궁전으로 데려가 왜나라의 실상 을 복명해 올리도록 하고 있음이로구나!"

그리하여 은밀하게 뒤를 살피다가 또 다른 염탐꾼이 있다는 사실도 발견하게 되었던 것이었다. 그리하여 염탐꾼의 배후에 김홍집이란 인물이 있다는 사실까지도 알아차릴 수가 있었던 것 이었다.

김홍집은 운보도 아는 인물이었다. 운보가 봉원사로 올라오기 전부터 동인 선사의 승방을 드나들던 인물인데, 어찌 그를 모를 수가 있겠는가.

그렇다고 물론 서로가 살가운 사이는 아니었다. 왠지 모르게 운보(소웅이)를 대하는 태도가 살갑지를 못했고, 근자에 들어서는 얼굴도 자주 볼 수 없었던 게 사실이기는 했다. 아무리 그렇기는 하더라도 그것이 운보가 신경을 쓸 문제는 아니었다. 서로가 살갑게 지낼 관계는 아니기 때문이었다.

그랬는데, 그 김홍집이 낯선 사내들을 데리고 은밀하게 선사님을 추적하는 것이 목격된 것이다. 서로가 모르는 사이도 아닌데 은밀하게 숨어서 말이다. 운보가 그 모습을 보고도 어찌 김홍집의 행동을 수상쩍게 생각하지 않을 수 있을 일이겠는가.

20. 실패한 거병

이동인은 한사코 운보를 자신의 곁에 붙잡아두고자 했다. 그러나 운보는 그럴 생각이 눈곱만큼도 없었다. 운보의 눈에는 선사나 쇠돌이나 다를 것이 조금도 없어 보였던 것이다.

물론, 운보도 선사를 탓할 자격은 없었다. 권력에 맛을 들인 것으로 말하자면 초혜라 하여 다를 것이 뭐가 있겠는가. 초혜가 대궐을 드나들며 왕실 무당이라 하여 손가락질을 받게 된 데에는 운보 자신의 탓도 없다고는 할 수 없을 일이기 때문이었다.

"안돼! 초혜도 그렇고 선사님도 그렇고, 결코 제대로는 안돼!"

그렇다고 운보가 할 수 있는 일이 뭐가 있겠으랴마는 그래도 생각을 하다 보면 무언가 할 일이 있긴 있을 것이었다. 두고두고 생각을 해보면 말이다.

게다가, 지금 당장은 할 일이 따로 있었다. 쇠돌이 문제였다.

"내가 쇠돌 형님의 문제를 해결하고자 이곳으로 발걸음을 해 놓고 정작 할 일은 외면한 채 다른 일에만 매달려 있질 않은가!"

물론, 쇠돌의 문제로 발걸음을 했다고 해서 어찌 초혜나 동인 선사의 문제마저 남의 일처럼 외면할 수가 있겠으랴마는, 그래 도 이제는 쇠돌이에게 찾아가 볼 때가 된 것임엔 분명했다. 그러 면서도 한편으론 마음이 무거운 것 또한 사실이었다. 쇠돌이를 능구레로 데려가기 위해서는 기필코 소아의 문제를 거론하지 않 을 수 없을 일이요. 그러다가 자칫 소아를 쇠돌에게 떠넘기기 위 해 수작을 부리는 것쯤으로 오해를 받을 수도 있을 것이란 사실 때문이었다. 소아의 얼굴 흉터 때문에 쇠돌이라면 충분히 그렇 게 생각할 수도 있을 일이었다.

그랬기에 훗날 오해를 받을 때는 받더라도 지금은 기필코 소 아의 얼굴 화상 문제는 숨길 수밖에 없을 일이었다. 그것이 쇠돌 이를 기망하는 일이 될지라도 말이다.

한편, 이동인은 이때, 운보가 기필코 자신의 곁을 떠나겠다고 하자, 그도 역시 이곳에 더 이상 머물러 있을 수가 없었다. 자신 의 존재가 세상에(훤-히) 드러나서, 저승사자가 뒤를 쫓고 있음 을 확인해 놓고도 이대로 머물러 있을 배짱이 그에게는 없었던 것이다.

"일개 중놈이 나라에 충성을 한다 하여 세상이 바뀔 것도 아니거니와…"

이럴 바엔 차라리 왜나라로 건너가 그곳에서 중놈으로 살아가리라 마음을 다지고 있었다. 부처님을 모신 승려가 왜나라에 있으면 어떻고 조선 땅에 있으면 어떻더란 말이던가. 몸이야 어디에 있든 승려로서의 본분만 다하면 그만이 아니겠느냔 말이다.

"이제 봉원사도 조선 땅도 내가 머물 곳이 아니니 어이할꼬!"

운보 소응이가 자신의 곁을 떠나는 것만으로도 깨달아 알 수가 있을 일이었다. 그 녀석이 결코 자신의 안위를 책임질 수 없어 기어이 떠나는 것임을 말이다. 그것은 너무도 당연했다. 천하의 운보라 한들, 살수들이 소총이라도 소지한다고 한다면 남의 안위를 지켜주는 것은 고사하고 운보 자신의 안위조차도 지켜낼 수가 없을 테니 말이다.

이동인은 즉시 주상에게 고하여 자신이 다시 일본국으로 밀항을 하겠다는 의사를 밝힌다. 주상이라 하여 눈치가 없는 분이 아니셨다. 이번에 스스로 밀항을 하고 나면 언제 다시 바다를 건너와 왜나라의 동태를 전해줄지 그것이 정녕 걱정스럽지 않을 수 없었던 것이다.

게다가, 애기보살 초혜를 통하여 살수들을 만난 사실까지도 잘 알고 있었다. 이동인은 운보의 간청에 따라, 자신의 목숨을 구해준 인물이 운보라는 사실만은 숨기고 있었으나, 칼잡이들에게 습격을 받은 사실만은 숨기지 않았던 것이다.

주상께서는 결코 이동인을 놓치고 싶지 않았다. 수신사를 백명을 보내면 무엇하고 천 명을 보내면 무엇하겠는가. 이동인이 전해주는 왜나라의 동태를 단 한마디도 들어보지 못할 것을 뻔히 알고 있음이니 말씀이다.

그리하여 주상께서는 이동인에게 밀지를 내려 왜나라에 밀사로 파견을 하게 된다. 그래야만 왜나라에서의 특이한 동향이 확인되면, 곧바로 귀국하여 복명을 해 올릴 것이기 때문이었다.

이동인을 왜나라에 밀사로 파견한 뒤 주상께서는 조정의 개혁부터 추진해 나가기 시작했다. '통리기무아문'이란 개혁의 정책을 담당할 기구를 설치하고, 그것을 열두 개의 부서로 나누어 외교통상과 함께 신식 군대를 양성하기 위한 업무를 추진토록 했던 것이다. 정승들로 하여금 총리대신으로 임명을 하여 정책을 추진해 나갈 수 있는 열두 개의 부서 "즉" 12사의 당상에 이재면과 조영하, 민겸호를 배치하였다.

이재면은 주상의 형이요 대원군의 장자로서 대원군 세력의 발호를 염두에 둔 인사였으며, 대왕대비의 척족 세력과 민씨 일문의 세력을 두루 끌어안기 위한 인사 조치였다.

주상은 정녕 마음이 조급했다. 왜나라에 대한 위기를 몸소 깨달아 느끼고 있었던 것이다.

(자칫 머뭇거리고 있다가 저 간악한 왜인들에게 무슨 봉변을 당할지 모를 일이거늘…!)

환재대감의 빈자리가 참으로 크게 느껴질 뿐이었다. 저들이 군함을 동원하여 무력으로써 도발해 오는데도 반항 한번 못 해 보고 끌려다녀야 하는 형편이었으니 말이다. 그것이 조선의 실상이었다. 주상이 어찌 마음이 조급하지 않을 수 있을 일이겠는가. 이동인의 보고에 의하면 왜나라는 이미 조선을 침공할 모든 준비까지 끝마쳤다고 했던 것이다.

"개혁정책을 차질 없이 추진하여 나라가 부강해야만 국방도 튼튼히 할 수 있을 것인바."

그것만이 백성을 살리고 나라를 지키는 길임을 주상께서는 잘 알고 있었다. 그랬기에 개혁정책을 과감하게 추진해 나가고자 했던 것이다.

그랬는데, 갑자기 뜻하지 않은 걸림돌이 등장을 했다. 최익현 이라 하는 인물을 필두로, 수구파의 유생들이 전국의 건달세력 들을 부추기며 결사 항쟁으로 주상의 개혁정책에 반기를 들고 나섰던 것이었다. 거기에는 수구파의 유생들뿐만 아니라 일반 양민들까지 가세하여 조선천지가 (들썩들썩)했다.

그렇다고 개혁정책을 중단할 수는 없었다. 유생들의 공갈과 협박에도 결코 물러설 수가 없었던 것이다. 그래서, 개혁정책에 필요한 재정을 확보하기 위하여 화폐 주조와 더불어 광산개발까 지 추진해 나가고 있었다.

더불어 왜나라와 청나라에 신사유람단과 영선사를 파견하여, 근대화되고 있는 두 나라의 문물을 사찰하고 학습하여 배워 오 도록 했다.

주상의 심지가 얼마나 굳건하고 결연한지를 보여주는 결과가 아닐 수 없었다. 조선의 개화, 개혁 정책이 왜나라와 청나라를 따라잡지 못하면 그들 두 나라의 틈바구니에서 나라가 결딴날 수도 있다는 사실을 주상은 이미 간파하고 있었던 것이다.

"지금도 늦었음이야! 어서 빨리 서두르지 않으면 저들의 야욕 을 어찌 막아낼 수 있단 말이든가!"

그들은 이미 무력으로 협박을 해오고 있었고, 그것이 바로 침공의 전조임을 주상께서는 이제 피부로 깨달아 느끼고 있었다. 그들이 조선을 돕고자 개항을 요구하는 것이 아니라 목적이 따로 있다는 사실을 말이다.

그럼에도 이제는 조정의 중신들까지 개혁정책을 중단해 달라며 유생들의 편을 들어 들고 나섰다.

(등 따숩고 배부르면 됐지. 어찌하여 개혁정책이니 뭐니 해서 벌집을 쑤셔 놓는단 말인가!)

나이 어린 주상의 철부지한 정책에 중신들은 마냥 심기가 불편했던 것이다.

(어서어서 굼불을 지피거라. 그래야 연기가 피어오르지!)

운현궁의 아재당에 똬리를 튼 이무기가 드디어 용틀임을 하기 시작했다. 유생들에게 힘을 북돋아 주기 시작했던 것이다.

(아직 닥치지도 않은 나랏일을 걱정하다가 임금 노릇 제대로 해 먹나 두고 보자 이놈!)

민심이 바로 천심이라 했다. 민심이 들끓고 있음에 하늘이 어찌 무심할 수가 있겠는가. 임금이 정책을 잘못 추진하여 일반 백성들까지 유생들과 합세해서 조정에 반기를 들고 있음에 나라가 결딴날 조짐이 분명했다.

드디어 때가 온 것이다.

"됐다! 하늘이 드디어 나를 돕고 있음이로고!"

때를 기다리며 움츠리고 있던 늙은 여우가 드디어 발톱을 드러내기 시작을 한 것이다. 그러니까 대원군의 오뚝이 인생이 다시 한번 백성들 사이에서 오뚝이처럼 들고 일어나는 순간이었다.

(임금이 외세와 맞서 싸우지도 못하고 그놈들의 비위를 맞춰

주느라 영선사니 유람단이니 그딴 것만 보내고 있으니 원!)

(임금이 그렇게 나약해서야 어찌하누! 지금이라도 대원군이 나서서 강단 있게 맞서 싸우면, 지놈들이 설마 땅덩이를 짊어지고 가겠는가!)

사람들은 주상을 비웃었다. 임금이 나약해서 외세와 맞서 싸우지를 못한다고 말이다. 그래서 지금이라도 대원군이 나서서 강단 있게 외세와 맞서야 한다고들 떠들어댔다. 설사, 싸우다가 지더라도 지깟 놈들이 땅덩이야 짊어지고 가겠느냐는 뜻인데 그것이 바로 척왜척화를 부르짖는 흥선대원군의 지론이었다. 그러니까 결론적으로 말해서, 주상은 나이가 어려 외세를 감당하지 못하고 있으니 지금이라도 대원군이 권좌에 복귀해서 외세를 막아내 달라는 뜻이었다.

이 당시, 왜나라 "즉" 일본국은 우리 조선을 손아귀에 넣기 위하여 중국과 러시아는 무력으로 상대를 하고, 미국을 비롯한 서방과는 외교력으로 상대를 한다는 전략을 세워놓고 그것을 하나둘씩 실천에 옮겨가고 있었던 것이었다.

그리하여 병력을 대규모로 양성해 놓고, 화력이 막강한 서양의 신식 무기를 들여와 무장을 시킨 뒤에 강철로 된 군함까지 여러 척을 확보해서 조선공략의 시기만을 저울질하고 있는 참이었다.

주상께서는 이미 그 사실을 이동인을 통하여 잘 알고 있었던 것이다. 그리하여 개혁정책을 서둘러 추진해 나가면서, 미국과 프랑스 러시아 등과 조약체결을 서두르고 있었다. 일본과 중국의 야욕에 대비하여 그것을 견제하고자 함이었다.

그러나, 운현궁의 세력들에 의해서 백성들에게는 그것이 외세를 끌어들이는 행위로 알려지게 되었고, 조정의 중신들에게는 밥그릇을 뺏기는 행위로 비치게 되었다. 그것이 백성들과 더불어 조정의 중신들이 들고일어나기 시작을 한 원인이었다.

(이러다가 조정의 권력은 모두 개화파 세력들에게 넘어가고 말겠구나! 도대체 주상을 꼬드기는 자가 누구더냐? 그놈을 찾아내어 그놈부터 때려잡아야 한다!)

(그 자가 바로 김홍집이다! 김홍집이란 놈이 왜나라에 영선사로 다녀오면서 주상의 마음을 흔들어놓은 장본인이다!)

(김홍집이란 놈을 때려잡아야겠구나. 왜나라와 청나라만 해도 우리가 상대하기 힘에 겹거늘. 이제는 아라사도 모자라서 미리견이라니…!)

김홍집은 다급했다. 그리하여 생각해 낸 것이 주상을 방패막이로 내세우는 일이었다. 그게 바로 이동인의 밀사 문제를 세상에 터뜨리는 일인 것이다.

"중놈의 밀사 문제를 세상에 터뜨리면 소낙비는 피해갈 수 있을터!"

그리하여 여기저기 소문을 퍼뜨리고 다녔다.

〈봉원사의 이동인이라 하는 중놈이 주상의 밀명을 받고 왜나라를 들락거리며 성총을 흐려놓고 있다!〉

그러자 김홍집의 예상은 적중했다.

(일개 중놈을 조정의 밀사로 보내다니 결코 묵과할 수 없는 일이로다!)

그러나, 민심이 요동을 치는 것까지는 좋았는데 그게 김홍집의 예상대로만 흘러가 주지를 않았다. 그것은 당연한 결과였다.

세상은 이미 김홍집을 주시하고 있었고, 그의 입을 통해 흘러나온 말들은 자연스레 그 진원지가 드러나지 않을 수 없을 일이었던 것이다.

(일개 중놈이 조정의 밀사가 되었을 때는 당연히 조정에 그놈을 비호하는 세력이 있을 것이 아니더냐!)

그 세력이 누구이겠는가. 중놈이 주상과 교통을 하게 만든 장본인이 김홍집이라면 그 비호 세력도 김홍집 일당일 것임에는 이론의 여지가 없음이 아니겠는가 말이다. 그랬기에 주상이 밀사를 파견한 사실을 알고 있는 것도 김홍집 일당일 것이요, 소문을 퍼뜨린 것 또한 김홍집 일당일 것이라는 사실이었다. 결국은 김홍집이가 소낙비를 피하기 위해서 주상을 방패막이로 내세우게 된 것이라는 결론이었다.

김홍집은 그만 몸을 납작 엎드릴 수밖에 없었다. 괜히 변명이나 하겠다며 나섰다가는 환재대감의 문제까지 거론이 되어 자신이 독박을 쓸 지경에 이르고 말았음을 깨닫게 되었던 것이다. 그것이 바로 소낙비를 피하는 올바른 방법이었다.

그런데 원래부터 불똥은 주상을 향하고 있었다. 김홍집은 거저 주상을 태워 없애기 위한 불쏘시개에 불과할 뿐이었다.

(주상의 개화정책이라 하는 것이 중놈을 정사에 끌어들이는 것이었단 말이더냐?! 이것이 바로 우리 중신들을 무시하는 처사가 아니고 무엇인가!)

조정의 중신들 대부분은 흥선군의 떨거지들이었다. 그들에게 드디어 용상을 쥐고 흔들 수 있는 기회가 찾아온 셈이었다. 그래야만 흥선 대원군을 권좌에 복귀시켜 자신들의 세상을 펼쳐나갈 수가 있을 것이기 때문이었다.

(중신들을 무시한다는 것은 임금 혼자서 정치를 하겠다는 의도가 아니든가, 그렇다면 우리가 동청을 할 필요가 없지!)

조정의 중신들과 주상 사이에 한판 승부가 시작된 것이었다. 운현궁의 사주를 받은 일부의 골수분자들이 주동이 되어 편가르기를 한 사건이었으나 주상의 편에 서 있던 몇몇 중신들마저 눈치를 볼 수밖에 없었다.

그 덕분에 김홍집도 소낙비를 피해갈 수 있었다.

참으로 세상은 뒤숭숭했다. 도성에서는 길거리에 좌판을 늘어놓고 지나가는 사람들의 서명을 받아 (척왜척화)를 외치며 만인소까지 올리는 지경에 이르고 있었다. 할 일 없는 지방의 유생들이 때를 만났다는 듯 서로 연통하여 도성으로 몰려들었는데 앞장서서 설치는 자들의 대부분은 조상의 이름을 앞세운 팔난봉꾼의 무리들이었다. 과장에는 나가봤자 낙방만 할 뿐이나 그래도 조상님의 이름을 팔아 지방에서는 제법 거들먹거리는 부류들이었다. 그들이 때를 만난 것이다.

"이번 참에 대원위 대감의 눈에 들기만 하면…?"

그래서 그들은 앞다퉈 운현궁을 찾아다니며 이름을 알리기에 여념이 없었다. 남들은 천 냥을 주고 벼슬 한 자리 구할 수 있다면 자신들은 백 냥만 주고도 대원위에게 이름을 내세울 수 있을 일이었기에 그들은 정녕 사생결단하고 설쳐댔다.

게다가, 망둥이가 뛰면 꼴뚜기도 뛰게 되는 법이다. 대원위가 개혁정책을 시행한다면서 풍속을 뜯어고칠 때는 구린 입도 떼질 못하다가, 주상이 개혁정책을 시행한다니까 그 사실의 진위도 제대로 알지 못한 채 서구의 여러 나라와 조약을 체결해 나가는 사실을 들어 나라를 팔아먹는 일이라 떠들어댔던 것이다.

"재선이를 불러들이거라!"

5척(150㎝)의 거인이 드디어 기지개를 켜기 시작했다. 5척의 체구에 족제비 상을 한 깡마른 노인을 거인이라고 하는 것은 제왕의 아비인 대원군이라고 하는 위상 때문이었다.

대원군이 목청을 높이자 덩달아 바빠지는 것은 천하장안들이었다. 이제나 저제나 대감 나으리의 헛기침 소리만을 기다리고 있던 이들 불량배들은 드디어 세상이 미쳐서 뒤집힐 조짐을 눈치채고 신바람이 나지 않을 수 없었다. 드디어 거인의 용틀임이 시작되었기 때문이었다.

이때가 고종 17년(1880년)이요, 대원군의 나이 예순한 살로서 이해 섣달 스무하룻날이 바로 그의 회갑일이기도 했다.

조선 백성들의 평균수명인 불혹의 나이가 사십 세임을 고려할 때 대원군도 이제는 권력의 욕망을 내려놓고 손주들의 재롱이나 즐기면서 살아갈 때가 되었음이 분명하나 그에게는 결코 권력을 향한 욕망에서 물러서는 법이 없었다. 이재선이를 불러들인 이유가 거기에 있었다.

"이제 때가 되었다. 출병 준비를 서두르거라!!"

드디어 이재선이에게 출병 명령이 떨어지고 있었다. 출병 일자는 한가위가 지나고 닷새 후인 팔월 스무 하룻(8월 21일)날이었다. 이날로 거사 일이 결정된 것은, 이날이 바로 경기도 감시의 초시가 있는 날이어서 건달 유생들이 구름처럼 모여드는 날이기 때문이었다. 공부하기 싫어 놀고먹던 건달들은 이날을 학

수고대했다.

"그날이 바로 사대부 양반의 위상을 드러내 보일 수 있는 절호의 기회이거늘―!"

그랬기에 집안에서 부리고 있는 종복들을 앞세워 (지필묵이며 짚신 꾸러미에 먹을거리까지 잔뜩 짊어지워서) 거드름을 피우며 과장에 등장하는바, 그 숫자가 수천 명에 이른다고 했다. 대원군이 바로 그 점을 노린 것이다.

(그놈들을 선동해서 도성으로 밀고 들어가면…?)

참으로 안성맞춤이 아닐 수 없었다. 유생들이 상소를 올리러 도성으로 들어간다는 명분까지 만들어 놓았다. 이재선이의 사병들이 그들 틈에 뒤섞여 도성으로 진입한다면 만사는 손쉽게 끝장을 낼 수 있음인 것이다.

대원군은 이날을 대비하여 전직 관료들까지 여러 명 포섭해 두고 있었다. 안기영, 권정호, 채동술 등 30여 명이나 되는 관료 출신들이었는데, 그들로 하여금 유생들을 선동할 내용은 이러했다.

= 지금의 조정은 중전이 사치하고 척족이 득세하여 사사로이 왜인들과 통교하였을 뿐만 아니라, 일부 연소배들의 사주로 양이와도 통교하니 장차 이 나라를 오랑캐의 땅으로 만들고자 함이 아닌가. 이에 뜻있는 유생들이 만인소까지 올려 누차에 걸쳐서 지성으로 간하였으나 간압되지 아니한바, 반정을 해서라도 나라의 기강을 바로 세우는 것이 도리일 것이다. =

그랬는데, 반정을 한다는 사실에 겁을 먹은 일부의 유생들이 꽁무니를 빼는 뜻밖의 사태가 발생하고 말았다.

(우리는 반정에 둘러리를 섰다가 군사들에게 칼 맞아 죽고, 일

개 서출 놈을 왕위에 올려서 나라의 기강을 무너뜨려지는 것이 사대부가 목숨을 버리면서까지 나서서 할만한 의로운 일은 아닐 것이로다.)

유생들도 이미 이것이 이재선이의 군사 반정이라는 사실을 다들 알고 있었다.

(이제 겨우 스물여섯 살짜리의 국모에게 죄를 뒤집어씌워 반정을 해서 서출 놈을 왕위에 올려 앉히고자 우리가 목숨을 걸어야 한단 말이더냐!)

유생들이 꽁무니를 빼는 이유는 그뿐만이 아니었다.

(자칫 거사가 실패하면 우리에게 남는 것은 멸문지화일 뿐이요. 거사가 성공한다고 해서 우리에게 남는 것은 또 무엇이란 말이냐!)

유생들이라 해서 모두가 기회주의자들만 있는 것은 아니었다.

(흥선군은 서출들을 위한 개혁정책을 펼쳐도 되고 주상은 양이와 통교를 한다고 해서 반정으로 왕위를 서출에게 넘겨야 한단 말이냐!)

유생들에게는 결코 대원위의 (지난날) 개혁정책에 대해서도 반감이 사그라지지 않고 있었던 것이다. 대원위가 풍속을 개혁한다면서 저지른 속내를 그들이라 하여 어찌 모를 일이겠는가.

어쨌거나 이하응은 통탄을 했다.

"유생이란 놈들은 저래서 안 된다니까! 나, 대원위가 하자면 하는 것이지 웬 이유가 그리도 많단 말이냐. 못난 것들 같으니!"

비록, 이번에는 못난 유생 놈들 때문에 거사를 성사시키지 못했다고 할지라도 기필코 재선이를 왕위에 앉혀야 할 이유는 있었다. 서출이라 하는 약점을 보완해줄 버팀목으로써 이재선은 대원군이 죽을 때까지 조정의 권좌에서 내쫓지 못할 것이기 때문이었다.

그런데, 한 번 일이 틀어지고 나자 계속해서 일이 틀어지고 있었다. 광주산성에 근무하고 있던 장교 이풍래가 그만 겁을 집어먹고 생각을 바꾸고 말았던 것이다(장교란 일개 하사관의 직급을 말함인 것이다).

"그 많은 유생이 거사 계획을 알고 말았으니, 이 사실이 조정에 알려지는 것은 시간문제가 아니겠는가!"

이풍래는 재빨리 도성으로 달려가 의금부에 고변을 했다.

그리하여 이풍래의 고변으로 인해서 세상은 그야말로 피바람을 일으킬 조짐을 보이고 있었다. 수백여 명의 연루자들이 줄줄이 엮여 들어가기 시작했다. 그럼에도 흥선대원군 이하응은 구린 입도 떼질 않았다. 이럴 때는 거저 시치미를 (뚝-!) 떼고 가만히 있는 것이 상책이란 사실을 그는 잘 알고 있었던 것이다.

"그깟 놈들이야 얼마가 죽든, 운이 없어서 죽는 것이니 누구 탓을 하겠는가. 나만 죽지 않고 살아 있으면 언젠가는 다시 기회가 찾아올 것이거늘-!"

대원군은 정녕 눈도 깜박하지 않았다. 자신이 권력을 다시 잡기 위해서는 그까짓 희생쯤이야 얼마든지 감수를 할 수 있음인 것이다. 그것을 어찌 인간이라 할 일이겠으랴마는 그가 미치광이인 것은 이미 세상이 다 알고 있는 일이었으니 문제는 바로 주상이 아직은 나이가 너무 어리다는 사실이었다. 그랬기에, 대원군을 권좌에 그냥 놔두던지, 단호하게 손발을 묶어둬야 하는 것임에도 그러지를 못하고 있음에 그것이 바로 문제라 함인 것이다.

하여간에 대원군의 권력에 대한 욕심으로 인하여 수백여 명의 연루자들이 줄줄이 엮여 들어갔고 이재선이의 사병들까지 검거가 되면 그 숫자는 수천여 명에 이르게 될 것이었다.

그런데 여기서 문제가 되는 것은 당연히 대원군이었다. 영의정 이최응과 병조판서 조영하가 앞장서서 흥선군에게 죄를 주자고 청하였다. 그렇다고 그에게 참수를 하자고 할 수야 있겠으랴마는 이번 참에 아예 그의 손발을 묶어두고자 했던 것이다.

그것은 참으로 옳은 판단이었다. 그리고 당연히 그렇게 했어야 했다. 흥선군으로 인하여 앞으로도 얼마나 더 많은 정책의 혼선이 있을 것인지를 생각한다면, 결단코 그의 손발을 묶어 둬야만 했던 것이다. 그런데 그렇게 하지를 못한 것은 바로 주상의 책임이며, 나이가 어린 탓임이 분명했다.

게다가, 주상에게는 해결해야 할 문제가 한 가지 더 남아있었다. 바로 이재선이에 대한 문제였다.

"그가 비록 서출이기는 해도 아버님의 핏줄이기에 왕위까지 노렸던 처지가 아니었든가!"

그렇다면 주상에게는 형님이 되는 것이기도 했다.

"이재선을 제주도에 위리안치토록 하라!"

중신들이 벌떼처럼 들고일어났다. 주상에게도 생각이 있었다. 이재선의 처벌 문제를 미끼로 흥선 대원군의 처벌 문제를 잠재우고자 함이었다. 중신들로서도 더 이상은 어쩔 도리가 없었다. 대원군에 대한 처벌을 계속 주장했다가는 이재선이의 처벌까지 미루면서 주상의 콧대를 높여줄 우려가 있었기 때문이었다.

물론 그것은 대원군파 중신들의 술책이기도 했다. 대원군의 처벌을 덮어두는 대신에 이재선이를 사사하는 것으로 타협을 보게 만든 것이다. 그러니까 이재선이는 어차피 사사를 해야 할 인물이었다. 그랬기에 그를 제주도로 귀양 보내라며 주상을 부추긴 것도 대원군파 중신들의 농간이었으며, 그것을 빌미로 타협을 이끌어낸 것도 바로 그들이었던 것이다.

홍선대원군이 이재선이를 시켜 군사 반정을 도모한 지 1년이 지나서야 모든 사건이 마무리되었는데, 이때가 바로 고종 18년(188년) 10월의 일이었다. 이재선이의 귀양을 명한 지 단 하루 만에 그를 사사하는 것으로 사건은 마무리가 되었던 것이다. 대원군에게는 털끝 하나도 건드리지 못한 채 사건이 그렇게 마무리가 되고 만 것이었다.

그랬는데 참으로 알다가도 모를 일이었다. 이재선이의 사병을 양성하던 유령인물 하나가 정말이지 유령처럼 흔적도 없이 사라지고 보이지를 않았다. 그는 정말이지 유령인물이었다. 그를 대신하여 이철암이라 하는 인물이 하나 처형자의 명단에 올라 있기는 하였으나 그도 역시 쇠돌바우는 아니었다. 그러니까 훈련대장 쇠돌바우의 종적은 물론이요, 그의 존재를 뒷받침해줄 과거의 행적이나 고향은 물론 일가친척 하나조차 알려진 것이 없었다. 그랬기에 그는 유령인물이 분명했다. 정녕 이 세상에 존재하는 인물이 결코 아니었던 것이다.

21. 군란의 진실(대원위의 군사반정)

이재선이의 군사 반정이 무위로 돌아간 후 유생들의 반발이 주춤해지자, 비로소 주상의 개혁정책이 본격적으로 추진이 되기에 이르렀다.

"아버님께서 또다시 유생들을 부추겨 나라가 혼란스러워지기 전에 군권부터 튼튼히 다져놓아야 함일 것이야!"

그러나, 그것이 어찌 쉬운 일이겠는가. 문제는 바로 재정이었다. 국가의 재정이 바닥이 난 상황에서 신식 군대를 양성하여 왜나라와 청나라의 위협에 대비해야 했으며, 유생들의 반발마저 대비해 나가야 했으니 주상의 심기가 여간 불편한 게 아니었다. 국가의 재정이 바닥이 난 상태에서, 개혁정책을 추진한다는 것이 어찌 쉬운 일일 것이며, 신식 군대를 양성하는 일 또한 어찌 계획대로 추진할 수가 있을 일이겠는가. 그래서 신식 군대의 양성은 뒤로 미루고 일단 교관단부터 양성하기로 했다.

그런데 국가의 재정이 이렇듯 바닥이 난 데에는 그럴만한 연유가 있었다. 호남 일대의 곡창지대가 농민군에 점령되어 세곡이 거의 걷히지 않는 데다가 다른 지역의 세곡마저도 예전의 절반도 채 걷히지 않고 있었다. 그것은 바로 흥선 대원군 때문이었다.

대원군은 그동안 운현궁에 틀어박혀 숨을 죽이고 가만히 있었던 게 아니었다. 그가 조정에 출사만 못 했을 뿐이지 막강한 권력은 그대로 유지하고 있었던 것이다.

이 시절 조정의 중신들 대부분은 물론이요, 지방의 수령들도 대부분은 그가 들여앉힌 사람들이었다. 대원군은 그들로부터 막대한 자금을 거둬들이고 있었다. 그것은 바로 경복궁의 중건에 필요한 자금이었다. 경복궁의 중건은 벌써 세 번째 이어져온 대역사였다. 한마디로 말해서 밑 빠진 독에 물 붓기나 마찬가지였다.

고을의 수령들은 결코 대원군의 요구에 거절을 하지 못했다. 조정에 올려보내는 세곡미는 제대로 채워 보내지 못하면서도 대원군이 요구하는 금전만은 한 푼도 깎지 못했다. 대원위의 위상이 조정(주상)을 앞지르고 있었기 때문이었다.

대원위가 그동안 주상을 갈아치우겠다며 벌여온 역모 사건이 어디 한두 번이었던가. 그럼에도 주상이 털끝 하나 건드리지 못하는 대원위의 권위 앞에 감히 반발을 하여 그의 요구를 거절한 수령들이 있을 리 만무했다.

게다가, 대원위에게는 명분이 있었다. 자신의 사리사욕 때문이 아니라 불탄 궁궐의 중건을 위한 지금인바, 주상이 못 하는 일을 주상의 아비가 대신한다는데 (한 해라도 수령 노릇 더 해먹으려면) 다른 방도가 딱히 없었던 것이다. 일부 고을의 수령들은 세곡미를 잘라 대원군의 요구에 충당한다고도 했다. 가뜩이나 부족한 세곡미가 또 일부는 그렇듯 대원위의 수중으로 흘러 들어가는 지경이 되기도 했던 것이다.

주상께서는 국고가 바닥이 난 상황에서도 왕실의 재정까지 줄여가며 왜나라(일본국)의 군사고문을 초빙해서 양반자제 일백여 명으로 하여금 별기대를 창설했다.

(별기대를 훈련시켜, 신식군대를 양성하기 위한 훈련 교관단으로 삼을 것이다!)

그들을 일컬어 사관생도라고 했다. 그들의 두 어깨에 조선군의 미래가 걸려 있었던 것이다. 비록 뒤늦은 감이 있기는 했지만 말이다.

그러나, 대원군은 결코 주상과는 생각이 달랐다.

"백성이라 하는 것들은 어리석어서 양이 보국의 결기만 심어주면 들풀처럼 일어나 나라를 지켜주게 되어있음이거늘, 어찌하여 그토록 쓸데없는 일에 정열을 낭비한단 말이더냐! 주상이라 하는 것이 민초들보다도 더 어리석으니 임금을 갈아치워서라도 왕실의 위엄을 되살리고 궁궐을 정비하여 천년대계를 이어갈 것이로다!"

그는 공공연히 외치고 다녔다. 수차례에 걸쳐 직접 대역을 도모하고도 털끝 하나 다치지 않는 자신에게 어느 누가 감히 그딴 말에 시비를 걸고 덤빌 일이겠는가. 원래 방귀가 잦으면 똥 싸기가 쉽다고 했다. 그의 언행으로 봐서는 또다시 무엇인가 대사를 도모하고도 남을 것임을 짐작하여 모를 리 없을 일이었다. 대원군의 위상이 주상을 뛰어넘고 있음이었다.

이 나라의 주인은 대원군이요, 주상은 오로지 대원군이 마음만 먹으면 내쫓고 바꿔 앉힐 수도 있는 인물로 위상이 격하가 된 셈이었다. 참으로 슬픈 일이 아닐 수 없었다. 한 나라에 두 개의 태양이 떠오른 셈인데, 그로 인한 불이익은 고스란히 백성들의 가슴에 생채기가 되어 남을 것이기 때문이었다.

주상에게는 아직 대원위의 수구 세력들과 맞설 수 있는 정치적 기반이 너무 빈약했다. 미리부터 설명했다시피 아직은 나이가 어린 탓이었다. 비록 성년의 나이는 넘겼다고 할지라도, 대원군을 상대하기에는 정치적 연륜이 너무 짧았고 대원위에 맞설 수 있는 민승호와 같은 강단 있는 인물도 없었다.

게다가, 주상의 개혁정책에 발목을 잡는 가장 큰 이유는 바로 재정적 압박이었다. 일백여 명의 별기군 교관단을 이끌어 나가는 것만도 주상에게는 힘에 겨운 일이었다. 왕실의 재정을 줄여서 별기군을 이끌어 나간다는 것은 불가능했던 것이다.

주상으로서도 드디어 결단을 내리지 않을 수 없었다. 왜나라와 청나라를 견제하기 위해서는 필히 신식군대를 양성해야만 했으나, 그러기 위해서는 구식군대의 재편만이 유일한 해법이 될 수밖에 없었던 것이다.

《5군영을 해체하여 전쟁을 수행할 수 있는 젊은 병사들만 남겨서 무위영과 장어영의 2군영으로 개편하고 나머지는 모두 고향으로 돌려보내서 생업에 조사토록 할 것이며, 2개 군영의 젊은 병사들은 별기군의 교관단으로 하여금 그들을 훈련시켜 신식군대를 만들도록 하라!》

2개 군영의 젊은 병사들에게서 불만이 터져 나오기 시작했다.

"우리가 별기대의 어린 것들에게 군사훈련이나 받으면서 소총까지 잡아야 한단 말이냐!"

소총부대라고 하는 것은 전쟁터로 보내지기 위한 전투부대를 말함인 것이다. 그러니까 왕명으로만 움직이는 수도 방위의 금군들을 제외한 5군영의 군대란 국가 차원의 주둔군으로서 요즘처럼 산발적으로 벌어지고 있는 충돌에는 그들이 출동하는 일이 없었고, 또 출동해서도 안 되는 일이었다. 더 큰 대규모의 전투에 대비해야 하기 때문이다.

그랬는데, 소총부대로 다시 훈련을 받는다는 것은 그 의미가
다른 일이었다. 소규모의 전투에도 곧바로 출동하게끔 되어있는
것이 바로 소총수들이기 때문이었다. 그래서 전쟁터로 끌려가지
않으려고 포수들마저 씨가 말라버린 것이 현실이었다. 그 덕분
에 조선의 산야에는 늑대들이 번성하는 계기가 되기도 했지만,
소총수가 되어 전쟁터로 끌려가는 것을 원하는 사람은 하나도
없었던 것이다.

그런데, 별기대의 교관들이 훈련을 시키는 것은 바로 소총수
의 양성이었던 것이다. 그것이 무엇을 의미하는지는 굳이 설명
이 필요 없을 일이었다. 서양의 오랑캐들이 군함을 몰고 와서 분
탕질을 칠 때마다 자신들이 즉시 출동하게 될 것임을 어찌 깨달
아 모를 일이겠는가.

게다가, 퇴역군인들은 퇴역군인들대로 불만이 많았다.

"우리더러 고향으로 돌아가서 농사나 짓고 고기나 잡으란 말
인가!"

그러나 그것은 그래도 양반이었다. 천민으로 군대에 끌려온
사람들에게는 농사나 짓고 고기를 잡으면서 평범한 삶을 살아갈
수도 없음인 것이다.

그랬다. 군노로 징집이 되어 병사가 된 사람들은 그들의 신분
에 따라 백정이 되거나 갖바치 또는 옹기장이 등의 일에 종사해
야 함인데, 그것은 쉽지 않은 일이었다. 자신의 직분에 따라 기
술을 배우고 익혀야 할 나이를 지나서 이제는 아무것도 할 수가
없는 퇴물인간이 되어 버렸으니 말이다.

그렇다고 군영에 그냥 남겨진다는 것도 문제였다. 전쟁이 일

어난다고 해도 그들이 할 수 있는 일이란 총알받이가 되는 것뿐이기 때문이었다. 이제 창, 칼을 잡고 머리 숫자로 전쟁을 하는 시대가 지나버린 것이다. 허긴, 임진왜란 때도 벌써 왜나라나 청나라는 소총으로 무장하여 전쟁을 하지 않았던가. 그런데도 아직 정신을 못 차리고 군사들에게 창칼이나 손에 쥐여준 채, 외세와 맞서겠다니 참으로 개탄을 금할 수 없을 일이었다. 퇴역군인들의 처지가 불쌍하다고 하여 그들을 그냥 군영에 묶어 둔다는 것이 개편하는 것보다 더 문제가 되는 이유였다.

주상께서는 이미 그 사실을 깨달아 알고 있었다. 퇴역군인들에게는 그것이 다소 가혹한 일이기는 하였으나 지금이라도 군대를 해산하고 신식군대를 양성한다는 것은 그나마 다행스러운 일이 아닐 수 없었다.

그러나 퇴역자들은 단 한 명도 고향으로 돌아가지 않고 떼거리를 지어 몰려다니며 도성밖에 머물러 있었다. 전쟁이 일어나서 무위영과 장어영의 소총부대가 전쟁터로 투입이 되고 나면 자신들을 다시 불러 군영을 새로 정비하게 될 것이라는 이유 때문이었는데 그것은 사실 변명일 뿐이요 진정한 이유는 정녕 따로 있었던 것이다.

"군영에서 쫓겨난 퇴역자들을 한 놈도 고향으로 돌려보내지 말고 몰래 여비를 나누어 주어 도성 인근에 붙잡아두도록 하라!"

대원군의 밀명이었다. 그는 이미 군영을 개편한다는 소문을 듣고 측근의 가신인 허욱에게 지시하여 퇴역군인들을 몰래 붙잡아두라고 조처를 해 놓았던 것이다. 그러기 위해서는 그들에게 먹고 잘 수 있도록 편의를 제공해 줄 수밖에 없을 일이었다. 그러나 그 돈도 만만한 것이 아니었다. 일만여 명에 달하는 엄청난 숫자이기 때문이었다. 그들을 먹이고 재우기 위해서는 대원군이 경복궁의 중건을 늦추는 한이 있더라도 직접 사재를 털어서 조달해야만 했던 것이다.

"내게 군사들을 거둬들여서 용상의 주인을 바꾸라는 하늘의 뜻일 것인즉!"

열성조의 귀신들이 자신을 도와주고 있음이었다.

"주상이 제 스스로 묘혈을 파고 있음이니 어찌하겠는가. 일단은 군영에서 쫓겨난 군사들을 동원하여 대궐을 장악한 뒤에…"

주상이 자신의 말을 잘 듣고 용서를 빈다면 크게 혼찌검을 내서 버릇을 고쳐준 후, 후궁들의 치마폭에 안겨주어 놀고 있으라 하고,

"정치는 내가 해야 나라의 기강이 바로 설 것이거늘!"

그러나 중전만은 기어이 철퇴를 내려서 주상의 콧대를 꺾어놓아야 할 일이었다. 중전이 있으므로 해서 주상이 기운을 얻어 아비를 조정에서 내쫓는 패륜을 저지르고 있는 것이기 때문이었다.

"고것이 주상ㄴ에게는 천군만마보다도 더 든든한 후원자일 것임에…"

기필코 처단하여 후환을 없애야 함이었던 것이다.

"만약에 주상이 내게 용서를 구하지 않는다면 그것들을 한꺼번에 처단하여 새로운 국본을 용상의 주인으로 내세우면 될 것이거니와."

그것은 이미 준비가 되어 있었다.

"재선이란 놈이 참으로 운이 없음이야! 하지만 내게는 준용이가 있지 않은가!"

준용이란 바로 큰아들인 이재면의 아들로서 맞손주가 되는 인물이었다. 그랬기에 서출인 이재선이와는 달리 왕재로서 아무런 하자가 없는 준비된 인물이나 다름이 없었다. 게다가, 나이까지 어리니 더더욱이나 더 대원군의 마음에 쏙 들었다. 자신이 죽을 때까지 섭정을 할 수 있을 것이기 때문이었다.

그러나, 퇴역군인들을 이용하여 용상을 바꿔치자면 치밀한 계획이 필요했다. 그들의 손에 일부라도 무기를 들려주어야 함은 물론이요 또한 그들을 앞세워서 대궐을 들이치자면 명분이 필요했다. 명분 없는 거사는 오로지 권력을 쟁취하기 위한 방편으로밖에 비쳐지지 않을 것이기 때문이었다.

거사 계획은 차근차근 진행되어갔다.

원래 관료들의 급료는 곡식으로 지급이 되는 게 통상적인 관례였다. 그런데 이해 유월 초닷샛날, 훈련도감 소속의 군인들에게 료미가 지급되고 있었는바, 그들에게 지급된 료미 속에 껍질이 덜 벗겨진 멥쌀과 모래뿐만 아니라 겨까지 잔뜩 섞여 있었다.

(어찌하여 지급 받은 료미 속에 모래와 겨가 그토록 많이 섞여 있는 것일까? 그럼 료미를 지급 받을 때는 그것을 확인해보지 않았더란 말이더냐!)

그것이 참으로 알다가도 모를 일이었다. 더러 껍질이 덜 벗겨진 멥쌀은 많이 섞여 있을 때도 있기는 했다. 방앗간에서 밤샘하다 보면 더러 그런 일이 생기기도 했던 것이다.

그렇게 지급을 받아서 가지고 갔던 료미에서 그것도 일부의 몇몇 군사들의 료미에서만 그런 일이 생긴다는 것은 이해가 불가능한 일이었다. 앞서 설명을 했다시피, 료미 속에 껍질이 덜 벗겨진 멥쌀이 섞이는 경우는 더러 있다고 했다.

그러나 겨와 모래는 일부러 넣어야 가능한 일이었고, 그랬다면 료미를 지급할 때 벌써 난리가 났을 일이었으며, 그것을 몇몇 사람에게만 감쪽같이 집어넣어서 눈속임할 수는 없을 일이었다.

그랬는데 그런 일이 실제로 일어났다. 무려 십여 명이 넘는 군인들이 가지고 갔던 료미를 되가지고 와서 난동을 부리기 시작하자, 마치 기다리기라도 했다는 듯 훈련도감 소속의 군인들이 몽땅 몰려나와 난동에 합세했으며, 그것이 결국은 폭동으로 이어질 기미를 보이기 시작했다.

그러자 포도청에서 달려와 주동자들을 잡아 가두게 되었다.

드디어 때가 된 것이다.

이때가 주상이 군영을 개편한 지 5개월여만인 고종 19년(1882년), 임오년의 유월 초닷샛날이었다.

드디어 퇴역군인들에게 기다리던 소집령이 하달되었다. 도성 바깥에서 무리 지어 떠돌던 퇴역자들이 대번에 소집되기 시작했고, 그들 중 수백 명은 무장까지 갖추고 있었으며 그들에게는 이미 각지의 임무가 정해져 있어서 행동을 개시하는 데는 사흘도 채 걸리지 않았다.

참으로 놀라운 기동력이었다. 일만여 명이 넘는 인원이 도성 바깥에 사방으로 흩어져 있다가 소집 명령이 떨어지자 대번에 한자리로 집결을 하여 부대조직을 갖춰서 행동을 개시하는 데까지 걸린 시간이 사흘도 되지 않았던 것이다. 그것을 어찌 설명해야 할 일이겠는가.

솔직히 말해서 그들은 오합지졸에 불과했다. 군영이 해체되기 전의 지휘관들은 거의 대부분 군영에 그냥 남아있었고, 퇴역자들은 대다수가 무지렁이의 말단 노병들이었다. 그들이 다섯 달 가까이나 뿔뿔이 흩어져서 도성 바깥을 배회하다가 소집 명령 한마디에 체계적으로 소집이 되어 움직인다는 것은 불가능에 가까운 일이었다.

그랬기에 그들은 이미 어떤 형태로든 암암리에 조직이 결성되어 소집에 대비하고 있었다는 것을 의미하는 일이기도 했다.

그것을 뒷받침하는 것은 바로 수천여 명의 인원들에게 무기가 지급되어 부대 편성이 이루어져 있었다는 점이며, 퇴역을 해서 고향으로 내려가야 할 인원들이 5개월 동안이나 도성 안팎에 머물며 최소한 수백 명 이상씩 패거리를 지어 소집 명령을 기다리고 있었다는 사실이었다. 그들이 사방각처로 뿔뿔이 흩어져 있었더라면 그들을 일일이 찾아다니며 숙식을 제공할 수도 없었을 뿐만 아니라, 소집 명령도 하달할 수 없었을 일이기 때문이었다.

6월 8일, 소집 명령이 떨어진 지 사흘 만에 부대 편성이 마무리되고 부대마다 해야 할 일이 하달되었다. 그리고 나흘째 아침, 그들은 부대 단위로 일사불란하게 행동을 개시하기 시작했다. 이미 무장을 하고 있던 부대는 흥선 대원군의 인솔하에 주상이 거처하고 있는 창덕궁을 향해 쳐들어갔고, 또, 한 개 부대는 포도청을 습격하여 업무를 마비시키면서 수감자들을 구해낸 뒤 창덕궁의 외곽경비를 담방하게 했으며, 또 일개 부대는 별기군의 훈련장을 습격하여 쑥대밭을 만든 뒤에 그들이 더 이상 군사조직을 갖추지 못하도록 방비를 했으며 또 일개 부대는 경기 감영으로 내려가서 무기고를 접수하여 무장하면서 감영의 군사들이 도성으로 쳐 올라오는 것을 차단했던 것이었다.

그들은 참으로 잘 짜여진 각본에 따라, 그리고 사전에 진행된 예행연습에 따라 일사불란하게 움직이고 있었는데, 그동안 그들은 도성 백성들의 시선을 따돌리기 위해 도성 바깥에서 은밀히 서로 떨어져 있었을 뿐, 이미 부대 편성과 임무에 따른 예행연습까지 모두 마친 대원위의 개인 부대나 다름이 없었던 것이었다.

그랬기에 다섯 달 동안이나 만여 명의 퇴역군인들을 붙잡아두고 군사놀이까지 벌이고 있는데도, 포도청이나 사헌부 또는 한성부나 형부와 같은 조정의 여러 수사기관들이 그 사실을 전혀 알아채지 못했다는 것은 정녕 말도 되지 않는 일이었다.

그랬다. 이미 모든 사실을 죄다 알고 있었다. 그러면서 그 사실을 주상에게 보고하는 기관은 한 군데도 없었다. 주상의 개혁정책 때문이었다. 「통리기무아문」이라 하는, 개혁정책을 담당할 기구를 설치하면서부터 전직 기관들은 이미 유명무실한 기관이 되어버리고 만 것이나 다름이 없었다.

설사, 각 기관의 이름만은 그대로 남아있다고 할지라도 그것이 언제 퇴역군인들의 신세가 될지는 알 수 없을 일이었다. 아니 퇴역군인들의 신세가 되는 것은 시간문제일 뿐이었다.

(제발 국태공께서 권력을 다시 잡아, 주상의 개혁정책에 종지부를 찍게 하고 우리가 더 이상은 이 자리에서 쫓겨날까 고심하는 일이 없도록 나라의 질서를 바로잡아 주소서-!)

조정의 관리들이 오히려 대원군의 거사가 성공하기만을 학수

고대하고 있었다. 그것은 수사기관의 수사요원들뿐만 아니라 일반 관리들의 처지 역시도 불안하기는 마찬가지가 아닐 수 없었으며 심지어는 조정의 중신들조차도 불안해하기는 마찬가지였다. 개화파의 신진 각료들에게 밀려서 몽땅 조정에서 쫓겨날지도 모른다는 불안감으로 인하여 대원위의 거사를 도울 길이 없을까, 그것만이 고심의 초점이 되어있었을 뿐이었다.

조정의 중신들 대부분은 이미 대원군의 움직임을 알고 있었다. 게다가 그것이 그들에게는 마지막 남은 희망이기도 했다. 주상의 개혁정책을 유생들을 앞세워 막아보려 했으나 이재선이라는 놈 때문에 수포로 돌아간 이후, 주상에게 날개를 달아준 꼴이 되고만 지금 그들에게 남은 희망이 대원위밖에는 없었던 것이다.

그랬기에 대원위의 거사 계획이 주상의 귀에 들어갈까 하여, 일부의 중신들과는 서로가 자리를 함께하는 것조차 꺼려하고 있었다. 민겸호나 민태호, 조영하, 이최응이 같은 인물들이 바로 경계의 대상들이었다.

물론, 김홍집과 같은 개화파 신진들도 요주의 대상이기는 하였으나 그들은 수시로 왜나라와 청나라에 사절단으로 내보내 크게 신경을 쓸 일은 없었다. 그랬기에 대원군의 거사 계획은 주상의 귀에 흘러 들어가지를 못했다. 그렇다고 주상이 전혀 그러한 낌새를 알아채지 못하고 있었던 것은 물론 아니었다.

주상에게는 어차피 시위를 떠난 화살이었다.

(이제 조금만 더 있으면 무위영과 장어영의 군사들이 군사훈련을 마치고 새로운 신식군대로 다시 태어나게 될 것이거늘!)

제발 그때까지만 무사히 넘길 수 있도록 천지신명께 기도를 올릴 뿐이었다.

그랬는데 유월 초닷샛날, 저녁때가 되어 애기보살이 급히 입궐하여 중전에게 위급한 소식을 전하게 되었던 것이었다.

"중전마마! 지금 선혜청에서 크나큰 사달이 벌어져 자칫 폭동으로 이어질 조짐까지 보이고 있다 하옵니다!"

그러나 중전께서는 이미 그 사실을 아침나절부터 전해 들어 소상하게 알고 있었다. 이때의 선혜청 당상에는 민겸호가 그대로 앉아있었는데, 민겸호는 이때, 개혁정책을 담당할 12사의 당상까지 겸하고 있었다.

중전께서 초혜에게 대꾸하여 말씀하시었다.

"선혜청에서 일어난 사단은 나도 이미 전해 들어 알고 있는 일이다. 포도청에서 관련 주동자들을 모두 잡아들여 감금하였고, 난동에 가담한 훈련도감의 병졸들은 전부 해산시켰다 하니 더이상은 걱정할 것이 없을 것이니라!"

"하오나, 저간의 사정은 결코 그렇듯 간단치 않다고 들었사옵니다!"

"글쎄, 포도청에서 난동을 모두 수습하였다고 하질 않았더냐? 박 보살 너도 이제 신끼가 떨어진 모양이로구나. 그래서 이제는 중전인 내가 하는 말도 믿지 못하겠다는 것이더냐?"

"하오나 마마? 낙엽을 태우는 불길은 눈으로 보는 것만이 전부가 아니라 하였사옵니다. 훈련도감이라 하면 주상전하의 하명으로 새로이 개편된 신식군대라 들었사온데 그러한 곳에서 난동이 일어났다면 그것을 어찌 가벼이 생각할 수 있겠사옵니까? 마마의 말씀처럼 그것이 그렇듯 대수롭지 않은 일이었다면 소인이 이렇듯 놀라 황급히 달려오지도 않았을 것이옵니다. 하오니 소인의 점괘를 그렇듯 너무 가벼이 생각지 마시옵소서, 마마─!"

"뭐라?! 그렇다면 그것이 네년의 점괘였단 말이더냐?"

중전께서도 초혜의 말이 입소문이 아니라 점괘라는 말에는 대번에 기가 꺾이고 있었다.

아침나절에 대전으로 보고가 된 난동 사건을 중전께서 전해 듣기는 하였으나 그것이 그렇듯 초혜의 점괘까지 나쁘게 나올 만큼의 중대한 사건일 줄은 예상조차 못했던 것이었다. 게다가 사건은 이미 수습이 되었다고 했다. 그랬는데 그것이 제대로 수습된 것이 아니라 애기보살(초혜)의 귀신까지 놀라게 할 만큼 불씨가 꺼지지 않고 남아있는 사건이라고 한다면 대번에 시아버지 대원위의 생각이 되살아날 수밖에 없을 일이었던 것이다.

(그 노인네가 또 무슨 참담한 짓거리를 벌이고 있단 말인가…! 허긴 그렇듯 중대한 일이 아니고서야 애기보살 저것이 나에게 겁박이나 하겠다고 저렇듯 달려왔을 리는 없을 것인바…)

중전께서는 결국 초혜의 신녀에게 무릎을 꿇을 수밖에 없었다. 그리하여 더 이상은 반박도 한번 시원스레 못 해보고 초혜의 뜻에 따를 수밖에 없었는데, 그것이 바로 중전이 대궐을 떠나 피신을 해야 한다는 사실이었다.

"말도 안 돼! 세상에 대궐보다 더 안전한 곳이 어디 있다고 대궐을 떠나 피신을 해야 한단 말이더냐! 게다가 전하와 세자를 궁 안에 남겨두고 나만 홀로 피신을 해야 하다니─!"

참으로 말도 안 되는 소리였다. 초혜의 점괘가 한 번이라도 말이 되는 일이 어디 있었는가마는 정작 변란이 일어나면 몸을 피해야 할 사람은 주상과 세자인데 엉뚱하게도 중전이 몸을 피해야만 주상과 세자의 안위까지 보장받을 수 있다는 점괘라니 중전으로서도 이번만큼은 도저히 초혜의 뜻에 따라줄 수가 없었던 것이다.

"어디 한번 다른 방책을 찾아 내보거라. 전하와 세자를 궁 안에 남겨두고 나만 살겠다고 도망을 칠 수는 없다! 이것이 타고난 팔자라면 팔자를 어찌 바꾸겠느냐? 팔자대로 살다가 죽을 수밖에!"

중전의 말도 틀린 것은 아니었다. 귀신이(탁!) 쏘아붙인다.

(그럼 그러던가! 네년이 살아야 그놈들도 살지!)

초혜가 급히 중재를 하고 나선다.

"중전마마? 마마께서 사시는 길이 전하와 세자저하를 살리시는 길이옵니다. 마마께서 이곳에 계시면 결코 주상전하의 안위마저 위태로울 뿐 아니라, 주상전하와 세자저하께서는 기필코 황궁을 떠나서도 아니 되오며 방책이라고 한다면 오로지 중전마마의 안위를 보살피는 일뿐이라 하오니 더 이상 이 미천한 무당년의 입에서 불충스런 말이 나오지 않도록 충심을 헤아려 주소서 마마―!"

"뭐라?! 네년이 또 내게 협박을 함이렸다?!"

"그렇사옵니다! 이 천박한 부당년의 신주라 하여 점괘마저 무시당하고서도 충심을 입에 담으시오리까? 더 이상 투정 부리지 말고 신주의 충심을 헤아려 주시옵소서 마마―!"

"끄으응―!!"

중전은 참으로 심기가 뒤틀렸다. 비록 시아버지 대원위에게는 며느리 대접을 받지 못하고 있으나 세상 사람 그 누구에게도 무시를 당해본 일이 없는 그녀였다. 그랬는데, 일개 무당년의 입에서 투정을 부리지 말고 귀신의 뜻에 따르라는 협박을 당하자 그것이 바로 중전 자신을 무시하는 소리임을 어찌 깨달아 모를 일이겠는가. 그동안 귀신의 도움을 받아온 처지라고는 할지라도 그렇듯 불충스러운 언사에는 중전으로서도 인내에 한계를 느낄 수밖에 없었던 것이다.

(이년이 시방 제 신주를 앞세워 내게 감히 그딴 천박스런 말을 함부로 내뱉고 있으렸다?! 오냐, 이년 어디 두고 보자! 이번에야말로 네년의 그 방자한 주둥이를 바늘로 꿰어놓고 말 것이거늘!)

이제서야 지밀상궁인 엄 상궁을 함께 배석시키지 않은 것이 후회스럽기도 했다. 엄 상궁이 함께 있었더라면 대번에 혼찌검을 내고도 남음이 있었을 것이기 때문이었다. 그것은 중전 자신이 그렇게 만든 것이었다. 여옥의 모녀를 만날 때는 아무리 지밀상궁이라도 함께 배석을 시키지 않았다. 무당과의 은밀한 이야기가 바깥으로 흘러나가는 것을 방지하고자 해서였다. 중전의 대원위에 대한 두려움이 그만큼 크다는 방증이기도 했다.

(앞으로 내가 그런 것부터 되돌려서 바로잡아 나갈 것이야!)

그러나 그러한 것들은 이번 문제를 해결하고 난 뒤에 실행해 나가면 될 일이거니와 초혜는 이때 중전을 북성문 밖에 있는 치성당으로 모시겠다고 했다. 그러자 그 사실을 은밀히 전해 들은 주상께서는 대전별감 홍재희란 인물을 함께 딸려 보내주었다. 중전의 안위를 액막이 상궁 덕실이에게만 맡겨둘 수가 없었던 것이다. 초혜가 중전의 안위를 위하여 상궁 나인들에게조차도 중전의 행방을 비밀에 부쳐야 한다고 했기 때문이었다.

그리하여 중전께서는 대전별감 홍재희와 액막이 거인 덕실이의 호위를 받으며 상궁나인으로 변복을 한 채, 박 보살 초혜의 안내에 따라 도성을 벗어나 북악의 치성당으로 몸을 숨기게 되시었다. 이날이 바로 임오년의 유월 초이렛날(6월 7일)의 일이었다.

그리고 그다음 날 "즉" 유월 초여드렛날, 창덕궁은 물론이요. 도성의 출입이 퇴역군인들에 의해 통제가 되기 시작했고, 하루가 더 지난 유월 초아흐렛날의 이른 새벽, 흥선대원군이 반란군을 이끌고 창덕궁에 진입하여 왕궁을 접수해 버리고 말았던 것이었다.

"이번 참에 아예 주상과 중전을 제거해 버리고, 준용이를 데려다가 옥좌의 주인으로 삼을 것이야!"

그랬는데 중전의 모습이 보이지를 않았다. 주상과 세자는 대전과 동궁에서 손쉽게 찾아 무릎을 꿇릴 수 있었으나 중전의 모습이 감쪽같이 사라지고 보이지를 않았던 것이다.

"고것이 벌써 눈치를 채고 도망을 쳤단 말이더냐? 허나 어제부터 왕궁의 출입을 차단하고 있었으니 궁궐 내부 어딘가에 숨어있을 것이니라! 그러하니 쥐구멍 하나까지 놓치지 말고 샅샅이 뒤져서 중전을 찾아내도록 하라!"

그러나 중전의 모습은 그 어디에서도 찾을 수가 없었다. 대원군이 우려했던 게 바로 이것이었다.

"중전이 궁궐을 벗어나 도망을 쳤다면 청군이나 왜군들의 진영으로 도망을 쳤을 것이 뻔—할 일인즉!"

그랬기에 주상과 세자를 단박에 처단하지 못하고 중전을 찾을 때까지 뒤로 미룰 수밖에 없었다. 중전이 청군이나 왜군들을 이끌고 창덕궁으로 쳐들어올지도 모를 것이란 우려 때문이었다.

그것은 결코 대원위가 바라는 일이 아니었다. 신식 소총과 기관총으로 무장한 그들과 창검으로 무장한 자신의 궐기군과는 비교조차 될 수 없음인 것이다.

"중전이란 것이 참으로 맹랑한 것이 아니든가! 허나, 어찌하겠는가. 일단은 옥쇄만 빼앗고 주상을 인질로 삼아 뒷일을 대비해야 할 밖에!"

대원군은 주상을 대전에서 끌어내고 골방에다 감금한 뒤, 중전을 찾고자 혈안이 되어 설치기 시작했다. 그럼에도 중전의 행방은 묘연하기만 했던 것이다.

이리하여 또 한 번 나라의 주인이 바뀌고 있었다. 흥선대원군이 드디어 주상을 용상에서 끌어내렸기 때문이었다. 이제는 조정의 실권뿐만 아니라 아예 왕권을 빼앗아 버린 것이었다. 그랬기에 명실상부한 이 나라 주인은 바로 대원군 이하응이요, 그것은 바로 태상왕의 권위를 의미하는 일이기도 했던 것이다. 아직은 주상을 폐위한다던가 자신이 왕권을 움켜쥐었다는 공식적인 공표만 없었을 뿐이었다.

22. 고난의 피난길

　중전이 궁성을 빠져나갔다는 흔적은 어디에서도 찾을 길이 없었다. 궁성뿐만 아니라 도성을 빠져나갔다는 흔적도 없었다. 게다가 중전의 수발을 들던 지밀상궁까지 따돌리고 그는 도대체 어디로 사라진 것인지 그 행적이 묘연하기만 할 뿐이었다. 심지어는 대비전과 대왕대비전까지도 확인을 할 수밖에 없었다. 그것이 결례인 줄은 알지만, 중전을 찾기 위해서는 달리 방도가 없었던 것이다.

　대원군은 더 이상 중전을 찾는 일에 시간을 낭비할 수 없었다. 그래서 한가지 묘책을 강구하게 되었다.

　"고것이 죽었다고 선포하면 어디선가 모습을 드러내겠지!"

　그것은 자칫 자충수가 될 수도 있겠지만 달리 방도가 없었다. 왜군의 진영이든 청군의 진영이든 어디선가 모습을 드러내기만 하면 반대편의 진영과 불리한 협상을 해서라도 중전을 제거할 셈이었다.

　그리하여 중전이 이번 난리 통에 목숨을 잃게 되었다고 선포하고 조정에서 국상 절차를 밟으라 지시를 했다.

　"이쯤 했으면 어디선가 모습을 드러내지 않고는 못 배길 것이야!"

　그와 더불어 이번 군란에 마무리를 지을 일이 더 남아 있었다. 사건의 발단이 된 선혜청의 당상 민겸호에게 반란군을 보내서 그를 척살토록 했다. 민겸호뿐만 아니라, 자신을 대신하여 영의정에 올라 주상을 도와주고 있는 흥인군 이최응이 또한 기어코 살려둘 수 없는 인물이었다.

홍인군이 비록 자신의 중형이긴 하였으나 맏형이 죽고 없으므로 그가 맏형이나 마찬가지였지만 지금은 그딴 것을 따져 인정을 베풀 때가 아니었다.

"내 눈치 볼 것 없다! 홍인군도 때려 죽이거라!"

반란군들은 홍인군마저 때려죽이고 말았다. 그리하여 료미의 담당관인 선혜청 당상 민겸호와 영의정 이최응을 때려죽이고 난 뒤에는 자신을 도와 거사를 도모한 반란군들 "즉" 퇴역군인들을 모두 복직시켜주었다.

그리고는 정부의 곡간을 딸딸 털어서 5개월 동안의 료미까지 모두 지급해 주었다. 자신을 도와 거사를 성공시킨 대가였다. 흥선대원군의 인기가 하늘을 찌르고도 남음이 있었다.

그와는 반대로 조정의 곡간이 텅텅 비어버린 관계로 일반 관리들은 녹봉을 받을 수가 없었다. 그것마저도 사람들은 그 잘못을 주상의 탓으로 돌렸다.

"주상이 괜스레 군영의 군인들을 퇴역시킨 바람에 조정의 곡간마저 비어버리게 만들지 않았는가!"

당연한 원망이 아닐 수 없었다. 그렇다고 물론 대원군이 잘했다고 해서 하는 소리가 아니다. 대원군을 상대도 하지 못하면서 왜 일을 저질렀느냐는 원망이었다.

어쨌거나 이때의 반란을 일컬어 "임오군란"이라고 말을 하나, 엄밀히 따져서 그것은 틀린 말이었다. 원칙적으로 말해서 그것은 군란이 아니라 흥선군의 정변이라고 해야 함이 옳은 것이다. 그러니까 흥선군의 반란은 일단 성공을 하는 듯이 보였다. 그러나 아직은 완전한 성공이 아니었다.

중전이 사라지고 보이지 않았기에 대원군은 아직도 용상의 주인을 바꿔 앉히지 못하고 있었기 때문이었다.

그래서 주상과 세자를 골방에 쳐 가두고는 중전의 국상을 선포해놓은 것인데, (국상이 끝나는 대로 주상을 폐위시키고 새로운 임금을 세우고자 한다)며 공식적으로 그 절차를 진행시켜 나가고 있었다.

그리하여 (자신이 대행대왕이 되어) 조정을 개편해 나가기 시작했다. 자신이 반란을 일으킨 지 이틀 뒤인 유월 열이튿날의 일로서 결국은 아들로부터 용상을 빼앗아 스스로 대행대왕이 된 뒤에 인사권을 행사한 셈이었다. 대행대왕이나 대왕이나 그것이 다를 게 무엇이 있겠는가. 어쨌거나 이것은 주상이 자초한 일이나 다름이 없었다. 이재선의 역모 때, 대원위에게도 죄를 주지 못하게 한 것이 바로 대원군을 상왕으로 받들어 모시겠다고 한 것이나 다름이 없었기 때문이었다. 물론, 그때는 그럴 수밖에 없었지만 말이다.

대행대왕의 지위에 오른 흥선대원군 이하응은 대왕의 권위로써 조정을 개편하여 영의정에 홍순목, 좌의정에 조영하, 우의정에 신응조를 임명하고, 자신의 장자 이재면에게는 새로 개편한 군영의 대장과 호조판서 및 선혜청 당상을 겸임시켜 군권과 국가의 재정을 손아귀에 틀어쥠으로써 드디어 권력의 이동을 완료하게 되었던 것이었다.

그러나, 야속한 것은 세상의 인심이었다. 19년 동안이나 용상에 앉아있던 국왕이 폐위를 당한 것이나 다름이 없음에도 그에 대한 부당함을 간하는 중신들이 한 사람도 없었으니 말이다.

허긴, 자신의 친형님인 흥인군조차 가차 없이 때려죽이는 상황에서 어느 누가 감히 개죽음을 자초하여 미치광이 앞에 목을 내밀 사람이 있을 수 있겠는가.

이때, 대행대왕 흥선군은 중전이 일본군의 진영에 숨어있을 것이라 짐작을 하고 있었다. 그동안 주상이 일본국과 무던히 친교를 다져온 것으로 여겼기 때문이었다.

"그렇다면야 청나라 군대에 지원을 요청해볼 밖에! 청나라군의 반응을 살펴보면 그 진위를 알 수가 있을 터!"

그러자 가뜩이나 조선에 영향력을 강화하지 못해 안달이 나있던 청나라는 (이것이 기회다) 하여 대번에 4500명의 군대를 조선으로 파병하여 한성을 장악해 버렸다. 조선의 조정이 한순간에 청나라 군대의 영향력 아래로 들어가 버리고 만 것이다.

〈세상에 어디 믿을 것이 없어서 때국놈들을 다 믿나 글쎄!〉

백성들은 탄식했다. 여우 같은 왜놈들이나 이리 같은 때국놈들이나 믿을 수 없는 것은 마찬가지라는 탄식이었다.

그럼에도 권력에 눈이 멀어버린 이하응은 꿈속에서 깨어나지 못하고 있었다.

"조정이 안정만 되면 청군들을 멀찍이 물려서 왜놈들이 발호하지 못하도록 막아달라고 하면 될 것인즉!"

그는 정녕, 권력을 손아귀에 틀어쥐는 데만 광분하여 청나라의 속내 따위에는 관심조차 없었다.

"내가 누구더냐! 조선의 국태공이 물러가라 하면 물러갈 것이거늘!"

흥선 대왕께서는 의기가 양양했다. 자신의 말 한마디에 청나라 조정에서 5천여 명의 대군을 마치 기다리기라도 했다는 듯이 파병해 주는 것을 보고는 참으로 기고만장하여 앞뒤 분별조차 못 하고 있었던 것이다.

"그래도 대청 제국만은 나 이하응이를 조선의 진정한 주인으로 떠받들고 있음인 것이야. 역시 대국은 사람 볼 줄을 안다니까!"

자신의 말이라면 무엇이든 옳다고 생각하여 따라줄 것이라 여겼다. 그리하여 청나라 제독 오장경을 불러 자신의 심중을 피력하기에 이른다.

"내가 중전의 국상만 끝나면 임금을 갈아치우고자 하니 그리 아시오!"

이때 마침 일본군이 군함을 이용하여 일천 오백 명의 병력을 인천항을 통해서 도성으로 진격시키고 있었다. 그러나 청나라의 5천여 대군이 먼저 와서 도성을 장악한 채 조선군과 더불어 앞길을 막아서자, 그들은 결국 인천으로 물러날 수밖에 없었다.

"우리가 일단 인천으로 후퇴를 하되 일본으로 물러가는 것이 아님을 분명히 알아야 할 것이다!"

그리고는 제물포를 장악한 뒤 본국에다 더 많은 군대를 요청하고 있었다. 청나라 군대를 몰아내고 자신들이 조선을 통치하겠다는 의도에서였다.

한편 이때,

중전께서는 과연 초혜의 북악산 치성당에서 대원군의 반정군을 피하여 무탈하게 잘 지내고 계시는 것이었을까?

물론, 치성당을 지키고 있는 것은 무예가 뛰어난 감찰 상궁들이었다. 그러나 직접적으로 중전의 안위를 책임지고 있는 것은 별감 홍재희(홍계훈)이었고 중전의 수발 상궁은 궁궐의 액막이 이 상궁 덕실이었다.

　게다가 중전에게는 또 한 사람의 수발 나인이 더 있었으니 그가 바로 애기보살 초혜였다. 초혜에게 박 보살이라는 이름이 새로 생기기는 하였으나 그래도 애기보살이란 이름이 입에 붙어 있어서 중전께서는 거의 애기보살이란 이름으로 부르고 있었다. 어쨌거나 중전의 체면이 말씀이 아니었다. 마음속으로는 (선혜청 난동 사건만 마무리되고 나면 어디 두고 보자)며 이를 갈고 있었지만 결론적으로는 초혜의 뜻대로 놀아나고 있었으니 말이다.

　그뿐만이 아니었다. 중전께서 믿고 의지하여 동무(친구)처럼 함께 어울려 지낼 수 있는 사람 또한 초혜와 덕실이뿐이었다.

　"애야, 초혜야? 내가 시방 전하와 세자를 대궐에 남겨둔 채 이렇듯 피접을 나와서 숨어 지내고 보니, 이것이 정녕 사람이 할 짓이 아니로구나."

　중전께서 웬만하면 초혜의 이름을 직접 부르는 일이 드물었다. 중전의 마음이 그만큼 심란하다는 것을 의미하는 일이기도 했다. 게다가 자신이 피접을 나온 것으로 표현을 하였지만, 사실은 초혜의 협박에 기가 꺾여 이렇듯 도망을 나와서 숨어있는 것이 아닌가 말이다. 그랬으니 더더욱이나 더 초조하고 답답하여 숨통이 막혀오는 기분일 것이었다.

　"중전마마? 너무 심려치 마시고 마음을 편안히 가지시옵소서! 홍 별감께서 계속하여 도성과 연락을 취하고 있사오니, 이제 곧 도성에서 좋은 소식이 전해져 오지 않겠사옵니까? 그러니 조금만 참고 기다리시옵소서!"

"박 보살 너한테는 내가 중전이 맞기는 하더냐? 내가 무슨 죄인도 아니거늘…!"

"그러게나 말씀이옵니다. 소인이 물고를 당하는 일이 있더라도 훈련도감의 병사들이 더 이상 난동을 부리는 일이 없기만을 간절히 바랄 뿐이옵니다, 마마!"

"뭐라?! 허면, 그것들이 또다시 난동을 일으킬 것이란 말이더냐 시방?!"

이때였다. 홍계훈이가 도성의 소식을 알아보러 나갔다가 돌아와 마당에서 방 안을 향하여 중전에게 뵙기를 청한다.

"중전마마? 소인, 홍 별감이옵니다. 마마께 조용히 아뢸 말씀이 있사옵니다."

"전하께서 소식을 전해온 모양이로구나. 홍 별감은 어서 들어와 고하거라!"

홍계훈이가 이 상궁의 안내를 받아 내당으로 들어온다. 그랬는데 홍계훈의 안색이 별로 밝지를 못하였다. 역시나 초혜의 점괘가 현실이 되는 순간이었다. 이날이 바로 중전께서 도성을 빠져나온 지 단 하루만인 유월 구일의 저녁나절이었다. 흥선대원군이 군사들을 이끌고 창덕궁으로 밀고 들어와 대전을 장악하여 주상과 세자를 잡아들인 뒤 중전을 찾으라는 엄명을 내려놓고 있었던 것이다.

〈중전을 찾는 자에게는 크게 상급을 내리고 벼슬도 줄 것이다!〉

그리하여 수천 명의 군사가 대궐은 물론이요. 도성 안을 이 잡 듯이 뒤지기 시작하자, 백성들도 덩달아서 벼슬자리 하나 얻고 자 하여 벌떼처럼 들고일어나기 시작을 했다는 것이 홍계훈의 보고였다.

"도성을 모두 뒤지고 나면 난봉꾼들이 드디어 도성 바깥으로 쏟아져 나오게 될 것인즉!"

오늘 밤을 이용하여 좀 더 멀리 피신을 하는 것이 좋겠다고 자 신의 의중을 전하여 올렸던 것이었다. 도성과 지척의 거리에 있 는 이 치성당이야말로 더 이상 안전을 보장받을 수 없는 곳이라 는 뜻이었다.

홍계훈의 보고가 있고 나서야 초혜도 비로소 그의 말을 거들 고 나선다.

"아무래도 홍 별감의 말을 따르는 것이 좋을 듯하옵니다. 오늘 밤 지체없이 이곳을 떠나도록 준비를 하겠사옵니다."

중전께서 크게 역정을 내시었다.

"기어이 사달이 난 게로구나! 그렇다면야 주상전하와 세자가 황궁 안에 그냥 있음이거늘 내가 먼 곳으로 몸을 피한다고 해결 이 된다더냐?!"

초혜가 말을 받아 중전을 달래고 나선다.

"대원위께서는 기필코 중전마마가 아니 계시면 주상전하와 세 자저하의 털끝 한 가닥도 건드리지 못할 것이오니, 소인의 말을 믿고 홍 별감의 뜻에 따라주옵소서!"

중전도 초혜의 말에는 더 이상 반발을 하지 못했다. 초혜의 점 괘도 점괘였지만 대원위란 말이 거론되자 대번에 오금이 저려 말문이 막혀 버렸던 것이다.

"허긴, 전하와 세자에게 변고가 생길 것이면 애기보살 네가 처음부터 나에게만 피신하라 하였겠느냐? 전하와 세자만 무사하다면야 이제 와서 내가 너의 점괘를 따르지 못할 바도 아니겠지!"

중전께서도 결국은 피난을 떠나기로 결심하시었다. 그러나 역시 도망자의 신분에는 전혀 변화가 없었다. 궁중을 떠나올 때처럼 변복을 하시고 초혜의 꽃가마를 이용할 수밖에 없었던 것이다.

이날 밤엔 공교롭게도 억수 같은 장대비가 쏟아지고 있었다. 그렇다고 비가 그치기를 기다려 머뭇거릴 수도 없었다. 그리하여 빗속을 뚫고 길을 나설 수밖에 없었던 것이다.

중전의 피난길은 한수를 건너 남쪽으로 방향을 잡을 수밖에 없었다. 그러자면 나룻배를 이용하여 강을 건너야 하는데 그것이 좀 문제가 있었다. 나룻배는 이미 반란군들이 접수하여 왕래하는 자들의 신원을 확인하고 있었기 때문이었다.

다행스럽게도 홍계훈의 연통을 받은 민응식 등이 광나루 인근에서 고깃배 한 척을 준비하여 기다리고 있었다.

그랬는데 어부가 살펴보니 뜻밖에도 강을 몰래 건너야 할 인원이 열 명도 더 넘었다. 게다가 여인네의 꽃가마까지 실어서 건네주어야 했는바 미리 받아 챙긴 뱃삯으로는 너무도 손해라는 생각이 들 수밖에 없었다. 한밤중에 은밀히 도둑강을 건너는 것으로 보아 도성에서 일어난 정변에 연루된 것임을 깨달아 모를 리 없거니와 은근슬쩍 속내를 드러내기 시작했다. 뱃삯을 더 받아야겠다며 배짱을 부려본 것이었다.

그런데 배를 전세 내는 500냥의 돈도 윤태준이란 인물이 다른 사람에게서 빌려다 치른 것이라 했다. 그러므로 더 이상의 돈을 가진 사람이 아무도 없었다.

빗줄기는 계속해서 억수같이 쏟아지고 있는데 뱃사공 어부의 배짱으로 일행은 참으로 난처한 입장에 처하고 말았다.

그렇다고 완력을 행사한다거나, 신분을 밝힐 수 있는 입장도 아니었다. 어부가 자칫 고변이라도 하는 날이면 십 리도 못가서 붙잡히고 말 것이기 때문이었다.

이때 초혜의 머릿속을 스치고 지나가는 기가 막힌 기억이 있었다. 예전에 소웅이(운보)를 만나러 개암사를 찾아갈 때 뱃삯으로 빼줬던 은가락지의 기억이었다.

(그래 맞아! 내 가락지 하나면 뱃삯으로 충분하겠지!)

역시나 금가락지의 효력은 놀라웠다. 초혜가 어부의 손에다 자신이 끼고 있던 금가락지 하나를 빼서 쥐여주자 그의 태도가 대번에 달라지고 있었던 것이다.

그리하여 일행은 억수 같은 빗줄기 속에 무사히 강을 건널 수 있었던 것이었다. 빗속이 아니었더라면 결코 그 행적이 사람들의 눈에 띄지 않을 수 없었을 것이었다.

민응식 등의 일행은 이미 대원위가 현상금까지 걸고 중전을 찾고 있다는 사실을 알고 있었다. 그랬기에 일행은 사람들의 눈을 피하여 멀리 산길을 돌아갈 수밖에 없었고 한낮에는 숲속에 숨어서 잠을 자고, 어두운 밤길을 이용하여 길을 잡아갈 수밖에 없었다. 중전마마의 안위 때문이었다.

중전의 목적지는 여주의 친정집인 민응소의 집이었다.

원래 등잔 밑이 어둡다는 말도 있듯이 대원군의 떨거지들이 방심하여 살피지 않을 수도 있을 것이라는 판단에서였다.

허나, 그것은 전혀 잘못된 선택이었다. 세상에 방심할 곳이 따로 있지 어찌 중전의 옛 사가 친정집을 살펴보지 않을 리 있겠는가. 그런데 일행에게도 한가지 믿는 구석이 있기는 했다. 중전이 죽었다며 국상까지 선포한 상황에서 아직도 중전을 찾겠다며 뒤쫓는 무리들이 있을까 하는 사실이었다.

그래서 여주의 친정집을 목적지로 결정하여 길을 잡아가고 있기는 했으나 초혜조차 깨닫지 못하는 일이 한가지 있었으니 대원군의 추포령이 아직까지 거두어지지 않고 있다는 사실이었다. 한편으로는 국상을 선포해놓고 또 한편으로는 계속해서 중전의 행방을 수소문하고 있었던 것이다.

그러나 도성과 궁궐에서만 중전을 찾겠다며 법석을 떨고 있는 사이 중전의 일행은 이미 한수를 건너 밤길만을 이용해서 은밀하게 남진을 계속하고 있었으니 어찌 그 행적을 눈치챌 수가 있었을 일이었겠는가.

대원군은 정녕 속이 탔다.

"명색이 국모라 하는 것이 쥐새끼보다도 더 교활하지를 않더냐! 까짓거 국상만 끝나고 나면 어차피 있으나 마나 한 것이거늘, 그래도 형식은 갖춰야 명분을 세울 수가 있음이니…"

중전의 흔적을 지워버리기 위하여 주상의 후궁 장 상궁을 왕비로 지목하여 중궁전에 들여앉히게 되었다. 국상도 끝나기 전에 왕비부터 들여앉힌 셈인데, 국상만 끝나면 주상을 폐위시키기 위한 사전조치였다.

"어차피 폐위를 시켜서 새 주상을 옹립하고 나면, 폐주의 존재조차 지워버려야 할 것인즉!"

중전이라 내세운 것이야 오직 중전에 대한 흔적 지우기일 뿐이니, 요란하게 간택 절차 같은 것을 밟지 않겠다는 의도였다. 그러니까 장 상궁을 총애해서 왕비로 올려 앉힌 것이 아니라, 폐주와 폐비라는 구색 갖추기 용으로서, 훗날 왕후가 다시 나타난다고 할지라도 그 존재를 인정해주지 않겠다는 뜻임을 깨달아 모를 리 없었다.

〈중전은 이미 죽어서 국상을 치르고 있거니와, 행여 중전과 비슷하게 생겼거나, 또는 중전이라 내세우는 계집이 있거든 가차 없이 목을 베어 없애버리되, 그와 같은 계집을 처단한 자에게는 후한 상급을 내리고 벼슬길도 열어주리라!〉

참으로 속 보이는 짓거리가 아닐 수 없었으나, 이미 제정신이 아닌 흥선군 이하응이에게 그까짓 것이 문제될 것은 아무것도 없었다.

"내가 무슨 짓을 하든 이 나라 조선은 이미 내 수중에 들어와 있음이거늘 어느 놈이든 감히 입만 한번 벙긋해 봐라. 내가 가만 두나…!"

조정의 관리들이나 유생들 또한 헛기침도 한번 제대로 하지 못했다. 눈만 한번 잘못 흘겨도 어느 귀신이 잡아갈지 모르는 험악한 세상에 대원위의 코털을 건드릴 사람은 이 세상에 아무도 없었던 것이다.

세상은 그야말로 팥죽 끓듯 끓기 시작했다. 전국의 난봉꾼들이 팔자 한번 고쳐 보겠다며 미쳐서 날뛰기 시작을 했던 것이다.

(출세를 할 수 있는 일생일대의 기회이거늘-!)

눈에 불을 켜고 도망친 중전을 찾겠다며 날뛰기 시작을 했던 것이었다.

비록, 국상이 선포되어 장례절차가 진행되고 있기는 하였으나 중전께서 죽지 않고 대원위의 마수를 피하여 몸을 숨겼다는 사실을 모르는 사람은 아무도 없었다. 사람들은 모두 눈에 불을 켜고 중전을 찾고자 하였다. 사람들에게는 그것이 보물찾기나 다름이 없었던 것이다.

(내가 아니더라도 어느 놈이 찾든 찾기는 찾을 것이니, 기왕이면 내가 찾아서 인생을 역전시켜 보리라!)

전국이 온통 들썩들썩했다. 신분의 고하도 따로 없었다. 사실은 사대부 건달들이 더 난리였다. 천민들이야 상급을 주고 벼슬을 준다는 말을 믿지 못해서 못 나서는 경우도 있기는 했지만, 하루 한 끼 입에 풀칠도 하기 힘든 상황에서 보물찾기 같은 일에 나설 수 있는 형편들이 되질 못하였던 것이다.

그랬기에 보물찾기에 나선 건달들의 대부분은 그 잘난 사대부 양반들이었다. 이것이 바로 조선의 실상이었다. 대원위의 정책이 옳든, 주상의 정책이 옳든 그딴 것은 문제가 아니었다. 누가 더 권력의 실세인지 그것만이 중요할 뿐이었다.

대원위가 반상의 구분을 없애겠다며 풍속의 개혁을 실시할 때는 입도 벙긋 못 하던 자들이 주상의 개혁정책에는 입에 게거품을 물고 나서서 반대하며 운현궁에 이름을 알리기에 여념이 없었던 것이다.

비록 대원위가 주상의 생부이긴 하였으나 이 나라의 주인은 주상이었다. 나라의 주인이신 임금을 갈아치우겠다며 미쳐서 날뛰는 흥선군 이하응이가 경복궁을 중건하면서 민생을 피폐하게 만든 장본인임을 모르는 사람 또한 아무도 없었다.

그랬는데 이제는 반역을 도모하여 대행대왕이 되어서는 공공연히 주상을 갈아치우겠다고 선포한 뒤 살아있는 국모를 죽었다 하여 국상을 선포하는 것으로도 부족해서 중전을 찾아서 죽이라며 세상을 들썩이게 하고 있음에도 그에 대한 올바른 소리 하나 할 줄 아는 인물이 없다는 것이야말로 이것을 어찌 슬프다 아니 할 수 있을 일이겠는가.

사대부의 날건달들이 가노들까지 앞세운 채 보물찾기에 나서서 세상을 온통 흙탕물로 분탕질을 치고 있는 이때, 중전의 일행은 무사히도 여주에 있는 민영소의 집으로 숨어드는 데 성공했다.

그런데 문제가 생겼다. 민영소의 집 앞을 낯선 사내들이 기웃 거리고 다니기 시작했던 것이다.

"안 되겠다! 여기서 떠나야겠다!"

그것은 어쩔 수 없는 선택이었다. 열 명이 넘는 사람들이 동리 사람들의 시선을 따돌리고 숨어있기에는 결코 불가능했기 때문이었다.

민응식 등의 일행이 민응소의 처를 가마에 태워 염탐꾼들을 눈속임하는 사이 중전께서는 담장을 넘어 걸어서 야반도주를 해야만 했다.

이때부터 정녕 고난이 시작된 것은 바로 상궁 나인 덕실이었다. 그녀가 아무리 기운이 세다고는 하나 중전을 들쳐 업고 무한정 길을 간다는 것은 한계가 있는 일이었다. 그럼에도 그녀는 잘 버텨내 주었다.

그리하여 밤이슬만 맞아가면서 장호원에 있는 민형식의 집으로 몸을 피하게 되었다.

허나, 민형식의 집이라 하여 안전이 보장될 수는 없었다. 중전의 행방이 묘연한 상황에서 장호원이라 하여 건달들이 설치고 다니지 않을 리 없었기 때문이었다.

초혜는 민형식에게 일러 중전께서 당분간 숨어 지낼만한 곳을 찾아보라 부탁했다.

"당분간 며칠 동안만 숨어지내면 되실 것이오니 그런 곳을 한번 알아봐 주시지요."

민형식이라 하여 그런 곳을 알고 있을 리 만무했다. 사람의 발길이 닿지 않는 외진 산골의 호랑이 굴이라도 알고 있다면 모를까. 열 명이 넘는 사람들이 기거하자면 최소한 솥단지 하나는 걸어 놓아야 함인데 요즘 같은 세상에 믿을 사람이 어디 있단 말인가.

"소인이 마마께서 계실 곳을 은밀히 알아볼 것이니, 이곳에 쉬고 계시면서 답답하시더라도 조금만 말미를 주시옵소서."

민형식은 일단 알아본다고는 했으나 그의 입장도 참으로 난처할 수밖에 없었다. 이래도 문제요, 저래도 문제일 수밖에 없었으니 말이다. 중전을 잘 보호하여 모시고 있다손 치더라도 대원위가 몇 달만 권력을 움켜잡고 있게 되면 마을 사람들에 의해 일행의 행적이 발각되고 말 것이요. 그리되면 대원군의 포악한 성품으로 미루어 일족이 멸문을 당할 것은 불을 보듯 뻔한 일일 것이었다.

그렇다고 중전을 고자질하여 일러바치게 되면, 민문들의 따돌림은 물론이요, 후일 대원군이 죽거나 권좌에서 물러나게 될 때, 일국의 국모를 죽게 만든 대역의 죄를 어찌 면할 수가 있을 일인가 말이다.

"고자질을 할 수도 없고, 안 하고 도와줄 수도 없고!"

참으로 뜨거운 감자가 아닐 수 없었다.

게다가, 중전의 곁에서 호위를 하고 있는 칼잡이들 또한 골칫거리이기는 마찬가지였다. 자칫 고자질이라도 했다가는 가족들이 먼저 보복을 당하고 말 것이기 때문이었다. 민형식이가 함부로 처신할 수 없는 이유였다.

그랬는데 참으로 기가 막힐 일이 벌어지고 말았다. 한양에 올라가 살고 있던 일족들이 대원군의 눈길을 피하며 피난을 내려왔던 것이었다.

갑자기 집안에 사람들이 북적이기 시작하게 된 것이다. 한양에서 많은 사람이 피난을 내려왔으니 마을 사람들이나 친인척들이 몰려들 것은 당연했다. 더불어 염탐꾼들도 생겨날 수밖에 없을 일이었다.

"여기서 며칠을 숨어 지내며 피난처를 알아보려 했더니, 오늘밤에 당장 이곳을 떠나야겠구나!"

중전의 일행 모두가 하나 같은 마음이 될 수밖에 없었다. 그런데 마을을 떠나는 것도 이제는 문제였다. 온 동리 사람들의 시선이 온통 이 집으로 쏠려 있었기 때문이었다.

그나마 천행인 것은 이날 따라 하늘에 구름이 잔뜩 끼어있어서 날이 저물자 한 치 앞도 내다볼 수 없을 만큼 사방이 깜깜하게 변했다는 사실이었다.

참으로 천운이 아닐 수 없었다. 지난번 한강을 건널 때도 그랬거니와 지금도 하늘이 중전을 도와주고 있음이었다.

그런데 이번에는 사정이 좀 달랐다. 날이 저물자 (부슬~ 부슬~) 비까지 뿌려대기 시작을 했는데 이 상궁이 중전을 업고 간다고 해도 중전께서는 완전히 비를 피할 수가 없는 형편이 되었기 때문이었다.

그렇다고 비가 그치기만을 기다리며 미적거리고 있을 수도 없었다. 언제 어느 때, 난봉꾼들이 들이닥칠지 모를 일이기 때문이었다. 문제는 그뿐만이 아니었다. 빗길에 어디 목적지를 정해놓고 가는 것도 아니었다. 지금은 무조건 험난한 산길을 선택하여 행적을 숨기고 보는 것이 우선이었다.

그래서 넓은 신작로 길을 피하여 좁은 오솔길로 길을 잡아 나섰다. 일단은 마을을 벗어나고 봐야 할 일이기 때문이었다.

23. 북망산 깊은 산골 마을

중전의 일행이 민형식의 집을 나서서 멀리 길을 돌아 언덕 위에 당도하여 마을을 바라다보며 잠시 쉬고 있는데 어찌된 노릇인지 마을에 도깨비불이 반짝이기 시작을 했다.

"하이고머니, 저게 어찌된 노릇이냐?!"

도깨비불이 하나둘씩 늘어나더니 드디어 마을을 가득 메운 채 민형식의 집으로 몰려가고 있었다. 중전께서 대번에 눈치를 채고 말씀하신다.

"저, 저것이 나를 잡겠다고 몰려가는 횃불이 아니더냐?"

홍계훈이 대꾸하여 말한다.

"아마도 그런 듯하옵니다. 중전마마! 저렇듯 많은 횃불이 준비된 것을 보면 어느 놈인가 눈치를 채고 대낮부터 미리 준비한 듯한데, 성질 같아서는 단박에 달려가 저것들을 모조리 도륙을 내도 시원치가 않을 듯하옵니다. 중전마마—!"

이 상궁이 나서며 홍계훈을 타일러 말한다.

"별감께서는 언사를 신중히 하시오! 가뜩이나 마마께서는 못볼 것을 보고 계시는데 그것을 위로라고 하는 게요? 어서 서둘러 이곳을 떠나십시다!"

홍계훈이 대번에 무릎을 꿇으며 용서를 구한다.

"소신이 죽을 죄를 지었습니다. 중전마마! 소신을 죽여 주옵소서!"

중전께서 말을 받아 나선다.

"죽을 일도 많다! 이 상궁 너는 아직도 나를 업고 갈 기운이 남았더냐? 저 못된 것들이 집안에 불이나 안 지를지 모르겠구나. 저것들이 어쩌는지 조금만 더 보고 가자꾸나!"

중전께서도 이 상궁에게 업혀 가는 것이 미안하기는 했던 것이다. 여기까지 업고 오는데도 기운이 다 빠졌을 텐데, 그렇다고 교대를 할 수 있는 사람이 있는 것도 아니요, 게다가 비까지 와서 질척거리는 고갯길을 제대로 쉬지도 못하고 길을 나설 수는 없었던 것이다. 초혜가 나서며 말한다.

"중전마마? 소인도 있사옵니다. 정녕 저것이 보기 싫으시거든 소인의 등에 업히시옵소서."

"뭐라? 애기보살 네가 나를 업겠다고?"

"예 마마! 소인에게도 그럴 기회를 주신다면 영광으로 알고 모시겠나이다. 이래 봐도 저 보기보다 기운이 셉니다. 마마!"

"그래그래 알았다. 어련하겠느냐? 내가 잘 알았으니 조금만 더 쉬었다 가기로 하자. 저 못된 것들이 어찌하는지 나도 궁금하구나!"

중전께서는 정녕 초혜의 등에 업혀 가는 것을 원하지 않았다. 이곳이 평평한 신작로라면 또 모를까, 비까지 와서 미끄러운 고갯길을 초혜의 등에 업혀 가기는 싫었던 것이다.

물론, 횃불을 든 건달놈들이 민형식의 집에 불을 지를 것인지 그냥 물러갈 것인지 그것이 궁금하기는 할 일이었다. 횃불들이 집안을 살펴본 뒤 조용히 물러간다면 중전의 존재가 발각되지 않은 것이요. 행여라도 난장판을 피운다면 그것은 중전의 행적을 알고 있었다는 의미가 되는 것이기 때문이었다.

그랬는데 한참 동안을 보고 있자니, 횃불들이 조용히 물러나고 있었다.

"저것들이 마마의 행적을 알아차리지 못한 듯하옵니다. 하오니 너무 심려치 마시옵소서. 이제 더 이상 위험은 없을 것이옵니다."

초혜가 중전의 마음을 안심시키고자 하는 말이었다. 중전이 대번에 반색하여 말한다.

"그것이 사실이더냐? 박 보살 네가 그렇게 말했으니 사실이겠지! 그렇걸랑, 천천히 길을 떠나보자."

이 상궁이 중전에게 등을 들이밀며 말한다.

"어서 업히시옵소서 마마! 이제는 푹— 쉬었으니 십 리 길은 쉬지 않고도 갈 수가 있을 것이옵니다."

중전께서 몸을 일으키며 대꾸를 한다.

"아니다. 이 상궁 너도 들었잖느냐? 이제는 더 이상 위험이 없다고! 그러니 어두운 밤길에 너무 서두르지 말고 천천히 가자꾸나. 애야, 초혜야? 네가 나를 부축하거라. 이 상궁이랑 둘이서 나를 부축하면 업혀 가지 않아도 된다."

이 상궁이 대번에 반박하여 말한다.

"아니 되옵니다. 마마! 이 어두운 길에서 넘어지시기라도 하시면 그 불충을 어찌하라고 그러시옵니까? 어서 업히시옵소서 마마!"

중전이 돌아서며 초혜를 보고 말한다.

"초혜야? 네가 나를 부축하거라! 이 상궁 너는 나를 업고 가다가 넘어져서 내가 다치면 그때는 어찌할래? 그러니 나를 부축하기 싫거든 그만두거라. 나는 애기보살이랑 함께 가도 된다!"

초혜가 얼렁 중전을 부축하여 길을 나서자 이 상궁으로서도 더 이상은 고집을 부리지 못하고 중전의 곁으로 다가와 초혜랑 함께 몸을 부축하는데 홍계훈이 앞장서서 길을 안내해 나간다. 그러자 나머지 사람들도 앞뒤로 호위하여 발걸음을 재촉한다.

이날 밤, 중전의 일행은 이십여 리가 넘는 산골의 어느 조그만 마을에 당도했다. 초혜가 한숨을 몰아쉬며 말한다.

"이제 더 이상은 위험한 일이 없을 것이옵니다. 그러하오니 마마께서도 마음을 편히 가지시고, 누추하더라도 조금만 참으시옵소서. 이곳에서 며칠만 참고 지내시면 분명히 대궐에서 소식이 올 것이옵니다."

"오냐 알았다. 애기보살 네가 그렇다면 그런 것이겠지. 내가 옛날에는 이보다 더 누추한 곳에서도 살았는데 이깟 것이 문제 더냐? 전하와 세자가 무사하기만 하다면, 이깟 것은 얼마든지 참을 수 있으니 아무 걱정 말거라!"

중전께서는 결코 고통스러운 내색을 보이지 않으시려 애를 쓰시었다. 어젯밤의 고통쯤은 깨끗이 잊으신 듯 밝은 표정을 지으시려 애를 쓰시는 모습이 오히려 초혜의 기분을 울적하게 만들고 있었던 것이다.

그런데 문제는 이곳 오지의 산간마을이 국모를 모실만한 마을은 못 된다고 하는 사실이었다. 대여섯 가구의 작은 마을에 집집마다 지붕은 갈댓잎으로 엮어 덮었고 찰흙을 뭉쳐서 쌓은 흙벽에는 벽지조차 바른 집이 한 집도 없었다. 그나마 여름철이라 다행이긴 했다. 모깃불을 피워놓고 덕석을 깐 채 마당에서 잠을 잘 수 있었기 때문이었다.

비가 오면 하는 수 없이 빈대밥이 되더라도 방 안에 들어가 자야겠지만 다행스럽게도 날씨는 구름이 걷히고 하늘이 청명하게 가을을 맞이할 준비에 들어간 듯싶어 보였다.

마을 사람들에게는 적당히 둘러대어 변명을 했다.

〈한양에 정변이 일어나서 피난을 왔는데 정변이 안정만 되면 돌아갈 것이니 며칠만 이 마을에서 지내다 가게 해주시요.〉

마을이 워낙에 오지이다보니 도성에서 정변이 일어난 사실조차 모르고 있었다. 참으로 순박하기만 한 시골인심이었다.

마침 일행에게는 민영소에게서 차입하여 가지고 있는 돈이 넉넉했다. 이깟 산골마을 사람들을 구워삶는 일은 아무것도 아니었다. 첩첩산중의 오지마을 사람들에게 돈이란 참으로 쉽게 만질 수 없는 값진 것이었다. 별로 많지 않은 몇 푼의 돈에도 마을 사람들은 눈알이 튀어나오고 있었다.

(저들이 역적이라 해도 우리가 알 바 아니다.)

게다가, 수십여 리를 달려가서 관아에 고변해 봤자 마을 사람들에게 이득이 될 일은 아무것도 없었다. 상대의 신분조차 모르는 상황에서 고변은 어찌할 것이며, 자칫 저들에게서 숙식비로 받은 돈만 몰수를 당할 것이 뻔한 일이었다.

그뿐만이 아니었다. 일행 중의 여러 명은 무기까지 소지하고 있었는데 그들이 그랬었다. (한양에 정변이 안정되면 돌아갈 것이니 우리가 돌아갈 때까지 마을을 떠나는 사람이 있어서는 안 될 것이요! 만약에 우리 몰래 마을을 떠나다가 붙잡히며 죽고 살아남지 못할 것이니 그렇게들 아시오!) 하고 말이다.

마을 사람들에게는 칼잡이들을 상대할 그 어떤 능력이나 수단도 없었다. 게다가, 그들이 공짜로 숙식을 요구하는 것도 아니요. 생전에 만져보지 못할 큰돈을 지불하면서 숙식을 시켜 달라는데 그것마저 거부할 마을 사람들은 아무도 없었던 것이다.

(관아의 사또는 물론이요, 향리나 색리마저도 돈 냄새만 맡았다 하면 과세를 핑계로 대번에 지옥의 야차로 돌변을 하고 마는 것이거늘!)

마을 사람들이 오히려 소문이 새나갈까 걱정이 더 많았다. 일행의 안전이 이보다 더 확실할 수는 없었던 것이다.

이즈음, 조선 천하에는 중전의 행적을 찾기에 혈안이 되어 있다고 하였거니와 이곳 장호원에도 '정문오'라 하는 건달의 패거리가 있었다. 흥선 대원군이 서원을 철폐한 이후로 갈 곳을 잃은 사대부의 건달들이 떼거리를 지어 몰려다니면서 홍길동전의 활빈당 행세를 하기도 하고 민보 또는 민포군이라 해서 동학의 농민군들을 상대하여 사대부의 권위를 지키겠다며 전쟁을 선포하기도 했다.

정문오의 장호원 패거리들도 대원군의 보물찾기에 소식을 못 들었을 리 없을 일이었다. 장호원 일대에서는 누군가 방귀만 뀌어도 그들의 귀에 들어가게 되어 있었다.

민형식의 집에 한양에서 피난민들이 찾아들었다는 소식이 전해지지 않을 리 없었다.

"피난민들이라? 그렇다면 대원위 대감의 눈길을 피하여 피난을 왔다는 것인데, 옳거니, 이제 걸려들었도다!"

정문오의 패거리들은 쾌재를 불렀다. 민씨 일문의 집에 대원군의 눈길을 피하여 피난을 왔다면 그것이 중전이 아니고 누구이겠는가.

"그것들이 눈치를 못 채게 민형식의 집 앞에는 아무도 얼씬을 하지 말거라. 그랬다가 한밤중을 이용하여 일시에 기습한다!"

그리하여 건달들은 횃불까지 준비했다가 일시에 기습했다. 그동안 마을을 벗어나는 가마 행렬이 있나 없나 철저히 감시한 것은 물론이었다.

그러나 중전의 일행이라 하여 바보만 있는 것은 아니었다. 한양에서 피난민들이 들이닥치는 바람에 그것을 염려하여 은밀하게 도망을 치면서 나 보란 듯이 가마를 둘러메고 나올 바보가 어디 있겠는가. 행길까지 피해가며 오솔길을 따라 도망을 치는 위급한 상황에서 말이다.

민형식의 집을 급습한 정문오의 일당은 그 숫자가 수십여 명이 넘었으나 중전의 일행과 마주치지 않은 것은 천운이었다. 그랬더라면 중전의 행적도 들통이 났겠지마는 건달들 또한 무사하지는 못했을 것이기 때문이었다.

만약에 사태가 그 지경이 되었더라면 아마도 장호원 일대에 피바람이 몰아쳤을 수도 있을 일이었다. 고을의 사또가 고변을 받고 달려왔을 것이요, 그가 아무리 원만하게 사태를 수습했다고 할지라도 결과는 바로 피바람이었을 것이기 때문이었다.

한편 5천여 명의 군대를 파병하여 한성을 점령한 청나라 군영은 흥선군 이하응의 오만방자한 행위를 그냥 두고 볼 수 없었다. 청나라 제독 오장경에게 일언반구 상의도 없이 그래서 제독의 승낙도 없이 흥선군이 제 마음대로 임금을 갈아치우겠다며 건방을 떨어대고 있었으니 말이다.

"우리가 조선에 군대를 파견한 것이 네깟 여우처럼 약아빠진 늙은 것의 노욕이나 채워주기 위함인 줄 알았더냐? 어리석은 것!"

이때부터 청나라는 흥선 대원군을 일컬어 늙은 여우라 부르게 되었다. 그러면서 그의 정치놀음에 놀아나지 않겠다고 못을 박았다.

"그 늙은 것이 권력을 잡고 나면 우리보고 한성에서 물러나 달라고 요구를 해 오겠지. 어리석은 것 같으니…!"

대원군의 속내는 (훤-히) 드러나 보이고도 남음이 있었다. 그만큼 그는 노욕에 눈이 멀어 천지분간 못 하고 설쳐대고 있었던 것이다.

"그래서 늙은 여우의 요구를 들어주지 않으면 일본국과 손을 잡고 우리를 내쫓으려 할 것인즉!"

그랬기에 방법은 하나뿐이었다.

〈늙은 여우를 제거하라!〉

그것은 바로 흥선군을 죽여서 우환거리를 없애라는 뜻이었는데 거기에는 또 다른 의견이 있었다. 그러니까 흥선군을 처단하여 주상에게 왕권을 회복시켜 주면 청나라가 조선을 통치함에 있어 훨씬 더 수월할 것임에는 분명할 일이겠으나 주상이라 하여 아비를 닮지 말란 법이 어디 있느냐는 의견이었다.

"주상에게 왕권을 회복시켜 주되 올가미는 채워두어야 한다!"

그 올가미가 바로 흥선군 이하응이었다.

"주상 너도 우리 말을 안 듣고 네 마음대로 하겠다고 설치면…"

언제라도 흥선군을 다시 내세울 수 있다며 죽이는 것을 보류하고, 청나라로 납치하여 데려가기로 결정한 것이었다.

이때가 바로 흥선 대원군이 정변을 일으켜 정권을 잡은 지 한 달도 안 된 6월 말경의 일이었으며, 7월 3일 날 전격적으로 납치가 되어 이달 13일 날 남양부를 통해서 군함에 실려 청나라로 끌려가게 되었던 것이었다.

대원군은 그렇게 자신의 오만으로 인하여 다 잡은 권력을 놓치고 말았던 것이다.

"내가 믿을 걸 믿었어야지. 저 겉 다르고 속 다른 음흉스런 때국놈들을 내 편이라 생각하여 속내를 내보였다니…!"

청나라군은 내친김에 조선의 군대까지 해체를 해버리고 말았다. 그 과정에서 반항하는 조선군을 무자비하게 학살을 했다. 자동 소총으로 무장을 한 청나라 군대에 창검으로 무장을 한 조선의 구식 군인들은 제대로 한번 덤비지도 못해보고 쓰러져 갔다. 그들 역시 군영에 복귀한 지 두 달로 안 돼 청군들의 총알받이가 되어 죽거나 도성에서 쫓겨나는 신세가 되고 말았던 것이었다.

사람들은 비로소 주상이 왜 신식군대를 양성하려 했던가를 깨닫게 되었으나 이미 때가 늦은 뒤였다. 홍선 대원군에 의해 조선은 이렇듯 군대도 하나 없는 천둥벌거숭이 처지가 되고 말았던 것이다.

청나라가 이렇듯 조선을 장악하자 일본은 다급해졌다.

"느긋하게 조선의 숨통을 조이려 하였더니 청나라 놈들이 먼저 안방을 차지하고 들어앉아 버리지 않았더냐!"

일본은 서둘러 청나라와의 일전을 준비하기에 이른다. 무력을 동원하여 (청군들을 쫓아내고) 조선을 침탈하기로 계획을 세운 것이다.

결론적으로 말해서 주상과 홍선군이 합작하여 조선을 망쳐놓은 장본인들이었다. 강력한 통치력으로 홍선군의 발호를 잠재우지 못한 주상이나 홍선군의 노욕이 뜸도 들지 않은 밥솥에다 재를 뿌린 격이니 어느 편을 들어 잘잘못의 경중을 따질 수 있을 일이겠는가. 주상이나 대원군이나 그 인물이 그 인물이었으니 말이다.

어쨌거나 청나라 군대에 의해 조선은 아예 무장해제를 당하는 지경에 처하고 말았던 것이었다.

그러한 와중에서도 왕권을 다시 회복한 주상은 청나라 조정에 사정하여 군사교관을 다시 양성하기 시작했다. 주상의 마지막 몸부림이었다.

그러나 대원군이 아예 나라의 곳간을 (텅텅) 비워버린 상황에서 군사를 양성한다는 것은 불가능한 일이 아닐 수 없었다. 청나라에 차관을 빌리고자 시도를 했으나, 있던 군대도 해산을 시켜버린 그들이 군대를 양성할 수 있도록 차관을 빌려줄 리 만무했다.

일본국 역시 조선에 군대를 양성할 수 있도록 도와줄 리 없었다.

게다가 조정의 중신들은 그딴 것에 관심도 없었다. 썩은 물가에는 파리떼만 꼬인다고 하였든가, 흥선군이 군란을 일으켜 주상을 골방에다 쳐 가두고 중전의 국상을 발표하면서 임금까지 갈아치우겠다고 하였음에도 대궐 근처에 얼씬도 하지 않았던 그들이 오히려 충절을 내세우며 으스대고 다녔다. 흥선군의 뜻을 받들지 않기 위해 입궐을 하지 않았다는 변명이었다.

(어쨌거나 군란을 일으킨 역모의 책임은 물어야 할 것이 아닌가!)

그게 문제였다. 그 장본인이 바로 대원위요, 지금은 청나라에 납치가 되어 가 있으니 차마 대원군을 벌주자고 할 수는 없었다.

(그렇다면 역모에 가담자라도 만들어서 피를 뿌려야 마무리가 될 것이거늘, 무슨 묘안이 없을까…?)

이때 중전께서는 장호원의 북망산 자락에서 환궁도 하지 못하고 있었다. 국상이 왕명으로 반포가 되었고, 그것이 결국은 주상이 반포한 것이나 마찬가지였기에 어떤 형태로든 마무리를 짓지 않고서는 중전을 환궁시킬 수가 없었던 것이다.

그것이 대원위였다면 신경을 쓸 일도 아니었다. 없는 법도 뜯어고치면 될 일이거니와, 이제 와서 법도나 따지며 주상의 발목을 잡고 있는 중신들의 작태가 참으로 기가 막힐 뿐이었다.

그까짓 거(왕명으로 반포가 되기는 했으나 흥선군이 마음대로 반포를 한 것이니 그것을 무효로 한다.) 하면 될 것이나 그렇게 되면 흥선군을 반역도로 매도하는 결과가 되고 마는 것이다.

지금의 조정 중신들은 모두가 흥선대원군이 임명하여 앉힌 인물들이었다. 흥선군이 반역도가 되면 그들도 모두 반역도가 되는 것이다.

(기필코 그와 같은 불상사는 막아야 한다!)

그러기 위해서는 중전의 국상 반포를 순리적으로 풀 수밖에 없음인 것이다. 그러나, 그것은 그들 (조정 중신들)의 명분일 뿐 주상의 명분은 아니었다.

그렇다고 주상이라 해서 그들의 뜻을 따르지 않을 수도 없었다. 지금의 조정은 그들의 손에 들어 있었기에 주상이라 해도 그들의 손을 빌리지 않고서는 정시를 펼쳐나갈 수 없었기 때문이었다.

그 바람에 중전께서는 장호원의 그 험준한 산자락 아래에서 영문도 모른 채 입궐도 못 하고 기다려야 했다.

중신들이 한 일은 그것뿐만이 아니었다. 어떤 방식으로든 역모의 뒤풀이를 해야만 자신들의 처지가 자유로울 수 있음이었던 것이다. 그래서 생각해낸 것이 바로 장 상궁이었다.

(국모께서 엄연히 살아 있음에도 국모 행세를 한 장 상궁을 사사하여 그 불경죄를 물어야 할 것이다!)

그렇다면 장 상궁을 왕비로 들여앉힐 적에는 국모가 살아있다는 것을 몰라서 가만히 있었더란 말인가.

(우리가 살고자 해서 하는 일이 아니라 대원위를 살리기 위한 일이요. 그것이 곧 주상을 살리는 일이니 방도가 없음이 아니더냐!)

그랬다. 그래서 장 상궁이 참형을 당했다. 그리고는 그것을 중전에게 뒤집어씌웠다. 중전이 앙심을 품고 장 상궁을 죽이라 해서 마지못해 죽였다는 게 변명의 요지였다. 참으로 몹쓸 자들이었다. 그것이 바로 조정의 중신이란 인물들이었다.

역모의 뒤끝이라 세상은 참으로 뒤숭숭했다. 별의별 소문이 난무했다.

그중에서도 가장 그럴싸한 것은 대원군파의 중전에 대한 음해설이었다. 중전께서 대원위를 납치해 달라고 청나라 군대에 요청하여 청나라군이 불여우 같은 중전에게 속아 대원위를 납치해 갔다는 것이었다.

중전에 대한 음해는 그뿐만이 아니었다. 주상이 공들여 만들어 놓은 신식군대 "즉" 별기군마저 중전이 해산을 지시하여 해산하게 되었다는 소문이었다. 그러니까, 그것이 대원위와는 아무런 상관이 없는 일로서 중전이 얼마나 악독한 여인이면 이제는 대원위도 모자라서 주상의 정책마저 훼방을 놓아 국정을 어지럽히고 있느냐는 것이었다.

(역시 중전은 보통 여인이 아니야! 조선의 모든 군대가 도성을 점령한 채 창덕궁으로 밀고 들어가 주상과 세자까지 붙잡혀서 볼모가 되었거늘, 중전께서는 무슨 재주로 그 포위망을 뚫고 장호원까지 내려가 편안하게 숨어 있다가 환궁할 수 있었을꼬? 그랬으니 피난길의 와중에서도 별기군을 해산시키고 청군들을 움직여 대원위를 납치하라 시킬 수가 있었겠지!)

그랬는데 그 허무맹랑한 소문이 백성들 사이에서는 기가 막히게 먹혀들고 있었다. 허기사, 주상과 세자의 안위가 위급함에도 자신만 살겠다고 도망을 쳐버린 중전이 욕을 먹을 만하기는 했다.

물론 대원위의 「척왜척화」 정책이 빛도 못 보고 끝장이 나 버렸으니 누군가는 참으로 아쉽기도 할 일이겠으나, 이것을 어찌 올바른 국가의 올바른 민심이라 할 수 있을 일이겠는가.

나라가 어지러울 때면 도적들에게도 희망을 걸어보는 것이 밑바닥 민심이라고 했다. 그랬기에, 대원위의 정책이 실패하여 왜구나 청나라의 오랑캐들이 과연 땅덩이를 짊어지고 가나 어쩌나, 끝까지 가보지도 못하고 대원위가 불모가 되어 오랑캐의 땅으로 끌려간 것이 아쉽다며 백성들은 통탄했다. 그리고 그 원망의 중심에는 중전이 있었다. 불여우 같은 중전이 말이다.

(주상과 함께 중전도 대원위에게 붙잡혔더라면 대번에 임금을 갈아치워 새 세상을 열어나갔을 터인데ㅡ!)

중전 때문에 결국은 새 세상이 열리지 못하게 되었다는 뜻이었다.

그런데 중전의 뒤에는 정녕 원망의 대상이 되어야 할 사람이 따로 있었으니, 그게 바로 황실 무당이라 하는 껄끄러운 인물이었다.

(사내대장부가 쫀쫀하게스리 그깟 무당년을 입에 올리고 서랴…!)

그러나 이제는 쫀쫀하다고 하여 무시를 할 대상이 아니었다. 대원위가 그토록 무시하여 입에도 올리지 못하게 했던 그 인물이 바로 군란의 위기에서 나라의 사직을 지켜낸 1등 공신이기 때문이었다.

《 군란의 위기에서 나라의 사직을 지켜낸 1등 공신에게
「진령군」(眞靈君)의 군호를 내리노라! 》

군호라 하는 것은 벼슬이 아니라 신분상의 예우인 것이다. 왕
실의 종친인 대군의 신분으로 예우를 해 준다는 뜻인데, 부원군
이라 하는 것이 바로 그러한 의미로서 부원군이 되면 대번에 당
상관이 되어 정승판서에 버금가는 대감의 호칭을 부여받게 되는
것이다. 그랬기에 왕가의 혈통이라 해도 공주나 옹주와 같은 여
인네들에게는 군호가 부여되지 않는 것으로서 한마디로 말하여
왕실 종친의 남정네들에게만 부여되는 것이 대군의 호칭인바,
유사시에 임금이 될 수 있는 혈통 증명서인 셈이었다. 그러나 왕
가의 혈통이 아닌 일반인들에게 군호가 부여되면 임금이 될 수
있는 자격만 제외하고는 왕실 종친의 예우를 모두 받을 수 있는
최고의 영예로서 그것이 바로 관례에 따른 법도였다.

그런데 그 법도가 무너지고 있었다. 진령군의 군호를 받은 사
람이 다름 아닌 무당이요, 여인이기 때문이었다. 군호를 받을 수
없는 조건을 이중으로 갖춘 셈이었다.

더불어, 아직 혼례도 치르지 않은 처자의 몸이었다. 그렇다고
부모가 있는 것도 아니요, 환재대감과는 정식으로 부모자식의
연을 맺어 박씨 문중으로부터 인정을 받은 것도 아니었다. 한마
디로 말해 유령 박씨인 셈이었다.

게다가 박규수는 이미 정승의 반열에 오른 인물로서 더 이상

363

의 영광이 필요가 없는 사람이었다. 영광은 고사하고 오히려 무당의 서녀를 두었다는 불미스러운 오해를 받아 이름을 더럽힐 수도 있음인 것이다. 무당이란 신분은 원래 그런 것이었다. 천민 중에서도 가장 미천한 신분 말이다.

어쨌거나, 주상이라 하여 오기가 없는 것도 아니었다.

"그 잘난 조정의 중신들께서 어찌 나오는지 한번 두고나 볼까?"

대원군이 군란을 일으켜 왕권을 찬탈한 뒤 대행대왕의 권한으로 관직을 제수 받거나, 재신임의 절차를 밟아 조정에 출사를 하고 있는 그들이었다. 그리하여 임금을 바꿔 앉히겠다는 대원위의 정책에 동조했던 그들(조정 중신들)이기도 했다. 그러한 그들이 과연 폐위를 당했다가 복위된 주상의 조처에 어찌 반응할 것인지는 주상으로서도 그것이 궁금하지 않을 수 없었던 것이다.

"그 잘난 인물들의 입에서 법도라는 말만 벙긋해도 내가 관직을 몰수하여 두 번 다시 살아생전에는 도성에 발도 들여놓지 못하게 할 것이거늘…!"

주상의 예상대로 조정의 중신들 그 누구도 주상의 조처에 반발하는 자가 없었다. 그것은 너무도 당연한 결과였다. 중전의 목숨을 지켜내 준 사람이면 그것이 바로 주상의 목숨을 지켜내 준 것이나 다름이 없을 일이요, 그 또한 종사를 지켜내 준 1등 공신이 분명하기 때문이었다.

그러한 공신이 여자면 어떻고, 무당이면 어떻단 말이며, 설마하니 주상을 폐위시키는 데 앞장섰던(조정중신이란 이름의) 역도들에 비할 일이겠는가.

주상께서 대원위의 이름이 거론되는 것을 경계하여 중신들을 향해서 역적이라 부르지는 않고 있지만, 주상의 조처에 대해 반대를 하고 나서는 중신들이 있다면 그들 스스로의 불충에 대해서도 먼저 해명해야 함이 순서일 것임에, 자신이 역적임을 자처할 바보는 세상에 없을 일이었다.

그리하여 초혜는 일개 여인의 신분으로서, 그리고 천하디 천한 무당의 신분으로서 진령군의 군호를 받아 왕실 여인의 예우를 받게 된바, 그렇다고 비빈의 신분도 아니었기에 그것은 바로 공주의 예우를 의미하는 것이나 다름이 없었다. 참으로 경천동지할 대사건이 아닐 수 없었다. 차라리 비빈의 신분이라면 이해라도 할 일이겠으나, 그렇게 되면 초혜에게는 자유가 억압을 당하는 일이요, 숨소리 한번 못 내고 궁중에 갇혀서 살아야 하는 일이며 그보다도 더욱 문제가 되는 것은 바로 중궁전과 껄끄러운 관계가 될 것이라고 하는 사실이었다. 그것은 초혜나 중전으로서도 결코 바라는 바가 아니었고 또 주상의 배려에도 빛이 바래는 일일 뿐 아니라 초혜에게는 정녕 은혜하는 정인이 따로 있었으니 주상으로서는 최대한의 배려가 아닐 수 없었던 것이다. 앞으로 닥쳐오게 될지도 모를 분란마저 감수를 한 채 내리게 된 조처였으니 말이다.

24. 천하대장군 지하여장군

왕실 무당인 애기보살 초혜에게 "진령군"이라 하는 군호가 내려져 왕실 여인의 신분으로서 위상이 격상되자, 궁중의 상궁 나인들뿐만 아니라 내관이나 관리들 그 누구도 초혜 앞에 머리를 숙이지 않을 수 없었다. 하루아침에 초혜의 신분이 땅바닥에서 하늘로 치솟아 오른 셈인데, 일개 무수리들 앞에서도 고개를 숙여야 했던 지난날과 비교를 하면 참으로 상상도 할 수 없는 신분의 상승이 아닐 수 없었던 것이다.

게다가 이제는 대궐도 무시로 드나들 수 있는 특권까지 부여가 되었는바, 그 모든 것이 대원군의 군란 덕분이었다. 군란이 아니었다면 조정의 중신들이 법도를 내세워 결단코 초혜가 군호를 받을 수는 없었을 것이니 말이다.

그랬는데 호사다마라고 하였든가, 초혜가 군호를 받게 되자, 드디어 왕실 무당의 존재가 세상에 부각이 되고 말았던 것이었다.

〈중전이 구미호인가 하였더니 중전의 뒤에는 무당년이 있었음이야!〉

그것이 바로 초혜의 운명을 벼랑 끝으로 몰아내는 일이기도 했다.

하여간에 주상께서는 이때 초혜에게만 이렇듯 은혜를 베푼 것이 아니었다. 무예청 소속의 대전 별감인 홍재희 "즉" 홍계훈에게도 궁궐 수비대장의 직첩을 하사하셨으니 그것 또한 파격적인 인사조처가 아닐 수 없었다. 일개 말단의 별감에서 대번에 궁궐의 수비대장으로 승격을 한 셈이었는바, 평상시 같았으면 중신들 때문에 꿈도 꿀 수 있는 일이 아니었다.

그러나 지금은 아무도 주상의 인사조처에 반대하고 나설 인물이 없었다. 그 덕분에 홍계훈 역시 어영대장의 직분이라 할 수 있는 궁궐 수비 대장의 직첩을 부여받을 수 있었던 것이다. 그것은 결국 왕실의 안전을 홍계훈에게 맡긴다는 뜻이었다. 그것이 사실은 현재의 시국과도 연관이 있었다. 청나라가 (도성의 안위를 책임지고 있는) 금군들까지 몽땅 해체해 버렸기에 궁궐의 안위를 책임지는 것은 홍계훈의 궁궐 수비대밖에 남지 않았기 때문이었다.

그리하여, 청나라 군대가 도성을 장악한 채 (조선의 군대까지 해체를 시키고는) 조선의 조정까지 틀어쥔 뒤 자신들이 마치 주인처럼 행세하자 드디어 일본군들이 준동하기 시작했다.

(몽골초원의 야만인들이 중원대륙을 집어삼켰으면 그것으로 만족하고 가만히나 있을 것이지. 이제는 만주대륙이 아니라 한반도까지 지배하겠다고 덤빈단 말이더냐?!)

물론, 만주대륙이라 하여 모두 청나라 지배하에 있었던 것은 아니었다. 압록강 건너의 안동지역과 백두산 너머의 광활한 지역이 함경도의 관할하에 있었는바, 그곳을 일컬어 북계룡과 남계룡이라 했다. 만주지역은 원래 조선의 백성들이 살아가고 있는 한민족의 영토였던 것이다.

그러나 그 지역에서는 벼농사가 되지를 않았다. 일본인들은 결코 그곳에 관심이 없었다. 그래서 여차하면 한반도에 살고 있는 조선 백성들을 그 지역으로 몰아내서 조선인들은 모두 그곳으로 가 살게 한 뒤 조선반도만 자신들이 차지하겠다는 장기적 계획을 세워두고 있었던 것이었다.

그랬는데 청나라가 감히 일본인들의 속내도 알아채지 못하고서 한반도를 아예 자신들이 가지겠다고 설쳐대고 있었으니 어찌 심기가 뒤틀리지 않을 수 있겠는가.

(괘씸한 놈들! 기어이 우리 일본국과 한판 붙어보자 이 말이지?!)

일본군이 드디어 청군들을 조선 영토에서 몰아내겠다며 군대를 더 양성하기 시작했다.

(안 된다! 왜나라와 청나라가 우리 조선에서 전쟁을 하게 할 수는 없다!)

주상은 다급했다. 이 나라 조선 땅에 전란의 광풍이 밀려오고 있다는 사실을 조선의 조정이라 하여 못 알아챌 리 없었던 것이다. 군대도 한 명 없는 이 땅에서 남의 나라끼리 전쟁이 벌어지면 그 결과가 어찌 되겠는가, 결국 죽어나는 것은 이 나라 조선의 백성들일 것이었다.

(저 여우 같고 이리 같은 놈들에게 백성이 도륙을 당하고 나면 땅덩이가 있다 한들 그게 무슨 소용이란 말이더냐!)

그리하여, 러시아와 미국은 물론이요. 프랑스와 영국 등 세계의 열강들과 서둘러 우호 관계를 다져나가기 시작했다. 대원위가 걸어 잠근 쇄국의 빗장을 서둘러 걷어 재끼겠다며 팔을 걷고 나섰던 것이었다.

주상이 외교 관계에 심혈을 기울이자 청나라가 직접적으로 내정에 간섭하고 나서기 시작했다.

(어찌하여 청나라에 상의도 없이 조선이 독자적으로 외교 행보를 추진해 나가고 있단 말인가! 우리 청나라가 대외적으로 어려운 여건 속에서도 군대를 파견하여 조선의 사직을 보존케 한 고마움을 안다면 모든 외교 행보는 우리와 상의를 한 뒤 허락을

받고 추진해야 할 것이 아니더냐!)

그러나 조선 조정은 청나라의 압박에 맞대응을 할 수가 없었다. 그들이 조선의 군대를 해산시킬 때부터 이러한 사태는 이미 예견되었던 일이었으나 그에 대한 대비를 할 여력이 되질 못하였던 것이다.

주상께서는, 청나라로부터 온갖 수포를 다 겪으면서도 (꾹-) 참고, 신진 각료들을 앞세워 은밀하게 개화정책을 추진해 나가고 있었다. 그러면서 청나라의 도움을 받는 형식으로 새로운 군대의 양성에도 심혈을 기울여 나갔다. 그러나, 그것이 제대로 추진이 될 리 만무했다. 바로 재정문제 때문이었다. 대원군이 나라의 곳간마저 탈탈 털어버린 상황에서 의욕만 가지고 정책을 추진해 나갈 수는 없었던 것이다. 그랬기에 더운밥 찬밥을 가릴 상황이 못 되었다. 나라의 명맥이라도 유지해 나가려면 적과의 동침이라도 마다할 형편이 아니었던 것이다.

그래서 왜나라의 속내를 (뻔히) 알고 있으면서도 (그들과 유대를 앞세우고 있는) 신진 개화파 세력들에게 정책추진의 돌파구를 마련해 보라고 지시를 할 수밖에 없었다. 그러자 김옥균 등의 신진 각료들이 기다렸다는 듯이 반응을 해왔다.

"사업을 추진하는 명분으로 일본에서 차관을 빌려오면 될 것이옵니다. 일본국이 보여온 그간의 우호적인 입장을 보면 결코 우리의 요청에 거절하지는 않을 것이오니 소신들에게 전권을 위임하여 주시옵소서!"

이때, 일본국과 우호 관계를 맺고 있는 신진 각료에는 김옥균을 필두로 하여 박영교, 김홍집, 서광범 등의 인물들이 있었다.

그러나 그들은 모두 어린애들에 불과했다. 이동인이 그토록 입이 아프게 설명을 해도 알아듣지 못하는 철부지들이 바로 그들이었던 것이다. 그러니 이 철부지들이 어찌 여우처럼 약아빠진 저 일본인들의 속내를 간파할 수 있었을 일이겠는가.

(조선 조정의 노쇠한 수구대신들과 저 철부지들 간에 이간책을 써서 자중지란을 일으키도록 하게 하라!)

그래서 금방이라도 차관을 빌려줄 듯, 신진 세력들의 콧대를 잔뜩 높여준 뒤(그들이 노신들을 배제한 채, 전국적인 도로 정비 등의 토목사업과 우정국 설치와 같은 건설사업을 대대적으로 펼치도록 유도한 뒤) 차관을 빌려주지 못하겠다고 거절을 해 버리고 말았던 것이었다.

일본인들의 계략은 적중했다. 가뜩이나 국고가 바닥이 난 상황에서 젊은 신진들이 일본을 믿고 벌려놓은 사업들로 인하여 관료들의 급료뿐만 아니라 왕실의 재정조차 바닥이 나고 말았다. 나라의 명맥이 끊어질 판이었다. 드디어 수구대신들이 들고 일어날 차례였다.

"철부지 놈들의 만용으로 인하여 나라가 결딴나게 생기질 않았더냐! 저놈들을 당장에 조정에서 몰아내야 한다!"

일본인들이 다시 신진 각료들을 부추기고 나섰다.

(늙은 대신들을 조정에서 몰아내거라. 그러하면 우리가 차관을 제공하여 너희들이 개혁정책을 계속할 수 있도록 뒤를 봐 주겠다!)

개혁파들은 또다시 일본인들의 꼬임에 휘말려 들고 있었다. 수구세력들을 조정에서 쓸어낼 계책들을 세우기 시작했던 것이다.

이즈음, 초혜는 나라에서 군호까지 하사를 받아 이제는 대궐 출입을 무시로 마음 놓고 할 수 있게 되었다. 지금까지는 남의 눈치를 보아가며 조정의 신료들이 드나들 때를 피하여 도둑괭이처럼 드나들어야 했지만, 이제는 그럴 필요가 없었다. 초혜도 대궐을 드나들 수 있는 자격이 생겼기 때문이었다.

게다가, 궁궐의 수비대장 홍계훈과는 죽음도 불사한 동지 사이가 아니었든가. 그랬기에 초혜 "즉" 진령군의 가마를 발견하면 수비대장의 체면도 벗어던지고 한달음에 달려 나가 반가이 맞이했다. 수비대장의 친절이 그와 같을 진데, 진령군의 대궐 출입이 어찌 정승판서만 못하겠는가.

그랬는데 이때 초혜에게는 뜻밖의 난관이 발생했다. 대궐을 출입할 때의 위상 변화와는 반대의 현상이 나타나게 된 것이었다. 진령군의 명성 때문이었다. 도성 백성들은 물론이요, 지방에서까지 진령군에게 점괘 한 번 뽑아보겠다며 사람들이 몰려들기 시작했던 것이다.

그러나 점괘를 뽑아 보겠다는 것은 오로지 핑계일 뿐, 진령군에게 연줄을 대고자 찾아드는 쇠파리떼들이었다. 흥선군도 없고 흥인군도 없었으며, 홍순목이나 조영하 이재면이 같은 인물들에게 가서 붙어봤자 벼슬 한 자리 부탁할 수도 없는 형편에서 진령군이야말로 쇠파리떼들이 끼어들 수 있는 유일한 대안이 아닐 수 없었던 것이다.

그렇지만 진령군 초혜에게는 아직 그럴만한 힘이 없었다. 주상 전하에게 어찌 감히 벼슬을 부탁할 수 있을 것이며 중전마마에게는 더더욱이나 더 입도 벙긋 못 할 일이었다.

"중전마마에게 벼슬을 부탁했다가는 대번에 날벼락이 떨어지고도 남을 일이거늘!"

그럼에도 벼슬 한 자리 부탁하겠다며, 패물들을 싸들고 사랑채에 눌러앉은 사람만도 수십여 명에 이르렀으며, 안채 또한 다를 바가 없었다.

그뿐만이라면 또 다행이었다. 골목 어귀에서부터 대문간에 이르기까지 소달구지에 토산품들을 싣고 나타난 행렬이 끝이 없었다.

초혜는 대번에 기가 질리고 말았다. 죽동의 민승호 집이나 운현궁의 대문 앞에서 보았던 현상이 자신의 대문간에서 벌어지고 있었던 것이다.

사랑채에서는 미처 영문을 모른 행랑 할범이 토산품들을 받아서 곡간에 가득 채우고도 모자라 마당에까지 쌓아두는 지경이었으며, 신어미마저 없는 안채에서는 정짓간 할범이 주인행세까지 하고 있는 판국이었다.

초혜는 결국 수진방 신어미에게 도움을 요청할 수밖에 없었다. 이것은 결코 점값이나 챙기던 늙은 신어미가 해결할 수 있는 일도 아님을 초혜로서도 깨달아 모를 리 없었던 것이다.

그런데 이러한 현상은 늙은 신어미가 있는 북악의 치성당에서도 벌어지고 있었으니, 초혜는 결코 그곳에도 몸담고 있을 형편이 되질 못하였다. 정녕 썩은 곳을 찾아드는 쇠파리떼의 극성이 이만저만이 아니었던 것이다.

초혜는 이제 두 신어미에게 신당과 치성당을 맡겨둔 채 그 근처에는 얼씬도 할 수가 없었다. 지옥의 악귀들이 사방에서 달려들어 자신의 육신을 피 한 방울 남기지 않고 뜯어 먹어버릴 것만 같은 두려움에 빠져들지 않을 수 없었던 것이다.

"어째서 신어미가 둘씩이나 되었나 했더니 이래서였던 거로구나!"

그래서 또다시 새로운 신당을 준비하지 않을 수 없었다. 무당에게는 결코 시간이 날 때마다 치성을 올릴 수 있는 신당이 없어서는 안 되는 일이기 때문이었다. 그랬기에 이번만큼은 무슨 일이 있어도 소문이 새어나가지 않도록 철저하게 비밀에 부칠 수밖에 없었다. 창의문과 숙정문 중간쯤, 북악산 아래, 버려지다시피 한 별저가 한 채 있었는데, 그것을 헐값에 사들여 급하게 수리하기 시작했다. 당장에 들어가 살 곳이 없었기 때문이었다.

게다가, 이것 또한 초혜의 집이 아닌 것은 성문 바깥의 치성당이나 마찬가지였다. 초혜의 처지를 알게 된 중전께서 이 상궁이랑 함께 지내라며 가지고 있던 패물을 주시어 그것을 팔아서 장만한 집이었기에 이 또한 왕실의 별궁이나 다름이 없었던 것이다.

원래 왕실에는 이처럼 알려지지 않은 별궁들이 도성 안에만 해도 여러 군데가 있었다. 그것이 꼭 주상이나 중전이 별저로 사용하기 위해서 가지고 있는 것이 아니라 여러 이유에 의해서 별궁으로 지정되어 그냥 버려져 있는 것이 대부분이라 했다. 그러니까 결국은 왕실 소유의 버려진 집이란 뜻인데 왕실 소유의 집에 일반 백성들이 부단점거하여 살 수도 없으니 여러 곳에 그런 빈집들이 있을 수밖에 없음이었던 것이다.

초혜가 준비한 이 신당도 바로 왕실의 재산인 별궁인 셈인데, 그래서 그 이름을 북악종묘라고 했다. 종묘라고 하면 역대 제왕들의 신주를 모시는 사당을 말함이거니와 무당의 신주가 있는 집을 왕실의 별원 "즉" 별궁이라 할 수 없어 종묘라 하는 것임을 깨달아 모를 리 없을 일이었다.

그랬기에, 북악산 자락의 이 별궁을 아는 주민은 아무도 없었다. 왕실에서조차 주상과 중전 외엔 아는 사람이 없었다.

이즈음, 김옥균의 개화파 신진들은 왕권 폐지를 위한 국민 주권주의 부르주아 정권 창출을 위한 혁명을 준비하고 있었다. 그것은 미국식의 민주주의가 아닌 사회주의 혁명정권을 말하는 것으로서 그것이 바로 공산당, 독재정권의 시작임을 아는 사람은 아무도 없었다.

(왕권을 폐지하고 미국식의 대통령이 나라를 다스리게 하되…)

거기까지는 문제가 될 게 아무것도 없었다. 왕조가 무너진다는 것 외에는 말이다. 그러나,

(대통령도 막강한 권한이 있어야 나라를 운영해 나갈 수 있을 것이 아니겠는가!)

김옥균 등은 대통령에 대한 달콤한 유혹에 빠져 있었다. 대통령의 막강한 권력이라 하는 것이 제왕의 권력보다도 더 무서운 독재자의 권력이라 하는 것을 상상조차 하지 못하고서 말이다.

(이깟 조선이야 소총으로 무장한 신식군대가 일백 명만 있어도 대번에 뒤엎어버릴 수가 있을 것이거늘!)

자신들이 왕권을 폐지하고 대통령이 되어 나라를 경영함에 있어 주상보다 못할 이유는 전혀 없었다. 그래서,

(현재 대통령제를 시행하고 있는 미국이면 우리를 도와주겠지!)

미국의 공사관에 협조를 요청했다. 공사관 측은 이들의 본색이 민주주의가 아님을 알아채고 대번에 거절하고 말았다. 그러자 또다시 일본 공사관 측에 손을 내밀었다.

(우리가 혁명을 일으키려 하니 도와주시오!)

일본 공사관 측은 반색을 했다.

(손도 안 대고 코를 풀게 생겼구나!)

그래서 대번에 병력과 자금을 원조해 주겠다고 약속했다. 그리하여 개화파의 신변 보호를 명목으로 호위병 150명을 우선 먼저 딸려 보내주었다.

(청나라 군대는 우리가 막아줄 것이니 이 병력을 앞세우고 가서 왕궁만 점령하시오!)

그것은 일본인들의 계략이었다.

(청나라 군대가 반정군에 반발하여 왕궁을 장악하면 그것을 빌미로 전쟁을 선포해서 그들을 쫓아내고 우리가 조선을 차지하면 될 것이요, 청군들이 어물쩍 넘어가면…)

청군들이 자신들(일본군)을 두려워하는 것이므로 이번 참에 완력을 행사하여 조선을 집어삼킬 계획이었다. 그런데,

(청나라 군대와는 어차피 한바탕 붙을 각오를 하고 있었으니 문제가 될 게 없겠으나…)

러시아가 문제였다. 러시아만 아니라면 (베트남을 둘러싸고 프랑스와 전쟁 중인) 청나라와는 벌써 한판 붙었을 것이었다. 청나라가 도성을 점령하고 있는데도 그냥 두고만 볼 일본군들이 아니었던 것이다. 그러나 조선이란 먹잇감을 두고 청나라와 전쟁을 일으킨다면 러시아도 욕심을 내고 덤빌 터인데 그에 대한

대비까지 염두에 두지 않을 수 없었던 것이다.

그래서 러시아와의 전쟁까지도 염두에 두고 그동안 준비를 해 오고 있던 참이었다. 어차피 조선은 이미 일본의 손아귀에 들어 있는 것이나 마찬가지였기에 굳이 서두를 필요가 없었던 것이다.

그랬는데 일본으로서는 기다리던 기회가 저절로 찾아온 셈이었다. 러시아가 개입하기 전에 청나라의 문제를 해결할 수도 있을 것 같았기 때문이었다.

이즈음, 운보는 능구레 산막에서 집 짓는 일에 몰두하고 있었다. 지난번 도성에서 김홍집이 보낸 살수들로부터 동인 선사를 구해낸 뒤 그길로 쇠돌바우를 찾아갔던 것이다. 과천골 입구에 있는 주막으로 말이다.

그랬는데 운보가 쇠돌바우와 만나는 일이 결코 예전처럼 쉽지를 않았다. 그 사이에 과천골 군막이 광주산성 아래로 이사를 가버렸기 때문이었다.

그 바람에 작부와 기둥서방까지 함께 사라지고 없었다. 그래도 주모만은 그대로 있어서 운보를 대번에 알아보았다. 정짓간 앞에서 오줌까지 싸게 만들었던 중놈의 화상을 주모가 어찌 못 알아볼 일이겠는가.

주막에는 새로운 작부와 기둥서방이 배치되어 있었다. 그들 또한 쇠돌의 연락책이란 사실을 운보가 못 알아챌 리 없었다.

운보는 기어이 주막에서 하룻밤을 묵어야 했다. 새로 배치된 기둥서방이 직접 광주 군막으로 달려가서야 운보의 소식을 쇠돌이에게 전할 수 있었기 때문이었다. 그나마도 쇠돌이가 주모에게 특별히 당부해 놓았기에 가능한 일이었다.

쇠돌은 정녕 운보가 탐이 났던 것이다. 개인적으로는 결코 운보를 좋아할 리 없을 일이었다. 그러나 자신의 호위를 위해서는 운보만한 인물이 있을 수 없었다. 게다가 운보의 성격은 쇠돌이가 누구보다 잘 알고 있었다. 무던하고도 사람을 배신할 줄 모르는 그 믿음성 있는 성품을 말이다.

"대군께서 거사를 성공시켜 내가 출셋길에 나서게 되면…"

그때는 운보에게 지시하여 은밀하게 시킬 일도 많아질 것이었다. 원래 사람이 갑자기 출세를 하게 되면 시기하는 사람도 생길 것이요. 때에 따라서는 제거를 해야 할 대상도 생길 수가 있음인데 그때 써먹을 적격인물인 셈이었다.

그래서 만약의 경우, 운보가 마음이 변하여 자신을 찾아올지도 모른다는 생각에 주모에게 신신당부하여 중놈이 자신을 찾아오면 만사를 제쳐두고 연락을 하라 하여 새로운 작부와 기둥서방을 배치해두고 있었던 것이었다.

그러나, 운보가 마음이 변하여 자신을 찾아온 줄 알았던 쇠돌은 대번에 실망하지 않을 수 없었다. 오히려 자신을 달래서 능구레로 데려가기 위해 왔다는 사실을 알았기 때문이었다.

(오호라! 능감탱이들이 늙어서 이제는 내 도움을 필요로 한다. 이 말이지? 그래서 나보고 다시 머리를 깎고 중놈이 되어 능감탱이들 수발이나 들다 죽으라 이 말이지? 에라이~ 어리석은 놈! 번지수를 잘못 짚었어. 이놈아, 내가 네놈의 속내 하나 못 알아챌 줄 알았더냐. 어리석은 놈!)

쇠돌은 정녕 운보의 소행이 괘씸하기만 했다. 자신의 출세가 눈앞에 (훤히) 보이는 상황에서 말도 안 되는 헛소리를 하는 운보 소옹이를 죽이고 싶도록 얄미웠던 것이다. 그렇다고 그 사실을 내색하여 운보와의 관계를 영영 틀어지게 할 수도 없었다.

(세상이 바뀌어서 내가 출세를 하게 되면 그때는 네놈이 내게 도와달라고 애걸복걸하게 될 테니 두고 보거라 이놈!)

쇠돌은 후일을 기약한 채 발길을 돌릴 수밖에 없었다. 자신이 출세하면 수백 명의 군사를 이끌고 능구레로 달려가서 능구레를 쑥대밭으로 만들고 현무암까지 함께 쓸어버릴 심산이었다.

(그러고도 네놈이 내게 애걸을 하지 않는다면 소총수를 시켜서 아예 끝장을 내줄 터이니 기다리고 있거라 이놈!)

운보도 결코 마음이 편할 수가 없었다.

(저 눈빛은 아직도 더 많은 피를 부르고 있음이야, 정녕!)

쇠돌의 눈빛 속에서 저승야차의 냉혹함을 눈치채고 있었으나 그렇다고 어찌해 볼 방도가 있는 것도 아니었다. 권력이라고 하는 욕망과 허욕의 덫에 걸려 참다운 인간의 본성을 되찾기엔 이미 때가 늦었다는 사실을 깨닫지 않을 수 없었기에 운보는 정녕 아쉬운 마음을 뒤로한 채 발걸음을 돌릴 수밖에 없었던 것이다. 그리고 그것이 쇠돌이와의 마지막이었다. 게다가, 이날의 만남 이후 운보 또한 마음속에 큰 변화가 생기고 말았다.

"사람이란 서로 길을 가다가 옷깃만 스쳐도 인연이라 하였거늘, 십여 년의 세월 동안 한솥밥을 먹고 자란 형님의 마음 하나 돌려놓지 못한 내가 부처님의 제자면 무엇하고 성불을 이루면 무엇한단 말이더냐!"

운보는 정녕 깨닫는 바가 많았다. 사람이란 본시 타고난 팔자 소관대로 살아간다고 하였거니와 쇠돌이가 살생을 저질렀다고 하여 운보 자신이 징벌을 가할 수 없듯이 그의 미래에 대해서도 자신이 관여할 수 없다고 하는 사실을 말이다. 그랬기에 초혜와 동인 선사 및 소아에 대한 인연마저 그 모든 인간사가 공허하게 만 느껴질 뿐으로서 삶에 대한 의욕마저 상실하는 지경이 되고 말았던 것이었다. 서로가 비록 피를 나눈 형제는 아니었다고 할지라도 어린 시절을 운보가 얼마나 쇠돌이를 믿고 의지하며 마음을 주고 따랐는지를 보여주는 결과이기도 했다. 그만큼 운보는 쇠돌에 대한 실망으로 마음의 상처가 심했다는 뜻이기도 했거니와 그것이 또한 쇠돌의 미래를 밝게만 볼 수 없는 의미이기도 한 셈이었다.

25. 갑신년의 정변

운보가 어찌하여 얼굴에 그늘이 드리워졌는지는 양무 선사로서도 결코 알아차리지 못했다. 이번 한양길에 무엇인가 마음의 충격을 받은 것은 분명한데, 녀석이 자진해서 실토하지 않는 이상 두 선사로서도 굳이 추궁하여 물어볼 생각이 없었던 것이다.

"그래도 짓던 집이나마 허물지는 않고 있으니 이곳을 떠날 생각만은 아닌 게야!"

"그러면 됐지. 녀석의 속내까지 알아서 무얼 할까!"

당연한 일이었다. 운보가 능구레를 떠나지 않을 것이란 사실만 알았으면 됐지. 제놈 스스로 도움을 청해오지도 않는데 녀석의 사생활까지 파고들어 주책을 떨 필요는 없었던 것이다.

게다가, 운보의 정신공력은 이미 자신들을 앞지르고 있다는 사실까지도 깨달아 짐작하고 있었다. 그랬기에 결코 자신들이 더 이상 스승 노릇을 해줄 수 없을 것임을 결코 모르지 않았던 것이다.

"세월의 무상함이야! 우리가 이제는 저 녀석의 눈치를 살펴야 함이려니…!"

양무 선사는 더 이상 암자에만 머물러 있지 않았다. 절간을 찾는 시주님들이 있는 것도 아니요, 그렇다고 집 짓는 일을 대신 해줄 만큼 기운이 남아도는 것도 아니며, 소아를 찾는 일도 아직은 끝나지 않았다.

그뿐만이 아니었다. 두 선사는 정녕 자신들이 해야 할 아주 중요한 일이 한가지가 더 남아 있었다. 그것은 오로지 자신들만이 할 수 있는 일이었고, 기필코 해야만 할 일이기도 했다.

그리하여 두 사람은 아주아주 멀고 먼 여행길에 나서고 있었다.

"우리도 아직은 목숨이 붙어 있음이로고…!"

"그려니 목숨값을 하려는 게지!"

그리고 그들은 여러 해 동안 능구레에 모습을 드러내지 않았던 것이다. 암자를 아예 운보에게 맡겨놓고 말이다. 그것이 벌써 5년 전의 일이었는데 양무 선사께서 멀고 먼 여행길에 나선 그 때가 바로 고종 17년(1880년) 3월의 일이었다. 그러니까 운보가 동인 선사의 목숨을 구한 뒤 쇠돌이를 만난 것이 그해 정월달이었으니, 그로부터 두 달이 더 지난 뒤의 일이었고 이때로부터 1년 후에 이재선이의 군사 반정 음모가 드러났던 것이었다.

그리하여 고종 18년 8월에 이재선이의 사병들이 모두 추포가 되어 역모죄로 참수를 당하였으나 쇠돌바우의 행적이 아리송하기만 했다. 그 사병들의 이름은 일일이 밝혀지지 않았기에 그가 죽었는지 살았는지는 알아볼 길이 없었던 것이다.

그리고 한 해가 더 지난 고종 19년(1882년)이 되어 흥선군이 군란을 일으켜 초혜가 중전을 모시고 죽을 고초를 겪게 되었던 것인바, 이해 가을이 되어 도성으로 돌아온 초혜는 주상으로부터 진령군의 군호를 받게 된 것이었다.

그러나, 진령군의 군호가 결국은 초혜의 발목을 잡게 되었고, 그로부터 1년 동안은 사람들을 피하여 숨어 살다시피 할 수밖에 없었다. 그리하여 북악산 자락에 어렵사리 장만한 것이 북악 종묘 별원이었다.

원래, 그 별원을 장만할 때는 이 상궁 덕실이와 함께 숨어서 살고자 함이었다. 중전을 모시고 함께 피난을 다녀온 덕실이에게도 대궐을 떠나 마음대로 살 수 있도록 자유가 보장되었던 것이다. 그러나, 그것이 과연 그녀에게 어떤 결과일지는 알 수가 없었다. 그녀의 나이도 이미 사십 줄에 접어들어 불혹의 나이가 되었기에 이제 와서 팔자를 고칠 수 있는 것도 아니었기 때문이었다.

게다가, 이 별원마저도 결국은 왕실 소유의 별궁이 되고 말았는데 중전께서 은밀히 이곳에 행차를 해 보시고는 아름다운 풍광에 매료되어 주상까지 모시게 되었는바, 이때부터 북악 종묘라 하여 이름이 붙여지게 되었던 것이었다. 그것은 곧 왕실 별원 "즉" 별궁이란 의미이기도 했다. 그러니까 초혜가 대놓고 자신의 신주를 모실 수 없다는 뜻이나 다름이 없었다. 천하의 진령군이라 해도 주상이 머무시게 된 왕실의 별원에 어찌 신당을 차려 귀신을 섬길 수 있겠는가. 그래서, 성문 밖 치성당처럼 제왕들의 신주를 모시고 치성을 올린다는 명분으로 북악 종묘라 이름을 붙인 것이거니와 (운종가에 있는 안동 별궁처럼) 직접적으로 별궁이란 이름을 사용치 않는 것이 그나마 다행이기는 했다.

그런데 어찌하여 안동 별궁을 거론한 것이냐 하면 이제 곧 그 존재가 세상에 드러나게 되는 일이기 때문이었다.

초혜가 북악산 자락에 종묘 별원을 완성한 지 채 1년도 안 된 갑신년 시월!

흥선대원군이 군란을 일으킨 지 3년이 다 된 고종 21년 10월 17일의 일이었다. 이날 우정국의 낙성식이 있었다.

이미 앞에서도 설명하였거니와 우정국이란 개화당의 젊은 각료들이 일본인들의 거짓말에 속아 토목공사와 함께 추진했던 건설공사로서 이것이 바로 그 첫 번째 공사의 낙성식인 셈이었다. 낙성식이 끝나면 저녁때가 되어 기념 연회가 준비되어 있었는데 운종(종로) 거리에 있는 안동 별궁에 방화를 하여 그 불빛을 신호로 거사를 일으키기로 했던 것이다. 그것은 바로 수구대신들을 조정에서 몰아내라는 일본인들의 요구가 있었기 때문이었다.

그래서 안동 별궁의 불빛을 신호로 수구세력들을 모조리 척살한 뒤에 일본의 호위병들과 개화당 세력들이 힘을 합쳐 왕궁을 점령하고 임금을 속인 후 협박하여 왕궁의 보호를 명목으로 일본군의 지원을 요청하게 해서 청군들이 반발하여 대항을 해오지 못하도록 명분을 세우겠다는 뜻이었다.

그리하여 왕궁을 점령하게 되면 주상을 폐위시키고, 공화제를 선포하겠다는 것이 그 목적인바, 일본으로서는 밑져봐야 본전이었다.

원래 조정의 육조 관아는 모두가 도성의 한복판에 자리 잡고 있었다. 경복궁과 청덕궁의 두 궁궐 사이 남쪽 방향으로 종루가 설치되어 있고 그 좌우 사방으로 3,000여 간의 시전행랑이 자리 잡고 있었는데 이 시전통을 운종가라 불렀던 것이다.

그리고, 그 아래 방향에 한성부와 기로소, 호조와 예조 이조 및 의정부 등의 관련 관아가 자리 잡고 있으며, 그 맞은편에는 병조와 형조 공조 그리고 중추부와 사헌부가 자리 잡고 있었다. 그러니까 이곳에 조정의 육조 관아가 모두 자리 잡고 있는바, 관아의 모든 수구세력들이 모두 이 우정국의 낙성식에 참석하도록 되어 있었던 것이었다.

수구세력이라 하면 바로 대원위를 따르는 중신들을 말하는 것으로서, 청나라 군대와 밀접한 관계를 맺고 있는 인물들을 말함인 것이다. 그랬기에, 도성을 점령하고 있는 청군들이 어떻게 반응할지 그것이 참으로 의문이 아닐 수 없었다.

그러니까 일본군들은 청군들의 반응에 따라 적절하게 대응을 하겠다는 것이 그 의도로서 무조건 반정 세력들을 도와주겠다는 것이 아니었던 것이다.

저들 (일본인들)의 꿍꿍이가 무엇인지도 모른 채, (전임 일본 공사야 우리를 속였지만 새로 부임해온 공사는 우리를 배반하지 않겠지!) 하고는 김옥균의 반정 세력들이 궁궐의 금호문을 통하여 중궁전으로 밀고 들어갔던 것이다. 지금이 한밤중이니 주상이 중궁전으로 침수들어 있을 것이라는 판단에서였다.

이때가 바로 초혜가 북악 종묘를 완성하고 반년도 안 된 갑신년의 10월이었는바, 홍선 대원군이 청나라로 납치되어 가고 주상이 복위된 뒤 3년여만의 일로서 정확하게 고종 21년 10월 17일의 일이었다.

반란군들은 미리 손을 써서 인정전의 행랑채에 묻어둔 폭탄을 터뜨려 궁궐을 불길에 휩싸이게 만들었다. 바로 10년 전, 대원위가 써먹었던 방식을 그대로 답습을 한 셈이었다. 그래서 불길에 타 죽으면 그만이요, 죽지 않는다고 할지라도 겁을 집어먹고 말을 고분고분 듣게 만드는 데는 분명히 효과가 있을 것이라는 판단에서였다.

"십 년 전과 지금과는 시대가 달라졌음이니…!"

주상을 직접적으로 시해하기보다는 간접적으로 왕권을 찬탈하여 청군들이나 백성들의 반발을 차단하겠다는 것이 또한 그 의도였는데, 그것이 착각이었다. 어차피 혁명을 일으키기로 하였으면 주상부터 제거했어야 죽이 되든 밥이 되든 결말이 났을 것이라는 사실이었다.

그래서, 뜸을 잘못 들이면 죽도 밥도 안 된다는 말이 그러한 뜻인바, 주상으로서는 참으로 천운이 아닐 수 없었다.

"이게 무슨 일인가? 어서 피하십시다. 중전!"

중전께서는 이 상궁 덕실이의 생각이 간절할 수밖에 없었다.

(이럴 때 액막이 년이 있었더라면 그것이 우리에게 길을 인도하였을 터인데!)

그러나 북악 별궁에 나가서 살고 있는 액막이가 자신을 구하겠다고 달려올 리 없을 일이었다. 그리하여 허둥지둥 침전에서 주상의 손에 이끌려 달려나오자 기다리고 있던 반란세력들이 두 분을 납치하려 했다. 이때 반란군을 지휘하여 인정전으로 밀고 들어온 역도의 무리는 김옥균과 박영교, 서광범 등이었다. 그들이 주상과 중전을 일본 공사관으로 납치하려 했던 것이다.

"나는 가지 않을 것이다! 내가 어찌 대궐을 놔두고 일본국 공사관으로 몸을 피해야 한단 말이더냐? 그리들 알고 나를 겁박하여 데려갈 생각들은 하지 말거라!"

주상의 태도가 예상과 달리 강경하자 반란 세력들은 두 분을 경우궁으로 데려가 감금했다. 그리고는 50여 명의 행동대원으로 하여금 지키게 하였다.

이튿날, 급변 소식을 듣고 달려온 조영하와 민태호, 윤경순, 이조연, 민영옥 등의 수구 대신들이 영문도 모른 채 무참하게 살해를 당해 죽고 말았다. 천지가 개벽을 할 일이 벌어지고 있었던 것이다.

그뿐만이 아니었다. 주상과 중전이 보는 앞에서 내시 유재현을 무참하게 때려죽였다. 그것은 바로 역성혁명의 의지를 내보인 것이나 다름이 없었다. 그러면서, 여차하면 주상도 죽일 수 있으니 고분고분 말을 잘 들으라며 협박을 해댔던 것이다.

이때, 미국과 영국을 비롯한 서양의 공사들이 때맞춰 달려왔다. 역도들도 서양의 공사들 앞에서는 함부로 행동하지 못했다. 그들 역시 서양의 강대한 군사력은 잘 알고 있었기 때문이었다. 국왕을 함부로 처단했다가는 서양의 군대를 불러들이는 빌미가 될 수도 있다는 사실을 깨달았던 것이다. 주상께서 서둘러 서양의 여러 나라와 수교를 했던 이유가 바로 이런 일에 대비함이 아니었겠는가.

이날 저녁때가 되어, 노환의 조 대비께서 어젯밤 소란에 놀라 생명이 위독하다는 전갈이 왔다. 그러면서 북악 종묘로 오시라는 은밀한 연락도 전해주었다.

(진령군이 우리에게 그곳으로 오라는 전갈을 보낸 것이구나!)

주상께서는 김옥균에게 대왕대비의 병문안을 가겠다고 했다. 그러자 김옥균이 주상에게 흥정을 해왔다.

"소신이 내각을 새로 구성하였으니 이것을 승인해 주신다면 병문안을 가실 수 있도록 조처하여 드리겠습니다."

주상도 그것만은 반대할 수가 없었다.

"어차피 그대들이 계획하여 작성한 것이 아니더냐? 그것은 그대들 마음대로 하고 과인에게는 병문안만 갈 수 있도록 해 주거라!"

그리하여 김옥균과의 흥정이 이루어졌으나 북악 종묘로는 갈 수가 없었다. 일본군이 나서서 삼엄한 경계를 하고 있었기 때문이었다.

김옥균의 반정 세력들은 거국 내각과 함께 당면 정책과제들을 발표했다. 이로써 거사는 모두 끝난 셈이었다. 허수아비 임금이야 기회를 봐서 스스로 왕위에서 물러나게 하고, 대통령 공화제를 선포하기만 하면 되는 것이다. 그랬기에 더 이상은 혼란을 야기할 필요가 없었다. 차근차근 진행해도 시간은 그들의 편이기 때문이었다.

그랬는데 문제가 생겼다. 아무런 낌새도 보이지 않던 청나라 군대가 갑자기 군사를 동원하여 궁중으로 기습해 들어왔던 것이다. 오주유의 군대가 선인문으로 진격해 들어왔고, 원세개의 군대는 돈화문으로 공격해 왔으며, 청국군에게 훈련을 맡겨왔던 좌우영의 훈련대와 백성들까지 합세하여 수만 명의 민관군이 파죽지세로 밀어닥쳤던 것이었다.

일본군은 기껏 이백여 명에 불과했고, 박영호가 이끌고 있는 반정군의 숫자 또한 기백 명에 불과했다.

일본군은 슬그머니 꽁무니를 빼고 말았다. 그 틈을 이용하여 중전과 세자가 한 조를 이루어 종묘 별원으로 길을 잡아 피신하고, 주상께서도 따로 길을 잡아 별원에서 만나기로 약조를 하시었다. 주상과 중전이 함께 떠나면 인원이 너무 많아서 반정 세력들을 따돌릴 수가 없을 것 같아서였다.

역시나 그 판단은 옳은 생각이었다. 주상의 일행을 반정군들이 눈치채고 뒤쫓아 왔던 것이다.

"어차피 저들의 추적을 따돌릴 수가 없다면…?"

주상께서는 반정군들을 엉뚱한 곳으로 유인했다. 그 틈에 중전께서는 세자와 더불어 경우궁을 빠져나가 대왕대비께서 미리 피신하여 계시는 북악 종묘의 별궁으로 몸을 숨길 수가 있었다. 그러나 주상께서는 결국 연경당에 다시 감금되고 말았다.

이때, 일본군의 배신으로 고립무원의 신세가 된 반정군들은 주상을 인천에 있는 일본군 진영으로 납치해 도망가려 했다. 허나 주상께서는 그럴 생각이 전혀 없었다.

"과인이 궁궐을 버리고 도망을 가지 않겠다고 하였거늘, 설사 도망간다고 하여 청군들이 그냥 보내줄 성싶더냐? 과인은 죽어도 여기서 죽지. 도망을 치다가 청군들에게 붙잡혀 수모를 당하는 그런 짓거리는 결코 하지 않을 것이니라!"

반정군들은 더 이상 주상을 설득할 수 있는 명분이 없었다.

"중전과 세자를 놓친 것이 실수로구나! 그들을 인질로 잡고 있었더라면 주상이 저렇듯 완강히 버티지는 못하였을 터인데!"

특히나 세자를 인질로 잡지 못한 것이 실수였다. 세자가 붙잡히지 않는 이상 주상의 마음을 돌릴 수 없다는 사실을 그들도 알아차렸던 것이다.

"이제 와서 후회한들 무슨 소용이랴. 주상을 죽여봤자, 보위는 세자에게 이어져 우리에게 보복하려 할 것인즉!"

주상을 죽여서 얻는 이득보다는 살려두는 게 차라리 나을 것이라는 결론에 이르게 되었던 것이었다.

"안 되겠다. 홍영식과 박영교는 군사들과 함께 이곳에서 주상을 인질로 잡고 있거라. 우리는 각자 흩어져서 일본군 진영으로 뒤쫓아가 그들을 설득하여 다시 데리고 오도록 하겠다."

그리하여, 김옥균 등은 몰래 도성을 빠져나가 인천으로 달려갔다. 그러나, 일본공사 다케조에는 김옥균의 요청을 딱 잘라 거절했다.

"이미 명분을 잃은 혁명이 되고 말았소. 우리도 본국의 지원을 받지 않고서는 조선의 민군과 청나라 군대를 상대하여 싸울 여력이 없소!"

김옥균 일당은 비로소 자신들이 일본인들의 간계에 놀아났다는 사실을 깨닫게 되었다.

그리하여, 일본군의 지원을 받지 못한 홍영식과 박영교는 그 일당과 함께 청나라 군대의 무차별 공격으로 연견당 뜰앞에서 모조리 참살되고 말았다. 이날이 갑신년 10월 19일의 일이었다.

그러나, 김옥균의 일당들은 대궐에 남아있는 홍영식이나 박영교 따위는 안중에도 없었다. 게다가, 도와주고 싶어도 도와줄 수도 없었다.

(지놈들이 살고 싶으면 알아서 도망을 쳐 오겠지!)

이것이 바로 갑신년 정변의 종말이었다. 17일에 정변을 일으켜 19일에 끝이 났으니 삼일 천하라고들 말하는 것이다.

그런데 이번 사건으로 인하여 중전께서 초혜에게 크게 노하시었다.

"진령군은 이번 일에 책임질 각오를 하고 있거라! 하마터면 주상전하와 세자마저 변을 당할 뻔하였거늘, 이제는 너의 신끼가 떨어진 것이더냐?! 아니면 너의 충심이 부족한 것이더냐!"

대왕대비께서 보다못해 변명을 하고 나서시었다.

"노여움을 거두세요. 중전! 내가 위독하다 하여 중전과 세자가 이곳으로 피신하여 오게 한 것이 바로 진령군의 계략이었다오."

"그것으로 왕실의 안위를 책임지고 있는 진령군이 소임을 다했다고 할 수 있겠습니까? 자칫 주상께서 망극한 일을 당할 뻔하였다니까요!"

그랬는데 참으로 기가 막힐 일은 따로 있었다.

"소신을 죽여주옵소서 중전마마! 소신이 대궐 수비에 만전을 기하지 못하고 대궐을 비워둔 채 퇴청을 한 탓이옵니다. 중전마마!"

홍계훈이었다. 궁궐의 수비를 책임지고 있는 수비대장이 어찌하여 지금 이곳에 있는 것인지 그것이 참으로 놀랍지 않을 수 없을 일이었다. 그런데 그 내막은 바로 이러했다.

　바로 이틀 전, 홍계훈이가 평소와 다름없이 퇴궐하고 난 뒤에 그와 때를 맞추어서 김옥균의 반정세력들이 일본군의 소총수들을 앞세우고 왕궁을 점령해 버리고 말았던 것이었다.

　뒤늦게 연락을 받고 달려간 홍계훈은 더 이상 왕궁으로 발도 들여놓을 수가 없었다. 그리하여 다급한 김에 진령군의 종묘 별원으로 달려가게 되었는데, 홍계훈만은 이곳을 알고 있었던 것이다.

　이때까지도 대궐의 변고 사실을 전혀 모르고 있던 초혜는 홍 대장과 함께 창덕궁의 샛문을 통하여 대궐로 숨어들기는 하였으나, 이때는 이미 주상께서 중전과 세자와 더불어 경우궁에 감금이 되고 난 뒤였다.

　"내가 목숨을 버리는 한이 있더라도 내 손으로 저놈들을 쳐 죽이고 말 것이야-!"

　홍 대장이 분기를 못 이겨 칼을 빼어 들자 초혜가 급히 앞길을 막아섰다.

　"수비군들도 모두 참살이 되고 없나 본데, 홍 대장께서 혼자 나서봤자 저 왜놈들의 총알받이밖에 더 되겠습니까? 분기를 가라앉히고 방도를 한번 찾아보십시다."

　그리하여 홍계훈이가 대왕대비를 모시고 북악 종묘로 피신을 하면서 상궁 나인으로 하여금 주상에게 은밀히 연통을 넣게 했던 것이다. 그러면서 초혜가 홍계훈이에게 말했다.

　"홍 대장께서 어제저녁 정시에 퇴궐하신 것은 하늘의 도움이셨습니다. 만약에 홍 대장께서 반정의 낌새를 미리 알아채셨더라면 대궐문을 굳게 걸어 잠그고 반항을 했을 것이며, 그 와중에 왜놈들이 무차별 총질을 하여 대궐이 쑥대밭이 되었을 것입니다."

초혜의 말에도 일리는 있었다. 일백오십 명의 왜군들이 무차별 총질을 해대며 창덕궁을 휘젓고 다녔더라면 어떠한 불상사가 일어났을지는 가히 상상도 할 수 없는 일이 아니었겠는가.

물론, 그것이 초혜(진령군)의 자기변명처럼 들렸을지도 모르겠으나 홍계훈이나 대왕대비 역시 진령군의 말을 믿고 따르는 수밖에 달리 방도가 없는 것은 당연할 일이었다.

게다가, 그 말은 곧 (사태가 그 지경이 되었더라면) 주상이나 세자 또한 무사치 못했을 것이라는 뜻이었으니 대번에 중전의 분노를 잠재우고도 남을 무서운 말이 아닐 수 없었던 것이다.

대왕대비께서 중전의 분노를 잠재우기 위하여 진령군(초혜)의 말을 다시 한 번 되풀이하여 말씀하시었다.

"…주상과 세자가 미리 알고 몸을 피했더라면 그놈들이 세상 끝까지라도 뒤지고 다녔을 터인데, 만약에 궁중이 아닌 다른 곳에서 발각이 되었다고 생각을 해 보시구려. 저놈들이 미쳐서 무슨 짓을 저질렀을지 말씀이요!"

"…!!"

중전께서도 더 이상은 초혜에게 분노를 나타내지 못했다. 진령군(초혜)에게서 그에 대한 언질을 받지 않았더라면 대왕대비께서 그런 말씀을 하시지는 않았을 것이라 여겼기 때문이었다.

어쨌거나 초혜는 홍계훈과 더불어 대왕대비를 종묘원으로 모신 덕을 톡톡히 본 셈이었다. 그것은 결국 제 자신과 홍계훈이를 살려낸 방책이나 다름이 없었다.

어쨌거나, 원숭이도 나무에서 떨어질 때가 있다고 하였거니와 초혜야말로 대왕대비께서 나서주지 않았더라면 중전에게 어떤 변명으로 위기를 모면했을지 그것이 참으로 궁금하지 않을 수 없을 일이었다. 초혜는 정녕 이번 사태를 눈치조차 채지 못하고 있었으니 말이다.

그러나 어찌하겠는가. 초혜가 삼신당 신녀에게 점괘를 뽑아 보지 않았으니 초혜로서야 그 연유조차 알 길이 없었던 것이다.

그런데 이번 (갑신)정변의 불똥은 엉뚱하게도 다른 곳으로 튀고 있었다. 오래전에 민규호에 의해서 박살이 났던 유홍기와 이동인, 여옥이와 같은 개화파 세력들에게 불똥이 튄 것이었다. 김옥균의 정변 주도세력이 박규수의 (사대부) 문도들이었으니 어쩌면 당연한 결과인지도 모를 일이었다. 민규호가 민승호의 폭사 사건을 역모로 몰아갔을 때, 한 명도 건드리지 않고 (쏙-) 빼놓았던 그 사대부의 자제들이 이번에는 저들만이 똘똘 뭉쳐서 민중민주주의를 외치며 정변을 일으켰다가 일본군의 배신으로 거사에 실패하고 말았던 것이었다.

그랬으니 그 불똥이 박규수의 모든 문도에게 옮겨붙는 것은 당연하다 할 일이었다.

그나마 여옥이만은 그 불길에서 빠져나올 수가 있었으니, 그녀는 지금 진령군의 분신이 되어 진장방에 들어앉아 있었기 때문이었다.

26. 살아남기 위한 몸부림

동짓달에 접어들자 날씨가 엄청 매서웠다. 정변이 일어난 지도 어느덧 한 달여가 흘러갔다.

이때, 한 무리의 피난민들이 능구레의 깊은 골짜기로 들어서고 있었다. 피난민의 무리는 무려 이십여 명이 넘었다. 남정네가 여섯 명에 여인네가 여덟이요, 크고 작은 어린아이가 아홉 명이나 되었다.

그런데 피난민을 인솔하여 오는 사람은 다름 아닌 이동인이었다. 동인 선사 그 사람이 스무 명이 넘는 피난민을 인솔하여 이곳 능구레의 산막으로 들어서고 있었던 것이다.

그들이 골짜기 입구에 들어설 때부터 그 모습을 확인한 운보 소옹이가 급히 달려나가 그들을 맞이하고 있었는데, 피난민 중에는 낯익은 사람도 여럿 있었다. 바로 백의정승 대치 유홍기와 그 가족들이었다.

그렇다면 이게 도대체 어찌된 일이었을까.

이야기는 또다시 2년 전으로 되돌아가게 된다. 그러니까 운보가 쇠돌이를 만나고 능구레로 돌아온 지 만, 1년 후의 일이었다. 그때가 바로 고종 19년(1882년) 임오년의 5월이었고 주상이 군영을 개편한 지 4개월 후였으며 대원군이 정변을 일으키기 한달 전의 일이었다.

이 당시 퇴역 군인들은 도성 안팎으로 몰려다니면서 알게 모르게 하고 다닌 일이 한 가지 있었는데, 그것이 바로 개화당에 대한 마녀사냥이었다.

그러나, 그들 또한 민규호와 마찬가지로 사대부의 자제들에 대해서는 털끝 하나도 건드리지 못했는바, 그것은 바로 대원위의 당부가 있었기 때문이었다.

〈그깟 사대부라 하는 것들이야 재선이가 깔아놓은 멍석에도 올라서지 못하는 겁쟁이들이니 괜스레 한두 놈 건드렸다가 조정 중신들의 반목만 불러일으키게 될 뿐이다…〉

그래서 사대부의 자제들은 대원위에게 맡겨두고 중인 이하의 골칫거리들만 골라서 아예 도성에는 발도 못 붙이도록 괴롭힘을 주어 시골로 내쫓으라는 것이었다.

(그놈들이 바로 주상을 부추겨 서양 오랑캐를 끌어들이는 개화세력의 행동파들이니…)

밑바닥에서부터 개화의 싹을 근절시켜 버리겠다는 것이 그 의도였다. 그리하여 유홍기와 같은 인물들은 이미 도성 바깥에다 피난처를 물색하고 있기도 했는데, 특히 생명에 위험을 느끼고 있는 것이 바로 동인 선사 이동인이었다.

이동인은 이미 살아도 산목숨이 아니었다. 김홍집의 살수들로부터 운보에게 목숨을 구명 받기는 하였으나 대원위의 추포령이 해제가 된 것은 아니었다. 퇴역 군인들의 제거 대상이 된 원인이 거기에 있었다.

"이제 봉원사에는 그림자도 비칠 수가 없게 되고 말았으니, 그렇다고 왜나라에 가서 산다는 것도 그렇고…! 차라리 소옹이 운보에게나 한번 찾아가 봐야겠다."

운보가 목숨을 구해주고 떠날 때, 초혜에게는 비밀로 해 달라며 능구레골의 위치를 말해주고 갔었던 것이다.

그리하여 도성을 떠난 지 석 달여 만인 임오년 5월에 이동인역시 능구레골을 찾아오게 되었던 것이었다. 이때, 양무 선사께서는 벌써 여러 해째 절간에 모습을 나타내지 않고 있었다. 그동안은 운보가 능구레의 산막을 지켜온 셈이었다. 그렇다고, 마냥이곳에만 있었던 것은 물론 아니었다. 두 사람의 각시들을 위해서라도 탁발을 나시지 않을 수 없었기 때문이었다.

게다가, 텃밭에는 푸성귀뿐만 아니라 감자와 고구마도 심고강냉이도 심어서 식량에 보태야 했고 여러 가지 과일들도 먹고남는 것은 마을로 가져가 나눠주고 다니기도 했다.

그러다가 이동인이 나타나자 운보는 정녕 구세주를 만난 듯이반가워했다. 그런데 운보가 다섯 채씩이나 되는 번득한 집을 지어놓은 것을 보고는 이동인이 정녕 반색을 했다.

"다섯 채씩이나 되는 저 집들을 소웅이 네가 혼자서 다 지었단말이지? 그런데 저 집들이 아직도 주인이 없는 빈집들이란 말이지? 그러니까 그게 그렇단 말이지? 놀고 있기 심심해서!"

"놀고 있기 심심하다니요? 농사일만 해도 할 일이 태산인데!"

"그러면서 저 많은 집은 어따 쓸려고 지었더냐? 설마하니 저어린 각시들이랑 혼인해서 자식을 낳으면 한 채씩 나눠 주려고지은 건 아닐테고!"

"나무관세음보살! ~ 지리산에 사는 장승골 도깨비가 그러더군요. 스님이 날굿이를 하면 비가 온다고!"

"그래 그래, 내가 생각을 해 봤는데, 소웅이 너도 알지 운보야? 백의정승 대치 의원님이라고."

"알다마다요. 어르신께서는 무고하시지요?"

"그래서 말인데 내가 다녀오마! 백정승께서도 저 집이 마음에 드실래나 모르겠다. 아미타불~!"

그리고 이동인은 서둘러 암자를 떠났다. 그러나, 이동인이 피난민들을 이끌고 다시 돌아온 것은 그로부터 1년이 더 지난 갑신년의 동짓달 스무닷샛날의 일이었으니, 김옥균이 정변을 일으킨 지 한 달도 더 지난 뒤의 일이었다. 이동인은 그때 한양으로 올라가던 도중에 흥선대원군의 군사 반정 소식을 듣게 되었고, 더 이상은 도성 근처에 얼씬도 할 수가 없었던 것이다.

그러나, 천만다행스럽게도 대원군이 군란을 일으킨 지 한 달여 만에 청나라로 납치가 되어갔고 더불어 조선의 모든 군대가 무장해제가 되자 이동인도 무사히 봉원사로 돌아갈 수 있었던 것이었다.

그리하여, 유흥기 등의 개화세력들도 핍박에서 벗어나 자유롭게 살아갈 수 있겠거니 하였으나 김옥균 등의 정변으로 또다시 죽음의 길로 내몰리게 되었던 것이었다.

"허어! 참으로 야속스런 세상 인심이로고!"

그랬다. 이번에는 대원군의 수구세력뿐만 아니라, 주상의 개항세력들에게도 따돌림을 받는 신세가 되고 말았던 것이었다.

"그 못땐 놈들 때문에 이제는 주상전하마저 등을 돌리게 만들지 않았든가–!"

개화 세력들에게는 정녕 더 이상 희망이 없었다. 서로가 눈치껏 도망을 쳐서 살길을 모색할 수밖에 없었던 것이다. 거기에 이동인이라 하여 예외일 수 없었다. 그나마도 개화 세력들에게는 금군이 없는 것이 얼마나 다행스러운지 모를 일이었다. 금위영의 뒷배가 없이는 포도청과 같은 수사기관의 포교들조차도 원래의 기능을 제대로 수행하지 못하고 있었기 때문이었다.

거기에는 나름대로 또 다른 이유가 있기도 했다. 주상에 의해서 정부의 기구가 개편되었다가 대원군이 그것을 원상대로 회복시킨다며 뒤흔들어 놓았고, 또다시 주상에게 권력이 넘어오면서 수사기관의 수사요원들조차 어찌해야 할 바를 몰라 범인 검거에 손을 놓고 있는 실정이었다.

그러다 보니 김옥균의 정변 주모자들을 잡는 것조차 손을 놓고 있는 형편에 그 배후 세력까지 잡아들이기에는 무리가 있었다. 그리하여 개화세력들은 사방각처로 뿔뿔이 흩어져서 도망을 칠 수 있었던 것이다.

그 틈에 이동인도 대치선생의 식솔들과 주변의 몇몇 지인들을 데리고 황급히 도성을 빠져나올 수 있었던 것인데, 그로부터 한 달이 지난 뒤에야 능구레의 골짜기에 당도했던 것이다.

어쨌거나 조정의 수사기관이 제구실 못 하자 사대부 건달들이 패거리를 지어 설치고 다니기 시작했다. 그러면서 사대부 양반이라는 구실을 내세워 일반 백성들에게 온갖 행패를 다 부리고 다녔던 것이다.

그들은 정녕 무법자들이었다. 그 행패가 너무도 자심하여 더러는 그들과 맞서 잘잘못을 따지다가 맞아 죽기까지 했다. 그럼에도 조정에서는 그들을 막을 힘이 없었다. 그것은 바로 조선에 주둔하고 있는 청나라 군대의 횡포 때문이었다.

그들 청나라 군대는 대원위의 정변을 진압한 뒤 일본군을 인천으로 밀어낸 여세로 조선 조정의 내정에 직접적인 간섭을 하고 나서기 시작했던 것이다. 그러니까 조선을 아예 저들 청나라의 속방으로 취급하기 시작했다는 뜻이었다.

그래서 청군의 대장 원세개는 조정 중신들의 인사권까지 행사하고 나섰고, 조선에 주둔하고 있는 청군들의 숙식은 물론 급료까지도 모두 조선에서 지불하도록 요구를 해왔다. 그럼에도 조선의 조정은 그들에게 맞설 힘이 없었다.

주상은 은밀히 러시아와 접촉을 했다. 그러나 조선 조정의 움직임을 일일이 감시하고 있는 청나라의 눈길을 피해갈 수는 없었다. 러시아와의 상호 밀약이 청나라에 감지가 되고 말았던 것이다.

"우리가 조선의 사직을 보전케 해 주었거늘, 감히 우리에게 등을 돌리고 아라사와 손을 잡는단 말이냐!"

청나라는 주상에 대한 보복으로 흥선군을 귀국시켜 버렸다. 흥선군을 청나라로 끌고 간 이듬해 "즉" 고종 22년 2월의 일이었다.

"대원위가 임금을 갈아치우든 말든 우리는 이제 더 이상 너희들을 도와주지 않을 것이다!"

그것은 마치 흥선군에게 임금을 갈아치워도 좋다는 충돌질이나 다름이 없었다. 흥선군을 납치했던 죄명이 바로 임금을 바꾸려 했다는 죄목이었기 때문이다. 게다가, 대놓고 흥선군을 부추기기까지 했다.

"그동안 우리 청나라가 대원위 대감을 오해하고 있었소. 설사 그렇다고 할지라도 임금이 자식된 도리로 어버이의 볼모를 풀어 달라고 간청해야 함이 도리이거늘, 자식으로서 어찌 그토록 무정할 수 있단 말이오."

홍선군은 비로소 자신의 의중이 청나라에 통했다고 믿게 되었다. 노욕으로 총기까지 잃게 된 그에게 은근히 충동질까지 하고 나섰으니 그게 어떠한 의미인지 그가 알아차릴 리 없었던 것이다.

"그러면 그렇지. 어린놈이 세상 물정을 어찌 알아서 청나라의 눈치를 살필 수 있었단 말이냐!"

청나라가 자신을 일컬어 홍선군이라 부르지 않고 대원군이라 칭한 것은 주상을 불신하고 자신을 높이 떠받들어 준다는 의미로 이해를 하게 된 것이었다.

원세개는 홍선군을 특별히 호위하여 귀국시켜 주었다. 그리하여 운현궁으로 돌아온 홍선군은 기고만장해서 왕궁에 기별하여 주상과 중전에게 (어찌하여 문안 인사가 없느냐)고 질책을 해댔다. 자신의 세상이 돌아왔다는 사실을 알려주는 경고였다.

그러나 그것은 결코 있을 수 없는 일이었다. 공식적인 나라의 주인은 바로 국왕이었고, 국왕은 홍선군이 아니라 주상이었다.

그동안 누누이 설명했지만, 홍선군이 국왕의 신하인 것은 그것이 바로 국법이기 때문이었다. 물론 임금은 무치라 하여 국법을 뜯어고칠 수 있는 권한이 있기는 했다. 그렇지만 그것은 임금에게만 해당한 일일뿐 홍선군에게 주어진 권한은 아니었다. 법도대로라면 홍선군이 왕궁으로 주상을 찾아가야만 하는 것이다.

쉽게 말하자면 청나라 군대의 무력을 등에 업고 홍선군이 국왕에게 협박을 하고 있는 셈이었다. 홍선군이 국왕의 권위를 깎아내리고 있는 결과였고, 그것은 바로 역모에 버금가는 불법행위였다. 그가 어디 역모죄를 저지른 것이 한두 번이었으랴마는 법도대로 따지자면 그렇다는 것일 뿐이다.

그랬기에 이 나라 조선은 이미 법치가 무너지고 있었다. 그 중심에 바로 흥선군 이하응이가 있었고, 무능한 군주가 있었다.

게다가, 이제는 흥인군 같은 인물조차 참살되고 없었다. 누구하나 올바른 말을 해 줄 인물이 주상의 곁에는 한 사람도 없었던 것이다.

그리하여 주상은 나라의 법도조차 내팽개친 채 중전을 데리고 허둥지둥 달려가 흥선군에게 문안 인사를 올리지 않을 수 없었다. 그래도 지금까지는 흥선군이 자기 스스로 태상왕임을 자처하여 나라의 법도와 기강을 뒤흔들어 대고 있었으나, 이번에는 주상이 자청하여 이 나라에 두 개의 태양이 존재하고 있음을 만천하에 공표한 것이나 다름이 없었다.

흥선군은 이때 주상을 따라 문안 인사를 온 중전의 모습을 보자 그만 눈알이 뒤집히지 않을 수 없었다.

"저 불여우 같은 것 때문에 내가 청나라까지 끌려가서 그 모진 수모를 겪게 되었음이야!"

정녕 수염발이 (부들~ 부들~) 떨려오는 것을 참을 길이 없었다. 지난번 군란 때 중전만 사로잡았더라면 대번에 주상을 폐위시키고 새 주상을 들여앉혀 자신이 청나라로 끌려가서 수모를 당하는 일도 없었을 것이 아닌가 말이다.

게다가, 국상까지 선포했던 일을 생각하면 잠시도 함께 얼굴을 마주하고 앉아 있을 수가 없었다. 서로 간에 할 짓이 아니었던 것이다.

(저것이 저렇듯 얼굴을 빳빳이 치켜들고 내 앞에 모습을 드러

낸 것은 모두가 다 그 무당년 때문이라고 했겠다?!)

드디어 흥선군의 칼날이 진령군을 향해 겨누어지기 시작을 하는 순간이었다. 그러나 그 사실을 대놓고 겉으로 드러낼 수는 없었다. 그까짓 무당 따위를 거론하는 것은 사람이 대범하지를 못하고 쫀쫀하다 하여 입에 올리지도 못하게 만든 것이 바로 자신이기 때문이었다. 그것이 비록 부대부인 민씨 때문이기는 하였으나 그렇다고 자기 부인을 핑계 댈 수는 없을 일이 아니겠는가.

물론, 그때만 해도 그깟 무당쯤은 안중에도 없던 때이기는 했었다. 조정의 권력이 자신의 손아귀에 들어있던 때였고, 주상의 나이가 성년만 되면 권력을 주상에게 넘겨주리라 생각도 했었기 때문이었다.

그러나 이제는 생각이 바뀐 것이다. 자신이 이렇듯 강건하리라고 누가 짐작이나 했던가 말이다.

(내가 아무리 예순여섯의 나이라고는 하나, 청나라에서 버텨낸 인고의 세월이 아까워서라도 이대로 물러날 수야 없음이지!)

그렇다고 대놓고 자식을 탓할 수도 없음이니 척족들을 탓하는 것이야 당연한 일이요. 더불어, 중전에게 화살을 돌리는 것 또한 너무도 자연스러운 이치일 것이었다.

그런데 이제는 사정이 달라졌다. 중전 때문에 자신의 뜻을 관철하지 못한 것이 한두 번이 아니요, 또 중전의 뒤에는 진령군이라 하는 요사스러운 무당이 있었기에 더더욱이나 묵과할 수 없는 일이 되고 말았던 것이다.

(중전을 없애야 한다! 중전이 살아 있는 한 용상을 바꾸는 일이 이토록 어렵다는 것을 어찌 짐작이나 했으며 중전을 없애는

일 또한 무당년을 없애지 않고서는 어렵다는 사실을 비로소 깨
달았음이니-!)

운현궁 주변에는 흥선군을 따르는 무리가 넘쳐났다. 헛기침만
한번 해도 그것이 무슨 뜻인지를 알아채는 무리가 한두 명이 아
니었던 것이다. 썩은 물에 파리떼가 꼬이는 이치가 그런 것이 아
닌가 말이다.

(진령군이라고 하는 천주학쟁이 무당년만 때려잡으면 대원위
합하께서 출셋길을 열어준다더라!)

소문이 퍼져 나갔다. 흥선군은 거저 뒷짐을 진 채, 먼 산만 바
라보고 있음에도 그의 속마음을 꿰뚫고 있는 무리의 입을 통해
무당(진령군)을 때려잡으면 출셋길이 열린다는 말이 사방으로
흘러나가고 있었던 것이었다.

참으로 알다가도 모를 일이었다. 그동안 흥선군이 저질러온
일들로 보아 그깟 무당 하나를 처치하지 못하여 그러한 소문이
나 퍼뜨리고 있을 인물이 아니거니와, 어찌하여 그러한 소문만
무성하게 퍼져 나가고 있는 것인지 그것이 또한 의문이 아닐 수
없었던 것이다.

그러나 거기에는 그럴 만한 연유가 있었다. 왕실 무당 진령군
에 대한 소문의 확산이 그것이었다. 중전이 사치하여 폐서인을
시키겠다고 한 것은 흥선군이 대놓고 그동안 떠들어 온 사실이었
다. 그래서 진령군 초혜를 당장에 죽여 없애기보다는, 그에 대한
소문을 부풀려 퍼뜨려서 중전에 대한 흥선군 자신의 말이 모두가
사실임을 백성들에게 입증시켜 보이겠다는 것이 그 의도였다.

그토록 치졸하고 야비한 인물이 스스로를 국태공이라 내세우

고 있으니 참으로 나라 꼴이 말씀이 아니었다.

그럼에도 그 소문에는 정녕 효과가 있었다. 진장방에 있는 진령군의 잠저에는 들고나는 사람들로 북새통을 이루었고, 진령군이 그 속에 용틀임을 하고 들어앉아서 온갖 청탁뇌물로 곡간이 넘쳐나고 있다는 소문이었는데 그것은 엄연한 사실이기 때문이었다.

게다가, 오랜만에 한 번씩 진령군이 나들이를 할 때면 공주의 나들이를 버금가게 했으니 호위무사들을 앞뒤로 내세운 것이 그 원인이었다.

그러나, 그것이 눈속임이란 사실을 아는 사람은 별로 많지 않았다. 진장방의 신당에는 진짜 진령군이 아닌 가짜 진령군이 진짜 행세를 하고 있었기 때문이었다. 바로 신어미 여옥이었다.

"내가 진령군 행세를 하여 초혜가 마음 놓고 대궐을 드나들며 주상전하와 중전마마의 안위를 보살펴 드릴 수만 있다면 이보다 더한 일인들 못 할 일이 있을까!"

그랬기에 여옥은 결코 진령군 행세를 하는 것을 마다할 이유가 없었다. 또한, 초혜가 북악의 종묘원에 몸을 숨긴 채 은밀히 행동하게 된 데에는 궁궐의 수비대장 홍계훈의 충고 또한 크게 작용을 했다. 홍계훈이 누구보다도 진령군 초혜의 안위에 신경을 썼고, 운현궁의 소문에 민감했던 것이다.

홍계훈은 정녕 궁궐을 수비하는 일이 여간 고달픈 게 아니었다. 청나라 군대가 수비대마저 해산을 시킨 뒤 홍계훈을 감시하고 있었기에 최소한의 인원만을 가지고 더 넓은 궁궐을 지켜내야 하는 책임을 떠안고 있었던 것이다. 그래서 초혜의 안위를 지켜줄 수 있는 여력이 되질 못하였다. 초혜는 결국 스스로 제 자신의 안위를 책임져야만 했는데, 그것이 바로 세상의 눈을 속인 채 숨어서 다니는 일밖에 달리 방도가 없었던 것이다.

초혜도 쇠돌이에게서 겪었던 일들이 크게 덕이 되었다. 쇠돌이의 졸개조차도 상대할 수 없는 자신의 미약한 처지를 너무도 잘 깨달아 알게 되었기에 대원위로부터 목숨을 부지하기 위해서는 눈속임이라도 할 수밖에 없다는 사실을 말이다.

이 나라의 국모이신 중전마마에게조차도 온갖 위해를 거침없이 자행하는 대원위이고 보면 초혜 자신이야말로 그에게 어떤 존재일지를 깊이 생각해보지 않을 수 없었던 것이다.

"그 어른이 마음만 먹는다면 나 같은 것이야 파리목숨이나 다를 바가 뭐가 있어!"

초혜는 정녕 대원군이 두려웠다. 그가 자신을 얼마나 미워할 것인지를 너무도 잘 알고 있었기 때문이었다.

27. 환란의 기운

한양 도성에는 참으로 심상치 않은 기운이 감돌고 있었다. 청나라 군대가 도성을 장악한 채 흥선군을 데려다 놓은 것부터가 심상치 않을 뿐 아니라, 주상을 불러 귀국 하례를 받으면서 그의 위상을 잔뜩 끌어올린 뒤에, 요즘 들어 외출이 부쩍 잦아지고 있었던 것이다.

물론, 할아버지가 어린 손주를 데리고 외출을 하는 것이야 무엇이 이상할 일이겠으랴마는 그 행선지가 문제였다. 홍선군이 손주를 데리고 뻔질나게 드나드는 곳이 바로 청나라의 군영이기 때문이었다.

"국태공께서 나이 열 살도 안 된 어린 손주를 데리고, 어찌하여 저렇듯 뻔질나게 청나라 군영을 드나드는 것일꼬?"

사람들에게는 그것이 참으로 의문스럽지 않을 수 없을 일이었다. 청나라 군영에 육순노인과 노닥거려줄 친구가 있는 것도 아닐 테고, 조정에서 밀려난 뒷방 늙은이가 정사를 논의코자 하는 것도 아닐 것이며, 어린 손주에게 전쟁놀이나 구경시키고자 하는 것도 아닐 것이기에, 그 행적에 대해 뒷말이 많은 것은 너무도 당연한 일이 아닐 수 없었던 것이다.

그러나, 사람들은 이제 그딴 일로 크게 동요하지 않았다.

"애조녁에 노망이 난 늙은이가 무슨 일을 하든 말든, 언놈이 임금 노릇을 하든 말든…"

그랬다. 백성들은 그깟 왕실의 미치광이 놀음에 신물이 났다. 홍선대원군이 무슨 짓거리를 하든 말든 그것은 저네들 왕실의 일일뿐 이제는 제발 민생에나 관심을 가져주기 바랄 뿐이었다.

조정에서는 정부 관료들의 급료조차 제대로 지급을 할 수 없었는바, 국가의 재정이 그러함에도 청나라 군대의 요구는 더욱더 횡포해지기만 했다. 그들이 먹고 생활할 수 있는 양곡이며 부식은 물론, 기름진 음식을 즐겨 하는 그들의 식성으로 인해 도성과 경기도 일원에서는 아예 돼지의 씨가 마를 지경이었다. 어차피 돼지는 길러봤자 청군들을 위해 반강제로 빼앗기다시피 하다 보니 돼지를 기르는 농가조차 거의 찾아볼 수 없었다.

거기에다 피복이며 신발은 물론 불을 밝힐 기름에 이르기까지 그들이 조선에 주둔하며 필요로 하는 모든 비용을 전액 요구해 왔으므로, 조정에서는 그것을 백성들에게서 거두워 조달할 수밖에 없었다.

운종가의 시전이며 주변의 난전에도 손님들의 발길이 줄어들기 시작했고, 그럼에도 조정에서 거둬들이는 세액은 자꾸만 늘어나고 있었으니 시전의 점포조차 빈자리가 생겨나고 있었다. 백성들의 살림이 참으로 궁핍하기가 짝이 없었다.

그런데 정작 도성의 민심을 들쑤시고 있는 것은 따로 있었다. 바로 전쟁이 일어날 것이라는 소문 때문이었다.

(청나라 군대와 왜나라 군대가 도성에서 전쟁을 일으킨다더라!)

그 소문의 진원지는 바로 왜군 진영이었다. 제물포에 주둔하고 있는 왜나라 군대가 머지않아 한양으로 진격을 해서 청나라 군대를(싹-) 쓸어 버릴 것이라는 소문이 바로 그것이었다.

그것은 모두가 사실이었다. 왜나라 군대 "즉" 일본군들은 이때 제물포에서 청나라 군대와의 전쟁 준비를 서두르고 있었다. 그러면서 한편으로는 청나라 군대를 전쟁 없이 몰아내고자 심리전을 펼치고 있었던 것이다.

이즈음 청나라의 사정은 참으로 어려웠다. 베트남에서 프랑스 군대에 밀려 더 이상은 나라를 지탱할 여력마저 없을 지경이었다. 그러한 사정을 너무도 잘 알고 있는 일본인들이 청나라 군대가 스스로 물러가 주기를 바라는 의도에서 그렇듯 심리전을 펼치고 있었던 것이었다.

"전쟁을 치를 만한 여력도 못 되는 것들이 언제까지 조선 땅에 눌러앉아서 눈치를 살피고 있겠다고 한단 말이더냐! 우리가 당장 전쟁을 일으켜서 몰살을 시킬 것처럼 엄포를 놓아, 그놈들이 제 나라로 줄행랑을 치도록 만들어라!"

일본인들이 청군들을 상대로 전쟁을 일으키겠다고 소문을 퍼뜨린 이유가 거기에 있었다. 손도 안 대고 코를 풀겠다는 의도였다.

그러나 청나라 군대는 조선에서 물러갈 생각이 전혀 없었다. 베트남에서야 프랑스 군대에 밀려 어쩔 수 없이 쫓겨나게 되었다지만 조선은 이미 자신들의 손아귀에 낚아채인 물고기나 다름이 없었다.

"베트남에서 입은 손실을 조선에서라도 보충을 해야할 것이 아닌가!"

청나라 조정도 일본군들이 서양의 신식무기로 무장을 하여 군사력이 강력하다는 사실은 잘 알고 있었다. 그러나, 조선은 이미 자신들의 손아귀에 들어 있었다. 조선의 도성을 그들의 군대가 장악하고 있었기에 일본군들이 함부로 전쟁을 일으키지 못할 것이라 생각하고 있었던 것이다.

"이제 조선에 주둔시키고 있는 우리 청나라 군대의 주둔비용까지 모두 조선에 떠맡기고 있는 상황에서 베트남에서의 손실 비용을 뽑아내는 것도 시간문제일 뿐이거늘!"

그러니까 조선을 속방으로 삼아 기름을 짜내듯 단물을 뽑다가 청나라를 부흥시키겠다는 것이 그들의 속내였다.

그랬기에 일본군과의 전쟁은 이제 피할 수 없는 현실이 될 수밖에 없었고, 전쟁의 소문은 진실이 되어가고 있었던 것이다.

그러한 와중에서도 흥선대원군 이하응은 자신의 정권 창출에
만 매몰되어 그깟 전쟁 소문 따위에는 신경도 쓰지 않았다.

"왜놈들이야. 지깟 것들이 대청제국의 군대를 어찌 당하겠다
고!"

자신이 정권을 다시 잡기만 하면 청나라 군대를 도성 바깥으
로 내보내고 천년 왕조의 기틀을 다져놓을 것이라 의욕에 가득
차 있었다. 손주 이준용을 데리고 청군들의 진영을 들락거리는
이유가 그것이었다.

"내가 주상을 대전에서 내쫓고 손주인 준용이를 용상에 앉히
고자 하니 청군들이 내 뒷배가 되어주시오!"

흥선군은 대놓고 청군들의 대장 원세개에게 자신의 반정 계획
에 뒷배가 되어달라고 요구를 했다.

그러나 청나라가 흥선군을 볼모에서 풀어주어 귀국을 시킨 것
은 조선의 국왕을 견제하여 일본의 편으로 돌아설 수 없도록 하
고자 함인 것이지 흥선군에게 왕권을 넘겨주고자 함이 아니었던
것이다.

게다가 지금은 흥선군의 정변이나 도와줄 시기가 아니었다.
이즈음 일본군의 동태가 심상치 않음을 원세개도 잘 알고 있었
던 것이다.

"저 일본군들이 우리를 겁주고자 헛소문을 퍼뜨리고 있는 것
이 아니라 정말로 전쟁을 일으키고자 함이 분명한 것이야!"

그리고 보면 원세개는 흥선군이 참으로 얄미운 존재가 아닐
수 없었다.

"일본군이 조선에 주둔하여 우리 청군들을 견재하게 된 것도

따지고 보면 흥선군 때문이 아니겠는가. 이러한 상황에서 흥선군이 반정을 도모한다고 하여 우리가 편을 들어 나섰다가 일본군들에게 오히려 빌미만 주게 될 것이거늘!"

원세개는 이미 일본군대에 기가 꺾여 있었다. 일본군들은 공개적으로 군사훈련을 해 가며 자신들의 우월한 군사력을 청나라 군에게 과시하여 보여주고 있었던 것이다.

"이참에 조선왕의 마음을 붙잡아 두는 것이 차라리 더 나은 방법일 것이야! 흥선군의 목숨만 지켜주되 반정 계획에는 반대하고 일본군의 동태부터 살피는 것이 먼저일 테지!"

청군들은 흥선군이 손주를 데리고 다니며 통사정을 하는 데도 그의 반정 계획에 동조해주지 않았다. 그랬기에 흥선군은 청나라 군대의 도움을 받지 못하여 애만 태우고 있었던 것이다.

흥선군은 속이 (바짝바짝) 타들어 갈 수밖에 없었다.

"내가 이제 살면 얼마나 더 산다고 어느 세월에 준용이를 내세워 내가 섭정의 권한으로 나라의 기틀을 다질 수 있단 말인가!"

청나라 군대의 도움을 못 받는다면 자신의 힘으로 거사를 도모할 수밖에 없을 일이었다. 그러자면 우선 먼저 자신의 군사가 필요했다. 청군들의 눈을 피하여 기습적으로 왕궁을 점령한다고 할지라도 기백 명의 군사는 필요할 일이었다. 그러기 위해서는 시간이 필요했다. 더불어 해야 할 일이 또 한 가지가 더 있었다. 왕궁 내부의 배치를 (훤-히) 알고 있어야 거사를 할 시에 도움이 된다고 하는 사실이었다.

"왕실을 다시 경복궁으로 옮기도록 하거라! 창덕궁은 결코 왕실의 위엄이 서지 않을 뿐만 아니라 갑신년의 정변으로 인정전마저 불타고 없는 터에서 어찌 임금의 권위를 내세울 수 있단 말이더냐!"

홍선군은 마치 청나라 군대가 자신의 뒷배라도 된다는 듯이 주상에게 으름장을 놓아 궁궐을 옮기게 했다. 그것으로 자신이 더 이상은 주상에게 관심을 보이지 않는 것처럼 태연을 가장하기도 했는데, 주상이나 중전으로서도 궁궐을 옮기는 것만은 반대하지 않았다. 지난 정변 때의 나쁜 기억들을 지워버리기 위해서였다.

궁궐이 이사를 하고 나자 진령군 초혜는 궁궐 출입이 여간 불편한 게 아니었다. 세상의 눈길을 피하여 숨어서 다녀야 하는 처지에 창덕궁의 뒷문을 통해서 드나들 때보다 엄청나게 신경이 더 쓰였던 것이다.

원래 궁중에서는 나라에 큰일이 생기거나 궁중에 무슨 일이 생기면 명산대천에 무사 안위를 기원하는 기원제의 풍습이 있었다. 그러니까 궁궐이 이사하게 되자 중전께서 진령군에게 지시하여 명산대천에 기도를 올리게 했던 것이다.

이때가 바로 고종 22년(1885년)의 일이었다. 대원위에 의해 왕실이 경복궁으로 강제 이어를 하게 된 때가 말이다. 그리고 왕실의 무사 안녕을 위해 진령군이 명산대천을 찾아다니며 기원제를 올리게 된 것인데 그것이 사실은 눈속임이었다.

초혜가 세상의 이목을 따돌리기 위해 자신과 외모가 비슷한 무녀를 골라 명산대천으로 기도를 올리도록 떠나보냈던 것이다. 그러면서 자신은 시위대의 연대장인 홍계훈과 더불어 은밀하게 꾸미는 일이 있었으니 그것이 바로 일본국으로 파견할 암살단을 양성하는 일이었다.

그와 더불어 운현궁을 감시하는 일까지 착수를 했다.

일본국으로 파견하게 될 암살단이란 바로 지난번 갑신정변 때 김옥균과 더불어 정변을 일으켰다가 일본국으로 도망친 반역의 무리들을 처단하기 위한 것이었고, 운현궁을 감시하고자 하는 것은 그 소문이 좋지 않아서였다. 그러니까 흥선대원군이 자신의 손주를 대동하고 숭례문 바깥에 있는 청나라 군진을 드나드는 것은 세상이 다 알고 있는 일이거니와, 그것이 여의치를 않았던지 이제는 은밀하게 칼잡이들을 모집하고 있다는 소문이 제법 신빙성 있게 번져 나오고 있었던 것이었다.

"그 양반이 칼잡이들을 모집하고 있다는 것은 정변을 도모하기 위한 군사를 모집하고 있다는 것이 아니겠는가!"

홍계훈은 운현궁을 감시하고자 하는 목적에 대해 서로가 잘 알고 지내는 사이인 법무협판 김학우에게 사실을 전하게 되었던 것이었다.

"그렇다면 내가 가만히 있을 수 없지!"

김학우도 즉시 사람을 풀어 흥선군 주변을 감시하기 시작했다. 법무협판이라고 하는 것은 형조판서의 새로운 이름으로서 형법을 집행하는 기관의 수장을 말함인 것인데, 조선의 수사기관을 통틀어 대원위의 사람이 아닌 자가 어디 있었겠는가. 그랬으니 운현궁 주변을 은밀하게 감시할 노련한 수사관들이 있을 리 없었고, 더불어 그 사실이 대번에 흥선군의 두 귀로 흘러 들어갈 수밖에 없었다.

"그놈이 감히 호랑이 수염을 뽑겠다고 덤볐겠다?!"

김학우는 쥐도 새도 모르게 암살이 되고 말았다. 그러자 경무청에서 범인을 잡겠다며 떨쳐 나섰다. 경무청이란, 포도청과 의금부를 대신해서 새로 생긴 수사기관의 명칭이었다.

경무청에서는 이미 사건의 배후와 전말을 거의 꿰뚫고 있었다. 김학우가 설치고 나설 때부터 그 사실을 (훤-히) 꿰뚫고는 그것들을 싸잡아 뒷조사해 나가기 시작을 했던 것이다. 경무청이야말로 이 나라 최고의 수사관들이 포진되어 있었던 것이었다.

그러나 경무청에서는 주상에게 그 사실을 일절 보고하지 않고 있었다. 그것은 바로 행정조직의 개편에 대한 반발 때문이었다.

(대원위의 동태를 주상에게 보고해 봤자 좋은 소리 한마디 들을 일도 없고, 방귀가 잦으면 똥 싸기가 쉽다고 하였듯이 언젠가는 대원위가 반정을 상사시켜 용상이 바뀌게 될 것이거니와, 그때가 되면 행정조직도 원래대로 환원이 되게 될 것이거늘!)

그래서 차라리 대원위가 반정에 성공하여 조직을 원래대로 되돌려 주기를 바라고 있었다. 그러면서도 수사를 하고 있다는 사실만은 알릴 필요가 있었던 것이다. 김학우를 암살한 일당들을 모조리 검거하여 특별법원으로 넘겨서 자신들이 할 일은 다 하고 있다는 사실만은 보여주었다. 결론적으로 암살범들의 뒤처리는 법원으로 넘겨버린 셈이었다. 그리하여 법원이 암살범들의 사형을 판결하게 만들었다.

그런데 그것이 참으로 문제가 복잡했다. 암살범들 모두가 대원위의 무리라고 하는 사실이었다. 경무청에서 어찌 그 사실을 모르고 있었을 일이겠는가.

(대원위가 반정을 도모하면 맨 앞장에 서서 궁성을 들이칠 무

사들이기는 하나, 그렇다고 그놈들 입장 생각해서 우리가 대감에게 무시를 당할 수야 없질 않느냔 말이다!)

이번 참에 자신들의 존재를 대원위에게 환기시켜 줄 필요성이 있었던 것이다. 비록 이번 사건이 대원위의 사주라는 것이 밝혀진다고 할지라도 주상이 대원위에게는 털끝 하나도 건드리지 못할 것이라는 사실을 잘 알고 있었기에 그에 대한 문제는 전혀 신경을 쓸 필요조차도 없었다.

역시 경무청의 예상대로 법원에서도 대원군에게는 손끝 하나 건드리지 못했다. 그러나 손주인 이준용이에게만은 형식적이나마 판결을 하지 않을 수 없었다.

〈범인들은 모두 사형에 처하고 흥선군의 종손 이준용은 반정 음모에 가담한 죄로 귀양을 보내며 나머지 가담자들은 가담 여부에 따라 각자 징역형에 처한다!〉

참으로 기가 막힐 노릇이었다. 흥선군에게 죄를 줄 수 없다면 그냥 그렇다고 해버리면 될 것이지(아비와 할애비의 이름은 쏙 빼버린 채) 이제 겨우 여나뭏 살의 어린아이에게만 반정 음모의 가담죄를 적용하더니 삼척동자가 들어도 웃을 일이었다. 그러니까 결론적으로 주상의 눈치를 살피고자 하는 행위가 아닐 수 없었다. 이준용이에게 죄를 주는 것은 흥선군에게 죄가 있음을 의미하는 일이거니와, (주상의 반응을 두고 보겠소!) 하는 것이나 다름이 없었던 것이다.

그나마도 어린 손주를 거론했다는 것이 가상키는 했다. 간접적으로나마 호랑이의 코털을 건드리기는 했으니 말이다. 그러면서도 이준용의 아비인 이재면이를 거론치 않은 것은, 그것이 바로 홍선군을 지칭한 것이나 진배없다는 세간의 반응이기는 했다.

어쨌거나 홍선군의 체면이 손상된 것만은 사실이었다. 청군들이 홍선군의 반정 계획에 동조만 해 주었더라면 벌써 임금이 뒤바뀌어 있었을 것이요. 자신을 대신하여 손주가 귀양살이를 해야 하는 수모도 겪지 않았을 것이기 때문이었다. 귀양이라 해 봐야 형식적이긴 했지만 말이다.

"저 음흉스런 때국놈들이 결국은 내 발목을 잡고 마는구나!"

그는 더 이상 도성에 머물지 못하고 마포에 있는 별장으로 나가서 조용히 숨을 죽이고 지내야 했다. 그러나 그가 마포에 있는 별장으로 나가 있게 된 데에는 나름대로 이유가 따로 있었다.

"내가 이곳으로 나온 것은, 여기에서 왜군들과도 얼마든지 교통을 할 수 있다는 사실을 네놈(청군)들에게 보여주고자 함이거늘!"

그러한 의도를 간파한 일본군들은 반색을 했다. 마포 나루에서 제물포의 일본군 진영과는 하시라도 교통이 가능하게 되어 있었던 것이다.

(우리야 나쁠 것 없지! 저깟 청나라 놈들이야 조금만 세월이 지나면 제풀에 꺾여 제 나라로 철수를 해 버릴 것이거늘…!)

일본인들은 결코 서두를 것이 하나도 없었다. 지난번 조선 조정의 신진각료들과 노신들 간에 이간책을 실시하여 나라를 거덜나게 만들었듯이 이번에는 홍선군과 임금의 사이를 이간질할 기회를 잡게 된 셈이었다.

(홍선군을 포섭하거라! 그리하여 이번에는 홍선군과 임금 사이를 이간질하여 아예 나라의 명맥을 끊어버리고 말 것이니라!)

일본인들의 계획은 참으로 치밀했다. 홍선군의 요구대로 그와의 접촉을 시도하면서 우선 먼저 도성의 민심부터 들쑤셔 놓기 시작했다.

(법무협판의 살인자들을 처벌하면서 어찌하여 흥선군에게 역모죄를 덮어씌우려 하느냐? 이러고도 주상을 효자라며 떠받들 참이든가?!)

(백성들은 먹을 양식이 없어서 굶어 죽고 있는데, 중전은 무당을 시켜 금강산의 일만 이천 봉 봉우리마다 쌀가마니를 가져다 쏟아붓고 있으니 이러고도 중전을 국모라 할 참이든가!)

게다가 이제는 중전이 주상을 대신하여 임금 노릇을 하고 있다느니 척족 민씨들만 데리고 조정의 권력을 휘어잡고 있다느니 해가며 온갖 말도 안 되는 유언비어를 퍼뜨리기 시작했다.

(악독한 중전을 내치지 못하자, 대원군이 오죽이나 답답했으면 주상을 내쫓고 새로운 임금을 세워 앉히고자 그토록 발버둥을 치겠는가!)

참으로 옳은 말이었다. 대원군이 빨리 반정을 도모해서 임금을 바꿔 앉혀야만 나라 꼴이 제대로 될 일이었다. 중전 때문에 말이다.

도성의 백성들은 모두가 하나같이 대원위가 권좌에 복귀하기만을 간절히 소원했다. 그래야만 그 악독한 중전을 내칠 수 있을 것이기 때문이었다.

일본군들이 드디어 대원군의 호위를 빌미로 도성으로 밀고 들어갔다. 대원군이 일본군들에게 자신의 호위를 부탁했다는 것인데, 이때까지만 해도 일본군들은 도성으로 밀고 들어갈 명분을 찾고 있던 참이었다. 그랬는데 대원군이 그 명분을 만들어 준 셈이었고 여차하면 청나라 군대와 전쟁도 불사할 각오였으나 역시 청나라 군대는 일본군들을 막아서지 못했다. 일본군들에게 겁을 먹은 탓이었다. 도성 방비의 주도권이 드디어 일본군에게 넘어가는 순간이었다.

친일파 중신들이 조정의 주도권을 잡기 시작했다. 그것은 오랜 시간이 걸리지도 않았다. 일본군이 도성으로 진입하자 청나라 군대가 몸을 사려 군영 밖으로 나오지도 못했고, 덩달아 청나라 군대에 등을 기대고 있던 노신들조차 몸을 움츠릴 수밖에 없었으며 친일파들이 드디어 제 세상이라도 만난 듯 설쳐대기 시작했던 것이다. 김홍집과 박영교의 무리였다.

사태가 이처럼 흘러가자 초혜와 홍계훈이 계획했던 암살단 문제에도 차질이 발생했다. 암살단을 파견하여 김옥균의 무리가 조선 조정으로 돌아오기 전에 제거하려던 계획이 수포가 될 위기에 처하고 말았던 것이다.

"암살단 파견문제는 좀 더 시일을 두고 기다려 봐야 될 것 같습니다. 아무래도 그 역적놈들이 벌써 일본인들의 보호 아래 귀국 준비를 서두르고 있을지도 모를 일이니…"

암살단 파견을 좀 더 일찍 서두르지 못한 것이 후회될 뿐이었다. 그렇다고 서둘러서 될 일도 아니긴 했다. 암살단에게 일본어와 일본인들의 생활양식뿐만 아니라 무술까지도 어느 정도는 숙달을 시켜야 하는 일이었기에 지금까지 미룰 수밖에 없었던 것이다.

"역도들이 일본군의 힘을 등에 업고 조정으로 다시 돌아온다면…?"

아마도 일본인들의 개가 되어 무슨 일을 저지르게 될지 그것이 정녕 두려운 일이 아닐 수 없었던 것이었다.

28. 마지막 희망

진령군 초혜가 자신의 분신을 내세워 금강산으로 천신제를 떠난다며 세상에 눈속임한 것들이 모두가 물거품이 될 처지에 처하고 말았다.

(국태공 전하께서 권력을 휘어잡는 것도 이제 시간문제일 것이니 주상이나 중전의 목숨은 파리목숨이지 뭐!)

궁중에서도 흥선군의 끄나풀들이 움직이기 시작했다. 주상과 중전의 일거수일투족이 감시가 되기 시작했던 것이다. 그랬기에 초혜가 명산대천을 찾아다니며 기도를 올리고 금강산에 천신제를 올리러 도성을 떠났다는 눈속임이 모두 수포로 돌아갈 수밖에 없었다. 은밀하게 궁성을 드나드는 모습이 모두 포착이 되어 대원위에게 보고가 되고 있었기 때문이었다.

"어찌하여 그깟 무당년 하나 때려잡았다는 보고가 없나 하였더니 고것이 금강산으로 떠난다고 연기를 피워놓고 중전의 치마폭에 숨어 있었단 말이렷다?! 오냐, 이번 참에 내가 너희 둘을 한꺼번에 때려잡아 주마!"

대원군으로 복귀하여 도성으로 돌아온 흥선군이 잔뜩 독이 올라 수염발을 떠는 것은 너무도 당연했다. 그들 두 여인만 아니었다면 자신이 일본군과 손을 잡아야 하는 불미스러운 일은 결코 없었을 것이기 때문이었다. 그것은 자신이 주상을 갈아치우겠다며 내세운 명분마저 내팽개치는 일이었다. 주상이 흥선군의 척왜척화 정책에 반기를 들고 나라를 팔아먹으려 하고 있기에 주상을 바꿔치려 한다는 것이 그 명분이었는데 그것이 모두가 허구였다는 사실을 스스로 인정하는 결과가 되고 말았으니 말이다.

그럼에도 세상은 그를 비판하지 않았다. 주상에게 모든 잘못이 있었기 때문이었다. 작금의 시국과 같은 난세에는 백성을 도탄에서 구해낼 수 있는 영웅이 필요한 것이지 효심이라 하는 어줍잖은 명분에 사로잡혀 백성을 돌보지 않는 군주가 어찌 군주라 할 수 있음이겠는가.

"쇠뿔도 단김에 빼랬다고 기왕에 왜놈들까지 끌어들여 뽑아든 칼이니 명분이야 내가 만들면 될 일이거늘!"

왜군들이 궁성을 에워싸고 있는 이상 많은 군사도 필요가 없었다.

"날랜 군사 오십여 명만 준비시키도록 하거라. 한밤중을 이용하여 대궐 담장을 넘어서 소리소문없이 궁성을 접수해 버릴 것이니라!"

천하장안들이 건달패를 끌어모았다. 청군들이 궁궐의 수비대마저 해산을 시켜버린 것이 얼마나 고마운지 모를 일이었다. 그러나,

"홍 대장님? 대원위 대감께서 왜군들을 이끌고 도성으로 들어온 것이 아무래도 꺼림직하오니 대궐의 방비에 신경을 쓰셔야할 것 같사옵니다."

진령군의 우려에 홍계훈이 말했다.

"내가 어찌 그것을 모르겠소? 내시부의 감찰 내시까지 지원을 받아 궁궐 수비에 만전을 기하고 있으니 너무 심려치 마시오!"

그러나 말은 그렇게 했지만, 사실은 그렇지를 못했다. 수천 명의 청나라 군대조차 앞길을 막아서지 못하는 왜나라 군대의 위세 앞에 홍계훈은 정녕 하늘이 캄캄할 뿐이었다. 일백여 명도 안 되는 궁궐의 수비병들에게는 소총 한 자루도 가진 것이 없었다. 소총은 고사하고 창검도 제대로 다룰 줄 모르는 신출내기들이 대부분이었다. 제대로 된 날쌘 병사들은 절반 이상이 갑신년 정변 때 목숨을 잃었고, 홍계훈이 급하게 모집한 수비병들마저 훈련도 제대로 받지 못하고 궁궐 수비에 나서야만 했던 것이다. 그것도 주야로 나누어서 해야 하니 겨우 수십 명의 인원으로 궁궐을 수비할 수밖에 없는 형편이었던 것이다.

(자동소총으로 무장한 왜군들이 십여 명만 궁성으로 밀고 들어온다고 해도 우리의 능력으로 그것들을 막아낼 수 있을지 의문이거늘—!)

그런데 드디어 우려했던 일이 터지고 말았다. 한밤중을 이용하여 대원군의 가병들이 궁궐담장을 넘어 침입을 해왔던 것이었다. 그나마도 궁성 안에 매복해 있던 궁수들이 그들을 먼저 발견한 것이 다행이라면 다행일 것이었다.

뒤이어 대원군이 수십여 명의 가병들을 이끌고 궁문 앞에 모습을 나타냈다. 이때 대궐 담장을 넘어 먼저 침투를 시킨 대원군의 가병은 겨우 이십여 명에 불과했던 것이다. 그들은 홍계훈의 수비군에 의해 모두가 척살되고 난 뒤의 일이었다. 대원군이 궁궐에 수비병력이 몇 명 안될 것으로 판단하여 내시부의 궁수들을 예상 못 한 것이 화근이었다. 내시부의 감찰 내시들까지 밤이 되면 궁궐의 수비에 나서고 있다는 사실을 대원군이 미처 알아 차리지 못했던 결과였다.

그리하여 가병들을 거느리고 궁문 앞에 당도했는데도 어찌된 영문인지 궁궐의 수비병이란 놈들이 천지분간도 못 하고 궁궐 문을 가로막은 채 출입을 시켜주지 않고 있었던 것이다.

"저것들이 어째서 저렇듯 멀쩡하게 살아서 궁궐 문을 가로막고 있단 말이더냐?! 고연놈들이 담장을 넘어 궁궐로 들어갔으면 저것들부터 해치우고 대전으로 밀고 들어갔어야지. 어찌하여 저것들은 그냥 내버려 둔 채 대전부터 달려갔단 말이든고?!"

그것이 대원군으로서도 의문이기는 했다. 그러나 그까짓 것이 문제가 될 수는 없었다. 지금이라도 모조리 없애버리면 될 일이기 때문이었다.

"어서 저놈들을 없애버리고 당장 문을 열거라!"

대원위의 사병들이 궁문 앞으로 몰려드는 것과 동시에 문이 활짝 열리면서 궁수들이 달려나와 활시위를 당기기 시작했다. 그러자 앞장서서 달려들던 칼잡이 십여 명이 동시에 비명을 지르며 그 자리에 꼬꾸라지고 말았다. 나머지 칼잡이들은 그대로 뒷걸음질들을 쳤다.

이때, 궁궐의 수비대장 홍계훈이가 모습을 드러냈다.

"대원위합하ㅡ! 합하께서는 지금 당장 발걸음을 돌리시어 운현동 사저로 돌아가시옵소서! 그렇지 않으면 소장이 합하에게 궁궐을 범한 죄를 물어 추포할 것이옵니다. 그리해도 괜찮으시겠습니까?!"

홍계훈은 차마 대원군을 추포할 수가 없었다. 주상이 결코 대원군의 추포를 용인해 줄 것 같지 않았기 때문이었다.

"저저, 저런 쳐죽일 놈을 보았나! 일개 수문장 따위가 감히 내 앞길을 가로막다니, 네 이놈! 네놈이 그러고도 살아남을 수 있다고 보았더냐, 이놈! 지금쯤 내가 들여보낸 군사들로 인하여 주상의 목이 떨어졌을 것이니라! 그러니 내가 들어가서 살펴보고 새로운 주상의 즉위를 서둘러야 함이거늘, 어서 길을 열지 못할까 이놈!"

"참으로 송구스럽게 되었습니다 합하! 합하께서 들여보낸 역당들은 소장이 모두 척살하여 한 놈도 살아남지 못했으니 번거롭게 그러실 것 없으십니다. 주상전하는 털끝 하나도 다치신 곳이 없으시오니, 어서 사저로 돌아가시어 전하의 하명을 기다리시옵소서!"

"뭐뭐 뭣이라…?!"

대원군은 더 이상 어찌해볼 방도가 없었다. 예상치도 못한 일개 별감 출신의 궁궐 수비장에게 일격을 당하고는 그대로 발걸음을 돌릴 수밖에 없었던 것이다. 더 이상 고집을 부렸다가는 무슨 봉변을 당하게 될지 알 수가 없었기 때문이었다.

"지난번엔 그 미천한 무당년에게 당하더니 오늘은 또 중전을 등에 업고 피난을 시켰다던 저 별감 놈에게 발목을 잡히는구나!"

참으로 피를 토하고도 남을 일이었다. 다 된 밥에 코를 빠트려도 유분수지 어찌하여 이런 일이 되풀이될 수 있단 말이던가, 대원군은 정녕 가슴을 치고 통탄을 하지 않을 수 없었다.

"내가 주상이나 중전을 내치기 전에 별감 출신 저놈만은 기필코 죽여 없애고 말 것이니라!"

홍선대원군의 가슴속에 분노의 불길이 솟구쳐 오르고 있었다. 어린 무당과 더불어 자신이 기필코 제거를 해야 할 대상이 한 명 더 늘어난 셈이었다.

"하찮은 별감 놈 따위가 감히 천하의 국태공인 나 이하응이의 발목을 잡고 늘어지다니 이것이 모두가 중전이 원인이로다!"

홍선군이 참으로 수염발을 떨며 분노하여 피를 토할 만도 했다. 자신의 상대가 일국의 재상도 아니요, 기껏 나이 어린 무당에다 별감 출신의 궁궐 수비장이라니 말이다.

그랬는데 불길은 엉뚱한 곳에서 발화가 되고 있었다. 바로 일본인들이었다.

"홍선군이 어찌하여 우리의 승낙도 없이 제멋대로 설친단 말이더냐!"

일본인들은 결코 그의 망동을 두고 볼 수 없었다. 대번에 그를 잡아다 공덕리의 아소정에 감금해 버리고 말았다.

"믿을 놈들이 따로 있지. 내가 어쩌다가 왜구 놈들을 믿어서 이런 수모를 당한단 말이던고!"

그러나 후회할 때는 항상 때가 늦은 법이다. 자신의 성급함이 이러한 화를 자초하고 말았으니 청나라로 납치되어 갈 때보다 그 분노스러움이 더 클 수밖에 없었다.

"내가 정책적 소신마저 내팽개쳐 가며 제 놈들을 도성으로 입성시켜 주었거늘, 나를 이용만 해 먹고는 헌신짝 버리듯 하다니 고연놈들!"

참으로 분통이 터질 만도 하기는 했다. 자신의 소신마저 내팽개치고, 왜구들과 손을 잡은 결과가 이런 지경이 되고 말았으니 말이다.

흥선군에게는 이제 더 이상 희망이 없었다. 청나라 군대와 일본군 모두에게 토사구팽을 당하고 말았을 뿐 아니라, 이제는 주상에게마저 정권 유지의 명분을 주고 말았으니 그에게 더 이상 무슨 희망이 남아 있을 일이겠는가.

그랬는데, 그에게 뜻밖에도 새로운 희망을 샘솟게 해 주는 진객이 한 명 찾아들고 있었는바, 그가 바로 이재선이의 망령이었다.

이재선이가 군사 반정을 도모하다가 광주산성의 장교 이풍래의 고변에 의해 무위로 끝난 것이 고종 17년(1880년)의 일이었으니 벌써 십여 년 전의 일이었다.

그때 5군영의 군사들이 광주산성 일대를 에워싸고 있는 가운데, 어둠을 이용해서 군막을 탈출하여 잽싸게 도망치는 인물이 하나 있었으니 훈련대장 이철암이었다.

이철암 "즉" 쇠돌은 원래 능구레의 산골 출신이라 산을 타는 일만은 다람쥐보다도 더 재빠르고 날렵했다.

게다가, 그는 대원군이 무모하게 과거장의 선비들을 동원하여 거사를 일으키려다가 실패한 것에 잔뜩 긴장하여 산성 일대의 동태를 살피다가 관군들의 움직임을 목격하고 혼자서 재빨리 훈련장을 빠져나와 산맥을 타고 도주를 했던 것이다.

"산맥을 타고 남쪽으로 내려가면 그곳에 동학의 농민군이 반란을 일으켜 크게 세를 확장하고 있다고 했겠다?!"

쇠돌이도 이미 전라도 지역의 농민군 소식은 들어 알고 있었다.

"어차피 이제는 끈 떨어진 매의 신세가 되고 말았으니 내가 갈 곳이라고는 그곳밖에 더 있을까!"

비록 대원위의 자원을 받는 것보다는 희망이 없을지라도 차선책은 충분히 될 수 있을 일이었다. 농민군의 숫자가 기만 명만 될 수 있다면 한양을 들이쳐서 왕조를 바꿔버릴 수도 있음이니 가망이 아주 없는 것은 아니었다.

"지금의 조선 조정으로서는 결코 농민군을 소탕할 여력조차 없음이니…"

그랬기에 쇠돌이가 갈 수 있는 곳은 그곳뿐이었다. 지난번 운보(소웅이)가 찾아와서 능구레로 돌아가 다시 승려가 되기를 간청하였지만, 쇠돌이에게는 이미 그 말이 귀에 들어올 리 없었다. 산골 암자에 처박혀서 염불이나 하고 있기에는 이미 세속의 입맛에 너무 많이 길들여져 버렸기 때문이었다.

그리하여 쇠돌은 고생 고생 끝에 녹두장군의 명성을 주워듣고는 그의 휘하로 찾아들게 되었다. 그렇다고 생판 낯선 외지의 신분조차 불분명한 인물에게 중책을 맡겨줄 리는 없을 일이었다. 그나마도 이재선이의 휘하에 있었다는 사실이 전봉준의 마음을 사로잡는 원인이 되기는 했다.

게다가, 전봉준의 농민군들에게는 조정의 실상이나 정부군의 실태에 대해서는 아는 것이 전혀 없었다.

그랬는데 뜻밖의 길잡이가 나타난 셈이었다. 그러나, 아직은 관아에서 보낸 세작일지도 알 수 없는 일이기에 전봉준의 신임을 얻기에는 시간이 부족했다.

"녹두장군에게 신임을 얻을 수 있는 무언가가 필요한데, 내가 할 수 있는 일이 무엇이 있을까?"

그러다가 흥선군이 머리에 떠올랐다.

"그래 맞아! 대원군과 녹두장군을 서로 연결시켜주면…?"

그리하여 쇠돌은 전봉준에게 솔깃한 제안을 하게 되었던 것이었다.

"장군께서 한양으로 진격하여 도성을 들이치자면 대원위 대감과 손을 잡는 것이 도움이 되지 않겠습니까? 소인이 대원위 대감과는 연통을 할 수 있을 것 같아 드리는 말씀입니다마는…"

전봉준은 대번에 눈알이 튀어나오지 않을 수 없었다. 이때까지만 해도 사실 농민군은 여러 계파로 서로 갈려져 있었고, 전봉준의 세력 또한 그 계파 중 하나일 뿐이었다.

게다가, 농민군들이 서로 담합을 할 소지도 별로 크지를 않았다. 십여 개도 넘는 무리가 사방각처에서 서로 군웅할거의 양상을 보이고 있었다. 그들을 하나의 조직으로 담합시킬 뚜렷한 구심점도 없이 말이다.

이러한 때에 전봉준에게 드디어 기회가 온 것이었다.

"그래 맞아! 자네가 이재선이의 군사 참모로 있었다고 했었지? 대원위 대감이 우리와 뜻을 함께한다는 친필 승낙서만 받아온다면 삼남 일대의 농민군을 하나로 규합하는 일도 결코 어렵지 않을 것이야!"

그리하여 쇠돌은 전봉준의 심복들과 함께 한양으로 길을 떠났고, 마침 공덕리의 아소정에 감금되어 있던 흥선군에게 숨어들 수가 있었던 것이었다.

흥선군도 이재선이의 군사 참모를 못 알아볼 리 없었다. 흥선군의 노욕에 다시 불을 지피게 된 원인이었다.

"옳거니, 이번에야말로 기회가 왔음이로다! 백성들이 모두 내 편이란 것을 이번에야 깨달았음이니, 니깟 왜놈들로서도 이제는 나를 어쩌지 못할 것이니라!"

참으로 어리석기 짝이 없는 일이었다. 농민군이 아무리 수만 명에 이른다 할지라도 쇠스랑이나 들고 설치는 그들과 서양의 자동소총과 기관총으로 무장한 청나라 군대나 왜군들과 어찌 비교가 될 일이겠는가.

그럼에도 대원위의 친필 승낙서는 삼남 일대의 농민군들에게 크나큰 힘이 되었다. 사발통문이 돌려지자마자, 모든 농민군이 녹두장군의 휘하로 몰려들었던 것이다. 그들 중에서도 특히나 손화중과 김개남 같은 무리는 전봉준보다도 훨씬 더 막강한 농민군들을 거느리고 있었으나 대원군의 친필 승낙서는 그들을 모두 전봉준의 휘하로 들어오게 하는 힘으로 작용을 했던 것이다.

그것은 바로 전봉준의 농민군에게 명분이 생긴 때문이었다. 지금까지의 농민군들은 오로지 나라에 반기를 들고 일어난 반역도의 무리에 불과했었다. 그러나 이제는 외세를 몰아내기 위해 일어난 의용군의 명분을 얻게 된 셈이었다. 반역도가 아닌 의병군의 지위 말이다.

그리하여, 전봉준의 의병군에 뜻을 같이하겠다고 합세를 해온 농민군의 숫자가 무려 삼만여 명을 넘기고 있었다.

(이만하면 한양으로 밀고 올라가도 우리를 막아설 군사는 없을 것이다! 청군이나 왜군이나 그깟 것들이 감히 우리를 막아설 수 있겠는가!)

그런데 의외의 변수가 한 가지 있었다.

원래, 삼남 일대의 절간에는 동학승이라 하는 (농민군과는 별도의) 새로운 무리가 있었는데 그들이 어찌된 일인지 전봉준의 농민군에 합세하지 않고 뿔뿔이 흩어져 버리고 말았던 것이었다.

그들 동학승들도 대부분의 행동대원은 모두가 절간 인근의 농민들이었는데 그중에 한 무리의 특이한 복색을 한 인물들이 있었으니 의복은 바지저고리에 남정네가 분명하였으나 머리에는 고깔을 쓰고 얼굴을 수건으로 감싼 것이 여인네의 분장한 모습이 분명했다.

그랬다. 그들은 수만 명의 농민군 중에서도 그 행색이 특이해서 사람들의 이목을 집중시켰는바, 수십 명의 동학승과 함께 무리를 이룬 그들 중의 우두머리가 바로 능구레에서 종적을 감춘 그녀 소아였던 것이었다.

그러니까 이미 십여 년 전에 운보 소웅이를 피하여 능구레 암자에서 종적을 감추었던 그녀가 지금 이렇듯 여전사로 둔갑을 하여 동학승 무리를 이끌고 이곳에 모습을 나타냈던 것이었다. 이것으로 미루어 그녀가 지금껏 어디에서 무엇을 하며 숨어 지냈는지를 짐작할 수 있을 일이거니와 전봉준의 사발통문이 그녀가 있던 그곳 사찰에도 전해지게 되었던 것이었다. 3월 말까지 전라도 무장에서 모두 모여 한양으로 진격해 올라가자고 말이다.

그리하여 소아가 몸담고 있던 절간에서도 남녀 모두 출전하여 무장으로 발길을 하기에 이르렀으며, 이들 동학승의 남녀 무리에게 절간 무예로 단련을 시켜준 것이 바로 소아였던 것이었다.

그런데 전봉준의 사발통문을 접하고 무장으로 달려온 소아에게 뜻밖의 인물이 눈에 띄었다. 전봉준을 떠받들고 있는 여러 수하중에서 쇠돌바우의 모습을 발견하게 되었던 것이었다.

"저런 인물이 혁명군에 참여하고 있다니. 이건 아니야!"

소아는 수하의 동학패를 설득하여 그곳에서 철수하고 말았다. 원래, 소아가 이끄는 이 동학패들은 인근 일대에 꽤나 알려진 패거리였다. 남정네뿐만 아니라 여인네들에게도 승방무술을 가르쳐서 인근의 화적패들조차도 근처에는 얼씬하지 못했다. 그러니까 이들 동학패가 원래는 화적의 신분으로서 절간을 접수하러 들어갔다가 오히려 소아에게 굴복당하여 동학승이 된 인물들이었던 것이다.

허긴, 동학승 무리의 대부분이 불한당이긴 하였으나 그래도 소아의 무리만큼 체계적으로 무예를 연마하여 강력한 조직을 운영하고 있는 절간은 한 군데도 없었다. 겉으로는 스님의 복색을 갖춘 동학승이었으나 실질적으로는 난봉꾼 건달패거리에 불과할 뿐이었던 것이다.

소아의 동학군들은 복색만으로도 분명 특이한 면이 있었다. 그것이 사실은 소아의 얼굴 모습을 감추기 위한 방편이기도 하였으나 어찌 되었건 여승들이 패거리를 지어 혁명군에 가담하겠다고 나타난 것은 이들뿐이었다.

그랬기에 소아의 동학군이 슬그머니 철수해 버리자 그 여파는 놀라웠다. 동학군이라고 찾아온 절간의 건달패들 대부분이 영문도 모른 채 겁을 집어먹고 혁명군에서 이탈하여 도망을 쳐 버렸던 것이었다.

그러한 와중에서도 삼만여 명의 대병으로 불어난 전봉준의 혁명, 의용군들은 한양 도성을 향해 북진을 개시하기에 이르렀다. 비록 오합지졸이기는 하였으나 그 위세가 하늘을 찌를 듯 대단했다.

한편, 흥선대원군을 이용하여 도성에 진입한 일본군들은 조선의 조정을 틀어쥘 기회를 마련하게 되었다.

대원군이 사병들을 이끌고 궁성을 장악하려다가 실패한 것을 계기로 그를 공덕리로 내쫓은 뒤 일본군들이 주상의 안위를 지켜주었다면서 그것을 명분으로 조선의 조정을 틀어쥐고 말았던 것이다. 청나라 군대가 틀어쥐고 있던 조정의 실권을 왜나라 군대가 빼앗아간 셈이었다.

그러자 친일파들끼리 세력다툼이 벌어졌다. 청국파들이 물러간 자리를 서로 차지하겠다며 친일파의 주축인 김홍집과 박영교의 양대 세력 간에 권력다툼이 벌어진 것이었다.

그러한 틈을 이용하여 일본인들이 자신들 멋대로 조선의 조정을 개혁한다면서 5강목 20개조에 달하는 개혁안을 만들어 시행에 들어가고 있었다. 이제 조선의 조정은 일본인들의 손아귀에 들어가 버리고 만 셈이었다.

조정이 이렇듯 쑥대밭이 되어 제구실을 못 하자 이번에는 전국 각처에서 사대부 건달들이 패거리를 지어 분탕질을 치기 시작했다.

그들을 일컬어 민포 또는 민보군이라 했던 것이다.

이러한 와중에서도 진령군 초혜와 수비대장 홍계훈은 갑신정변의 역도들을 제거하기 위하여 암살단 일행을 일본국으로 잠입시키고 있었다.

"왜놈들이 조정을 장악하고 있는 이때, 역도들이 조정으로 돌아온다면 나라가 정녕 분란의 회오리에 휘말리고 말 것이야!"

암살단을 파견하는 것이 정녕 때가 늦었다는 사실을 알면서도 파견을 할 수밖에 없는 이유가 있었으니 그것은 바로 친일 세력 간의 권력다툼으로 인해 역도들의 귀국이 늦어질 것이라는 소문 때문이었다.

게다가 암살단을 양성하고 있다는 소문이 바깥으로 새어 나간 것이 결정적 이유이기도 했다. 그 소문이 친일파들이나 왜인들의 귀에 흘러 들어가기 전에 파견이나 하고 보자는 심리가 작용했던 것이다.

29. 경복궁의 유령

마포별장에서 전봉준의 진격 소식만을 기다리고 있던 흥선대원군에게 비보가 날아들었다. 전봉준의 농민군이 한양으로 진격하는 것을 유보한다는 전갈이었다. 그것은 바로 청나라 때문이었다. 청나라가 수천 명의 대군을 아산만으로 보내 상륙을 시켰기 때문이었다.

청군은 텐진조약에 따라 일본에 통보한 뒤 기습적으로 군대를 보내 아산만으로 상륙을 시킨 것인데 그들은 모두가 신식소총으로 무장한 정예군이었다. 쇠스랑이나 대창으로 무장한 농민군들로서는 뜻밖의 복명이 아닐 수 없었다. 설사 그들과는 숫자로 밀어붙여 승리를 거둔다고 할 지라도 그다음에는 일본군을 상대해야 할 농민군으로서는 일단 진격을 멈춘 채 상황을 지켜볼 수밖에 없었던 것이다.

게다가, 문제는 또 있었다. 전봉준의 농민군이 도성으로 진격한다는 소문이 퍼지자 민보라는 이름의 사대부 건달들이 농민군을 때려잡겠다며 전국 각처에서 들고 일어났는데 그 숫자가 가히 상상을 초월했다.

(이 나라 조선은 사대부가 왕실을 떠받들어 지켜온 양반들의 나라이거늘 그깟 상놈들에게 나라를 넘겨줄 수야 있나!)

그래서 청나라나 왜나라가 서로 맞붙어 싸우거나 말거나, 농민군들만은 그들이 막아내겠다는 뜻이었다. 농민군들만 막아내고 나면 왜나라나 청나라가 설마 조선의 땅덩이야 짊어지고 가랴 하는 대원위의 지론 때문이었다. 농민군들이 대원위와 손을 잡았다는 사실을 그들은 믿지 않았던 것이다. 그들(사대부들)에게 대원위의 정책이야말로 무조건 믿고 따라야 할 마지막 보류였으니, 농민군들이 사대부와 대원위 사이에 이간책을 쓰는 것으로 생각하는 것 또한 당연한 결과였다.

이때, 일본군들은 청나라가 군대를 증파해 오자, 드디어 일전을 각오할 수밖에 없었다. 그들이 군대를 증파해 온다는 것은 그것이 조선을 일본에게 넘겨줄 수 없다는 뜻을 내보인 것이나 다름이 없었기 때문이었다.

그런데 조선의 조정이 문제였다. 김홍집과 박영효의 양대 세력들이 조선의 조정을 아예 콩가루로 만들고 있는 상황에서 그들이 자신들(일본군들)의 입맛대로 통제될 리 없었던 것이다.

(저것들에게 조선의 조정을 맡겨둘 수가 없으니 당분간이라도

홍선군을 데려다가 조정을 맡겨 줘야겠다!)

홍선군은 무릎을 쳤다.

"옳거니, 왜놈들도 드디어 나 국태공의 존재를 깨달았음이야!"

그는 일본군 호위병의 안내를 받으며 마포에서 도성으로 돌아와 운현궁으로 향하지 않고 곧바로 대궐로 향했다. 이때 그는 자신의 당당한 모습을 도성의 백성들에게 드러내 보이고자 교지를 이용하여 입성하고 있었다.

"오냐 이놈! 오늘은 내가 그놈 별감 놈부터 해치우고 말 것이니라!"

마포로 끌려갈 때의 초라했던 홍선군의 모습과는 달리 일백여 명이 넘는 왜군들의 호위를 받으며 교자 위에 올라앉아 위풍도 당당하게 입성하는 그의 모습은 정녕 금의환향하는 개선장군이나 다름이 없었다.

일본군들이 총탄을 장전한 채 경복궁으로 밀고 들어오자 수비대장 홍계훈이 직접 군사들을 인솔하여 일본군을 막아설 수밖에 없었다.

그러자 홍선대원군이 교지에서 내리지도 않은 채 수비대장 홍계훈을 향해 큰 소리로 고함을 질러댔다.

"네 이놈! 일개 별감 놈이 감히 국태공의 앞길을 막아서다니 그러고도 네놈이 살기를 바랐더냐! 여봐라? 호위 군사들은 무얼 하고 있더냐? 저놈들을 한 놈도 남기지 말고 모조리 척살해 버리거라—!"

일본군들은 홍선군의 명이 떨어지기만을 기다리고 있던 참이었다. 무슨 일이 발생하든 그것은 모두 흥선대원군에게 뒤집어 씌우면 될 일이기에 이유 여하를 불문하고 무조건 총질을 해댔던 것이다. 자신들은 오로지 흥선군의 명령에 따라 움직이는 호위병일 뿐이라는 뜻이었다.

흥선군은 결코 경고조차 하지 않았다. 홍계훈이가 비록 별감 출신이라고는 할지라도 궁궐을 수비하는 시위대의 총 대장이요, 예전으로 말하자면 어영대장인 셈이었다. 어영군의 총사령관인 시위대의 연대장을 향하여 일개 별감 놈이라 해서 하찮은 군관 쯤으로 직급을 깎아내리는 것부터가 흥선군의 의도를 알아차릴 수 있을 일이거니와 더불어 자신을 향해서는 국태공이라 스스로를 높여 부름으로서 일본군들에게 자신의 위상을 드러내 보이겠다는 의도였다.

게다가 흥선군의 의중을 깨닫기라도 했다는 듯, 일본군들 역시 그의 명령 한마디에 거리낌도 없이 자동소총의 방아쇠를 무조건 당기고 있었으니, 그것은 이미 잘 짜인 각본에 의한 행위임을 깨달아 모를 리 없었다. (흥선군을 데리고 운현궁으로 가는 도중에라도 그의 말이 떨어지거든 그것을 되돌리기 전에 총격부터 가하거라!) 그러므로 해서 일본군의 전력을 과시해 보임과 동시에 뒤 책임은 흥선군에게 떠넘기면 될 일이었던 것이다.

그런데 총격의 상대가(궁궐의 수비대장이 아니라 일개 수비군들이라 할지라도) 왕궁을 지키는 병사들이기에 그렇듯 총질을 해서는 절대로 안 되는 일인 것이다. 그것은 바로 국왕에 대한 총질이요, 모든 조선 백성들에 대한 선전포고나 다름이 없을 일이기 때문이었다.

허나, 그러한 명령을 내린 장본인이 바로 홍선군이고 보면 이제는 문제가 달라질 수밖에 없음인 것이다. 일본군에게는 더 이상 머뭇거릴 이유가 전혀 없었다. 그리하여 내시고 나인이고 그들 앞에 얼쩡거리기만 하면 무조건 총질을 하여 사살을 해버렸다. 총소리를 듣고 그들이 달려 나와 대원위에게 위해를 가하려 해서 그렇게 했다는 데는 할 말이 있을 수 없었던 것이다.

그리하여 대전을 장악한 홍선대원군은 주상을 사로잡아 인질로 한 뒤 중전을 잡아서 데려오라 주변에 지시했다.

"내가 아예 내 손으로 고것의 목을 베어 끝장을 보고 말 것이니라!"

그러고 나서 임금을 갈아치워도 될 일이었다. 이제 시간은 그의 편이었다. 주상과 세자가 자신의 손아귀에 들어있는 이상 문제가 될 것은 아무것도 없었던 것이다.

대원군이 중전을 찾아오라 명을 내렸으나, 중전은 그 어디에서도 보이지 않았다. 대원군은 정녕 분통이 터질 수밖에 없었다.

"중전이라 하는 것이 어째서 내가 찾을 때마다 중궁전을 비우고 없단 말이더냐?! 이러고도 고것이 중전의 소임을 다 했다고 할 참이든가!"

그랬기에 자신이 중전을 내쫓아 벌하겠다는 명분이 생긴 셈이었다. 그러나 중전을 내쫓으려 해도 사람을 찾아야 내쫓을 일이 아니냔 말이다.

중전께서 대원위에게 순순히 잡혀주지 않는 것은 너무도 당연했다. 홍선대원군은 마포별장에서 일본군들에게 감금되어 있다가 그들의 호위를 받으며 홀몸으로 입궁을 한 셈이었다. 일본군들이 흥선군의 측근들을 한 명도 대동하지 못하도록 막았기 때문이었다.

그리하여 일본군만 앞세우고 궁성으로 진입을 한 것인데 궁궐 문 앞에서부터 요란한 총소리로 세상을 발칵 뒤집으며 대전으로 밀고 들어가고 있었으니 중전이 어찌 그 사실을 확인해보지 않을 수 있었을 일이겠는가.

"아버님이 일본군들을 앞세우고 홍 대장마저 살해한 뒤에 대전으로 밀고 들어갔단 말이지?! 그래서 세자마저 대전으로 불려 들어갔단 말이지?!"

중전은 정녕 어찌해야 할 바를 몰라 허둥대고만 있을 뿐이었다. 이때 세자빈이 달려왔다. 세자빈은 바로 지난번 갑신년 정변 때 반란군에게 맞아 죽은 민태호의 딸이었다. 그러니까 민영익의 친여동생이었다. 그러나, 아직은 여나뭇살 밖에 안된 어린아이였다. 나이 어린 세자빈을 보자 중전은 정신이 번쩍 들었다.

"주상전하와 세자는 이미 아버님에게 붙잡혀 일본군의 감시를 받고 있다 하니 우리라도 몸을 피하여 후일을 도모해야겠구나!"

중전은 즉시 세자빈과 함께 상궁 나인으로 위장을 하여 북악 종묘로 몸을 피하고 있었다. 이것 또한 대원군의 주변에 왜군들만 있었기에 가능한 일이었다. 그의 곁에 가신들이 몇 명이라도 따라 왔었더라면 결코 중전이 몸을 피할 수는 없었을 것이기에 대원군이 무슨 참극을 벌였을지 알 수가 없을 일이었다.

그리하여 대원군은 자신의 수하가 아닌 대전의 나인들에게 일본의 군대를 딸려 보내 중전을 잡아 오게 했고, 그때는 이미 중전께서 세자빈과 함께 궁궐을 빠져나간 뒤의 일이었던 것이다.

대원군은 정녕 머리끝까지 화가 치밀어 오르지 않을 수 없었다. 그러나 어쩌는 도리가 없었다. 이번에도 자신의 성급함이 화를 자초한 셈이었다. 아무른 준비와 계획도 없이 무조건 왕궁으로 밀고 들어온 것이 화근이었다. 그러다 보니 주상과 세자를 처단하고 준용이를 데려다가 왕위를 계승시키는 일에 시간이 걸릴 수밖에 없었다.

그렇다고 서두를 필요도 없었다. 궁궐은 이미 일본군들로 하여금 물샐 틈 없이 지키게 하고 있었고, 주상과 세자는 자신이 인질로 붙잡고 있으니 용상의 주인을 바꾸는 일은 자신을 따르는 친일파 중신들을 앞세워 차근차근 풀어나가면 될 일이기 때문이었다.

"중전과 세자빈이 마음에 걸리기는 하나, 주상과 세자를 아예 죽여 없애면 그까짓 것들이 무슨 걸림돌이 될라고!"

그래서 아예 주상과 세자부터 먼저 죽여 없애기로 계획을 세웠다. 그런데 한가지 급히 서둘러야 할 일이 있었다.

"궁문직이 별감 놈은 내 손으로 직접 처단하여 죽여 없앴으니 됐고, 이제 남은 것은 그 무당년인데…"

그리하여 운현궁에 연락해서 가신들을 불러들여 급히 지시를 내린다.

"내가 일본군들을 딸려 보낼 줄 것이니 지금 즉시 진장방으로 달려가 진령군이라고 하는 무당년을 잡아서 도성 백성들이 죄다 볼 수 있도록 군기시 앞으로 끌고 나가 죽여 없애거라!"

가신들이 명을 받고 일본군 호위병들을 대동한 채 진장방으로 달려간다. 그곳에는 물론 원조 왕실 무당 여옥이가 개화당의 몇

몇 인물들을 숨겨준 채 신당을 지키고 있었다. 여옥이도 이미 눈치를 채고 있었다.

"대원위께서 궁성을 장악했다니 잠시라도 몸을 피했다가 돌아오는 것이 좋겠구나!"

그래서 개화당의 인물들을 먼저 피신시킨 뒤에 몸을 피할 방도를 생각하던 참이었다. 사실 여옥이가 초혜를 대신하여 진령군의 허울을 쓰고 신당을 지키고 있기는 하였으나, 워낙에 많은 사람이 출입하다 보니 집 안에서 빠져나가기가 결코 쉬운 일이 아니었다.

그러다가 그만 일본군들을 앞세우고 들이닥친 대원군의 가신들에게 걸려들고 말았다. 그들은 결코 초혜와 여옥의 모습을 제대로 알고 있을 리 없었다.

"이년을 당장 군기시 앞으로 끌고 나가 망나니를 불러다가 참수해 버리거라!"

여옥은 더 이상 반항조차 할 수 없었다. 온몸을 결박당한 채 입에는 재갈을 물려서 쌀자루를 뒤집어쓴 채 군기시 앞으로 끌려나가 망나니의 칼에 목이 잘리고 말았던 것이었다. 참으로 허무하고도 서글픈 일이 아닐 수 없었다. 궁궐의 수비대장 홍계훈이도 그렇거니와 왕실 무당 여옥의 목숨 또한 너무도 허무하게 끝나버리고 말았던 것이었다. 대원군의 성급함이 결국은 그들의 목숨을 그렇듯 앗아가고 만 셈이었다.

그랬는데 참으로 일이 묘하게 흘러가고 있었다. 친일파의 조정 중신들이 대원군을 탐탁하게 생각하지 않고 있었던 것이다. 자신들끼리도 서로 세력을 주도하겠다며 권력다툼을 벌이고 있던 그들이 대원위를 상전으로 모시고 그의 손아귀에 휘둘릴 생각은 추호도 없었던 것이다. 원래가 그들은 대원위의 훈구 세력들과도 뜻이 맞지 않던 인물들이었다.

(우리가 기껏 노망난 늙은이나 떠받들겠다고 조정에 출사를 하고 있는 줄 알았던가!)

그들은 이미 알고 있었다. 전봉준의 농민군들이 대원위와 손을 잡고 있다는 사실을 말이다.

(우리가 대원위를 도와 농민군의 반역도들에게 나라를 넘겨주고자 조정에 출사를 한 줄 알았더냐?!)

(청나라 군대를 불러들인 것도 따지고 보면 대원군이거늘, 우리가 무엇 때문에 그를 조정으로 돌아오도록 도와준단 말인가!)

일본인들로서도 대원위의 소행이 참으로 괘씸하기 짝이 없었다. 동학농민군이 대원군의 사주를 받고 일본국과 한판 붙겠다며 도성으로 밀고 올라온다는 소문이 사실로 밝혀졌기 때문이었다.

(늙은 여우가 우리의 뒤통수를 치고 있었음이 아닌가! 그 늙은 것을 더 이상 조정에 나오지 못하도록 도성 바깥으로 내쫓아버리거라!)

그리하여 주상과 중전은 또 한 번 위기에서 벗어날 수 있었다. 이번에는 친일 각료들이 대원군을 권좌에서 밀어냄으로써 주상과 중전의 목숨을 구해준 셈이었다.

그런데 지난날 흥선대원군이 일본군들의 호위를 받으며 도성으로 입성하여 대궐을 장악하던 그 날, 개암사 아래 넓은 공터에서는 화장 다비식이 한창 거행되고 있었다. 근초 스님께서 열반에 드시고 말았던 것이었다. 주인도 없는 개암사를 깨끗이 정비하여 옛 모습으로 되돌려놓고 주지승이신 보우 스님을 기다리고 있었으나 끝내는 주지승의 그림자도 보지 못한 채 기다리다 지쳐 그만 부처님 곁으로 떠나버리고 만 것이었다.

초혜에게는 근초 스님이 부모님이나 다름이 없었다. 물론, 자신의 목숨을 구명해준 것은 양무 스님들이라고 하나, 가르치고 길러준 것은 근초 스님이셨다. 그랬기에 초혜가 다비식에 빠질 수는 없을 일이었다. 그 바람에 그만 궁중의 변고 소식을 제때 알아차리지 못하고 말았던 것이었다.

그리하여, 대원군의 궁성 장악 소식을 전해 들은 것은 그 이튿날의 정오가 지나서였고 그때는 이미 시위대장 홍계훈은 물론이요, 신어미 여옥이마저 참수를 당하고 난 뒤의 일이었다.

이로써 초혜는 그만 유령인간이 되고 만 셈이었다. 신어미 여옥이가 진령군의 이름으로 죽임을 당하고 말았으니 말이다.

초혜는 더 이상 도성으로 발걸음도 할 수 없었다. 비록 나루터의 경계는 해제가 되었다고 할지라도 초혜의 얼굴을 알아보는 사람은 너무도 많았다. 이제 와서 도성으로 달려간다고 하여 달라질 것은 아무것도 없었던 것이다. 초혜의 힘으로 할 수 있는 일이 무엇이 있겠는가.

초혜는 이제 개암사에도 더 이상 머물러 있을 수 없었다. 천만다행스럽게도 근초 스님을 알고 있는 불자들이 없어서 다비식에 참석한 사람들이 별로 없었기에 망정이지 진령군이 살아있다는 사실이 대원위의 귀에 들어가기만 하면 초혜는 이미 죽은 목숨이나 다름이 없을 일이었다. 대원위에게는 아직도 천하장안을 비롯한 건달패 가신들이 버티고 있었기 때문이었다.

한편, 나라 안팎의 사정은 급박하게 돌아가고 있었다. 청나라 군대의 제2진이 군함을 타고 서해로 진입하다가 일본 군함에 발각이 되어 침몰이 되고 말았다. 900여 명의 청나라 군사가 아산 만의 풍도 앞바다에서 군함과 함께 바다 속으로 수장이 되고만 것이다. 일본은 선전포고도 없이 청나라에 전쟁을 개시하고 있었다.

지난번 아산만으로 상륙을 해온 청나라군 1진은 농민군들이 겁을 집어먹고 꽁무니를 빼자 그대로 한양을 향하여 북상했다.

이때 일본군도 일만여 명의 병력을 제물포에 주둔시키고 있다가 청군들을 향하여 밀고 내려갔다. 왜구와 오랑캐가 드디어 우리 조선에서 전쟁을 일으키고 있었던 것이다.

그리하여 그들은 평택에서 마주쳤다. 그러나 수적으로 열세에 있던 청군들은 첫 전투에서 대패하여 동해안으로 도망을 쳐서 평양으로 돌아 들어갔다.

수적으로 우세한 일본군들이 평양으로 뒤쫓아가자 청군들은 만주대륙으로 도망을 쳤고, 내친김에 만주대륙까지 뒤쫓아간 일본군들은 만주대륙까지 손아귀에 집어넣고 말았다. 조선의 영토인 북간도와 서간도까지 일본군의 수중으로 넘어가 버리고 만 것이었다.

일본군이 청군들을 뒤쫓아 만주로 올라가자 흥선군은 기회가 왔다고 생각하여 전봉준에게 밀명을 하달했다.

〈청나라 군대와 일본군대가 모두 만주대륙으로 올라가 전쟁을 치르고 있으니 이 기회를 놓치지 말고 올라와서 도성을 장악하라!〉

밀명을 받은 전봉준의 농민군이 전열을 정비하여 북진의 길에 올랐다. 그리하여 충청도까지 밀고 올라갔으나 그만 사대부 건달들의 저항에 부딪히고 말았다. 그들 민포군들은 이미 전국에서 수십만 명이 모여들어 인간방벽을 이루고 있었던 것이다.

드디어 농민군과 민포군 사이에 육탄전이 벌어졌고 숫자가 열 배도 넘는 민포군 앞에 전봉준의 농민군은 대부분 목숨을 잃고 말았다.

그 틈을 이용하여 도성에 주둔해 있던 일본군이 기관총을 앞세운 채, 달려 내려가서 농민군의 잔당들을 소탕하기 시작했다. 그러나, 말로만 농민군의 잔당들을 소탕한다고 했을 뿐이지. 민포군과 농민군은 서로 간에 구분이 되질 않았다. 민포군들은 이때 농민군들을 깨부쉈다는 승리감에 도취되어 사방팔방으로 뿔뿔이 흩어져서 영웅이라도 된 듯 설치고 다녔다. 수십 명 또는 수백 명씩 어우러져 다니며 그야말로 미쳐서 날뛰었다.

그들을 향하여 일본군들이 무차별 총질을 해댔다. 기관총 세례를 퍼부어 재꼈던 것이다.

(잠재적인 적도 적은 적이니 민포군이나 농민군이나 우리에겐 모두가 다 똑같은 적이다! 아무 놈들이나 눈앞에 보이는 조선놈들은 무조건 닥치는 대로 싹— 쓸어 버리거라!)

일본군들은 신바람이 났다. 패거리를 지어 몰려다니는 민포의 건달들을 향해 사정없이 총질을 해대며 인간사냥에 나서고 있었던 것이다.

그러한 와중에서 이재선이의 군사참모였던 쇠돌바우 역시 일본군의 총알 세례만은 피하지 못하고 한 많은 생을 마감하여 들녘의 풀잎에 거름이 되고 말았다. 그의 나이 마흔 여섯이었다.

이 당시에 일본군들의 손에 의해서(자신이 왜 죽는지도 모르고) 죽은 민보군의 숫자는 무려 십만여 명에 달했다. 그럼에도 그들의 죽음에 대해서 애통해하는 사람은 아무도 없었다. 그들은 농민군이라고 하는 역도들과의 싸움에서 죽었고, 일본군들 역시 역도의 잔당들을 소탕하는 과정에서 더러 무고한 희생자가 생겼을 수도 있다는 것이 변명이었기에 누구를 탓하고 원망할 처지가 못 되었던 것이다. 농민군이나 민보군이나 결코 떳떳지 못한 집단들임에는 분명했기 때문이었다.

일본군들 역시 그러한 사실을 너무도 잘 알고 있었다. 그들을 몽땅 쓸어버려도 자신들이 곤경에 처할 일은 없을 것이란 사실을 말이다. 게다가 그들 민보군들이야말로 훗날에 일본인들이 조선을 장악했을 때 의병이란 이름으로 자신들에게 반항해 올 세력들임을 어찌 깨달아 모를 일이겠는가.

일본군들이 조선인들을 마구 죽이고 다닌다는 소문은 도성의 민심까지 들쑤셔놓고 있었다. 그러나, 그것이 대원위와 연관이 되어 있는 일이라고 하는 소문이 퍼지자 도성의 민심도 갈피를 잡지 못했다.

바로 이러한 때에 박영효가 역성혁명을 시도하다가 발각이 되었다. 혁명에 가담했던 한재익이란 자가 역모를 고변하여 사건의 진상이 밝혀지게 되었던 것이다. 도성의 민심을 일본군에게서 떼어놓는 데는 최고의 효과가 있었다. 민포군의 사건도 그대로 묻히고 말았다.

박영효의 일당은 일본 공사관에 피신을 했다가 일본으로 망명을 했다.

세상이 이렇듯 어수선해지자 공덕동 별저에 내쫓겨 있던 흥선 대원군이 또 움직이기 시작했다. 아직도 임금을 갈아치우고 자신이 섭정 대왕이 되겠다는 망상에서 벗어나지 못하고 있었던 것이다.

"내가 주상과 중전을 그 자리에 그냥 두고서는 죽어도 눈을 감을 수가 없음이거늘…!"

흥선군은 일본인 공작대원 오카모도를 매수했다. 그는 일본조정에서 조선으로 들여보낸 공작대원이었다. 그랬기에 그가 흥선군에게 매수가 될 인물이 아니었다. 결론적으로 말해서 오카모도가 흥선군에게 접근하여 매수 작전을 펼친 것이라 보는 것이 옳은 말일 것이었다. 그럼에도 흥선군은 신바람이 났다.

"나 대원위의 명성은 왜놈들에게도 통하고 있음이야!"

그러나 이때 일본 공사관에서는 흥선군을 조정으로 들여보내는 것이 백해무익하다는 결론을 내렸다.

〈그깟 늙은 여우에게 실권을 안겨줘 봤자 왕권을 다지겠다는 일밖에 할 일이 뭐가 더 있겠는가!〉

그래서 오카모도의 공작을 번복해 버린다. 그리고는 아예 궁궐을 개방해 버리고 말았다. 그들(일본국)의 뜻이 무엇인지를 분명히 깨닫고 두 번 다시 허황된 망상에 빠지지 말라는 경고의 뜻이었다.

일본인들이 조선의 궁궐을 일반인들에게 개방해 버린 데에는 여러 가지의 이유가 있었다. 첫째는 흥선군에 대한 경고의 뜻이라 할 수 있겠지만 그것을 빌미로 임금의 권위를 떨어트리겠다는 것이 그 의도였다. 궁궐의 구석구석을 나들이객의 구경거리로 만들어서 왕실의 위엄을 깎아내리고자 함인 것인데, 그러므로 해서 이제 더 이상 조선 왕실의 위엄 같은 것은 존재하지 않게 되고 말았던 것이었다.

30. 머나먼 천국

흥선대원군과 오카모도의 결탁 소식이 뒤늦게 도성에 흘러 퍼지면서 도성의 민심이 참으로 흉흉했다. 그러나 그것 또한 일본인들의 계략이었다. 궁성을 개방한 데 따른 도성의 민심을 잠재우고자 하는 하나의 방편이기도 했던 것이다.

그랬기에 그 소문은 제법 신빙성이 있는 것처럼 그럴싸하게 퍼져나갔다. 그리하여 소문은 왕실에까지 흘러 들어가고 있었다. 주상께서는 그 소문의 진위조차 제대로 확인할 수가 없었다. 그래서 매일같이 각국의 외교관들을 궁중으로 불러들여 외교관계의 여러 현안을 논의하면서 왕실의 안전을 그들 외교관에게 의탁하는 지경이 되고 있었다. 그러한 주상의 절박한 심정까지도 일본인들은 이용했다. 군주가 사적인 효심을 내세워 백성을 돌보지 않더니 이제는 시중에 떠도는 아비의 소문만을 가지고도 크게 놀라 다른 나라의 외교관들에게 안전을 의탁하고 있는 지경에 이르고 있다고 말이다.

(그토록 나약한 주상을 어찌 일국의 임금이라 할 수 있단 말인가!)

참으로 야비한 행위가 아닐 수 없었다. 그러나 어찌하겠는가. 그러한 헛소문에도 흔들릴 수 있는 게 도성의 민심이요, 그것이 바로 흥선대원군 이하응이란 인물에게서 비롯된 학습효과였으니 말이다.

사태가 이러한 지경까지 이르게 되자 주상은 물론이요, 중전께서도 중궁전에서 마음 놓고 머무를 수가 없었다. 궁궐이 모두 구경꾼들에게 개방이 된 상황에서 일본인 취객 놈들이 궁궐의 나인들에게까지 마구 희롱을 하고 다니는 지경이 되다 보니 중전의 안전조차 보장을 받을 수 없는 지경이 되고 말았던 것이다.

그것 또한 일본인들의 계획적인 술책이었고 더불어 대원위가 금세라도 궁궐로 들이닥쳐 중전을 사로잡아 목을 쳐 죽일 것이라는 소문 또한 같은 맥락에서 이루어지고 있는 계획된 술책의 일환이었다.

그러다 보니 중전께서는 건청궁을 나설 때면 복색마저 위장을 하고 다녀야 했고 하루가 다르게 심신이 허약해져갔다. 그리고는 마침내 병석에 앓아눕게 되시었다.

"마마께옵서는 몸과 마음이 함께 지치시어 요양을 하셔야겠습니다."

그러나 요양도 마음대로 할 수 있는 것이 아니었다. 대궐에서조차 문밖출입을 마음대로 할 수 없는 처지에서 대궐 바깥으로 요양을 떠난다는 것은 생각조차 할 수 있는 일이 아니었던 것이다.

그렇다고 마냥 손을 놓고 있을 수도 없었다. 그리하여 초혜가 비밀리에 마마를 모시고 요양길을 나설 수밖에 없었다. 온양으로 온천요양을 결정하게 된 것이었다.

"마마의 요양길이 세상에 알려지면 마마의 안위를 보장받을 수 없을 것이오니 전하께옵서는 이 사실을 비밀에 붙여 주옵소서!"

주상이라 하여 그 사실을 모를 리 없었다.

"그래. 걱정 말거라. 지난번 군란 때도 그리하였거늘… 짐이 중전의 안위를 또다시 너에게 맡겨야 한다니 참으로 면목이 없구나!"

주상께서는 정녕 초혜에 대한 미안한 마음을 감추지 못하셨다. 이번에는 별감 하나도 딸려 보내지 못하는 처지가 더더욱이나 더 안타깝고 미안할 수밖에 없었던 것이다. 그러나 어찌할 방도가 없었다. 궁궐의 수비마저 일본군들이 도맡아 하게 된 상황에서 주상이 믿고 딸려 보낼 수 있는 인물이 한 사람도 없었기 때문이었다.

게다가, 액막이 궁녀 덕실이조차 궁중에 없었다. 그녀는 이제 쉰 살을 넘긴 노년의 나이였고(장호원 피난 때의 공로로) 궁녀의 신분에서 벗어나 초혜와 함께 북악 종묘에서 살아가고 있었다.

그랬는데 하필 이러한 때에 갑자기 병석에 앓아누워 중전의 요양길에 따라나설 수가 없게 된 것이다. 설사, 병석에 앓아눕지 않았다고 할지라도 예전의 그 기골한 여장부의 모습이 아니었다. 너무도 노쇠한 모습이 역력하여 어쩌면 초혜가 그녀의 동행을 만류했을지도 모를 일이었다.

그렇다고 초혜에게 전혀 사람이 없는 것도 아니었다. 의금부의 말단군관으로 있던 수의부위 이승준이라 하는 인물이었다.

그는 사대부 집안의 어엿한 양반 출신이었으나 일찍이 유흥기의 문하가 되면서 중인의 신분인 유흥기의 여식과 혼인을 하여 김옥균 등의 개화당 인물들에게 따돌림을 당한 무관 출신이었다.

더불어 그의 무예 실력은 홍계훈이보다도 더 뛰어났다. 그만큼 능력이 출중한 인물이었으나 신분의 벽을 초월하여 백의정승 유홍기의 사위가 됨으로써 출셋길이 막혀버린 인물이기도 했다.

또한, 김옥균의 정변으로 유홍기와 더불어 몸을 숨기고 살아야 하는 처지가 되었으나 여옥이와의 친분으로 인하여 초혜와도 서로 교통을 하며 지내는 사이가 되어 있었던 것이다.

그리하여 이제는 초혜나 이승준이나 두 사람 모두 세상의 눈길을 피하여 숨어지내는 처지가 되었으나, 중전마마의 비밀스러운 온천 요양길에 호위무사가 되어 진령군 초혜와 더불어 국모를 모시는 처지가 되었던 것이었다.

한편, 홍선군 이하응은 일본 공사관의 이노우에 공사와 친분을 쌓고 지내다가 드디어 그의 마음을 움직여서 일본군의 지원을 받을 수 있는 기회를 만들어 내고 있었다.

그러나 그것은 사실 일본인들이 계략이었다. 홍선군을 이용하여 조선의 왕조를 아예 끝장내버리겠다는 의도였던 것이다.

그것도 모르고 홍선군 이하응은 또 한 번 신바람을 냈다. 일본군들의 호위를 받으며 또다시 대궐로 밀고 들어갔던 것이다. 그러면서 일본군들은 그동안 주상이 겨우겨우 만들어 놓은 조선군의 훈련대부터 강제로 해산시켜 버리고 말았다.

〈조선에는 더 이상 군대가 필요 없다! 조선은 계속해서 우리 일본군이 지켜 줄 것이다!〉

청나라 군대가 조선군을 해체시킬 때 썼던 방식 그대로였다. 그리고 보면 홍선군 이하응을 이용하는 방식도 청군들이 썼던 방식을 인용했다. 그랬는데 참으로 웃기는 것은 그 책임을 중전에게 덮어씌우고 있다는 사실이었다.

〈조선의 중전이 훈련대를 해산시키라 하여 해산시켰다!〉

그런데 어찌하여 흥선대원군에게 책임을 씌우지 않고 중전이란 말인가 그것이 참으로 의아스럽기는 했으나, 나름대로는 이유가 있었다. 대원군에게 힘을 실어주는 척하면서 그를 부추기기 위한 술책이었는데 일본공사 이노우에와 대원군 사이에는 사전 밀약이 한 가지 있었던 것이었다. 그 밀약의 내용은 바로 이노우에가 대원군을 도와서 조정으로 들여보내 주면, 대원군은 그 보답으로 중전을 죽여 없애겠다는 내용이었다.

이노우에가 어찌하여 흥선대원군과 그러한 밀약을 하게 되었는지는 이제 차츰 밝혀지게 될 일이거니와, 대원군의 행동이 참으로 가관이었다. 왕궁으로 돌아오자마자 성명서부터 발표하고 있었는데 그 내용은 이러했다.

《간신들이 임금의 총명을 흐리게 하고 조정을 부패하게 만들어 대업을 망치고 있다. 나라가 위태로운 지경에 이르러 나 대원군은 그것을 묵과할 수 없어 간신배 처단에 나섰다. 이제는 내가 사직을 튼튼히 하여 백성들이 배불리 먹고 잘 살 수 있는 정치를 해나가도록 하겠다. 이에 백성들은 동요치 말 것이며 나의 의로운 일을 방해하는 자는 엄단에 처할 것이다.》

그리고는 또다시 새로운 내각을 조직하여 발표했다. 그것은 주상의 권위를 깎아내림과 동시에 지금부터 대원군이 저지르고자 하는 일에 힘을 실어주고자 하는 일본인들의 꼬임수였다.

대원군은 우선 이노우에와의 밀약을 지키겠다는 뜻으로 왕비를 폐하고 서인으로 강등시킨다는 교서부터 발표했다.

《중전이 왕실과 국사를 망친 장본인이다. 이로써 왕비를 폐하고 서인으로 강등시킨다.》

그러나 주상이 그 사실을 인정할 리 없었다. 예전에도 뒷일을 전혀 예상하지 못하고 대원군의 협박에 따라 국상을 선포했다가 중전을 모셔오는 데 곤욕을 치른 일이 있었기 때문이었다.

게다가 이번에는 대원군의 다음 행보까지 이미 알고 있었다. 중전을 국왕의 명으로 폐서인시키고 난 후, 그것을 빌미로 세자까지 폐하고 그다음에는 주상을 용상에서 끌어내려, 임금을 다시 세우겠다는 것이 그의 의도라는 사실을 말이다.

그런데 사실은 그것도 모두 일본인들의 계략이었다. 흥선군이 주상을 용상에서 끌어 내리고 나면 그와 동시에 그를 궁성에서 내쫓고 (조선왕조를 끝장낸 것은 흥선군이다)라고 하여 그에게 모든 잘못을 뒤집어씌운 뒤 조선의 영토를 아예 저들의 땅으로 편입시키겠다는 것이 그 계획이었던 것이다.

그리하여 일본인들을 조선반도로 이주시켜 살게 하고 조선 백성들은 만주대륙으로 이주를 시키겠다는 것이 그 의도였던 것이다.

주상께서는 결코 일본인들의 속내까지는 알고 있지 못했으나 대원위의 의중만은 간파하고 있었기에 그가 어떤 협박을 하고 회유를 하더라도 중전의 폐서인 교서만은 수락하지 않고 끝끝내 버티고 있었다.

"아버님께서 어찌하여 왕실의 일까지 간섭하고자 하십니까!"

드디어 주상도 대원위의 불법 부당한 행위에 반발하고 나서기 시작을 한 것이었다. 대원위가 무슨 권한으로 중전을 폐서인시키겠다고 하는 것이냐 하는 반발이었다. 그러자 대원위가 행동에 나서기 시작했다.

"그렇다면 내가 손에 피를 묻혀서라도 마무리를 짓는 수밖에!"

그는 즉시 주변에 명하여 중전을 잡아 오라는 지시를 내린다. 또다시 대행대왕의 권한으로 왕명을 내린 셈이었다. 그것은 정녕 있을 수도 없고 있어서도 안 되는 일이었다. 어찌하여 임금이 버젓이 살아있는데 어떠한 절차도 취하지 않고 자신이 임금의 권한을 행사한다는 말이든가!

그러나, 그에게 이제 절차나 법도 같은 것은 필요치가 않았다. 흥선군 자신이 곧 법도요, 국가였다. 한마디로 말해서 무법자라고 하는 뜻인데 그것이 바로 미치광이라고 하는 의미이기도 했다.

주상도 이제는 흥선군의 광끼를 그냥 두어서는 안 된다는 사실을 깨닫고 있었다. 하지만 방도가 없었다. 궁성을 장악하고 있는 일본군의 힘을 등에 업고 미쳐서 날뛰는 흥선군의 광끼를 잠재울 힘이 그에게는 없었던 것이다.

(오늘은 내가 기필코 중전의 목을 쳐서 죽여 없앨 것이야! 그러고 나서 폐서인 교서를 압박하면 주상도 내 뜻을 따르지 않을 수 없겠지!)

그랬는데 어찌 된 일인지 중전의 행방이 또 오리무중이었다.

"이제는 궁문을 지키는 문직이 놈도 없고 무당년도 없는데 중전이란 것이 또 어디를 가고 안 보인단 말이냐?! 일본군 수비대에 연락하여 중전이 대궐을 나갔는지 알아보거라."

수비대 역시 대궐의 출입자들을 엄격히 통제하고 있었다. 그러나 이미 열흘 전에 은밀히 궁궐을 나가버린 중전을 대궐에서 찾을 수는 없을 일이었다. 행여나 하여 서양의 공사관 주변에도 사람들을 매복시켜 감시하게 했다. 그럼에도 중전의 행방은 묘연했다.

"급하게 서두를 것 없다! 이번에야말로 한 치의 착오도 있어서는 아니될 것이니…!"

게다가, 중전의 행적을 속이기 위하여 눈속임까지 하고 있다는 사실까지도 대원군이 알아차리게 되었다.

"주상을 자유롭게 풀어주고 그 뒤를 은밀히 추적하도록 하거라"

그리하여 주상은 억류에서 풀려나 자유롭게 행동을 하게 되었다. 주상이 대원군의 속내를 깨닫지 못할 리 없었다. 하필이면 지밀상궁인 엄 상궁의 귀에 주상의 행적을 감시하라는 대원위의 밀명이 흘러 들어가고 말았으니 말이다. 그랬기에 엄 상궁의 행동 또한 치밀해질 수밖에 없었다. 대원군을 속이는 것은 일본군을 속이는 것과는 또 달랐기 때문이었다.

대원군은 정녕 마음이 초조해질 수밖에 없었다. 이노우에와의 약조를 지키기 위해서라도 기필코 중전을 찾아야만 했던 것이다.

그러나 끝끝내 중전을 찾지 못하고 추석 명절을 맞이하게 되었다. 그리하여 당분간은 대궐에 나올 수가 없었다. 운현궁에 용틀임을 하고 들어앉아서 손님들을 맞이해야 했기 때문이었다. 그는 지금 수중에 엽전 한 푼 가진 것이 없었다. 앞으로 임금을 갈아치우고 정치를 다시 시작하려면 막대한 자금이 필요할 일이었다. 경복궁의 중건보다도 더 많은 자금이 말이다.

그러자면 벼슬 장사라도 해서 자금을 장만해야 하거니와 그래서 8월 한 달 동안만이라도 운현궁에서 손님들을 맞이할 수밖에 없음인 것이다.

주상께서는 이때 지밀상궁인 엄 상궁에게 지시하여 한 가지 계책을 준비하고 있었다.

"중전과 체격이 비슷한 아이를 한 명 가려 뽑거라. 그리고는 비밀리에…"

중전의 대리역으로 일본인들과 대원위를 속이자는 계책이었다. 그러하여 당분간은 그들의 눈길을 궁중에 붙잡아 두고자 함이었다.

"그래야만 아버님께서 지나간 임오년 때처럼 중전을 찾겠다며 난리 법석을 떨지 않을 것이 아니겠느냐."

엄 상궁이 이미 대원위의 속내를 알고 있는 이상 눈속임을 하는 일은 은밀하고도 치밀할 수밖에 없었다.

엄 상궁은 주상의 지시에 따라 나인 하나를 가려 뽑아 중전인 척 눈속임을 하고 있기는 했지만, 그것이 또한 그녀에게도 기회임을 모를 리 없었다.

"그래 까짓거. 내가 중전마마를 대신하여 잠이나 한 번 편히 자 보자!"

그녀가 눈치껏 교대로 중전 행세를 하기 시작했다. 그것이 기회가 되어 훗날에 순헌황귀비가 되는 상궁 엄씨로써 영친왕 이은의 생모가 되는 여인이다. 1854년에 태어나 8세 때 입궐을 해서 이미 불혹을 넘긴 나이였다. 성은을 입기에는 너무 늦었다는 뜻이다.

한편, 진령군의 유령 초혜는 은밀하게 중전을 모시고 내금위의 군관이었던 이승준의 도움을 받아 도성을 빠져나갔다. 이때가 홍선군이 이노우에 일본공사와 결탁하여 궁성으로 밀고 들어

오기 열흘쯤 전인 8월 초사흘날의 일이었다.

그로부터 닷새가 지난 8월 7일 날에 온양행궁에 당도하여 봉원사의 승려 이동인과 합류를 하게 되었던 것이었다. 그것은 초혜가 이승준에게 부탁하여 만약의 경우를 생각해서 연락을 취해놓은 결과였다.

이동인과 이승준은 갑신정변이 있고 난 이후 유흥기의 식솔들과 함께 능구레 산막으로 피난을 가 있다가 초혜와 서로 연통을 하며 지내던 처지였다.

그랬는데 이번에도 이승준의 연통으로 온양온천의 행궁에서 합류하게 되었던 것인바, 여차하면 중전마마를 능구레로 피신시키고자 함이었다. 제발 능구레까지 피난을 가야 하는 일이 일어나지 않도록 간절히 기원하면서 말이다.

또한 이때, 흥선대원군은 한가위 명절을 맞이하여 정치자금을 좀 끌어모으겠다며, 느긋하게 운현궁에서 만용을 부리고 있는데 이노우에 공사는 분기가 탱천했다.

"늙은 것이 노망이 나서 우리와의 약조도 잊고 있다면 우리가 그 약조를 지킬 수 있도록 만들어 줄 밖에!"

이노우에는 즉시 일본인 경찰과 낭인들을 선발하여 왕궁으로 들여보낸다. 왕궁을 뒤져서 왕후를 찾아내어 시해하도록 지시를 내린 것이다. 그리하여 그것을 대원군에게 뒤집어씌울 참이었다.

일본인들이 중전을 시해하고자 하는 이유는 갑신정변 때 일본으로 망명한 정변의 주역들을 중전이 일본으로 자객들을 들여보내 살해함으로써 자존심을 짓밟았다는 이유였다.

그리하여 대원군이 중전을 해치우고 나면 그 광기를 주체하지 못하여 주상까지 그냥 두지 않을 것이라 예상을 했다. 사실은 그것이 목적이었다. 조선왕조의 끝장을 보는 일 말이다. 대원군의 역할은 그것으로 끝이 나게 되어 있었다.

그런데도 그가 약조는 지키지 않고 운현궁에 들어앉아 딴짓거리만 하고 있었으니 이노우에가 낭인들을 시켜 그의 일을 대신 처리해 주겠다는 뜻이었다.

"우리 세작들의 보고에 따르면 왕후가 아직도 궁궐에 숨어 있다고 하니 궁궐을 샅샅이 뒤져서 왕후를 찾아내어 죽인 뒤, 그것을 대원군의 지시라 덮어씌우고 시신을 즉시 불에 태워 흔적을 없애버리거라!"

일본공사의 지시를 받은 낭인 놈들은 일국의 국모를 시해하는 일에 부담을 느껴 미리부터 술을 잔뜩 퍼마신 뒤에 주상께서 지난밤 머물렀다는 건청궁으로 쳐들어갔다. 그리고는 건청궁을 쑥대밭으로 만든 뒤에 아우성을 치는 궁인들 사이에서 중전의 복색을 한 여인을 찾아내어 입에 재갈을 물린 뒤에 (주변에서 영문도 모른 채 허둥대고 있는 한 인물을 데려다가) 저것이 중전이 맞느냐고 묻는다.

그러나 중전의 복색을 한 채 얼굴을 절반이나 가리고 있는 여인을 두고 그것이 중전인지 아닌지 첫눈에 얼굴을 알아볼 사람은 제대로 없을 일이었다. 평상시에도 감히 중전의 얼굴을 제대로 쳐다볼 수 없었던 사람들로서는 왜인들이 미쳐서 날뛰고 있는 상황에서 (죽음이 눈앞에 어른거리고 있을 뿐만 아니라, 역적의 누명까지 뒤집어쓸 수 있는 상황에서) 중전의 복색만 확인하는 것으로도 눈앞이 캄캄해졌을 것이었다.

그리하여 그것이 중전임을 믿게 된 낭인 놈들은 그 자리에서 그 여인을 살해한 뒤에 시신에다 기름을 뿌려서 태워버린다. 그리고는 남은 뼛조각마저 인근에 있는 향원정의 연못에 던져버리고 말았던 것이었다.

중전께서는 그렇게 또 한 번 죽은 것이 되고 말았다. 그러나 그것을 대원군에게 뒤집어씌우려던 계획은 수포로 돌아가게 되었다. 낭인 놈들이 시신을 불태우며 떠들어대는 소리를 모두 들켜버렸기 때문이었다.

(대원군이 시켰으면 어떻고, 이노우에가 시켰으면 어떻더란 말이냐!)

일본인들은 정녕 그딴 것에 신경도 쓰지 않았다. 조선을 아예 주인(군주)도 없는 버려진 땅으로 만들려던 계획이 조금 늦춰진 것뿐이었다. 그 이외에 달라질 것이라곤 아무것도 없었던 것이다.

그들(일본인들)은 자신들을 따르는 친일 내각을 시켜 주상의 칙명이라 둘러대며 중전의 폐서인 조칙을 발표하고, 왕후 간택령까지 내리고 있었다. 떠들썩하게 국상을 치르지 않겠다는 나름대로의 계책이었다. 그러면서 대원군을 내세워 그의 이름으로 김씨 여인을 주상의 계비로서 초간택하여 조정에 공표해 버린다.

그러나 주상께서는 결코 그들의 뜻에 따라주지 않았다. 이제는 대원위도 모자라 일본인들의 꼭둑각시 노릇까지 할 수는 없었던 것이다.

주상은 알고 있었다. 그리고 믿고 있었다. 예전에 대원군이 국상을 선포했을 때처럼 중전이 병마를 털어내고 궁중으로 돌아올 것이란 사실을 말이다.

그랬기에 대원군의 이름으로 발표된 새 중전의 간택을 용납할 수 없었다.

그리하여 친일 내각들에 의해 대원군의 이름으로 초간택된 정화당 김씨는 주상의 얼굴조차 한 번도 보지 못한 채 대궐을 떠나 홀로 살아야만 했던 것이다.

이때 중전께서는 진령군 초혜와 군관 출신 이승준의 호위를 받으며 온양행궁에 도착하여 요양하고 계시었다.

그리고 며칠 후에 도성으로부터 중전마마의 시해 소식이 전해졌다.

"또다시 국상을 선포하고자 함일테지!"

그러나 이번에는 대원위가 아니라 일본인들의 소행이란 것까지는 알고 있지 못했다. 게다가 국상의 선포뿐 아니라 폐서인까지 취해졌다는 사실만큼은 초혜가 주변에 입단속을 시켜 알고 있지 못했다.

"이번에는 결코 장호원에서처럼 일찍 환궁하기는 틀린 것 같구나!"

초혜뿐만 아니라 이승준과 이동인 역사도 같은 생각이 아닐 수 없었다.

그래서 다음 행보에 대비해 나가지 않을 수 없었다. 이곳 행궁에서 언제까지고 중전의 신분을 숨기고 지낼 수는 없을 일이기 때문이었다.

중전마마의 다음 행보에 대해서는 전적으로 동인 선사의 결단에 달려있었다. 진령군 초혜도 이번만큼은 동인 선사에게 그 권한을 맡겨두고 있었는데 그 이유는 바로 마마의 다음 행선지를 점찍어둔 능구레골의 위치를 알고 있는 것이 선사뿐이고 또 그 곳이 이곳보다 더 안전한지에 관해서도 판단할 수 있는 사람이 선사뿐이기 때문이었다. 이승준은 결코 그곳이 어떤 곳인지 제대로 잘 알고 있지 못했던 것이다. 그곳에 채 여장을 풀기도 전에 도성으로 달려왔기 때문이었다.

게다가, 이곳 온양 행궁에서 능구레까지 민포군과 일본군을 피하여 길 안내를 해줄 수 있는 사람도 동인 선사뿐이었다. 그는 이미 이곳으로 올라올 때 그것까지 염두에 두고 길 사정을 꼼꼼하게 살펴두었던 것이었다.

"가자 능구레로! 지금 당장 이곳을 떠나지 않았다간 마마의 행적이 탄로나는 것은 시간문제일 것이니…"

이동인이 최종 결정을 내리는 데는 별로 오랜 시간이 걸리지를 않았다. 시시각각 전해져오는 소식이 중전마마에게 별로 이롭지를 못했기 때문이었다.

그리하여 중전을 모신 초혜의 일행이 능구레에 당도를 한 것은 온양을 떠난 지 스무날이 지나서였다. 일행이 얼마나 마마의 행적을 숨기기 위해 심혈을 기울였는지 그 고초를 짐작하고도 남음이 있을 일이었다.

그로부터 1년 후, 피난민들로 북적대던 능구레 산막이 갑자기 조용해졌다. 산막에 갑자기 인적이 끊겨버린 것이었다. 양무 선사들 때문이었다. 양무 선사께서 그동안 청국인 밀무역상을 통하여 서양에서 들여온 무역선 한 척을 전세 내어 운항하고 있었는데, 그 철갑선 배를 이용하여 피난민 일행을 두 사람만의 천국으로 안내해 가고 있었던 것이었다.

그것은 바로 중전마마 때문이기도 했다.

"왜인들이 이미 황궁을 점거하고 있는 상황에서 저들의 손에 의해 폐서인의 수모까지 겪고 계신 중전마마가 아니더냐!"

그랬기에 주상전하마저 아관파천으로 위기를 넘기고 계시는 처지에 중전께서 쉽사리 환궁하시기는 어려울 것이라 판단하여 그곳으로 모시고자 결정을 내린 것이었다. 일본인들이나 친일 내각 그리고 대원위의 눈길이 닿지 않는 그곳 낙원의 땅으로 말이다.

그리하여 산막에서 인적이 끊겼고 그로부터 중전마마와 진령군 초혜 그리고 이동인과 유홍기 및 그의 가족을 포함하여 50여 명이 넘는 피난민들의 모습은 더 이상 확인할 수가 없었다.

그러나 단 한 사람 운보 소옹이만 홀로 암자에 나타나 그 사실을 세상에 전해주고 있었으니 그가 아니었다면 이 사실이 어찌 세상에 전해질 수가 있었을 일이었겠는가!

-끝-

· 용어 설명 ·

· 누부: '누이'의 방언(경남).

· 시님: '스님'의 방언(전남)

· 정짓간: '부엌'의 방언(경상)

· 기망(欺罔): 남을 속여 넘김.

· 하대세월(何待歲月): 세월(歲月)을 기다리기가 지루함.

· 이어(移御): 임금이 거처하는 곳을 옮김.

· 나락농사: '벼농사'의 방언(경남).

· 각시: 나이 어린 궁녀.

· 유랑걸식(유리걸식): 정처 없이 떠돌아다니며 빌어먹음.

· 누란(累卵): 층층이 쌓아 놓은 알이란 뜻으로, 몹시 위태로운 형편을 비유적으로 이르는 말.

· 위란(危亂): 위태롭고 어지러움.

· 발호(跋扈): 권세나 세력을 제멋대로 부리며 함부로 날뜀.

· 복명(復命): 명령을 받고 일을 처리한 사람이 그 결과를 보고함.

· 사재(私財): 개인이 소유하고 있는 재산.

· 재각(齋閣): 무덤이나 사당 옆에 제사를 지내기 위하여 지은 집.

· 별저(別邸): 살림을 하는 집 외에 경치 좋은 곳에 따로 지어 놓고 때때로 묵으면서 쉬는 집.

· 시구문(屍口門): 시체를 내가는 문이라는 뜻으로, '수구문(水口門)'을 달리 이르던 말.

· 잇속(利속): 이익이 되는 실속.

· 순라군(巡邏軍): 조선 시대에, 도둑·화재 따위를 경계하기 위하여 밤에 궁중과 장안 안팎을 순찰하던 군졸.

· 아라사(俄羅斯): '러시아'의 음역어.

· 미리견(彌利堅): '아메리카'의 음역어.

· 둘러리: '둘레'의 방언(경북).

· 멸문지화(滅門之禍): 한 집안이 다 죽임을 당하는 끔찍한 재앙.

· 양이(洋夷): 서양 오랑캐라는 뜻으로, 서양 사람을 낮잡아 이르는 말.

· 위리안치(圍籬安置): 유배된 죄인이 거처하는 집 둘레에 가시로 울타리를 치고 그 안에 가두어 두던 일.

· 갓바치: 예전에, 가죽신을 만드는 일을 직업으로 하던 사람.

· 요미(料米): 관아의 구실아치들에게 급료로 주던 쌀.

· 자충수(自充手): 스스로 행한 행동이 결국에 가서는 자신에게 불리한 결과를 가져오게 됨을 비유적으로 이르는 말.

· 대행대왕(大行大王): 왕이 죽은 뒤 시호(諡號)를 올리기 전에 높여 이르던 말.

· 피접(避接)/비접: 앓는 사람이 다른 곳으로 자리를 옮겨서 요양함. 병을 가져오는 액운을 피한다는 뜻이다.

· 동리(洞里): 주로 시골에서, 여러 집이 모여 사는 곳.

· 덕석: 추울 때에 소의 등을 덮어 주는 멍석.

· 색리(色吏): 감영이나 군아에서 곡물을 출납하고 간수하는 일을 맡아보던 구실아치.

· 조처(措處): 제기된 문제나 일을 잘 정돈하여 처리함. 또는 그러한 방식.

· 경천동지(驚天動地): 하늘을 놀라게 하고 땅을 뒤흔든다는 뜻으로, 세상을 몹시 놀라게 함을 비유적으로 이르는 말.

· 준동(蠢動): 벌레 따위가 꿈적거린다는 뜻으로, 불순한 세력이나 보잘것없는 무리가 법석을 부림을 이르는 말.

· 각료(閣僚): 한 나라의 내각을 구성하는 각 장관.

· 대번: 서슴지 않고 단숨에. 또는 그 자리에서 당장.

· 경우궁(景祐宮): 궁정동 칠궁의 하나. 조선 순조의 생모인 수빈(綏嬪) 박씨(朴氏)의 사당.

· 기백(幾百): 백의 몇 배가 되는 수. 또는 그런 수의.

· 기만(幾萬): 만의 몇 배가 되는 수. 또는 그런 수의.

· 푸성귀: 사람이 가꾼 채소나 저절로 난 나물 따위를 통틀어 이르는 말.

· 잠저(潛邸): 나라를 세우거나 임금의 친족에 들어와 임금이 된 사람의, 임금이 되기 전의 시기. 또는 그 시기에 살던 집.

· 법무협판(法務協辦): 조선 말기, 법무아문의 협판.

· 교자(轎子): 조선 시대에, 종일품 이상 및 기로소(耆老所)의 당상관이 타던 가마. 앞뒤로 두 사람씩 네 사람이 낮게 어깨에 메고 천천히 다녔다.

· 군기시(軍器寺): 고려·조선 시대에, 싸움터로 나갈 때 필요한 장비나 옷가지 따위의 제조를 맡아보던 관아. 몇 차례 군기감으로 이름을 고치다가 고종 21년(1884)에 폐하고 그 일은 기기국으로 옮겼다.

· 탱천(撑天): 분하거나 의로운 기개, 기세 따위가 북받쳐 오름.

한국적 상상력으로 빚어낸
역사 그 뒤의 이야기

권선복(도서출판 행복에너지 대표이사)

과거를 바꾸는 것은 불가능합니다. 하지만 과거를 바꾸고 싶다고 한번도 생각해 본 적이 없는 사람은 없다고 봐도 무방할 것입니다. 인간은 다양한 방법으로 과거의 역사를 기록해 왔고, 기록된 과거를 현재에 비추어 보면서 과거를 변화시키고자 하는 소망을 예술로 승화시켜 오늘날에 이르렀습니다.

소설 『경복궁의 유령』은 이러한 소망이 담긴 대체역사소설로 분류할 수 있을 것입니다. 발달한 서구 문명의 등장으로 동아시아 국제정세가 혼란에 빠진 조선 말, 종묘사직의 운명이 경각에 걸려 있다는 현실을 알아채지 못하고 권력 투쟁에 빠진 권력자들과 그 사이에서 살아남기 위해 각자 치열한 삶의 전쟁을 벌이는 평범한 민초인 주인공들의 모습은 역사적 사실을 기반으로 하고 있지만 동시에 작가의 풍성한 상상력을 담아 독자들을 사로잡습니다.

소설은 세도정치의 꼭두각시나 다름없었던 철종의 붕어(崩御) 후 왕이 된 어린 고종과 그를 대신하여 조선의 권력을 손아귀에 넣고 흔들던 흥선대원군 이하응에게서 시작합니다. 그의 노욕에 맞서 싸워나간 명성황후 민씨 부인의 이야기를 역사적 기반으로 하여 각자 다른 운명의 무게를 진 상태로 함께 어울려 자란 4명의 소년소녀들이 만들어 가는 일대기는 그야말로 대하극이라고 봐도 손색이 없으며, 무속 전승과 불가의 무공, 전설 속의 이무기, 구미호, 도깨비, 산신령 등의 환상적 소재를 활용함으로써 이야기에 흥미를 불어넣고 있습니다.

이 책을 쓴 권오형 저자는 경기대 문학연구소 연구위원, 농민문학 이사 등을 거치며 『영원한 삶의 소야곡』, 『끝나지 않은 전쟁』, 『시베리아 횡단 열차』 등 다수의 소설 작품을 내며 왕성한 활동을 전개하고 있는 작가입니다.

과감한 토속적 소재, 다양한 방언 사용 등으로 작품에 한국인의 얼과 한을 담아내고 있는 소설 『경복궁의 유령』이 어떤 세대에게는 향수와 공감을, 어떤 세대에게는 역사에 대한 흥미와 관심을 불러일으킬 수 있기를 소망합니다!

'행복에너지'의 해피 대한민국 프로젝트!

<모교 책 보내기 운동> <군부대 책 보내기 운동>

한 권의 책은 한 사람의 인생을 바꾸는 힘을 가지고 있습니다. 한 사람의 인생이 바뀌면 한 나라의 국운이 바뀝니다. 그럼에도 불구하고 많은 학교의 도서관이 가난하며 나라를 지키는 군인들은 사회와 단절되어 자기계발을 하기 어렵습니다. 저희 행복에너지에서는 베스트셀러와 각종 기관에서 우수도서로 선정된 도서를 중심으로 <모교 책 보내기 운동>과 <군부대 책 보내기 운동>을 펼치고 있습니다. 책을 제공해 주시면 수요기관에서 감사장과 함께 기부금 영수증을 받을 수 있어 좋은 일에 따르는 적절한 세액 공제의 혜택도 뒤따르게 됩니다. 대한민국의 미래, 젊은이들에게 좋은 책을 보내주십시오. 독자 여러분의 자랑스러운 모교와 군부대에 보내진 한 권의 책은 더 크게 성장할 대한민국의 발판이 될 것입니다.

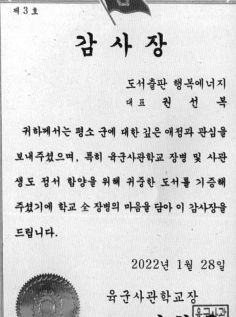